芥川龙之介全集

第⑤卷

五卷装

高慧勤 魏大海 主编

简书谱
书遗年

山东文艺出版社

芥川最后一次在新潟高校演讲

芥川最后的照片

鹄沼妻子的家

鹄沼家的庭院

和长男比吕志于田端

于汤河原温泉

芥川作品初版本

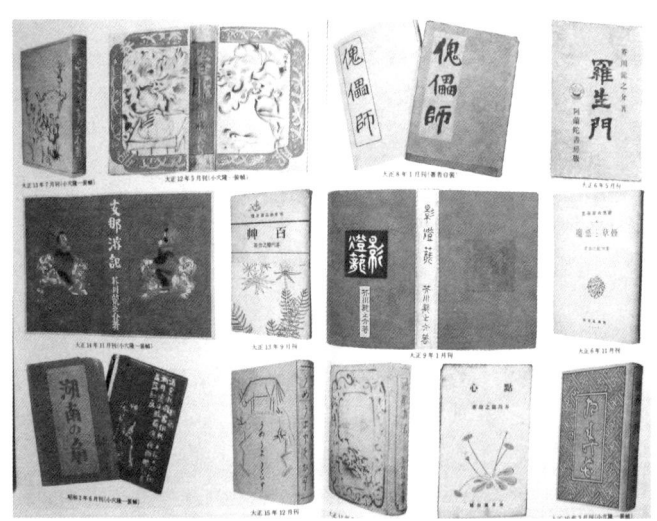

在日本出版的芥川作品单行本

目　　录

书　简

明治四十二年（1909）……… 林少华译　　3
明治四十三年（1910）……… 林少华译　　5
明治四十四年（1911）……… 林少华译　 10
明治四十五年　大正元年（1912）
　　……………………… 林少华译　 15
大正二年（1913）
　　………………… 林少华　郑民钦译　 19
大正三年（1914）………… 郑民钦译　 44
大正四年（1915）………… 郑民钦译　 64
大正五年（1916）………… 郑民钦译　 89
大正六年（1917）………… 侯　为译　112
大正七年（1918）………… 侯　为译　156
大正八年（1919）
　　………………… 侯　为　宋再新译　198
大正九年（1920）
　　………………… 宋再新　刘立善译　264

大正十年（1921） ………… 刘立善译 349
大正十一年（1922） ………… 刘立善译 410
大正十二年（1923） ………… 刘立善译 469
大正十三年（1924） ………… 刘立善译 496
大正十四年（1925） ………… 刘立善译 538
大正十五年　昭和元年（1926）
　………………………… 张云多译 601
昭和二年（1927）………… 艾　莲译 648

遗　书

给一个老友的信 ………… 陈生保译 677
致小穴隆一 ……………… 陈生保译 682
给我的儿子们 …………… 陈生保译 684

年　谱

　………………………… 艾　莲编译 687

书简

明治四十二年

(1909)

林少华译

1　三月六日自本所致广濑雄

敬启者：

　　大札奉悉。《丛林之书》有土肥春曙译本，少年时代尝读其一二。勇敢的小蒙格斯和狼孩莫格里以及椰树绿荫下打盹的水牛、甘甜的和风和温暖的日光拥裹中的热带风物，在幼小脑海中留下鲜明印象。因此很想接触原作。但以目前情况看，实在难以如愿，只好转而借助词典一点点阅读《Rosmersholm》（《罗斯莫庄》）。

　　提起《Rosmersholm》，窃以为此篇最深切地表现出梅列日科夫斯基所说"死之苦痛即生之苦痛"。虽不能以此一册英译本以易卜生通自诩，但还是感受到了博克曼的懊恼、《群鬼》的主人公的死、《玩偶之家》的女主人公的决心、《埃斯特罗的英格夫人》的女主人公的再生。虽然这些人此时都想发出新生命诞生的第一声啼哭，但都没有描写得如同《Rosmersholm》的男主人公和女主人公那般栩栩如生。豪普特曼《寂寞的人们》多有受此作品影响之处，不过较之曾读过的《寂寞的人们》之日译本，我觉得《Rosmersholm》远为坚实有力。

　　恼人的是，纵使西洋名著，在东海竖子手中也成了不堪忍受的重负，或翻词典或查资料，仍全然不知所云，只好逐一标明语义，让事件好歹显露端倪。继而复读三遍，以期窥见整个事件首尾。更有甚者，序幕部分俱是暗示之语，令人苦不堪言。《你往何处去》虽说是在读《Rosmersholm》之间翻阅的，却迟迟不得进展，时时翻看前页，唯沮丧而已。

今天本想就《你往何处去》和《Rosmersholm》登门求教，不料清早有客来访，整整一日如陀螺枯坐家中，且谈且论，无法动身。并且，近日因读《复活》下篇，难以参加雅邦会。

谈话部分虎头蛇尾，委员诸君为之遗憾，这点小生亦有所察觉。但小生至少曾在天祐聚会时，恳请先生对拙稿《批评的态度》予以斧正。归来后又再三修改，终于敢往筒井君处打去电话。"余心中窃喜，以为果断。然果断仅存在于顺境而非逆境之中"——此夜翻阅《舞姬》时所见之语未欺我也。

此后至学年结束，理应禁读、禁远行一周时间。禁远行不妨以散步代之，唯禁读实难做到。想读书想得无法忍耐时，不由得——虽有愧疚之感——将其藏在化学教科书之下偷偷翻阅。此乃惯技，此次亦难免如法炮制，想来自觉滑稽。长篇累牍尽写一己之事——此利己主义自樗牛以来一以贯之，幸乞见谅。匆此。此致
广濑先生砚北

芥川龙之介
三月六日夜

2　三月二十八日自铫子以自绘明信片致斋藤贞吉

　　碧水原藻花摇动，浪底游鱼可安宁？

芥川狂生
三月二十八日于铫子

明治四十三年

(1910)

林少华译

3　一月一日自本所致斋藤贞吉自绘明信片

过来玩吧，请你喝柚味大酱汤。

龙生
元旦

4　四月自芝致山本喜誉司

Dear Sir：

终于下决心选英文专业，不再动摇。

文科报考者年年减少，如今一高勉强招满或略超计划数，地方上则几乎没有招满。据说理科也遭相同命运。

近来据说出现一种新的倾向，即原先不知是否算作 industrial（实业）的农科开始吸引优秀考生。其中一人便是你，尽可大为得意一番。

想听音乐想得不行，今天也想去青年会馆一听为快，又转念作罢。心里有点别扭，没了出门的勇气。下次再想听，求你一起去，一个人怕是永远去不成的。

你在用功吧？我仍在看难懂的《苔依丝》(《Thaïs》)。

能来就来一趟好吗？若勉勉强强就算了，来了拘拘谨谨也免了。不拘谨却忙得来不一会儿就走也不必来了。

来一趟很不容易：乘大门方向的电车在宇田川町下（新桥—源助町—露月町—宇田川町），下车后前行不远，在文具店同澡堂之间有一条窄巷，再往前穿过澡堂有耕牧堂广告的黑板壁一侧的小巷，就是宽阔的大道。临道有一条挂着耕牧舍招牌的小胡同，进去后右侧竖有招牌 牛奶 ，其对面右侧有铺着两排花岗岩的小路。顺小路走到头有门。进门往右拐是某国会议员姨太太的房子。从那里钻进门，门左边有格子门。打开格子门左面有木屐箱，箱上有马形锁——到得此处，便准确无误地来到我的书桌处，即我位于芝的住所的门口。

平塚那边来了信，说好在肋骨没有抽掉，眼下正躺着休养。有机会不妨去看望一下。只要没那条黑狗我也会去的。

原以为瘦了，只见掉下两滴眼泪——所幸只掉两滴。

如果真要来，来之前用明信片告知一声，以便等着。

往后会时不时给你写信。寂寞起来就到处写信。不必次次回信。我去的信看也可以不看也没关系。有事时我会在信封上专门做个记号。

代问大家好。匆匆草此。

龙

四月花阴日

喜　兄

河柳黄昏绿泛紫，一缕愁思绕君家。
白花飘香风信子，窗畔思君黄昏时。
春宵灯影逐潮去，河畔君家入梦来。

5　六月六日自本所致广瀬雄

谨启者：

　　昨晚恕小生失礼。今早同西川、山本三人同去一高交报名表。进校门时，一高钟楼指在九时半。门卫递给我们的编号卡已达五十号，心中一惊。在门口脱掉木屐，光脚沿着冰冷的水泥走廊去会计科交报名费。会计科的人叫了小生一声"aku 川君①"，不由再次一惊，交出报名表。到休息室，身穿蓝制服勤杂工模样的人用铡草刀般的机器灵巧地将报名者照片四边（白色相纸部分）切去。然后一西服老人与一和服中年人将报名表和相片换成准考证，加之应试者看样子多已年过二十，至此生出第三次惊诧。见到去年的毕业生和前年的毕业生（？）松崎，又见细川同去年一个不知姓名的毕业生一道前来，略感意外。

　　我们交报名表的这段时间里，几个头戴白帽之人高声唱着什么走过，又见身穿式样奇特的教授服的身材瘦削的老师经过，羡慕不已。等候多时，终于轮到我们。交出报名表之后，得知二部乙中山本五十七号、西川五十八号；小生所在的一部乙中小生为四十四号，正好与小生一起的一个熟人为德法文列八十六号。而一部甲三部等似乎都已超过一百号。理科与文科的不景气由此观之亦一目了然。

　　将准考证和记载考试注意事项的纸揣在怀中，沿刚刚走来的泥泞道路返往住处，不由觉得自己的生活已告一小小段落。中榜也好落榜也好，此段落都将长久留存。

　　返回芝的住所，本想马上重查词典，但觉腹内空空，激情涌涌，抚今追昔，羞愧不已。此刻心情好歹归于平复，一切如树间日光悄然照于胸际。专此奉告，匆匆不恭。此致

---

① "芥川"的"芥"字，日文读音应为 akuta，此处意为读错。

广濑先生玉案下

芥川龙之介
六月六日

6　七月三日自本所致广濑雄

敬启者：

前夜恕小生失礼。当时拜借的《Diminutive Dramas》读来兴味盎然。淡淡的幽默如水流溢，堪称作者的特色。就刚才所读之处来说，the aulis difficulty 最令人心动。

上午山本来，告知决定入庆应大学就读。时下考罢不久，甚为兴奋，听不进小生所言。待其略微冷静之时再推荐一高。看来，较之小生所言，气质与境遇更占上风，略感不安。鹄沼当然已寄来理财科信函。昨天见到中塚、大塚、神山、筒井、长岛诸人，铁雄老汉（读作 tetsuyu）因陈年咸菜得了胃炎，形容略显枯槁，但气冲牛斗，口称"吹毛挥剑，即可斩断双手之声"，出言不可一世。中塚则相当悲观，连连表示放假即开始用功，明年当然再试一高。

今晨细雨霏霏，独坐翻开许浑《丁卯诗集》，但觉愁情如雾，扑面而来。其怀古七律，尤为格调哀伤，较之李义山更为细腻，较之温飞卿更为哀艳。青莲少陵以降，以七律独步斗南，良有以也，实非偶然。专此匆复，祗候

广濑先生旅途顺利

芥川龙之介顿首
三日晨

7　八月二十九日自芝致斋藤贞吉美术明信片

听说您外出不在，无论如何请再出来一次。明天或后天我回

来。无论摇颤的绿叶还是飞蛾的羽色都已见秋季降临，不禁想起Rodenbach①的诗。明信片没有了，改用美国的美术明信片，乞谅。

立秋风起日，牙镶一抹银。
秋来献宝刀，试刀正今朝。

芥川生
一九一〇年八月二十九日于芝

8 九月一日自本所致斋藤贞吉美术明信片

从信上看，想必你不再考一高了。果真如此，谅不至于在乡下度过一年，个中缘由多少推测得出。不过就不从门外汉角度深究细问了，那样有失礼节。俄罗斯北部的白桦林为屠格涅夫带来《猎人日记》之雄篇巨构，空旷大草原的蓝花芬芳为果戈理带来了《塔拉斯·布尔巴》中的美丽风景。相信"信州"也一定为你带来什么。务请不断来信。另外，动身前若有时间，希望来我这里一次。匆此。

一九一〇年九月一日

晚潮云色暗，旋花甘蔗田。

---

① 罗登巴赫（1855—1898），比利时法语诗人。

明治四十四年

（1911）

林少华译

9　十月十七日自新宿致中塚癸巳男

敬启者：

　　前天自盐原回来，双脚底板长满水泡。无论坐卧都一跳一跳作痛，行走更痛。遂将香烟灰和饭粒黏合敷上，看情形很难马上治好。

　　其实第一天到盐原时水泡即已蔓延整个脚底，痛得没心绪跟西川说话。寂寞难耐，便写了两三页信，随后躺倒独自连发牢骚——什么"这家旅馆尽让吃米楮子儿"啦，什么"旅馆女佣假装热情"啦，不一而足。于是西川说道："中塚那里由我来发明信片！"西川刚才就一个劲儿在明信片上挥笔不止，并且欣欣然自以为是地自言自语："这张吼哮瀑明信片寄给老唱寮歌唱个没完的同学好了！""明天是不是去买栗子羊羹作礼物送人啊？"我本来给水泡折腾得正苦，当即顺水推舟说"那就拜托了"。西川略一沉吟，说出一句既像疑问又不像疑问的话来："中村还那么懒散不成？"若是别的家伙这样说，我肯定应道"我怎么晓得"。但对方是西川，作为我也就必须认真回答了。若问为什么必须认真回答，需稍加说明才行。本来西川这人是不怎么说这种话的，没有以铜充金的卑劣根性，绝非表面愁眉苦脸而心中嗤嗤窃笑之人。人世间，那种内心百般嘲笑而脸上一副担忧神情或显得十分惊讶的家伙无论哪里都多得挤不开推不动。面对这种家伙，我也必须做出正当防卫，或待之以皮笑肉不笑，或冷冷打发走了事。唯独西川不同，西川全然没有这种寡廉鲜耻低俗顽劣之处。所以我也认真起来——也不限于此时，任何时候我都认真相待。

于是我答道："懒散了怕不好办。"又补充一句，"说不定他真有点懒散。"西川问："没去哪里的预科学校？"往下西川和我的交谈大致是这样的。

A："哪里也没去吧？"

N："那就是打算用功了？"

A："想必是的。"

N："一个人用功，非有相当强的毅力不可。不注意不行。"

A："来年无论如何得考上。我是希望他一分一秒都不要懒散。"

西川默默写出你的地址：小梅业平町五十。我歪倒看了十来分钟莫泊桑的短篇小说。虽然时间还早，但由于困意上来，两人钻进被窝，一边看着红色的灯火苗一边说话。西川又问："中塚那里可有信来？"

A："唔，有画着幽灵的木版画明信片和问候病情的明信片寄来。"

N："像是用功了？"

A："用功了吧。"

N："来年考不上可就完了。"

A："他说要像××君那样第四年补缺入学——怕是心里没底。"

N："那是够受的啊！"

A："只要不过于懒散，还是考得上的……"

N："懒散不得。"

接下去，就班上的同学评头品足一番。不到二十分钟，两人都困了。"往下再说什么权当梦话。"西川如此言毕，睡了过去。

也许你以为我写的无聊至极，但我俩的确是开诚布公。我想自己大概永远不会忘记在能听到帚川水流声的温泉旅馆里盘着长满水泡的双脚答道"哪里也没去吧"之时的感触。西川一向不把别人的事放在心中，却两次主动把话题引到你身上——现在想起来都禁不住眼角发热。

我此刻在新宿你所知道的二楼书房里写这封信。写着写着落下两滴泪来。我们唯愿你一步步做出正确的努力。希望你不要忘记你眼前始终有你母亲和祖母的身影；不但母亲和祖母，还不要忘记你的父亲也在等待你的安慰。只要不忘记这点就足够了。一高宿舍里至少有三个人为你祝福，什么都可以忘，唯独这个不要忘。不要忘记你的家庭为你付出的银子般美丽的牺牲。

写了许多无聊琐事，夜已深了，就此搁笔。也没重看一遍就这样装入信封，你就边猜边看吧。此致
中塚癸已男兄

芥川龙之介
十七日夜

10　明治四十四年（1911）（推定）致山本喜誉司（抄写件）

雨中独自散步到十一点，两次从你家门前走过，不知何故，总觉得心焦意躁。很想把这焦躁心情告诉你，除你以外，料想没人肯听。

前面有一大陷阱，而我通行的路唯此一条，无论如何都要掉进陷阱里——果真如此，情况会怎么样呢？立时瘫痪不成？以抱病痛饮的尾城的心情来看，我想十分令人不忍。而我本身岂不也成了令人不忍之人？莱蒙托夫说："自己的灵魂有两个。一个始终劳作，另一个观察其劳作并说三道四。"我也总是觉得自己有两个，一个

自己不断冷笑着侮辱另一个自己。我是个没有志气没有价值的人。也许你问我博克曼读了，娜拉也读了，为什么还不能活出自己的生活。然而我怎么也安不下神来。我一方面醉意上头，一方面清醒如初；我一方面身陷牢笼，一方面自由自在。在时时感受生命力与性欲的同时，又时时觉得空虚，就好像两个相反的东西总要同时朝相反的方向动。我相信自己是聪明的，只是那聪明是应诅咒的聪明。我希望聪明，却因聪明而苦恼。但愿这两个相克的巨力有一个不翼而飞，否则我将永远不安，永远懦弱得这般不知所措。你或许嗤笑我，那就嗤笑好了，因为我的确是这么感觉的。

任何时候我都觉得孤孤单单，悲伤涌满心间，如同行走在寂寞的朝觐路上，只能求助于怀有同样（多多少少）情感的你。倘若没有你，我真不知如何是好。想到迟早有一天同你分开，我就不由孤寂难耐，仿佛被人抛弃。

干什么都一样，最后都面临同样命运，因为任何人都遭遇同样命运，全然不晓得活着是为什么。神也渐渐与我疏离。为传宗接代而生存，为生养子孙而生存——我甚至认为大约这便是真理。弥补外面生活缺陷的欢乐也许让我忘记这种痛苦，可是空虚感又怎么能够去掉呢！为传宗接代而生存，这一说法岂不含带伤感意味？归根结底唯有一死，却又觉得总有办法可想，觉得不死也未尝不可。怯懦！优柔寡断！不能死的理由让我不死，而家庭拖累之锤更使这怯懦变得顽强，尽管在日记中几次写下死字。

说起来，日记近来也中断了，过去几年的日记全是谎言。假如为了日后读来有趣，则根本没必要写日记。何苦把那般愚不可及的事言过其实地写成日记呢！

不知何去何从，只能苦笑着活下去。那样一来，迟早上年纪会死掉。即使不死，思想也将与现在截然不同。总有一天"忘却"的悲哀将我淹没。

神神经经的话说得够多的了,实际上这样的念头也久久挥之不去。若重读一遍,说不定不愿意给你看了,就这样寄过去好了。
　　错字漏字请费神斟酌。
　　祝你考试顺利!

　　　　　　　　　　　　　　　　　　　龙生
　　　　　　　　　　　　十一日夜十二时于烛光下

明治四十五年　大正元年
（1912）

林少华译

11　七月十五日自新宿致恒藤恭

久疏问候，歉甚歉甚。

近日去学校看成绩，遇见石田君、大江君等人。本应前天上午公布，却拖到翌日下午才好歹出来。天气极热，天空都像柏油路面烂得白花花的。特意冒着酷暑出来一次，便想顺便去你那里告诉一声。但石田君夸口说由他通知很多很多人，其中也有你的名字，于是作罢，毕竟没必要费两遍事。铃木考得叫人可怜，后藤倒是没办法的事。

放假前的打算一项也未落实。书看得没那么快，也没心思去旅行，每天只是怅怅然听着玻璃门外的雨声。很少有人来，我也极少去别人那里。胃有点不适，怏怏不快，但此外并没有什么不开心的事。用布做两个大茶袋样的口袋，腿伸进袋里，用真田绳将口扎紧，以免蚊子叮咬，如此看书或午睡。但愿暑假永远持续下去。

高考已经结束。Kanipan 想必不行了，问题非常简单，尤其国语汉文更是简单得不成样子。由于太简单了，评分时老师的心情难免占很大成分。以汉文为例呈上一览：丰太阁磊磊落落气象，似石勒，而其胆略过之。其代织田氏兴，虽未免欺其孤儿寡母，荡扫海内，济二百年涂炭之民。惜乎能治乱而不能成治世。何况，"丰太阁"和"石勒"有 underline（下划线），表示乃固有名词，纵然中学二年级都能读懂。

去帝国剧院看紫红氏恋洞,了无情趣。夏洛克·福尔摩斯和喜剧让人没办法看下去,提早乘电车摇摇晃晃回家。留在眼帘里的只是《弁庆上使》中幕中幸四郎饰演的弁庆,总之全是骗小孩的名堂。在蚊帐中躺着的时候总是赏玩旧剧——除了旧剧本别无赏玩之物,想来令人担忧。不过,只要剧本仍出于对文艺怀有兴趣的年轻公子哥之手,这种情况就将持续下去。

若有 mysterious(神秘)故事,请告诉我一声。届时顺便将犹如八百万天神军马蹄声响彻八方的公司名称写好寄来。罗塞蒂①在其诗集的序里写他超然物外,大凡书都能看得入迷。此言正合我意,不禁一笑,因而不时阅读罗塞蒂。但愿能和这位诗人一样在纯粹的诗之天国中生活。adieu(再见)。

龙

盂兰盆节十五日

12 八月二日自新宿致藤冈藏六

天皇病重期间写信刚要发出,却因号外连连忘在一边。现在仍在书架上,已经落满灰尘。这期间,你寄来装在桃红色信封里的信,于是将上一封信撕开重新写。天皇病重时,晚间去二重桥遥拜,姐姐含泪说,有三个小学生脸贴地跪拜二三十分钟。我听了也为之感动。不多日,在二重桥旁,有学生口称愿代天皇赴死而将烈性药吞下,我很快变得怏怏不快。本来打算坐电车前去遥拜,随即转念作罢:与其去那些家伙群聚的地方,远不如在家里祈祷康复。正当此时,驾崩号外印出。手拿黎明昏暗中到来的黑框号外时,深深懊悔没去遥拜。昨天(一日)学校举行悼念仪式,在京学生来

---

① 罗塞蒂(1828—1882),英国画家、诗人。

了很多。菊池君在大礼堂红黄色校旗下致悼词，之后他讲了很长的话。天气非常炎热。在此之前，宿舍寮管理委员出门把寮生的慰问信送往菊池君处。不料时过半夜十一点，菊池君仍未返回，只好折回宿舍。路上遇到老师，老师醉脸迎风，说"陛下病情实在令人痛心"。听说此乃廿八日夜里的事。管理委员又去谷山君处。其时学监边喝酒边说道："眼下天翻地覆，堀君却去浅草耍闹，真没办法！"而酒只管喝个不停。这 scandal（丑闻）传到我耳里，很是反感。心想较之那悼念之词，没有任何学问的母亲和伯父倒高尚得多。实际上驾崩号外出来时，我家里的人也全都哭了。若是这样子下去，学校怕也一塌糊涂。

如果旅行不被算在娱乐性活动里面，哀悼期满后我也想外出旅行。还没完全拿定主意。我的脑海中，时不时闪出猪苗代湖那蓝色的平面，很想去那一带看看。

东京很热，热得忍无可忍。加之地处城边，蚊子多多。金翅虫、浮尘子和羽蚁等家伙纷纷扑灯而来。夏天委实讨厌。

《Hiawatha》① 有点意思。感觉上似乎可以听到在圆叶柳——美国印第安质朴的兽皮上画的那种圆叶柳——树荫下吹出的笛声。《Peace‑Pipe》，《Hiawatha and Mudjekeewle》，《The Son of Evening Star》，《Hiawatha's Departure》（《和平烟斗》，《海华沙与麦基凯威斯》，《黄昏星之子》，《海华沙之离去》）——我认为相当不错，其中出现的幽灵虽不怎么样。但无论怎么说，Longfellow② 诗歌中恐怕还是《Evangeline》（《伊凡吉林》）最好。

铃木从大连来信了，受中国料理影响，又去看中国戏剧，真有干劲。灰色的平原和蓝色大海那钢板般的平面浮上眼帘。红色灯光

---

① 指朗费罗的长诗《海华沙之歌》。
② 朗费罗（1807—1882），美国诗人。

中如泣如诉的凤管月琴声传来耳畔。近来有人一再劝我去南清。没有钱，拒绝了。中国东北稀稀拉拉长着玉米，仿佛听得黑猪在里面哼哼地叫，但照在扬子江柳树上的日光极想沐浴一次。

mysterious（神秘）的话题请写一点过来，什么都行。说什么作为文章不够分量，就别谦逊了。

生活依旧平静时去图书馆查阅"怪异"标题下的目录。近来读了《稻生物怪录》，颇为有趣。此外还看了《睿山天狗案》和《本朝妖魅考》等等。这种远离现代的东西读起来，恍惚觉得天狗真有可能以名为"粪鸢"的老鹰身形出现在眼前。"粪鸢"一词不同凡响。

祝健康。

龙

13　八月十六日从火车上致恒藤恭明信片

　　　　卖药郎如豚嗜酒，醉眠火车日昏黄。
　　　　落日金晖思未尽，头倚车窗听月琴。（车中）
　　　　日暮草原生悲色，风铃草梦满银辉。（路上）

芥川生
一、八、一六　赴木曾途中

大正二年
（1913）

林少华　郑民钦译

14　六月二十一日自新宿致浅野三千三明信片

浅野君：

　　得知即将被允许免试入学，可喜可贺。

　　体检之前，唯愿特别注意健康，万勿疏忽。

　　朝来淡云微风，且昨日考试完毕，一日百无聊赖。得闲时敬请光临，扫阶恭候。专此不一。

芥川生
六月廿一日晨

15　七月十九日自新宿致浅野三千三

敬启者：

　　旅行途中惠赐消息，感激何如。北越之地，小时读《三州奇谈》之随笔，得知黑部川水源生有椰树，白鬼女川主同白丑人池主乃为夫妇。此后能登越中越后——加贺也罢越前也罢——遂成心往神驰之事。得明信片，愈添兴趣。不觉之间，三月已过。廿九日之前，不知谁可入学。但你和市川君等五人当可及第。共受考试之苦的学生诚然令人怜悯，而不得不施行如此制度的国家亦很可怜。八月上旬开始大多外出，本月大抵在家。闲时来玩。草草不恭。

　　此致

浅野君案下

芥川生

十九日晨

16　七月二十二日自新宿致藤冈藏六
藤冈君：

首先要请你原谅我未及时回信。从毕业典礼到今天，或有人来访或我去访人，一无宁日。花田里芥子花开了、落了，小狗生出来了，石榴花开茄子大了，最后玉蜀黍也熟了。而这期间，我全然无所事事，或坐电车或和别人一起吃雪糕度日。因此八方来信读毕便塞入书桌抽屉，根本无暇回信。即使偶有时间也委靡不振，没有心绪回信。生性如此，回信推迟也就不足为奇了。想必你会见谅。

虽然口口声声表示看书，但看的多是《虞初新志》、《剪灯新话》、《五才子书》、《金瓶梅》之类版本陈旧的小说，洋文书基本没看。午觉睡得很足，晚间回来很晚。翌日只要时间允许即大睡特睡，甚至十时仍未起身。脑袋相当不错，身体亦很正常。当然胃似乎仍有点不妙，但无大碍。

去学校看一、二年成绩时，除小栗栖君谁也没见到。偶然凑在一起的二十几人又将偶然成为路人。

想来，我大约是在十分美好的时候从高等学校毕业的。如此不留恋不怀思慕之情地离开母校并非轻而易举的常事。我深深感谢濑户老师和濑户老师的教育方针——我因之得以对自己的学校和宿舍怀有充分的反感。在彻底失去对毕业于同一中学的一高高年级校友的敬爱之情这点上，我还想感谢宿舍寮及组织宿舍寮的人。我们刚进一高时，他们在江智胜为我等开了欢迎会。当时的情景至今记忆犹新。他们竭力强调中学生活的 dry（枯燥），继而一再讲述宿舍寮生活的自由愉快。过惯了单纯朴素的中学生活的我们，是何等肃然起敬地倾听他们一本正经的话语啊！然而不幸的是，在倾听他们真挚话语的同时，又不能不目睹他们牛饮啤酒，不能不目睹他们借助兴之名唱着"彻今宵"双腿倒立，不能不目睹除他们以外的一高学生穿一条裤裙敲着烫酒壶满走廊奔跑表演名叫"storm"（风暴）的闹剧。难怪他们说中学生活 dry——从这时开始的 disillusion（幻灭）一直持续到毕业。如此讴歌宿舍寮生活的高年级校友又怎么能让人尊敬呢？怎么能把同他们一起度过的中学生活称为 dry 而付之一笑呢？每次回顾弃若敝屣的一高生活，我都情不自禁地想起 Chesterton① 的语句：

> The wise men are those who have comedies in their heads and tragedies in their hearts。（智者乃将喜剧藏于头、将悲剧藏于心者。）

我必须这样头藏喜剧胸藏悲剧在人生道路上迈进。你的第二枚明信片读来饶有兴味。我也认为理所当然。不单单你，我每次出席中学同窗会时也同样有此感慨，觉得大家都将这样成为他人。每当想到自家，唯独自家，倘若利害相龃龉，就连亲情的 bond（纽带）都可能变得出人意料地脆弱。我想，一般世人都是如此。总而言之，我们或许是为失望而活着的。但彻底失望之处自有新芽萌生。若非拔去杂草的沃土，风信子不会开花。若非经过 disillusion 的心田生出的希望，就不能说是强有力的希望。我等固然寂寞，唯其如此，才比不寂寞的人坚强。

至此止笔。

---

① 切斯特顿（1874—1936），英国作家。

　　　　秋海棠红日正午，凤仙香淡伴猫眠。

祝你健康。

　　　　　　　　　　　　　　　　　　　　　龙

17　七月二十四日自新宿致浅野三千三明信片
肃启：
　　廿五、廿六日两天想见您一面，敬请光临。若我登门拜访，请选定您方便的时间。
　　专此。

　　　　　　　　　　　　　　　　　　　　廿四日

18　七月三十日自新宿致浅野三千三明信片
　　特意告知合格者，不胜感谢。五人全部通过，想必成绩不俗。据说仅英文法文便多录取五十余人，无须过于担心。
　　××君实在可怜。那般志行高洁笃实敦厚，尤令人为之遗憾。设身处地，其失望之情可想而知。此后一年准备十分重要，劳你之处甚多。××君才气过人，兼有天分之利。窃以为误于才气之事亦非没有，更需要你予以激励和提醒。今后务请多加指导。专此致谢，草草不恭。

19　八月一日自新宿致恒藤恭
　　看了你的来信，顿生游兴。你怕也知道我是想看日本海的。你画的地图少有一般常见的地理标记，所以山阴海岸全部给人一种dune（沙丘）相连的沙地之感。日御崎和玉造之名很有诱惑力，使得我既想前去（毕竟有钱），又想把那件事处理完毕（实在是件棘手事）。

如此犹豫不决之间，渐渐变得无法成行了。近来为那件事殚精竭虑。倘下月五、六日之前不处理完毕，很可能去不成江尻的寺院。但是事到如今，总不能单单自己溜掉而把事情推给朋友一人。那样未免蛮不讲理。无论如何都得留在东京或者能够与东京写信商量的地方。

另外还有一事致使江尻之行拖延下来——本应和我同去寺院的朋友由于天气热不去旅行了，而在浅草的瓦房顶下面等我，现在拒绝实在失礼。情理上亦无法外出旅行。

这样，行期终成泡影，心里怏怏不快。明知去不成却又在房间里转来转去，再三埋怨自己。

来年只要你情况允许，一定同去东北。后年想尽量踏上山阴的土地。也只能这样想着，让自己不再耿耿于怀。心情甚是郁闷，就像小时候要看樱花而早上起来见外面下雨。为了迎接我去，你准备得无微不至，十分难能可贵。让你失望固然感到不忍，但更不忍的是，自己未能成行，委实不快之至。请多原谅。由于那件事，近来书没好好看，信没好好写，书也没能寄去。全怪那件事（删除）。

东京很热，半阴半晴的时候居多。更无法忍受的是，××在三部考试中落榜。毕竟是我最亲爱的低年级校友，发榜那天，整整一天看什么都不顺眼。没时间了，就此搁笔。

再见。

20 八月八日自不二见村新定院致浅野三千三明信片（背面照片下端有"铁舟寺宝物"字样）

我喜欢看这样的宝物，真品也好赝品也好都无所谓，只是，制作者或持有者越老越好。因为那能让我觉得就好像从一位老者口中倾听中世纪传说。最轻薄者莫过于以真品赝品和作品善恶为标准欣赏宝物之人。此外这里还有式样新颖的观音，人称蜷川新左卫门念持佛。长面,乃未来派作品。

芥川生
八日晨于蜜橘树下

21 八月十二日自不二见村新定院致浅野三千三

稿纸写信,幸勿见怪。

来信拜诵。正值无聊之际,诵之深感欣然。暑期学校生活如在目前。或许知晓其人之故,加之又得 snob miyazaki(宫崎那个俗物),闭校放假仪式平添气氛,妙趣横生,且持续有顷。

关于食物,心有同感。近来每日洗海水浴,加之吞食乡下偏咸饭菜,对甜食需求有增无已。远自东京带来的甜纳豆和香蕉点心等物已消灭大半。困于食物者并不限于你等诸人,谅可释然。在欢送会上面对小豆条时,都不禁想起清水町煮小豆之红色灯笼,于是食指大动。

近日每天早晨看书写信,午后一时领附近两个村童外出游泳。江尻海水浴场虽然视野略显狭窄,设施亦不完备,但没有鹄沼、逗子、镰仓等地身穿大红大紫浴衣、鞋也不脱便下水之辈,因之心旷神怡。而且游泳高手亦不多见,我这不伦不类的拔手泳自然不怕遭人笑话。从水中上来,往热沙滩一躺,昏昏沉沉耳听海浪低吟,且偶有西瓜解渴。

海边归来,在玉米地里用淡水冲凉。豆花豆叶清香可人,"冲凉乐悠悠"。虫鸣之声,闻之欣喜。冲罢晚饭端来,一轮明月当空。这一带称八月(旧历)之望为豆明月,称九月(旧历)之望为芋明月。一年赏月两次。豆明月、芋明月之称,野趣可掬。

龙华寺和铁舟寺皆在近处,不时前去游玩。铁舟寺有三中两个三年级学生,都不像聪明伶俐之人。

散步归来途中,但见芝麻隐隐泛红,桑叶郁郁葱葱,月华皎皎在地,很想口吟"种豆南山下,草长豆苗稀"。

天气阴多晴少,不二山天天不得见。海面和沙滩自有阳光照射,唯独不二山阴云笼罩,心甚憾之。(不二山令我想起一事:候西川祖先居于不二山附近鹫巢山,曾同山贼或野武士一同巡视不二山麓。其时候西川祖先遥指天际崔嵬,大有仰慕当年剽悍之风。自那以来,说起不二必想鹫巢山,想鹫巢山必思西川。今日独经桑园黍亩,于茅屋杨柳之上,眼望爱鹰峰岭,不由发思古幽情,一时感慨万千。)

前天去铁舟寺,寺里正祭祀观音。到处是提灯、挂灯及各种露天摊铺,夜晚也热闹非凡。这一带将此日称为九万九千日,比东京的四万六千日多出五万三千日,不由一笑(且慢,原以为东京为九万六千日,其实还是四万六千日,付之一笑耳)。

跳蚤蚊蛇多多,时时可见。我住的寺乃禅寺,住寺和尚竟不知晓汽水为何物,禅僧这等人实在糊涂得可以。若无三年麦饭之功,无论如何也超脱不到这般境地。晚间时常一起坐于正殿走廊,一边赶蚊子,一边听四十年前身背袈裟文库往来于东海道的云水行脚僧故事。那临济腋下三拳话头和婆子烧庵公案也一一道来。

一个朋友去年在这寺里住过,他教过的村童知道一两首一高寮歌,傍晚时分和我一起踏月唱歌。教唱寮歌自然不坏,但后来竟让我教"彻今宵",未免晦气。

乃木大将的铜像即将开工,堪可庆贺。一高大礼堂(九月当可见到)挂出藤原镰足和武内宿弥之丑恶嘴脸画像,相比之下,乃木大将的小型 bust(胸像)不知强似多少倍。

至九月底可以且读且玩,妙不可言。写出《莎乐美》的 Wilde(王尔德)著有《De Profundis》(《from the Depth》,《自深深处》),连同诗歌《Ballad of Reading Gaol》(《里丁监狱之歌》)一起,加上《狱中记》中人称《Intention》(《意图》)的 essay(散文),均为了解 Wilde 思想的最好作品。料想丸善和中西屋都有一先令一本的版本。五年级时我也挑着读过。"The final mystery is oneself"（最后的谜乃人自身）等句子下面划有 underline（下划线）一书仍藏在书架末端。小说有代表作《Picture of Dorian Gray》（《道连·格雷的画像》）、《石榴之家》以及《Happy Prince》（《快乐王子》）这本爱之如土耳其地毯的童话。play（戏剧）也有《Lady Windermere's Fan》（《温德米尔夫人的扇子》）、《Ideal Husband》（《理想丈夫》）、《Woman of no Importance》（《无足轻重的女人》）等杰作。诗除了上面提到的《Ballad》，还有《Sphinx》（《斯芬克斯》）、《Palenna》（《拉韦纳》）等名作。若你需要，回京后哪本都可以借给你。用红铅笔做过记号的都是一先令版。其他为德国 Hamburg（汉堡）或别的地方（说不定是莱比锡）所出。二马克版和英国五先令版估计是有的。十先令一本的上等版本似乎也有。《Picture of Dorian Gray》里边精彩描写和讽刺性警句比比皆是，下面这两句我想也包括在里边："A fine countenance is a more precious gift than a genius."（比起才华横溢，容貌姣美是一种更可宝贵的天赋。）"I like acting, for acting is more real than life."（我喜欢演戏，因为演戏比人生更为真实。）

  Maeterlinck（梅特林克）有名的剧本和论文也大多出了英译本。二先令半一本的《Satro》（《沙特罗》）译本大概最为普遍。似乎只有《奇迹》译为德文。Strindberg（斯特林堡）也有《债鬼》、《伯爵千金尤莉娅》、《死亡之舞》、《父亲》、《母亲的爱》、《Swan White》（《白天鹅》）等剧本以及《Blue Book》（《蓝书》）、《legend》（《传奇》）等散文也已被译成英文，但终不及德译本。D'Annunzio（邓南遮）有《死的胜利》、《蔷薇罗曼司》、《百合罗曼司》、《石榴罗曼司》等九本小说完成了英译（有 Heinemann（海涅曼）版和 Page（佩琪）版）。但我还有一半左右没看，说不准确。已看完部分(《死的胜利》、《生的火焰》、《牺牲》、《崖上三处女》、《逸乐之子》)英译本都很坚实。此外,英译本还有描写兄妹之恋的剧本《死城》、描写弗朗齐丝科爱情悲剧的 melodrama(情节剧)《里米尼的弗朗齐丝科》,《Gloconda》(《琪娥康陶》)亦有英译本,不过如今都无版本行世。此作者的作品也远以德译本为多。

维德①和里尔克似乎没有英译本。里尔克是西川最喜欢的作家。除了单幕剧的作者,还有 Tolstoi(托尔斯泰)、Turgenief(屠格涅夫)、Gorky(高尔基)、Andreiev(安德列耶夫)等不少俄国人的作品译成英文。大多平明易懂,一星期可看两三本。Archer(阿切尔)译的 lbsen(易卜生)和劣纸本《莫泊桑短篇集》想必你也知道,十分自以为是,没用任何参考书,书名都有错。书店名或许记不确切,但大体不致有误。

自从以"忘果丛书"那紫色版本阅读 Daudet(都德)的《Sapho》(《萨芙》)以来,已经过去了四年。虽过四年,英语也好德语也好一如吴下阿蒙。"候和文"看不下来,汉籍读不明白,外语又一知半解,全然派不上用场。若不重长一颗多少正常些的脑袋,必然一事无成。那些无暇反顾自身而为艰难生计奔走呼号之人们的大胆与幸福,令我羡慕不已。

午间虽热,但早晚感觉秋思已入天地。城下君也即将回京。夜间独挂蚊帐时,忽记起城下君(因城下君想起信浓——写作科野更有荒凉韵味——的枕语"みすずかる"。冠于国名之上的枕语中这个我最中意。"なまよみの甲斐"、"つぬさはふ石见"、"うちよする骏河"等皆等而下之。唯独"空にみつ大和"或可与之媲美)。

---

① 维德(1858—1914),丹麦作家。

打算住到本月底。若心血来潮,也可能提早回去。每天游泳已游得腻了。看报纸,得知千里眼问题重起战火。委托书店邮寄的福来博士新著迟迟不到,而乡间报纸关于该问题的报道又过于简单,令人心里发痒。

近来读的小说(记得是阿尔志跋绥夫或谁的)中将火车的 onomatopoeia(拟声)Tra – ta – ta……Tra – Ta – ta,写得很妙。火车过桥声为 Trararach – Trararch(ch 大约是德语中表感叹的 ach 与表喧闹声的 laut),真是神来之笔。

写起来就收勒不住,该停笔去游泳了。

放下笔时突然想起你们那伙人。梶川君和有安君竟然浮不出 image(形象)。看来我这人天生记不住别人长相。

再次想起城下君。

听说你在读《破戒》,望你一气读完。

错字漏字想必不少,有劳清神。余不一一。

此致

浅野君砚北

龙

十二日午后二时又于蜜橘树下

又及:宫崎现已成为日本运输公司机动车部干部,想必没有时间模仿源水口气了。一笑。

22 八月十五日自不二见村新定院致恒藤恭

一直等你回信,却不来,又写这封给你。早晨约六时起身,收拾被褥,清扫房间,吃早饭。饭略有糠味。饭后把桌子移到西窗下看书。窗外一片桑田。宽大的绿叶上,晨露宛如珍珠闪闪烁烁,夹竹桃的红花偎依其间,蜜蜂嗡嗡叫着飞来飞去,一股泥土气味。八月的阳光约十时越过桌面,照进临院客厅,洒满竹帘的阳光落在檐廊里。客厅里微微清风伴随芭蕉隐约的气息阵阵吹来。院子泛白的沙土地上印有山茶花、枇杷、棕榈竹的短影。蝉鸣声声。吃罢午饭，午睡一小时或看报纸。报是《国民新闻》，三重吉的《桑椹》每天看得津津有味。

钟打响一点，腰掖毛巾，头戴一高夏帽，去海水浴场。浴场在江尻海岸，距寺院三四里。路上相当炎热。桑叶玉米叶翠绿，芝麻叶浅红。夜来香淡淡挂一层白灰，蔫巴巴在路旁开花。走上不二见桥，桥栏下碧水如擦拭干净的玻璃板，光闪闪流动不息。相距十五六丈的港桥那边，但见渔船帆樯林立，上方昼月隐约泛白。从桥头冰水店镶红旗下走过之后，即是两旁排列低矮茅屋的街道。街旁有理发店、兼卖梨和西瓜的蔬菜店、布店、杂货店。店铺之间玉米随风摇曳，黄色的向日葵花探头探脑。在松树丛生的平地前一里多路，烧砖厂低矮的板棚和美普教会的尖塔告知江尻已经不远。路旁甘薯田甘蔗田的前方闪出波光粼粼的大海。跨过一条轻便铁路（清水静冈线）便是江尻。鱼铺墙壁张贴的已然熏黑的江户歌舞伎演员画像也给人一种驿站特有的亲切感。从江尻停车场后面慢慢向下行走。只见在铁道院管理下经营的海水茶馆朝海面方向探出廊檐，竖起旗幌或吊起灯笼招引客人。走进免费休息棚脱去衣裤。江尻海岸看上去不很宽阔。右侧长长伸出三保半岛，左侧横亘着爱鹰连峰；中间伊豆群山绵延不断，阴天隐约呈鼠灰色，晴天则为清冷的桔梗色。因此几乎看不见水平线。但在盐分大的潮流承受强烈日光之时，天地间一片湛蓝，美不胜收，令人欢喜。设施比之镰仓和鹄沼也不完备，好在没有人穿鞋游泳。

游累了，便把湿漉漉的身体俯在热沙滩上，昏沉沉似睡非睡当中，听大海懒洋洋低吟浅唱。Dannunzio 的《Triumph of Death》（《死的胜利》）中有 Giorgio（乔琪）和 Hippolyte（希波利特）在海里游泳的动人描写。意大利海在海藻香味与头发香味中闪着钝钝的银光——在沙滩上如此卧听海声的时间里，那官能 passage（过程）的情景真切切在心中显现出来。眼前的海水被洗海水澡的男女们的腿脚搅拌成浑浊的绿色，泛起泡沫，仿佛愤愤抱怨。远处，从 emerald green（翠绿）到 indian blue，大凡所有的谐调交融互汇，在巡游南国天空的太阳的照耀下纵情朗笑。Gorky 的《Malva》（《马尔娃》）的第一行写道："The sea is laughing（大海在笑）。"海恰恰笑成这个样子。太阳西斜，落在沙滩上的影子变得细长的时分，便拎起湿毛巾和衣裤往回走。

在玉米地冲罢淡水，吃完晚饭就去散步。有时去龙华寺、铁舟寺，有时去清水町。在豆叶泛黄的田间小路行走，不觉之间月光已洒在地上。蛙鸣阵阵。"种豆南山下，草长豆苗稀"那样的田园诗情境令人怀念不已。望着缺少一只鸱尾的寺院大门上方的月亮走回住处，挂蚊帐躺下。也有时和附近的小孩子或寺里的老板娘闲聊。小栗栖君在不二见一村里的人气十分了得。八木君也深受信赖。至于我，评价恐很难好得起来。（删除）

每天都吃乡下咸菜喝咸海水，想吃甜食想得不得了。从东京倒是带来了甜点心、甜纳豆和香蕉糕饼，但不到一个星期就吃个精光。这里的糕点实在难以下咽，只好喝蜜糖加牛奶制成的冷饮。

青蛙哪里都有很多。Walter Pater[①] 说蛇脸上有 humanity（人情味）。我觉得青蛙更有 humanity。用淡水冲洗身体时，黑白分明的小青蛙——东京一带没有——竟跑在鼻前蹲着不动，好像要开口说话，令人不悦。又有点像是佐藤修平的曾孙。B Cklin[②] 有一幅画叫《鱼王》，画的是人脸鱼脸合在一起的怪物肖像。每次看见青蛙，我都想起这鱼王。

[①] 瓦尔特·佩特（1839—1894），英国评论家。
[②] 彪克林，瑞士象征主义画家。

一星期后可能转去鹄沼。

再见。

龙

八月十五日

23　八月十六日自不二见村新定院致菅虎雄

肃启：

在学期间多蒙熏陶，殊深感激。毕业后本应早早登门拜谢，无奈胃病缠绵，加之生性懒惰，以致拖延至今，歉甚歉甚。小生自本月初来骏州不二见村寺院逗留。午前读书，午后游泳，夜晚写信、看报或同附近农家孩子踏月唱歌。此信也是在正殿八张榻榻米大房间里，边听吹拂芭蕉和棕榈竹的风声边在昏暗的油灯下写的。

龙华寺、铁舟寺都在附近，傍晚常去散步游览。坐在铁舟寺正殿宽敞的檐廊中嗅取碧莲花香已是一乐，但更为欣喜的，是薄暮时分沿着玉米叶翠绿、芝麻花浅红的田间小路往回走时，很想吟咏"种豆南山下，草长豆苗稀"。小生住的寺院乃禅寺，住持竟不知汽水一词，令人敬佩。若非忍受三年吃麦饭之劳，痛棒热喝之苦，断不至于达此超凡境界。不日登门拜访，面聆教诲。祗候

身体安康。此致

菅先生

芥川龙之介

八月十六日

24　八月十九日自不二村新定院致广濑雄

敬启者：

来此寺倏忽已逾十日。午前读洋文于经几，午后提毛巾去游泳，此外别无变化。夜晚不时带六七村童出门玩耍，一同踏月唱

歌，或坐在正堂檐廊听小生讲童话。去游泳时，他们耳挟粟穗鸟毛桔梗花随行，一一指点沿途所见草木昆虫教我。因此，近来小生已相当博识，甚至"ちんちろ柿"都已知晓。由于连日晴天，稻田干涸，小生所在之村亦已开始祈雨。祈雨者十七日间不吃任何熟食，终日在缠有草绳的竹子下击钟吹竹号。另外，同村某农户数年来家里病人不断，遂请易者卜卦。易者谓其家地下二丈五尺深处有甲胄刀剑，致使家人罹病。于是速掘其地，果于二丈五尺深处得甲胄一具大刀一把。村人皆赞易者料事如神。小生宁愿佩服笃信易者之断，立即掘地二丈五尺之农家主人的纯朴。小生所住之处休说不二山，甚至邻家桑田亦不可见。狭小庭院密生芭蕉、棕榈、竹高、野槐、梅山、茶花等，遮得仅见些许天空。唯晚凉微风相伴生成之时，一庭竹树茎茎相磨，叶叶相触，幽趣可掬，聊可助兴。龙华寺虽近，但小生更爱铁舟寺碧莲，屡屡轻倚正殿栏杆，赏观莲香月色，浓淡有致。

吉泽落第，难以释怀。离京时急急看榜，未见其名，心中诧异，以为仓促中看漏。来寺翌日，得市川君信，知确乎榜上无名，至此，六人 group（帮）仅二人得以免试入学。当然，若以比例计，乃有三分之一及第，亦可满足矣。一笑。上田敏氏喜欢的《雕像与半身像》反复读了几遍，似乎比其他的还简单易懂，想必唯其如此，上田才喜欢。

此外，读了鸥外先生的《分身》、《走马灯》、《志气》、《十人十话》，无不兴味盎然。但最有趣的是《分身中》的《奇镜》,《走马灯》中的《一百个故事》、《情死》、《藤鞘绘》,《志气》中的《佐桥甚五郎》、《阿部一族》,《十人十话》中的《独身者之死》。《志气》一卷反复看了数遍。

每天都呛一点海水，加之菜肴偏咸，极想吃甜食。江尻清水的糕点铺已被我搜刮一遍。渐渐生出 nostalgia（乡愁），拟不日回京。

匆此不恭。此致
广濑先生砚北

芥川龙之介
十九日晨

25　九月五日自新宿致藤冈藏六

藤冈君台右：

来信迟至四日夜方收悉。你投寄的日期是二日，现在回信恐怕来不及，但还是打算寄出。刚才手头的"半切"① 信纸和 letter paper（西式信纸）都已用完，懒得去买，只好凑合使用一本一钱五厘的纸张。

回到东京以后，无事度日。阅读《罪与罚》，四百五十多页，皆心理描写，一草一木都与 hero（男主人公）的心理不无关系，所以没有 plastic（轻松）之处。（虽对此略感不足，但）hero 拉思科里尼柯夫的性格表现得异常强烈。这个杀人犯拉斯柯尔尼科夫和妓女索尼娅在昏暗的煤油灯下阅读《圣经》（拉撒路复活——约翰）的 scene（场面），尤其 touching（令人感动）。第一次阅读陀思妥耶夫斯基的作品，非常感兴趣。但是英译本很少，所以无法继续读他的其他作品，十分遗憾。你看过《布兰德》这本书吧？

我以前觉得《布兰德》并不感人，现在看的话，不知道什么感觉？易卜生的作品，我最喜欢《玩偶之家》和《博克曼》。暑假刚开始的时候，我阅读维利耶特·里拉丹的《反叛》。这部剧作被称为"早于《玩偶之家》的《玩偶之家》"，所描写的是与《玩偶之家》同样的题材，我觉得很有意思。作品发表于一八七〇年，先于《玩偶之家》（发表于一八七九年）提出性别问题。最近去郊

---

①　和式信笺，横长方形。

外散步，已是满目秋色。玉川河边的白沙石间，细草纤纤，开始泛黄，连天上的浮云也唤起孤旅的愁绪。自从看过（国木田）独步的《武藏野》之后，每到秋天都要去日野、立川、丰田—玉川沿岸的村庄散步。榉树的树干开始发白，沐浴着秋阳，茅草葺顶的屋檐上，落叶一天比一天多。村子理发店的镜子里映照出淡红色的窗户，伯劳在天空刺耳地鸣叫。阳光普照的街道上，一只跛足的黑狗悠然走过，接着传来戴着深蓝色手背套的行商悠长的叫卖声。村公所的栅栏里面盛开的红色大波斯菊、小墓地里盛开的桔梗和败酱草，都送来温柔的"秋波"。

盼望已久的秋天终于来临了。

秋 之 歌

金箔泛浅绿，黄昏宁静微光里，秋天已颤动。
秋天已来临，裂璧淡绿玻璃窗，忧伤沁心间。
凄寂秋风哟，年迈犹太宝石商，感伤泪盈眶。
秋风轻吹动，"中国特产炒栗子"，摇晃红灯笼。
秋天渐清冷，古旧镜框古金色，悄然也发青。
银座马车过，金属装饰叮当响，传递秋信息。
贝采鲁夫人，如同褐色老母鸡，秋风吹帽子。
三弦嘈切声，蜡烛白色火光后，秋天静舒展。
黄昏雨水里，dome 金色十字架，秋天似来临。
法国梧桐树，金黄落叶石子路，拂晓迷浓雾。
金黄的树叶，轻轻飘落柔光里，秋天来临时。
树叶已枯黄，逐渐变成深褐色，难忍凄寂心。

龙

九月五日晨

26　九月十八日自新宿致浅野三千三

浅野三千三先生足下：

华函拜阅。

因您住校，询问有何体验，亦觉有趣。一高二年级所学德语课本中有一则故事，言霍雷西住旅馆被虱子咬。所以宿舍二楼虱子多时，大家都说："我昨天夜里成了'霍雷西'。"

还想更详细知道你对宿舍生活的感想。校友会的各个部动员大家参加，因我没有参加任何一个部，详情无法相告。只是××部，不论从时间来看，还是从教养来看，出于好心，我劝你不要参加为好。

大学上课实在无聊。其他的我不知道，就德语而言，一高的毕业生似乎成绩不错（至少我这个科）。刚刚入校的活跃气氛逐年减少，最后似乎变成对任何事情都没有新鲜感的"资产阶级"分子，实在令人失望。

虽然知道您星期六、星期日要回家乡，如有空，还望前来一游。

书不尽言。

芥川生
九月十八日晨

27　十月二十三日自新宿致浅野三千三

浅野君座右：

外景写生练习自有其乐趣，欲达到这个年级所要求的水平，在练习之后，应观看"文展"①。我觉得不少画家不是以各种不同的

---

① 1907年创立的文部省美术展览会。

心情去描绘山水云彩，而是以各种心情之和除以心情的总数所得的商去绘画，这是不行的。

练习之后的休息比练习更令我羡慕，尤其在五点之前一直忙于记录课堂笔记的人体会更深。

这个星期六如有时间，请来一玩，下午更好。当然我也可以登门，但因时间关系，推迟至星期日或下个星期也可。如没有回信，我就认为你于星期六下午来访。

府上虽已搬迁，但我想机灵的邮递员会把此信送至新居，所以还是寄到旧址。

书不尽言。

芥川生
二十三日晨

28　十一月一日自新宿致原善一郎

原君：

卡纳吉安落基山的照片和寄自班夫的信函均已收悉，十分感谢。

现在你在纽约大概已经看到悬铃木黄色的落叶，东京也明显变冷，林荫道的橡树、法国梧桐这些知秋树木的树叶都已变黄枯干，堤坝上的枯草如褐色的天鹅绒，柔和的黄绿色羽毛的小鸟在上面啾啾鸣啭。看见这般景象，我不由得想起王尔德的短诗《黄色交响乐》。

戴上大学生帽已是第三个月，上课内容没有多大意思。美文学部主任是一个名叫劳伦斯的老头，头顶正中间有一块如西方风筝形状的粉红色秃顶，待人和蔼可亲，通情达理，但遗憾的是，对文学不甚精通。他总是穿着深灰色的晨礼服，裤子里面裹着护腿套。为什么他一年到头总是裹着护腿套，现在还不得而知。现在听这个老

头讲 "Humour in English Literature from Goldsmith to Bernard Shaw"（从歌尔德斯密斯至萧伯纳的英国文学中的幽默）、"Plots & Characters in Shakespeare's later plays"（莎士比亚后期戏剧中的情节与人物）、"English Pronunciation"（英语发音）。第三节课的 Philological（语言学）实在无聊。"文展"已经开始，按照惯例，稍微妄加评论一番。日本画第一科不如我期望的那么理想，甚至连小坂芝田、小室翠云都不尽如人意。望月吉凤的《猴子》，有人称赞毛画得很好。如果这个也称赞的话，的确也可以称赞。只是他对文晁的模仿惟妙惟肖，远胜于文晁的拙劣的作品。但是，以此洋洋自得的日本画家大概在艺术良心上没有缺陷，我也希望没有缺陷。来东京旅游观光的乡下老头、老太太站在津端道彦的《真如》佛像画前合掌膜拜。对这种手臂歪斜的残疾佛像膜拜的人们实在可悲。总之，从这些展品中，只能发现作者精神生活可怜的贫乏，他们对艺术缺乏深刻的理解和热情。

第二科有两幅作品引起我的兴趣，一幅是牛田鸡村的《城镇三趣》，另一幅是土田麦仙的《采贝女》。虽然《城镇三趣》有过于无视透视法之嫌，但我认为这幅作品是这次画展最优秀的日本画。所谓"三趣"，是描绘城镇早中晚的三种情趣。早晨宁静的城镇里，环绕着淡淡的炊烟，群鸦在压着石头的屋顶上啼叫，看似母亲的女性牵着一个穿红衣服的女孩的手在寂静的道路上走着。午后阵雨刚过，水里并没有出现并排的仓库的倒影，透过湿漉漉的柳树，看见木排在河面上滑行，情趣盎然。夜晚，屋檐下的灯笼放射出淡弱的红光，两个僧侣沿着屋檐一边吹着尺八一边缓缓下坡。这熟悉的景象使我感受到画家丰富的艺术妙思。

也许由于最近对高更的《诺阿·诺阿》的重新阅读，我对《采贝女》倍感兴趣。我不喜欢土田这个画家，对他去年的《岛上的女人》也不喜欢。但是，必须承认《采贝女》的确十分出色这个事实。他在六扇一套的屏风上，以沙山和大海为背景，描画出海上的采贝姑娘，以及在沙滩上或坐或卧的其他姑娘。在泥土般的灰色里，开放着黄色的月见草。干涸的红土般颜色的船只停泊在海滩上。

虽然我对一望无际的湛蓝大海不满意，但是，躺卧在沙滩上的姑娘的肩膀至腰间的曲线、回头凝眸的姑娘从后背到胳膊的细腻表现、抱着海草走来的姑娘和小孩子手脚的栩栩如生的动感，的确画得精妙生动。素描也远比《岛上的女人》具有和谐感。总体说来，这一套六扇屏风画，我对描绘出海姑娘的右边半套不太满意，但左边半套十分成功。

但是，没有人称赞这幅画，这使我感到悲哀。我的朋友都说不好。您还没有见过这幅画，但我想恐怕也会说不好的。就我所知，只有松本亦太郎一个人称赞这幅画。大观依然显示精湛的实力（虽然不如去年），广业的《万紫千红》我不认可。栖凤的《最初成为画》是很彻底的通俗。山本春举的《春夏秋冬》四幅也很一般。樱谷的《驿站的春天》也许是继《胜者败者》之后的作品，却从来没有让我受到感动。

玉堂的《黄昏之月》和《杂树林的山岭》都很平平淡淡。《汲取海水》似乎努力想捕捉什么东西，但今年的作品又回到原先那种银灰色雾气和柔婉的细小树丛，这是一种多么肤浅的自我满足。

雕刻也没有什么精品。我对雕刻还不甚理解，世人似乎也不太懂。内藤伸的精巧洗练的木雕，我想收藏。藤井浩祐的《坑道里的女人》、《年轻人》虽然评价不好，我却认为不错。

西洋画方面，石井柏亭崭露头角，他的心大概如明镜般清冷澄亮。落在这个心灵上的树木、石头的影子，经过他炉火纯青的笔致分毫不差地表现在画布或者画纸上。看到他的作品，我必定会想起森鸥外先生的短篇小说。这次展出的作品中，我认为《码头》这幅蛋彩画尤其精湛。另外，水彩画《仓库》、油画《N先生一家》也很出色。

南熏造不再创作出像《烧瓦》那样优秀的作品让我们欣赏，但《初春》给人亲切的感觉。所有的泥土都在呼吸着春的气息，丘陵与丘陵之间一抹发紫的大海也在呼吸春的气息，低矮的树木萌出嫩芽，还有粉白色的桃花。"春天"正对着 mother earth 亲吻。但是，我觉得，南熏造的作品从《烧瓦》以后，其艺术气氛逐渐淡薄。我衷心希望这只是我的庸人自扰。

写到这儿，就必须提到势藤岛武二的《恍惚》和斋藤丰作的《夕阳流水》。《恍惚》的 touch（笔触）非常漂亮。《夕阳流水》能给予我这样的感受，应该感谢作者。

另外，不折依然创作那个头上长角的、称为"神农"的老头的裸体画。吉田博似乎十年如一日地使用蓝紫色专心致志地描绘《Play of Colors》。总之，许多画家都很悠然自得，描绘着所有气氛之和除以气氛总数得出的商。他们把一种特殊的树木的概念置于某种时间概念中进行创作。他们肯定明白彩色照片的发明意味着出现可怕的竞争对手。

音乐学校和帝国饭店都举办音乐会纪念 Verdi（威尔第）诞生一百周年。我两边都去参加了。后者的音乐会上，《Trovatore》（《游吟诗人》）的 prelude（前奏曲）和 miserere（祈祷曲）演奏了曼陀林。扎尔格里演奏的吉他低沉忧郁的声音，从曼陀林银铃般清脆的声音中穿流出来，实在赏心悦目。

是针，穿过褐色的吉他的丝绸？
这曼陀林的银铃般的颤音。

同一天，艺术座在有乐座剧场举行音乐会。据说是为了振兴新兴艺术，但听说肖尔茨演奏的德彪西以及别的什么节目都不很理想。前面忘记写了，在帝国饭店，有《Rigoletto》（《弄臣》）的 quartetto（四重唱）。顺序是：Soprano（女高音）——Mrs. Dobrovoisky；Mezzo Soprano（女中音）——Miss Nakajima（中岛女士）；Tenor（男高音）——Mr. Sarcoli；Baritone（男中音）——Mr. Tnam。那个绰号叫"哭菩萨"的中岛非常可怜，好像三个洋人欺负一个日本人似的，听起来心情不好。

自由剧场（剧团）在帝国剧场演出高尔基的《夜店》。昨天我去看了。我认为这是在日本演出此类戏剧中最成功的一部作品。不论是演员的表演，还是舞台设计等，都第一次可以接受最严厉的挑剔的目光，结果被公认获得成功。我感到非常愉快。小山内熏大概更加高兴吧。

你看了《莎乐美》吗？

钟声响了。现在必须去上课，一个名叫 Swift 的洋人教的听写课。他似乎性子很急，听写的速度也很快。匆匆忙忙写下两三首短歌。

凄寂秋风哟，年迈犹太宝石商，感伤泪盈眶。
秋天已来临，裂璺淡绿玻璃窗，怅伤沁心间。
秋天渐清冷，古旧镜框古金色，悄然也发青。
贝采鲁夫人，如同褐色老母鸡，秋风吹帽子。
秋天轻啜泣，一双赤脚浅白色，独行街道上。

芥川生

又：以下是我一边上课一边写的。现在正在听写坦尼森的《阿萨之死》。好像 Swift 在说什么"这里的 L 不发音，发音是 satta。satta 的意思是 to take apart（分开）"。这个人是我所见过的最资产阶级化的洋人，可是他是美国人，不是约翰牛。

一边听课一边写几首短歌，抄录如下：

在 concert（音乐会）上

独对灯火暗，杜布罗斯基夫人，秋夜也寂寞。
singor tham，站立唱歌如水泵，不觉感寂寞。
画家南熏造，秋夜饭店走廊上，能否见到他？
黑衣的女人，谈论巴纳特里奇，酷似猫头鹰。
中岛夫人的，紫色和服短外褂，也变成寒夜。

在 Free Theatre（自由剧场）
看 Gorky（高尔基）《夜店》

红衬衫小偷，瓦西卡也在黄昏，郁闷积心头。
醉汉的演员，从他歌唱的小调，秋意沁灯火。
我的好朋友，默默无闻写歌曲，天才不可欺。
Swift 上课时，支着手臂讲课文，像是白公牛。

现在即将开始 reading（朗读）练习。再见。

龙

29　十一月十七日自新宿致菅虎雄

敬启者：

　　昨日迟时造谒，承蒙盛情款待，且一夜相扰，给府上增添麻烦，不胜惶恐之至，衷心致谢。

　　相求之事，谨望片言只语，近日内上书学校恳请，不胜期盼。

　　藤冈君于十七日接急电，言家乡严君病笃，乃于当夜即回伊予宇和岛。因此未能亲自致谢，乃托小生代为致意。草草不恭。
　　此致
菅先生座右

　　　　　　　　　　　　　　　　　　芥川龙之介
　　　　　　　　　　　　　　　　　　　十七日夜

30　十二月十日自新宿致浅野三千三

浅野君座右：

　　考试临近，谅必繁忙。我也是临近 xmas examination（期末考试），很是苦恼。想起一高考试，考试之前总觉得非常可怕。第一学期我也努力用功，曾经拥着火炉连续听讲十二小时，结果考了个空前绝后的唯一一次一百分。

　　三中寄来杂志，从头到尾浏览一遍。××君的作品都很一般，××君、××君也从来不佳，只有三年级的内野一太郎君的《井之头弁财天》，再三阅读。若论文章之巧拙，恐无人可及四年级的山田菊雄君。但内野文章质朴，除他之外，也有几人如此手法写作，但都是眼高手低，空有议论，徒然鼓吹浅陋的色彩和幼稚的情感。因此，能读到一贯风格质朴的内野君的文章，实在令人高兴。

　　××先生的《读诗心得》，聊博一笑，大概是中学教师吧。

　　最近又一直阅读柳宗元。我最喜柳文。昌黎读柳州之文前，必先用玫瑰水洗手，实有其理。柳文虽短，读至《钴鉧潭西小丘记》，可见柳柳州之真挚，顿生清寒之感。

　　前些时候，夜访城下君，谈及略感岑寂之事。其时听说 group 要聚会，建议其好好刺激一下那些一高毕业却又不入会的人。一笑。

　　梶川君、有安君近况如何？二十五日之前，一高、大学的考试都要结束，假期时谅能见面。

拙诗一首，聊供一笑。

　　　　　寒更无客一灯明，石鼎火红茶霭轻。
　　　　　月到纸窗梅影上，陶诗读罢道心清。①

书不尽言。

　　　　　　　　　　　　　　　　　　芥川生
　　　　　　　　　　　　　　　　　　十二月九日夜

---

① 原文即为汉诗。

大正三年
（1914）

郑民钦译

31　一月一日自新宿致浅野三千三明信片

谨贺新年。

合上"危险的西方书籍"，恭奉诏敕命题之和歌，盛世太平也。

芥川龙之介
大正三年一月一日

32　一月二十一日自新宿致恒藤恭

我觉得善恶并不相反，而是相承。此为性格和教育所至，也因为脑子愚笨到无法进行逻辑性思考的缘故。

总之，这两种相互矛盾的东西对自己都具有同样的诱惑力。我觉得如果热爱善，也就能够热爱恶。读波特莱尔的散文诗，感受最深刻的并非他对恶的赞美，而是他对善的憧憬。坦率地说，我觉得自己看到了善恶一如的东西（我说"觉得"，也许是表示自己的谦虚）。如果无视这个事实，我认为就没有资格谈论艺术。

来自同一个家乡的两个人，把他们分别取名为善、恶。这样取名的人是不懂家乡的人们。

不论什么事，都装腔作势地大谈什么法则。宇宙有宇宙的法则，人类有人类的法则。日月星辰按照大法则运行，人类万物按照小法则活动。不遵从法则者必定灭亡。不遵从法则的活动，如果取名的话，应该取名为恶。

法则非情非知非意，但可以勉强地说是大知。所谓善恶，就是从浅薄的功利主义立场出发，漠然与遵从法则的活动分离的暧昧的概念。

我有时觉得自己的血液在血管里与星辰一起运行。发明星相占卜术的人，这种感觉应该更加强烈。

不能不涉及这个问题，不能不这样涉及这个问题。

艺术只有与此关联，才具有意义。

你说"能够感受到 wesen（本质）的艺术才是最高的艺术"，可见你走在我的前面三四步远。

没有必要强求信神，如果把信仰变成一种拘束死板的神的形式，就会产生有神无神之争论。我信仰"这个"。这就是对艺术的信仰。我认为，这个信仰所感受到的法悦丝毫不比其他信仰所得到的法悦逊色。

对一切东西都必须信仰。不仅仅信仰宗教，也不仅仅信仰艺术，只有对一切信仰，才有生命的存在。

对待艺术，像工匠那样搞些实用新发明的人是幸福的。

主张自我，而且轻松地主张。

即使不知道自己缺少勇气，但首先要看到要求主张的自己。

回顾空虚的自己会感到不快，甚至厌恶得想无奈地捂住自己的眼睛。如果不看这是不是空桶，就无法往里面装酒。总之是厌恶而又痛苦。

在看到强烈主张丑陋的自我的时候，除了厌恶之外，还会感觉到一种压迫。虽然很小，但还是有压迫感。

我很孤独。

想到今后，时常觉得在一高的时候，你也一定很孤独吧。

我虽然这么说,并不是你和我一样的意思。你说的事,我不懂,也许永远不懂。

我是新思潮的一个同人。没有发表过作品,只是准备发表作品。表现即其人,即是真。我不愿意有一把断了弦的胡琴,我要续上这条弦。

我翻译阿纳托尔·法朗士的短篇小说,然而至今对我的文章没有帮助,实在无奈。在同人中,文章最糟糕的是我,心情甚为不快。

虽是同人,步调各不一样,迟早要分道扬镳。

最近这两三个月过得稀里糊涂,胃有点毛病,想了很多事情,所以除了贺年卡外,没写一封信。对你也很失礼,请原谅。对于紫菜,我有点小题大做。我发誓,即使死于胃病,也要吃紫菜。

知道你很忙,但还是希望常来信。我也忙于学习,这封信就像日记摘抄一样,但愿不要笑话我的幼稚。

短歌也几乎没写,没有时间。只有三首。

　　　　难熬的孤独,如黄昏的一颗星,难熬的孤独。
　　　　看星泪水淌,从未这样高兴过,从未这样过。
　　　　我活草木中,仰望太阳我生活,我活如草木。

33　三月六日自逗子致藤冈藏六明信片

三浦半岛比我想象的要好,遍地是菜花和麦子,富士山清晰可见。夜抵三崎,城之岛的灯塔闪烁着绿色的亮光。薄雾弥漫。代问井川君好。

　　　　　　　　　　　　　　　　　　　　芥川生

34　五月十九日自新宿致恒藤恭

我心中时常萌生恋情,如同虚无缥缈的梦幻般的恋情。似乎在某个地方有我的心上人,实际上这是最保险的爱情。因为如果在现实中追求女性,第一,女性过于自负;第二,社会喜欢类比。

总之,只好单身独处,但时常感到无法排遣的强烈孤独。

但是,也有非常愉快的事情,那就是发现自己的心脏与风云一起激烈变幻的时候(也许让你见笑)。当然,这只是我的胡思乱想,但确实有这种感觉,心里有点害怕。

顺便再说一个我的妄想。我觉得有什么东西在等着我,有什么东西在引导着我。小时候,这个"什么东西"很疼我,但最近时常抱怨我。说得浅显一点,就是有可能获得幸福的想法深深扎根在我的心里。然而,可笑的是,这是通过工作获得的幸福。你大概会笑话我是一个幸福幻想家。

愚昧无知不可容忍。因为容忍自己的愚昧无知,因此也容忍别人的愚昧无知,这是最卑劣的自己保护。必须蔑视愚昧无知(心情极好的某个时刻)。

听说牛津大学的一个学者有这样一句名言:"读兰姆的书,觉得他不懂英文的妙趣。《Essays of Elia》(《伊利亚随笔集》)是文学本能的试金石。"告诉你,这是上田先生推荐兰姆的理由之一。

一想到考试将近,就不由得心头沮丧。考官就像防疫站的人,总是检查吐泻出来的东西。既然真正检测营养品的医学人员不来,考试就只能永远愚蠢透顶。把课堂笔记本摞在一起,实在灰心失望。

> 沙漠商队能去往何处?
> 放眼望去,唯有平沙无垠。
> 能去往何处?

有的商队一去不复返,
连狮身人面像都没见到,
就葬身沙海。

我是没有光的泪水的星星,
我是不写地狱箴言的布莱克。

许多骑士从我的面前走过,
我有时也想自己就要出发。

麦姆嫩巨像默默站立,
黎明尚未来临,
黑暗——黑暗。

蔷薇何时开放,
含糊不清的低语:
总有一天开放。

黄昏的微光,
环绕着象牙塔,
无奈地打盹。

35 七月三十一日自新宿致藤冈藏六

路上(对话)。

浓雾弥漫的黄昏,正中间摆有青铜 Sphinx(斯蒂克芬),一人高的 pedestal（台座）包裹在浓雾中，此外什么也看不见。

学生，二十二岁，穿金色纽扣学生制服、外套大衣（overcoat），手持阳伞。

第一节

学生　见这天色有点发黑，看来暮色将临。这么大的雾，一眼望去，灰蒙蒙一片。三十分钟以前我还在那座教堂下面行走，现在来到这儿，简直是迷了路。怎么回事？我就像在碱水里气喘吁吁游动的鱼。（看 Sphinx）噢，是什么站在这儿？（走上去，站在前面）好像是 Sphinx。不，且慢，这 pedestal 上写着什么？（弯腰看台座）噢，是意大利语。E MANGIA E BEE E DORME E VESTE PANNI。为什么要写这样的文字呢？真是无聊的俏皮话。（坐在 pedestal 上）啊，累了。瞧这样子，不能很早回家。我现在连自己在什么地方都闹不明白。（点烟，吸烟）我究竟是从哪里来的呢？嗯……上午十点起床，吃过饭，去学校。在学校里听了一会儿哲学史课。教材是 Spinoza（斯宾诺沙）（微笑）的《Notwendige Freiheit》（《必然的自由》）。《Notwendige Freiheit》好。（微笑）然后吃过午饭，去书店，买了一本 Kant（康德）的书（摸口袋），书在这里。然后和朋友一起去动物园，看了猩猩和长尾猴。回来的路上，喝了咖啡，在十字路口和朋友分手。这时雾开始大起来，我走过五六条街道以后，教堂的尖顶模模糊糊地矗立在头顶。结果我稀里糊涂地走到这儿来。这是 B 町大街呢，还是 K 桥大街？不，不，都不是。那儿没有这个 Sphinx 啊。唉，这座城市究竟有 Sphinx 这种玩意儿吗？好像我还是第一次看见。这么说，也许我是走错了路，来到一个陌生的地方。这样的话，我就更回不了家了。

第二节

牧师，身穿黑色长袍，头戴黑色 soft hat（软帽），有点跛脚。

牧师　雾这么大，简直辨别不清方向（走近 pedestal），就在这儿等着雾散吧。（看见学生）哦，对不起，您也是在这儿等着雾晴吧？

学生　哦……累了，歇一会儿。

牧师　（坐下）这雾真大呀，根本看不见路。

学生　您知道这是什么地方吗？

牧师　这儿吗？告诉你，这是 B 町大街呀。

学生　B 町大街没有这个 Sphinx 啊。

牧师　不，不，从我记事的时候开始，就有这座雕像。我年轻的时候，经常在这座雕像下面传道。我是一个牧师。（看着学生）

学生　我一次也没见过这个 Sphinx。对不起，可能您记错了吧？

牧师　（不高兴地）我的记忆准确得很。这就是 B 町大街，一直往前走，就是电车路。不管这儿是什么地方，只要一直往前走，肯定能到那条电车路。

学生　那也许是我记错了。（微笑）

牧师　对不起，大概是这样的。（抬头看天）看来一时半会儿散不了，差不多快到中午了吧？

学生　中午？别开玩笑了，都四点多了。（笑）

牧师　四点多了？（看着学生）你是怎么回事？看看这个。（从口袋里掏出怀表）你瞧，十一点四十分，十一点……

学生　不凑巧，我的表忘带了。不过，我早就吃过午饭了，所以不可能还不到十二点。

牧师　（立起）你瞧瞧，这指针明明指着十一点四十分，这指针

……（生气地）你脑子是不是有毛病呀？你这个人非说现在是黄昏不可，要不是神经不正常，就是愚弄我！（离去）

学生　（一边目送他离去一边笑起来）你自己才不正常哩。

第三节

　　教授，夹鼻眼镜，拐杖，白胡子。

教授　（欲走过）

学生　（叫住他）这不是老师吗？

教授　噢。（停步）

学生　（站起来一边脱帽）好大的雾啊。

教授　嗯，你在这儿干吗？（微笑）

学生　迷路了，又走得很累，歇一会儿。

教授　迷路了？这不是K桥大街吗？

学生　可是，这儿有这座Sphinx……

教授　有啊，Sphinx早就有啊。

学生　我觉得K桥大街没这个东西。

教授　有！（一边用拐杖在地上画线）我刚刚顺着O町一直朝这边走大约三百步，然后往左拐九十度角，又走了大约七百步，再从博物馆角上转到这儿来的。所以不管有没有Sphinx，这儿绝对是K桥大街。

学生　可是……

教授　好吧，你再等一等吧。要是你还不信，就继续在这儿等下去。等雾散天晴，差不多天该黑了。大概看得见金牛座。你知道怎么看金牛座吗？

学生　不知道。

教授　那我教你。（一边用拐杖在地上画着）你瞧，这是……

学生　等一等，我知道金牛座又怎么样呢？

教授　你就会知道方向，因此也就知道这儿是K桥大街。

学生　可是，老师，要是天晴了，用不着寻找金牛座，在附近打听一下，就知道这是什么地方。现在的问题是雾太大，我只是等雾散，您不必担心。

教授　（皱眉）你这个人素质不好，过于拘泥眼前的事实，不重视追求真理，非常糟糕。随你胡思乱想去吧。（离去）

学生　（目送他离去）真是悠闲自在的人。（微笑）

第四节

女人，脖子围着长围巾，身穿墨绿色上衣，高个子。

女人　（看见学生）对不起，请问，要去S町，该走哪条路？

学生　（回头看她）我连自己要去的方向都不知道，帮不了您的忙。（微笑）

女人　（微笑）这可怎么办呢？

学生　是呀，我也束手无策啊。（精神振作地）不论这条路朝哪个方向，这四面八方都是一堵堵雾墙。

女人　那您说该怎么办？

学生　只好坐在这儿吧，等天晴再说。

女人　可是，不知道要等到什么时候啊。

学生　是不知道要等到什么时候，但也不能随便乱走啊。

女人　也许走着走着就知道了。

学生　你说的是"也许"吧？

女人　是啊。这样子议论又有什么用？有时间琢磨这是什么地方，还不如往前走哩。

学生　你这个人好讲大道理啊。

女人　（微笑）其实，您想又有什么用？趁着天还没黑，还是走吧。不然的话，您肯定要后悔的。

学生　但是，情况不明，这样子走是很危险的。
女人　您真是个胆小鬼。（沉默片刻）来，和我一起走吧。两个人找，一定能找到出路的。
学生　瞎子拉着瞎子走路，那就更危险。
女人　那就随你的便吧。我自己走。（离去）
学生　（目送她离去）哼！（耸肩）

第五节

　　戴 mask（面具）的人 domino（身穿化装服）。

M　　雾这么大，真烦人。（坐在学生身边）
学生　你是谁？（奇怪地看着他）
M　　我是你的朋友啊。我这样子打扮，你大概认不出来。我现在去参加化装舞会啊。
学生　在哪儿搞啊？
M　　哪儿都行。
学生　我怎么也想不起来，你到底是谁？是 P 还是 L？
M　　我嘛，（笑）我不是一直和你在一起吗？
学生　我越听越不明白。
M　　不明白就算了。大家给我取各种各样的名字。
学生　我不认识路，正为难得很。你认识吗？
M　　我也不知道。不过，你要是和我一起往前走，会知道的。
学生　刚才那个女的也这么说。
M　　我不认识刚才那个女的，但是，我知道的事准没错。刚才那个女的怎么说？
学生　刚才从这儿经过的那个女的对我说：想又有什么用？赶快走吧。
M　　哦，是那个女人吗？那我认识。但是，她说的和我的完全不一样。
学生　为什么？
M　那个女人是把走路作为目的，觉得走路很有意思，因此通过走路也许可以知道路。我和她不一样，我是为了认识路才走路。
学生　这我同意。
M　因为你不会不同意。
学生　为什么？
M　不管怎么说，为了让你认识道路，必须一步一步正确往前走。如果没有你要回家这件事，认识道路就毫无意义；如果不是为了让你认识道路，走路就毫无意义。一旦这样决定下来，我们就一起走吧。
学生　好，走吧。
M　（念 pedestal 上的铭文）这写的是什么呀？E MANGIA E BEE E DORME E VESTE PANNI。哦，除了 Sphinx，别的什么都不知道。总之，必须认识道路，然后你尽快回家。在这一带转来转去的，活得多没价值啊。好，咱们走吧。（二人离去）

　　Sphinx，浓雾，黑夜。幕落。
　　上面的"E MANGIA E BEE E DORME E VESTE PANNI"意为"只会吃喝睡，制作法袍"。

芥川生
三十一日夜

36　七月二十八日自千叶县一之宫致浅野三千三明信片

你大概认识比我高一个年级的堀内利器吧，他的名字就像是特许专卖的挖井机械。一之宫是那个堀内的老家。真不愧是堀内的老家，连大海都野蛮得可怕。所谓海水浴场，那是有名无实，其实是受波浪的狠打，实在无法忍受。一之宫町政府竖在海边的告示牌也没写可以游泳，只说可以后背冲浪。弄得不好，翻过身来，就要喝水。第一天下水，灌了不少苦涩的海水。堀内居然泡在这个野蛮的大海里，实在是天下奇观。他用手巾裹着脑袋，那模样用汉语来形容的话，简直就是"壮士惨不骄"。可是他本人还得意洋洋地说："再没有这么美丽的大海。"真拿他没办法。

37　八月六日自千叶县一之宫致菅虎雄

菅虎雄先生大鉴：

酷暑之际，谨致问候。我于上个月二十日起一直在贵地，每天游泳和午睡。

一之宫海滨浪大沙粗，相距仅二十几里路的大原，与此处相比，感觉温驯平静。海岸也多沙丘，到处点缀着沙钻苔草和珊瑚菜的绿色，显得不甚荒凉。来游泳的人也比其他地方少，今年的旅馆尤其空闲，因此，其风俗不像其他娱乐场所那样低级庸俗。月三斋町的街面也纯朴可爱。

旧领主加纳家世代出名君，尤其当代领主加纳子爵的祖父，叫什么院，更是聪明过人，自古以来，颇多逸闻，流传至今。据说西洋黑船驶来之际，这位诸侯召来堀内村次、加藤藤内两个近侍，向他们展示自己写的一首和歌："挺枪上黑船，九十九滩立头功，二位谁争先?"村次立即回答说："头功自是我，九十九滩攻黑船，藤内岂可及。"藤内也应声回答："可及不可及，九十九滩争高低，加藤和藤内。"于是，主从相视，开怀大笑。这个堀内村次的孙子是我的朋友，今年一高二部甲班毕业，大概先生教过他德语。另外，老诸侯的轶事还有如把一之宫河上游处的湖沼命名为洞庭湖，种植樱花树，在树林中竖立模仿多贺城古碑的石碣，碑面刻有文字,言种植樱花树一百五十棵献予仙女。此都是老诸侯之风雅逸事。此等旧事,冗长赘述,不胜惶恐,就此搁笔。

芥川龙之介
八月六日

38 八月三十日自新宿致恒藤恭

我在一之宫大约待了一个月,每天游泳、午睡,像是完成任务。然而,根本没有空闲的时间,因为每天都去运动,在家里的时候,累得连报纸都不想看。(中略)

此次城下良平要去京都,也许会有事麻烦你,请多关照。我也打算明年春假时去看樱花,到时也请你关照。

田端的家已大体完成,十月初就能搬进去。二楼的设计如图所示,基本上与你我设想的一样。(图略)

被炉已经不用,今年寒假要是能在东京过新年那该多好。以后的房间比现在要宽敞,就是你来住,一切都非常方便。二楼有两间屋子,可以一人一间。

肖列德夫人的事已在《朝日新闻》上有所报道,只是说她养育日本的小孩,很了不起。云格尔不知道会怎么样。他是一个爱国者,大概很为难吧[①]。

奥伊肯不能来,三并也很失望吧。

最后,另邮寄上的小包裹是送给令妹的。本来很早就想寄去,但因为你去京都、土佐,只好等你回来。这是很早就买的,打算收到她送给我们棉花时作为感谢的还礼。不是什么贵重东西,千万别答谢。当然,这是我的妻子送的,并不是我。

---

① 第一次世界大战爆发,日本与德国断交。

歌忆云格尔先生
先生的忠实弟子　寿陵余子

如今更思念，秃顶先生云格尔，身影晃眼前。
先生云格尔，《走向莱茵》且高歌，此时将来临。
先生云格尔，皮带衣领皆宽松，日夜忧国情。
秃顶蓝眉毛，德国先生云格尔，见之心悲伤。
初次住日本，只要先生有愿望，到处去看看。

39　十一月一日自田端致浅野三千三

谨启：

近日迁居，新址如下，特此通知，并致问候。

田端停车场上白梅园对面的胡同。

北丰岛郡泷野川町字田端四百三十五番地。

芥川道章

芥川龙之介

大正三年十月

40　十一月三十日自田端致恒藤恭

迁居约有一月，诸事繁忙。现在墙壁终于已经干燥，花匠也已离去，开始略有新居的感觉，但还不太习惯，心情尚未平静下来。

离学校稍近一些，而且环境也比先前的幽静，只是位置较高，风较大。但是，一到傍晚，在二楼能够看见暮霭中的驹込台灯光一盏一盏点亮。

因为是三角形的地皮，盖起楼房后，周围有一些空地。我打算在空地上种点蔬菜，不知道能否成功。院子里有不少柯树，也有一些枫树和银杏。

但是，从家里到田端停车场要走一段相当陡的坡道，这是很麻烦的。这坡道有柳町坡道那么长，宽度却只有柳町坡道的一半。所以下雨的时候，穿木屐下坡十分困难。于是一到雨天，就想休息，不去学校。可是不去学校，作业积攒很多，最近为此事感到头疼。附近有一个以白杨俱乐部为主的画家村，我一到外面，经常碰到头戴礼帽的人。每次看见他们，就觉得艺术穿着藏青碎白花纹衣服在行走。听说步行四十分钟可以到学校，但是由于我没有走过，所以无法确定。我坐山手线去上野，然后走过观月桥，再经岩崎府，直上本乡台。不忍池四周还有一些博览会的残余建筑，非常肮脏。池中残荷败叶，在风中哆嗦，不免凄凉。看这样子，也许不久真的会出现游艇泛水的景象。

塞佐来日，音乐会、画展举办不少。最近我在一次现代音乐会上听了未来派音乐，要是那样的话，我也可以作曲。画展方面，我认为美术院展和二科会①很好，"文展"不行。二科会展出的梅原良山郎的《茶花》，非常出色。我觉得他完全可以办个展。美术院画展上，安田靭彦的《产褥》很成功，今村的《热国》画卷也很有意思，对大观、观山（尤其观山）的作品不满意。"文展"方面，现在社会上对满谷的后印象派议论纷纷，其实后印象派不止满谷一个人，"文展"上的每一幅西洋画（不折另当别论）都可以发现后印象派影响的痕迹。

还有，巽画会也有点意思。木村庄八大有进步，岸田刘生运用波堤切利、塞冈第尼的色彩和线条，很有意思。有一个家伙模仿这种手法，画出《蒙娜丽莎》的仿制品，实在愚蠢之极。

下一个星期日有音乐会。一发生战争，音乐会肯定要演奏《攻陷青岛之歌》，真受不了。我在音乐会上想起来，在攻陷青岛

---

① 日本美术团体。

那一天，我到庆应大学的英语讲演会去，只见云格尔和他的头戴坐垫般帽子的夫人也在场，听着"德国皇帝的野心已经破灭"、"德国军国主义一定要失败"的英语演说，表情很不自然。我觉得有点可怜。

最近我觉得自己逐渐和别人疏远，几乎不想见任何人，虽然时常也感觉寂寞，不过实在没有法子。而且对和自己以前的爱好相反的东西开始感兴趣。最近，我对拉茨夫这样强硬有力的东西感兴趣。自己也不知道什么缘故，只是觉得阅读这些东西不会感觉寂寞，我也比高中时候清纯多了。

你在上一封信中谈到绘画，其实我对绘画的情趣也与以前大不一样。也许真的有点不正常，最近我好像开始真正懂得凡·高的画，而且觉得对所有的画也开始理解。更大胆地说，也许这是对所有的艺术的真正理解。

我说这么几句话，你肯定不明白是怎么回事。但是，一旦用语言表达，觉得关键的地方词不达意，也许还不如这样子更能令你产生同感，所以不再多说。

总之，我的倾向在逐渐发生变化。因为刚刚变化，现在还不能宽松自如。我认为立足于与我不同见解的所有艺术都是邪门歪道，玩弄这些东西的家伙都是大蠢货。所以，艺术家大致都和手脚灵巧的狒狒差不多。我相当盛气凌人，但为人一本正经，所以不可奚落嘲笑，而且没有摆出天才的架势，大可不必担心。由于我还不能宽松自如，心头着急，心头一着急，就容易吵架，这很不好。我非常讨厌做那种伤害别人感情的事情，但最近出现这种反自我意志的倾向，我也非常为难。

你在京都的时候，我想去一次。在我盛气凌人的时候去，也许你大为讨厌。不过，不论我多么盛气凌人，并不认为自己的东西有多么好。因为看别人的东西滑头取巧，漫不经心，心里不愉快。但自己的东西或者也是一路货,或者甚至还不如他们,所以心里更不愉快。不过,有那么一点点盛气凌人,还不至于使你讨厌,所以还是想去。总之,你去京都实在不好,想见面也不容易,实在很不方便。写信嘛,说不清楚(我的文章十分糟糕,连自己都觉得看不下去。那些语言,其实我是想表达自己的真意,但重读一遍,就会被理解为谎言),去见你又太远,非常不好。

要做的事很多,非常繁忙。身体很好,胃病已经痊愈,正如有一次你在宿舍里说的那样,只是早晨起床时,不幸的感觉依然如故。我问一个医学系学生,这究竟怎么回事,他说大概是血液在后脑不太怎么样。他都说不明白,我就更一窍不通了。

《新思潮》早已停刊,但因为它的曾经存在,使大家都得到写在稿纸上的东西立刻变成铅字的权利。(中略)

最近,我想把过去看过的书全部重看一遍,因为觉得虽然看过,却一无所获。

世上讨厌的家伙乱乱哄哄、吵吵嚷嚷。他们都在标榜自己,实在让人受不了。表现自我的时候,自我价值难道就不成为问题吗?凡·高也说过:"我要让社会看看我具有什么。"但是他不说:"我要让社会看看我有多么丑陋。"(中略)

想起最近去逗子的事,想起来就写一首。

> 驿路长且直,青云弥漫遮长路,一望无尽头。
> 夕乌亦可怜,浑身洒遍金阳光,沐浴潮水里。
> 大海哟大海,比你更加无穷物,在此眺望你。
> 虽然有困意,睫毛之间凝眸看,棕榈、金海洋。
> 黄昏日西斜,浪花飞溅海渐老,沙哑独低语。
> 我闻大海声,堕入万劫在哭泣,抑或海涛响?
> 每当夜色晚,大海天空交际间,蹲伏小男孩。

> 大海遥远处，似有若无涛声沉，我心在颤抖。

好了，不写了，实在是拙文。"夕乌"的使用多少带点诗味。

41 十二月十四日自田端致秦丰吉明信片

特地前来询问，我却没什么要说的。关于明治十七年（1884）《新富座演员评论集》，田之助写过一些评论，认为非常之好。狂言的《后风土记》，导演念剧本时似乎也只有一个角色。这部剧本没多大意思，又很短，只有和纸的十页纸。如果你想看，我寄给你。我还询问其他两三个人，都说知道，但详细情况不了解。我的母亲是相政的女儿，听说见过田之助的老婆，对她印象不好。菊池恐怕也不知道详细情况。

十八日德语考试结束后，我有时间，可能去拜访你。

又：该评论集说道："貌美，然面无表情之处如歌麿画笔下的女人。"可见此人之表演风格。

芥川生
十四日

42 十二月三十一日自田端致恒藤恭明信片

> 仿隆达小调
> 蔷薇凋谢了，啊
> 生命之春何时来？

龙
一月一日

43 十二月三十一日自田端致藤冈藏六明信片

> 仿隆达小调

蔷薇凋谢了，啊
　　　生命之春何时来？
　　　　　　　—L. I. XII—

　　　　　　　　　　　　　　龙
井川地址：武库郡西宫香栌园深
　　田直次郎　转交

44 大正二年或大正三年（1913或1914）（推定）致山本喜誉司（复印件）

　　依依恋此心，远方烟花催泪下，今宵又一人。
　　齐去看烟花，与君相问亦心悲，此时已忘我。
　　虽是盛夏时，翡翠亦觉寒冷夜，我心独哭泣。
　　手按黄杨梳，一双纤手呈微白，盛夏已过去。
　　与君观烟花，此夜两相心悲伤，露水湿衣袖。
　　微风轻吹拂，凉爽明石绉绸衣，熄灯谁家孩？
　　水映灯火明，我道君与水相映，君看水光明。
　　轻解罗纱带，罗带轻薄情亦薄，且莫此思量。
　　二人情意深，汽车满载爱恋去，骤雨过黄昏。
　　傍晚过骤雨，汽车满载恋情深，与君去金春。
　　金春小路上，处处灯火初点亮，骤雨过傍晚。
　　与君情意深，车里满载蔷薇花，今宵岂能忘？
　　请问君知否，牡丹灯笼光微明，依然映我心？
　　君心亦寂寞，犹如祭魂新三郎，寂寞何相似。
　　君心更寂寞，请看翡翠腰带扣，色泽也黯淡。
　　君听我心忧，不日白玉楼中人，脸色更惨然。
　　默默看着我，明眸满含忧伤色，此心实可怜。

明眸如火燃，女人悲哀尽倾诉，我心不堪忍。

　　我是三十一日收到你的来信，所以还是来不及。以后要在两三天之前通知我。除了三日，其他时间都行。也想晚上在银座和你见面，这一阵子的酷热实在无法忍受，去有乐座或者别的什么地方看电影也行。《阿特兰提斯》已经看过了，没意思，模仿小说，居然编了三部。

大正四年
（1915）

郑民钦译

45 二月二十八日自田端致恒藤恭

是否有不自私的爱？自私的爱无法超越人与人之间的障碍，无法治愈人的生存寂寞的苦恼。如果没有不自私的爱，就没有比人生更痛苦的了。

周围的人们很丑恶，自己也很丑恶。目睹这些丑陋活着是一种痛苦，而且只能强迫自己这样活着。如果说这一切都是上帝的安排，那上帝的安排也实在是恶劣的嘲弄。我怀疑不自私的爱的存在（包括我自己）。有些事时常让我想不开，觉得为什么到如此地步还要活下去，而且最终认为对上帝的复仇就会失去自己的生存。

我不知如何是好。

也许你很沉着冷静，也许你认为我说的话是浅薄的夸张（你如果这样认为，我也没办法）。但是，有一种东西强迫我不能回避现实，这个东西命令我直面周围和自己的丑恶。我当然害怕毁灭，而且我在不得不倾听这个东西的声音时，就预感到毁灭。

每天肯定都会发生不愉快的事。总想和别人吵架，所以不愿意和别人说话，但因此倍感寂寞。有时多愁善感，简直令人觉得无聊。我还想出去旅行，似乎觉得和大家见不着了，极其孤独寂寞。

龙
二月二十八日

46　三月九日自田端致藤冈藏六

　　我心素耿直，人生路上走到头，不愧男儿志。
　　人生如此苦，如今识尽苦滋味，迷途入"泪谷"。
　　得意瞧不起，俗人犹如恒河沙，且由他去吧。
　　悲伤亦无泪，一心面对护身符，注视我人生。
　　如今知我身，小于罂粟且卑贱，欣喜似悲伤。
　　我身与我心，昨夜尽情受侮蔑，破晓心爽朗。
　　我心受轻蔑，从中透出光一缕，淡淡破晓天。
　　朋友心开阔，对我如此自负人，从来不责备。
　　朋友也心疼，见我灵魂苦折磨，你是真朋友。
　　心情亦变化，有时聊天颇平静，有时看太阳。
　　我心稍平静，轻翻书籍读诗篇，不觉泪盈眶。

今天情绪稍微平静，也想去你那里，但还是决定过一阵子再说。因为自己痛苦挣扎的时候，看到别人情绪平静，觉得很难受。

47　五月十三日自田端致恒藤恭

发烧，卧床，本想病好以后给你回信，但看来不会马上就好，所以给你写这封信。因卧床写信，不能坚持太长时间。我想得的可能是肺病，十分担心，没法准备考试，心里着急，很不痛快。

　　枕边紫藤花，花枝倒着垂下来，轻触温度计。
　　藤枝轻摇晃，凝视淡紫荡漾时，悲伤掠心头。
　　不知在何时，紫藤悄悄开始落，花落药罐上。
　　如同他人妻，偷偷到我屋子里，凝眸两相视。

隐约有香气，犹如恋人香清淡，紫藤轻呼吸。
藤花香袭人，忽而清淡忽浓郁，尘满 notebook（笔记本）。
紫色藤花开，花下散乱淀粉纸，淀粉纸质软。
倘若难坚忍，伸手摘取藤花瓣，犹如我爱恋。
亲友皆远离，唯有紫藤送幽香，黄昏寒气重。
轻拉窗帘开，初夏清风熏人醉，紫藤花垂落。
藤花轻摇动，幽香缕缕袭人来，不禁思念生。
喝完随手放，杯里剩水映淡紫，可是藤花色？
沉闷此心情，轻轻抚摸紫藤花，郁郁堕忧思。
病卧床篑上，藤花轻拂我额头，身体出虚汗。
发烧出虚汗，紫藤花下来清风，轻拂我病体。
半睡半醒中，眼睛微闭看藤花，轻摇睫毛间。
盆中紫藤花，开放最后犹未谢，黄昏泛微白。
打针有点痛，轻轻抚摸针眼处，独看紫藤花。
吱拉觉疼痛，针头插进皮肤里，心头生悲哀。
晴天雨不停，针眼疼痛亦不停，两相哭不停。
沥沥晴天雨，廊上藤花泛晴光，抑或痛伤悲。
廊上紫藤花，亮光潋滟晴天雨，不觉垂花颈。
被窝热且臭，午后小起上走廊，聊捉紫藤虫。
傍晚灯一亮，紫藤花影无声息，落映 notebook。
日影和灯影，紫藤花影映被单，倩影亦可怜。
我友如何活，入泽池畔藤花开，清风荡紫浪。
藤花春日野，松叶翠绿春日野，初夏已来临。
有友曾康健，最近染恙卧病床，至今未痊愈？
紫藤花凋落，我病近日犹未愈，且任花凋谢。

进行皮试，没有反应。看来不是肺病，心想很快就会痊愈，无须担心。谢谢你的明信片，大家都很高兴。

    形状像头猪，父亲趴在凉席上，看画祇园舞。
    端详明信片，京都祇园狮子舞，犹闻鼓乐声。
    京都大路上，迟开樱花始零落，谁人踩木屐？

                   龙
                 十三日

48 五月二十三日自田端致恒藤恭

  病已几乎痊愈，本来还要去医院，但因考试临近，没有法子。光是 Dickens（狄更斯）文献目录学就要牢记年号等许多东西，实在太累。相比之下，谢里丹、胡德这些家伙的书目的德行要好得多。但是，书志学本身极其愚蠢恶劣。另外，还要背诵词语的使用方法，必须回答诸如"你知道 his 作为 my 的含义的使用方法吗？你知道莎士比亚的什么戏剧的第几幕使用这种方法？"的问题，实在令人头痛。总之，简直就是一场灾难。

  最近看路易斯的小说《The Monk》（《僧侣》），自 1798 年出版之后，从未再版。那些落伍于时代的古色古香的地方倒很有意思，有幽灵魔法决斗暴动的魔鬼，大舞台是西班牙，故事发生的地点大多在修道院里，最后一个名叫阿姆布洛基奥的修道士从宗教裁判所的监狱里越狱出来，想和魔鬼一起飞上天去逃跑，但还是被魔鬼杀死，其灵魂堕入无穷的毁灭。最后是作者发出说教道理："ladies 哟，宽恕别人的罪过正如严惩自己的罪过一样，都是善事。"拉德克里夫姑且不论，从路易斯到马提尼琳、比西·雪莱，到产生爱伦·坡的过程，实在是饶有兴趣的事情。我现在正在看梅丽·雪莱的《妖怪》。

最近我成为《Everyman's Library》(《人人丛书》)的热心读者。睡觉的时候也对巴尔扎克十分佩服。看了黎德的《修道院和家庭》,觉得有点意思。

最近怀疑自己得了肺结核的那一阵子,竟然觉得街上来来往往的人们全都是肺结核病患者,而且痛恨他们为什么不早去医院治疗。于是看见有人在街上随地吐痰,就认为他们简直就像大逆不道的畜生。但是,现在在我眼里,他们一个个又都身体健康,而我自己也时常随地吐痰。(中略)

大家大概都健康地活着,因为学校是 minimum(最低限度地)去,所以不大清楚。病虽然已经痊愈,但还觉得 inability(无力),没有办法。正值心情不好的时候,收到你上封信,十分感谢。

就此打住。再见。

49 六月十二日自田端致浅野三千三

浅野三千三先生著席:

久疏问候,近况如何?

记得曾在一高大门前遇见过,当时我心情极不愉快,大概也没有好脸色吧。现在我正考试,十五日全部结束。要记住许多无聊的东西,实在没意思,而且这两三年对自己不感兴趣的东西越发不用功,在所有课程中,对我的专业英国文学最没兴趣,真不知如何是好。

但考试结束后就进入假期,想到这里,也还能引起点精神。

最近与朋友都没有联系,所以他们的情况一无所知。去年到丢布斯克先生那儿上夜校的时候,还经常遇见小野田君。那位先生现在大概还在一高吧,小野田君大概也健在吧。

一高的考试在二十日左右也该结束了吧?能否和市川君一起来玩?在田端的停车场下车以后,一打听白梅园就知道。当然白梅园不是我的家，白梅园对面胡同的尽头才是我的家。

我并非摆前辈的架子，只是好久未见，想见面聊聊。

匆此。

芥川龙之介
十二日晨

50　六月十二日自田端致恒藤恭

井川君：

考试从十日到十五日，虽然时间不长，但有时一天要考两门，排得很紧，实在头疼。尤其这一年，我对自己不感兴趣的课程越发不上心，更是难办，而且我对专业课程英国文学最不感兴趣，真不知如何是好。另外，每个星期还要去两次品川的医院，简直是烦死人了。

今天是有关莎翁的考试。我把试卷给你寄去，你可以看看。有一道题目是：莎士比亚的致W·H·的十四行诗，这W·H·是谁？举出十个人的名字，说出这分别是谁的观点，又有谁反对这个观点。就这道评论题就够长的了，但是必须拼命记住肯定一辈子也派不上用场的这些人的名字和事实。莎翁的十四行诗初版有二千五百五十一行，其中排版错别字三十六个。《维纳斯与阿多尼斯》也是同样的版本，有三千零四十七行，其中错别字六个。这只是其中一道题目。

我自己也不知道身体好坏，自我感觉似乎还不坏。

现在我的脑子里净是数字，例如狄更斯的著作年表，彼得拉尔卡的十四行诗的数量，十六世纪十四行诗作者创作的作品总数，莎翁十四行诗的号码，《辛白林》一剧的幕数和场次数——简直是大灾难。想尽快能做一点自己的事情，实在毫无办法。有一半科目的课堂笔记没看完，只好临场发挥，写上自己的感想敷衍了事。

田端到处都是各种各样的嫩绿草木，而且每天细雨霏霏。你大概也知道，我喜欢雨季。我认为，只要稍具审美情趣，谁都会不去计较发霉的气味而喜欢雨季。饱受雨水滋润的树枝低低垂下，实在美不胜收。江城五月黄梅雨，黄梅黄麦的新绿与灰色的天空所构成和谐的美在西方诗歌里大概寻觅不到。在梅雨暂歇的时候，出门散步，令人想起"家家门巷桐花"的诗句，想起"槐影沉沉雨势来"的诗句，想起"一川熏彻野蔷薇"的诗句。我祈求至少在考试结束以后的半个月里是雨天。意外得很，没有蚊子。

　　增野先生实在可怜，他知道我的同情之心。（中略）

　　帝国剧场要演出武者小路的《我也不知道》，由猿之助主演。

　　想尽快从考试中解放出来做自己的事，我要做的事情、必须做的事情实在太多。我的一个朋友得了肺结核，已经是第三期，现在谁也不去探望他。他的姐姐还没有结婚，日子非常艰辛。住院似乎也很痛苦，我想，那种状态实在无法忍受。我想得很多。那个人没有什么雄心壮志，也许是不幸中的万幸。

　　现在还没有决定去哪里，但肯定要出去。

龙

十二日晚

51　六月二十三日自田端致浅野三千三明信片

　　我想你的考试也已经结束了吧。如方便，请来玩。

　　请告日期，等候光临。

　　匆此。

52　七月二十八日自田端致恒藤恭

　　推迟出去的原因是因为要翻译稿件，没译完就无法离开东京。这个月底之前还必须完成一百五十页，一想起这些就够烦人的。

出云很凉快吧。东京热得要命，大多在九十度以上。光着身子一动不动地躺着都大汗淋漓，这种难受绝非寻常。虽然觉得坐二十多个小时的火车也差不多快煮熟了，但还是要去出云。去之前恐怕是酷热天气，但我觉得如果这次不去，以后大概不会有机会。所以，如果不发生意外的话，打算八月一日或者二日离开东京。每年八月上旬我都要离开东京。其实，因为前些日子没有收到你的来信，心想也许你不太方便，还有点担心。

总之，如此炎热，实在受不了，待手头的事情一办完，立刻出发。为此，衷心期盼着在出云的湖面上乘凉。

> 出发去出云，出云之国云出来，漫天皆阴霾。
> 遥远出云国，天风呼啸刮地来，白云似披肩。
> 古代出云国，姑娘举起红披肩，挥动招客人。
> 如今红披肩，小孩挥舞都不见，乘船入韩国。
> 无论去何方，阳光普照遍大地，放眼见大海。
> 到处皆峻岭，一阵骤雨云出岫，届时入出云。
> 上面因幡国，如今白兔还住否，沙山多故事。

龙

七月二十八日

如无变化，拟于三日离京，大概五日即能去松江。请多关照。

龙

53　八月十四日自松江致藤冈藏六自绘明信片

到松江已十天，每天大抵和井川君闲聊，也去湖海游泳，几乎没有看书。但有点胃疼。松江城市很宁静，河流很多。住在城边的哈安先生的家也很寂静。井川君的家在河边，河里长满閪草和芦苇，时常听见鹏鹏叫，其声恰如小口哨。二十日左右回东京。匆此。

芥川生

十四日午后

54　八月二十一日自松江致浅野三千三明信片

出云从"盾缝秋鹿十六"这一类的地名到中海的小渔船，总是弥漫着一种神代的气氛。出云神社的建筑也是上古时代住宅的一种形式，所以更感觉到《古事记》的情趣。忤筑背靠青恒山，面临风平浪静的大海，乃威严尊神之所在。

55　八月二十二日自田端致恒藤恭

如果使用"承蒙极大关照，谨表衷心感谢"之类的语言来表达我的感谢之情，就显得庸俗，所以不说此类客套话，但我的确从心底表示感谢。胃病发作的时候，皱着眉头，心情也不愉快。所以那时肯定表情更加不悦，请你多多原谅。

火车乘客很少，相当松快，但进入京都时，遇到大雷雨。第二天下了一整天的雨，哪里也没去，冒着倾盆大雨回到东京。根岸先生在途中给我介绍一位去东京的乘客，一路上我大抵都是和他聊天。

这一趟累得我筋疲力尽，现在还很困，但是今天一大早起就有客人，一直陪到现在，刚刚送走，所以给你回信也晚了。没有精神写诗，随意涂鸦几首，也许不合平仄。

波根村路

倦马贫村路，冷烟七八家。

伶仃孤客意，愁见木棉花。①

真山览古
山北山更寂，山南水空迴。
寥寥残础散，细雨洒寒梅。②

松江秋夕
冷巷人稀暮色明，秋风萧索满空城。
关山唯有寒砧急，捣破思乡万里情。③

莲
愁心尽日细细雨，桥北桥南杨柳多。
棹女不知行客泪，哀吟一曲采莲歌。④

你送给我的葡萄，怎么吃也吃不完，最后一串是在龟冈吃的，莫名其妙地觉得很高兴。到横滨的时候桃子才吃完。于是在旅行简介的角上写下这样一首俳句。

嘴里咬葡萄，手写秋风歌。

自知俳句创作的通病未改。在京都饭店的餐厅里，一位奇怪的绅士请我吃饭，而且还送给我作早饭的三明治和敷岛牌香烟。我和他聊了一些绘画和文学，分手的时候，请教大名。起先他只是说自

---

① 原文即为汉诗。
② 原文即为汉诗。
③ 原文即为汉诗。
④ 原文即为汉诗。

己名叫云水，最后在手头的纸片上写了"北垣静处"四个字。说道："年轻人就是要闯，用脑袋去闯，哪里也敢闯。"我向服务员领班打听，回答说那个人是男爵。他年近四十，身穿礼服大衣，个子很高。

和他一起喝的薄荷甜酒，有点醉，上火车以后还睡不着，于是旁边那个学生模样的乘客和我聊天。他长相一般，个子不高。我们聊了一会儿音乐。为什么聊音乐这个话题，我记不起来。但是记得他谈起肖邦，他说肖邦创作了为数不少的音乐作品，其美妙之处在于音与音之间的空隙具有受到前后音影响的微妙敏锐的感觉。后来他给我一张名片，上面写着高折秀次。我听过这个其貌不扬的小伙子和肖鲁茨一起演奏过肖邦的《夜曲》。高折秀次先生是去年音乐学校毕业的最有才华的钢琴演奏家。

我觉得邂逅这两个人实在有趣，因为总觉得他们不像日本人。

一回到家里，就收到女友来信。

向诸位问好，尤其代我向我所敬爱的阿完问好。另一封信是公开的感谢信。

二十二日夜九时

56 八月二十四日自田端致石田干之助明信片

敬请斧正。（因自觉佳句，加以红圈，不要吹毛求疵。）

> 冷巷人稀暮色明，秋风萧索满空城。
> 关山唯有寒砧急，捣破思乡万里情。

只是"关山"显得有点俏皮。天主阁、街道、松江都非常荒凉。我基本都在家，有空请过来。

57　九月八日自逗子与成濑正一共致松冈让明信片

我在此处，受到成濑的关照。每天吃梨，到海里游泳，看两三页书。说是游泳，其实应该说下海受海蜇蜇也许更准确。我很灵巧，很少被蜇。成濑鲁莽，顾前不顾后，又是英俊小伙子，海蜇对他一见钟情，所以从胸部到腹部都爬满海蜇，现在正在全身抹氨水治疗。（龙）

58　九月二十日自田端致恒藤恭

恭君：

每天日子平淡，从这个学期开始，只有星期三、四、五、六上午有课，大部分时间都很空闲。只是还惦念着论文，一直放心不下。其实，无论怎么挂念，也无济于事。

在都德的书中看到米开朗琪罗在西斯廷教堂的绘画，十分激动人心。仅仅说激动人心还不足以表达我的心情，也许应该说我从头到脚全身都在颤抖。我这是情不自禁地发自内心的感受。就绘画而言，现在能让我激动的只有米开朗琪罗。如果说此外还有其他人的话，那就是伦勃朗。我收藏有伦勃朗的第二位妻子的肖像画 colour reproduction（复制品），感到很满意。听说他落魄的时候，自画像只卖三便士。现在不论是什么样的复制品，价格都在三便士以上。还有戈雅。我非常喜欢戈雅的《伊莎贝拉女王》。这些伟大的画家高唱自己的歌声，仿佛为人类吹响最后审判的喇叭。我们因此才能够心情平和宁静地生活。这一阵子，我的脑子有点为这些天才而发疯。

在一片翠绿中发现点缀着鲜黄的樱树叶子，忽然感觉到秋天的萧瑟。再仔细一看，几乎所有的树木都有些许黄叶，于是觉得秋天最准确地显示出"死"的力量，心情更加惊惧，仿佛一个巨大的东西在树梢上大步行走，留下无形的脚印。

看了报上刊登的作品，很有意思（我自己的作品意思不大）。"秋天站在日历上"，这很有情趣，真的很感人。定福寺的诗还没有写出来，但写了一首《竹枝词》。

> 黄河曲里暮烟迷，白马津边夜月低。
> 一夜春风吹客恨，愁听水上子规啼。①

写得不太好。（中略）

各方面的所有事情似乎都虎头蛇尾，不知道什么时候才能办好，虽然最终会有结果，但大抵会大失所望。

> 秋天站立在，我的细小指甲上，凄凉尤透心。
> 秋风起飞扬，三越百货店窗户，悉皆闪白光。
> 喷泉水也冷，橡树黄叶落纷纷，秋景亦凄凉。（这首相当紧凑）
> 橡树已发黄，秋风穿梭细枝间，行路听悲声。（同上）

今天似有创作短歌之兴头，欲罢不能。

龙
二十日夜

59 九月二十一日自田端致矢羽真弓

矢羽真弓先生台鉴：

所画自然只是略图，如从动坂过来，请按照箭头所示，最为近路。我去前辈家里，总有点拘谨，不太畅快，因此担心您是否也有

---

① 原文即为汉诗。

同样的感觉。如没有,请来玩。

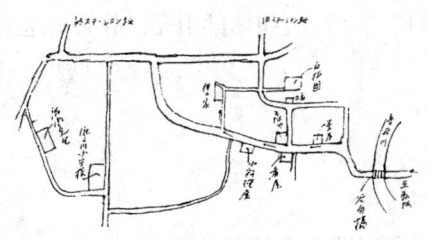

芥川龙之介
二十一日夜

60　九月二十八日自田端致矢羽真弓

矢羽真弓先生台鉴:

　　大札收悉。您说大约一年以前就开始对我感兴趣,其实我更早一些就知道您。起先只是觉得大名很有意思,因此意识到您的存在(我这样说实在失礼),后来许多人对我谈起您的许多事情,终于使我对您产生某种感情。于是,我在很早以前就想和您见面。我非常讨厌什么前辈之类的想法,于是推测您大概也觉得到我这里来会感到无聊拘束,所以一直没有开口。前些日子您让我去玩,这使我增加了勇气。您还说自己也可以来的意思,所以我鼓起勇气,给您写了上一封信。地图也画得很不像样。请您一定来坐坐。我的时间什么时候都可以,如果能早一点定时间,自然更好。那一天我不再约请别人,我不喜欢两个互不相识的人在我家里碰面。

芥川龙之介
二十八日

61　十月九日自田端致浅野三千三明信片

拜启:

大塚老师现讲 Wilde（王尔德），我须用一下《House of Pomegranate》（《石榴之家》）。如你已用完，务必请送来，就此拜托。匆此。

62　十月十四日自田端致浅野三千三

《House of Pomegranate》确已收到，请放心。匆此。

芥川龙之介
十一月十二日①

63　十一月十四日自田端致原善一郎

原君：

久疏问候。种种烦事缠身，不得闲暇，所以时常收到你的明信片后，未能及时回信。谅身体健康，但是否有思乡之情？今年十月底，我迁居田端。此地安静，离小野家约八百米。过一些日子，老师大概搬迁到小野家与我的家的中间地带居住。

学校照样去，但上课实在没有意思。最近我不听文科的课程，接连听波多野老师的希腊哲学课。我最尊敬大塚老师和波多野老师。

听说白桦会要举办布莱克的展览会。布莱克在日本很吃香。只是注重他的诗，他是一个抒情诗人，但布莱克的神秘主义这另一面，因为没有书籍，看来没有人会去做。我的一个朋友本来打算写关于布莱克题材的毕业论文，但函购 Complete Works（全集）时，此书已绝版，一本需要八十五日元，最后只好作罢。

---

① 原文如此。

战争爆发以后，德国的书籍无法进口，有点不方便。现在学校讲授 Kant（康德），却没有书，十分难办。从书籍这一点来说，可以感觉到战争的影响。但从其他方面，我们毫无战争的感觉，而且对德国相当同情。今年夏天在一宫的时候，风传要和美国打仗，现在却一片太平景象。

读有关战争的报道，我痛感到，英国太弱。即使这场战争打赢了，在巴尔干问题上，俄国也一定不会把英国放在眼里，我甚至觉得它有点可怜。其实，既然已经有了美国这个英国文明的继承者，英国也可以灭亡了。

因为战争的缘故，本来要来日本的奥伊肯也来不了了。他已年迈，如果不快点来，真怕他死了怎么办。无论如何，战争不是一件好事。

在美国大概也很有意思。我也想去美国的大学里当一个日本文学教授的助手什么的，当然，这只是想想而已，我知道没那么便宜的事。

在日本吃香的美国诗人是惠特曼。模仿惠特曼的散文式诗歌很是流行。然而，日本诗人的英语程度蹩脚到连《Leaves of the Grass》（《草叶集》）都看不懂。

冬天快到了。一到冬天，日本人就显得特别龌龊。想到自己也是其中的一员，不免有点沮丧。冬天好像只适合西方人。黄色的下巴埋在毛皮大衣的衣领里，实在缺少风度。

先前你送的 Poor 的书，我觉得很有意思（但这本书相当难），但是，我不能像作者那样赞成立体派、未来派。我承认理论，但不承认这样的艺术（毕加索创作许多完全看不懂的画）。我还是喜欢马蒂斯的绘画。如果我只是通过自己所看过的为数不多的画来判断的话，马蒂斯是一个真正伟大的艺术家。我所追求的正是这样的艺术。这是洋溢着如同沐浴着阳光不断飞向天空的绿草一般生活力量的艺术。从这个意义上说,我不赞成为艺术的艺术。我要与不久前还在创作的伤感性的文章和短歌永远告别。基于同样的理由,我极不赞成其他大多数作者的作品。也许有人说我目中无人,但我真的这样认为。

最近看罗曼·罗兰的《约翰·克利斯朵夫》,爱不释手。

昨天从逗子的海岸回来。在逗子胡乱涂了几首短歌,请过目。由于创作实践与理论不能很好地结合在一起,拙劣之处,请勿见笑。

夕乌亦可怜,浑身洒遍金阳光,沐浴潮水里。
虽然有困意,睫毛之间凝眸看,棕榈、金海洋。
大海多灿烂,棕榈树下极目望,一片镀金光。

龙

64 十一月四日自田端致久米正雄自绘明信片。

[配有芥川自绘图,题为"Portrait of a 'Hokan'"(某"帮闲"画像)]

我悠闲得能给你画这样的画。剧作有何进展?我写了一篇小说。

龙

四日傍晚

65 十一月十六日自田端致久米正雄

我毫不客气地说,我蔑视所有的人,但是我尊敬你。我和你情趣不同。我觉得你有时的确自夸,但是你博大的人格(当然从艺术性这个词语所包含的精神活动来看)超越了情趣的不同。我感觉到不可抗拒地被你博大的人格所征服。于是，我祈祷着不会出现由于我的缘故在你的面前低头的时刻。

我写这些话，其实心里还是感觉到一些不安，因为我写这些话似乎流露出以前你认可我的时候的口气。但是我觉得即使如此也无所谓，所以也就这么写了。

也许松冈、成濑会觉得我对你娇纵，也许以为我使用赞美的词语吹捧你，也许现在还这么想（也许你自己也这么想）。因为我刚才在松冈的信中看到"你们"两个字的时候，不得不神经过敏地推测松冈和成濑的想法。其实我对他们并没有什么恶感，只是有的事必须事先说清楚。从这个意义上说，我害怕由于我加入所谓南寮 gruppe（一伙）会破坏 gruppe 的交情。因此，我希望我的感觉只是我极端错误的推测。松冈在信中说："在写作不会令我们惊叹的作品的过程中，堕落到写作令任何人都不会惊叹的作品。"其实已经出现这种现象。简单地说，也许我也陷于这种所谓的堕落。但是，在我看来，这个堕落其实是连他们都无法理解的"产品"，至于一般人更是无法理解。其实这不必考虑得太严重，只是情趣的问题。我大概还要继续写"不会令我们惊叹的作品"，所以也许特别想写这种夸张的自负。

我认为松冈和成濑对我都有一片好意，我相信自己对他们也同样心怀好意。但我怀疑，我们之间心灵的联结究竟有多大的力量。

我对你并非毫无同样的怀疑，但是我觉得那时我会产生反抗心理。我很寂寞，只是感受到来自你的压力。正是由于这种压力，使我感觉到某种兴奋。总之，我尊敬你，同时也害怕你。如果（将来）出现轻蔑你的这样矛盾的行为，我认为这只能是出于害怕的心理。我反复祈祷着不会由于我的原因而出现那个时候。事实使我祈祷着不要出现感觉自卑意识或者即将感觉这种自卑意识的时候。我祈祷着我们之间不会出现我与我的其他朋友那样的紧张关系的时候。

不言而喻,我的尊敬不仅仅是出自 leistung(工作)的尊敬。

出于感伤的情绪,我写了这封信。一旦这种情绪过后,我都害怕看这封信,也害怕你会笑话我在信中流露的伤感。因为我明白,我现在所感觉的情绪并非人生意气,而只是与中学生差不多的感情。

信封好,写上姓名地址,然后睡觉。

66 十二月三日自田端致恒藤恭

这封信实在写得太晚了,因为手头有急于完成的工作。这工作并非论文,论文打算一月一日动手,三月底完成,四月誊清。text(原文)还没来,无奈。

虽然身体总体尚好,但胃病不太好。(中略)

最近每天都看《战争与和平》,由于太庞大,几乎无法捕捉整部作品的脉络走向,部分章节(这也相当长)觉得很感人。就人物而言,我非常喜欢安德烈公爵,安德烈的父亲和妹妹也描写得很生动。在被认为已经死去的安德烈急匆匆赶回家的途中,他的夫人死于分娩的场面写得非常精彩。另外,安德烈倒在奥斯特利茨,眼望天空的那部分更是精妙绝伦。世上居然还有写出如此作品的家伙,我们实在望尘莫及。日本还差得很远,就连夏目(漱石)也相去甚远。

俄国的作家面对《战争与和平》这样的巨著,难道会不感到悲观吗?不仅《战争与和平》,还有《卡拉玛卓夫兄弟》、《罪与罚》,乃至《安娜·卡列尼娜》,我希望日本也有哪怕一部这样的作品。

总之,想做的事很多。光写论文就要看相当数量的书(这还不算讲义),题目大概是《W. M. as Poet》(《作为诗人的威廉·

莫利斯》），想从 poems 中追寻 Morris 的全部精神生活，恐怕写不好。

我认为，一切 personal study（人的研究）都始于对 gegenstand（研究对象）的人格行为、语言、思想、感情进行的 Reduce（归纳）。换言之，就是外在事物的内在化，然后进行某种归纳，把各个事实结合成某种和谐的有机体。当前的问题是，用什么进行归纳？

最近经常想起松江，想起平坦的湖面以及辽阔的天空。天空总是浮动着深灰色的云彩。在这天空下，小轮船横穿湖面，大概驶向古浦吧。当时，我的心头掠过一丝悲哀，同时也产生一种宁静的感觉。我的目光平静地看着天空和湖泊，祝福生活本身。

田端已是到处树叶金黄，整个夜间都弥漫着秋的气息。

> 树木怀抱着秋天，
> 诱发出明亮的寂寞。
> "金黄"在阳光里打盹，
> 树木要把轻微的呼吸，
> 融化在眼光里。
> 这时，人和树木一起，
> 在秋天面前低头，
> 来往其中，
> 体会着温柔的"死"。

有子规坟墓的大龙寺里的银杏树也已经变黄，只有树篱的光叶石楠，还有杉树，还呈现墨绿，其他的都是一片黄色。满载萝卜的车子从大街上驶过。筐子里装满金黄色菊花的车子从大街上驶过。街上传来车轮声、孩子抓红蜻蜓的歌声（仔细一听，歌词与《红蜻蜓》不同，曲调类似出云的民谣，有点怪，与"卖油郎输给狐狸精，赶紧逃跑多羞耻"一个调子），还有伯劳的叫声（这家伙有时候成群出来）。——此外没有别的声音，时常去王子散步，小溪、红叶、野鸭，还买柿子带回来。

还没给定福寺写信。也没有写诗的心情。以前你在来信中提醒我"定福寺"的"定"字不要写错，可是又忘了。依稀记得是"定"，所以就写成"定"，却又怀疑是"常"，似乎不是"净"字。

有的诗是想写的时候写的，下面这首是胡乱写的。

丛桂花开落，画栏烟雨寒。
琴书幽事足，睡起煮龙团。①

写完之后，觉得心情比写日本诗好。下面也抄一首今天写的日本诗，这是心情寂寞时写的。

晚夕诞生淡淡的黑暗，
黑暗诞生沉思的你。
你的头发乌黑，
发上的花饰也
苍白地黯然失色，
有什么东西在里面喘息。
轻微地
不停地
晚夕诞生淡淡的黑暗，

---

① 原文即为汉诗。

　　　　　黑暗诞生沉思的你。

　　还想爬真山，吃盒饭。这个时节，菝葜的果实大概也已经零落。漫山遍野一片黄色，然而浅红的土地和松树依然如故。在山上吃盒饭，煎鸡蛋非常可口，还想吃虾。大概因为我喜欢吃，想起不少吃的东西。

　　　　　夕阳余晖里，一个男人望天空，黑土难捏成。
　　　　　表情显悲伤，我把黑土捏陶人，冷秋浸陶土。

　　有时也这样捏制陶器玩耍，消遣半天时光。油土用的是我弟弟的东西。弟弟最近自称要成为雕塑家，而且捻出许多奇形怪状的动物（像人又像猪）。的的确确是捻出来的，十分可笑。

　　　　　白菊花盛开，我妹站在厨房间，菊枝独修剪。
　　　　　白菊修剪毕，妹妹插花忽唤我，送去热茶炊。
　　　　　痴迷我凝视，往年昔日白菊花，凋零亦可怜。
　　　　　看菊悲哀深，无论菊花和妹妹，梨子和妹妹。

　　这些白色的菊花最后让什么人全部拿走，因为它使人感伤。
　　即使在单纯的感情里也存在无限的 vanity（虚荣），更何况复杂的感情。在固定的名义下预想固定的情绪不过是资产阶级。
　　被人的性格和周围的其他各种事象 modify（限定）的某个瞬间或者不可思议的感情哟、情绪哟，无论是学识还是艺术都无法予以了解，只有"生活"，只有体验。
　　在写这封信的时候几乎没有预想到，我会在某种激动的情绪中结束这封信。仿佛有一个飓风般又具有形状的光的箭矢那样的东西穿过我的脑子。我沉浸在想与人亲近又愿意孤独的心情里，同时不停地听见一个"你要做点什么！你要做点什么！"的声音。如今这些都不知去往何方。我想就这样几十年几百年静静地观察"即使不断变化，终归静止；即使流转，终归永恒"的一切。我不知道为什么要这样，只是在我的意识里浮现出一双黑暗的眼睛。这是一双几次在近处见过的眼睛。我害怕失去这种心情，我害怕失去这双眼睛。我的心情有时也很悲伤。

祝你身体健康，生活愉快。

龙

67 十二月二十九日自田端致斋藤贞吉明信片

听说您前几天到新宿来，实在对不起。久未见面，本想能拜读您先前的（删去四字）。我们将在下个月出版杂志，倘能订阅，不胜荣幸。西川、中原皆健在，应该是今年毕业。

芥川龙之介

大正四年十二月二十九日

68 大正四年（1915）（推定）自田端致恒藤恭

我害怕以爱情为形式的 hunger（渴望），还害怕结婚之前这段时间（相当长，至少要三年）里双方发生的身体与精神上的变化，最后我的最卑劣的不劳而获的侥幸心更害怕出现许多会动摇我的爱情的事物。

但是，时间打破了我的这三个不必要的忧虑。我大体上经常可以产生不包含任何官能内容的爱。早晨，当我独自醒来的时候，不会忘记以伤感般的悲哀想念别人，而且还不会忘记写没几个人知道、没几个人看的信，独自看完，再独自撕掉。

我现在正平静地凝视着周围和自己。外面的事件已经平稳地结束，我和他也许将成为永远的路人；即使有改变这种状态的机会，我大概也会尽量维持现状。害怕的只是那一个机会，但这只能听天由命。

我如同拨开迷雾看见新的东西，但不幸的是，这新的国度里净是丑陋的东西。

我为丑陋的东西祝福。因为正是这些丑陋，才使我更加懂得自己以及别人持有的东西的美丽，而且也更加懂得自己以及别人持有的东西的丑陋。

我希望迅速长大，我希望变得坚强。我希望痛苦地折磨我的虚荣、性欲、自私能变成自我证明正当的东西。而且通过爱，希望即使没有被爱，也能安慰生活的痛苦。

这两三天终于出现似乎摆脱 chaos（混沌）的、平静而寂寞的状态。我想嘲笑所有愚蠢而滑稽的虚名，但是，在嘲笑之前，先表示同情。也许一切东西只能对之哭笑。

我爱我，也恨我。我和一切（此处原文删去五字）一起大学毕业，寻找饭碗，最后死去。然而，这既不悲伤也不高兴。不能一辈子都在做梦，而且更不能不放一把做人的烈火。我只是一直想具有 human（人）的博大。

信写得拉拉杂杂。最近我发现自己发生一些明显的变化，感觉到狭隘心态变得越发 shaper（明显）。每天上学就像去沙漠一样孤寂。虽然孤寂，却又很傲慢。

龙

69 大正四年（1915）（推定）致久米正雄

久米正雄先生：

得了感冒，很难受。稍好以后，找出搬家时不知道塞到哪里的小腰刀和长木刀，于是只穿着一件衬衫，独自舞弄一回，结果又得了感冒,喉咙疼痛。这样,根本无法翻译《天方夜谭》。你能否替我翻译?发烧,正卧床。

芥川生

大正五年
（1916）

郑民钦译

70　二月十五日自田端致恒藤恭

最近在塚本家玩纸牌，当时我是在场的人们中的高手之一。其实，我对纸牌这东西，不会玩得很上心。明年正月大概就不会玩吧。最近很 easiness（容易）便完成一项分量很大的工作，日子过得比较愉快。翻译也已完成。最近我伯母和芝的伯母一起去看过，好像两个人都 good opinion（评价很高）。也许是在我面前客气不便说坏话吧。我自己也比以前 good opinion。

杂志已经出来，给你寄去。我对同人们的作品没有一篇感到满意，只对自己的抱有好感。天气越发寒冷。昨天我去市村座，国太郎演的玉织姬很像阿藤，吉右卫门演的熊谷用印染有山樱花纹的粉红布和紫红布把菊五郎演的敦盛和玉织姬的尸体包裹起来，放在盾牌上，放进大海，这场戏更是如此。

田端之歌

夜半叹息行，韭菜地上皓月明，周围好宁静。
夜行韭菜地，韭菜气味直扑鼻，我也轻叹息。
远处信号灯，韭菜地上车站工，我自独人行。
站立韭菜地，仰望夜空一片明，阴历二十日。
月色韭菜地，韭菜香呛馋猫鼻，终夜不停啼。

月明韭菜地，黑猫踩着韭菜行，只闻脚步声。

　　　　东京之歌
万里是晴空，胜过刀店各类刀，冷峻又雪亮。
冬日阳炎里，三越百货旗正红，寒冷缩身子。
来到日本桥，桥上麒麟落灰尘，一缕亲切心。

又：现在打算去文房堂。我常去神田，以后如需要什么，请告诉我，不必客气。

龙

71　三月二十七日自田端致恒藤恭明信片

实在没有时间去志摩岛过那种虚无缥缈的生活。论文就像吃了不消化的东西的胃一样，始终压迫着自己。

　　　　海阔小岛远，岛人餐云霞。
　　　　徐福去几世，海雾迷白昼。

72　四月九日自田端致松冈让

让先生台鉴：

你受到木匠和蚊子的困扰，我对你的现状，颇有"这小子活该"的幸灾乐祸的感觉。其实，当我看到你的明信片时，不禁失笑。越后的木匠和蚊子实在厉害。

我正在写《芋粥》，现在看来进展还算顺利，但还没有重看，不好说。十二页才写完"一"，大概和《鼻子》差不多。久保田到我的一个朋友家里，说："有一次芥川到我家里来，翻看《新小说》，说'不知道什么时候和这个拉上关系'。听说他现在正在写小说，我也欢喜雀跃。"实在是蠢话。我觉得还不如你被成濑称赞脸蛋来得潇洒。非常虚伪。我对朋友说："你告诉久保田，就说我想看你跳的麻雀舞。"赤木在《读卖新闻》上鼓吹"扫荡放荡文学论"，对久保田吉井、长田干大加讨伐。他以极端的语言大骂后藤和近松愚蠢卑劣，这又另当别论。但是看他的主张，似乎不是否定以放荡为主要题材的小说，而是责难长田的什么小说关照态度、表现技巧。这样的话，这与其说是放荡文学，倒不如说是成为外延更加宽阔的东西。看赤木的文章，不知道这种态度和技巧运用于放荡生活之外的素材时是否也要受到批判。我认为，与其谈论这类事情，不如批判文坛的情话性倾向的飞扬跋扈现象。其实，赤木大概也有此意，但矛头有点偏离。所以，反过来说，非情话性倾向的放荡小说也具有足够的存在资格。另外，赤木没有把永井、小山内算在放荡文学里，从他主张的理论发展来说，我认为是不公正的。

以后再写。

龙

九日晨

73 四月九日（推定）自田端致秦丰吉

秦君案下：

久米离去，松冈离去，成濑离去，孤影独留都门，恰如病雁失群。八百零八巷陌皆动秋风，虽偶有红灯之下半宵娱情，然无奈孑然一身长安虚空之憾。凭几呵笔，欲缀绮语，此亦因生性鲁钝所累，尚未脱稿，日期已逼，焦虑万千，惘然自失。唯寄语故旧尚健否。

近日漫书恣思，得新演艺之悬赏脚本梗概。女主角为淀君，应由歌右卫之扮演。配角为大野道犬和大野主理，应由段四羽左之扮演。剧情大概是:大野父子共同与淀君私通,结果两人发生嫉妒憎恨以及其他父子之间的感情纠葛。大阪被攻陷之日,主理杀死父亲道犬,还要杀死淀君,却未遂,最终自刃。淀君亦在熊熊烈火中娇艳大笑世上男人之愚蠢而死。剧情结构气势雄伟,构思清新,完成如此大作,定然花费诸多时间与精力。

赤木桁平于《读卖新闻》上鼓吹扫荡放荡文学论,其理论有略显粗疏之憾,然足以促使滔滔不绝写作梅花红绡帐里的作家猛醒。桁平排斥取柳暗花明之天地为题材,实乃责难作家的态度。况且桁平列举放荡小说家,不计永井荷风、小熏等,说其赤家竖子一目眇,岂为过哉?

余昨日再读永井荷风之《名花》,忽得一种艺术之感兴。桁平大概亦有同感,故将荷风视为例外。

《名花》以兰灯金钗之境为素材,是写得很精彩的艺术作品。写《名花》的荷风,不是那个庸俗可笑的《隅田川》的荷风,其运笔之纤细清新,构思之轻妙辛辣,可与西方名家之作品媲美。由此可见,现代放荡文学之弊端在于作家之态度,并非取材。

余亦与桁平共同唾弃现代文学中的情话性倾向,然而终于不得不以《名花》为瑚琏。此乃与桁平不同之处。

眼下闭门谢客,盖因交稿期限临近也。为此无暇叩门故旧听婉约之情话。即成此尺素,倘故旧能以鱼雁相酬,则幸甚。

十五日以后期以拜谒乎。

百忙之中,匆匆涂鸦,草笔乱毫,不恭不恭。

残夜水明楼主人

74 五月二日自田端致石川千之助明信片

又有几处向你请教。

(1) 诸城位于中国何处?

(2) 何谓举人淄川教谕?

(3) 升鳌山卫教授泾县知县是否鳌山卫的教授兼任泾县的知县? 鳌山卫是什么名称?

上述三个问题皆为清朝官制的地名,外行难以知晓。请予教示,不胜感谢。

匆此奉复。

75 六月自田端致恒藤恭

恭先生:

桐阴读书篇

一

夏天一来临,桐树嫩绿细枝头,时有轻云过。

二

云彩渐消失,桐树嫩绿细枝头,迎风轻荡漾。

三

凝眸望夕云,桐树枝头多晴朗,胜过我恋情。

四

桐叶何嫩绿,一叶一叶日迟迟,树干显白色。

五

读罢扔地上,阳光照射歌德上,黑蚁爬书页。

六

蚂蚁慢慢爬,看写洋文似"自由",阳光照书籍。

七

魏玛歌德家,下面部分也非我,玩弄废纸张。

八

一轮天日下,我和歌德同生存,实在不可思。

九

歌德塑像下，蚂蚁边上爬过去，阳光多明亮。

十

桐树和蚂蚁，共与歌德骄阳下，心头悲情生。

六日口试，论文顺利通过。寄去杂志，你大概也很忙吧。

龙

76 六月七日自田端致恒藤恭明信片

《父亲》在最初有某种事实的时候，我也如你所说的那样，受到感动。把这种感动硬说成 moralisch（道德），这是写作时候的心情与当事人的存在所左右的结果。我至今仍然讨厌那种不自然的夸张的道德性感动，决心以后再也不会出这样的事。另外，你接到这张明信片时，如果还没有收到六月号的《新思潮》，请尽快用明信片或别的什么方法告诉我，因为有可能漏寄了。（五月号由于东京堂的原因，都赠送晚了。）

祝健康。

77 六月十六日自田端致藤冈藏六明信片

你何时放假？我十五日考试结束，在东京待一个月，然后打算去外地，地点还没定。每天考试都能对付，没有什么难的。想到大家都成为文学学士，觉得可笑。过一阵子如有空，来玩。

芥川生

78 六月二十一日自田端致藤冈藏六明信片

夏目先生那儿，请推迟到下星期四。由于成濑的语言学考得很糟糕，这个星期四必须和他一起去藤冈那儿运动。

79　六月二十五日自田端致藤冈藏六明信片

请你告诉老师,就说我去。另外,我叫你,不如你来叫我,这样顺路(在新宿换车)。如果我要去市内,要绕个大圈。

芥川生

80　七月二十五日自田端致恒藤恭

回信晚了,十分抱歉。《新思潮》同人很少,所以必须挤时间给它写稿。这样子,上半个月就很忙,而且还要写其他的东西,因此就怕写信。我想,因为是同样的活动,一写文章,写信的欲望也会油然而生。我在下个月十日之前不会离开东京,恐怕去不了隐岐。今年杂事多,花了不少钱,去松江就觉得手头有点紧。

我打算写《芋粥》,在下个月的《新小说》上发表。现在就做好准备挨大家的批判。长篇《偷盗》已开始动手,但无论如何也来不及,只好作罢。想写的东西很多,我不相信没有素材。如果不努力去写,素材不会自己跑出来的。手头有素材,如果不写,一旦过了发酵期,就会腐烂。那些没有素材的作家,即使创作,也不会有好作品。

长安句稿
烟　花

明眸凝神看,海上放烟花。
远看放烟花,皓齿也清凉。
烟花已放完,两个细腰下楼来。
君坐篷车去,黑暗见烟花。
水暗烟花毕,夜黑篷车去。

> 龙
>
> 七月二十五日

81　八月一日自田端致藤冈藏六明信片

　　今天动手写给《新小说》的小说打算取名为《山药粥》。过几天去你那儿。如果我身体不好，你就来吧。除《今天》外，还打算写两篇小说。最近精神不错。

Fragment de la vie（人生片断）

明眸远望处，海上放烟花。

水暗烟花毕，夜黑人力车。

> 龙

82　八月十七日自田端致恒藤恭

Fragment de la Vie

I

入夜不太久，可爱孩子望远方，烟花绽天上。

轻风徐徐来，谁家孩子说熄灯，罗衣觉凉爽。

烟花绽不谢，手中小圆镜映照，黑天与烟花。

夜空何遥远，五彩缤纷看烟花，悲从心中生。

腰带轻解开，莫道罗纱腰带薄，人情似腰带。

虽然是夏天，腰带翡翠亦觉凉，蹙眉拢鬓发。

海州骨碎补，雨中悬挂屋檐下，淡绿亦可怜。

何处哀叹声，莫非蚯蚓秋夜哭，还是人唏嘘？

举起罗纱袖，透过罗纱朦胧看，烟花纷纷落。

凝眸看烟花，坠落黑暗生悲心，犹如我恋情。
蟋蟀声声鸣，夜深更觉心忧郁，女人抱怨时。
口吟竹枝词，竹枝歌声尤悲哀，谁道不哭泣？
拍翅扑哧响，蝙蝠黑羽轻且薄，似我罗纱衣。
未见此怪象，蝙蝠一对怪脸蛋，傍晚飞天上。
歌声已结束，新桥竹枝真可笑，模拟吉井勇。

Ⅱ

我看久米君，也许如同夏日蝉，身穿罗纱去。
街上见醉汉，击拍流泪歌李白，两眼注视我。
夏天正来到，抓紧时机菊池宽，扣虱写绮语。
松冈去越后，海风吹拂岸边松，风光似恋情。
成濑也思念，旅次枕浪听涛声，日本温柔女。

Ⅲ

驱蚊又驱蚊，笔下沙沙声不停，不觉到深夜。
黄色灯火摇，我驱蚊子用手扇，扇起一些风。
夜深独起床，喝水声音亦好听，可有人知道？

○今天去一宫，打算待到九月上旬，然后去千叶县长生郡一宫町海岸一宫馆。
○素描画册由出版的文房堂寄去，收到了吧？
○你什么时候来东京？
○藤冈君已去出云。
○出发之前甚忙，昨天还在写（此处原文二字不详）稿子。

十七日

83 八月二十八日自一宫致夏目金之助

先生：

再次奉函叨扰。近日酷暑难当，读我等长信想必辛苦异常。恳请先生鉴谅，权当看在我们师徒的缘分上。不过，先生不必劳神回信，能致信先生即已心满意足。

　　在此，对我们"流浪艺人"的生活略作介绍。我们目前住在与房东相隔稍远的民舍中，美其名曰"别墅"，有十铺席和六铺席两个相连的房间。不过，除我俩之外，女佣等人只在做饭和晚上铺床时才来，这是保证我们生活自由的第一条件。我们在这"别墅"天地中，起居坐卧都穿同一套衣衫，日子过得悠然闲适。来时我俩都忘了戴手表，几点起床几点就寝全然不知，好歹根据太阳的方位估计时间，颇有"帐中日月长"之感。此外，恕我出言不雅，我等很少如厕，大都在前院等处方便。沙地易渗水，绝不会被房东察觉蛛丝马迹。先得说，此法格外简易畅快。行事如此随意，屋内稿纸、书本、颜料更是杂乱无章，连自己都觉得太不成体统。我本来远比久米爱整洁，但此间却彻底跟他染上了恶习。晚上就将这些杂物堆在屋角，再让女佣铺床。被褥和棉睡衣相当洁净，但蚊帐却似乎有破洞。说似乎有，是因为帐内总有蚊子。实际有无破洞我没细看，嫌麻烦。倒也曾在帐内安放了一个狮面火盆，然后点蚊香猛熏。据久米说，如果熏得过重，翌日就会头疼。于是我问是否作罢，他却说头疼比被蚊子叮咬好受些，于是我们每晚点十根蚊香。虽不至于头疼，但熏过之后，翌日鼻孔中仍有烟味。若蚊香用完倒也可以就此罢休，但因买得太多一时半会用不完，近来这也成了苦恼之事。

　　只要天不下雨，我们就丢开一切下海去玩。此处无风三尺浪，稍有风起，更会带来名副其实的惊涛骇浪。前天，我下海畅游一番即爬上堤坝。不知何故见不到久米的身影，以为他先上岸，就去沙滩上找。果然，他躺在沙滩上。但脸色特别难看，且双手覆面呻吟。我知道他心脏不好，以为他又犯病，就焦急地询问。其实是因他硬是游得太远，疲于回返，又多次被海浪兜头打沉，难受至极。由于灌下不少咸水，就以为这下末日临头。我问为何游到那般远处，他说连女子都能游泳，堂堂男子汉更须大显身手，所以拼搏了一回。真是死要面子不要命。想来这个女子不寻常，抑或是久米钟情的女子。说到女子，此处却无一像样的美人。不过，身穿黑泳衣、头扎彩巾的女孩浮在海面确实赏心悦目。她们跳跃翻腾，全身都洋溢着欢乐。偶有一只螃蟹出现，也会令她们兴致勃勃，打着滚儿嬉笑。原计划以滨菊盛开的沙丘和大海为背景，选一模特描在画纸上，但尚未着手。在"新思潮"社同人中，久米首开绘画先河。大下藤次郎好像当过三宅克己的弟子，总之，绘画功夫几似塞尚的徒孙。同人中松岗也搞绘画，但他的画既可颠倒看，亦可横倒看。因为具此特色，故而与我是五十步和百步。即便如此，两人还都满怀自信，说自己与毕加索相差无几。

临近九月一日，所以心情不好。我不敢望先生道歉，但却期望先生道谢。

今天读过新近英译的契诃夫短篇，感到委实不可小觑。若想达到此等功力，恐怕得努力奋斗一生。久米曾说，我很蔑视俄国诗人作家索罗古布。其实，我并不太蔑视。其作品有相当多的段落令我折服。不过，威尔斯的短篇我却无法恭维。我认为，倘若那种庸俗小说家都能名声大噪，日本文坛即远比英国文坛进步得多。

我们还在海边做运动，因此胃口大开，健康无忧。先生在东京酷暑中写小说，情况与我们不同，仰请珍重贵体。自从先生于修善寺身染清恙以来，说实话，一提到先生病卧在床我们就浑身发冷。至少为了我们年轻一代，先生也要时刻保持健康。就此搁笔。敬颂夏目金之助先生文安

芥川龙之介
八月二十八日

84　八月三十日自一宫致石田干之助自绘明信片

我与久米二人来到一宫，过着"流浪艺人"的生活。由于吃喝时闹腾得过分，隔壁客人终因无法忍耐匆匆逃走。

　　　　　枯菊缕缕散幽香，烈日炎炎灼沙黄。

85　九月三日自田端致浅野三千三

浅野三千三先生台鉴：

适才拜读惠寄之明信片。

那个天狗我也知道。以前与西川、中原从东京彻夜步行登上御岳山时，同行的木本说要表示敬意，舔了那天狗的鼻子。据说有股咸味，真是不可思议。天狗没了脑袋，倒是妙趣横生。多亏读了你的明信片，我得以回忆过去的壮举。不管怎么说，大家只带不足一元钱且脚蹬木屐出行，实在过于莽撞。况且毫无依据便断定从东京到青梅只有四十里路，更是有欠思量。因此，归途中大家都没精打采垂头丧气、一瘸一拐半死不活地挪到新宿，在我家睡了差不多大半天。我们就是这样一帮傻乎乎的楞汉。你身体好吗？学习好吗？

我在一宫租房暂住，没事便写书稿，读书，下海游泳。间或画画、作俳句。这些副业比正业还得心应手，令我格外开心。

　　　　　沙滩渐远海天阔，蓼穗梢头白云飘。

此即当时偶得一首。顺便再披露一首。

　　　　　枯菊缕缕散幽香，烈日炎炎烤沙黄。

菊为海滨之菊。前半句若写成枯萎的滨菊则过于新奇，故未言明属性，恳请鉴谅。总之，庸庸碌碌前后过了半月多，回东京一看，土哄哄、烟熏熏的空气令人惊骇不已。此即所谓尘雾状态。近来常感后悔，不如在一宫多待些时日。

想必你也该上大学了。不过，大学比一高还要差劲，所以别把那里想得太好。当然，医科或许有所不同。这么说吧，大学生都没什么出息。你别以为他们有什么了不起，别因为哪儿都有没出息的人就把自己贬到没出息的地步。要藐视那些没出息的家伙，要不断进取。藐视（只要有道理）是美德。我至少也有这种美德。

芥川龙之介
九月三日

86　九月六日自田端致恒藤恭

恭君左右：

眼下就想无所事事地清闲几天。我已进入研究生院。

走访海伦的那一篇非常有趣。此外《竹》（尤其是起首）也很好。我也想写"出云小品"了。

离家寄偏居，亲朋总挂念。沙丘遍金菊，黄花初烂漫。
百无聊赖日，徒唤奈何心。波涛涌巨浪，宛若飞白鸥。
茄花缀一朵，依稀幽香飘。故人渐远去，思念总萦绕。
海女潜水忙，采捞珍珠蚌。脚边浪花溅，怆然现悲凉。
驾船网小鱼，海天两茫茫。忽见银光闪，白鸥群飞翔。

仿泰戈尔

暮色笼此岸，孩童堆沙玩。沙塔玲珑立，月牙孤自悬。

龙

六日夜

87 九月二十日自田端致秦丰吉"助六由缘江户樱花排名表"[明治三十九（1906）年五月二十七日午后一时起] 美术明信片

奉寄历史题材美术明信片一张。虽当酷暑，每日挥笔撰稿，不胜劳苦。

二十号以后有空。预定的外交官考试是否已经结束？日前赐寄书籍确已收到。平添诸多叨扰，甚感惶恐。匆草肃呈。

88 九月二十五日自田端致秦丰吉"《劝进帐》排名表"美术明信片

顺便另寄一张明信片补充说明：倘若施尼茨勒的《黄昏》只有两三页，我愿承担。敦请日后示知。

我为《中央公论》撰写了有关新渡户氏的文章，但愿社会反响不至令我不快。拙稿愚劣，不堪一读。二十八首佳句，将于近日付款。为《新小说》撰稿仅值六角小钱，如今已是贫困之极。

89 十月八日自田端致恒藤恭明信片

前次于火车站雨中等你两小时，然后回家。当晚接到你的明信片。我对《手巾》不甚满意，但舆论评价不错。眼下正为《新小说》写小说。

龙

90 十月八日自田端致松冈让明信片

此刻正值凌晨两点。昨日久米带着《新思潮》来我家，夜里十点半左右回去。尔后我难以成寐，于是读起《卡拉玛卓夫兄弟》，又读了《新思潮》。此刻写信，为的是留住读你《青白端溪》之后的铭感。这是一部佳作，完成得很好。且你的笔锋更是咄咄逼人，令人生畏。我认为，此种魄力产生于不断进取和坚忍不拔。因此，令人生畏的作品有其难点，即描写上的取舍选择尚不到位，此为憾事。譬如，枯山的心理写在最后了，是否将此提前描述为好？并且，最后是否以老诗人猗猗轩主人的孤独压轴结尾更为有力？还有一、两处同样的问题。不过，尽管如此，我仍感此作甚佳。它提醒我不能继续原地踏步。尤其是现在，我思竭笔滞，困惑不堪。明天起，必须用功学习。

91　十月十九日自田端致石田干之助明信片

诚祈旅途平安。

若无其他秽书，即购一套最廉价的石版《金瓶梅》。特此恳托，并赋诗一首赠别。

青鞋步步向远去，高丽秋霜且留痕。

92　十月二十四日自田端致原善一郎

日前收到寄自函根之大札，欣然拜读。

阁下出访美国期间疏于问候，十分抱歉。只因顾虑书信漂洋过海耽搁时日，不由得心怠手懒。

此间我亦算是递交了进入文坛的"申请"，尚不知自己应属海派抑或山人。

近日亦拟走访三谷。敬请光临寒舍小坐，有关西洋画之事还想求教一二。此致

原善一郎先生

芥川龙之介
一月二十四日①

93　十月三十一日自田端致原善一郎

敬启者：

本来约好昨日拜访，但却未能成行，多有失礼。一大早即秋雨涟涟，令我心灰意懒。正在逡巡踟蹰之时小野来访，说若秋高气爽尚可慷慨仗义伴我同行，但见下雨，兴致全消。

于是我也没了兴致，沮丧不已。亦因不知本牧位于横滨哪个方向，更不知如何前往方便。

后来我又苦苦相劝，怎奈小野实在老奸巨猾拒不同行，只好决定打电话给你，且替小野申明情况。我独自冒雨前往动坂打自动电话，岂知小野所讲长途电话号码皆属胡言，硬是拨打不通。迫不得已，发了电报。

电报未能转达小野的意思，特记于此。他说拟于下月十二号星期天带我前往尊府，而且热心为我安排所有事宜。

顺带一提，我去年夏天与矢代同去观赏尊府庭院，并在亭子样的场所饮用了貌似村姑者送来的开水。

不过，应从哪里、怎样拐到该处，我已浑然忘却。

炒米喷香开水热，萧瑟满园唱秋歌。

虽属即兴而作，但因平庸至极，汗颜无地自容。专此肃呈

原善一郎先生

---

① 原文如此。

　　　　　　　　　　　　　　　芥川龙之介
　　　　　　　　　　　　　　　　二十九日

94　十一月四日自田端致原善一郎

敬复者：

　　诚蒙特意赐函，不胜惶恐之至。明日星期天为面谈就职事宜，必须前往横须贺，因此拟于归途顺路拜访。未知能否成行，切勿期待过高。错过瞻仰画作良机，抱憾不已。皆因截稿日期迫近，且生就职事由，故诸事难遂人愿，嗟叹终日。

　　如能得见矢代，请转达问候。小野所示长途电话号码纯属谬误，应予斥责。此事亦请转告那位先生。即此。谨致

原善一郎先生

　　　　　　　　　　　　　　　芥川龙之介
　　　　　　　　　　　　　　　　十一月四日

95　十一月十三日自田端致菅虎雄

敬启者：

　　别后久疏音讯，想必先生贵体康健如前。此次我供职海军轮机学校担任教师（或许您已听畔柳先生谈及），便想定居镰仓，每日去横须贺上班。有一繁难之事拜托，恳望不弃相助。不知府上附近有否包伙较好的租房，位置不要离山太近。最好靠近海边，但不可远至坡下。另有怪癖乞谅：曾住房客不可有肺病之类患者，否则我必寝食不安。恳请费心。屋内面积，以六铺席乃至八铺席为宜。午餐由学校供应盒饭，所以在寄宿处只吃早晚两餐。星期天和星期六大都回东京，也不用餐。条件基本如此，若有适宜住所，务请赐知。十二月一号赴任。若此日之前难以确定，我可暂住横须贺旅店。如能确定，我即可于赴任之前入住镰仓。不揣冒昧，专此奉

恳。即此。
　　敬叩
菅虎雄先生崇安

　　　　　　　　　　　　　　　　　　芥川龙之介
　　　　　　　　　　　　　　　　　　十一月十三日

96　十一月十六日自田端致山宫允

敬复者：
　　虽蒙特意关照，但的确无法应承，不胜惶恐之至。此前已承接向陵社翻译约稿，故此举出于无奈，请勿怪罪。近赴海军轮机学校奉职，今后多住镰仓。此事幸得畔柳先生多方尽力。肃此奉复。
山宫允先生

　　　　　　　　　　　　　　　　　　芥川龙之介
　　　　　　　　　　　　　　　　　　十一月十六日

97　十二月二日自镰仓致松冈让美术明信片

　　我已到此，在八铺席房中认真准备，星期二开始上课。请把那个什么漆寄来，那玩意儿挺管用。昨晚读了独步的小品《篝火》，令我感动落泪。傍晚的雨中海景堪称凄寂至极。在镰仓某种美女尤其多。
　　又及：请告诉我しゅったい（意为"能够、发生"）的正体汉字如何书写？专此奉托。

98　十二月三日自镰仓致久米正雄

　　近来开足马力撰写小说，苦不堪言。首先，起床之早即难以忍受嘛！六点就要起床。时隔多日又查字典斟酌译文，令我忆起一高时代。
　　镰仓物价之高，令人瞠目。不忍乱敲竹杠的人，也要心平气和地挨"宰"，须得何等修炼？饶舌功夫绝对不到家。

又及：请告知赤木君住所。

镰仓四首
斋藤茂吉调
冬宵朔月远，海面孤影漂。渔夫噤无语，海港愈寂寥。

北原白秋调
渔家有孤男，自慰捱昼间。沙滩凸凹凹，水光亮闪闪。

吉井勇调
暮色苍茫夜，皎洁月照天。长谷寺守灯，只眼泪涟涟。

与谢野晶子调
月朗星稀夜，抒怀镰仓人。飞来蝙蝠鸟，问君可愿闻？

久米正雄先生

芥川龙之介
十二月三日于镰仓

99 十二月五日自镰仓致松冈让明信片

请你去菊坂医院，帮我开些药带来。扑尔敏和丸药各一周的用量，药费日后见面即付。此外，丸药只剩周三用的了，你亲自送来不及，请尽快买好邮寄。拜托。总觉得疗效不好，颇有些悲观。上批药是否已经寄出？我的住所就在和田冢电车站附近，可以沿着电车轨道走到

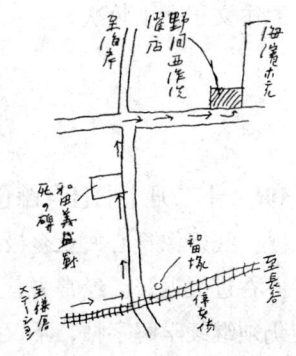

和田冢。以后路线如图所示（轨道边立着禁止通行的牌子，但走无妨）。

100　十二月十三日自镰仓致芥川文

两度芳翰皆已拜读，衷心感谢。此间清静度日，令我无比快慰。现刚从东京返回。抵京后连续两夜通宵守灵，还帮忙操办葬礼。当然，是夏目先生的葬礼。我生来从未体味如此难以释怀的悲哀，如今想起仍痛楚不堪。因为，第一位认可我作品的就是夏目先生，而且，一直鞭策我的也是夏目先生。

此刻写信，更勾起我对先生的无限怀念。听说先生令爱笔子小姐翌日上学时，国语老师武岛羽衣拟定作文题为"悼漱石先生长逝"，且边在黑板上写边扑簌簌地落泪，学生们也都啜泣不已。而且，夏目先生的主治医生真锅大夫是医科大学的老师，大学生们都只字不提大山岩元帅的病情，却只关切地询问夏目先生如何。当大家听说真锅先生要请假为夏目先生看病时，都异口同声地表示："缺课没关系，为夏目先生治病最要紧。"虽然大家切盼先生病情好转，但命由天定，爱莫能助。真想先生能多活几年。近来感到一切变得寂寥荒凉，或许是身心疲惫尚未完全恢复。明天还要早起，就此搁笔。匆草肃复。顺颂福安。

冢本文子女士妆次

芥川龙之介
十二月十三日夜

101　十二月十七日自镰仓致松冈让

我好像身心疲惫至极，总是愣神儿。当然也还在撰稿，但慢慢吞吞进展迟缓。经常去菅先生家，所以对字帖意趣略解一二。今后仍须继续学解字帖，不仅增长了知识，还着实提高了书法水平。不过，此信实难印证。

夏目先生毕竟是为我们而英年早逝，近来此感愈发痛切。

此外，丸药用完亦令我绝望。可否去菊坂那位医生处，开一周的用量装盒寄来，费用等我二十二号回京时付清。此事宜火速办理，因为断药一次，神经症状就会急速加剧。别无他法，恳切奉托。

昨日与菅先生趋谒宗演老师。那间挂了唐画的小巧书斋酷似"鲂鮄"，颇为闲适。甚好。不过，宗演居然抽"金嘴"烟、剥银纸吃巧克力！戴的好像是镍合金框眼镜。尔后，又为祭奉夏目先生去了归源庵。眼下庵中无主，徒存修竹与老梅相伴。虽显萧条，却也别有韵致。下次来时我陪你去。买药之事拜托从速。肃此。
松冈君

龙

十七日晨

102　十二月十九日自镰仓致恒藤恭

就职，搬家，夏目先生病危、最后去世，诸事繁多。忙得连自己的事都未能静心去做，甚至没有草修短信之暇。华翰确已收悉，且颇感欣慰。我认为，那种题材只需照样叙述即成小说。以你来看，我这两三个星期确实吃尽了苦头。看到先生遗容时的打击仍刻骨铭心。镰仓的日子委实寂寞。我常去菅先生家与他辩评书法，从而得知书帖三昧。两三天前又与菅先生走访宗演老师，顺便去夏目先生曾经蛰居的归源庵。那块"万法归源"的门匾和点缀了修竹、疏梅的庭院，一切都令人可心适意。

自从来到此地，我莫名其妙地清闲起来。到松林里、禅寺中悠然信步，从不感到无聊。有时，还从圆觉寺往返十五六里路散步到要山。当然，这是脱离尘世百般繁劳的近况，今后真该静心做事了。请代我向雅子——应该称作夫人——问好。此致

恭先生

龙之介

十二月十九日

又及：我二十二日回京，住到一月九日。

103　十二月二十日自镰仓致久米正雄（照片）

本以为你会来却没等到，有点失望，是有点啊！此刻，我正嚼着补充能量的糯米糕写小说。我想借助于镰仓权五郎的能量。

久米正雄先生

龙

十二月二十日晨

104　十二月二十一日自镰仓致松冈让

　　终于没能写出来。《手指》、《稀罕玩意儿》、《长矛官司》虽然开了头，但三篇都没成功，真是烦透了心。寄去第六期。还有些想写的话题，却没有了时间。我有些悲观。此致

让君

龙

二十一日晨

105　大正五年（1916）（推定）自田端致芥川文

阿文：

　　几天没见，你又长高而且胖了些。快快长大吧！不过，千万别老想着苗条。即使身体长大也要永葆童心，保持一颗与生俱来的善良心灵。千万别变成俗世中那般小巧伶俐的人，别变成×××××那样的人。那种人再聪明也用处不大。因为此人不具备与生俱来的诚信，具备的是乖僻而少年老成的聪明。千万勿学此人，不可失去

诚信正直的心灵。希望你保持童心，茁壮成长。

此非难事，只需永远保持现在的童心。作为一个人，永葆童心是最荣幸的事。我喜欢现在的文子，现在的文子与任何人比都不差。

"女能人"——写小说的女人、画画的女人、写戏的女人、妇女会的干事——她们大都是冒牌女人，是想出人头地的蠢女人，千万别学她们。不要乔装打扮，天然去雕饰而诚实生活的人最优雅。任何时候都不要装腔作势。现在的阿文最好，十个×××××绑在一起也比不上。永远保持现状已经足够，已经强过任何人。至少就我而言，无人能够比得上我。

这不是奉承话，我决不会对阿文说假话。即使有时需要对世俗之人说假话，我也不会对阿文说假话。相信我吧，我也相信阿文。无论何人，认真做好该做的事就行，阿文也要这样。学校里的学习、家中的事情，该做的都要做好。但做事图回报，这可是卑劣小人的行为。学习也是如此，不能只为取得好成绩而学习。这是毫无意义的虚荣心。只为做好该做的事而学习，这已非易事。人们往往不能正确评价自己，因此，以成绩为目标是庸人所为。

世上很多人只以金钱和别人的评价为重，而且实际上，有钱人和贵族都很张狂。但那是他的钱在张狂，并非其人价值如何。贵族张狂也是爵位在张狂，并非其人如何伟大。有钱人和贵族张狂是卑劣的，而笃信他们应该张狂的人同样卑劣。切勿模仿他们。学习成绩也是一样，莫图虚名。若想找到自己真正的价值，全靠自己的人格。在天神看来，怀有正直心灵的人比浅野总一郎、大仓喜八郎不知高尚多少倍。

同甘苦共患难，互帮互助努力成为高尚的人。过些日子跟你哥来玩。我每天忙碌而寂寞，很想常与阿文见面，但这不易做到。一定要来，我等你来。咱们一起去参观"文展"。暂时先写到此。

大正六年

(1917)

侯　为译

106　一月二日自田端致江口涣

今天拜收自镰仓转来的《星座》。当然，灰野氏的翻译尚未读过，其他作品全都一口气读完。其中，你的《蟾蜍》堪称超群。将麻风病患者称为"蟾蜍"，虽有落入俗套的倾向，却正因有此倾向，也便有了某种必然性。此外，风格中蕴含了勇往直前的强劲，令我惊讶。佐藤君的作品①似乎也写出莫尔纳尔②的意境，充满了机敏。我觉得，作品中的"日本"和"西洋"实在无法契合。尽管如此，我读了这篇小品仍感忍俊不禁。此文作者的心境，似乎也能理解几分。所以，我觉得久保君的小说中洋溢着日本自然主义情调，木村君的作品，文如其人。恕我直言，这两篇我到现在都不太感兴趣。信口开河，聊博一粲。幸甚幸甚。此致
江口涣先生

芥川龙之介
一月二日

107　一月五日自田端致菅忠雄

---

① 指《西班牙犬之家》。
② 莫尔纳尔，匈牙利作家。

敬启者：

诚谢赐函。我从未忘记镰仓。只因来访者太多，每天忙忙碌碌，因此，未能安安稳稳写一封信，此信算是第一封像样的书信。正月里，我为《大阪朝日新闻》写了非同寻常的短篇。你也知道《文章世界》和《新潮》吧？可这三家都拒不接受，令我有些悲观。当然，虽说悲观仍是针对自己的问题，但并非自觉比他人逊色。所以，他人说三道四，令我非常愤怒。

你不能前来东京，令人困惑。我打算近日召集孩子们到家里来玩"猜诗牌"。原想若届时你能来东京颇为妥当，但看来已不大可能。你的俳句已相当可以，比起我这样的技巧派，还是你那样以态度至上创作的诗句更好。诚祝新作不断涌现。不管怎么说，东京的严寒令我颇感意外。特别是夜里冷风刺骨，水盆每早都会结冰。代问大家好。特别问候阿高。敬颂台安。

菅忠雄先生

芥川龙之介
五日晨

108 大正六年（1917）（推定）一月八日自田端致藤冈藏六

九日下午前往镰仓。若钱款备好，请于同日上午带来寒舍。若事情不顺，可过后用挂号寄来镰仓。地址如你所知。

此致

藏六君

龙
八日

109 一月十八日自镰仓致松刚让

读过各家杂志的"新年号"，极欲谈谈感想，以求实现我满腹废话一吐为快的愿望。《太阳》所载正宗白鸟的小说《干涸的心灵》相当出色,虽篇幅有限,却文笔严谨而富有条理。既有如此功力,只要得到适当素材,定能写出石破天惊的作品。若有序文,你可一读。读过《阳光灿烂》①,令人扼腕痛惜,因为,画蛇添足及有欠力度之处比比皆是。首先,着力点的设定令人莫名其妙。本来,题材相当凝重有力。行文也很蹩脚。不过,整体来讲要比《穷人》好些。谷崎的两篇②皆无引人之处。"诗意"这个词在日本过分地掩盖了空洞,过分地瑰丽绚烂,独立取出必显言而无物,如同空中飞人毫无根基。《日本武尊》中有些地方过分张扬,实属命中注定。号称新形式,不过是强词夺理而已。提出所谓命运观亦毫无意义,纯属评论家的自作聪明。值得肯定的,第一在于武士尚有极大的可取之处,第二在于尽情抒发了自己的感情。但是,将日本武尊痴情于女性过度地影射为武士痴情于女性却有失妥当。将其与"美夜须"公主的关系告诉橘公主的情节很有些牵强附会,未免拙劣。星湖的《阿歌的幻影》于我而言,谦虚地讲是难解之文,冒昧地说是败笔之作。星湖其人头脑果真如此愚蠢吗?田山的作品无一可取。《中央公论》关于和尚与艺伎的故事简直俗不可耐。此君标榜自然主义,却写不出自然主义的小说。这不是秃子做生发广告吗?里见写的《遗失的手稿》也不行,简直就是胡编乱造。近松的《女祸》令我生畏,不读。长田的《海月寺》令我迷惘,所言何物肯定连本人都说不清楚。若我是竹店主人,就告诉他"海月寺如同水母,来历不明"。德田的作品因不知从何处着眼,所以尚未读过。水上的作品读过一半即心满意足。我想早日看到《黑潮》和《新公论》,希望给我寄来。

---

① 宫本百合子作。
② 指《魔术师》与《人鱼之叹》。

照此一直读下去，心中便有莫名的空虚，因为周围人等太过贫乏。（我所赞成中村孤月君的，恐怕只有这一点。）此间阅读雨果写作《巴黎圣母院》的经过还曾感慨万千吧？据说他在十二月一日严寒之中连窗户都不关，忘掉寒冷笔耕不辍。无论如何，不到一年时间竟写出如此惊世骇俗的作品，怎能不令我对自己悲观。此外还有某位法国人写的备忘录上说，某日雨果自己买了很多纸和墨水，他不知这是为什么，而第二天雨果便开始写作《巴黎圣母院》了，真不愧是巨匠神笔！如此欣欣向荣景象不仅文坛中没有，每个作家也没有。先生①刚开始写小说时，就是这种景象吧？

我正埋头读书，就像在高等学校时一样。自己也不明何因，只想埋头读书，所以就埋头读书。现在正读席勒的《强盗》呢！以前读了霍夫曼的荒诞故事就想写神怪故事，但又暂放一边。此次还读了豪夫的一些故事。总之，有名的作家都相当出色，如愿以偿地到达了自由王国。我不能望其项背，稍有名气的作家亦如此般。最近聊作两首俳句，抄录如下：

写　　生

霜雪融融化春水，卫兵守望龙舌兰。
新历红火映喜气，中国水仙迎春来。

特此肃呈
松冈让先生

龙
十八日夜

---

① 即夏目漱石。

110　一月二十九日自镰仓致原善一郎

肃启者：

　　昨日与松井老人相伴趋谒，蒙赐美味佳肴盛情款待，实在感铭肺腑。

　　游览"瑞魔天"之行，定然令我终生难忘。可以说，我从未有过如此巨大的感动。我不能不去那般境地，至少我难以抑制前往彼处的冲动。

　　当然，即便怀有冲动，如今的人们恐怕也已不得其道而至。

　　总之，那感动无与伦比。待到写三溪园小集之时，我要再度造访。三溪园冬日的枯寂景象颇具意趣。

即　　兴

　　矮竹丛中枯叶语，横笛堂外松涛鸣。

　　特此肃呈

原善一郎先生

芥川龙之介
一月二十九日

111　二月八日自镰仓致夏目镜子

夫人台鉴：

　　久米与松冈在贵府小住并勤勉工作，只有我独自在镰仓安闲度日，心中十分过意不去，故申函奉候。上次捎来《明暗》和照片，不胜感激。我确已从久米处收到信件。日前亦曾返回东京，但因截稿期临近，时间紧迫，故未能登门拜访。眼下亦忙得不可开交，且经常忆起先生往事。

　　在我不被看好的小说中，仍有得到先生赞许之作。此时，无论何人何等恶语我都泰然处之。只要先生夸奖，我就心满意足。每次动笔写小说，我便首先想起此事。镰仓寂寞难耐，在学校教书亦无特别乐趣。我讲课出错常被学生戳穿。学生个个勇猛无敌，他们似乎坚信，所有恶行只要堂皇为之即永远正确（或许这也是军人共通的信念）。所以，对我挑刺找碴攻击责难也是堂皇为之。下次的"九日会"在星期五开，我恐怕出席不了。我星期六上午有课。

夫人读过松冈写的小说《御连枝》吗？如有空闲，请一定垂读，堪称杰作。

此外，久米的《铁拳制裁》也请一读，权当他不务正业的纪念。

刚吃过饭，腹中撑胀得难受。写此信时，兀自想到食量不凡的夫人。此致
夏目镜子夫人

芥川龙之介
二月八日

112 二月九日自镰仓致恒藤恭

顺候近好。我仍一如既往，在本职和副业之间疲于奔命。雅子夫人可好？本打算正月往牛込寄贺年卡，但因不知详址拖延至今。

近日想写一篇稍长的作品，但思路尚未理清。我常与菅先生评书论诗，并与他的孩子们成为好友。或许因为幼年丧母，他们见人都很亲热。镰仓真是不错，我渐渐有了定居的念头。宗演所在寺院闲寂至极，疏梅、修竹、清流、浅沙、苔石、萧寺、佛塔，此类常见于汉诗中的点景之物，镰仓应有尽有。

日前曾在原先生家赏画，随即开始对日本人大为尊崇。古代日本人相当伟大，其中天平时期的人们更是卓尔不群。与当时几位画家相比，雪舟都显得渺小。若将雅邦观山的画与古画放在一起，前

者简直不堪入目。

后来，我又养成了搜肠刮肚拼词凑句的毛病。

    新历红火映喜气，中国水仙迎春来。
    浩瀚中华有名楼，傲雪寒梅吐蕊黄。
    累累柚实灿如金，购得旧抄心中喜。

    学校所见
    霜雪融融化春水，卫兵守望龙舌兰。
    矮竹闹得遍山响，伙房飘出饭菜香。

             龙

           二月九日夜

113　二月十七日自镰仓致山宫允

  《英诗抄》今天大致拜读完毕，自由体诗人的作品尚未读过，但其中叶芝的《羞也羞也》，可谓名译。至少，在日译诗歌中堪称名译。A·E[①]先生是一位非常特殊的技巧型作家，却不料思想性有失平庸。格雷弗斯先生非常快乐，却又往往缺乏精言妙语。对于奈兹女士和西蒙斯先生，目前暂不评论。托德亨特先生的小曲《海豹猎手》，仿佛具有爱尔兰式江户人的气势，甚好。此外，拜读之间疑有若干误译之处，例如A·E的《真理》中，第二行的"deed"是否应为 splendid deed？若是 reality 的话，总觉得与下文接续不太顺畅。hero（主人公）一心想建功立业，却不知其功业之真理于后人却是个障碍。此外，格雷弗斯《玫瑰与悲伤》的第五

---

① 即爱尔兰作家乔治·威廉·拉塞尔。

行有 the gard'neer，是否应该为玛盖雅？（因为有定冠词"the"。）花店主人的儿子玛盖雅君，站在旁边送给对方四支花。在序中相当于下一节的 to speak your damask cheek（在说你的桃腮）的注，to speak 是否也可改为 as to 即"关于"？一般按照语法应该如此，而这样也便于理解。此外，在西蒙斯先生的《威尼斯》中，"itself beholding from itself aloof"一句，在日语中以倒译为宜。这些都是语感问题，写在序中。此外尚有若干问题，仅以上述作为代表性实例。不再多谈。

以上只是随意谈些想法，请勿看得过重。若属我之误译，即请付之一笑。我现在头脑混沌，既写不出什么像样的文章，也生不出什么像样的思想。特此肃呈

山宫先生

芥川生

114　二月二十六日自田端致菅忠雄

贱躯略有不适，故而决定向学校请假。星期三左右返回东京。

芥川龙之介

二十六日

115　三月五日自镰仓致池崎忠孝

池崎忠孝先生：

多承惠赐关照，谨表谢忱。现即承允相托之事。当然，十日之内尚有《中央公论》诸事要办，因此尚不能拜访阿兰陀书房。当然以版税付资，八成亦可。不过，希望能再多给作者五本书。未知可否，匆此奉复。

龙

三月五日

116 三月九日自镰仓致江口涣

敬启者：

每承惠寄《星座》，多谢。前期读过之后即刻提笔修书，却又中途辍笔。本期尚未读过，因而仍谈前期之事。权当旁观者多嘴，且请付之一笑。"汝乃卖国贼也"毕竟不是拍马屁，此句最好。不过，作品本身因中间开始笔触晦涩，因而效果大减。马车坠落处也用同样写法，即以正面描写直至夜奔。我觉得这样力度更强。万造寺君的作品，令我有些头疼。久保君的作品，颇有《文章世界》的情调。木村君的《半处女》，据说得到了广津和郎的赞赏，但我却不知好在何处，总觉得我与木村君最无缘分。佐藤君不写小说，令人失望。法朗士的《人间悲剧》译本将于本月问世，我祝此作好运，因为最后的作品特别出色，而且包含了无限的暗示。

此外，我赞成你的《了斋评》。我本想把《奇迹》再写得长些，但因诸事缠身时间紧迫，所以压缩成那个样子。也还是笔触晦涩的罪过。如有余暇我要重写，但不知能否实现。我如今在为《中央公论》撰文。《黑潮》排版错误太多，令人头疼，所以，我打算全力提高手稿书写水平，但效果不佳。如有可能，请赐一读。该作写法与以前作品有所不同。此间重读《山椒大夫》，对鸥外先生笔力扛鼎深感敬服。读过两遍之后，方才彻悟其中三昧。普通民众恐怕难以参透，不深入文中意境便无法领会。偶有所感，且加一笔。此致

江口先生梧下

龙

三月九日

117 三月十五日自镰仓致松冈让明信片

深夜牢骚

小说频出炉，皆非经我笔。困惑叹不住，夜半鸡已啼。
《中央公论》约，催我把稿撰。谨慎防败笔，呜呼小说难。
腰痛手也酸，辛苦不堪言。摆笔席铺卧，雄鸡啼夜半。
昏昏沉沉夜，恍恍惚惚心。夜半鸡已叫，凝神细细听。
如今细思量，感慨何其多？久米著《嫌疑》，亦堪称佳作。

118 三月二十二日自镰仓致池崎忠孝明信片

明信申询，多有失敬。阿兰陀书房如能拨冗光临，请于下星期一上午前来寒舍。敬请转告。你若有空，亦可同来。

龙

119 三月二十七日自田端致菅虎雄明信片

敬启者：

今又罹患流感，在 38.3～39.6 度高烧中呻吟。仍须卧床两三日，伏请顺便告知野间。

120 三月二十九日自田端致松冈让

华翰自镰仓转来，今已拜读。身卧病床，忍吞酸涎，展读大札。病体尚未复原，学校职位亦欲彻底放弃。创作兴趣低迷，只求照此恍惚度日。然而仅此亦觉困苦难当，仅此亦觉人生义务已尽。《偷盗》实乃骇人听闻之作。此为一本小画册。其中有个情节：要给临盆产妇吃堕胎药。有人会说，这简直是无稽之谈。此外，愚昧而谎言百出的性格也是支离破碎。我发烧时，曾将顶棚木纹看成大理石。现在再看，木纹毕竟是木纹。写作《偷盗》的前后，亦有如此反差。在我作品中此乃最差。说到底，我并非干大事之人。

高烧时（两次，一次是久米与赤木来后）觉得快要死掉，十分绝望。就这么死掉太没意义，以前的活法太过愚劣。我感到思想和写作都失去了条理，皆因身心极度疲惫之故。纵然如此，病榻之上我还作诗一首呢！

> 山阁安禅客，经床世外心。
> 空潭烟月出，处处听春禽。①

而且我也无心作诗，只是漫不经心地抬头望天。凄惨之情油然而生，不堪忍耐。此致
松冈君

龙

二十九日

121　四月五日自镰仓（推定）致佐藤春夫

肃启者：

今日于火车中读过本期《星座》，还拜读了载有尊作的六月号。承蒙褒奖，实乃诚惶诚恐，不胜感激。之所以惶恐，乃事出有因。

此信即为申明其原因而写——你提到你与我具有共通之处，我亦有同感。或因读了你的小说，对我从事小说创作产生了影响也未可知。此话并非指我被你的小说感化，而是指读过你的小说之后，我增加了几分写小说的胆量。换句话说，我看到此事也有人写，便也多少增强了发表自己作品的勇气。你或许会将此话当作奉承，但

---

① 原文即为汉诗。

我并未将此当作能起奉承作用的事实。总之，读了你的小说，我产生了某种意义上的亲和感。这是事实。而且，将这种亲和感从佛光笼罩的古时，带到那犬类故事①的今天，也是事实。不过，我认为共通之处不止于此。我也心怀同你一样的成就欲望。

以前曾经想过，为满足此欲望，除了以业余文艺爱好者终结一生之外别无他法，甚至为此产生过某种志得意满的感觉。当然，其中除了成就欲望之外，还夹杂着不愿置身于滑稽境地的姿态，但绝大部分确属汉语所说"眼高手低"在作祟。

不过，我又因偶发兴致而燃起了勇往直前的欲望。标榜勇往直前颇有自夸之嫌，我深感惭愧。不过，我的确鼓起了横冲直撞的勇气。或许此亦心血来潮，若弃之不顾，两三个月过后便会消磨殆尽。然而，受到朋友和前辈的煽动，我终于厚着脸皮挺到了现在。

然而，我现在仍丝毫未能超脱成就欲望的蛊惑，反倒因此而比无所作为的过去更加苦闷。所以，我觉得自己的作品既可说是傲慢的也可说是谦逊的。从我的艺术理想来讲，我觉得现在所写作品实在可怜。但即便如此，受到无端指责，我也不能不气愤——我觉得这种心理没准你也会有。在这一点上，你我也有共通之处。未知尊意如何？也许你不同意。但即使不同意也暂且假定同意，继续往下看——因此你的《芥川论》大体与我自己对艺术的毁誉褒贬（如果允许有一点自以为是的话）相同。看到印在书上的这些议论，对我来说无疑是感觉不快的，同时无疑也是愉快的事情。从这个意义上讲，我读到这本六月号时，感到非常惶恐。

我亦同你一样，曾经打算翻译《人间悲剧》，而且对于斋藤君的诗歌，恐怕也有同你一样的推崇和敬佩。只是对于犬类，我与你完全没有同感。我与斯特林堡相同，都特别厌恶犬类。

---

① 指佐藤春夫的小说《西班牙犬之家》。

想说的话如此之多，故而肃修芜笺奉告于你。但写到此处却又觉得，此信于你未免失敬，也是由于我从未与你当面交谈。不过，我想你一定会宽宏大量，所以敬请宥鉴，恕擅专断。

专断之余，另有一事秉求：请勿将我以文坛宠儿相待。实际上，我毫无人气可言。人们大抵将我当作另类作家来看。我最近有所领悟：原来世间与中村孤月君观点相同的人的确不少。

若你至少把那犬类拴牢，我也许会有心恭谒贵邸。不过，这两三周内催稿紧迫，近期恐难成行。

照此势头写下去，只恐没完没了。就此搁笔。专此肃呈
佐藤春夫先生

芥川龙之介
四月五日晨

又及：Sqq 与 Seqq 同，为 sequentibus（以下）之略。辞典上应有"in the following place"（如下）一条。我以前曾经查过。不揣多嘴，谨此奉达。

122 四月二十四日自镰仓致松冈让明信片

你的意思已向荷兰方面转达（若久米前往，最好事先将动身日期通知北原君。他很忙）。

菅先生那里我已问过，他不记得了。若你记得那句话，请赐函垂教，想必菅先生见此即可忆起。此事宜从速办理。

123 四月二十五日自镰仓致松冈让明信片两封

《偷盗》续篇会更加波澜交叠。就是如此交叠，才令人担心。开头每天写作三四页稿纸，但到最后每天写十七页稿纸，连我自己也觉得快成了"长田干彦"了。反正是支离破碎的东西，近来，对支离破碎也习以为常了。既然读过了本期，那就连续篇也请一并

赐读。可以作为你撰文的参考，就说我一旦兴致大发，也会写出此类东西。总之，多有发挥不到之处。

　　此间曾与××见面。据说，此君在初夜三度折磨新娘，且次日清晨还做那事，令人惊诧不已，简直对人类性行为一无所知。你下次见了好好收拾他。京都的舞伎简直像小矮人，我没什么好感。若是仅无性感倒也罢了，但我觉得连自然人的感觉都没有，何谈性感。还是寺院最好，绘画与佛像摆在寺院中要比摆在博物馆中好得多。我还观赏过几座别致的庭院，在奈良买了一面铜镜当烟灰碟。若再有些时间，逛逛古玩店便更好。不过，我穷得一文不名，哪有买特产的闲钱？不管怎么说，奈良的天平贞观雕刻确实精美非凡。今后只要有空有钱，一定再去那里看看。

124　四月自镰仓致恒藤恭明信片

　　浪花却步远，乡间多恬闲。门旁旋花放，粗颜枝蔓间。

125　五月一日自镰仓致秦丰吉

"一中调"京都净琉璃

新曲　恋爱八景

宇治紫川

　　我虽是，不解风雅之人。却也有，多愁善感之心。
　　三井寺，晚钟又报黄昏。秋风紧，梦中却见故人。
　　君请看，自古恋爱之道。激情燃，恰如濑田夕照。
　　女儿心，且以香袖掩面。好一似，屏风把羞遮拦。
　　芒草花，石山稳扎深根。琵琶湖，你我萍水相逢。

徒忙碌，粟津翠微留客。唐崎夜，有缘邂逅雨中。
松涛起，坚田雁落琴畔。鸿书到，矢桥不知归帆。
梳颔发，犹似比良暮雪。理衾衣，刻骨铭心初夜。

论文完成之后，欣然而作新曲。伏请雅鉴。此曲晦涩古雅，余韵隽永，尤具江户情调。拜求先生垂青，并呈久米过目。自以为其价值之高，纵言小生毕生心血之作亦不为过。匆此奉候，并披露新曲之作。

特此肃呈
秦丰吉先生

芥川龙之介
五月一日

又及：日前所谈之事，因那位熟人家中新添丁口不便催促，眼下尚无进展。

再及："不知归帆"、犹如邪恶。此乃文政时期至江户时期民众所用双关之语。谨此注释。匆此肃函。

126　五月三日自镰仓致恒藤恭

敬启者：

家母疾患大体痊愈，只因年迈体衰，尚不能起床。大夫每日来看两次，一时叨承各位挂念。不过，病情已有好转，敬请放心。镰仓自此美景日新月异，春花渐从平地移向高山。如今已是满山新绿，此类词语不足描述。五光十色的嫩叶覆盖了所有山峦，空中杜鹃声声啼鸣。我虽杂务缠身，却也能忙里偷闲。此前读过狄克逊的辞典，也颇具意趣。我觉得，与其读那些蹩脚的小说，倒不如读辞典有意思得多。可以增长学识，正所谓开卷有益。我是个半吊子英国文学专家，因此以实用为主。不过，最好能从容不迫地通读大辞典，一定情趣倍增。这里温热如夏，老外也来了不少，但无一人长得顺眼。狗儿们都焦躁不安，狂吠不止，令人难耐其烦。我的胃病一点儿没犯。

> 初夏新叶香满山，油井坐落沟壑间。
> 嫩叶生辉映碧空，洗罢湿手香犹存。
> 暮春镰仓榴花艳，异国之人爱日本。
> 异人随俗养小妾，石榴花下有人家。

此致
恭先生

龙

五月三日

又及：代问雅子好。

127 五月七日自镰仓致松冈让

先请尽快告知有关杂志事宜，我很关心。学校已届招生考试之前，会议频繁，没有空闲。连我也要表态"赞成教育总部的方案"，请你别笑。因此，星期六我被缠住直到三点钟。四点时，又被拉去参加松井主任教授的离任欢送会。

森田在评论《那个妹妹》[①] 时说："广次何不去当个按摩师？"我觉得这是名言警句，你认为如何？日本的净琉璃中，有多出戏是描写为帮丈夫筹款而妻子"倾城"的。若在西方，那实属一大悲剧。若将"倾城"换成"卖淫妇"，其意自现。然而，这种事本身在日本却算不上太大的悲剧，就连泉镜花，也是将卖身女子的悲剧

---

① 武者小路实笃所作剧本。

置于其后的纠葛之中——已超越卖身之事本身。不知何故，我近来深感东洋式做法很有几分英雄主义。此间读过境野黄洋的书，认为日莲法师去龙口前在八幡神宫说坏话纯属子虚乌有，予以抹杀。我认为此亦理所当然，显露如此狂态没有什么了不起。若（此处原文缺五字）为假书，日莲法师的骗子性格便大体消失。我很高兴，有点儿兴奋。我正在筹划三部曲：第一部为奈良时代，第二部为战国末期，第三步为维新前后；主题是外国神与日本神相争相克。此外，我已将《偷盗》修改大半，九月份请人找刊物发稿。在此之前，你可发表《地藏菩萨》。我读过久米的《复仇》，觉得前半部尚可，后边不行。《性神游戏》还不错吧？我总觉得结尾很有些丑恶，倒不是事实丑恶，而是想象方式丑恶。我还觉得，久米作品中经常出现这种丑恶。不过即使如此，开头的描写，他仍做得丝丝入扣。当然，这种强调是对他人而言。

读过《新小说》所刊本间久雄的评论（《莫里斯论》），我感到十分悲观。走到那种地步已无法挽救，甚至比无法挽救还要惨。你决定给《黑潮》撰稿了吗？此前中根来过镰仓。我写不了（六月号），所以推荐了久米和你。现状如何？当时听中根说到正宗的事，觉得很有些意思。正宗真是个怪人。对于×××××卖掉先生的书的嫌疑，最近出现了强有力的证据。尽管眼下营先生令其保密，但在下次见面之前，应设法解除禁令。×××这家伙做出那等事，对《新思潮》封面说三道四，真是骇人听闻。读过《思潮》，不知何故感到肤浅得很，令我失望。与此相比，读了和辻在《文章世界》上的评论，令我感伤落泪，因为那时我正穷途末路。毕业论文已圆满完成，且冠冕堂皇地交到了学校。此前见过江口氏，说那人仍将延长一年。最近，他好像正与××猛烈地肝胆相照。××是否还在猛烈地折磨妻子？不是说要举行发布会吗？什么时候？近来的镰仓，风筝放得癫狂。十四五个大得吓人的风筝升上天，哨声吵得人烦躁不堪。最大的家伙可铺满一间房。

最近，对女色有些迷恋。但因时间不便，故暂放一时。还是学习要紧。此致
松冈君

龙

五月七日

128　五月十七日自镰仓致松冈让明信片
西鹤虽有《一代男》，但不堪困扰。下周日下午来玩吧！

偶　　感

薄云丽日樱花老，旧恋无悔忍痛抛。

129　五月二十五日自镰仓致池崎忠孝明信片
敬启者：

若你时间方便，可否于星期三（三十号?）下午四点赐顾镰仓，与我高谈阔论一番？翌日恰逢休假，我亦可夜以继日地拜聆高论，并倾吐胸臆。自现在起，我亦可忙里偷闲，故肃修芜笺与你。复函请寄至镰仓。聚会地点就定在小町园吧！即此。

尚有诸多相商之事，待你回信后再谈。顿首。

130　五月二十七日自田端致中根驹十郎
敬启者：

有关拙选之书（属新进作家丛书），与阿兰陀书房协商的结果，《罗生门》中的短篇只能取掉一篇，再多不可。其间，《偷盗》到底未能鼓起勇气出书，且发表修改稿的九月杂志都已决定，故无

可能加入新书之中。因此，搜集我的作品也难凑够二百页。再加已与阿兰陀书房约好出版《新思潮》，便不好再抽取《罗生门》中的作品。鉴于以上原因，该丛书中我的那本请暂缓编辑出版。其实，为了积攒资金，能出版的书我都愿尽量出版。但因情况不允许，虽甚感惭惶，仍伏请见谅为盼。专此奉达

中根先生

芥川龙之介顿首
二十七日

又及：今晚回镰仓。阿兰陀书房表示，那一篇亦须为极短作品。即此。

131　六月八日自镰仓致松冈让明信片

当然要写。我非常想写，想得技痒难耐。你给我寄到田端来吧！此次正在写浓情蜜意、悱恻缠绵的作品。

龙

132　六月十日自镰仓致江口涣

敬启者：

出书之事多承关照。是否也给佐藤君送过书了？我觉得《黑潮》所载佐藤的小说并不成功。尽管从各个部分来看，照例都很出色。据说，堀口大学对此称赞不已。但即使得到他的褒奖，佐藤恐怕也高兴不起来吧？《星座》所载佐藤君的短篇小说（战争题材）比这篇好。整体上写法新颖，着眼点也准确扎实。尤其是写作手法，相当值得肯定。当然，也并非完美无缺。

你在《大学评论》上刊载小说有些可惜。脱离所谓作品价值的写作技巧——或曰手段有所提高，这是我最先感觉到的。创作艺术一经作者反映于作品，便使作品富于整体感，缜密而无懈可击。

你使我也感到，再不可优哉游哉不求上进。久保君命令我给《每日》写稿，我打算很快就写。当然，也须等到二十四号以后——十五号开始搭乘"金刚号"，进行航海见习。

我对和辻君与森田君的论战颇感兴趣，且对双方都给予同情。"感受"与"描写"的着力点不同，表明实际当中评论家与作家看法上的差异。眼下我正为《新小说》撰写一部情意缠绵的小说。

谨此肃呈
江口涣先生

芥川龙之介
六月十日

又及：你若写《罗生门论》，请将刊载该文的报纸寄给我一份。专此奉托。

133　六月十六日自镰仓致江口涣、佐藤春夫

敬复者：

"《罗生门》研讨会"虽愧不敢当，但若确能举行则不胜荣庆。已赠书的文坛人士有森田、铃木、小宫、阿部、安倍、和辻、久保田、秦、谷崎、后藤、野上、山宫、日夏、山本诸君。

但是，二十二日（是星期五啊！星期六是二十三号嘛！）我回不去。二十四号星期天，因征兵检查回京。时机不错。当晚或傍晚如何？地点和时间一俟商定，即请通知田端敝舍。江口君的报纸亦请寄往田端敝舍。此致

江口涣、佐藤春夫两位大人

龙
六月十六

134　六月二十日自镰仓致松冈让明信片

今天终于要登船了。近来把胃搞坏了，恐怕要晕船，有点恐惧。预定二十四号傍晚回东京。

> 毛色褪尽看敝屣，声声啼血听杜鹃。
> 笔耕夜短天易明，水光脉脉知我心。

据说要为我举行"《罗生门》之会"，请他们延至二十八号。代为问候久米。

135　六月三十日自镰仓致江口涣

敬启者：

近日多有叨扰。在学校拜读过评论我文章的中部和下部，溢美之词过多，尤其是"貊"字太过无聊。此外，点景之物拙劣，如《命运》一作中的"莺"又是明知故用，只因为这是有几分古典情调的作品。《忠义》一作中的杜鹃正如你所讲，自印成书起即已令人极不愉快。虽然《罗生门》在当时是令我得意的作品，但"新思潮"一伙人却评价不高。我想，成濑就是贬损我的罪魁祸首。

今天读过久米的小说，感到其中态度有些暧昧。若再弄出些寡妇之类的荒诞人物或更有意思，否则不就无法衬托出鲍安了吗？"一位女子举着雨伞款款走来"，那段描写真是妙笔生花。简直妙得过了头，是坪内逍遥的遗韵。《星月之夜》得到好评令我惊异，连谷崎都赞不绝口嘛！写作手法确实高超。不过，表现那类题材，自然别无他法。也就是说，高明之处全在于技巧。然而，他偏偏受到贬斥技巧的"早稻田派"的赞扬，真是滑稽可笑。这倒令人觉得太过恬不知耻。

最近每天下海，已晒得相当黑。

我正在考虑暑假怎么过。专此奉达

江口涣先生

芥川龙之介顿首
六月三十日

136　六月致松冈让"岩国锦带桥"美术明信片

　　我跟由宇车站的站长攀谈。据说此地蚊子极多，令酷爱尺八箫的他无法吹响。或为此因，蚊帐是当地的第一国产商品。

　　　　高悬蚊帐低吹箫，一曲思秋不嫌早。

龙

137　七月一日自镰仓致松冈让

　　关于此前谈及之事，本应于星期六在赤木家聚会，但因家住芝区的叔母有急事，故不能在傍晚前赶到。星期天下午《新潮》有人要来（好像是中根），所以可否定在星期六晚或星期一。我把《七艺》忘了，今天寄上。此致
松冈子仙君

芥川龙之介
七月一日

138　七月六日自镰仓致芥川文

　　前信收到，多谢。我健康而平凡地度过每一天，切盼暑假快些到来。还有十五六天，我已急不可耐。寄宿生活使我颇感厌倦，一切事务皆牵扯利害关系，毫无人情味，因此我很苦闷。现在你要开始学习烹调，若同住一处，让我尝尝你做的美味饭菜。只要做得好，我什么都能吃。此前从横须贺港搭乘军舰到山口县的由宇，又

经岩国和京都回来。在京都品尝了"骏河屋"的羊羹,淡淡甜香很有品位。下次再去京都,给你买些带回。镰仓住着很多老外,傍晚就都出来散步。人多时看似西洋点心在走动,漂亮异常。前些天有位外国老太在日本人店铺购物遇到不便,我为她做了翻译。她非常高兴,不住地道谢。尔后熟识了,街上碰到便主动向我打招呼。当然,她现已不在此地。

  我住处前边有个不良少女,每天往脸上刷白粉。天气这么热,她耐性那么好。我真服了。她的邻居是柴火铺,昨天有人去世,刚办过丧事。今早路过店前,老板娘正一边落泪一边啃着大包子,让人既生怜悯又忍俊不禁。净是些没用的事,就此搁笔。顺颂福安。
冢本文子女士

芥川龙之介
七月六日

  又及:我每日为了该应承或该拒绝的小说约稿而忙碌不堪,所以此信晚写一天。代问大家好。

139　七月十二日自镰仓致松冈让

敬启者:

  大札敬悉。暑假将至,我打算趁此回京跟久米有个了断。此间看到萩原朔太郎氏的《感情》,对那种小杂志十分羡慕。不管怎么说,我是受不了这份热了。可暑假尚未到,受不了也得受着。清朝人士郑板桥写过一帖《橄榄轩》,我看过以后信心大增。他的"吾"啦"役"啦都不怎么样,跟我写的一个味儿。我也能用这种涂鸦字为《新思潮》写封面。一说去雪国,虽身处盛夏也感到凉风习习。我想与你一同寻访良宽。此间读过《鹏斋》,相当不错。良宽的佳作一定精彩,但那些先生们却有些浅淡乏力。

  本月小说都不怎么样(包括我的在内)。不过,久米小说中那

段女子举伞款款走来的描写堪称妙笔。特此肃呈

松冈道人清鉴

芥川龙之介
七月十二日

140　七月十八日自镰仓致池崎忠孝明信片

　　我已失去妙语连珠的宝石。不过，那是人造钻石。我即将重返东京。到"桐佐"去喝一杯吧！此间车中偶得俳句二首，给你启启蒙吧！

　　　　　　子规遍野啼不住，近江朝霞红满天。
　　　　　　割麦镰钝人乏力，白昼苍穹皓月悬。

141　七月十九日自镰仓致池崎忠孝明信片

　　适才奉读你的第二封明信。你且别去东京，就在大船或国府津换车直接拨驾光临镰仓！此地不乏西式糕点一般的法国和美国靓女，异国情调浓郁。最近，我为一个洋人做过翻译。

　　读过仓田的《出家及其弟子》，很是佩服。我与你多少有些缘分，所以才告诉你。无论如何，只管提着行李来吧！绀田的俳句还算不错。近日聊作一首名诗，抄录如下：

　　　　　　蛇女暗自怀六甲，梅雨连绵合欢花。

142　七月二十五日自田端致江口涣

敬启者：

此前夜访贵府，多有失礼。昨日回京，拟于近日再度造访。报载《芥川论》确已拜收，谨致谢忱。回京后暑热难耐，动辄便想随处溜达，似有沉醉于久保田万太郎情调的形态。抄录一首咏浅草的俳句如下：

　　　　阳伞高举遮烈日，奇花异草现沙书。

专此奉达
江口涣先生

　　　　　　　　　　　　　　　　芥川龙之介
　　　　　　　　　　　　　　　　七月二十五日

143　七月二十六日自田端致松冈让

敬启者：

　　昨日自镰仓回京。《偷盗》已很难改完，故打算延至年底。九月将写两篇新作。不过我很担心，只求别像上次，只弄出些勉强凑数的东西。拟于两三天内与阿兰陀见面。东京溽暑肆虐，光膀子也于事无补。酷暑足以消磨人的生存意志。《卡拉玛卓夫》终于快读完了。小说冗长至如此地步，也会令人生厌，但我仍然深感钦佩。七月号的《白桦》刊载了志贺的小品文，别有情趣。你读了吗？对于《出家及其弟子》，我从根本上折服，比武者小路实笃的《那个妹妹》好得多。每个情节都很真实，且此种真实与我们很近。避开古代的灵肉之争而写灵魂之争，这也很切合实际。总之，我获益匪浅。

　　　　倒悬蝙蝠晃悠悠，不巧二朱变一朱。
　　　　人相书中有言曰，蝙蝠竟然有文身。

这是轮机学校教官的余兴。此致
让先生

            龙

144 八月四日自田端致菅忠雄

敬启者：

  久疏音讯，十分抱歉。我牙疼得厉害，又兼发烧，难受极了。不过，并非因为贪吃甜食，而是长出智齿牙龈肿痛。小说尚未脱稿，酷暑之中仍在忍痛挣扎写作。听说舍弟多有叨扰，恳请抬爱关照，皆因愚弟莫如我聪慧敏捷。

  祈祝阿高和阿宏（？忘记是哪个汉字了）健康成长。先生依旧赤膊挥笔毫书大字吗？我如今一见那幅"方外"，仍旧感慨万端。赤木桁平差点把"心王"拿走，我执著固守终究没有给他。

  寄往轮机学校的书信确已收悉。并非有何急事，我仍牙痛，有些扛不住了。就算比此处热些，也还是东京好。专此肃呈
菅忠雄先生

           芥川龙之介顿首

             八月四日

145 八月十五日自田端致池崎忠孝

  我的小说怎么也写不出来，十五号的截稿日期恐怕要推后。谨献歪诗一首，日后登门拜候。此致
赤木桁平先生清鉴

              龙顿首

心静无炙暑，端居思渺然。
水云凉自得，窗下抱花眠。①

          学弟椒图道人百拜

146 八月十五日自田端致松冈让
驰书拜呈阁下：
  今天，《文章世界》的加能作次郎君来访，托我奉邀先生为十月特刊撰写四十页稿纸的短篇，谨此奉告。截稿日期为下月十号。其后我苦心惨淡仍难成小说，困扰不堪，恳请俯察为盼。专此奉托。
松冈让先生

           芥川龙之介顿首

147 八月二十一日自田端致菅虎雄
肃启者：
  久疏笺候，安吉为慰。日前探望舍弟，为商讨家事上下忙碌，未能踵府拜谒。此前亦为约稿日夜苦战。现在每天悠然度日，因作诗一首，聊博一粲。

即今空自觉，四十九年非。
皓首哈秋霁，苍天一鹤飞。②

  本应为二十六年之非，但觉力度不够，故加至四十九年。当

---

① 原文即为汉诗。
② 原文即为汉诗。

然，我并非白发多如皓首。因仙鹤经常光顾我家，故将白鹭换成高雅仙鹤。

　　特此肃呈
菅虎雄先生梧下

芥川龙之介顿首
八月二十一日

148　大正六年（1917）（推定）八月三十日自小石川邮局致久米正雄明信片

　　今天倒也别有情趣。不过，到了那般地步，比起无聊地与那种动物谈话，倒不如来点恶作剧。闲聊未能尽兴，令人遗憾。祝你健康。

149　九月三日自田端致菅忠雄明信片

　　书确已拜收。每每承情特别关照，感激莫名。现在为《大阪每日》写稿忙得废寝忘食，因睡眠不足头晕眼花。又因停电（台风袭击）而借助烛光振笔疾书，浑身简直就要散架。近来随处可知秋意，无论树梢还是身体。顿首。

150　九月十三日自田端致菅忠雄

　　你绝无任何必要向我道歉，是愚弟不知小町园为旅馆，故而以为我与小町园的女侍有何关系。（或许你也这样想。若果真如此，我只有苦笑。）但我已消除此般误解，所以毫无任何担心之事。

　　我明年结婚，所以婚前当然不会堕落到与其他处女发生关系的地步。此事也请尽管放心，大可不必将轮机学校教官与作家区别开来。

　　你不在此，我很孤单。所以，我打算移居横须贺。先住在横须贺市汐入尾鹫梅吉家,明天就搬。星期天如有空闲,请驾临游玩。

特此奉达

菅先生

芥川龙之介
十三日夜

又及:屠格涅夫的书是我藏书全集中的一册,恳请费心保管,切勿令其丢失。诚挚奉托。

151 九月十六日自田端致大田黑元雄

敬启者:

此前奉接大作,殊感荣幸至极。本应即刻肃修芜笺申致谢忱,无奈突然迁居横须贺,又加俗务缠身,终将复信拖至今天。大作于当晚拜读完毕,并有所思考。

"舞蹈中包含舞蹈的本质性要素,雕刻及绘画要素当然与之不同。因此,自印象派以来,凡具有主题性的画作都受到轻蔑,舞蹈中肯定也有绘画性的和雕刻性的要素。舞蹈遭受轻蔑的时代将要到来,或者说不能不到来。"我思考了这个问题。如何?也就是说,我认为舞蹈的要素(若此言不妥,可改成舞蹈表现的要素)是微妙的运动感,如马车由静到动时,可以看到车轮稍稍后撤一下——就是车轮在此刻的微妙动作。那种动作在树梢上在人体中都有,非舞蹈不能表现,而且我认为这正是舞蹈所应该表现的,所以有了上述引号内的说法。我认为这是平凡得不能再平凡的真理,未知妥否?

眼下,我正痛苦地呻吟着为《文章世界》撰稿。明天返回横须贺。专此肃呈

大田黑元雄先生

　　　　　　　　　　　　　　芥川龙之介顿首
　　　　　　　　　　　　　　　　九月十六日
　　又及：我此次迁居的地址是横须贺市汐入五百八十尾鹫梅吉转。即此。

152　九月二十日自横须贺致松冈让明信片
　　迁居至新址：
　　横须贺市汐入五百八十尾鹫梅吉转
　　　　　　　　　　　　　　　　芥川龙之介

　　此通知既是寄给你的，也是寄给夏目家的。我在《文章世界》中，实实在在地挨了一顿剋，说我写了怪模怪样的东西敷衍塞责。不管怎么说，一天半的时间能写出来什么呢？我读了你作品的一部分，觉得非常精彩。但纵令禁止发行，文章也不可修改。此前承蒙夫人款待，忘了道谢，请代为转达。

　　正欲发出此信，倾接尊函。痛感《新思潮》复兴十分必要。会开得怎样？久米尚未来信。

153　九月二十日自横须贺致池崎忠孝明信片
　　迁居至新址：
　　横须贺市汐入五百八十尾鹫梅吉转
　　　　　　　　　　　　　　　　芥川龙之介
　　效魏华岳太华夫人庙碑体

154　九月二十三日（有"午"字样）自田端致江口涣明信片
　　今天，参观了"二科会"和"院展"。谨以歪诗三首，恭请江口大人粲正。

梅原龙三郎君之《山茶花》(模仿北原白秋式)
丽日已当空，一枝山茶秀。鲜花红艳艳，碧叶绿油油。

安井君之《女人》(模仿斋藤茂吉式)
小腿肌肉肿，静卧不能动。余生有几许，谁能示我明？

山村君的《八朔》(模仿吉井勇式)
八月朔日暮，新月初朦胧。花街逢节庆，花魁款款行。

155 九月自横须贺致菅忠雄明信片

多谢赐函。我即向小岛细细嘱托，好好向泽木学习，英语方面如有疑问，我愿解答。专此奉复。

龙顿首

156 十月四日致松冈让明信片

我对《新潮》长与氏的作品也很赞赏，比《悲伤的少女》好，对去医院的描写非常扎实。不过，此君的哲学当中有不少自以为是之处。但非简单的肯定，既不肯定也不否定，半道上撂出一个问题就伤感起来。若说此乃俗套确也滑稽，但我读过《和解》，觉得挺有意思。边吃早饭边读，结果上班迟到了。我认为写得不错。若你读到什么好作品即请告诉我，我立刻就读。谷崎发电厂好玩吗？此君对久米的神侃颇感吃惊。我的印象中，他有些不对劲儿。

157 十月十二日自横须贺（推定）致菅忠雄明信片

多谢赐函。本打算前往慰问，终因诸事缠身，镰仓也未能去成。不知你何时乔迁？我刚给《大阪每日》发了电报，告诉他们书稿再等两三天。总被逼得疲于奔命，实在狼狈。不过，我星期天在家，敬请光临（但这个星期天不在家）。横须贺令人生厌。我若找到房子，即刻迁居镰仓。想到届时你已不在镰仓，我很失望。

   顾盼回身枉自怜，绮罗冷透不胜寒。

158 十月十二日自横须贺（推定）致松冈让明信片
  你的小说目前如何？我已悲观失望。在某处遇阻，止步不前。思路也进不去，文章也进不去。似乎打从开头，早已神魔附体。素材本身亦有缺陷。若你也陷入困境，我则心安理得。这可不是利己主义吧？此间读过切斯特顿的作品，书中说"一般体力劳动者着急时抄近路，而'脑力劳动者'却要绕远路"。其实，如此总绕远路才是不堪忍受。终于写成二十页稿纸。

159 十月十二日自横须贺（推定）致池崎忠孝明信片
  我要去，即使碰上令我不快的房客也无妨，尤其是女性。读过《和解》以后，我实在烦透了写小说。顿首。

160 十月十三日自横须贺致石田干之助明信片
  大示诵悉。我仍如往常忙得焦头烂额，即便回到东京，也都是外出办事，经常不在家。即令在家，也得应酬客人，非常麻烦。

  若得小闲，你也可来此（横须贺）一游。但周六、周日、周一我不在。若周五来，周六回京我们即可同行。《摩里森文库》定请赐我一读。

   秋高气爽碧空远，革面洋书异香飘。

161 十月十八日自横须贺致薄田淳介明信片
敬启者：
　　因右手神经痛并校务繁重，书稿拖延至今，甚为歉疚。此外，第六回开头对话中，"宗伯？""去××先生那里了"的××应为"山本"。劳烦在校对时照此加入。今天看了《时事》文艺消息，报道说我已接受《大阪朝日》的邀请，正在撰写《细菌》一文。若将"每日"错写成"朝日"还情有可原。然而将"马琴"与"细菌"弄错①，简直令人笑掉大牙。我曾在电话中，被错听成相扑力士立田川②。不过，比起马琴被错当成细菌，我还算比较幸运。

芥川龙之介顿首
十月十八日

162 十月二十五日自横须贺致松冈让明信片
　　《每日》上刊载了"马琴"的插画，而那插画却是我画的人像。真是岂有此理，有些部位画得极为拙劣。不过，倒也有几分精彩之处。因为约我再画一幅，我打算再画，但要等到新年号才能发表。我想尽快看到《护卫法城的人们》。若让我写那部小说，我就画这幅画。（后面有一幅莫名其妙的画）
　　（你读西田的书了吗？藤冈曰，此乃二千五百年之名著。但好像过于难懂，我读不了。）
　　我已寄出带着光环的《中外》。夫人尚未回府吗？若已返回，

---

① 日语中二词谐音。
② 日语中与芥川谐音。

建议偕夫人一起走访营先生。湘南秋景相当不错。小有空闲，我便坐火车专程到逗子和镰仓去玩。不过，独自一人太没意思。

歇翅大雁不见影，秋夜只闻堕落声。

163　十月二十七日自横须贺致夏目镜子明信片

明信奉候，敬请宽谅不恭。闻知夫人归宅，即刻肃修短笺。

下个星期三（三十一号）是法定假日，我不得不在横须贺打发无聊时光。夫人若当天光临营先生住所，我便也到镰仓去。大家聚会，平平稳稳度过一天岂不惬意？如何？敬请拨冗驾临。专肃奉邀。时下镰仓秋色迷人。松冈亦极盼一聚。务请光临。专此。

164　十月三十日自横须贺致松冈让明信片二封

先讲要紧事。我不完全明白"sollen"所指何事。请你尽量简明易懂地解释一下，并复信惠示。（我只知其常识性的解释）

我亦开始读西田的作品。我十分惊叹：了不起的人做了不起的事。说实话，我觉得他对我们的不认真给予当头棒喝，对我更是如此。

我决定，今后不再受托撰稿，否则，做教师挣生活费便毫无意义。这才是明智之举。一年写一部作品便心满意足，还可以根据需要韬光养晦一年。此外，还打算今后与报纸杂志的文艺批评一刀两断，再也不读。因为读过之后，我无法摆脱影响。我决定稳扎稳打，哪怕是一小步一小步地前进。以前即使没想得意忘形，但也难免沾沾自喜。回头看自己的过去，简直丑恶绝顶。今后要夹紧尾巴做事，毕竟任重道远。（第一封）

请转告夫人，我对她不能参加天长节（天皇诞辰日）深表遗憾。我想，一定是我的华丽辞藻从来就毫无吸引力。若你方便，天长节那天上午请在家中等我的电话。不，如果天长节那天没空，即使在家也没用。若能得闲请等我电话，商定时间即请你来。真想在镰仓会合，一起悠然仰望白云。如果晴空无云，看看冒烟也行。其实，现在镰仓到处烧落叶，青烟袅袅，傍晚的雾霭也有一股焦味。虽属平凡，却也有几分诗意。

本月久米的小说不太好，虽然也有精彩之处，但想表现的东西不够确切。恐怕这对久米不利。我想，先生的门生也会说三道四。昨天碰到后藤，他赞扬你在《帝国文学》上的小说。且听久保勘说，《护卫法城的人们》有些生硬。后藤说《和解》是败笔，而《异端分子的悲哀》要好得多。而且他又发福了一些，实在令人羡慕。恶魂都在招引我了，虽不比卡拉马卓夫，但我也深感钦佩。
（第二封）

165　十月自横须贺致松冈让

这里有两位定亲男女，而且，设定他们在所有方面都很幸福。假定这时未婚夫写了××写的那种小说，他们之间仍能保持波澜不惊吗？所以，××发表那部作品实在愚蠢，皆因漠视周围人们以及未婚妻。不过，周围人们或许出人意料地心知肚明。同时正因如此，对于未婚妻也等同盲目。照此想来，令人觉得此君实在可怜。

另外我想，此君那篇作品是通过写超现实幸福的"自己"来安慰自己。这也许与对未婚妻的盲目相互矛盾，但若将此看作努力避免盲目，那就不是矛盾了。对于这种勉强将"自己"写得美满幸福借以自我安慰，我不免生出几分同情。与你分别之后，我通过这两点思考，更加认清此君面目。而且我觉得，如此观察是一种义务。那是一种愚蠢。正因为那是愚蠢而恼怒。但以此眼光来看，又不会失去对此君的好意。因为说到愚蠢，咱们不知何时也会做出某种蚕事。

但是,愚蠢终归是愚蠢。回头再读那部小说,这种感受仍然深刻。正如对你所说,因我对那事的通过不完全赞同,故而对那部小说的发表亦冷淡处之。尽管如此却仍很愚蠢,所以我很失望。我觉得或许会发生什么变动,或者说即将发生变动。究其原因,仍是违背自然而导致的惩罚。一想此事就格外心烦意乱,惶惶不可终日。

进入十一月后,你能否在召开"三土会"之前临顾敝舍。我想轻轻松松玩上一天。专此肃呈

让君

龙

166　十一月三日自横须贺致池崎忠孝明信片

拜读你的《秋宵杂笔》,令我感到为难。因为,我也正要写作此类文章。这种写作形式最轻松,易于表现。本打算过几天就写,既然你已写过,我就暂放一时。比起真山民君的作品,我更喜欢元遗山君。与其说喜欢,莫若说他的确很了不起。下次惠临即奉呈览,不妨一读。读过"陶韦杜王",不可不读遗山,否则怎能志得意满?今夜仰望星空,偶得一首:

昂首巡望银汉窄,回眸一瞥秋茄衰。

(若有空闲,敬请俯临寒舍一叙。周日我在家。)

167　十一月十三日自横须贺致松冈让

多次拟信,终又放弃。我觉得,事到如今全是命中注定。本想恭谒贵府,并与夫人谈谈,但眼下忙乱不堪(正值毕业考试期间)。周日回去也难觅空闲,暂且劳烦你转达问候吧!我认为,

《守护法城的人们》是一部力作,无论从材料的充实感来看,还是从态度的根本来看都是如此。不过篇幅过长,对素材的梳理难免有所欠缺。素材恐怕相当于作品的两三倍!不过,这一点想必你也有所注意。此外则无可挑剔,对自然的描写简直美轮美奂至极。专此肃函。

168　十一月十四日自横须贺致菅忠雄明信片

顷接华函,多谢。胃有疾患,不可轻视。想必因与赤木论战,且又苦闷无聊所致。今日委托新潮社为你寄去《烟草与恶魔》,请少安毋躁。对野间我已不胜厌烦,所以拒绝转送邮件。此乃理所当然之事。请顺便代我表示谢意。谨此奉复。

169　十一月十七日自横须贺致松冈让明信片

因出席学校的"升班会议",故不能参加"三土会"。近来实在忙得不可开交(在学校)。我还要为新年号撰写侦探小说。恐怕此即最后的副业,所以肆无忌惮地信口雌黄。然而内心却忐忑不安,因为过于不着边际。然而,有趣之处仍然有趣。

贵恙痊愈之后,且来镰仓一游。亦请转告夫人,适逢天高云淡之金秋,不妨前往菅先生宅中小坐。不去菅先生府上亦可。因为许久不见,很想拜聆夫人雅教。专此。

170　十一月二十一日自横须贺致松冈让明信片

敬启者:

听江口说,你有事要办。我最近忙得晕头转向,又为新年号撰稿,又为社交应酬。因此,你若时间宽裕,可否延迟些时日?当然,若事情紧急现在亦可。不过,我能否前往贵府尚未可知。若下午在镰仓附近会面,谅能办到。鹄候复示,切勿客气。我觉得,此事教训最深者，与其说是久米，莫若说是你。匆此奉复。顿首。

171　十一月二十三日自横滨致松冈让明信片

敬复者：

既然如此，且等你我稍有空闲时再约见面。我多次说过，对于××不必采取那种弥缝之策。不过，或许此君亦有此意。日前见面，我曾狠狠浇他一头冷水。不过，今日来横滨是阿原请我客。我就在这怪模怪样的餐馆里草修书函。旁边还有男侍在弹奏钢琴，曲目不详，但别具横滨情趣。

下次为《新小说》撰写一篇《开化之杀人》，颇有侦探小说味道。

先生过世已经一年。时光如梭，稍纵即逝。

　　　　人去屋空心也空，枉留素菊绽秋风。

172　十一月二十五日自田端致池崎忠孝明信片

承蒙盛情邀请。只因俗人多忙，未能趋谒。今夜即回横须贺。承接了新年号约稿，令我后悔不迭。随函送上名诗两首。专此肃函。

　　　　时近黄昏秋菊白，远去故人在哪方。
　　　　白菊暗香弄倩影，暮色夕照两分明。

椒图道人
十一月二十五日

173　十二月一日自横须贺（推定）致池崎忠孝明信片

也许你聪慧，那又怎么样？
但求你美丽，哪怕你忧伤。
——波德莱尔

春光早逝去，追问故人名。芳名谓凡太，漂荡冥冥中。
春光早逝去，脚步仍匆匆。故人常慰问，一向可安宁？

春日西斜暮色起，寂寞法师春意兴。
凝眸犹见睫毛长，踟蹰须臾已暮春。

缅怀一九一七年日本的诗人，寄语于校书，因录其诗。

龙

174　十二月三日自横须贺致菅虎雄

敬启者：

下月九日即夏目先生周年忌辰。想必届时先生亦将出席。当日祭奠结束后，若有空闲，伏望莅临田端寒舍。恭请先生观赏"方外"条幅。专肃奉邀。此致

菅虎雄先生

芥川龙之介顿首

175　大正六年（1917）（推定）十二月六日致久米正雄明信片

敬启者：

拟于八号下午两点半至三点之间，在银座咖啡馆碰头。急盼复示。专此。

176　十二月八日自田端致薄田淳介

敬启者：

　　为新年号撰写两篇文稿，我已精疲力竭，故恳望尽量延长截稿日期。若有可能，想在新年过后几天交稿。题目请定为《文明的杀人》，抑或更名为《踏绘》。恳请尽量多给些时间，写稿时间远比稿费更为可贵。因此，请先审阅别的稿件，腾些时间给我。伏祈宽宥为盼。特此肃呈

薄田先生侍史

芥川龙之介顿首
十二月八日

177　十二月十日自田端致久米正雄

　　看到《每日》刊载很多有关你的报道（也有关于我的），感觉不太愉快。先是菅先生告诉我，我去街上买报读到的。简直是岂有此理。××氏遭此难事，也有点惨。

　　我心脏状况不好，因而一页稿纸都未能写成。肺部倒是毫无担忧之处，可以完全放心。不过，咽喉损伤不轻，故暂时戒烟。

　　无论怎样，这世道真是不成体统。

敢问朔风欲何往，行空随意无遮拦。

久米正雄先生

龙

178　十二月十一日自田端致下岛勋

敬启者：

喜得漱石先生遗墨，恭请先生垂青，细细观赏。小生尚未解脱风流地狱之恶业，怕要卧床呻吟到二十号。倘蒙同情，不胜荣幸。
空谷先生左右

我鬼生顿首
十二月十一日

179　十二月十四日自横须贺致松冈让明信片

手书敬悉。十二月号未见佳作。有人假借我的名义高谈阔论，骗取钱财，恐与欲在《黑潮》发表言论者同为一人。此事沸沸扬扬，不可终日。《戏作三昧》拟于周六回去之后寄送。寒假将从二十号开始。夫人对菅先生说可以光临。若二十号或二十一号能来，则正好一起回京，甚是方便。请向夫人转达此意。我自九号以来咽喉患重疾，悲观消沉。夜晚也完全不能外出，并且暂时戒烟。为《新小说》的新年号撰写《西乡隆盛》，一篇稀奇古怪的东西。刊载之后，请赐一读为盼。还给《新潮》写了一篇《掉头的故事》交差。总觉得自己心猿意马，毫无正经架势，烦透了。明年须努力用功学习。最近，我居然被横须贺的艺伎迷上了！本想将此事写成小说，但因天下哭天抹泪者过多，还是决定放弃。明年将在镰仓定居，虽然亦有前辈劝荐我去东京。（格雷耶夫值钱几何？下次我会钞。）

湘南梅花待我诗，如何酬却一片情？

180　十二月十八日自横须贺致松冈让明信片

敬启者：

因日前在"九日会"上不停地喝酒抽烟，咽喉彻底毁了。剧痛难耐,悲观已极。我无法孤身苦等至二十二号,所以打算十九号回京。还要去镰仓看租房,之后再走亦可。总之,二十号登门拜访时再谈。我觉得自己要得喉头结核,心中忐忑不安。顿首。

又及:正写此信,顷奉大札。信封字迹犹似仿敦煌断简!

181　十二月二十日自横须贺致菅虎雄明信片

谨奉明信申禀,乞望见谅。从今日起,迁至东京市外田端四三五号。此后惠顾,敬请光临上述新址。敬请知照。

芥川龙之介
十二月二十日

若有出租住房者,恳请赐札示知。又及。

182　十二月二十二日自田端致下岛勋

敬启者:

贵恙如何?望珍重静养。先生贵体违和,我亦甚感心绪不宁。此外,不揣冒昧恳托先生,漱石先生遗墨用毕请差人送还。今天是周日,有客人来访,并希望一睹为快。专此奉催。

空谷先生梧右

芥川龙之介顿首
十二月二十二日

183　十二月二十二日自田端致池崎忠孝

敬启者:

敬请于明日(二十三号)傍晚拨冗惠临。想必久米亦将前来小坐。谨此奉达。

芥川龙之介顿首

184　十二月二十六日自田端致菅忠雄

敬复者：

　　芳札诵悉。学校二十号放寒假，我现已回到田端舍下。若找到出租房间，伏望赐知。只要租到房间，自一月起即移居镰仓。因家计困窘，房租只能支付十五元。此外，本人好睡懒觉，故租房离车站近些为宜。不过，比起距车站一里半却行走不便，倒莫如距车站二里却更便捷。这是理所当然。若此两项条件具备，即便房屋稍嫌简陋亦可忍受。敢请勉力为之。

　　新年号之后，又有《大阪每日》社约稿。令我头疼。迁居镰仓之后，请为我引见高滨先生。我欲以吟诗作赋清闲度日。专此肃呈

菅忠雄先生

芥川龙之介顿首
十二月二十三日

　　又及：若有寄书的邮包，请打开查看。如果像越君的书，即请赐函将大意告我。我要致函感谢宫崎。书可暂存你处。（故亦请将宫崎住址告知。）此外，洗衣坊处是否别无他物送去？我想，邮包内或许还附有宫崎氏的信件。或许信中令我付费我却不知，误认此为赠书。专此。

　　再及：此间登门造访，适逢您已外出，不无遗憾。据说，此前拜托先生求购的衣柜和书柜，明、后两日内即可送到。请予关照为盼。东京特别是田端寒冷异常，令人悲观。此致

忠雄君

芥川生
十二月二十六日

185　大正六年（1917）（推定）自田端致岛谷西装店

回京为试新夹衣，孰料夹衣未做成。人人新袄喜过年，独我旧衫回家转。

专此奉催。

芥川龙之介

186　大正六年（1917）（推定）自镰仓致日夏耿之介

日夏先生台鉴：

《黑潮》已借与别人，我处没有。将《盖斯塔罗马诺鲁姆》寄去。此外，另一本书《玛丽亚》，与其让我保管莫如你来保管，更是天下之大幸。不揣冒昧，专此奉寄，恭请笑纳。眼下正为撰写小说忙得焦头烂额。

龙

大正七年
（1918）

侯　为译

187　一月一日自田端致菅忠雄明信片

忠雄先生可在镰仓逗留至何时？我拟于下周内，去镰仓看看您给我找的租房。顿首。

188　一月十九日自田端致恒藤恭

我下月结婚。现在心静如水，毫无新婚的气氛。似乎婚姻只是一桩生意，徒唤奈何。孩子出生后，我要选取值得纪念的名字。因为我是舅妈抚养大的，所以若是女儿就叫富贵子，若是儿子就叫富贵彦，或者叫舅妈彦也未尝不可，再多了就随意取名。夏目先生为其申年出生的第六子取名为申六，此名深得我意。说心里话，我现在就迫不及待地想给儿子取名为富贵彦。

此间拒绝所有约稿，正在从容不迫地读书。英国二流作家的名字已大概记住。

欲修指甲寻剪刀，相亲相爱度春宵。
深情挽留牵素袍，相亲相爱度春宵。
灯油渐冷兴致高，相亲相爱度春宵。
手忙箸乱调葛粉，相亲相爱度春宵。
紧吹慢饮人参汤，相亲相爱度春宵。

以上抄录者，是最近于诗会上创作的五首俳句。专此肃函。

龙

又及：请向尊夫人代为问候。产期约在何时？这个月吗？

189　一月二十三日自横须贺致菅忠雄明信片
敬复者：

敝舍琐事烦劳惠予关照。本周五两点钟前往镰仓，届时请带我去看租房。若当日不能成行，宜改在第二天周六上午。拟赠予先生的夏目墓碑拓片也已带来，此行一并送去。专此奉托。

190　一月二十四日自横须贺致松冈让
大札诵悉。久米可旁置不管，我结婚之事早晚会通知他。因公务及家庭琐事繁杂，婚礼日期尚未确定。虽然期限大致已定，但迫在眉睫或许仍会变更。总之，肯定是下个月的事情。不过，此事尚未向任何人公布，包括久米。因我未婚妻与学校的关系，完婚之前不想公开。方方面面俗务繁多，应接不暇令人生厌。此间我要撰写小说，所以穷于应付。此作完成之后便万事皆休，现在的我即以此般心态享受这次写作。说实话，对久米真是勉为其难。为他创作上的问题，我最近尤其深切地思虑此事，甚至担心是否无可救药。总之，业已造成恶性循环是确切无疑的。现已无从施策。特此肃呈松冈让先生

芥川龙之介

又及：同函奉寄谢礼。伏请哂纳。

191　一月二十九日自横须贺致池崎忠孝明信片
辱蒙鹤驾光临，我却外出空舍，不胜惶恐之至。今后如在上午

光临，则大致不会枉驾屈尊。此间友朋离去，情感寄托失落，甚是惆怅。若有闲暇，敬请惠顾。

抒怀二首

日暮难遣单相思，夜寒冷对竹美人。
借问青奴曾知否？吾心亦断扬州梦。

192　一月二十九日自横须贺致菅忠雄明信片

华函自东京转来，今已诵悉。明日周三下午，从横须贺乘三点二十分的火车前往镰仓。匆此奉告。

辱荷多方照料，不胜感激。顿首。

193　一月三十一日自横须贺致薄田淳介

敬启者：

谅必已返大阪，遂修此函奉候。先生莅临东京时赏光寒舍，我却招待不周，实在多有失礼。当晚于韵松亭见到久保万时，邀我去"鸿之巢"一游。但我须向"三土会"参加者传达我校事务，因而不克应邀，借此敬请宥鉴。小说目前正在写作之中，两篇失败，现正写第三篇。一俟完成，即刻寄上。届时亦请关照恳求之事。自二月起，生活状态有所变动，故若月薪提高则信心倍增。不久将迁居镰仓。三浦半岛近来也是寒气逼人，怕冷的我已噤若寒蝉。不过，回京途中随处可见阳坡梨花二度绽放。此景聊慰人心。

板书铎铎传窗外，笑开二度望春花。

薄田淳介先生左右

芥川龙之介

一月三十一日

194　一月三十一日自横须贺致菅忠雄

昨日叨蒙周全照料。尔后左思右想，总觉松林中那座房舍甚好。能否尽快腾空出来？厕所只有一个，水井太远，稍嫌不便。采光稍差，倒也无妨。原先我就想要一间朝北的房间，因为要作书斋。若能早腾出来，不日即可前往察看。定金区区两元，白扔也不会购买。若只半月时间，那就等等看吧！劳烦复信告知（寄至田端）。专此肃函。

菅忠雄先生

芥川龙之介

一月三十一日晨

195　一月自田端致恒藤恭

女子名叫：

加茂江（若要纪念下加茂，可选此名）

紫乃（子）

阿细（古代故事中人名，可以启用）

茉莉（子）

丝井（我朋友妻子之名，虽极少见，但感觉很好）

至此，女子的名字报完。

男子的名字：

治安

楼兰（两个都是德川时代约翰·楼兰作品的译文。颇感兴趣，因而选用）

哲士朗（我喜欢这位俳句诗人的名字）

俊山彦（颇有原始诗歌的情调嘛！）

真澄（可男女共用）

就是这些。

你叫我写，我就写了。不过，希望尽量以其他方式命名。因为如果选用上述名字，我会感到那些孩子的命运与我有关，难免产生莫名的恐惧。

196　二月一日自田端致江口涣

敬启者：

现向您推荐高等工业学校的中原虎男君。此君因该校文艺部演讲会事宜，祈请先生鼎力相助。请勿见怪。恳望赐教为盼。

　　此致

江口水乡先生梧右

芥川龙之介
二月一日

197　二月一日自田端致松冈让明信片

特此申函，奉答先生垂询事宜。我将于明日即二号结婚。打算让妻子暂留家中，我单独寄宿于横须贺。（又及：请将此决定妥善通知成濑。）镰仓尚未觅得满意房舍。总之，眼下正因家境贫寒而心灰意冷。此乃本人所写唯一结婚通知书。此后不会再写。顿首。

198　二月五日自横须贺致松冈让

我今天读了《朱迪特》[①]，不，现在仍在读，且为一种可怕的感激所震撼。此种震撼和惊心动魄，我简直无以名状。它展现的

[①] 德国剧作家黑贝尔作。

是，在基督教与异教之间势不两立的肃杀气氛中跃动着的命运。我毫无抵抗地任凭它荡涤。我们所写的东西，同伴们所写的东西，全都显得那么卑微丑陋，那么空洞虚伪。达尼埃尔借助神灵感应，高声呐喊"杀掉兄长"。仅仅对他一人的描写，即产生出不知超过我们及同伴作品几十倍的价值。这里有霍罗费尔奈斯，而且还有仿佛天生苦命的朱迪特。这是怎样的天壤之别！正是如此的捕捉、如此的描述，才诞生了真正的悲剧。我们当中有人写此般作品吗？没有！或许应该说，我们当中必须有人写出此般作品。我感到了恐惧，如同面对狂暴的大海受命出航。受命出航者无数，我亦其中之一，君亦其中之一。然而，大海正澎湃汹涌。做事最怕半途而废。我感到自己贫乏幼稚的情调和哲学，顷刻即被风卷残云般掠走。不知你是否读过？如果没有，一定要读。即使读过，若时隔久远亦须重读一遍。现状无望，我自己无望，日本文坛亦无望。

此信在学校写成。因为兴奋异常，所以将来回头再看或许感到自己净写怪话。但即便如此，我仍须一吐为快。请你理解我的心情。因为信纸用完，所以写在这种纸上。我真想一鼓作气写出心中的"阿阇世王"，但为此必须更多地读书。所以感到望尘莫及，所以焦躁不安。但无论如何要做到这一地步。今后我得多赚钱，这样才能冲破贫穷对我学习进取的阻碍。我感到当初创办《新思潮》的热情又被激活。一起干吧！此前见过谷崎。这家伙也在玩命地用功学习，好像正在钻研佛教宇宙论，我欣然等待阅读他的"俱舍论"。此间从东京去学校上班，打算近期迁居镰仓。新婚燕尔，我说不清艺术的影响能比生活的影响大多少。若有闲暇，不妨光临一游。看到久米变成那般模样，便感到只剩你一个伙伴。就此搁笔。我还要读《朱迪特》。再见。

199　二月五日自田端致小岛政二郎

敬启者：

拜见大札。请不必担心。我虽文债累累，却依旧逍遥懒散。今日风暖梅香，草堂无客，甚为太平。此致

小岛君梧下

龙顿首

200　二月五日自东京致菅忠雄

敬启者：

此前奉接华翰，多谢宠念。今天在学校听说，八幡神宫前的"天松"油炸菜店尚有空房，离车站不远（往黑金水井拐弯的小巷前，八幡神宫前大鹿的背街）。我打算看看此处，顺便再看松林中的那间。日期就定在本周四上午吧！若有空闲务必在家等我，并请带我去看房。我已于二月二日完婚。专此奉复。

又及：目前，每天从田端到横须贺上班。

201　二月十日自田端致加能作次郎

敬复者：

我绝对写不了，仰请鉴允。我既已出一辞婉拒天下，故无可奈何。此外，烦请择日将《爱尔兰神话集》原稿，用挂号邮包寄往牛込区东五轩町二十八坂崎侃氏。邮费容我在参加"三土会"见面时付清。恳请不辞劳烦，费心操办为荷。

总之，目前辍笔不写，专心致志汲取营养。此致

加能作次郎先生

芥川龙之介顿首

二月十日

202　二月十三日自横须贺致薄田淳介

敬复者：

　　大札奉诵。再次与学校首席教官就问题性质进行了协商，大体无妨。因此，可按第一条件接纳我为社友。为避免发生龃龉，慎重起见，特将条件记录如下。

　　一、在杂志上发表小说属自由事宜。

　　二、报纸除《大阪每日》（东日本）以外概不执笔。

　　三、允许将上述第二条发表在《大阪每日》（东日本）上。但文中必须加上"公务之余暇"字样（当然并非指社友，而指公布执笔的报刊只限于《大阪每日新闻》之事）。

　　四、报酬为每月五十元。

　　五、小说稿仍按先例。

　　若此条件可以接受，请向田端四三五我家复信。若不接受，也请同样复信赐知。此外，眼下已经接受《读卖》约稿，为其撰写了七张稿纸的小品。但请将此视为合同以前之行为，预计在本周日的附录中登载。小说因本人婚事暂时中断，恳请静候四五天，我会尽快寄上。专此奉托。每承惠我良多，感激莫名。此致
薄田淳介先生

芥川龙之介
二月十三日

203　二月十五日自田端致恒藤恭明信片

　　欣闻令郎诞生，专肃奉贺。并诚祈母子健康。

　　　　　　料峭春寒梦祥鹤，初得贵子逢喜年。

龙之介
二月十五日

204　二月十五日自田端致松冈让明信片

诚邀下周六晚拨冗莅临共进晚餐。如若不便，敬请复函赐知。我亦于生活方面，进入"毕生有归宿"之时期。此事亦可畅所欲言。

芥川龙之介

又及：昨晚做梦，与夫人同去品尝"油炸菜"。后来，却不知被谁偷去了上衣。

205　二月十七日自田端致南部修太郎

敬启者：

《三田文学》确已拜领。该书腰封印有先生大名，不过，下期以后请将其取掉。且地址及姓名，也请让书记或别人代写。若每次劳您动手，我会为必须还礼而惶恐万分，局促不安。何况我懒于动笔，实难做到每次皆以实际行动还礼。不揣冒昧，专肃奉达。

南部修太郎先生

芥川龙之介
二月十七日晨

206　二月二十二日自横须贺致菅忠雄明信片

大函诵悉，多谢惠示。此次恐怕又得借用松冈先生房宅。现在，我的朋友正就厕所及水井事宜进行交涉。专此肃函。

207　二月二十六日自田端致池崎忠孝明信片

近期，我将结草庵于镰仓。院中还有荷塘，周围芭蕉五六株。真乃听雨佳境，且离海边不远。下月十日即可迁居停当。拙荆与我，还有女佣居此。伯母也会常来。我决意今后安宁度日。

芭蕉仙籁慢品味，雨夜吟诗细推敲。

芥川龙之介

208 二月二十六日自田端致松冈让明信片

周五要开教务会，不克分身。若二号不可，能否定在九号中午？除此以外，实在无计可施。多谢惠赐高作。当日即达敝舍，尚未及拜读。我仍处于小说停滞不前之困境。

因将大烟斗忘在了东京，现以低劣的"朝日"牌卷烟聊作慰藉。

乍暖还寒春难觅，常伴烟斗总相思。

龙

209 三月一日自横须贺致薄田淳介邮简

敬复者：

我的小说新作为十回到十五回之短篇，题目定为《地狱变》。因眼下杂务缠身，故无法撰写长篇。《地狱变》业已写好四五回，即日从东京寄去周六、周日两天完成的部分。费尽周折，现已找好租房，近期将迁居镰仓。如此，生活可以稳定一些。今日回东京，仿佛前去接受泷田樗阴催稿。

云淡雨细，校园梅花盛开。特此肃呈

薄田淳介先生

芥川龙之介

三月一日

又及：先生嘱示亦向久米转达。

210　三月五日自田端致江口涣
敬启者：
　　信州上田的山极恕堂君有事求见。如无大碍，请赐一见。我打算近日踵府拜谒。眼下正在撰写小说，每日痛苦不堪。肃此。
水乡先生梧右

我鬼顿首

211　三月七日自田端致松冈让明信片
　　拟于九号前往夏目府宅，谅能见你。中午到达。若无不便，诚邀一同外出。晚间预定出席高等学校会议。小说正在写，但思绪纷乱，总感似有模仿谷崎君之嫌，因而略感羞惭。我本不属此类人等。若有机会，敬请惠赐一读是盼。即此。

212　三月十三日自横须贺致菅忠雄明信片
　　辱荷赐知房址，不胜感铭。不过，我已选定松冈先生腾让之房舍，故已无法变更。对方使用水管导引井水，并承诺修建两处厕所。下周迁居。日后敬请临顾游玩为盼。请代为问候先生。顿首。

213　三月十五日自横须贺（推定）致池崎忠孝明信片
　　近因俗务繁忙，已不可能参加"三土会"。忙里偷闲，写了几首"绚烂体"俳句，附录如下。

　　　　一支牡丹庭前开，月华蚀尽幽暗来。
　　　　蚂蚁藏身地狱中，牡丹花好别样红。
　　　　偶患眼疾不得好，孔雀聊作几日春。

晚开樱花惜春色，祥云喜降极乐水。

拟于近日在东京与先生会面。而且在我迁居之后，你仍可来镰仓作客。总之，我很想欣赏你收藏的春画。若有佳作，我愿求购。即此。

此前承蒙款待，感铭肺腑。

龙

214　三月二十七日自镰仓致松冈让明信片

别来久疏笺候。兹定于本周五搬家，但周六仍回东京。故届时可以东游西逛，物色稀罕古玩。此时的横须贺，处处盛开玉兰，树树风情万种。有关会面日程我可遵嘱而行，请向田端寄送明信赐知，但最佳时间为周日下午。专此肃函。

215　三月二十九日自横须贺致薄田淳介

敬启者：

不揣冒昧，稿纸申函。今寄上续稿十页，余部恳请再等四五日。今天要从横须贺迁往镰仓。在镰仓的居所为"镰仓町大町字辻小山别邸内"。今后所有信函，皆可寄往该址。此外，今早收到汇款五十元，是否意味着此前协商已有结果？抑或此前文稿酬金？不得其解，敬请赐教。有关《新家庭》的照片，拙荆颇为不满。此外，我们全家都说，府上老人年轻时想必俊美非凡。

听说，久米将以伊藤博文为主人公撰写小说，谷崎君与丰岛君如何动作尚未可知。五月末或六月初我将出差江田岛，届时可在大阪会面。最近在学校填写成绩表，里里外外忙煞人。不觉之间，玉兰花已竞相绽放。横须贺与东京，温差在五度上下。即颂

福躬康吉

薄田淳介先生

　　　　　　　　　　　　　　　　　芥川龙之介顿首
　　　　　　　　　　　　　　　　　　三月二十九日

216　四月十三日自京都致松冈让美术明信片

　　　　　鸭东艺伎唤出租，花山赶场急匆匆。

模仿东洋城先生香奁体。

　　　　　　　　　　　　　　　　　　龙于岚山
　　　　　　　　　　　　　　　　　　十三日

217　四月二十四日自镰仓致薄田淳介
敬启者：
　　顷接华函。近来因神经衰弱，免去一切读书写作活动，故未能及时修书，对先生鼎力相助申致谢忱。不胜惶恐。以实相告，目前脑瓜仍不灵光。《地狱变》因有岛的作品完稿无期，我才得以坦然自若。余部所剩无几，下点功夫两三日内即可完成寄上。此作过于虚张声势，所以并不称心如意。但既已上船离岸，我也已无从施策。此后，我计划写一篇随笔，名曰《顾盼》。尔后到了秋季，我计划写一篇《日本武尊》。匆此奉复。

　　　　　　　　　　病　　中
　　　　樱花怒放春色好，我却哆嗦热度高。

薄田淳介先生

　　　　　　　　　　　　　　　　　　龙之介

　　　　　　　　　　　　　　　　　四月二十四日

又及：据说由于丰岛也曾写一两回稿，所以久米也已参与。即此。

218　四月二十九日自镰仓致松冈让

敬启者：

其后确诊为脑神经衰弱。本想将一切暂时抛开，尽情放松神经，但公务仍旧繁重（现正修改润色《美国的海军教育》），且入学考试调查期限日渐迫近，甚是颓丧。因此，阔别多日的舅妈于二十六日回京，家中只剩拙荆一人。此亦为理由之一。不久即择日前往。大夫叫我喝苦药，喝人参汤，整天散步，这可不容易持之以恒。更何况，每天写小说的任务必须完成。

　　　　　　　述　怀
　　似雪梨花冷眼看，心焦紧催轿夫行。

让先生梧下

　　　　　　　　　　　　　　　　　　龙
　　　　　　　　　　　　　　　　　四月二十九日

219　五月七日自镰仓致原善一郎

敬启者：

近日承赠上佳贺礼，不胜感激。

其后一如既往，贫寒度日。在学校当先生，也已令我不胜腻烦。但若不如此，便无法独立生活。被迫而为之，人皆应悯恤。

由此而致不能安心撰写小说。常见西洋小说与戏剧中，描写某人有从未相识的叔父之辈死去，于是，意想不到的巨额财产从天而降。若我也有此等财运,岂非乐事?不只限于本人,日本知识阶层尽皆如此。而且,此种困境极大地限制了他们的发展。

恰如君等衣食无忧之士,不知此般苦难可谓幸事。若因此感到稀奇,则可以笔墨状之。若将此视为哭穷而不觉新奇,则可弃之不顾。

再过两三日,我将出差赴东京查阅入学考试成绩。其后,月末出行参观士兵学校。于公务繁忙之中撰写的小说,只能是些缺乏激情的文字。

当然我也难得雅闲,师从高滨先生学作俳句。你若仍有雅兴,办一次俳句诗会如何?

日暮潮涌腾雪浪,余晖暗淡映海蛆。

余未尽。专此肃呈
原善一郎先生

芥川龙之介
五月七日

又及:敬请代为问候夫人。

220　五月七日自镰仓致薄田淳介

敬启者:

多谢惠赠《茶话》。昨日一口气读完,感觉颇为精彩。譬如那篇竹笋问答甚好,应属饱含悲怆性的故事。若铺衍至二十页稿纸的小说,定能成为佳作。忝奉高薪的我,竟也常为连载此作的报纸撰写小品,想来每每自惭形秽。此话绝非奉承,乃《茶话》读后之真情实感。当然,却也难免心存懊丧。我本打算写一部连载十回的随笔《顾盼》,眼下却兴致大减,真是匪夷所思。从此意义上讲,

《茶话》于我为害不浅。《地狱变》已令我疲于奔命，打算再写两三回即收尾脱稿。前日晚间有岛生马君来讲，与《每日》约稿的小说尚未完成，困窘不堪。如此看来，此君亦属我等神经衰弱一族。此致
薄田淳介先生

芥川龙之介
五月七日

221　五月九日自横须贺致菅忠雄
敬启者：

诗稿烦请呈示虚子先生过目，并请转告我将于近日驱谒拜见。我目前多忙，寸暇难觅，俳句亦大抵于列车中随手拈来。明天十号，开始赴京调研入学考试，至十六号止。专此肃函。
忠雄先生

龙
五月九日

222　五月十五日自田端致薄田淳介

我终于攻克《地狱变》，共约七十三四页稿纸。稿酬烦请汇寄镰仓住址。目前，我以入学考试委员会委员的身份来到东京，每天忙得焦头烂额。

随笔可否写成五六回的连载形式？若嫌太长，亦可缩编为两三回。《踏绘》进展缓慢。本是春季选题，据说不能拖到初夏。

倾城玉足白苍苍，《踏绘》文稿渺茫茫。

薄田先生左右

龙

223　五月十六日自田端致小岛政二郎

敬复者：

为筹备入学考试，去东京出差五六天，今天下午返回镰仓。

因《地狱变》有些夸张，故写作时兴致不高。徒唤奈何。每天都在想，此作本应写得更为新颖别致。写神话传说①也颇伤脑筋。那已是殚精竭虑，怎奈更无信心。我已拜托铃木，凡蹩脚之处皆可删除，勿留情面。

忙碌情状毋庸赘言，在校期间亦不时遭到杂志记者追踪，委实可怕。此类人等大都死缠烂打，故近来恍悟逐个会见颇为吃亏。看到《文章俱乐部》之类的文章观（诸家之言），都在赞扬《雨月》②，皆因《雨月》之文章，毫无国文素养者亦可读懂。与《王朝时代》之文章相比，《雨月》便相形见绌。

顺带一提，听说在《雨月》之中，秋成竟有两次错将"ものから"当成"なる故に"误用。我咨询过谷崎润一郎，其中之一的确应为"白峰"。如此以学究自居者还出差错，岂非可笑之事？

近拜高滨先生为师学作俳句，感觉犹如品尝点心。且抄一首，敬请雅鉴。

　　　　　　日暮潮涌腾雪浪，余晖暗淡映海蛆。

　　此致
小岛政二郎先生

　　　　　　　　　　　　　　　　　　芥川龙之介顿首

---

① 指《蜘蛛之丝》。
② 《雨月物语》，上田秋成作于1768年。

五月十六日

224　五月二十日自横须贺致池崎忠孝明信片

再度失去与你晤面机会，深感遗憾。不久将受命赴关西出差。然而日渐暑热，所以并非乐事。近来一直懒散度日。

罪孽深重一女子，菖蒲浴罢报颜出。

225　五月二十九日自田端致薄田淳介

敬启者：

忽接校方命令，拟赴关西出差十日左右。估计下月参观等事要忙到四五号，之后想在大阪见你一面。反正住宿京都，届时再定见面时间。

丰岛谅必已将稿件寄去，日后拜访之际亦将多方求教。

薄田淳介先生

芥川龙之介顿首

五月二十九日

226　六月四日自严岛致菅忠雄美术明信片

出差来到此地。宫岛宛如庭院园林，我却毫无兴趣。请多保重身体，努力学习。肃此。

芥川生

四日

227　六月四日自严岛致江口涣美术明信片

对我来说，如此多的勺子犹如怪物，令人恐惧。

六月四日

228　六月十日自镰仓致薄田淳介
敬启者：
　　此前赴大阪期间叨蒙盛情款待，不胜感激。请向相岛、菊地等先生转达我的问候。此外，小生有三首俳句，以"我鬼"之笔名刊载于本月《杜鹃》，欲博相岛一惊。特此肃呈
薄田淳介先生

芥川龙之介
六月十日

　　又及：两三日内奉寄《光悦寺》、《舞伎》两篇单回随笔，权当连载小说之间的过渡。《顾盼》即于其后完稿。那天曾与龙村氏去"卫门町"喝酒。与京都相比，我看还是大阪漂亮艺伎多，都是奔三十岁的大婶，却令人由衷敬服。从此处至"宗右卫门町"一带，不似东京那般狭窄，别具情趣。总之，游览一番，仍觉大阪街市中规中矩，格外别致。首先，河畔景色已够迷人。其间若无暴发户，则更会美不胜收。

龙

229　六月十一日自镰仓致池崎忠孝明信片
　　逗留京都、大阪期间会见众多人士，观赏无数画作。大阪的漂亮艺伎较之京都更多。有位艺伎，令我着迷。大阪有好几条横穿市区的河流，从傍晚到夜间真正是多姿多彩。其间若无暴发户则会更美。最好能在此地见面，畅所欲言。顿首。

230　六月十一日自镰仓致小林雨郊
敬启者：

近日逗留京都期间，辱荷隆情厚意关照，又蒙美味佳肴款待，特此申表衷心谢意。《光悦寺纪行》已脱稿寄出，谅必于近日付梓成书。敬请一读为盼。当然，其中也有不少有关你的引证。

出差归来又继续平庸度日，实在令我苦恼不堪。尤其是近来溽暑熏蒸，令我这等人更无做事的兴致。近日能否与你见面？或你来东京，或我去京都。若你方便，恭请拨冗驾临，自当陪你到镰仓各处一游。

谨此肃呈
小林雨郊先生

芥川龙之介顿首
六月十日

231　六月十八日自镰仓致池崎忠孝

直到前一天我仍打算恭谒贵邸，孰料下雨令我心烦意乱，终于放弃。很想与久违的各位见面，特别是你。隔月没听你神侃，便觉生活寡淡无味。此前之信略有不妥。我校一位教员告诉我，不知何处女士来信。实在令我心头一惊。

眼下正在撰写侦探小说，费尽九牛二虎之力。对了，顺便提醒一下，你的《福楼拜论》中，普鲁士军队向凡尔赛推进的说法中似有谬误，当时的王宫是在蒂琉璃。

近来每周回京，但因俗事缠身，无暇走访亲朋。想在下下周末与你一聚。专此肃呈
赤木桁平先生

龙
六月十八日

232　六月十八日自镰仓致小岛政二郎明信片三封

小岛先生：

据闻是您在《三田》撰文褒奖我，故谨申一笔。您的确颇具慧眼，但该作①在实质上并非如您所赞。近日重读此作，不禁冷汗涔涔。

此外，有关文中插入解说之事，您说我行文中之"解说癖"妨碍读者欣赏。就这一点而言，我亦无资格抗议。至于说到"那篇小说中的解说"，我想申明。因为那段叙述中存在两种说法，互相纠葛，互为表里。其一为"正面"的叙述，您的举例中已有很多。其二为"反面"的叙述，即否定大公与良秀的女儿之间为恋爱关系（其实是肯定的）。两种叙述具有相辅相成的性质，因此缺一不可。所以虽嫌累赘，却只能如此。当然，还多少受到报载小说条件的限制。若说此处不纯，倒也的确不纯，但这并非重大问题。

最后，三田文稿②可否在八月（九月亦可）寄给我。昨日刚刚返回，心神未定，故而《新小说》和《新时代》的稿约皆未能实现。因为拖延时间太长，心中甚感惭惶，伏祈谅宽为盼。题目已定，拟采用《龙之口》这个怪异名称。今天看到铃木的神话传说杂志，无论哪篇皆比我高明。我想，准是由于作者都年长，且家有孺子、深解童心所致。不揣冒昧，敢问您已经有太太了吗？若我出差时间再早些，应能在大阪碰面。专此肃函。

芥川龙之介

233　六月十八日自镰仓致小岛政二郎明信片

先写好三封明信片，却想不起你的住址。徒唤无奈。并从此无奈了一个星期，其后依然无奈。聊出穷余之策，便胡乱写了地址，

---

① 指《地狱变》。
② 即《基督徒之死》。

精明的邮差定会送达贵府。专此肃函。

234　六月十九日自镰仓致松冈让
敬启者：

　　旅行归来，不禁心生失望。因与《中央公论》约稿撰写侦探小说，现正违心地写些另类怪物。总感到才能都已拿去滥用，心中甚感忐忑。而且，即使我将其当作侦探小说来写，怕也成不了侦探小说。

　　此外，我早就很想得到夏目先生的遗墨，可否惠赐两三册？当然按实价付款。在京都大阪见到的人，都认真推崇夏目先生的画作。据说，京都某处有夏目先生与津田合作的画帖。我看画帖虽技巧平平，但夏目先生画品的价位却高出很多。从此意义上讲，我一直对夏目先生的画作钦佩不已，所以求索之心愈强。在东京，邻居香取先生也对夏目先生的画作十分敬服。

　　多有叨烦，遗墨之事恭请费心。鹄候复示。我已约好将自己那份赠人，若一册未得实在无法交代。专此奉恳。
松冈让君

　　　　　　　　　　　　　　　　　　　　芥川龙之介
　　　　　　　　　　　　　　　　　　　　　　十九日晨

235　六月二十三日自镰仓致小岛政二郎明信片
敬启者：

　　读报惊悉令弟亡故，谨此申表哀悼。

　　若我的明信片亦可派大用场，尽管随时拿去付印。不过，期望值不可太高。

　　铃木的作品不仅假名与汉字用法精妙，各方面造诣皆深。我自愧不如。此次辱荷铃木先生夸奖，乘兴再写一篇神话传说。发表之后敬请一读。德田秋声、小山内薰诚都对小岛政二郎感到惊讶不已，说古时"狂言"剧本中亦不多见。找个地方聊聊天，来一出"狂言"吧！

芥川龙之介顿首

236　七月二十日自镰仓致小林雨郊

敬复者：

大札奉诵。《京都日记》将在最近的周日附录中登载。皆因篇幅关系而拖延。京都最近溽热逼人，始终没能鼓起勇气成行。况且，我尚有撰写长篇之野心，因此请别管我，尽可放心出游。如发现别致的去处，定请赐知为盼。我若得闲，也会外出旅行。久米、赤木等人不日即来镰仓，亦有惊人的计划：拟举行才艺展览会，披露我等外行的半裁纸画作。但未知能否实行。在你处看到的《仙崖》意趣非常。回镰仓寻觅一番，居然找到一幅。但甚觉怪异，于是仔细对比，才发现像福禄寿似的怪异动物上写有诗歌之类字样。《北清》写完之后，到镰仓来吧！建长寺和圆觉寺具有与京都不同的苍寂感。特此肃函。

即　　兴

镰仓重峦尽苍翠，竹林月夜秋朦胧。

雨郊先生梧下

芥川龙之介顿首
七月二十日

237　七月二十二日自镰仓致薄田淳介

敬启者：

久米留下此话，此君两三日内也来镰仓。倘若如此，小说即可望完成。此间翻阅《泣堇文集》，对其中有关光悦寺的记述颇感惊异。你那次去时茶座尚未开设，实乃幸事。

今日报纸报道，说里见君在后藤外相的晚餐会席间，将"三鞭酒"与"白葡萄酒"搞错。这纯属讹传。此会从各种意义来说都颇有深意，若有参会者将此写成小说一定不错。过几天又该写点什么了！

     白昼天边悬苍月，中暑人眼映冷光。

镰仓已是溽暑肆虐，时光难熬。特此肃呈
薄田淳介先生

            芥川龙之介
            七月二十二日

又及：写出《地狱变》评论的是小岛政二郎，这令我吃惊不小。而当我写信抗议之后，那封信居然又被发表。菊池宽也是我的朋友，日后可否让他为《每日》写点什么？不会写得太差。

238 七月二十三日自镰仓致江口涣明信片（写有"江口句庵先生"字样）

你来和上几首俳句吧！样本如下：

    古迹名胜摊贩多，饥头美味黄金糖。
    翩跹蝙蝠都不见，匆匆忙忙隐松林。
    鸟居牌坊八幡宫，气势磅礴架天河。
    威风凛凛携骏马，恭恭敬敬捧大刀。
    镰仓大町放眼望，蓼穗上空耸云峰。

　　　　　异国少妇撑阳伞，镰仓古街款款行。

　　一定抽空来玩。（正雄）
　　来吧！（龙）

239　七月三十一日自镰仓致薄田淳介

敬复者：

　　通知菊池后我即前往报社，告知他们我恐怕写不了报载文章。我想，他本人会给你回话的。久米已与《东京日日》某人非正式地商定撰写长篇，他本人也会向你打招呼。据说，他要撰写有关后藤外相招待会的文章。

　　八月之内或许会有些困难。但因另有新作想写，所以这篇还是得写。作品名或曰"日本武尊"，或曰"素戈鸣尊"。镰仓此间已经住满避暑游客。

　　　　　人头攒动伞成排，异花奇禽现沙滩。

薄田淳介先生梧下

　　　　　　　　　　　　　　　　　　芥川龙之介
　　　　　　　　　　　　　　　　　　七月三十一日

240　八月十三日自镰仓（推定）致南部修太郎

敬启者：

　　嘱托之文章即将脱稿。因生性懒散以至拖延至今，心中甚为歉疚。而《龙之口》尚未出笼，无奈只得暂缓一时。若有闲暇，恭请拨驾莅临。即将开始动笔为《新小说》写作，故而匆忙修书，草毫粗纸，敬请宽宥。特此肃呈

南部修太郎先生

      芥川龙之介顿首
        八月十三日

241　八月二十五日自镰仓致和气律次郎
敬启者：

  在旧书店买到你的书之后，你我便相识相知。故而要我作序，尚属可以接受之事。但你说献出书籍的女性喜欢我的小说，这是指作品。但若说到人，我想你才是最受喜欢的。想到这些，我觉得有点心神不定。谨此肃呈

和气律次郎先生

      芥川龙之介顿首
        八月二十五日

242　八月二十七日自镰仓致小岛政二郎
敬启者：

  此前多有失礼，尔后，大家同去电车大街。尽管已到十一点，但电车尚未收车，令人意外。看来，如今这世道连菜馆掌柜的都满不在乎地撒谎。

  诗会的结果我已记不太清，好像你的诗有两首入选。因为你、菊池、忠雄都不在，故而没有评分。

  上次曾经提到，若我有缘重返东京，恳望惠予斡旋为盼。近来，愈发对地方小都市风气感到腻烦。

  诗会所作俳句谨录如下。不过，纯属信口胡诌。

    篙端大雁仍酣睡，浅草雨夜乍黎明。
    旧邑城外大雁啼，古都廓内稻菽黄。

> 白日长空礼花放，大雁落下竹篙横。
> 藩币磨破蓝靛浅，大雁声中已知秋。

还有久米的俳句：

> 米荒暴动仓中罄，薄云之下大雁鸣。
> 崭新金币明晃晃，秋月无锈亮晶晶。

江口的俳句：

> 中秋极目望广寒，月貌星眸莫如君。

据说，此诗是送给势以子女士的，所以颇具艳情色彩。可否将你的诗作寄来，下次邀请原班人马到东京再开诗会。南部先生是否作诗？
小岛政二郎先生梧下

芥川龙之介顿首
八月二十七日

又及：往返明信片所言之事，已经答复南部先生。多有叨扰，谨表谢忱。

243 八月三十日自镰仓（推定）致小岛政二郎明信片

《苇帘》一诗，堪称佳篇。那晚除我之外，还有两三人选中此诗。眼看下月又要充当乡下教师，真是厌烦透顶。说实在的，我真想早日返京。

> 乡愁长久成心病，初秋残暑烤煞人。

244　九月三日自镰仓致南部修太郎
敬启者：

稿件之事多有烦扰，不胜惶恐之至。杂志今日寄到，一并衷心奉谢，恳望不久择日登门拜见。本月《三田文学》第六期中，尊作（可能是阁下，从名字上推断。如若有误，伏请见谅）对《中央公论》的内部刊物和公开刊物持有很大异议。因此若有幸会面，愿闻高见。此话虽显夸张，但若连我也遭到打击，就必须打抱不平了。眼下诸事多忙，暂时无暇展开论战。此前小岛君来此，一起下海游泳一起作诗。镰仓已是秋意浓浓。专此奉函

南部修太郎先生

芥川龙之介
九月三日

245　九月四日自镰仓致小岛政二郎
敬复者：

获捧台翰。假名用法我本不甚擅长，故而恭请今后不吝赐教。凡我易生谬误之处，请随时指正，无论口头书面皆可。这对我无疑是莫大的帮助。

对此作①本身，目前我多少拥有自信。在我的作品中，此作已属上乘。关于稿费不必多虑，请酌情拟定。我如今尚未发展到商人作家地步。

重返东京事宜，恳请多多费心。听说，本月刊《早稻田文学》有人对我大加批驳。这是朋友特意告诉与我的。那里豪杰荟萃，因

---

① 指《基督徒之死》。

此我连买杂志来看的勇气都没有。

权当写一篇小说丢一回丑,如此才能坚持不懈。一定要动笔谋篇。我刚同客人喝过酒。近来又生思恋东京之情。

即　兴
松风摇曳频送爽,大红灯笼已知秋。

小岛政二郎先生梧下

芥川龙之介

246　九月十九日(推定)自镰仓致江口涣明信片

(水流朱桥下,莺啼夕照中。)

敬启者:

不揣冒昧,有一事相求。我欲拜读佐藤春夫的小说,以从中获取灵感,故恳请将上月的《帝国文学》寄来为盼。我已积累不少《袈裟与盛远》式的素材,并已拟定将此加工为《男人与女人》[①]式作品的计划,但却无从实施。我已成为彻头彻尾的布朗宁信徒。专此奉托。

247　九月二十二日自镰仓致小岛政二郎

敬启者:

明日休假一天,我打算再次试试神话题材。反正也写不出理想之作,未知能否交差?内田鲁庵来信,谈到《基督徒之死》之二。

---

① 英国诗人 R·布朗宁所作。

恐怕是听久米所讲。不过，今天在东京时，东洋精艺株式会社总经理来谈，叫我以两三百元的价钱出让，令我大吃一惊，真有急性子的人！我说那纯属子虚乌有，对方即目瞪口呆悻悻而归。关于"庆应"之事，明年因海军扩军学生增员，课时也会增加，而战争却几乎没有可能发生。因此，我突然对每天往横须贺跑厌烦起来。明年四月前后如能重返东京，确属无上喜庆之事。此事若能确定，我即于年底辞掉教职逍遥三月。故此仰请费心安排，若有必要，我可于回京之际拜访泽木先生。总之，我已烦透了横须贺。专此。

硕果累累染霜露，孤禽凄凄喋寒秋。

这是日前虚子先生赞许过的俳句，聊博一粲。特此肃呈
小岛政二郎先生梧下

芥川龙之介
九月二十二日

248 十月九日自镰仓（推定）致池崎忠孝

此前多有失敬。早晨轻松赶上火车回来，但我对妻子和家人交代住在你家，所以你要有所把握。若周日你来我家，我们道谢你却不知所云，那就马脚毕露。故特此奉达。

近来出游欲望强烈，难以遏止。周日定请拨冗光临。再见。
赤木桁平先生

龙
十月九日

249 十月十日自镰仓致菅忠雄明信片

《枯野抄》确属呕心沥血之作，因此不管世人如何评说，我已

志得意满。近来胃又发病，痛苦不堪。当然，贪吃甜食仍一如既往，感觉确实愈发不好。顿首。

250　十月十四日自横须贺致小岛政二郎
敬启者：

　　神话故事①过于牵强附会，心中惶恐之至。较长的那篇并不比短的好。《蜘蛛之丝》更令我吃尽苦头。此外，眼下家计拮据，可否酌情筹款寄来。再者，谋职一事若有眉目恳请赐知。我拟于下月内提出辞呈。

　　顷接龚半千的山水画，是我所相识之京都画匠寄来的。若得闲暇，敬请赐顾田端寒舍雅鉴为盼。此前周日在田端闲得无聊，大量制造如下俳句。

　　　　桃花几度落春水，青雀今亦不曾饮。
　　　　自斟自酌菊花酒，白衣犹似王摩诘。

　　有否诗韵暂且不提，每当奔波劳顿、精疲力竭之时，我便憧憬此等境地。我想，定会得到你的理解同情，故而附录在此。就此搁笔。

　　　　　　　即　兴
　　矮竹瑟瑟吟秋歌，雪屐铮铮忆二郎。

　　　　　　　　　　　　　　　　　　　　龙
　　　　　　　　　　　　　　　　　　十月十四日

---

①　指《魔笛与神犬》。

251 十月十六日自横须贺致松冈让

久疏笺候。近日偶感眼疾，于是想到你亦患有眼病。不过，我乃因抽烟划火时，火星迸到眼珠所致，故而不得不戴眼罩，着实别扭。只留一目读书写稿，简直对不准焦点。不过眼疾已好，而且好得过了头，回到东京只觉满眼都是美女，简直没辙。

往后要写的东西堆积如山，令人望而生畏。其中三分之二皆为毫无兴致的约稿，远不如我现学的南宗国画更有雅趣。但又苦于无人求购，徒唤奈何。谅必阖府安吉无恙，且从菊池处得知太太（年轻的那位）喜得贵子，实在至欣至贺。拙荆身上形迹杳然，想必乃房事过度所致。此事皆因我不知天高地厚。

俳句大有长进，此时颇具新锐诗人感觉。菊池之流早已不被我放在眼中。是否看过《新思潮》？不知何时何故，第五代新人已崭露头角，令我惊诧不已。不禁感到，身居镰仓便理所当然地受到疏远。而且，读第六期《新思潮》时，隐约感到滋生出来傲慢与自大。论及小说，更比我们的时代差一个档次。或许是我有所偏心。我认为出类拔萃的应该是《异象》。我现在就预感《新思潮》将请我们赴宴，然而我从未接到邀请。取而代之的却是约稿的命令，于是给予拒绝。近来，我对横须贺真是烦到了骨子里。

谨此肃呈
松冈让先生

芥川龙之介
十月十六日

252 十月十八日自横须贺致小岛政二郎

华翰并钱款确已收到。承蒙关照，谨致谢忱。

《赤鸟》第一篇是铃木的神话故事。写得妙笔生花，令我叹服。与野上作品等相比，真是远胜。并非技巧高明与否，而是在本质上表现手法的大问题。无论怎么说，自己的神话故事写得十分艰难。正因如此，愈加敬佩。你的《水浒传》，以下是否写到九纹龙在青州或何处被囚禁、梁山泊同伙去救他？此作须得边改边写，想必难度极大。我有些担心，所以顺便问问。当然，若难关攻克则更加令我敬服。切勿多虑，勇往直前。

学校事宜还请费心斡旋。近来觉得已有半个自己回到东京，就更担心不能如愿。总之，据说明年起学生将增加近三倍，课时也要增加到现在的两倍以上。真不得了。是故仰请贤察为盼。

王摩诘就是王维。此人诗句淡雅却妙趣横生，甚是精彩。当然，赤木桁平先生以此为拙劣。但我却喜爱他所言拙劣之处，无法改变。

我若在三田当了教师，你也来三田吧！这样人多胆壮。尽力而为是所至盼。不过，此说本意是壮我自己的胆，并无左右您个人问题的资格。但我还是建议，只要这对你也好，就应尽力而为。我们到一起后，就不会因人格上的影响而各自为政。你不觉得会产生什么吗？你不觉得这样或许会使我们后世留名吗？即兴所作俳句毫无恶意，是对你印象原原本本的写照。不错吧？特此肃呈

小岛先生

龙

253 十月二十一日自横须贺致小岛政二郎

敬复者：

昨日从东京归来，拜见大札。学校事宜叨蒙费心，衷心感铭。因主要目的是重返东京，所以薪俸略低倒也无妨。周末若不能休假两天，那就一天也行。（看来，我从明年四月起就只能休周日了。）课时现在每周五节，以前为十二节。今年十一月到十二月为六节，

再往后到三月为八节。虽不完全一致，但通常为八节。当然，我是要坐班的。从上午八点到下午三点，无论有课与否都得待在学校。这最令我苦恼。目前虽有两天完全没课，却还得乘火车跑到横须贺。鉴于此情，只要没课时间我能回家就好，哪怕承担十节以上课时。此事亦请酌情转告赤木先生。总之，四月以后海军扩军令我发憷。无论怎样前思后想，我到轮机学校的初衷都与海军扩军大相径庭。写起琐事没完没了，肩酸背疼令人心烦。接着写点有趣的事儿。

本周日我要进京，恭候赏光小坐。除龚半千之外，我那儿还有大雅与芜村画的《十便十宜》。此作亦令人敬服，届时敬请雅鉴。谢春星先生也很了不起，但九霞山樵更使我折服。其实大雅乃不辱画圣美名之人。我甚至对雪舟都能明察院画的微妙之处，而大雅却浑然天成，难觅蛛丝马迹。若想品味东洋画作之奥妙，非鉴赏大雅不可。因久米的小说很快脱稿，所以今天我得突击完成一回并寄出。据说，久米扬言要"吓唬吓唬芥川"才加速脱稿的，真是岂有此理。不过，事已至此别无选择。我只能昼夜兼程，笔走龙蛇。当然，出版社要求尽快脱稿，且篇幅有限（三十回至四十回）。因此，能否在此时间与篇幅限制内写出佳作，我真没把握。听菊池说，在《时事》的"安乐椅"中，我忽而得遇赞许，忽而惨遭非难。但神奈川版《时事》却不登此类文章，格外风平浪静。甚好。若我的报载小说也能免于月评家的舌尖拨弄，那便更好。

再写下去恐怕没完没了，就此打住。专此肃呈

小岛先生梧下

芥川龙之介写于学校

254 十月二十四日自横须贺致小岛政二郎

再次申函，诚邀宠顾。周日为宜，下午更好。江口或许也会前

来寒舍。我深受稿约压迫，故欲放纵一日雅兴。

芥川龙之介
十月二十四日

255 十月二十四日自镰仓致薄田淳介

敬启者：

此次亦对先生多有拖累，不胜惶恐。我自己更是狼狈不堪、焦头烂额。手患神经痛不说，眼部又被火柴烫伤，扎着绷带。本想倚仗久米的侠义之心，拜托他尽量将小说写得长些，而他却全然不顾，说什么要"吓唬吓唬芥川"，突然定为只写十回，真是岂有此理。可以说，我为此要为大阪报社承担的责任蒙受过半损失。不过，千方百计费尽周折，总算应付了差事。今后，我必须每天笔不离手。当然，鉴于以上情况，我得三步并两步地赶稿，故此毫无保证质量的把握。今天进入第五回，勉强展开正题。但行文节奏甚是怪异，且无颜面对设计插画的名越先生。只有恳求宽恕，别无他法。写完此作之后，除婉拒五篇稿约之外仍存两篇。新年号投稿必须完成，因此更是心中没底。此稿也需尽量拖长，但又不能漫无止境。所以，请尽快安排以后的小说稿件。据闻，有岛生马先生接受了贵社的稿约，但尚未亮相。我可致信，请求有岛。无论如何，我现在是"高处不胜寒"。

难得有闲修书奉候。专此申表歉疚之意。

即　兴
矮竹切切催得紧，拙稿迟迟不出炉。

薄田淳介先生

十月二十四日

256　十一月三日自镰仓致小岛政二郎明信片

我已病卧在床,罹患西班牙流感。高烧不退,身体虚弱。病中仿佛有梦。为排遣烦闷,且吟一首俳句。敬请雅教。

　　　　萧瑟冷风穿街过,送葬人潮当道行。

病体尚未痊愈,此诗卧床挥就。

龙顿首

257　十一月五日自镰仓致小岛政二郎明信片

闲得发慌,所以再写一封。此般只凭书信交往,恳请体察宽谅。当然,有此用武之地,各种才艺亦可自由发挥,十分方便。今天又于病床上画画、作诗。以下这首即当时产物。

　　　　对面峰巅生紫气,朝霞辉映连理松。
　　　　岭上朝霞朦胧处,岿然不动连理松。

此外,小说集书名拟定为《傀儡师》。本来想过很多,但仍觉此名最好。您意下如何?专此肃呈。

芥川生

258　十一月九日自镰仓致薄田淳介

敬启者:

　　写好四章小说,现已寄去。小说终于完全进入情节。此前内容实在不堪细读,今后,小说行文必须有模有样。无论如何,前文已然无法挽回。未知评价如何,甚为社里担心。此外,名越先生的插画精彩,超过我的小说内容,令我汗颜。可否请您代为转达我的歉意?此次经历,我才真正开始为评价问题担忧。敬请保重,当心流感。果真患上则千万不可轻视,一旦复发真了不得。我曾下床硬撑着写完一章小说,结果病情加重。想必岛村先生亦应如此。我于昨日已离病床。

病中仿佛有梦
萧瑟冷风穿街过,送葬人潮当道行。

薄田学兄

龙
十一月九日

259　十一月十七日自田端致小岛政二郎

　　昨日因外出未能奉迓,多有失敬。时至夜晚才归。履历书随函寄上,恳请酌情安排是荷。本想今日携此材料登门拜访,却遇天阴下雨,登时泄气。今晚又得返回镰仓,余不多谈。专此肃呈
小岛政二郎先生

芥川龙之介
十一月十七日

260　十一月二十日自横须贺致斋藤贞吉

　　拜见华翰,颇有阔别多年之感,真正令我欢悦不已。我的作品有三种,在横须贺无法弄到。本周日我回东京,到时再行寄送。(当然,有一本处女作品集或许已经绝版。)文笔皆不成熟,权当朋友的习作,勉强读读看吧!
　　西川仍孜孜不倦地在农科大学研究室学习。听说中原有点不务

正业，未知详情如何。饭冢该从外国语学校毕业了，也是从来不通音讯。筒井改姓为久住，已经当了"冲"商会的董事。山本去了三菱公司，现正周游中国。其他人做何贵干，无从知晓。我也想去中国，可外汇在涨价，我又没本钱，想去中国也只是空话。这点我对你羡慕不已。在上海居住一月，到底要花多少钱？如果便宜，我也想去住一个月。读了《金瓶梅》、《痴婆子传》、《红杏传》、《牡丹奇缘》、《灯蕊奇僧传》、《欢喜奇观》那些秽书，我对中国人开化的野性兴趣盎然。据说上海书店里，那类秽书多得可以。若除上述以外尚有其他种类，即请帮我买来。书款只要不是太多，我一定给你汇去。

明春进京之际，定请惠赐晤面之荣。星期天是我会客之日，该日我在东京市外田端四三五舍下。其他时间，均在神奈川县镰仓町大町字辻家中，每天去横须贺上班。有信请寄至镰仓，那里较为方便。请多给我来信。我也尽量多学多写。若遇有趣素材，即请赐札示知。此间大家素材告罄，全都陷入困境。日本的小说家贫困潦倒，不得宽松度日，因而极易导致江郎才尽。或许在当小说家之前，应该先做实业家，攒够钱并过上好日子，这才是当务之急。

想必谷崎现在已到上海一带。若你收到此信之后见他，就说你是我的朋友。你可与他攀谈攀谈。他是一位有头脑、讲义气的汉子。专此肃函。再见。
西村贞吉先生

芥川龙之介写于学校
十一月二十日

261　十一月二十一日自镰仓致小岛政二郎

敬复者：

多有叨扰，不胜感铭。似我这等怀有怪异才能之人，哪里值得先生如此劳神费力？心中愈感忐忑不安。总觉得你对我评价过高，令我深感歉疚，惶惶不可终日。所幸我并不曾故意竭力抬高自己，因此而略感释怀。伏请今后仍予抬爱眷顾。眼下正在昼夜兼程，违心地撰写小说。当然，周日尚能喘歇，回京应酬客人。如今已无吟咏俳句的闲暇，若勉强为之，则且看这首：

且看今朝冬日暖，绣线长长补缀勤。

小岛政二郎先生

龙
十一月二十一日

262　十一月二十四日自田端致松冈让

敬启者：

你得肺炎住院一事，已有人告诉与我。当时我也因流感复发，极为衰弱，甚至写下了辞世俳句。我尚且如此，因而更加挂念你的病情。后来总算康复如常。前天，京都的井川君时隔多日来到镰仓，于是一同回京。井川君亦欲见菊池，我已同他去过。知你已无大碍，遂放悬心。我们此次算是死里逃生。我的辞世俳句如下：

回眸小村隐山麓，遍看秋菊朝阳开。

现在我已精神焕发，全力撰稿。你亦须好生将息。今天井川君夫妇要来，我一日不得出门。

松冈让先生

芥川龙之介顿首
十一月二十四日

263　十二月八日自田端致下岛勋

敬启者：

原先拟于今日登门求诊，却因一早即不断有客来访而未能前往。虽非本意，但现在要去参加漱石先生逝世三周年祭祀，尔后直接返回镰仓。感冒基本痊愈，只是咳嗽不止，似有肺病之虞。终不能趋谒求诊，且又得在教室吸一个星期的粉笔末，实在令我发憷。

承蒙长期赐借《十便十宜》，感激莫名。拟于近日奉还。本想今天带去，却因上述情况未能成行。虽非本意，但不得不差人送去。大雅之耕便、汲便、钓便、灌园便、课农便、防夜便、眺便等作，拿到世界何处皆可称为杰作。芜村亦笔力纵横，结庐于孤峰之顶，其功力深厚，令我大为折服。不过，他没有大雅那般大气若定之风。此亦人品差异所致，无可奈何。此乃敝人愚见。《读卖》所刊俳句，并非小生之作。不知何人恣意搜集边脚零碎之语擅自发表。有哪些、有多少，小生一概不知。恕我饶舌不休，就此打住。

　　特此肃呈

下岛先生梧下

芥川龙之介顿首
十二月八日

264　十二月十日自镰仓致恒藤恭

明信诵悉。得知先生于我外出之后大驾光临，不胜骇异。从早到晚恭候整日，擅以为先生已不会宠访，于是出门上路。但前往夏目府上已嫌太迟，随即赶到预订守夜斋饭的茶厅。先焚香祭拜，尔后返回镰仓。你我若有一人稍急或稍缓才好。实在遗憾。为弥补遗憾，宜重约相晤。恳请先生延迟出发五六日。我从十八号起休假，在此之前，十五号周日回京即可踵府拜谒。十四号周六晚，本校召集英语会议，不能回去。《中央公论》十五号截稿，所以必须赶完。以后便自由自在，可轻松畅谈。另外，闻知莅临之际承蒙厚赐佳物。在此谨表谢意。

如能办到，敢请延迟出发。相信能够办到，企盼如愿。特此肃呈

恭先生

龙之介
十二月十日

265　十二月二十三日自镰仓致小岛政二郎明信片

想你今天会来，便在东京家中恭候。后不见你来，我现已返回镰仓并草此短信。如果换我，诗句则如此编排：

解闷闲话情致好，救火警报闹翻天。

说实在的，我已写腻了那般闲话。要不，周日你带包袱皮来取《金刚经》吧！

266　十二月二十五日自镰仓致中根驹十郎

敬启者：

现寄去书脊字幅。校正稿请候至明晨。此致

中根先生

芥川龙之介
二十五日

267　十二月二十六日自镰仓（推定）致恒藤恭

敬启者：

前信多有失礼。其后未能完成《中央公论》约稿。最后，出版社派人夜驻镰仓立等，终于熬夜写完，已是二十号。故而此前连明信片都未能寄出。新作乃胡言乱语，不过，出书后仍请垂览是盼。

昨日菅先生光临寒舍，对夏目先生的"风月相知"大加赞赏，言称较之"大王可福"好过百倍。这对夏目来说已属杰作。我亦颇感振奋。

此前劳您枉驾田端寒舍，想必夫人比您更受拖累。恳请转达小生惭惶之情。我近日略得空闲，每天散步，读书。

　　　　傍晚落日映青瓦，伽蓝石莲开小花。

这是寺院屋顶的素描。专此奉函。

龙之介
十二月二十六日

268　**十二月三十日自田端致江口涣明信片（绘有《我鬼先生松下逍遥图》）**

我一直住在东京，恳请拨驾惠临是幸。

大正八年

（1919）

侯　为　宋再新译

269　一月三日自田端致中冢癸巳男明信片
恭贺新年。

　　　　周日拨冗临寒舍，寒梅傲霜迎客来。

　　　　　　　　　　　　　　　芥川龙之介
　　　　　　　　　　　　　　　　一月三日

270　一月四日自田端致南部修太郎明信片

　　　尘世百态皆收尽，《傀儡师》中有评说。

又及：此诗并非新年诗集之广告。
　　　　　　　　　　　　　　　芥川龙之介

271　一月四日自田端致薄田淳介明信片

　　　尘世百态皆收尽，《傀儡师》中有评说。

又及：此诗并非新年诗集之广告。

芥川龙之介

272　一月四日自田端致池崎忠孝明信片

赤大人榻下：

若有闲暇，恭请先生于七号下午二时左右莅临寒舍。拟同各位召开诗会。上午早来亦可。顿首。

273　一月十二日自镰仓致薄田淳介

敬启者：

叨冒申秉此事，心中略感惶恐。可否接纳我为贵社职员？因我感到长此以往地生活下去，此生恐将一事无成。岂止如此，对提供五十元月薪的贵社我亦难有所贡献。眼下，依靠贵社津贴及学校的报酬尚可维持生活，但若温饱可得却事业无成则有悖情理，绝不能使我开心满意。经过深思熟虑，我即肃修此函申表心意。除"可否接纳我为贵社职员"的请求之外，还包含着作为知己与你商量的打算。不知您将怎样处理此事？在讨论能否成为贵社职员之前，可否直言不讳地谈谈您的意见？

为此，我想说明自己的打算。我成为贵社职员的条件是，不承担在贵社坐班的义务，而每年撰写若干次、若干章回的小说，以此换得薪酬。当然，这样我就得辞掉教师一职，充当专职作家。也就是说，须将我与贵社的关系略加改变。取代写小说收取稿费的形式，改成以撰写若干章回小说为条件，将报酬增加至足以养家糊口的额度。因为若此案可行，我将做出更出色的成就。或许我的如意算盘打过了头，但目前我的作家生活困难重重，且已深陷绝境，以致迫使我自知过分却仍不得不冒昧地与你商量。开头也曾提到，突然提出此事心中虽感惶恐，但求先生俯察我的处境。本来，考虑此

事时曾打算赴大阪面谈。但手头约稿紧迫，只好以信代言。虽只凭书信难以尽表心中所想，无奈只能仰请谅鉴为盼。书不尽意。此致
薄田淳介先生

芥川龙之介
一月十二日

274　一月十九日自田端致佐佐木茂索明信片

稿件尚未到手。久米是否真已寄出？我已迫不及待。

楼阁偏隅独惆怅，朝朝暮暮盼熏风。

龙之介
一月十九日

275　一月十九日自田端致大田黑元雄

敬复者：

华翰敬悉。得知先生欲索拙著，当即于今日委托新潮社寄上一册，四五日内可送达先生手中。《戏作三昧》在我的朋友之间，也算得评价最好的作品。当然，如今读来仍有很多不足之处，我亦甚感不满。尚需再有五六年的磨炼，否则功力不到，难出佳作。

即　兴

尘世百态皆收尽，《傀儡师》中有评说。

大田黑元雄先生

芥川龙之介
一月十九日

276　一月二十七日自田端致广濑雄
敬启者：
　　日前辱赐大札，十分感谢。想学英语者，乃日本桥橘町大彦店主。只为设计图案参考西方文献，故无太高要求，能够读懂一册洋书即可。此人个性鲜明，文学美术方面自持一家之见。（年龄长我三四岁。）但为人十分执著，想必学习英语会有一番成就。恳请谅察如上实情，费心物色人选为盼。关于授课报酬，我与此人皆不在行。不知如何是好，且请先生酌情定夺。随函寄上拙著一部，恭请笑纳。

　　　　　　　　　即　　兴
　　尘世百态皆收尽，《傀儡师》中有评说。

　　专此肃呈
广濑雄先生
　　　　　　　　　　　　　　　　芥川龙之介
　　　　　　　　　　　　　　　　　　二十七日

277　一月三十一日自镰仓致池崎忠孝
敬启者：
　　若你对我怒气已消，我即奉寄一册刚刚出版的新作，如何？若有意接受，敬请函复。否则，我便认定你仍在生气，即暂缓寄出。
　　专此奉达
池崎忠孝先生
　　　　　　　　　　　　　　　　芥川龙之介
　　　　　　　　　　　　　　　　一月三十一日

278　二月一日自镰仓致中户川吉二

读过第六期上的大作，特具此函奉贺。你那晚格外沉静，令我十分意外。因为上次你来我家时，比那晚活泼许多。所以，那晚我对你饶舌，只为表白我的意外感受，决无冷嘲热讽之意。而且这种意外感受——或曰令我产生此种感受的你，则比以前那般印象更令人尊敬。你已变得怯懦，且因此而招人怜爱。亦即我曾以为你很倔强，这是我的误解，我向你道歉。然而，你将我评价你有长进的饶舌理解成为冷嘲热讽，这是你的误解，必须纠正。此皆为题外话。但在此届"新思潮"同人中，不揣冒昧，我认为你的确是个人物，所以更无理由摒斥于你。特别是那晚，我毫无恶作剧的心思。以后拜访谷崎君时再与你见面，或曰拜访你时再与谷崎君见面同样无妨。特此肃呈

中户川吉二先生

芥川龙之介顿首

二月一日

279　二月四日自镰仓致南部修太郎

敬启者：

正月画的两幅作品，与我以前风格多少有些差异，这是事实。里见弴君说这是某种动向。然而，由于此种动向将我的固有领域完全抛弃，因而便算不得什么动向。我尚不具备如此巨大勇气，附和雷同于对某种"真"的崇拜，而只想将自己的固有领域拓宽。最近与人谈话时曾开玩笑，若有可能，我要给自己的名片印上所有"主义"的名称。诸如：自然主义、浪漫主义、象征主义等等，并撒遍天下。这是指无论于题材或于直观，我要比以前——或比以前所有的人都自由自在。而且我确信，不这样做亦属虚伪。今天读

《三田文学》第六期，突然想到必须向你致信辩解一番。因为我既把你当作批评家，更把你当作朋友。恳望理解我的心情。特此肃呈南部修太郎先生

芥川龙之介
二月四日

280　二月五日自镰仓致小岛政二郎

敬启者：

我正在等发表你评论的《时事新报》，尚未见到。神奈川版经常省略文艺栏，估计不会有了。若有剪报，可否赐我一读？

今天读《三田文学》，觉得第六期上你对我赞赏过头。我虽愚钝不济，却也往往因相貌而意外得宠。所以，千万请勿将我估计过高。这对我、对你都好。

且说那句"乌发如碧"，是高中时曾听老师说"黑色看似碧绿"而得知。以我私见，那本是"枕词"，与"黑色"发音相近。您意下如何？若此说另有解释，我即无可吹嘘。倘若没有，我则强调自己拥有主创权。很想请教新国学家的高见。

近日校方令我拟定入校试题，我大为困窘。因为我涉猎的书籍，从本质上讲，不可能找到适合出题的语句。god, love, poetry, ideal, etc.——众书寻遍却仍无词可用。此时，我才发现自己缺乏文化修养。此事虽显滑稽，但对于我却是非常认真的事实。而且我陷入此般困境，仍须为《新小说》撰稿。多么非凡伟大！当然，我并不认为自己能出佳作，但我决心已定，今年要为练笔更多地写作。说实话，我已答应为佐藤春夫所译《阿纳托尔·法朗士》作序。说到写作，菊池此前匿名发表诗论令我略感惊诧，因为，那篇文稿至少有我三分之一的稿酬。诗论是那晚的翌日，我与他在新桥车站二楼吃饭时争辩的结果。当时我讲的是以"表现论"为依据

的著名论点，所以我认为你要做好精神准备。有朝一日，你也会为此而苦恼。

281　二月十七日自田端致池崎忠孝明信片

请于十日下午四点钟前后，光临寒舍一聚。若不能成行，望来函赐知。但若能来，务必拨冗赐驾。

龙顿首
写于田端

282　二月八日自镰仓致薄田淳介

大札奉颂。前信垂询菊池之事，已经转达本人。昨日终于回信托我转告：经过周全考量，他可担任文艺专栏记者。不过，社会部记者的职位则碍难应允。若能提供今日贵函所写条件，菊池定会欣然同意。我自己当然也是毫无异议。不过，因为这两件事同时发生，所以难免会由于某种偶然因素，从而导致我的事情妨碍了菊池。若果有此类事体发生，恳请不必顾虑我，要多为菊池提供方便。为防万一，特此恳托在先。今后仍请多多宠顾。既为我，也为菊池。

近作俳句如下，本人自鸣得意。先生以为如何？

荷塘绿蛙跃翠叶，自鸣得意刷青漆。

芥川龙之介
二月八日

283　二月八日自镰仓致小岛政二郎

《开化的丈夫》于写作中途即到截稿期限，只好草草收尾。从描写"大川"的场面往后,并未按照腹稿进行。所以在付梓之前,已将此部分改写成"层叠"体式。

拟从菊池处借阅你的评论。即使你不给我,菊池也会给我,正所谓"天网恢恢,疏而不漏"。你是否同意?菊池论断此评实乃佳作。江口亦赞叹不已。

反对"枕词说"是何理由?我认为"唐衣"比"丝缘"以至"艳阳"等"枕词"要稳妥得多。难道此理不通吗?若古时尚不曾有"畔"之一词,我当然服输。并且,若从未见过"绿畔"一词我也心甘情愿地服输。倘非如此,我即坚持自己的观点。当然,我的观点难免略欠权威之嫌。其实,那是我在列车里午睡时偶得之句。或许我当时正懵懵懂懂。

我一向懒于作诗。最近偶得一首。

荷塘绿蛙跃翠叶,自鸣得意刷青漆。

切盼早日读到你的小说。江口的作品,《孩童》和《狗》都不错。

特此肃呈

小岛政二郎先生

芥川龙之介

八日

284 二月十二日致高滨虚子(抄写件)

关于《风流忏法后日谭》。

每次均饶有兴味地拜读尊作《风流忏法》续篇。我等年轻之辈实写不出此等味道,唯有敬佩而已。此致

虚子先生梧下

>   芥川龙之介顿首
>   二月十二日

285　二月十七日自田端致池崎忠孝

敬启者：

因初版售罄，再版又迟迟未出，今日刚接到新潮社寄来的书，方得将书呈上。此并非为延宕时日寻找遁词，还乞海涵。我现患感冒，正卧床，略得清闲，读了《嘉道六家绝句》。热度并不高。

他日当请教尊意。此致

池崎忠孝先生

>   芥川龙之介顿首
>   二月十七日

286　二月十九日自田端（推定）致友常幸一明信片

谢谢来信。《竹丛积雪》一诗甚好，望再发奋提高以能写小说。

>   腊梅枝疏被秋雨。

>   二月十九日

287　二月二十日自田端致薄田淳介

敬启者：

其后不久又患流感，现正卧床，但热度并不高，料无大碍。复信甚迟，前赐二信已拜读。拟病愈后尽早辞去学校教职。现在《东京日报》上开设文艺专栏似很难，能实现甚好。《大阪每日新闻》独自开设固然也好，但东京的报上没有，似与文坛关系不够密切则不妥。为《新小说》写的短篇，因病只好中辍。病床上偶作俳句、绝句之类。现将其一抄于后：

甚怪之，傍晚时分，菊花饰偶人。

此致
薄田淳介先生

芥川龙之介
二月二十日

288 二月二十三日自田端致小岛政二郎

现仍卧床，诸事不能周到十分抱歉。你已经卧床几日？是否我的二十岁那一年不吉利？颇令人烦恼。不过现在热度不高，在病床上读了很多书。其中海伦（小泉八云）先生的两册大书全看完了。全托感冒的福了。另外还看了半本大部头的《野叟曝言》，是本荒唐无稽的中国小说。大概永远只会看这半本，实在无勇气再往下看了。

听菊池说久米和江口他们挺好的。菊池辞去公司职务的明信片也寄给你了吧？听说他和江口最近也要搬到田端来，这样的话加上你和我就可以一个月开一次田端小组会了。热热闹闹的——要干什么还不知道，反正要热热闹闹的。最近菊池穿着和服呢。对了，菊池邀请庆应方面的人，后又中途变了卦，这会让泽木和其他的人不高兴吧。我有点担心这件事，特问一下。当然，要是庆应方面的人早确定下来的话，我也愿意努把力再讲一次 it 和 that。我所在的学校借今年度的变化，不管我愿不愿意，要增加我的课时，我下了狠心，专事写作，结束教书生涯。心里虽然还不踏实，但既已上了船就得听其自然了。一想起从今以后不用再念教科书了，心里甚是愉快。

> 欲归去，如今草庵临春风。

龙顿首

他日请将小说赐阅，病愈后将去府上拜访。又及。

289　二月二十四日自田端致下岛勋

敬启者：

昨夜很失礼，拜借了约好的《近世僧宝传》。另待获所言高泉①之墨宝，当再造访。此致

下岛先生梧右

芥川龙之介顿首
二月二十四日

290　二月二十四日自田端致薄田淳介

拜复：

华翰敬诵，其余将尽快呈上。小说应菊池写在前，他已经动笔，谅日后会送上。其后将由我执笔。根据前日校方的调整（我已将辞意写信告诉了首席教授），现正准备写进公司的致辞。

关于菊池，他原准备辞去公司的职务，但是突然出现了挽留他的运动，说无论如何会给他和《大阪每日新闻》一样的待遇，请他一定继续工作下去。菊池当然要对得起你我，所以没必要担心他会答应留下来。只是这样一来，菊池既然当了《大阪每日新闻》的客座，要是他短时间就被解雇的话，我也觉得很值得同情，大概

---

① 高泉（1633—1695），江户前期的禅僧，中国福州人，后东渡日本。

不会出这样的事吧？这个事他本人也多少会担心，为了稳妥我也问问看。不管怎么说，给你添了不少麻烦，实在感谢。托你的福，我也要辞去教 it 和 that 的事，可以回东京了。一想到这儿，我就觉得肩上顿时轻松，感觉甚是愉快。句曰：

　　　　欲归去，如今草庵沐春风。

薄田淳介先生

芥川龙之介
二月二十四日

291　二月二十五日自田端致菅虎雄
径启者：

前日曾拜托您为《罗生门》题签，不意近日患感冒卧病在床，实在失礼，特奉函谢罪。前日拜请之事，能否请在随函奉上之最长纸上书写"罗生门芥川龙之介著"，余下二纸，皆请书写"罗生门"后赐寄？专此奉书以求，不胜惶恐。草草。

芥川龙之介顿首
二月二十五日

292　二月二十六日自田端致松冈让明信片
皆因平日吸烟所累，以致患喉疾，热度毫不见退，不得已只好卧床。谨感谢来信问候。

　　　　庭前松，已有数日沐春光。

293　二月二十八日自田端致片山广子

敬启者：

蒙来信问候，非常感谢。我现已离床二三日，您的病怎样了？天气不好，请务必多保重，我也以此信感谢并问候。此致

即　　景

欲秋雨，椎树叶暗朝霞里。

片山广子妆次

芥川龙之介顿首

二月二十八日

294　三月三日自田端致下岛勋

空谷先生梧下：

幸亏天气甚好，今日回镰仓。卧病期间，诸事有劳先生，实在受惠不浅，他日当面谢。今谨致谢意。今后将辞去教职，思之甚悦。

欲归去，如今草庵沐春风。

鄙陋之句，以博一笑。

芥川龙之介顿首

三月三日

295　三月六日自镰仓致岩渊百合子

敬启者：

芳函并句会通知均在患感冒卧病于东京时寄到，但今天才得展

读。倘能早日拜读或可出席句会，甚憾之，此绝非随便应酬之词。我近已决定辞去教职回东京，拟请假前来叨扰。若届时恰逢句会当更方便。不过所谓诸事均须商量而行，不知最近一次的雀之舍俳句会是否在贵处举行？能否让在下出席？若可，我不仅（此处原文六字不详），而且亦可向横须贺请假出席（此处原文九字不详）会。我的时间在十五日前的星期五星期六方便，下午晚上均可（早上学校有课不方便），对此会我不曾参与谋划，句会即使变为歌会我亦会出席。为以上各事能否允我拜访？专此函商并复。

　　近来想到辞去教育一行，心甚愉快。为此，在火车上观看外边景色，也觉得好似处处皆沐春风。

　　　　　　似朦胧，竹山入春时。

岩渊百合子女士
　　　　　　　　　　　　　　　芥川龙之介
　　　　　　　　　　　　　　　　三月六日

296　三月七日自镰仓致中根驹十郎

径启者：

　　送上菅先生题的标题，拟将最大的一幅，用黑地透白作为首页，其余作为封面和封底。"君看双眼色，不语似无愁"用过去的版，请用红地（朱色）透白印出。校对依《鼻子》，余皆悉听尊便。此致
中根驹十郎先生
　　　　　　　　　　　　　　　芥川龙之介
　　　　　　　　　　　　　　　　三月七日

　　《罗生门》如出版，请寄两三册。又及。

297　三月八日自田端（推定）致菅虎雄

敬启者：

　　前日承蒙赶写标题，不知以何为谢。之后本应到府上致谢，然小生又患流感，以至入院治疗。后又因事情繁忙，久未通候，还请多多原谅。顿首。

菅先生梧下

芥川龙之介顿首
三月八日

298　三月八日自田端（推定）致薄田淳介

敬启者：

　　校方将在本月找到我的后任，下月即可早早辞去教职了。倘有幸当即找到后任，或可更早辞职亦未可知。辞职后，将随菊池一起到公司去露个面，公司申请一俟写出，便将寄上。如收到校方通知，请即刊出（通知今晨确已收到）。我和菊池都企盼文艺专栏得以办成。

芥川龙之介顿首
三月八日

　　二月份的薪水还没到，是否是因为此次变动而停发？若如此就算了。

　　但为慎重，顺便问一下。屡次去会计科询问，也颇难为情，有劳尊驾代为询问。内心非常不安，请见谅。又及。

299　三月九日自田端致下岛勋

径启者：

　　前次之事，实在感谢。本想到府上拜访，因截稿日期将近，忙极，特将钱随函呈上，还请多多帮忙。两幅轴画都已挂在书房，观之乐极。
下岛先生梧右

芥川龙之介顿首
三月九日

一俟有暇，便趋府上拜访。又及。

300　三月二十五日自镰仓致池崎忠孝明信片
径启者：

我现将辞去教职，所借书籍均须交还。请速将《波德莱尔》和《国史八面观》寄至横须贺市白滨海军机关学校学生科教官室我收。我本也可到你那里取，但家父去世，俗事多多，实在无空。专此。

芥川龙之介

301　四月二日自镰仓致井上猛一
敬启者：

谢谢来信。其实收到信时，正在为先父守灵，其后事多繁忙，故至今未奉复。另，如想听二上新内之仪曲①，我什么时候都不会推辞，至于作曲或唱，那我都万万不能接受。说我作了二上新内之仪曲——听说这个事的时候，正如同说鹭鸶变成了仙鹤一样。说坏话的家伙有很多都自称是我朋友，仅凭这点，我就没有勇气应付。请一定见谅。最近我也要回东京了，今后见面的机会自然会很多。如有空，隔得挺近——或许稍远，请一定来玩。我也许会来叨扰的。

---

① 俗曲名，江户时代后期很流行。

即　兴
夜樱花，如待"新内"恐已谢。

井上猛一先生

芥川龙之介
四月二日

302　四月三日自镰仓致池崎忠孝明信片

书已收到，请放心。小生尚未收到免职通知，正穷于没有落脚处。

远处有火灾，无辜花朵亦蒙尘。

303　四月十五日自田端致江口涣

径启者：

记得曾提过一次，把大作列入新潮社"新进作家丛书"，现中根氏已经同意，能否请尽快把原稿整理好，径寄新潮社中根驹十郎处？如稍迟，也可寄给我，由我拿到新潮社。本来应由中根出面拜托，但他现在异常繁忙，难从印刷厂脱身，便嘱我居中联系，故写此信以求允诺。我现为《中央公论》写稿，十八号必须交。现正埋头写小说。为你的事想到府上去一趟，十八号或十九号、二十号前我都没空，请予方便。

白木莲前，麻雀吞声不敢鸣。

江口涣君

> 芥川龙之介
> 四月十五日

304 四月二十八日自田端致薄田淳介

径启者：

今天终于从镰仓转移到了这边。小说的事知道了，决定写些短篇，刊载四五十回。报上好像没有像难看的小说那样的报道，对报纸来说，还是登不太长的小说为好。本月末或下月初，我和菊池两个人要经贵地到长崎去旅行，届时望能见面。

薄田淳介

> 芥川龙之介
> 二十八日

再者：

偶　怀
身打战，我鬼先生眼也寒。

305 四月三十日自田端致佐佐木茂索

敬启者：

今天读了纵横谈，背上冷汗三斗。那上边带有我的轻浮和你的轻浮，加在一起形成双重轻浮。但小生所讲的事没有一个错误，尤令人惶恐的是，没有一句怨言。今后陆续发表的诸家纵横谈里，倘若不似小生般纵横的话，甚为不公平。故请对谁的都不可放松。

佐佐木茂索先生

> 芥川龙之介

四月三十日

306　五月七日自长崎致芥川美术明信片
　　到了长崎，给永见添了麻烦。长崎这地方不错，很欣赏。中国情调和西洋情调杂处，特别是洋人、中国人很多。街上大都是石板铺地，桥也大都是中国式的石桥。有三座罗马旧教的教堂，相当大。昨天去了其中的一座（在大浦的那个），同一个会些日语叫格拉希的法国神甫聊了小半天，回来时走在街上买了些玩意儿，现寄回。

307　五月八日自长崎致小岛政二郎美术明信片

　　　　天高云淡光灿烂，今见日本圣母院。

五月八日

　　又：大浦有日本的圣母寺。

308　五月八日自长崎与菊池宽同致南部修太郎美术明信片

　　天高云淡光灿烂，今见日本圣母院。（大浦天主堂）

龙

309　五月八日自长崎致芥川美术明信片
　　长崎已大致看遍。明天要去大阪，中途也许会在什么地方住一两天。身体极好，有事可写信到大阪每日新闻社。专此。

八日

310　五月十日自长崎致松冈让美术明信片

　　住在长崎，收集了玻璃器皿、西洋盘子和天主教的书，甚至想住在此地。

龙

311　五月十日自长崎与菊池宽同致江口涣美术明信片

　　　　琉璃灯光朦胧里，中国人来劝买女。

龙

312　五月十三日自大阪致松冈让美术明信片

　　　　南京寺内粉墙白，芭蕉叶卷影婆娑。

龙
十三日于大阪

313　五月十七日自京都致小岛政二郎美术明信片

　　　　时时为题写册页而苦
　　　　　酒前茶后画秋竹。

　　　　　聊催归心
　　　　细雨潇潇念故国，我鬼窟中梅应落。

现正乘酒兴与众人夜半坐出租车到渡月桥去赏月。

龙

十七日晚二时在祇园梅垣

314　五月十七日自京都致下岛勋美术明信片

下岛勋先生：

南京寺内粉墙白，芭蕉叶卷影婆娑。

芥川龙之介
五月十七日

315　五月十九日自田端致恒藤恭明信片

平安归京，立刻开始写小说。

近日纵笔写"戏作"，花开微阴得三昧。

承蒙多方照顾，十分感谢。请代向令堂问候。想起细田枯萍氏的事就觉得可笑得很。

南京老酒不足醉，且尽一杯送春归。

316　五月十九日自田端致南部修太郎

径启者：

昨自长崎归来，不巧阁下来时不在，实在惶恐得很。务请在最近再移步寒舍如何？请和小岛氏商量后赐告则幸甚。旅行期间没看阁下的月评。本来很少看月评，因相信你才看，这绝不是恭维话。当然我不服的时候也会无所顾忌地反驳，请有思想准备。在从下关到门司的渡船上，稍翻阅了一下菊池的《马道茨克先生》落败后一节，就此也有愚见，容后面谈。

　　长崎真是个好地方，很欣赏，如圣福寺和崇福寺那样的中国寺庙更是"风流"之极。只是都荒废了，很可惜，不知能不能想个什么办法。

芥川龙之介顿首
五月十九日

我给鼻山人也寄去了明信片。又及。

317　五月十九日自田端致小岛政二郎明信片

　　昨天回来了，请你和南部君商量之后到我这来玩一天怎么样？要是能请动三宅大人光临的话，那就更是不胜荣幸了。小说如写好，请尽快印成铅字给我看。从镰仓寄来了东西，我鬼先生把它们都当到古家具店兼旧书店去了。自己也觉得很可惜。顿首。

318　五月十九日自田端致薄田淳介

敬启者：

　　在大阪停留时，承蒙以美味款待，并得以到处参观，实在非常感谢。只是对演讲很发憷。倘若没有不演说也行的条件，那么编辑会议也不便出席了。离开大阪后到京都待了两三天，昨晚终于回到了东京。明天要开始写小说了。

近日纵笔写"戏作"，花开微阴得三昧

芥川龙之介

五月十九日

319　五月二十二日自田端致和气律次郎
和气律次郎君左右：

在大阪期间给你添了很多麻烦，甚谢。在福田屋非常惶恐，永远难忘。离开大阪后，又到京都待了两三天。有一天夜里十二点多，坐汽车到岚山去听青蛙叫，实在算是很风流了。但春寒料峭，在渡月桥上喝了不少啤酒也没醉，很悲惨。回到东京后，仍然是被文债催逼，每日甚忙。下个月请一定来玩。

芥川龙之介
五月二十二日

320　五月二十三日自田端致永见德太郎
径启者：

其后谅一切均好。小生等叨扰时，一切都承蒙照顾，深深感谢。另寄上一点小意思，请转给令郎和令爱。日期单俟签字后寄上。照片也已拜领，谢谢。迟复为歉，此致。

永见德太郎君

芥川龙之介顿首
五月二十三日

321　五月二十三日自田端致南部修太郎明信片
手书拜悉。午后我大体都在，请光临，来前如能通知则更好。承蒙夸奖《橘子》，光荣之至。不过更希望能以百回左右的小说让您感动。顿首。

322　六月六日自田端致南部修太郎

敬复者：
　　你去洗温泉、构思长篇小说，真是悠闲。我却写着月评，写着《早晨》（改题为《路上》），每天平平淡淡。月评大体上已经把诸君子评价了一番，江口涣夸赞说很痛快，这也是我的本愿。关于你的小说的评论已写好，请先过目。
　　那件事情交给我办。目前很想尽快把事办完能好好看看书。此复
南部修太郎君

芥川龙之介
六月六日晨

323　六月十五日自田端致菅忠雄

径启者：
　　来信已收到，谢谢。我每日依旧繁忙，小说进展不大，让我大伤脑筋。中户川氏的小说恐怕这个月还在创作中，我想大概是第一杰作。要是在前一半就顺一些的话，大概会更好。
　　听说你要去鹿儿岛，想必会很冷清吧，深表同情。学习固然重要，身体更重要，请一定保重。我近来深有所感，很想好好休养一下。以下的和歌是送给汤河原的久米的，因这层关系，请先过目。

　　　　谷水波光寒，遥看日暮青山秀，疑是玉人站。
　　　　谷水流不尽，粼粼波光山石润，倏忽已黄昏。
　　　　夕阳横无际，溪流一线山峡内，水上落余晖。

芥川龙之介顿首
六月十五日

请代向先生问好。最近看到拓本和法帖觉得很有意思，这完全是因在先生处看到各种书法，受到影响的结果，我觉得是终生受益。请一定代问好。另外，拙荆问候令堂和令姐。我也要祝令姐婚事美满。又及。

324 六月十七日自田端致池崎忠孝明信片

手书奉悉，所打听的书，我这儿没有。很久未和老前辈如此畅谈，甚是愉快。最近我每日只写小说，进度缓慢。这一向并无有趣之事，打算择日去玩玩。《平子铎岭论》出书后能否赐我一册？顿首。

325 六月十八日自田端致南部修太郎

敬复者：

本想再寄上一封信，但终于没有写。其后《路上》无进展，还徘徊在二三回上，徘徊在《路上》实在可以算是一种讽刺了。

那件事准备和内兄商量，再把方向定下来。三宅周太郎先生高抬我，但我岂敢当花川户的助六①，自拟也只能做矍人胜五郎②。日夜迟迟，徘徊于路上。现只憾无初花③扶持，好笑好笑。尽可能和菊池一起拜访。

南部修太郎君

芥川龙之介顿首
六月十八日

---

① 歌舞伎狂言中的《助六所缘江户樱》中的主人公。
② 木偶净琉璃《箱根灵验矍复仇》中的主人公。
③ 《箱根灵验矍复仇》中矍胜五郎的妻子。

326　六月二十三日自田端致畑耕一

畑君：

大札奉诵。请酌情处理。送上一趣闻材料，另外能否写写菊池的阳伞一事？

芥川龙之介顿首

二十三日

327　大正八年（1919）（推定）六月二十三日自田端致中岛汀明信片

星期六的练习延期至星期天，拜托。匆此。

芥川龙之介

六月二十三日

328　七月二日自田端致佐佐木茂索

敬启者：

当天所吟之俳句现只记得一句，草稿已尽被弃作废纸。

眼底下，蠢蠢蠕动白蜡虫。

茂索先生梧右

芥川龙之介

329　七月三日自田端致江口涣

涣君左右：

谢　书

梅雨南风吹，黄昏船帆红。

龙

330　七月三日自田端致南部修太郎

《路上》已在大阪出版。虽然出版，却愈发觉得似乎是愚作，以至十分悲观，甚至打不起精神和人见面。本月所读的小说，根本看不起。（你的还没看，请放心。）现在除星期天外，谢绝一切会客，闷头写小说。我对自己本来就不结实的肉体、这个时候的天气、俗众的批评和自己的能力都发生了怀疑。——我以这些为对手一边战斗一边写作，所以时时感到底气不足。如果觉得很可怜的话，就什么时候请令妹招待我们喝茶吧。专此。

331　七月四日自田端致小岛政二郎

报纸连载小说写得没一点趣味，终日郁郁，连作俳句的心思也没有，胸中恰似这黄梅天一般。还请悯察。

但是也并不认为诸位先生的小说就比我的强，傲慢不逊与平时无异。小生可谓似精卫欲填海，既然要填海，那肯定比燕雀要伟大得多。只是一想到直至白头海也填不平，小生这样的人岂能不心冷气短？盖小生的自鸣得意与口吐弱音皆因此而来。余容面谈。此致

霸南先生

我鬼生
七月四日

332　七月五日自田端致佐佐木茂索明信片

《巴尔塔扎尔》是篇挺有趣的作品，请一读。你呢，行住坐卧始终以职业人的身份来对待的吧（比如，在俳句会上，也说某俳句发表在杂志上之类的话）。但是对方只是把你看作是佐佐木茂

索,所以会有难堪的事。今后希望你能以非职业的态度去和别人交往。尊意如何?

333　七月六日自田端致江口涣(信封上写有"多幡四三五"字样)

江口涣先生著席:

　　谢谢画。但是在日本绢上不能画。连小岛那样的画家你拿纸去他还很谦逊,客气得不得了。我已经鼓动春阳堂出版你的短篇集,尚未同你商谈吗?

芥川龙之介
七月六日

334　七月八日自田端致佐佐木茂索明信片

　　说星期天是见面日,未免煞有介事,那就说我在家吧。茂索先生倘能光临寒舍,真是蓬荜生辉。不可将《疑惑》当成拙劣之作来读。

335　七月八日自田端致南部修太郎明信片

　　请再等一个星期,在这期间会有个答复。看了《焦黑的偶人》,愚以为作品不能说好,也不能说不好,比我的《疑惑》似乎好些,但也只略好一些而已。

336　七月八日自田端致冈部菅司

冈部先生左右:

　　大札拜诵。尊译也已拜读。阁下如此客气,反使我非常不安。今后只要通知一声,任何时候都尽可翻译。我也曾计划把自己的作品译成英语,但因为忙,现在已完全停下来了。再说也达不到尊译的水平，中途只好放弃。最后还要感谢阁下的厚意，选拙作来翻译。书写零乱不成敬意，请勉强看吧。

芥川龙之介顿首
七月八日

又及：拙作《貉》里的团三郎，住在佐渡时，名字曾叫貉，详情请参阅泷泽马琴的随笔《燕石杂志》一书。草草。又及。

337　七月十四日自田端致岩野美卫

泡鸣先生著席：

《日本主义》上刊登的尊作诗歌令我非常钦佩，像那样的诗歌也许除阁下之外，无人能写。为此，致函阁下。在下毫无恭维之意，更不想摆出批评家的面孔班门弄斧。请将我的钦佩只当作钦佩接受。请不必回复，失敬。

芥川龙之介
七月十四日

338　七月十七日自田端致南部修太郎明信片

《疑惑》写得不好，但未必从头到尾都不好。之所以这样说，是因为我有自信，要是稍加推敲，就会不错。不要求多写就是不要求写得快的意思吧。我曾热衷于快写，是写《偷盗》的时候，现在是《疑惑》之类。

339　七月十七日自田端致南部修太郎明信片

你必须写点差的作品，不写点差的作品，到头来只能平庸一生。就算失败也没关系，不认真往下写那是假话。从自己的坏作品受到的教益百倍于别人的坏作品。从这个意义上来说，我现在正从《路上》受到很大教益。以此为乐，到东京来吧。

340　七月二十四日自田端致池崎忠孝

敬复者：

还有不懂合欢花的家伙吗？要说在植物学上，我有自信说，比起你来远远是大家。你的清闲真让人羡慕，哪像我这样陷入了风流地狱，每天闷着头写小说。想去玩，但是又要写小说，天又热，到底没有出门的勇气。好久没见面了，我想在江口的会上当能见到，正盼着呢。上次你来的时候真是很高兴。录下几句最近吟的句作：

　　　　　　山月光清冷，落叶发幽香。
　　　　　　焚柴落树叶，山色已黄昏。

这样的环境正适合我居住。此致

赤木桁平先生左右

　　　　　　　　　　　　　　　芥川龙之介顿首

341　七月（推定）二十五日自镰仓与久米正雄同致江口涣美术明信片

江口君：

《中央公论》上第一是里见的，第二就是佐藤的。（但是这只是小说，剧本还有久米呢。）谷崎氏是随便写的，我想恐怕他自己也没有自信。写《金和银》的时候，久米就夸过，我就觉得是夸过头了。及至看了续篇，这种感觉更强了。关于玛坦基的闺房画的描写很草率。你不管里见的标题，反正一定要看看。虽没什么了不起，却是最能显示他文才的作品之一。我的事就不分辩了。

342　七月二十九日自田端致佐佐木茂索

佐佐木茂索左右：

　　用《爷爷和奶奶的故事》压卷，只是从第八页稿纸背面的"漫然……"开始到第九页最后一行，说明过多，破坏兴趣。望再下点工夫。另"儿子游学"（？）再写清楚一些似乎更好，你以为如何？全篇的感觉就像坐在阳春时节的回廊上沐浴着阳光，非常明快。还要挑毛病的话，爷爷的哄笑我不欣赏，要是可以的话，用人们不喜欢的哼哼声就行了。还有写得好的是《手》，但是我对内容并没产生共鸣。倒是喜欢《女人的信》的轻松俏皮，那个作品就是再轻松一点也可以，但是不能过分俏皮，给点"意外"的逗乐就行了。接下来很失礼，《手》里出现的戈蒂埃①的小说，我有点怀疑你看没看过，所以想问问。《清教徒的块茎》应写得更深入一些，内容上比《女人的信》更会引起共鸣。这个作品不要说脂粉气，就是色彩也要尽量少，平平淡淡地一直写下去，就能写出有看头的好作品来，不知意下如何？下一篇《橘子》，有的地方写得很明快，用了"的皪"两个汉字，意为白色，（东坡有著名的诗句"的皪梅花草棘间"。）黄色的就不合适了。《玛格拉》从内容到写法都能认同，只是两者都放弃，我不能赞同。为什么不再加把劲呢？感到大惑不解。

　　最主要的是在这五篇里，《爷爷 etc.》、《女人的信》和《手》是已完成的作品，其他的应该说还是未完成的作品。不管是已完成的作品还是未完成的作品都有很怪的神经的锐气，让人感到恰像麦克白斯的剑一样，时时在空中发出怪异的光芒，甚有力度。依我

---

① 戈蒂埃（1811—1872），法国浪漫主义诗人。

看，达到《爷爷 etc.》程度的作品要能写上一打的话，成为蜚声文坛的作家也非难事。加藤君已经言中，我也这样认为。作者常常轻易成事，也同样轻易废事。须知其间功力尚浅，不能不令人遗憾。三汀先生①所言实在不能不说是切中要害。所以我要劝你，要往不易之处努力，常常着力实处，披荆斩棘，犹如羚羊之跨越千峰万壑，培养自己的功力。非独劝你，我平常也常以此鞭策自己。茂索先生以为如何？此信匆忙写成，如同玩笑，但并不是我唱高调。我虽大言不惭，但也多少触到了你应认真考虑的问题。文章最忌浮华，如果你能好好体会我所说的话则幸甚。字实在不成样子，不胜惶恐。

芥川龙之介
七月二十九日

343　七月三十日自田端致薄田淳介

敬启者：

《路上》已出版，但甚不理想。是要尽快写完定稿的，不然影响后边的小说写作。reserve（保存）的原稿如有一份，其余可托付菊池。只要未去中国旅行，九月又开始写亦无大碍。另外，久保田万太郎君让我代向尊台约稿，我一时疏忽，非常抱歉。近来本应写小说，但又不知如何办理。敬候阁下吩咐。此致

薄田淳介

芥川龙之介
七月三十日

又：上面所说之事，烦请即复。近因《路上》而烦心，做任何事均打不起精神，实在令人困扰不堪。《中央公论》上的《疑

---

① 久米正雄的俳号。

惑》处处受到赞扬，可依在下之见，同样是不成功之作，受到夸奖反觉不快之至。又及。

344　七月三十一日自田端致佐佐木茂索
佐佐木茂索先生左右：

　　戈蒂埃的小说《模班小姐》并非偏书，有空时，务请一读。自己说自己虽有些不谦虚，但斗胆不谦虚一回，有一时期（二十三岁前后），开始接受精神革命，对歌德、托尔斯泰一般巨匠，一度正视、仰慕。使我达于此境地，虽有种种复杂情况，但受《约翰·克利斯朵夫》的影响巨大，至今难忘。现在想来，当时的我，就像最初仰视天日一般，只知有天日而不知有星辰。（比如我知歌德之伟大，但对于蒂克、霍夫曼等浪漫派诸家的特色则轻视不顾。）然而，不知天日之人又岂知尚有其他星辰？没有当时的我，也就没有现在的我。所以我现在不能不同情只知托尔斯泰、陀思妥耶夫斯基而不知其他的众多年少豪杰。如果让我讲文学之要，我必手指头上，首先道破：要先知天日。有人或许根据我所指，知道仰慕天日，转而笑我的作品如同磷火，我唯有赧然俯首，承认自己的天分浅薄而已。以自家的磷火故，就诋毁天日，此乃商贾之所为，非艺术之士所能。

　　尊函谈到歌德，我心中为你高兴。你既看到歌德伟大之处（并非俗称之伟大），就更应鼓起勇气，一往无前，体会其奥妙。以一卷《浮士德》即能使你同神一般的他相仿佛。

　　我并非好为人师，生怕自己夸夸其谈或装腔作势，请勿笑我骄傲自大。本意只是想让你略窥我的世界，话语中偶有强迫之处，也只是因为彼等巨匠使然。

　　我现在深夜独坐，面对他们的作品时，仍会觉得他们的灵气如旋风而来，弥漫我的书斋，深感一股生存的勇气油然而生，也正在那一瞬间。他们的灵气说到底唯有苦恼的烙印而已，而他们在天上的面孔却常常闪耀着光辉的微笑。既然他们能苦斗一生，我又岂怕折戟损盾？驱使自己去创作的，便是这一感动。一旦失去这一激情，或不再生发这种激情时，即使是百年故旧（当然是创作上的故旧，而不是实际生活中的故旧），对我而言，也将视同陌路。而我也成为驻足路上的行人，能算得上故旧的，不足五指之数。

乘兴写出此信，孟浪杜撰之言谅不在少数，应作废纸之属，读后请弃诸纸篓中。

芥川龙之介顿首
七月三十一日

345　八月一日自田端致南部修太郎明信片

《路上》这种小说不能看，如看后还稍有感动就更不可。甚想早日把它扼杀掉。昨夜和菊池、小岛去了中华第一楼（饭馆）。

346　八月十五日自金泽致秦丰吉

秦丰吉左右：

大札拜诵。回东京后当尽早按尊意办理。（此处原文删掉四行半）

另外关于势以子和我的关系，你对久米说，并不奇怪。势以子女士是待嫁之身，特别是现又有人提亲，故此事望慎勿再传。我已反复解释，久米也已释疑，为自己也为他人而高兴。此决非笑谈，而是认真恳托，还请考虑。谷崎润一郎处也拜托告知。在下已冷汗浃背也。

从九月上旬，我都在东京，星期天肯定在家。如你能光临，可以和会玩之人一起玩玩。近来我的俳句也不逊于你这个新进作家的水仙之句，吟出很多名句，且录下一二于后。感服、叹赏、爱诵悉听尊便。

夜半更深黑暗处，打死又来扑灯蛾。

闷头不语磨刀匠，黄梅时节天作雨。（特为不会读梅雨"入空"一词的外行注）

杜鹃鸣，山上采桑朝霞红。

问青蛙，俺身是否用漆涂？（此句天下有名，特为俗人注）

秋更热，似要榨出竹中油。

松林风，夜食摊也将临秋。（此句为吟谷崎润一郎在小鹄沼的静室作）

芥川龙之介
八月十五日

再者，尊作拟登在哪一期上？是离队后所写，还是离队前所写？如是离队前所写，要匿名否？

以上问题如赐复寄至田端则幸甚。

近得句：

春夜里，欲请苏小取耳垢。（美人侍我时作，为使君羡慕而注）

347　八月二十三日自金泽致藤冈藏六

敬启者：

本拟致函，却忘记尊处住址，今日方寄上。

上总屋是间茶楼,金泽的茶楼乃青楼之一种,卖淫者即为女侍。五角钱便可一玩。简直让人无法忍受,一夜也没住便退却了。此地医院很便宜,特等只要三元,当即住院。直到今天,无所事事消磨时光,因睡觉着凉竟突然感冒,现正为发热所苦,不快之极,日夜闷闷。

    晓寒之中且卧床,身下草垫窸窣响。
    病室之内吃早饭,晓寒中食生鸡蛋。

因热度不能忘,仅作以上两句,还乞怜察。也为此,给《中央公论》写的小说也才写了一半,实在痛苦。
藏六先生

龙之介
八月二十三日

因感冒高烧,拟二十六日回。

348 八月二十九日自田端致薄田淳介

薄田淳介先生大鉴:
  尊翰前后三函均于病中敬悉。近日渐趋痊愈,方能写此信。现尚有些热度,不用说写作,连看书也为医生所禁止。力争于截稿期前设法完成《大正八年的文学界》一文。薪俸等诸事有劳费心,专此函复并致谢。

芥川龙之介
八月二十九日

  又及:
    病室之内吃早饭,晓寒中食生鸡蛋。

349　八月三十日自田端致佐佐木茂索明信片

现有近来颇受好评的云坪①的画两幅，一人独看未免可惜。可愿前来一观否？晚上也可。最迟至三十一日晚，此后即归还。

350　八月三十日自田端致泷井孝作明信片

手头有云坪的画两幅，隆达手书隆达小调画轴一卷，三十、三十一两夜，愿否来此观赏？一人看有些可惜。专此。

351　八月三十一日自田端致松冈让明信片

久疏问候，歉甚。暑热让我疲惫不堪，小说也写不下去。说你们的眼睛不好乃为托辞，还算客气。这两三天里，我感觉失去了所有自信。最近要去叨扰。向太太致意，问候你太太。

芥川龙之介

352　九月十一日自田端致佐佐木茂索（信封后有"后学芥川龙之介拜上"字样）

敬启者：

三Ｓ是什么杂志？是不是给自来水钢笔做广告的？最近不谙世事，请赐教，同时想寄上俳句。

我鬼窟时时迎来俗客，实无法忍受。最近来了个名叫××××的不懂装懂的家伙，把冈君给惹火了，后来把我也惹火了。对这样的人，以后是不是要露骨地表示出恶意，完全不会见，因为我并没有把教育这种家伙当成天职。不管是特殊还是平凡，反正随便给他们起个名就行。把歌剧的广告和霍乱的警告组合在一起当小说的题目，像搞诈骗的。今村氏的做法我怎么也接受不了，我不打算干

---

① 长井云坪（1833—1899），南画家。

了。此致
茂索先生著席

龙
九月十一日

353　九月十一日自田端致南部修太郎明信片

我把你的评论转到月评去了。说我写妖怪故事不如谷崎擅长，此说如青葡萄一样不成熟。改日，星期天也行，你来吧。我要告诉你，妖怪文学何以需要理性的缘故。自认那篇是超过《路上》的杰作。如何？

354　九月十三日致南部修太郎自田端

南部修太郎君：

关于《妖婆》的辩解：

一、我等之所以认为佐藤春夫作品中缺乏对人的关注是为不足，实因其全部作品皆如此之故。仅《妖婆》一篇缺乏对人的关注何损于我作品之价值。

二、我远比谷崎有妖气，早已为菊池宽所证明。说我没有妖气，是因你对我不十分了解所致。

三、次于《指纹》（佐藤青夫作）一事，甚为不服。（但按发表先后而为次则可。）《指纹》和我的小说的关系及次于彼一事，还望谅解。

四、关于理性与妖气的关系留待下次谈。

五、我对《妖婆》一篇特别自信！本自愧与镜花相去不远，对你的理论感到不服。为此而辩，幸勿推辞来论战一场。专此。

我鬼生
九月十三日

355 九月十四日自田端致佐佐木茂索（信封上有"内附 sss 句稿"字样）

勋章分量重，老身一证据。
有暖意，蕊中涂蜡人造花。
暗香浓，疑是春月灌木花。
杜鹃鸣，山上采桑朝霞红。
红百合，暑热花蕊已发黑。
秋风起，水汽难晒干棉线。
夏日群山头，涌起暴雨云。
山月溢清光，落叶发幽香。
焚柴烧落叶，山色已黄昏。
秋风扬起一块白，却是小小包袱皮。

望将秋风句与夏山句掉换一下，题为《我鬼句抄》，署名只写"我鬼"即可。

356 九月十六日自田端致南部修太郎明信片

再读你的明信片，的确是写的"佐藤氏"，我鬼先生甚为不安。但其他几点，看时并非一晃而过，或如贵意所说"因文拙"。星期天午后勿吝光临，鼻山人也会来，更妙的是三宅好像也来呢。要是大家能在什么地方一起吃顿便饭最好。如何？

357 九月十六日自田端致南部修太郎明信片

怎么都行，反正只要能将你一击而溃足矣。敬候星期天午后大驾光临。

我鬼子顿首

358 九月二十二日自田端致菅忠雄

忠雄君：

谢谢来信。正在赶写《妖婆》的续篇，回信甚迟。我觉得那是篇通俗小说，自己并不喜欢。你要是看了觉得有意思，那我也就满意了。往后准备写各种题材的东西。很奇怪，滑稽作品没人写，想写两三篇。要是到死还写不出两百来个短篇，就太没面子了，你觉得如何？长篇也想写。最近非常佩服巴尔扎克的《幻灭》，日本没有那样有力量的长篇小说。如果不是洋文的话，就向你推荐了。上下两卷，密密麻麻有383页之长，没劝你看真是遗憾。我觉得，菊池登在《中央公论》上的独幕剧非常好，你认为怎么样？你进了个好地方，祝贺你。外边的事反正学了外语不会吃亏，好好学吧。功底不好可不行，入门阶段要注意多记。

田端一带的艺术鉴赏家，因我挂的匾额、《傀儡师》的封面等，开始对你父亲崇拜起来了。好像还计划组织你父亲的书法鉴赏会，结果怎么样？我觉得这事不错。本来想在夏天去一趟镰仓，因为生病没去成，很遗憾。请代我问候你父亲。

我星期天肯定在家（午后），什么人都来，谈天说地。有空的话，就把菊池也拉来。另外舍弟也许会进上智大学，你要是有学校的规则书的话，能否寄我一份？

昨天洗澡，发现我胸口的痣上长了一根毛。

　　　　　秋风里，痣上长了一根毛。

龙

二十二日

359 九月二十四日自田端致泷井孝作

折柴先生著席：

听说我不在家时你来了，甚为遗憾，我还想把倪云林和恽南田的画集给你看呢。两本拓本都看了，很有意思。中岳嵩高灵庙碑要是有字迹再清楚一点的就更好了。我想这挺容易加上去的。我觉得礼器碑上有些字粗得看起来不舒服，大概是磨损的关系吧。总体上看起来很好。夏目先生不喜欢隶书，但是要是给他看这个帖的话，大概就不会再讨厌了。要是便宜的话，我也想买。你要是能买，能不能买下来？我这里《傀儡师》上老早就题了你名字，一直惦着给你却老忘。下次你来的时候提醒我一下，邮寄太费事了。这一向没作俳句，今天从不忍池边经过，即景得一句。

习习秋风乍起时，款款摇曳莲一枝。

后学我鬼生拜上
九月二十四日

360 九月二十六日自田端致南部修太郎明信片

敬启者：

谢谢戏票。二十八号下午四点前在包里斯咖啡馆二楼碰面，别迟到。注意，等到四点。专此。

龙
九月二十六日

361 十月三日自田端致室生犀星

敬启者：

谢谢大作，已拜读，觉得你的诗集实在是很了不起的诗作，是我所拜读过的诗集中最使我鼓舞的。昨晚整夜都在读。把我的诗集寄给你，或为我毕生之作。写得不好不要笑。打算经常读读《爱的诗集》。谨为礼。顿首。

室生犀星

我鬼
十月三日

爱的诗集
芥川龙之介

室生君，
我现在打开你的诗集，
眺望着从书页里浮现出
薄暮的市街。
那里有几多恼人的风景？
我额头上实已沾满了
市街的空气。
而一旦睁开眼睛，
市街——房屋、河流、人群，
尽在微明薄暗的烟雾中。
空中朦胧升起一缕巨大的彩虹。
是悲伤，抑或高兴？我也说不清。
室生君，
你孤独的灵魂，就在那不可思议的彩虹中！

362 十月五日自田端致斋藤真吉

望六日下午前来寒舍（七号八号我有事，九号是会客日，有来客很麻烦），故请速。

龙

又及：坐电车在动坂终点下车，坐人力车就说到芥川家（要是再告诉是白梅园前更佳），车钱三毛钱以下两毛钱以上。我说的电车是市内电车。

363　十月八日自田端致佐佐木茂索明信片

你好像对我还很拘谨，这种不想拘谨其实还是拘谨的一种。我想你不那样敏感更能很好地交往。不过你红脸的样子，对我这样的老滑头而言，实是令人羡慕之事。另外《新小说》的稿酬事，我忘记谈了，按对方给的价行不行？为了稳妥，特函问。

364　十月八日自田端致南部修太郎明信片

你登在《三田文学》上的小说看了，能写出一百页稿纸，真该佩服。我给下个月的《新潮》写了杂感，你定会多有启发之处，请务必一读。最近到什么地方聚聚聊聊怎么样？这回我借着钱了。专此。

365　十月十日自田端致佐佐木茂索

佐佐木茂索左右：

那份稿件只要未说《新小说》用，送上也可以。总之请等到我和今村碰面再说。巴尔扎克小说冗长得厉害，特别是《驴皮记》更不得了，像你这样的小辣椒派不满意也是理所当然的。既然知道冗长，至少可承认《妖婆》也有些情趣吧？我近来感觉像吃了粪一样，在写《大正八年的文坛》。为了放松一下，作作俳句，但怎么也作不好。

>　　天高云淡淡，菊香分外浓。

芥川龙之介

看《蛙》了吗？要是有什么好看的书告诉我一声，能借给我的话，就更感谢了。只要有趣，什么都行。又及。

366　十月十一日自田端致泷井孝作明信片

曾说一起去不折府上拜访，但今天在街上为自行车所撞，腿痛，只好作罢，希谅。专此。

367　十月十二日自田端致泷井孝作明信片

今天未能如约，甚失礼。

>　　暮秋潇潇雨，白菊花已枯腐。

近来黄昏寂寞时分，常有如上俳句的心情。专此。

368　十月十五日自田端致南部修太郎

《妖婆》终于出版却越发觉得蠢，这回连自己都束手无策了，抱歉。年鉴的稿子还没写好，怎能去旅行。小说是愚作，但俳句却很有进步。为了让你敬服，特写一句于后：

>　　灰下火微红，恰似我心情。

龙
十月十五日

369 十月十五日自田端致小岛政二郎

近来对《妖婆》续篇简直烦透了，只是一味写俳句。把泷井和佐佐木烦得够受，这回来烦你了。

> 彩虹一挂寒风起，凌乱不堪河边苇。
> 晚霞薄雾起，弥漫蔺田水。
> 牡丹花凋零，委地土增艳。
> 厨中何肉，红色檐下雪飘飘。
> 深秋时节雨纷纷，檐下尚余萝卜干。
> 暮秋潇潇雨，白菊已枯腐。
>
> 恋
> 灰下火微红，恰似我心情。

哪首能被选上？若全刷下来，则甚泄气。最近我很佩服凡兆①，但觉得几董过于纤巧。这两三天读了《寒山落木》②，明治三十年（1897）以后，子规的句境已经独步乾坤，让我惊讶，实在了不起。此致

我鬼

十月十五日

370 十月二十一日自田端致佐佐木茂索

茂索先生左右：

信丢了，甚担心。信中有请你写信封的感谢及其他的事，我也

---

① 江户中期的俳人。
② 正冈子规的俳句集。

跟着着急。这样说来，我有点过于大意了，除你之外，别人看到就不好了。最近看到你拉下脸生气的样子甚为愉快。泷井生气是我惹他生气的，所以并不稀奇，你是头一回生气，所以有趣。你一生气，素来说不明白的话一下子就说明白了，这也是生气之一德呢。还有皮肤白既艳且可畏。以后在那个场合你尽管生气，不要怕。

恰好这封信发出一天左右，附有你写的信封的信就该到了，不必写回信了，信重了挺可笑的。

今后很忙，就不能作俳句了。今天就勉强作歌一首，案曰：

深秋时节古江清，夕山草木落倒影。

龙

你不起个号吗？写信时，不懂风雅写不好信。将澄心亭主人或绿梅洞洞主我现成的号送你一个怎么样？又及。

371 十月二十二日自田端致岩野英枝

敬复者：

尊稿寄至《东京日日新闻》，在下也十分感谢。报社方面倘及时回信的话，或可再早一点致谢，实在遗憾。

您如果社交本领不行的话，像我这样的就更不行了，（虽然说新潮记者偶尔把我写成社交本领强之人。）在这一点上请放心来往。曾想到泡鸣先生的府上拜访一次，可是受性情所累，尚未获机会，我想总会有机会趋拜。

最后，下次写信连信封在内请不要"觉得没写好就撕了"。姑先奉复并致谢。粗纸草毫请仔细辨认。此致
岩野英枝女士

芥川龙之介顿首

十月二十二日晨

372　十月二十七日自田端致小岛政二郎

敬复者：

凡兆的佳句如下：

> 时鸟啼不住，野外筑大门。
>
> 采竹肌生寒，山枫叶微红。
>
> 清晨颇凉爽，挑担进草门。
>
> 晨露泠泠何晶莹，郁金花田送秋风。
>
> 海上"初潮"生起时，快船"鸣门"浪中行。

以上几句你都未选，我却很喜欢。"禅寺"、"门前"、"弃灰"、"下京"等句，同"街中"和"潇潇秋雨溢清寒，炭铺窗中透微光"都嫌过于机巧，你以为如何？"枴"是拄地的棒子，不过不是现用汉字。"窗"是我为了打破俗恶的创作生活而写的。献给泽木是为了表示惭愧之意，也有要努力进取的意思，今后想坚持下去。今年的创作生活实在是有点乱。

二十四号我等着，请一定来。我并没有"何菊"的句作，到底是什么？是"暮秋潇潇雨，白菊已枯腐"吗？这句可挺新颖。最近和茂索、折柴等人作和歌，等下次展示我的作品。

> 秋空天欲雨，红漆木格窗户里，但闻人言语。

> 盐草灯火亮，老牛静静立沙上，唯把双眼张。

本来还想介绍其他人的和歌，这次算了。此致

小岛政二郎先生

芥川龙之介顿首

再者，我以为"灰下火微红，恰似我心情"是杰作，你说呢？以嫉妒去欣赏，态度就不纯，这样的话，看上去就会觉得没意思。

> 彩虹一挂江风起，芦苇五尺乱纷纷。
>
> 秋风寒瑟瑟，干串沙丁鱼眼中，犹有大海色。

373　十月二十七日自田端致薄田淳介

薄田先生：

我今天不是给大阪每日新闻社的文艺部长写信，是给你写的。昨天富田碎花到横须贺来，住在我这儿，谈论你来着。觉得诗人还是《葛城山之歌》时代的好。富田不知道，那是我们大约中学四年级的时候，在《早稻田文学》的特刊还是什么杂志上发表的一首歌。（以前写的东西被说成了什么，可能让你不高兴，如果我现在让你有几分不高兴的话，请一定不要介意。我现在在想中学时代的事，心情就像回到了过去一样。）秦丰吉当时还是一中的学生，向《文章世界》投稿，要说起菱歌来的话，他比现在有名得多。他参加日记还是什么征文比赛，获奖的文章里写道："夜读《葛城山之歌》，神韵缥缈。"当时我是在三中，并不直接认识秦，但是仅这一行真字，真有肝胆相照的感觉。接着我进了第一高等学校，又进了大学。有机会与秦相识之后，你自然就经常成了话题。特别是在赤木桁平他们的《站在公孙树下》里还是什么里出现的地方是他的故乡，到现在还记得结尾是"啊，太阳是南意大利的"，让我大吃一惊。因为有这种缘故，我六月去了京都，见到下加茂的朋友。一起吃饭的时候，不知是怎么开的头，他和我之间就出了

"一花心兴"的句子。所以一说话就会有人说"一花心兴"啊,这大概也是让你不高兴的原因,但是我们的内心没有一点恶意。两个人凭记忆背诵了同一首诗,地点在下加茂,也是偶然成了话题的。也因我最近读到"啊,要是没了大和路"一诗时,特别感动之故。和富田谈起你的时候,论据就是当时感动的心情。后来作为那种感动的附录,我每年都低心俯首,去表示对从推古到天平贞观的雕刻的崇敬——怎么说呢,对奈良朝的思慕已经联系在一起了。像富田那样喜欢惠特曼和特劳贝的人,也表示对我的感动认同,这对我是个很好的启发,就是说一个完成了的艺术品具有永恒的生命力。这也是任何人都明白的事吧。不过和自己特别接近的时代有如此实例,这让我感到有了自信。今天富田回去后,我突然想把这些事写下来,于是就写下了这些。

我的乱七八糟的小说都是经你的手在报上发表的,这让我诚惶诚恐,万分感谢,最后我要把这个事实写出来。

芥川龙之介

封此信时,收到大札,稿费确已妥收无误。又及。

374 十月二十八日自田端致佐佐木茂索

相亲大概因对方不怎么靓丽不太顺利吧。近来你一个星期要来两三封信,家里的人都佩服你能写。邦枝把我的歌发到《时事新报》上了,真服了。

祝贺炮声伴雨声,轰隆轰隆分不清。

藤森很老实,我的印象不错。

龙顿首

375　十月三十日自田端致小岛政二郎明信片

明天星期天，下午来否？有点东西想让你看。专此。

　　阵阵秋雨朦胧天，时时昏暗十二楼。（路上即景）

376　十一月三日自田端致畑耕一

畑君：

寄上××的稿子。对他就采取这样的形式，我寄稿子向你们推荐，请以你们社方面的立场加以拒绝。请用这样的借口：稿子太长啦、存稿太多啦，反正找点诸如此类的借口拒绝好了。××对我说"什么时候发表都行，请一定发表"，这一点还请体谅。不另。

　　　　　　　　　　　　　　　　　　　　芥川龙之介
　　　　　　　　　　　　　　　　　　　　十一月三日

　　另外，如果除了那些话能加上点谦辞，比如回信晚了对不起之类的话就更好了（学艺部太忙之类）。我稍看了一下，不行，也因此才拖到这时寄上。

377　十一月四日自田端致池崎忠孝

桁平先生左右：

书已收到。我很疏懒，懒得写小说，懒得访问人，仅对吟诗有兴趣，因为可以独自遣怀。我在想，最近是我去还是请你来。

　　山月光清冷，落叶发幽香。

　　　　　　　　　　　　　　　　　　　　　　　　病我鬼

又及：我现在感冒了，并无大碍。

378　十一月四日自田端致岩野英枝

岩野英枝女士：

这次很对不起。尊稿没有寄给报社的理由如下：

因为收到尊稿的通知迟到了，而尊稿却先到了报社，听说报社的人就把尊稿转给了菊池。（收稿人忘了我的住址，觉得寄给菊池也行，这让我感到很意外。）可是菊池去旅行了，尊稿就寄到了小石川中富坂他的家，一直到今天还在那儿。

现在菊池已经回来了，这才弄清上述原因。我想不日即可刊出。一度以为尊稿弄丢了，甚着急。因为我的疏忽给你也添了很多麻烦，实在抱歉，专此谢罪。

芥川龙之介
十一月四日晨

379　十一月五日自田端致江口涣

在你的印象里"很少有感慨"，其实那是"很少有错"的误排。你平时就被看作是铁石心肠无感慨的人，这可不好。你的两首歌都不错，紫之花不能比。我在准备新年号，另外讲演的草稿也没写好。再见。

唱和一首
秋日融融阳光下，菊花一束买回家。

380　十一月九日自田端致下岛勋

空谷先生著席：

昨天承蒙阁下专诚来听讲演，非常感谢，也很不安。在讲坛上眼睛看不清楚，等旁听菊池的讲演时，才意外发现您也来了。当时本应上前寒暄一下，但场上混乱，难以如意，实在失礼得很。亦想今晚去府上拜访，但今天是会客日，府上大概客人很多，也许不宜打扰，特以此信感谢并致歉意。小生讲演时，信口开河，加上当时热得非同寻常，又耽误了不少时间，真不知如何是好，于是就虎头蛇尾地匆匆结束了。我以为大家会摸不着头脑，但我发现大家好像并未生气。今后我争取搞个名副其实的讲演。

芥川龙之介草草顿首
十一月九日

又：上次出席晶子先生的歌会，小生的歌一首都未选中，好容易才得了两分。为博一笑，且将当日最受好评歌和最不受欢迎的我的歌录于后，请过目。

热烈之恋情，激切之反抗。
发出红火花，这是我心脏。

万造寺斋作

落日映草房，麦饭就老螳。

小生作

381　十一月十日自田端致佐佐木茂索明信片

明天十一号，上午十二点到十二点半之间，在白木屋四楼聚会。平田的孩子生病，和冈君约定去平田那儿的，没准得延期。为此，将参观国展的时间提前到十一号。

382　十一月十一日自田端致与谢野晶子

与谢野晶子女士妆次：

前次拜会，很是失礼。今又承赐大著，更是感谢。歌会时，小生和江口都把交会费的事忘了，实在不好意思。下次见面的日期如能定下，务请赐告。届时一定交上，不知尊意如何？专此奉札。

芥川龙之介顿首
十一月十一日晨

383　十一月十一日自田端致小田寿雄

小田寿雄先生左右：

拜读尊函，甚为愉快。你问我，为何以冷眼看世上？我觉得你们年轻人的确会提出此问题。因为对我来说，我不可能比现在我作品中表现的更爱这世上。这是没有办法的事，那种呼唤爱的人的作品，在我看来简直是一种不负责任的谎言。我指出世上的愚蠢，但并不想攻击愚蠢。因为我也是这世上的一个人，只是笑看那种愚蠢（他人的愚蠢，同时也是自己的愚蠢）而已。要我再去爱或憎恨这个世上，我以为那等于是自己欺骗自己。要是自己欺骗自己的话，就不写小说了。重要的是我对世上感到 pity（同情），并没感到 love，同时 irony（讽刺）之余仍未觉憎恨。这种态度对你来说，可能不太够味儿，但是年龄总有一天要带你走到这一步的。我辞去教职是因为我特别讨厌闲散的学校生活，所以我现在也不大记得学生们的事，能记住的也就是一年级的时候教过你的那个 class（班）。祝你健康。

芥川龙之介顿首
十一月十一日

384　十一月十三日自田端致薄田淳介

薄田淳介先生左右：

先写正事。

一、江口的小说能要到，题目本月中和谷崎的一起告诉你。

二、听说里见的小说是《今年竹》的续篇，是否提出条件，请他改一下标题，长短限五十回以内？如何办理，等你的回话。

三、我曾说请久保田写小说，最近见到他，说是你从未提过此事，很奇怪的样子。还请他写吗？抑或算了？也请告知。

四、龙村平藏氏的事，这回清浦氏、正木校长等主持，在日本桥俱乐部开展览会。听说之后还要在大阪开，说希望能请你观看。否则，想将你列为发起人之一。怎么办？展品我能保证都是非凡的好东西，如果没什么不方便的话，能不能把你的大名借给他们一用？为求阁下同意，龙村本人或他的东京代理人会来拜访你。届时请多指导。这是龙村氏反复要我求你的，顺便写这封信说说。无论可否，两三天内倘能示复再好不过。

以下是杂谈。感冒一直连续不断，实在不堪其苦。最近去讲演，来了特别多的人，简直太受不了了。心里都在想要是常出席编辑会议练练演说就好了。感冒还没好，写这封信还在流鼻涕。拖延年鉴的稿子，其中一半的原因你得怨感冒。新年的小说到十二月十五号之前，我准备完成十回左右。

最近作的俳句

夜寒步幽径，左右是竹林。

芥川龙之介
十一月十三日夜

385　十一月十五日自田端致小岛政二郎明信片

务请来龙村展览会观赏一番。今日看过，此刻仍感佩不已。特此相劝。

芥川龙之介顿首
十一月十五日

386　十一月十八日自田端致佐佐木茂索
佐佐木茂索君：

今天茂索二世来信，现给你写此信，权当作给他回信吧。把小品《动物园》给了《SSS》是轻率浮躁之举，像你这样博雅的君子还是尽量不要看，不过可以争取，稿费尽量给得丰厚一些。

上星期天，你真老实。觉得很对不住你。管什么佐佐木茂索啦谷崎润一郎啦，你别理他们，尽管说你的。你和小岛都没说《秋风》的一句坏话，这也好也不好。《新小说》的小说全看了，还是以佐佐木茂索作的《爷爷和奶奶的故事》最为精彩。

芥川龙之介顿首
十一月十八日

387　十一月十八日自田端致中根驹十郎
敬启者：

内田一事承很快应承，十分感谢。其人是陆军士官学校教授兼海军机关学校教官，是个公家人，也是夏目先生的弟子之一，翻译上不乱来。住址姓名如下：小石川区高田老松町四十三内，田荣造。今后一切径请同他联系。因工作关系，星期天之外，恐怕不在家。去之前请先用信通知。专此奉复。此致
中根驹十郎

芥川龙之介顿首
十一月十八日

亦请代为转告伊藤先生。又及。

388 大正八年（1919）（推定）十一月十九日自田端致泷井孝作明信片

> 天暗一棵杉，冻得簌簌响。
> 门内石板长，应是天气寒。
> 松风飒飒吹，月下掘松露。

"天暗"有点儿吓人，我也不喜欢，但是前面五个音想不出合适的。红鲤鱼的句里引了"伸出手握拳"、"初恋有红鲤"两句。

389 十一月二十三日自田端致佐佐木茂索

大艺居主人梧下：

你要学习是好事，我往后也要用功了。两三天前和香取先生、龙村一起吃饭，听了两前辈的半生的故事，深感自己的发展是太过了。香取先生因为没有米盐，前面的那个妻子跑了，龙村破了产差点自杀。这些故事我甚至都觉得一个人听可惜了。和两前辈从可笑轩出来的时候，我真有读名人传记的感觉。子规三十六岁死了，我等要是不好好过的话，到了那个岁数恐怕一事无成就了此一生了。收到斋藤茂吉的信，内有一首和歌"细读君文后，满心欲倾谈，特此以告知"，这是他看了我《新潮》上的感想后给我的歌。我能写出那篇感想，受他的《童马漫语》启发颇多，看了这首歌很高兴。要是再不努力的话，对内心的寂寞就一点办法都没有了。虽然要学习，但还是请常到田端来。我想练字，想学篆刻，还想能鉴别陶器或漆器。观赏书画古董的人欣赏每件作品，比文坛上的批评家要耐心细致得多，我觉得就仅仅是那种欣赏的态度学了也不吃亏。因为我们要是再不踏实点的话，现在就写不出像样的小说了。

　　　　　　近作俳句两首

　　　　江上天空下，夏山看似拳。

　　　　夏山数重青，落照分外明。

　　　　　　　　　　　　　　　　　我鬼拜
　　　　　　　　　　　　　　　十一月二十三日

　　想尽快去中西屋看看。除了欧·亨利的小说，该店好像还来了别的书。SSS要是给钱的话还是快点好，好多账要等到月末付呢。又及。

390　十一月二十四日自田端致小岛政二郎

把菜轩御主人榻下：

　　近来在写《灵鼠神偷次郎吉》时，《江户词始末》未及看完，即已切实感到《森林石松》的苦心。对《词》一书的评点进度实在太慢，很后悔。

　　另外藤野古白有这样的俳句：

　　　　傀儡师，日暮始归，罗生门。

　　完全像是对我出的书的预言一般，这种出奇的巧合真是惊人。

　　　　门里石板长，幽幽寒气生。

　　　　　　　　　　　　　　　　　我鬼拜
　　　　　　　　　　　　　　　十一月二十四日午后

391　十一月二十六日自田端致泷井孝作

折柴先生：

关于"江之句"，"水芦"之句尤高一筹，干脆让给我，写成俳句吧。一说水芦，就想起让水打得湿透了还活着。"夏山"一句尚未推敲，过两天再改得像样点儿。要是那时想起什么来了就帮帮我。收到了小穴君的明信片，你们的字都整整齐齐的，写得一个样，是不是肚子里有拓本哪？又不可能是天生的。这话要招人恨。小穴君的作品还没看，最近那个人来了，有好多有趣的事。昨晚在街上得俳句一首：

高高稻垛上，夜下寒星垂。

我鬼

十一月二十六日

392　十一月二十六日自田端致小穴隆一

小穴隆一：

原稿已拜读。下面我就不客气地说说。大体上说，故事要比素材本身有趣，里面非你写不出的东西还嫌不够。当然看起来很有意思，这也是事实。可是我以为那是把原木直接作为原材料拿出去的那种有意思。这之中最好写的就是回忆录。可是你的故事为什么没比原材料更好看呢？第一，是不是因为你处理这些材料的时候，自己的主观力量还没完全浸透到里面去？特别是《悲惨的生日》等作品，就因为这个，我甚至觉得好好的材料没活起来。另外就是写作的方法，你的文章粗放有力，看起来很舒服，但总是一直按照你自己的独特想法往下写，有很多地方读者时时会在故事当中感到摸不着头脑。比如在《志一的故事》里，"妈妈心想，是谁呀？开门一看",突然点出了你妈妈,读者就会弄不明白:到底是谁的妈妈呀?——这样的地方还不少。要是这两点能解决了的话,那些都能成为好小说。另外话又说回来,你的故事,材料方面很强,反过来说呢,表达就不太够。在表达上,你在写人从行为写心理(即以外说明内)的时候,远远比只写心理的时候好得多。《宫岛先生》也一样,先生说"原来是这样",态度一下子就好起来了,这点很糟糕。最末一段"差不多一个月后的一个早晨",看起来很淡,却很成功。最后说说作品的评价,首先要算是回想录吧。里面有真实的哀情,文章也很有趣,像我这样对底层过于了解的人是写不出来的。(只是"father"之类的英语看起来不舒服。)能写成这样的人在《海红》一刊的同人里恐怕也不多见。折柴他们要是不感动的话那是折柴不好。诗只有《我只欺骗了你一次》读起来很有意思。《断章》最受不了。顺便说说,看了里面画的鸡觉得很有意思,可是肚子的部分只有三条线,看上去不舒服。上边是我信口开河的评论,当然你要知道,这不涉及我自己的评论。我忘了,马的交尾的故事是只有素材突出的故事,就是要把没能交尾成的马,也要写得稍好一点。还忘了一件事,我喜欢关于大岛风景小品画会的文章,没有故作了不起,毫不做作,看上去心情甚佳。但是不是会马上想入会就不得而知了。恕妄言多罪。

芥川龙之介
十一月二十六日夜

393 十一月二十六日自田端致岩野英枝明信片两枚

大札拜悉,久米的新娘子,还请多多关照。

前几天失礼了。意大利轩的故事拜读了,很有意思,写得很好。另外,昨天我去了报社,仍如前所说,由于报道篇幅的问题,现在文艺栏又在休刊,说下个月该栏恢复后,可以刊登尊稿。请再稍候。我妻子向你问好。

>　　　　　　　　　　芥川龙之介顿首
>　　　　　　　　　　　十一月二十六日

394　十一月二十九日自田端致小岛政二郎明信片

多谢上次款待。你说しろざん包袱皮是德川时代的，所谓しろざん是"白栈"吗？我问问商品的种类，下回写小说要用。

>　　高高稻垛上，夜下寒星垂。
>　　竹声飒飒竹河岸，日暮黄昏天气寒。

395　十二月十四日自田端致岩野英枝明信片

久米新娘的事让你多费心了，谢谢。本来打算十日会上面谢，但是适逢年末，要赶稿子太忙，结果未去。即便如此，稿子仍未完成，每天都让人催着交稿，只有埋头写作。顿首。

>　　　　　　　　　　　　十二月十四日

396　十二月十四日自田端致小穴隆一明信片

拜读大句，很喜欢"泪水滂沱"一句，什么时候能来，让我聆听高论。

>　　枯干灌木风起处，已有人家生炭火。

这是写我生气的俳句。

397　十二月十七日自田端致泷井孝作

折柴先生梧右：

最近失礼了。因母亲生病，到名代去参加法事。

婚姻大事圆满得以解决，祝贺你。另外石印也要感谢你。那个印面是"杉宫之印"和"毛骥之印"吗？认不出来，望告。似是外行所刻的好印，手真巧。要是我搞篆刻的话，就再刻粗些。好不容易今天能把新年的东西写完。房子也该去找了，房租二十块左右行吗？

   腊月里，忙忙碌碌筹婚仪。   碧童
   糊隔扇，俳句草稿作废纸。   我鬼

这两句怎么样？

            芥川龙之介
            十二月十七日

398　十二月十七日自田端致小岛政二郎

把菜轩御主人榻下：

又有一事相求。你有《春雨物语》吗？本来我也有，但不知被谁拿走了。不是我要看，是邻居香取先生说想看。要是有，我去府上取。另外，收拾书房时，发现了你不知什么时候拿来的纸和册页，真是抱歉。纸你下次来时拿回去吧，非常惭愧，写不了。册页等过两天凑合写一下吧。还有《金刚经》的拓本本来说要送你，却仍然还在我的书房里，就像借了钱一样很不舒服，等你来时也拿去吧，送给谁都没关系。最近我不在家时，泷井来了，放了两块石印在我这儿。我想大概是送给我的吧？印了一看，刻着很奇怪的号，我想，这可不能要，就没再管它。可是后来接到折柴的信，说那是送给我的。为了这个，我在脑袋里谢了好多回，又收回了好多回。听说是碧童还是谁刻的，反正那方印看起来显得特别木讷。下次来时给你看看。既然这样，我就不客气地收下了。我送给你的拓本你也别客气，收下就是了。小说今天终于能还新年号的文债了。你的小说出了吗？我把五六天前发癫痫时作的俳句披露给你看。

　　　　天阴沉，蝮蛇养在坛子里。

我鬼
十二月十七日早

399　十二月十八日自田端致水守龟之助
水守龟之助先生左右：

《新潮》的稿子本应按照约定，可是昨晚发起烧来，今天仍在病榻上。医生说虽不是流感，却像感冒。这样一来就没有执笔的勇气了。昨晚试着写了半张纸，结果热度变成了八度，就住笔了。由于以上的情况，非常对不起，寄稿的事只能请你原谅了。要是没有头痛、腰痛、咽喉痛的话，写篇稿子也不算什么苦差事，那就天下太平了。可是因为哪儿都痛，很难受。专此。

芥川龙之介
腊月十八日

400　十二月二十二日自田端致泷井孝作明信片
　　这几句怎么样？

　　　　风儿停，枯树丛高冬日影。
　　　　人迹绝，白天土桥草枯萎。
　　　　云迟迟，荫蔽枯树中旅宿。

龙

401　十二月二十二日自田端致泷井孝作明信片

再看这几句怎么样？

> 龙胆草，风静欲显天宇深。
> 冬日里，拂拭声传天高处。
> 夏日山，峰峦空寂夕照明。

能不能用明信片给打上分？一个小时左右作了六首，累极。

龙顿首

402　十二月二十二日自田端致小岛政二郎

小岛政二郎：

谢谢你的《春雨物语》，当即就让香取先生拿去了。

《魔术》不像《蜘蛛之丝》那样有诗意，所以没有浑然的感觉也是很自然的。但是正因为如此，才有了《蜘蛛之丝》里所没有的小说吧。写小说并不是非写不可的事。过去我经常对什么人都说写吧写吧，但是现在我不这么煽动了。我现在不认为动作是最可贵的了。当你想写的时候就写，不想写的时候还在那儿低头猛写（职业性的就不知道了）就太笨了。我只不过是想写的时候就写罢了。另外我也不认为想写就比不想写高级。所以我就打算什么时候不想写了就什么时候停笔。艺术之士应走的道路并不全是舶来的道路。要是日本人穿西装不合身的话，那么当不上托尔斯泰和雨果也是很自然的。你不这样认为吗？

我又胡说八道了，就此打住。

> 龙顿首
> 十二月二十二日

又及：你的俳句里除了"人堆"之外，另两句也好。

> 风儿停，枯树丛高冬日影。
> 人迹绝，白天土桥草枯萎。
> 云迟迟，荫蔽枯树中旅宿。

这几句怎么样？不好吗？我现在打算鼓吹十八世纪风格。专此。

403 十二月二十三日自田端致江口涣明信片

请把《大阪每日新闻》的小说题目和材料的大体情况尽快通知东区大川町大阪每日新闻社的薄田淳介。

> 最近的俳句之一
> 人迹绝，白天土桥草枯萎。

又及：今天看到了你的信，这张明信片是为了给你看这句俳句。

404 十二月二十九日自田端致佐佐木茂索

大艺先生梧右：

寄语阁下，千万别学什么快速写作。不管你怎么着急，你也不可能一个晚上就从牛込大神町搬到亚斯纳亚·波利亚纳①去。我以

---

① 托尔斯泰的庄园。

为还是要花功夫，屁股坐得稳一点儿。这是因为为了学快速写作已经受够了，你就千万不要再像我这样发傻了。你之短不是不能变为长，而是很容易变为长。但是你学习快速写作的时候，就不可能对你的短有所补。我看了你的信非常吃惊，吃惊得恐怕超出你的想象，所以我要寄这封信。你要是知道自己的法器的话，就会深深自重，切不可学文坛上充斥的小乘尝粪之徒。对托尔斯泰的兜裆布礼拜不止，感激涕零，是广津和郎所为；而成濑正一就像罗曼·罗兰的看门人，这些事你不必知道。长与善郎高价买了陀思妥耶夫斯基的木拖鞋，这也随他的便。佐佐木茂索什么时候都应该是佐佐木茂索，只要是佐佐木茂索，拿出积沙成山的坚忍劲儿是最重要的。不可急躁，不可懈怠，我对坚韧的感受从来没像现在这样强烈，所以希望你不要去学什么快速写作，我很担心你荒废了自己的天分。专此。

芥川龙之介
十二月二十九日

405　十二月三十一日自田端致佐佐木茂索明信片

《大葱》评得那么冷酷可不好。读了之后，我得一俳句。也许算川柳[①]吧。

　　　　牛込街上春阳堂，冬天炎如夏一般。

本想嵌进秋字，却没成功。

龙

[①]　一种诗体，形式与俳句同，但崇尚滑稽、讽刺。

406　大正八年（1919）自田端致下岛勋

下岛先生左右：

　　长久拜借云坪两幅和隆达的绘卷，十分感谢。小生原本打算亲到府上奉还，但菊池和江口现在寒舍，只好让女佣送到府上，请查收。匆匆不尽。

龙之介

407　大正八年（1919）自田端致小岛政二郎明信片

　　二十九号下午两点左右开俳句会，来否？尽可能参加吧。

　　　　　焚柴落树叶，山色已黄昏。

芥川龙之介

408　大正八年（1919）自田端致泷井孝作明信片

　　例行俳句会二十九号下午两点开始，你来参加吧，也看看其他人的本事。你的《弟弟的死》（？）写得不错，余下的写生文还没看。

芥川龙之介

409　大正七年或大正八年（1918 或 1919）自田端（推定）致佐藤春夫

佐藤兄：

　　纪德的《王尔德》一书想请你交给他，因心情不好作罢。

龙

大正九年

（1920）

宋再新　刘立善译

410　一月二日自田端致南部修太郎

敬启者：

　　本月六日泡鸣先生来我鬼窟，大驾能否光临？并望聆听阁下清谈。专此奉恳。

芥川龙之介

411　一月九日自田端致小岛政二郎

小岛左右：

　　我知道《Blood & Sand》（《血与沙》）是 Ibanez① 的作品。Ibanez 被称为 Spain 的 Zola（左拉），可以想见其人的作风。此书虽未读过，恐于君不宜。近来读山口素堂的俳句集，至天明年间，与谢芜村出现，知其并非偶然。池西言水的集子正在到处寻找；读了《短歌私抄》等评论，我亦想作和歌了。于是作了这样一首：

　　　　　　奈良街头藤花开，阳光明媚照四方。

我鬼

---

① 伊巴涅斯（1867—1928），西班牙作家。

一月九日

412　一月十三日自田端致小岛政二郎明信片
　　昨天到社里，谈起自由画展览会没完没了，就不能去问典山了。我再三给你打电话也不通，结果就没办成，先赔礼了。
　　又及：想去观看正月十六的月亮，不知怎么样？
　　　　　　　　　　　　　　　　　　　芥川龙之介

413　一月十七日自田端致中户川吉二
敬启者：
　　大作拜领，谢谢。听说你得流行性感冒住院了，其实我也得了流行性感冒正躺着呢。咱们就比谁先病好吧。先在病床上有礼了。此致
中户川吉二先生
　　　　　　　　　　　　　　　　芥川龙之介顿首
　　　　　　　　　　　　　　　　　　一月十七日
　　装帧上没用黑色光面纸很好。再版时，干脆不用光面纸，如何？又及。
　　　　　　　　　　　　　　　　　　　　病我鬼拜

414　一月十七日自田端致中户川吉二（信封上作"小石川病院流行性感冒患者中户川吉二收"）
　　我把被子和书桌搬到了晒台上，正在写稿子，我认识的一个女人跟我说："请把这个扔了。"接过来一看，是一条死金鱼，就扔到了晒台下边。下边能看到一点蓝色的海。那个女人说："请把你也扔了吧。"她称呼我"你"，她肯定是阿夏了。阿夏的手里拿着什么东西，伸到我的手上打开一看，水里有五六只孑孓在游动。不

知为什么，我想，中户川要是没发烧就好了。这时听到："这儿是水族馆吗？"说话的是春树。他穿着长褂子，褂子掖在腰上，戴着皮礼帽。我想他怎么说水族馆哪，一看他正用扇子指着我手掌上的孑孓。我想这真是个讨厌的马屁精。打雷了，我认识的那个女人说："要下雨了，快进来吧。"那个女人和阿夏一起在二楼。二楼墙上挂着带红边的夏目漱石的画像，铺了很多带边的被子，好像是个大茶楼的大客厅。实际上，雨已经稀稀拉拉下起来了。往上一看，对面房顶上的蓝天，飘着蚕茧样的白云。"那里打了雷，云就变成细条掉下来了。"我向春树讲解着。春树不知什么时候变成了谷崎润一郎，他说："田端这边不地震，真好啊。"我和谷崎隔着锅坐着，旁边是野上白川君。另外还有两三个像报社记者的人。窗下能看到稻田和杂木林。野上君问："这儿有狸子吗？"谷崎说："狸子出来过。"——就在这时我醒了。原来我是看着《反射的心》睡着了。我一个人嘿嘿地笑着，已经记不住梦里的阿夏的样子了。权且当病中的慰藉，就写在这儿给你看看吧。专此。

病我鬼
一月十七日

415　一月十八日自田端致小林直太郎

真木珧先生：

　　刚才收到尊稿，立刻寄到新潮社去了。也许已经过了截稿日期，要是来得及就好了。其实倘若请你把尊稿直接寄给新潮社就好了。本来也是这么打算的，我现在还为没把这事特别托付给高桥君后悔呢。这回彻头彻尾是因为我得了流行性感冒，不能出面斡旋，实在遗憾。你就当这是天运吧。我现在还不能离开病床。

病我鬼顿首
一月十八日

416　一月十九日自田端致森林太郎
森先生大鉴：

现将友人佐佐木茂索介绍给先生。他现经营一家叫天真堂的古玩店，据说天真堂还是请先生命名的呢。其实也不必我介绍，但他一再求我，所以写了这封介绍信。此次他因主持《时事新报》文艺专栏一事，方便的话，想拜见先生。请先生予以关照。专此奉恳。草草不恭。

芥川龙之介
一月十九日

417　一月十九日自田端致小岛政二郎明信片

"劈炭"一句简直是一代名吟，我鬼先生这一下简直忘却了病痛。复信顶礼拜谢。

病我鬼
一月十九日

418　一月十九日自田端致江口涣
江口涣君：

终于得了流感卧床了。头痛、腰痛、喉咙痛，百痛交加，真是受不了。这个时候，秦丰吉跑了来说想出评论集。出你的评论集的出版社愿不愿意出他的集子呢？秦这次要到德国去，说想把过去的事做个了结。出多少本、版税给多少都无所谓，只要能变成铅字就行。原稿有五百五十页，出版社希望他从中精选一些好的。文章大都发表在《三田文学》或《早稻田文学》上，要是你能帮忙介绍一下就太感谢了。专此拜托。

芥川龙之介顿首

一月十九日

　　一睡下就感到心里踏实了。劳你担心非常感谢。最近这两三天不管其他事，享受着脱离世事的闲适。从秦那里得了不少中国的淫书，你要是想要就送给你，怎么样？《牡丹奇缘》、《杏花天》、《灯蕊奇僧传》等等，都有一读的价值。要是想写的话还有好多事，现在在床上，挺麻烦的，就算了吧。又及。

病我鬼拜

419　一月二十日自田端致友常幸一

友常幸一先生：

　　谢谢前几天的羊羹。感谢信未及写就得了流感，到现在还没离开病床。这封信也是在病床上写的。你的小说是在新年期间看的，写得不好。民三和美代之间的关系要写得更简洁，抓住要领才行，否则就写不好。对民三自身来说，只要是恋爱，也许不管多琐碎的事都很有意思。但是设身处地站在读者的角度上看，当然很枯燥。另外，文章里"です"、"だ"敬、简两种语体混用，这也需要统一下。不过描写各处的自然景色不是绝对不好，这大概因为你是和歌诗人，观察自然有自己的心得吧。

　　原稿一并寄回。头痛腰痛喉咙痛加在一起苦不堪言，就此搁笔了。

芥川龙之介顿首
一月二十日

420　一月二十九日自田端致长尾武男

长尾武男先生：

　　你的信看了，我不客气地回答如下：

　　东京对于像你这样的青年来说，想独立生活格外不容易，但是如果你无论如何都想来的话，正像你所说，到报社、杂志社去求职比较好。不过我要提醒你，那样的工作也不容易找到，就是找到了，生活也绝不轻松。报社的校对工只要有中学毕业的学历就可以干，但一下子就找到这样的工作也挺困难的。实际上就我所知，想找这样工作的人就有两三个，我也挺同情他们的，但是也没办法。东京比起你那个地方来，某些方面可能好些，还有些方面恐怕更困难。

现在我得了流感，正躺在病床上。这封信就是在病床上写的，不好认的地方还请仔细辨认一下。我要说，我不是你想象的那样了不起的人或是其他什么人。另外，你想要回信，也不要寄回信的纸和邮票。

芥川龙之介顿首
一月二十九日

421　大正九年（1920）（推定）二月八日自田端致井上猛一

敬启者：

承你每次邀请参加新内曲①会，多谢了。今天本想非去不可，可是这一下雪，想到要回田端的这一路，就冷得没了勇气。非常抱歉，还请谅察。改日一定要设法前去。想到去天然自笑轩主人那里玩，二楼上传出三弦声，纸拉门外下着雪，守着火盆、稿纸、水仙，正在想就此作一首俳句。此致

富士松加贺路先生

芥川龙之介
二月八日晚

---

①　日本传统说唱艺术的一个流派。

422　二月十日自田端致小岛政二郎

小岛先生左右：

请教三件事：

一、宫森麻太郎氏真有那种文艺观吗？不知是认真的还是开玩笑？所以应对起来很感不安。果然是认真的话，那就一变而为恐怖。

二、你们那一伙人中有一个白白胖胖、大大咧咧的人，和你在上野包利斯咖啡馆里畅谈的那个人，是不是一个人，觉得长得很像。很喜欢他的面相，请告知他是谁。他跟我打招呼却不知道他叫什么，很狼狈。

三、水上氏的名文仿作中，井汲氏谈到法朗士和芥川龙之介等等，究竟写了些什么？如知道，请赐教。

以上三事静候赐告。谨再拜。

腊梅枝干疏，天空阴欲雨。

芥川龙之介
二月十日

秀真先生的色纸写好了，待你光临时呈上。又及。

423　二月十日自田端致小穴隆一明信片

纸的确是你拿走了，要是没了，下次再买。你就写在你的纸上就行。折柴的小说好像是把俳句改写成了散文，看来还没领悟小说的真髓呢。专此。

424　二月十九日自田端致小林真太郎

敬启者：

两三天前新潮社把水守君的信和你的稿子退到我这儿来了。说是编稿已经结束，就没办法再把你的稿子插进去了。一想起要不是我生了病，干什么都拖拖拉拉的话，也许还来得及，就觉得很对不住你。本想下一期《新潮》上登也行，但是他们说，目前不准备推出新进作家，这样就没有办法了。你的稿子是暂时搁在我这儿，还是退给你？麻烦你，很对不起，还请告诉一声。目前还没找到具体的地方能登，此复。

真木珧先生

芥川龙之介顿首

二月十九日

顺便请代向高桥氏问好。现在俗务缠身，本应写信，只好请他原谅了。又及。

425 二月二十五日自田端致小岛政二郎

小岛先生左右：

一、《战国策》——张仪说魏王曰：天下之游士，莫不日夜搤腕瞋目切齿以言从（合纵以对连横）之便，以说人主。人主览其辞，牵其说，恶得无眩哉？臣闻积羽沉舟，群轻折轴，众口铄金云云，即与众口铄金同。

二、"君不见宋家天子舍鄂王"。鄂王是指岳飞，因岳飞被追封为鄂王，谥武穆。因此后来说"两河百郡非旧主"，是说岳将军在招讨使任上的事情，河南、河北为两河。可是，"宋家"不太妥，因为前边已经有"汉家"了，此处宋主赵姓，可用"赵家"，但家字重叠就没意思了。好像光瑞先生比我大气，有气势。最近我刚得了高泉、慧林两禅师的字，有点志满意得的感觉。

另外前边忘写了，"沉舟畏积羽"是中国的诗里多见的倒置修辞方法，"积羽长沉舟"也一样，这在诗里叫倒装句。《左传》里有"室于怒"、"市于色"（实际上是怒于室、色于市的意思），这是古代的例子，有名的是杜甫的"久抚野鹤如双鬓"（实际是双鬓如野鹤），东坡有"鱼鳖化儿童"（实为儿童化鱼鳖，因为是写洪水的诗）。

答复如上。如有书，当能注释得更详细，但学生时代的《三国史谈》之类的书大都卖了，想查也查不着了。只如此，将就些罢。

我鬼生顿首
二月二十五日

426　三月三日自田端致小岛政二郎明信片

霸南先生清鉴：

岛秀才示予香奁体和歌二首，即戏答见赠。

> 我鬼先生枯坐处，松风明月共苍苍。
> 何知老魔窥禅室，一夜乍来脂粉香。①

一笑一笑。

我鬼拜
三月三日

427　三月十一日自田端致南部修太郎

修太郎先生：

《星影》、《死神》都不好。君也写这般恶作，或胜于始终写凡作。珍重珍重。即使有恶作，也要不落入平庸。写出佳作十部则写

---

① 原文为汉诗。

出恶作二十部同写佳作十部是一样的。能从这些恶作中得到顶门一针，那才是好汉。君不见再了不起的手，掬水也会漏，更何况君与我等无能如笨篱之手乎。但切不可惯于写恶作。君之所以写恶作，在我看来，系因 easy-going（随意）之故。文章要琢磨，这个与内容寸步不离。在表现上，《星影》、《死神》都不能不说太 easy-going。文章的苦心和表现的苦心宛如一体，实则为二，你先要悟到此意。我错过了时机，到现在才渐渐会得此旨。君欲悟得此理又有何难，如不得悟，且领三十棒。近来我日日堕风流地狱，仅得小品三篇、小说完成三分之一，幸同情我的穷状。

《大葱》绝不是恶作，如若不信就读读看。虽有三两贬损之词，且不管它，毕竟是个完成品。正如君的非难，不亦类于指鹿为马乎。在维德的滑稽小说里，有多少如《大葱》般的作品？故所谓《大葱》之类作品，全部视为非，可也，唯独将《大葱》视为非者，乃是不能理解其真髓者，君以为如何？

二十号左右可聚一次。届时如有异议，可排好阵势来论战一番。我最近豪气冲天，犹不辞与任何人论战。但饭却要君请。

拈来一句曰：

且看寒光闪，庖丁割鲸鱼。

龙
三月十一日

428　三月十三日自田端致佐佐木茂索

江西歌仙

短夜里，为偷仙桃计，今夜罗帐微风起。

天凉爽，白莲摇枕上，银簪落下无声响。
　　河风吹，菖蒲占卜灵，明眸人把栏杆凭。

禁发表，艳丽无比，可秘可秘。

429　三月十三日自田端致泷田哲太郎
樗阴先生左右：

信子女士为衣领的事被丈夫骂了的那段："信子没作声，低下头掸去了上衣的尘土。"请把此处改为："信子没作声，低下头，在微茫的晨光里，拂去上衣的尘土。"（标点如上）

这样，请把下面"丈夫对那件上衣发了火"之后的一整段，直到"脱下扔了"全部删掉。

拟句曰：

　　拔下红芜菁，剩余几何在田中？天气真寒冷。

我鬼
三月十三日

430　三月十五日自田端致泷田哲太郎
樗阴先生左右：

家有病人，且值亡父周年忌日，每日俗务甚多，稿子进展缓慢，十分抱歉。恳请等到截止日的第二天早晨。

芥川龙之介顿首
三月十五日

又及：现写出三四张稿纸，但因上下文的关系，就不寄去了。

431 三月十六日自田端致佐佐木茂索明信片

偶　　成
帘外松花落，几前茶霭轻。
明窗无一事，幽客午眠成。①

试试看这张明信片能不能到。一诗三十分。

我鬼生

432 三月十六日自田端致小岛政二郎明信片

偶　　成
帘外松花落，几前茶霭轻。
明窗无一事，幽客午眠成。

因睡得晚而午睡。

我鬼拜

433 三月十六日自田端致小岛政二郎

题空谷居士画竹
水边幽石竹几竿，细叶疏枝带嫩寒。
唯恐新秋明月夜，无端纸上露团团。②

---

① 原文为汉诗。
② 原文为汉诗。

又作一首现呈上。忙中以诗耗去半日。

我鬼拜

434　三月十六日（推定）自田端致泷田哲太郎（抄写件）

樗阴贤台：

有一段这样的话"阿姐来时谁都不在"（三回的正中），把其中的"阿姐"改为"大姐"。

稿子终于写完了。很担心写得不好，真受不了。

即　　兴

渡石春水中，白鹤处危境。

龙

435　三月十七日自田端致泷田哲太郎（抄写件）

樗阴先生：

呈上原稿，但"（四）"的前半写得不好。要是明晚（十八日晚）前能抽出时间，想重写那段（两张半稿纸左右）。考虑到你的时间也很紧，现在就这样寄给你。明晚如能抽出时间，请派人来取一下。如来不及，虽很遗憾，只好作罢。以上还请多照应。

芥川龙之介顿首
十七日夜

又及："帘外松花落，几前茶霭轻。明窗无一事，幽客午眠成。"

这诗如何？把熬夜后假寐写入了诗。

436　三月二十二日自田端致佐佐木茂索

茂兄：

古诗一首

寂兮舞雩路，亚柯与风芦。颓兮恩顾上，黄云呼鸥哉。

把有。的虚字去掉的话，就成了：

寂舞雩路，亚柯风芦。颓恩顾上，黄云呼鸥。

实非凡手，自感叹久之。

新俳两句
可怕屁独行，春夜中伏地。
快信表恋情，复活春风里。

注曰：前句于滑稽中描写了痴情中的本色，后句香艳里又劳烦阁下写信封①。我非凡手，自捧腹久之。

又及：请一定写三四个信封寄来，拜托，拜托。

龙
二十二日

再者，是"裡"，不是"里"，和"裏"是同一个字，只是加上了衣旁而已。是衣加里的字。

437 三月二十二日自田端致小岛政二郎

---

① 芥川为了不让和他交往的女人的信被家人发现，请佐佐木茂索在信封上写上地址姓名供其女人使用。

古瓦先生左右：

献上古瓦楼的诗一首。这诗要比苏峰学人的诗要好，你觉得怎么样？得律诗一首，甚为得意。

二月竹的俳句不错。"飒飒响"也很好。我也来了不服输的劲儿，作了三月竹的俳句：

三月里，大竹园中风阴沉。

我鬼拜
三月二十二日

要是想读诗的话，就从《绝句类选》开始吧，里边收的全是好绝句，而且时代是到清代为止。这个本子很流行，到处都有卖的，贵的两三元一本（薄日本纸印的还要贵），便宜的活字本五毛钱左右。又及。

春　阴
似雨非晴幽意加，轻寒如水入窗纱。
室中永昼香烟冷，檐角云容帘影斜。
静处有诗三碗酒，闲时无梦一瓯茶。
春愁今日寄何处，古瓦楼头数朵花。[①]

古瓦先生清鉴

我鬼散人

438　三月二十三日自田端致小穴隆一

[①]　原文为汉诗。

小穴隆一君：

鸡的画已经收到，很高兴，正挂在柱子上看，谢谢了。

有私雨这种说法，我想是只在一个地方下一阵的雨。Portrait de la grande mère（祖母的肖像），如果是你的祖母的话，把"la"改成"ma"是不是更好？你以为如何？

春意渐浓，仍然每天埋头写稿子，甚悲惨。这一向都没作俳句，倒是开始作了少许汉诗。

　　　　　三月里，大竹园中风阴沉。

这首俳句怎么样？有人作了"飒飒响，二月竹子映日影"，我不服气就作了这首三月竹的俳句。余容面谢。

芥川龙之介顿首
三月二十三日

439　三月二十三日自田端致泷田哲太郎（抄写件）

樗阴贤台：

我想可能来不及了。《秋》里的第二回，就是丈夫想换领子，因为全被送到洗衣店去了，于是就发了火的那一段："信子没作声，低下头，在微茫的晨光里，拂去上衣的尘土。"这句话，能不能请把"在微茫的晨光里"一句删去？改为"信子没作声，低下头，拂去了上衣的尘土"。

经常给你添麻烦，实在对不起。请多帮忙。

芥川龙之介顿首
三月二十三日

440　三月二十三日自田端致池崎忠孝

赤木桁平：

　　大札拜悉。你依然康健，这比什么都好。我感冒了，躺一阵起来一阵的，现在已经全好了。依例呈上拙著一册，有空时请看看。我作了这么一首诗：

　　　　　　　　帘外松花落，几前茶霭轻。
　　　　　　　　明窗无一事，幽客午眠成。

　　晚上写稿子白天就累得睡了。顺便我再披露一首：

　　　　　　　　似雨非晴幽意加，轻寒如水入窗纱。
　　　　　　　　室中永昼香烟冷，檐角阴云帘影斜。
　　　　　　　　案有新诗三碗酒，床无残梦一瓯茶。
　　　　　　　　春愁今日寄何处，古瓦楼头数朵花。

　　这是写给一个叫古瓦的人的春阴诗，我自信比井之哲先生的七律稍好一些，怎么样？还有一首：

　　　　　　　　水边幽石三杆竹，细叶疏枝带嫩寒。
　　　　　　　　唯恐新秋明月夜，无端纸上露团团。

　　这是题空谷居士画墨竹的诗。
　　作这样的诗玩玩，我觉得比写小说要有意思，真够呛。问尊夫人好。

　　　　　　　　　　　　　　　　　　　　芥川龙之介顿首
　　　　　　　　　　　　　　　　　　　　三月二十三日

441　三月二十六日自田端致小岛政二郎

古瓦先生左右：

听说你家附近失火了。前天夜里，先从我家邻居香取家着火，差点殃及我家。是我最先发现的，当时火已经烧过了旁边工厂的木板墙，蔓延到我家的墙脚。我们一家人便都光着脚出来运水，大笑了一场。

你欣赏汉诗和欣赏俳句的标准很不一样，这让我很高兴。俳句是稳健派，诗是飒爽派，是不是？用时代来说的话，就像不是唐派党，而是元明以后党一样。题画竹的诗很险不好。"帘外松花落"那首五绝我更有自信。那首诗有悠悠然的味道，你不觉得吗？律诗那首我稍加修改：

> 似雨非晴幽意加，轻寒如水入窗纱。
> 室中永昼香烟冷，檐角阴云帘影斜。
> 案有新诗三碗酒，床无残梦一瓯茶。
> 春愁今日寄何处，古瓦楼头数朵花。

这首律诗的三四句、五六句前后是联句，你可不能只夸一句。要是说好的话就要两句一起都夸，只夸一句的话，褒即是贬，作者就难受了。我总觉得作诗和作俳句比写小说轻松而且泰然，显得风流。小生咏竹的俳句"三月里"不行吗？为什么要写三月我也不明白，简直没话可说了。

> 溪边桃花如烟霏，芳草鲜美一孤村。

这首怎么样？是把《桃花源诗》译为俳句的。

水轮的俳句里的"转悠悠"不能说不好，但是我记得是月舟先生还是谁有过这样的俳句。

"很久很久以前,一个男的要出童话的书,他一直想写够一百五十页后就出。可是,一年过去了,两年过去了,怎么也没写到一百五十页。这期间,那些孩子——他的童话就是写给他们看的,全变成大人了。"我这段童话怎么样?

即席之句

阴天下,水面不动芹菜里。
古草中,日影漂移笔头菜。
风拂动,冢上高茎紫堇花。

越作越不好,就到这儿算了。

我鬼顿首
三月二十六日

442 三月二十七日自田端致薄田淳介

薄田淳介先生左右:

久疏问候。最近我怎么也写不好素戈呜尊的恋爱,真是头疼。为此杂志的小说也不能写,甚至旧稿和未定稿也蒙受牵连。现在我有点后悔,要是没动笔写神代小说就好了。我是想试一下把叙事诗式的东西写成小说才动笔的。要是写得还行,请你一定喝彩。我接着还想写彦火火初见尊和日本武尊[①]。

前几天山本有三让我给你写介绍信,我就写了。见到他了吗?他可是个根本看不出来的讨女人喜欢的人。我对菊池、江口会有其他人也打了招呼,让他们写小说。我也想一定要让里见写。专此。

[①] 二者也为日本神话中的人物。

　　　　　　　　　　　　　　　　　芥川龙之介
　　　　　　　　　　　　　　　　　三月二十七日

寄上够登三回的稿子,其余的容我再寄两三回。寄上了一本《影灯笼》,我想已经收到了吧?又及。

443　三月二十七日自田端致小穴隆一明信片

　　　　星光赤,路无人,唯有麻秆高。
　　　　阴天下,水面不动芹菜里。

444　三月二十九日自田端致南部修太郎明信片

我现在每天埋头写报纸连载小说,不过你要是能找到什么地方我们碰碰头的话,我很想见你。这个月末或下个月初都行,一切由你定。时间定于晚上六点以后吧。

445　三月三十一日自田端致泷田哲太郎

泷田先生:

承蒙夸奖《秋》,甚惶恐。干我不习惯的事,写得是好是坏也不知道,很伤脑筋。寿陵余子是说寿陵那个地方有个叫余子的,在邯郸学习走路,结果把在寿陵走路的姿势忘了,最后只有蛇行匍匐而归。事见《韩非子》[①]。余子就是青年的意思吧。我自己学西洋没学成,与此同时又把东洋的给忘了,颇似那个青年,邯郸寿陵两个地方走路的姿势都没学会。

总之,一直担心《秋》写得怎么样,心里很不高兴。把这不高兴写进俳句,得了两首阴天的俳句:

[①] 实为庄子的《秋水》。

天阴沉，蝮蛇养在坛子里。

阴天下，水面不动芹菜里。

我鬼
三月三十一日

446　三月三十一日自田端致松冈让

松冈让先生左右：

大札拜诵。后来边处又来催，我发现春阳堂是靠不住的。先把我手头的书寄给你。只看看前面的部分吧。我唯独对《圣·克利斯朵夫传》有信心，其余的可作（此处原文一字不详）废纸也。最近一有空就作诗，可是怎么也达不到先生的律诗的水平。先生的诗也是越到后面越好。今后要是有了杰作就给先生过目，现在我认为比苏峰学人的要略好。

遣　怀

星光赤，路无人，唯有麻秆高。

芥川龙之介
三月三十一日

再者，听说你见了金之助先生，他们的房子挺简陋的，但是老太太是个好老太太，对我的恋爱很同情，这是对我的很大支持。当时与其说是恋爱还不如说是失恋，有俳句曰：

灰下火微红，恰似我心情。

东洋城先生也会退避三舍吧。随其艳羡吧,好笑好笑。

447 四月一日自田端致恒藤恭

恒藤恭先生左右:
  乞斧正。

    茅檐带雨燕泥新,苔砌无人花落频。
    遥忆轻寒凫水上,长堤杨柳几条春。①

我鬼

  再者,久疏问候。这一向一直生病,很伤脑筋。从去秋感冒几乎不断。松冈当了鱼眼珍珠公司的总经理,成濑到中国旅游去了,菊池犯胃病正痛苦着呢,久米肯干肯玩儿。大家大概都没有什么变化。最近我也要当爸爸了,觉得会更受束缚,不免有些害怕。呈上拙著一册,只看看前面一点儿就行了。

龙

448 四月一日自田端致小岛政二郎明信片

  "芹菜里"的俳句让折柴感动,却没让古瓦先生感动,我没有可说的。是不是把"芹菜里"读成"垃圾里"了?一笑一笑。来了不服输的劲儿,作句曰:

    星光赤,路无人,唯有麻秆高。

---

① 原文为汉诗。

449　四月四日自田端致畑耕一
畑耕一先生：

月评明天寄上。在此前请登一回中川君的文章，现把文章一起寄上。顺便说一下，我也是喜欢他的画的一个人。

芥川龙之介顿首
四月四日

450　四月四日自田端致下岛勋
空谷先生左右：

承很快把屏风画好，十分感谢。画得很好，大家都很高兴。另外墨竹也非常感谢。为此画我现在作了这样一首诗，请过目，承笑。

题空谷居士墨竹

水边幽石竹三竿，细叶疏枝带嫩寒。
唯恐新秋明月夜，无端纸上露团团。

那张画上并没有水和石，为作诗方便就用在上面了。这些就当是外行之艺的妙处吧。因为如果不这样的话，那就不能叫作诗了。

先表谢意，仅以此信表示感佩。

我鬼生
四月四日夜

451　四月四日自田端致佐藤春夫（抄写件）
佐藤春夫先生左右：

最近在邻居香取氏那儿遇到一位名叫天冈欣一的人，说是令尊father 的朋友。他称你小春，接着便叫我小龙，简直受不了。说什么要到西洋去,旅费就要两万五千元。还说要送给我一个乐窑烧的盘子,但到最后也没拿出来,怕是已经忘了。我每天如尝粪一般写着《素戈呜尊》,心里老想着趁早不干了。想起天冈氏的事,得便写了此信。

芥川龙之介顿首
四月四日

452 四月九日自田端致泷田哲太郎(抄写件)
樗阴先生左右:

今天看了《秋》,有一两处不能说毫无问题,但也未必即是《中央公论》的第一恶作,略感放心。谷崎君的《鲛人》也渐入佳境,写得不错。我似乎已无勇气写《灵鼠神偷次郎吉》续篇了。七月的特别号上,请让我写点别的吧。最近忙中偷闲制造诗,得了七律一首,自我感觉良好之极。改日一定呈上请你过目。先将读过《秋》后放心一事奉告阁下,专此。

即　　兴
草庵中,立秋时节听雨心。

我鬼顿首
四月九日晨

453 四月九日自田端致泷井孝作
折柴先生左右:

谢谢来信。《秋》似乎不那么坏,觉得比自己想象的要好,渐渐地我要写这类小说了。你的俳句"樱花开,妹妹或夭折"最好,后三句大体都是同一水准。"妹妹曾踩过"一句也能唤起同情,但有言犹未尽的感觉。在这一点上来说,"我出生之日"一句也许还好些。——刚才说了同一水准,但写到这儿,再看看明信片,"走出门"一句的确不错,"或夭折"一句之后我就觉得这一句好。

加藤的事拜托了。

读《秋》
草庵中,立秋时节听雨心。

我鬼拜
四月九日早

454 四月十一日自田端致松冈让

松冈先生:

书还没寄,本拟九日会的时候带上,但那天恰有事不能去,只好拖至现在寄上。似是在找借口,实在抱歉,还请不弃收取。近来在为报纸写如粪般的小说,忙得熬夜,白天基本在睡觉。

帘外松花落,几前茶霭轻。
明窗无一事,幽客午眠成。

这是把睡觉写入诗了。

我鬼顿首
四月十一日

455 四月十一日自田端致水谷教章

水谷先生左右:

启昨夜得《东京日日新闻》电报,称十四日起横滨版亦将连载《素戈呜尊》,为此,须将过去的梗概写成可刊登一回的文章。更加上月评,只得熬夜。增添诸多麻烦,务请见谅,可否再候一两日？如来不及，望延至下期。专此。

我鬼
四月十一日

456　四月十二日自田端致南部修太郎明信片

　　南部修太郎辞去《三田文学》编辑
　春之水，鲑鱼行踪已杳然。（古瓦①、我鬼合作）
　南部山，嫩芽萌发已出土。（赤风吕②）
　花正开，食鲑鱼者有或无。（本汤天③）

　此修字，江马耶抑南部耶？（鼻）

457　四月十三日自田端致佐佐木茂索（信封上作"牙旗生"）

　短夜里，为盗稿酬计，泄露甚危险，×××的头。
　河风吹，菖蒲"假名"是 syobu，小岛先生笑眯眯。
　啊呀真奇怪，枕纸白檀香，想看睡时脸，赤风吕之恋。

　禁止发表。想象警拔，可秘可秘。

458　四月十三日自田端致南部修太郎明信片

---

① 小岛政二郎号。
② 佐佐木茂索号。
③ 佐佐木茂索号。

自笑轩①乃骗人也,实为在更科②用的便饭。《秋》的篇幅是三十页稿纸,这回我有一个将近三百页稿纸的,要让你们吃一惊。要小心要小心。实际上我已渡过一道难关,今后就是悟后的修习了。但望几时星期日来,届时互勉吧。

459　四月十三日自田端致水谷教章

水谷先生:

由于忙中涂鸦,稿中有错,校对时,请订正以下各条。

开篇中的:

"光尚",请全部改为"纲利";

"正保二年春",请改为"宽文二年春"。

虽添了很多麻烦,仍请用心准确改正为盼。

我鬼顿首
十三日下午

又及:稿子今天没弄完,能否请明天等一天?还要为报纸写连载小说,两头忙,每天几乎没有睡眠时间。专此。

460　四月十四日自田端致佐佐木茂索明信片

桃花开,风沙空中两三枝。

桃花开,日影惨淡草丛中。

桃花开,泥龟今日又睡眠。

桃花开,水里青青是鸭头。

白桃色如润,粉桃色如烟。

---

① 芥川家附近的日本饭馆。
② 芥川家附近的荞麦面店。

缺一句。

龙

461　四月十五日自田端致小岛政二郎
古瓦先生左右：

俳句消息（但为粗制滥造之句）

为神户不知男女者作俳句一首
山林秋雨中，黑果垂枝头。

在酒馆开俳句会题春夜
春宵"风吕"暗，浴身心自闲。

同句题扇面
白桃色如润，粉桃色如烟。

爬书于册页上
昼看星星闪，却道是云霞。

俳句会须咏器物入句咏寒暑表
樱花飘零似吹雪，寒暑表中无动静。

致室贺文武信末，此人为耶稣教徒
朝霞满天轰隆隆，却道原来是蝗虫。

路上即景
路边霜融化，竹丛已泛黄。

某人来说《秋》的坏话，
我回答说，你这个家伙不懂行
不识幽石趣，秋上三竿竹。

楚人冠题伊东忠太的意土开战图
花葛相缠绕，夜色已渐明。

从邻人处得白酒作答
且将白酒饮，天阴风吹门。

拒《解放》① 稿约
日暮停翻地，但闻海潮音。

哪首能被采用？

我鬼拜
四月十五日

购到董其昌的《日照悟》和文征明的《赤壁之赋》，下回请你欣赏。画得实在太好，简直有点腻了。又及。

462 四月十六日自田端致水谷教章
水谷先生：

余下的部分望明晨尽快派人来取，今晚取不可。行事随意，歉

---

① 无产阶级文学杂志。

甚。谨报告以上情况，当不会再延期，敬请放心。

龙

四月十六日

又：昨日多承关照，甚谢。屡添麻烦（原文以下亡佚）

463　四月十七日自田端致水谷教章

水谷先生：

未料到写长了，实在完不成。请今天下午派人再来一趟吧。

龙顿首

464　四月十七日自田端致水谷教章

水谷先生：

今天傍晚或晚上，请派人再来一次。这次必定完成。

即　　兴

春寒背阴地，独活长不大。

龙

四月十七日

465　四月十七日自田端致水谷教章

水谷先生：

大团圆的开头有"兵卫从两三天前就因拉肚病在床上"的两行，校对时，请把那两行全删掉。就是说，大团圆一开头变成"甚太夫于是就换了住处"。专此。

我鬼

十七日傍晚

又及,还有"三"的末尾,记得有"执拗"一词,请改成"执著"。

再者,大团圆的第一行,记得有"觇"字,如有,请改为"狙"字。急着赶稿,结果脑子全乱了,连自己都觉得好笑。

最后,又想起来了。在一回里身边的人追到了仇人,甚太夫说的话里有"不觉得我们帮着报复有点势单力薄吗"这样的话,要是我写的是"我们"的话,请改为"咱们"。这样中途更改文字,是空前的,但愿也是绝后的。

466 四月二十二日自芝致佐佐木茂索明信片

姨母去世。二十五日去吊丧。现住在芝。

龙

二十二日

467 四月二十六日自田端致小岛政二郎

小岛政二郎先生:

《相互瞪眼》已诵读,是杰作,当是《三田文选》中第一杰作。菊池这样夸奖也绝非过奖。比《森林石松》好得多,很佩服。在今天的日本文坛,这样的作品在哪个杂志上发表都是非常好的作品。你是这个短篇小说的作者,真让我非常高兴。另一方面我也在想,为什么以前没看这篇小说。这样的小说,我们这样的人简直写不出来,恐怕别人谁都写不出来。

要是找小毛病的话,在"其一"的243页,文章的节奏显得略过紧张,大概是过去助动词用得太多的缘故吧?另外,"其三"的264页,加藤屋的老板和洋货店的老板吵架那一段,要是再加工一下就好了。(也许是因为在意"锐利的眼光"这句话的缘故。)还有"其五"的最后一句里,"深夜的街道"云云有点不怎么样,要是换成更俗一点的语法可能还好些。不过，我说的这些都是白璧微瑕，前面已经说了，整个文章处理得相当不错。把这些写成一篇文章的话，作为南部（修太郎）的作品月评，更是仰不愧于天俯不怍于地。写出这样的作品还说没有自信，简直是不可理解。谦虚虽是美德，但也要记住过犹不及。要是我的话，我就会觉得自己太了不起了。我想尽早让茂索、折柴之辈也看一看，当然他们佩不佩服就不知道了。不过要是不佩服的话，那他们是笨蛋，你就放心吧。就先说这点感想。

芥川龙之介顿首
四月二十六日

我也要跟着《相互瞪眼》发奋，着手改写《偷盗》。

蜜蜂咬土块，春风徐徐吹。

468　四月二十七日自田端致菅忠雄明信片

承赠海木耳，多谢。

即　　兴

春寒料峭解小包，原来却是海木耳。
檐前晾晒海木耳，春光融融艳阳天。

孩子取名比吕志，菊池当他的命名父亲。代向先生问好。

469　大正九年（1920）（推定）五月三日自田端致宫本势助

宫本先生左右：

日前长野草风氏拟向阁下请教，承您当即慨允，十分感谢。

今日本想到府上拜访，但偶感风寒，不能出门。遗憾之至，但愿病愈后，有机会前来拜访。

因急于奉告上述之事，故内人上午外出，便让她顺便给府上打个电话，现虽回来，却说无论如何也找不到电话号码。究竟是她的疏忽，还是我没有问清府上有无电话的疏忽造成的，已不得而知。总之到现在都仍未通知您我无法到府上拜访，实是抱歉之至。日后当到府上请罪，现在唯请原谅。

为告知此事并谢罪，故写上此信。

粗纸草笔，加上有些发烧，甚担心词不达意，还请仔细分辨。

失礼多多，实惶恐不安。草草不恭。

芥川龙之介
五月三日晚七点

470　五月五日自田端致小岛政二郎明信片

昨晚很抱歉。十五号前后去听吧。届时当再通知你。

白南风，傍晚浪高，传轰音。

五日

471　五月九日自田端致南部修太郎

敬复者：

对你精打细算去中国的旅费甚佩服，尽量争取一块去，我也正打算着去穷旅行。

小说的进展怎么样？今天从藤森氏那儿听说，你在给《SSS》写有关我的评论，我在等着看你的评论。要是有不服之处，我就马上申辩。最近读小岛氏的小说《相互瞪眼》，非常佩服。觉得和

《森林石松》不一样,你觉得呢?《一张画》似也不错。最近我也在认真地写着素戈呜尊先生,现正写到此先生在太古时代开始放荡的地方。中户川的小说是不是有点不好说呀?不过,比《无缘众生》是不是好点?但愿你的小说成为杰作。此致
修太郎先生

我鬼
九日傍晚

472 五月九日自田端致与谢野晶子

敬启者:

谅您现在身体康健,谨表祝福。

今天拜读了《三田文学》五月号刊登的竹友藻风先生的《函岭纪行》,得知拙作中有很多时代错误。其实本人以前就感到可能有这种问题,能否不客气地多多指教?

古代的衣食住,我毫无了解,感到非常伤脑筋,届时如不吝赐教,则幸甚。

今年新年以来,一直想到府上拜访,但雅俗两面都事务繁多,未能如愿。在朋友故旧前失礼,还请悯察。以上请多关照。草草不恭。此致
与谢野晶子

芥川龙之介
五月九日

473 五月九日自田端致小岛政二郎明信片

稍闲。除十五日外,你定个好日子,去听典山说书吧。要否约茂索同去?

龙之介顿首

474　五月十一日自田端致与谢野晶子

敬启者：

很快得到回信，非常感谢，也非常感谢您的教示。另外似乎还有很多错讹，待再版时一并更正。

顺便我想说明，对竹友先生的纪行文，绝无不高兴之意。平时对服装器物便不太有把握，读了该文，觉得甚有教益。个中情况还请谅察。得知文中的诗为铁干先生所作，甚为愉快。

最近在别人的书画帖上胡乱涂鸦，还胡乱题了诗。呈请一阅。

穷巷卖文偏寂寞，寒厨欠洒自清修。
拈毫窗外西风晚，欲写胸中落木秋。①

何时得闲想到府上一拜。

与谢野晶子妆次

芥川龙之介顿首
五月十一日傍晚

475　五月十一日自田端致佐佐木茂索明信片

色纸两枚今天已画好，画赞却均未得。星期天来玩顺便带走吧。写画赞诗时，大阪方面又来电报了。

芥川生顿首

476　五月十八日自田端致南部修太郎

南部修太郎先生：

---

① 原文为汉诗。

很佩服你在加足马力写作,对此低头臣服也可,若以现在的速度不断写出好作,我会越发低头臣服的。但是我的颈骨相当硬,轻易不会向作品低头的。《素戈鸣尊》的前二十回,我是乱写的,不过最近我是全心全意地在写了。你可以这样想,写得不好,就是全心全意写也是那个样子。

作为评论家,你的长处(就像菊池说的一样)是不妥协。作为作家,你的长处(仅看这期的《三田文学》也可以看出来)是写作时不偷懒能照顾全局。这两方面都要珍惜。只要珍惜,就肯定会出好作品。这样的话,就会写出即使芥川龙之介不低头、天下也会低头的作品。菊池在《新潮》的"文坛偶语"上评论了井上、木村毅、铃木善太郎、中户川等四个名士。他那么剽悍,倒让我略感吃惊。好了,你就好好用功早点写出长篇吧。九月份我还要让你们大吃一惊。再见。

龙
五月十八日

477 五月十八日自田端致小穴隆一

隆一:

> 突然想起你所作歌
> 露水雾气天昏暗,隆一今朝看鼻尖。
> 君画悬挂茅舍中,大雨滂沱震天响。

我鬼
五月十八日

478 大正九年(1920)(推定)五月十八日自田端致中岛汀

中岛先生：

> 园林春已空，陂港雨新足。
> 泥深黄犊捷，桑老紫椹熟。
> 丰年逋负少，村舍屡酒肉。
> 微风吹醉醒，起和饭牛曲。

　　作者放翁就是陆游，陆放翁和范石湖（范成大）、杨诚斋（杨万里）并称宋末三大诗宗。这首诗的诗意是晚春初夏的时候，农村逢岁丰，农民享受生计。这首诗的诗意刚好适合我现在的心境。书写字的杏坪是赖杏坪，你大概知道。专此。

龙
五月十八日

479　六月三日自田端致水守龟之助

水守龟之助先生左右：

　　日前折柴的稿子多有麻烦。承很快就刊用，非常感谢。近日拟外出旅游，七月号的小品似无法执笔，请谅宥。听说你的日记中说我挖苦，是什么我已想不起来了，反正我经常乱说招口祸。碧童卖药，你卖点心，实带有风流之意呀。这并非恭维，颇有古人之风。

> 水边石菖蒲，我要贩古钱。

芥川龙之介
六月三日早

480　六月三日自田端致和气律次郎

敬复者：

日前承赠《玛丽亚·玛格达雷娜》，多谢。收到书后，拟赠《影灯笼》以表谢意。问过春阳堂后方知书尚未寄出，随后当即寄出。

另外，你译书之事，已写信给春阳堂的今村氏，他大概会直接给你回信。不过，最近似乎哪家杂志都不愿刊登翻译作品，不知译的是什么内容。要是你有意的话，让新潮社出书怎么样？杰克·伦敦的那篇作品里有恋爱的内容吗？如有，我想可以立即编进恋爱小说丛书。一俟回信，即和新潮社联系。专此布复。此致。

和气律次郎先生

芥川龙之介
六月三日

481　六月四日自田端致佐佐木茂索

大艺先生左右：

买了 Stratz① 的两本书《Die Schönheit des weiblichen Korpers》（《女体之美》）、《die Rassen Schönheit des Weibes》（《女性人种美》）。还想买《Der Körper des Kindes》（《儿童的身体》），钱不够，只好作罢。你要是买下来借给我，就再好不过。眼下已写完《素戈呜尊》，大大地轻松。昨天付了×××的钱，当晚花了七十多元，×××也不傻。

写完信才发觉，信里写了这么多外文，真是怪。

我鬼
六月四日

---

① Stratz（1856—1924），医学博士，生于奥德基。

482　六月五日自田端致南部修太郎

南部修太郎君：

　　你的《转换期的艺术》已读完。我作为作家能有好友给自己的创作提出忠告，实在是一个幸福的人。你的评论，使我再一次感谢自己的这份幸福。方便时，一起吃顿便饭吧。

芥川龙之介顿首
六月五日

483　六月十四日自田端致佐佐木茂索（信封内装明信片）

我鬼也来矣，剪断浅黄幕。	三汀
熏风吹，银鞘应来游廊晚。	我鬼
为啥你不马上来。	小政

484　六月十五日自田端致佐佐木茂索

佐佐木茂索君：

　　你说没有目标就不能写，这是当然的。可是你绝不会没有目标。我说过，只要你有满意的作品，我就拿给《中央公论》去，即便《翅鸟》或题目还没定的小说，我也可以随时拿给《新小说》或其他什么地方去。这种事你就不用客气，尽量使唤我就是了。

　　下面是离开具体问题的话。我以为你现在最需要的，是否是练习专心致志从事工作的心理？菊池他们说，小岛老是一头扎在《一张画》上，是自信不足的表现，与其说他们是看不起小岛，不如说他们正是看重他，是件好事。而小岛那种韧劲，显然是你所缺乏的。小岛也许在所有方面都不如你，可是一扑到工作上，他那种坚韧劲连我都感到意外。只要有那种坚韧劲，我就不能不相信，作为艺术家的小岛大有希望。就《翅鸟》和那篇题目还没定的小说来说，实际上就像你说的，无须问是不是短时间内写出来的，但是我感觉到那些作品缺少一气呵成的力度，能感到你的心情与笔锋森然正相反。把那种心情去掉（从作品上），至少是使你成长的第一步。这应该是比在文坛上的进退更重要的问题。要是你感到了焦躁的话，那在这一点上，就更该焦躁才是。这并不是把整个文坛的水平和你的作品加以比较的议论，但是同时我希望你把这看作是我把自己的事放在一边的议论。

顺便说说，我认为这一两年在你的一生中是非常重要的一段时期，如何度过这段时期是关乎你未来的大问题。我只会在推荐你的作品方面起作用，小岛和泷井也许能在正反两方面刺激你，可是决定大事完全靠你自己的努力。我们并不是对你态度冷淡或是其他的什么，在这样的根本问题上我们只能袖手旁观。对此你也许会感到有些孤独，而我们的感觉其实也一样，但是除此之外没有其他的办法。你说过，在半坡上汽车开始移动了。汽车之所以动，也许是你自己的力量所致。不过既然如此，你就应该让自己的努力进一步朝向正确的方向，否则你就会毁掉。

我们都把自己"做过的事"和"要做的事"混为一谈，特别是看别人的时候，常常把别人"做过的事"和自己"做过的事"加上"要做的事"加以比较。可是"要做的事"和"实际上做过的事"之间，距离有多大，只要是多少做过事的人都马上会明白。所谓毁掉的意思，就是你可能因为一再反复去做"做过的事"，于是便把"要做的事"当成"做过的事"，从而无所事事。这样，那些"做过的事"的总量，比你现在轻视的作家"做过的事"的总量，没准要少也说不定。实际上你在这一两年（当然一生也是如此，但是特别是现在）必须踏踏实实地工作。

很久没写这么长的信了，就此打住。原稿（《翅鸟》和其他的）任何时候都可以送来，然后我想办法。专此。

> 我鬼
> 十五日晨

485　六月十六日自田端致中西秀男

敬启者：

听说今天有位东京高等工业学校的客人来过，不知是不是你？女佣没记住客人的名字。星期天久米和另外一个人来，大家一起去吃了晚饭。

除了二十一号之外，我大体上晚上都在家，什么时候都行，请一定来玩。布拉克伍德的《柳树》看了，有点啰唆。最近我到金铃社做有关西洋怪物的讲演。顺便说一下，请告知你的住处，我现在没办法才写到学校去的。此致

中西君

> 芥川龙之介

486　六月十六日自田端致下岛勋

空谷先生：

承赠河鱼，非常感谢。容日后到府上拜谢。现先函谢。

鲤鱼到，快请井月来品尝。

> 我鬼
> 六月十六日

487　六月（推定）十七日自田端致泷井孝作明信片

果实累累秋海棠，竹廊摇摇欲倾斜。

昨天多有失礼之处。东西甚好，谢谢。顿首。

488 大正九年（1920）（推定）六月二十四日自田端致宫本势助
宫本先生左右：

久疏问候，实在失礼。如近日方便，想到府上拜访请益。倘指定合适的时间则幸甚。

谨此致歉并奉恳。草草不恭。

芥川龙之介
六月二十四日

489 六月二十五日自田端致小岛政二郎
小岛先生：

《一张画》已阅，姑妄评之：

一、觉得可以写得再长一点，按照原来的计划，写至六七十页稿纸比较合适。我想那样一来，该写的就能写得比较充分了。

二、说明过多也是事实，但是根据不同想法，也可说是说明不够。因为要是彻头彻尾采用说明性的手法，也许会有另一种艺术效果。所以说，小说说明过多实际上是所谓描写和说明结合——或者说客观描写和主管描写的契合没能很好地完成。就是说，"他在老江户①的二楼吃饭"和"在他的心里，满足食欲的同时，游荡欲也在起着作用"，这两种描写从整篇小说上看不协调。是用说明的手法还用描写的手法贯穿全篇小说，这种选择是你的自由。无论采用哪种手法，只要豁出去写自然就能领会其妙处。这两种描写从整篇

---

① 江户是今日本首都东京的旧称。在江户生活三代以上者称"老江户"。

小说上看来，不协调还不只是在一章里，章与章之间也有这个问题。比如"（四）"完全是客观描写，"（三）"几乎全是主观描写。"（四）"是结局，所以也许会有人说这样也不错，但是前几章是交织着说明的，所以主人公看到一张画时的心理还是加上一些分析较为得当。

三、进入深层议论的话，主人公的心理活动就有不够真实的缺点。真实的感觉是不是对所有的艺术都是必要的我不敢说，可是在这篇小说里很必要，这一点是人我公认的。当然对和阿浪重归于好的主人公的心理已经有了分析，可是这种分析仅停留在分析上是很令人遗憾的。这种分析也叫解剖，但是艺术家的解剖不是尸体的解剖，而是对生体的解剖。

四、所以，要说整个作品成功与否的话，我要说，写得不好。不过写那么大的问题，就是失败也是壮烈牺牲，而不是形同犬死。这一点还请放心。要成为一个像样的作家不经过很多次壮烈牺牲是不行的。你我不这样的话，照样出不了头。比起写上几百篇《私奔》和《海边岩石》来，还是这样壮烈牺牲一回对你更有好处。像我，已经是遍体鳞伤了，仅受一次伤可不能垂头丧气。

五、再回到实际问题上来讲，社会（朋友也是社会的一部分）是要毫不客气地说作品写得不好、讲坏话的，这一点请记住。和作品好坏有关的因素，有当时的各种情况——截止日期将近、作者的心理和生理状态，还有其他很多社会上的杂事的纷扰。但是，作品一旦发表，对作品好坏的评价，根本不会考虑上述问题。可以说，社会对作品好坏的批评是相当冷酷无情的。所以既然当了作家，那就要做好思想准备，无论在何时何地都要用自己的作品说话。社会上很多作家看在同编辑的情分上，不论别人说什么坏话，只好认为是没办法的事；还有的作家为了完成自己的作品，便把和编辑的关系踩在脚下蹂躏。这两种情况无论哪种，要是办不到，根本受不了社会的批判。这种思想准备，在文字上看来很容易，但是实际上试试的话，就没那么容易了。其实那是相当苦的事。但是这种思想准备无论多苦都是必要的，比起笔下想办法来，这是更重要的事。

六、我试着写下种种妄评，其中"一"、"二"、"三"所说的，并不是说我自己做得很好。我是把我的作品放在一边（不放在一边有些事不好说），只是就你而言。你不要认为我摆起学兄说些大话而生气。从我自己的心情来讲，"一"、"二"、"三"所说的情况你早晚都会意识到的，所以说不说都可以。比起那些来倒是"五"所写的要好好记住，那就会少写坏作品。你自己不这样认为吗？

七、昨晚因有事先行告退，请向各位先生多做解释。

芥川龙之介
六月二十五日早

490　七月一日自田端致恒藤恭

恒藤恭先生：

看了你的信，很吃惊。真的吃惊。邮局的笨蛋先把明信片（二）搁下，后来才几乎同时送来了明信片（一）和你的信，结果大吃一惊。你和你太太想必很灰心吧？看着比吕志，我一想要是这家伙死了的话，就觉得很能体会到你们的心情。我的孩子看上去老成得让人感到有点不放心。我父亲看了你的信哭了。不知是谁和着我母亲在哭。文子一边哭一边一屁股坐下来念叨着："这怎么办？这怎么办？"我想老人和女人真是眼泪多，但是另外也有点羡慕他们。你的老二怎么样了？你没写病名，我就在猜到底是什么病。

悼亡一句
五月梅雨连阴天，鬼莲花蕾终未见。

芥川龙之介
七月一日

再致恒藤雅子：

　　悼念歌一首
　　东国伤心沙罗树，清晨花开不得见。

491　七月三日自田端致南部修太郎明信片

　　请来一趟，我等你。照片，谢谢了。你就这样都照得挺好，也给我照一张。专此。

芥川生

492　七月三日自田端致中西秀男

中西秀男先生：

　　回信迟了，很对不住。那天以后一直忙。六号（星期一）有空的话，到我这儿来不（下午）？报上说我避暑去了，其实我还在东京，那是为了避客的。你喜欢《邀游》吧？我从很早就喜欢里边的《苏门答腊的勿忘我》等诗句。《月》、《黎明》、《窗》还有其他的，波德莱尔的诗集里有很多好散文诗。你看了戈蒂埃写的那本著名的《波德莱尔传》了吗？

　　我心何悲伤，苏门答腊勿忘我，随风飘幽香。

我鬼
七月三日

493　七月八日自田端致佐佐木茂索

佐佐木茂索先生：

　　昨提一盒樱桃去看望你，结果久扣朱门都不开。绕到后面去问，说是已搬迁。又去小岛处，而他却去了逗子，不在家。樱桃送给小岛的姐姐就回来了。

　　这时令请多保重，天天都热，我也成了半个病人。草草。

芥川龙之介
七月八日

494　七月八日自田端致斋藤茂吉

斋藤茂吉先生：

　　这个月的《兰》收到了。知你贵体违和，特驰书问候。贵恙如何？时令多变，还乞保重。因你的职业，谅无疏忽之虞。为谨慎计，故添此言。

　　近来颇燠热，写小说也觉不堪，唯有待夜凉时方可舒气。

　　　　月光朗照下，夜静无人帘不动，一只大马蝇。

像和歌一样的东西，博一哂。草草。

芥川龙之介
七月八日

495　七月八日自田端致和气律次郎

和气先生：

　　在你滞京期间甚失礼。承告书一事，十分感谢，最近有好机会时，当同新潮社的人说。葡萄牙的修女一信在戈斯的《法国人的侧面像》那本书里。

热得真受不了,唯有待夜凉时方可舒气。

    月光朗照下,夜静无人帘不动,一只大马蝇。

我鬼拜
七月八日

  刚刚收到画僧拉夫·安杰里克的画集,谢谢。包裹被粗暴对待,盒子坏得不成样,对邮局的笨蛋十分气愤。

  再者,请代向你未来的太太、喜欢我小说的那位问好。我等强健的人尚且惧怕这等闷热,身体弱的人就更受不了了。一热起来写稿子也成了苦差事,真想换个工作。

    小泽碧童卖药,水守鬼之助卖点心。
    水边石菖蒲,我卖茶泡饭。

496 七月九日自田端致南部修太郎明信片

  能否为《大阪每日新闻》、《东京日日新闻》写一短篇小说(十五六回)?大约下个月要。专此。

芥川龙之介

  能否告诉我中户川的现住址?又及。

497 七月十五日自田端致南部修太郎

南部修太郎君:

  信已阅。你在信里和报上的月评,用另一种口吻评《南京的基督》,实在有些高兴。我觉得,你的评论对我的作品在某种程度上加以夸奖,而且在夸奖的同时又注意不让社会上的人对作品产生轻蔑之感。这可能是我凭空往坏里想，笔调不一样是事实。即使不计较这一点，纯粹从理论上来说，你在作品中虽感到艺术的陶醉（借你的话说），心里却并未感到什么共鸣。艺术品为什么给予你的就必须只是艺术的魅力呢？能使你的心感到共鸣的，到底是什么极不可思议的东西呢？在这点上你到底做了多少认真的考察？我感到怀疑。还有你评论那篇作品说我玩乐过度。所谓玩乐过度，我才写那种作品，是指这个吗？还是特别指我在作品里表现出的态度？如果是前者，我马上就可以举出像托尔斯泰、法朗士、巴尔扎克以及其他现代大家的十部以上作品。那些何以是玩乐呢？我想听听你的回答。如果是后者，我要问你，那个日本旅行家不能告诉金花真理的心情，为何堕入了玩乐之中？我等作家从人生中抓住了 odious truth（丑陋的真实）时，那种踌躇于暴露的心情，同日本旅行家所烦恼的难道不是一样的吗？你自己难道没有遇到过产生那种心情的残酷人生吗？你自己难道不记得，看到过你周围有无数的金花吗？使他们的梦幻破灭，反而让他们尝受到不幸的痛苦，你难道就没有经历过吗？——这也是我想问你的。还有，在这两点之外，要是再寻求玩乐之义的话，那我的工作里有玩乐吗？在那二十几张稿纸里有不像话、乱七八糟的东西吗？这一点我也要毫不犹豫地问你。如果作品中点出 George Murry 这个人物来加以非难的话，我觉得你要么没有理解作品的主题，要么全盘否定它。所以，我以为已无须再多说什么。

所谓认真，并不是让作品中的人物说认真的话，而是把我等的日常生活内外两方面全处理好。我并不认为你毫无恶意，但你必须好好锻炼你的认真劲儿。不是我摆学长的架子，只是不客气地把不服之处写出来，也希望你不客气地回答。在这之前我不准备见你。

我鬼

七月十五日

498　七月十七日自田端致南部修太郎

南部修太郎君：

一、今后还请尽量注意信和月评的差别，之所以感到不快，因为这种差别刺激了我对虚伪的憎恶，此外别无理由。

二、我的往坏里想，权当作往坏处想吧，请撤销。

三、你对作品 in sick（缺点）的批评，想法完全搞错，下面逐条反诘。

1. 你追求艺术的陶醉，同时追求"激发读者的道德（所谓激发读者道德不通，是不是激发读者道德良心的意思？）或是触及到这个的东西"是不是仅仅是你的爱好？如果是爱好，那是你的自由。但如有客观的理由，我想问那又是什么？近代文豪的作品里，仅给予艺术的陶醉（你所谓的）的作品相当之多。出乎你的爱好之外，就把那些作品都视为非（至少在艺术上要差一些）的话，我也想问问你的理由。

2. 即使不点出 George Murry 来，作者怜悯妓女信仰的态度也许也是合理的。但是，一方面怜悯，一方面又在犹豫要不要破坏她的那点幻想，这一心理就不合理了。换句话说，此先于怜悯的心理是不合理的，这是再明白不过的道理了。（要说不合理也没关系，那就无法讨论了，因为那是个人爱好的差别。）比如说"可怜的他把面包看作了石头"，当然这个时候作者在怜悯他，可能心是相通的吧。可是仅仅是这么一句"我很犹豫是不是要告诉他那是石头"的话，这种心理就不通了。读者是千里眼，你不觉得这是自明之理吗？

附记：妓女即使很健全，但是因为传染上了梅毒，和她交往的男人很多都会死掉。特别是外国人因传染而死的更多。你觉得这事荒诞不经是因为你的见闻还很狭隘。我觉得你使用的"虚构"这个词的语义有非常低级的意思,哪儿都找不到像这样的用例。虚构如果有不好的意思的话,那是相对于 fact(事实)的时候。

3. odious truth(丑陋的真实)的一条再细分为几条进行反问。

(一)金花的梅毒治好了的事在今天的科学条件下是可能的,但不是根治。外部的症状从第一期到第二期、从第二期到第三期的进行期里消失,就是说间歇性地和平常人没有区别。不管你怎么说治不好,但是的确是治好了,这是没有办法的事。如果你能推翻今天的泌尿医学的记录的话,我就向你投降,如果不是那样你就投降吧。

(二)根据"(一)"和"2"的附记,既然你所说的荒诞不经的事已经并不是荒诞不经的,那么 odious truth 的一半就是不必要的了。进而言之:

(a)对于金花来说,"基督"是无赖这件事不是 odious truth 吗?且看梅毒之传染,被传染者先死乃是科学上的事实。同样作为科学上的事实,梅毒很难根除而只能一时平复,对于读者,自然感受到 odious truth(丑陋的真实)。如果这样还感觉不到的话,那就没有办法了。结果只能归结于个人的差别,所以只能不强词夺理,在此打住。不过只要以理服人的话,即使被称为 odious truth 我想也没有问题。你以为如何?

(b)如果没有问题的话,"玩乐"这个词是不是应该取消,当然要是有问题的话[即对"(a)"回答是 no 的话],这个"(b)"的问题从开始就不存在,你当然也不用回答了。

4. 托尔斯泰、巴尔扎克等人的作品是被当作"那种作品"的例子举出来的,而不是作为"那种好的作品"举出来的。所以不是否定"那种作品",而是此时此刻,你要评说那部作品。这当然不成问题。这当然是因为他们的作品好,这个"好"的意思让你说的话,就是"不玩乐"的意思了。

你对以上四项所讲的,如果还不服的话,就请再回答一遍。但是"1"是个大问题,所以希望你不要轻率地回答。为了稳妥起见,举例说明"1"的话,(如果是"爱好"就不成问题。)比如说梅里美的《卡门》、爱伦·坡的《红色死亡的假面舞会》那样的作品(这些和《南京的基督》完全不是一类作品,只有这些作品才是能获得你所说的"艺术的陶醉"的),对你来说,在艺术上是更不理想的作品,那就请说出其中的理由。另外《卡门》、《红色死亡的假面舞会》要是能比艺术的陶醉更能使你感到有魅力的话,请用事实(作品中的事实)加以说明,再说明这些作品和《南京的基督》在给你感动方面的差别。(当然要把梅里美和爱伦·坡和我的巧拙划在议论之外,议论方法也会中止于强词夺理,所以只要不是这样就请议论。)

最后我要加上一点,我对你没有任何恶意,请相信,要是有人非议你的人格的话,我就是马上站出来为你一战的人之一。问题完全是在议论上的。专此。

我鬼拜
七月十七日

499 七月二十二日自田端致下岛勋

空谷先生台启:

收到分赐给我的猎物,非常感谢。

即 兴
天易明,水中大鱼游去来。

夜来花庵生
同月同日

500　七月二十三日自田端致近藤博

近藤博先生：

《薤露行》是挽歌的意思。所谓挽歌是送葬时，拉灵柩车绳子的人夫唱的歌。《薤露行》或《薤露歌》以"薤上露，何易晞，露晞明朝更复落，人死一去何时归"为最古，这是汉代田横自尽后，横的门人所作歌。漱石先生在那篇小说里之所以题了《薤露行》之名，我想是因为那是一篇在很好地描写了拉斯洛德和吉内比亚的爱情破裂的同时，也描写了所谓"漂亮姑娘爱伦"的美丽的绝命的缘故。在《草枕》里，山坡上的茶棚具体在哪儿不清楚，依我的愚见，也没有必要知道。你以为如何？弄不清楚《虞美人草》里的藤尾住在何区何町何番地也挺有意思的，就是不知道《我是猫》中苦沙弥先生的原籍在何县何市何町，也照样可以评论。以上笔迹潦草，不成敬意，仅此作答，如拜座前。

芥川龙之介顿首
七月二十三日

501　七月三十一日自田端致小穴隆一

小穴隆一先生：

因到陆奥青根温泉去洗温泉，最近不在家。对碧童先生，可等回京后再致谢，欠礼之处还请代为转圜。香取先生称赞你的风景画画得非常好，还说小生的轴画很好，把那幅鸡的画拿走了。我鬼的印后来被乱盖，有的书盖了两个印。自己也不禁笑得不得了。希望能早些看到碧童句集。

　　　　踏岩石，我之恋情如有成，白云应绕青峰上。

> 我鬼拜
> 七月三十一日

502　八月四日自青根致佐佐木茂索明信片

我给日阴去信了。吃亏了。此地海拔两千四百尺，完全是没开发的地方。周围的风景全带有高山气氛。麻烦你，能不能给我寄一把西洋剃刀来？让家里寄，要是寄来莫名其妙的东西的话，反而更麻烦，所以就求你了。磨剃刀的皮子就不要了。我为便秘苦恼得很。遥祝大桥房子小姐健康。搁笔。

503　八月五日自青根致泷井孝作明信片

承寄来兔屋的豆馅点心，非常感谢。此处为海拔两千四百尺的温泉，周围的风景全带有高山气氛。我因便秘，头也不舒服，根本写不成什么小说。请代向太太问好。我现在是肉食、房事两绝缘。再见。

504　八月九日自青根致泷井孝作明信片

谢谢寄来的点心，但全碎了，馅也成了碎块。《新潮》上我的小说和南部品位不一样，然否？你的小说果真是第一吧？专此。

> 龙之介记

（此明信片为芥川龙之介自绘，题"树下独坐　我鬼画"钢笔画的大树下，配有我鬼罗汉。）

505　八月九日自青根致南部修太郎

你的《夏之旅与我》看过了。站在浅间山上最有意思的喷火口上，把你自己的感受整理一下就是篇小说了。可是呢，要 rigid（硬）注上假名，成了理奇德的话，那你的英语底子就露馅喽。那应该注成里吉德呀,那个词。还有云乎山乎吴乎越乎①是什么呀?怎么成了八个字啦?《山阳诗抄》之类的书,不看不行啊。这样你的汉学功夫也露馅啦,作为后进英雄何以自处。

木村毅称赞《虫子告诉的话》,成了你的知己吧。喷饭喷饭。

506 八月十二日自青根致下岛勋美术明信片

下岛勋先生:

此地由于偏僻,食物恶劣,加之来洗温泉治病之人甚多,简直受不了。可是高山秋早(此处海拔两千四百尺),夜里已是虫鸣绕屋。

远离人世,天亮早,山桔梗。

我鬼拜
十二日

507 八月十七日自青根致佐佐木茂索

古瓦:

宗匠曰:"夏天把拉门换上纱帐,希望能住在宽阔院子中间像茶庵似的小房子里。"(《三田文学》载《热汤》)

我鬼居士曰:俺可不愿意,又不是萤火虫。

大艺居②曰:意下如何?我想你该看看南部的《夏之旅与我》,有"深红色的天空",有"云乎山乎吴乎越乎"八字相连,还有十和田湖来茵河中游峡谷巨石上歇息着的妖妇遐想。

---

① 实为"云耶山耶吴耶越",为赖山阳汉诗《泊天草洋》起句。
② 佐佐木茂索的号。

川柳曰："小少爷已成人,还是要扶藤椅子。"

508 八月十八日自青根致泷井孝作明信片

　　　　夕阳里,红土路上马蹄印。斜陡坡,嫩树叶。

谢谢香烟和豆馅点心。尊夫人的病怎么样了?

我鬼拜
十八日

509 八月二十日自青根致薄田淳介美术明信片

　　　　夕阳里,红土路上马蹄印。斜陡坡,嫩树叶。
　　　　春远去,山岩间滴水。看岩下,藓苔青青。

　　为了需要,把季节提前了两个来月。年鉴、短篇的事放心吧。你的信转到这儿来了,所以昨天才得以拜读。专此。

510 八月二十日自青根致下岛勋美术明信片

下岛勋先生:

　　　　夕阳里,红土路上马蹄印。斜陡坡,嫩树叶。
　　　　春远去,山岩间滴水。看岩下,藓苔青青。

　　为了作歌需要,把季节提前了两三个月。专此。

我鬼子

大札今日方得拜读。经常承蒙照顾,甚谢。此地已动秋意。又及。

511　八月二十日自青根致小穴隆一明信片

春远去，山岩间滴水。看岩下，藓苔青青。
夕阳里，红土路上马蹄印。斜陡坡，嫩树叶。

我鬼拜

小说没能写，已是不堪重负。很高兴看到你的明信片，也很佩服你的俳句。夏日山林的树木茂盛得甚至有点令人恐惧。

我鬼拜

512　八月二十一日自青根致松冈让明信片

树下独坐。　　我鬼（插画略）

513　八月二十六日自青根致中西秀男美术明信片

没想到在这山里待了这么长时间，两三天内就要回去了。这里海拔两千四百尺，芒草已经出穗，桔梗也已开花，就像已过秋风一般。

又及，我好像记得上次寄给你的明信片地址忘了写番号了，那张画有瀑布的明信片收到没有？

青根芥川生

514　八月自青根致小穴隆一

灯下读书

越过几条谷，来到此处扑灯蛾。

青根有温泉的地方听说海拔一千几百尺，周围景色均有高山情趣。小生现住在土屋的二楼，现在要开始写小说了。专此。

515　九月二日自田端致与谢野晶子

敬启者：

收到惠赠的大作，非常感谢。现在我正因感冒卧床，容热退后再拜读大作。此致

与谢野晶子

芥川龙之介顿首
九月二日

516　九月五日自田端致小穴隆一

合十。今天到神田买了一些册页和好墨。进了玉川堂，伙计一下子拿出十七元的墨，吓了我一跳。随后我买了一点好墨。价钱目前保密。我给下个月的《人间》写了杂文，其中一个地方提到了你说的话。顺便就把你说的话写了下来，还请谅解。我觉得这不会给你造成麻烦。

昨天晚上我做了个梦。进天妇罗馆子一看，看见有鹈鹕的雏鸟炸的天妇罗。那家天妇罗馆子还是开在海岸上的，海浪就涌到了回廊边上。在那儿碰到了吉原一个叫阿幸的艺妓和武者小路实笃。鹈鹕的雏鸟怎么长得有点像蜥蜴。我刚醒的时候还记得挺全的，可现在只记得这么点了。再见。此致

隆一先生

我鬼拜
九月五日

又及，再顺便说说，你能不能给香取老写点感谢的话，以证明

我没把钱贪了。硬让你要,又强让你感谢,实在对不起。

517 九月八日自田端致泷井孝作

折柴先生:

　　昨天晚上为拜托《电气和文艺》社的事,我去和别人谈了。那个社的当事者说把所有的事都交给零余子了,现在也没法让他从这个工作上离开。不过杂志的人嘴上是这么说的:如果零余子不能很好地完成工作的话,那早晚会想办法解决的,到那时一定拜托。听他这么一说也没别的办法,只好把你的名字告诉他以后就回来了。这个工作在目前是什么办法也没有。

　　另外我还会注意,看看还有什么办法没有,你呢对现在这种情况也只能再忍忍。现在到处都因为裁减冗员闹得厉害,《改造》的工作也不那么好找呢。本想找了那人之后就到你那儿去,但是受不了热,就改写信了。专此。

　　　　　　昨天作的和歌
　　石灯笼,矗立空寂黄昏天,不见萤火虫。

　　　　　　　　　　　　　　　我鬼拜
　　　　　　　　　　　　　　　九月八日

518 九月十日自田端致小岛政二郎明信片

　　　　　　　偶　　成
　　瑟瑟侵阶月,幽人带醉看。

知风露何处,栏外竹三竿。①

　　　　　　我鬼窟主人("我鬼"印章)

519　九月十三日自田端致佐佐木茂索
　　多谢昨日送药。因古瓦楼主人也得此药,故而怀疑你在做药品广告,颇感滑稽。专此肃谢。
　　又忘归还剃刀。

　　　讨来中药慢慢煮,我身渐冷夜阑珊。

大芸先生

　　　　　　　　我鬼拜
　　　　　　　　十三日

520　九月十六日自田端致小岛政二郎
敬启者:
　　那家针织品店的货架(放有货箱)是否也叫"俭饨"?

在靠墙处。烦请以明信片赐教。专此肃呈
古瓦先生

　　　　　　　　我鬼
　　　　　　　　十六日晚

　　昨夜归途得短韵一首

---

① 原文即为汉诗。

十载风流误一生,惆怅难解酒杯倾。
烟花城里昏昏雨,空对红裙话旧盟。①

我鬼生

521 九月二十日自田端致佐佐木茂索

夕照鞍马山巍峨,吾朋啸虎造此纸。
迢迢百里送信封,黄纸封背印啸虎。

因感风寒,闭居家中。特此肃呈
大芸先生

我鬼拜
九月二十日

522 九月二十二日自田端致小穴隆一明信片(上绘河童问答图,图略)

肌肤才发红,河童已降临。蒙眬秋榻暖,酣睡入梦中。
此河有河童,只只都可亲。苦苦来寻人,屈屈早送命。
夜短浅水清,河童喜近人。缘何戒心重,哭诉总不停。

近来常画河童,渐觉河童可爱。因作河童诗三首。为答谢赠画,我也有画相送。敬请垂青。并以诗衬景。谨此。

---

① 原文即为汉诗。

523　九月二十三日自田端致佐佐木茂索

闻君染贵恙，我心黯悲伤。知君有肠疾，我腹亦痛痒。
冰囊额上悬，紧紧闭双眼。心中总担忧，我脑何日烂。
苦思又冥想，刮肚又搜肠。孜孜觅佳句，高烧思愈畅。
斜阳昏昏晒，院草熏熏蒸。忽觉脑已腐，难怪总懵懂。
炯炯明目闪，晶晶星眸亮。今宵红光照，恶疾恐断肠。
凋敝庐顶下，茸草早烂尽。庐内一居士，腐肠度余生。

尚有热度，时时起身写稿，苦不堪言，总觉不如肠子溃烂更好受些。那包药尚未使用。

病我鬼拜上

524　九月二十五日自田端致香取秀真

敬启者：

近日拜诵先生诗句，多谢赐教。有关菊池之事，因无法尽快求得回音，故以快信询问。此时尚无消息，是否需要再问？若菊池缺席，我认为另约投稿亦可。请将此意转达鹿岛。此外，会期若在十月一号或三号更妥。是否已定？今天，被迫买下二号晚间音乐会票。此事也请费心斟酌。我是否去菊池处？或去先生或鹿岛处？但感冒尚未痊愈，又加催稿急迫，痛苦不堪，故而写信告知。专此肃呈

香取先生

芥川龙之介顿首
九月二十五日

525　九月二十八日自田端致香取秀真

敬启者：

今天前往告知菊池去田端一事。一号将同去拜访。

（原文此处绘有两只水虎）

若无妨碍，届时专肃奉邀。

　　　　一弯月牙当空挂，两只水虎上岸来。

香取先生侍史

我鬼拜
九月二十八日

526　十月一日自田端致佐佐木茂索

尽管深知世事艰辛，但茂索今日仍冥思苦想。眼见庭院撒满夕阳余晖，秋海棠落英遍地，无端涌出两眼泪花。你真乃日暮途穷的颓废末世之子，心地孱弱，与钟情女子同住竹檐滴露之山间草庐。长睡七天七夜，想必胸襟略宽，创作小说冲动渐强。唉！真让人急不可耐，无计可施。

话虽如此，我自己却毫无写作欲望，已是江郎才尽。《中央公论》约稿的小说也只写了一半，无法继续。是好是坏自己难以预料，恐怕凶多吉少。厌世之情萌生，近年未有之忧郁初露端倪。不过感冒已好。

专此肃呈

大芸先生

我鬼
十月一日

527　十月一日自田端致小岛正二郎

多谢问候，小恙已愈。不过，《中央公论》约稿小说最终只写完半部，令我头痛不已，且写一页发一页，是好是坏自己亦不得而知。付梓之后，敬请斧正。惊悉茂索突患恶性肠疾，不胜惊诧。复闻此乃子虚乌有，遂又心安。此笺并信封，乃茂索之兄啸虎山人所作，确属精工细活。我于病中大肆钻研托尔斯泰，现已臻精通境界。此公漫游欧洲，遍察初中学堂，实属教育痴狂。三十岁前，托尔斯泰毫无惊人之处，三十岁后则杰出非凡。此公以破竹之势完成《战争与和平》时，已具备振聋发聩之气概。谨奉

秋实二首

苦楝结果随风颤，院中石板喋无声。
累累草籽枝头缀，黯黯秋水门外流。

皆为胸中萧索之意。特此肃呈
古瓦先生

我鬼
十月一日

528 大正九年（1920）（推定）十月一日自田端致宫本势助（抄写件）

敬启者：

华翰拜诵，不胜感激。并诚谢赐赠珍贵礼品。上次收到来信，因感风寒失去拜访机会。此次亦从一周之前卧床养病，故回信拖延至今，实在抱憾不已。昨日终得离床，欲尽早恭谒求教。本月五号是否可行？拟于午前或午后先生方便之时前往。烦请以明信片惠示见面时间，此外我再无佳期。恳请关照为盼。

多有失礼，谨此致歉。并专肃奉托。此致

宫本先生侍史

芥川龙之介
十月一日

529　十月十一日自田端致下岛勋

合十。屡蒙赐函，不胜感谢。近来忙得不可开交，回信拖延，诚惶诚恐。拟于明晚携尊稿趋谒，并就井月上人诗作及漱石先生书法等求教。特此函复，火急奉书。再拜

空谷先生左右

我鬼生

又及：为撰剧评，拟今后往观非我擅长之戏剧。

530　十月十六日自田端致佐佐木茂索

新曲　鸎文八景

哀切切，茫茫浊世凄苦人。孤零零，蔽身米楮风暴中。
琵琶湖，渔舟篷破急漏雨。湿淋淋，以泪洗面枕橹眠。
凄惨惨，艰辛困苦难入梦。酸楚楚，只有风浪芦丛懂。
渔夫聚，久米政二与荣一。岸边屋，今夜难得真高兴。
酒助兴，大津女郎众口论。说美景，势多长桥夕阳红。
时境迁，唐崎夜雨潇潇下。女菩萨，比良暮雪烦恼净。
为体面，舍命可换碧玉簪。深闺怨，雁落坚田芦花间。
寝发乱，粟津友情似青岚。盼相见，心驰神往若归帆。
到何时，催舟直向彼岸去。鱼篓空，风高浪险世事凶。
男儿志，午后钟鸣三井寺。钟声落，撒网恍见鲤鱼腾。
暮色浓，石山秋月夜如昼。下苦功，喜获二千丈金鳞。
娓娓道来细细听，作家修业此八景。

多情多恨茂索君,新曲为你作三重。

咬紧牙关,奋发图强,始得成才。此世无人清闲。
此致肃呈
佐佐木茂索侍史

我鬼拜
十六日午后

531 十月十六日自田端致小穴隆一

寂寥秋夜里,孤对老杜康。谁人画秋月,为我解惆怅?
柱边束秋菊,房内飘暗香。入谷老兄来,豪饮醉一场?
碧童酒后泣,隆一醉则眠。却说古原草,此时欲何干?
笼中有一鸟,不知是何名。令其赏红菊,可否闻其声?
隆一又纵酒,醉笔描秋菊。此花小而巧,令人生怜惜。
今夜有法会,摆酒宴宾客。鲣鱼刨声紧,对酒我当歌。
酒友三聚首,酩酊皆寂寞。日莲高僧知,今夜是忌辰?
深夜迟迟归,隆一早已回。枕畔秋菊图,跃然纸上缀。
偶尔醉一回,乘兴案前坐。和衣忙提笔,我乃龙之介。

专此肃呈
小穴画宗左右

十月十六日

532 十月十七日自田端致下岛勋

合十。蒙赐先生画作,又承惠示井月诗笺,不胜感激之至。闻知明日启程省亲,谨祝旅途平安。现小穴隆一来此,口述一首,敬请雅鉴。谨望珍重。

　　　　　　秋雨丝丝凝甘露,旧席缕缕散竹香。

　专此肃呈
空谷先生

　　　　　　　　　　　　　　　　　　我鬼
　　　　　　　　　　　　　　　　　　十七日

　又及：昨夜光临之际,我外出不在。多有失敬。

533　十月二十一日自田端致小穴隆一

　田端区之河童：二十二日无法前往,乞请宽谅。二十五日之后
　　　　　　　　同去求取屁子玉。请代问入谷兄好。

　本乡区之河童：哼！真乃窝囊小子！

534　十月二十一日（推定）自田端致香取秀真

敬复者：

　一、二、三日皆可,请先征询各位意见再行决定。目前略感风寒,身体不适。然愿于病榻作诗,以遣烦心。

　　　　　秋日灿灿照竹林,果实累累出墙来。

此致
香取先生梧右

　　　　　　　　　　　　　　　我鬼顿首
　　　　　　　　　　　　　　　二十一日

又及:此前蒙赐精美礼品,衷心感铭。草草。

535　十月二十四日自田端致小泽忠兵卫明信片
肃启者:

咏伞诗句格外美妙,反复诵读,欣喜愈增。亲戚中有患病者,拟于周日前去探望。唯恐万一光临而疏忽接驾,故寄此明信片奉告。

　　　　　地炉薪柴成灰烬,空落败叶报晚秋。

如此拙句能否合格?

536　十月二十四日自田端致小穴隆一

土瓜固然好,百舌之诗句亦佳。似章鱼之蜘蛛,感觉相通却最为恶劣。

　　小说败笔日,伯劳铩羽时。鸱鹰亦坠落,痛定须反思。

周日不能来,有亲戚患病,拟前去探望。

537　十月二十七日自田端致小岛政二

敬启者：

今有碧童诗句，敬请过目。其书法亦上好佳作。龙字印章为碧童自用之物，与我毫无关联。我亦于昨日涂鸦。

人生多妙趣，难解其中味。今又赏舞乐，五钱何足惜？

可怜小舞娘，席间讨红包。伸出纤纤手，水粉已斑驳。

专此奉候
古瓦轩主人

我鬼生顿首

538　十月二十七日自田端致下岛勋

合十。旅途明信片及今日大札均已收悉。又蒙惠赐精美礼品，感激莫名。欣闻井月翁之材料亦收集齐全，同喜同贺。尔后为鬻文糊口，匆忙度日，但偶发兴致，聊作河童之诗。今送君过目，以博一笑。

岸边长芦丛，河里栖河童。芦叶摇不止，河童卧不出。
肌肤红润润，相亲情深深。河童夫与妻，尚在美梦中。
红颜不能忘，情深还意笃。运河岸边过，我亦化河童。
人间美女多，河童莫贪色。若非听人劝，难免断香火。
拂晓天边白，风高波涛涌。河童河畔卧，双目露狰狞。
河底黯无光，河童悄隐身。迥然瞪双目，巡视草丛中。
河边天将晚，水下夜已深。河童顶玉盘，月光照幽冥。
嶙峋巉岩间，河童命将殒。悲愤盈双目，此状哪堪忍？

专此奉呈
空谷先生

　　　　　　　　　　　　　　　我鬼顿首
　　　　　　　　　　　　　　　二十七日晨

539　十月二十九日自田端致佐佐木茂索
敬启者：
　　华翰拜读。自觉身感风寒，略有热度。但明日已可起床活动，量无大碍。你与泷井论争动怒乃天下公论，而具动怒之气魄实乃好汉。泷井发火故你亦动怒，否则岂非瞎汉？
　　你上周日不曾惠顾，故未能请你书写信封，深感遗憾。可否取四五个信封，写上名字与回信一同寄来。如能加写"　月　日"则感谢不尽。"大芸居"之"芸"字似为香草。田崎草云画室之名亦称芸某某草堂。大芸之意味如何？"赤风庐"者因似有"赤风吕"之澡堂，故而不妥。"大芸居"则好过百倍。

　　　　　　　傍晚时分落秋雨，白昼街头亮弧灯。

　　特此奉托
大芸居主人先生
　　　　　　　　　　　　　　　　　　　　　龙

540　十月三十日自田端致小穴隆一
敬启者：
　　近日已将"柘榴"送至装裱匠处，当然不是什么高级装裱，而是纸质裱装。三四日前去过"晚翠轩"，求购八大山人和王石谷等人的画本。下次光临时，敬请过目。八大山人是新人，明末清初时人，难怪画作如此新派。此间与倪云林之争论，乃梅道人之误。

此外，周日俗客众多，故请周二拨驾光临。提及俗客，昨日曾有大俗客来此。放言有位神灵附体男客，问可否一同研究。据说，连泉镜花和喜多村绿郎也要生拉硬扯进来，令人惶惑不堪。

今天风轻日暖，闲庭黄叶可人。拜辞
倪小隆先生

我鬼拜
十月三十日

又及：我眼下正商购大雅堂画作一幅。此乃怪异人物画，构图大致为携古琴袋之孩童。若顺利入手，恭请碧童先生过目。

昨日途中偶吟
傍晚时分落秋雨，"凌云"幽暗十二层。

541　十一月一日自田端致佐佐木茂索

战功奖状

上野竹台会战之时，单骑破"备实比兵"[①]之守阵跋，短兵遂散"仁本饵搔"[②]介之军，实乃前所未闻、无与伦比者。子曰：自顾直，虽千万人，我往矣。佐佐木之举乃稀代之强勇也，故恩赏一生之间随意创作短篇、长篇、小说、诗歌、戏曲。特此颁奖。
佐佐木左卫门尉官

羽贺宅阿入道承

---

① 为日文"美术批评"的谐模文。
② 为日文"日本绘かき"的谐模文。

大正九年十一月一日

542　十一月八日自田端致香取秀真（信封写有"未及回复"）
敬启者：
　　谅其后各位寂寞度日。且说花瓶之事，《枕草纸》第三段"三月三日"一条中既然有"春樱绽奇葩，佳枝早折下。装点大花瓶，风情更可嘉"，且第二十段"清凉殿雅游"中也有"琼宇雕栏边，青瓷大花瓶。春樱花枝展，朵朵百媚生"，那么当时即应确有其事。此后如有所察，即刻奉告。此致
香取秀真先生
芥川龙之介
十一月八日

543　十一月十日自田端致下岛勋
敬启者：
　　拜见蓬平之画作，谨表谢忱。此作确为朴讷可爱之画品。若能早来，昨日即可示之。唯此抱憾。此间山本送来俄罗斯儿童画集，望予过目。只要教师不给予摹本及拙劣的教育法，儿童即可画出此种意趣盎然画作。两三日内山本君再来之前，先生可来观赏。敬请细细观览。

即　　兴
庐庵晚秋霜叶美，我友蓬平可画山。

空谷先生左右
我鬼生

544　十一月十一日自田端致小岛政二郎

敬启者：

近来为鬻文度日繁忙不堪。十五日是否赴约，眼下正在斟酌。"不觉渐湿润"之诗句为折柴近来佳作，不解此句之意怎可？不过，前句已经提到深秋阵雨，否则因何而湿，难得其解。承蒙为《阿律和孩子们》作评，不胜感激。此乃未完成之作，尚需再写两三回守灵及扫墓的情节方臻完整（下回拟以阿绢为主人公）。不过，我已心生厌倦之感。

　　　　　近吟一首
　　深秋难得晴朗日，矮竹根下湿气消。

　此致
古瓦楼主人梧右

　　　　　　　　　　　　　我鬼拜
　　　　　　　　　　　十一月十一日

545　十一月十一日自田端致佐佐木茂索

敬启者：

以不寄书信的粗暴态度对待淑女实不可行。房子夫人因有事回府还倒罢了，但若我去拜访也要傻等，却怎堪忍受？十四日小岛也来，如无大碍，请再行邀请房子夫人。又到了为新年号大伤脑筋的时候，惨不堪言。且偷小闲玩玩文字游戏，别无排遣。

　　　深秋难得清朗日，矮竹根下湿气消。

　此致

大芸先生梧右

我鬼

十一月十一日

546　十一月十六日自田端致下岛勋

伊豆旅行归，今日进家门。蜜橘十多个，聊表挚友情。

井月"发句"多，孜孜抄不停。倦时尝蜜橘，聊慰疲惫心。

　此致
空谷先生梧右

三拙生拜

十一月十六日

547　十一月二十二日自京都致芥川家美术明信片
　　终于应付了演讲后的喧嚣，来到此地。本当今夜即回东京，却受宇野浩二之邀，决定赴木曾山区一游。久米、田中当夜回京，菊池逗留大阪，直至二十四五号。我等将于二十四号回京。已自大阪及京都寄出包裹，请查收。

548　十一月二十二日自京都与宇野浩二共致江口涣明信片
　　幸得宇野耕右卫门先生佑护，本人亦觉有趣。

此地初逢深秋雨，拨转马头向峡中。

芥川龙之介

549　十一月二十二日自京都致小穴隆一美术明信片

我在大阪道顿堀的咖啡店小坐,却见河对岸人家晒衣杆上趴着一只猴子,且晴空昼月高悬。此景能否成诗?

芥川龙之介顿首于京都车站

550　十一月二十二日自京都致小泽忠兵卫美术明信片

今天,整日在秋雨中与宇野浩二先生漫步京都市区。此处有一家青竹纸帘的包子铺,若与你同行,定当入内品尝。

芥川生顿首

二十二日

551　十一月二十四日自诹访致佐佐木茂索

梦子颜如玉,我欲睹姣容。
绵延深山里,辗转石径行。

龙

二十四日

又及:不过,宇野与我两人来过此地之事切勿公开。

552　十一月二十四日自诹访致下岛勋美术明信片

经京阪线至名古屋,为观赏木曾山红叶来到此地。预计两三日内回京。

万物萧瑟秋已尽,井月画瓢何处寻?

下诹访我鬼

二十四日

553　十一月二十四日自诹访致中西秀男美术明信片

环游京阪线,昨晚到达此地。此地乃宇野浩二先生第二故乡,宇野先生为我做向导。

龙顿首

二十四日

554　十二月三日自田端致小穴隆一
敬启者:

此间心烦气躁,于是走访碧童先生。经多方指教,回家后渐生写作小说冲动。此前从别人处借来四王吴恽画集,其中南田最佳,下次敬请观赏。在碧童先生处见到你的诗句,皆为佳作。其中我所得到的两首中,应该说对后者较为喜爱。我曾在大阪南画师矢野桥村家用餐。他能书善画,自六月至今,已画毕屏风六扇、折二双二张、曲二双、尺八左右绢本双幅、"十便十宜"小幅共二十一张,此外,亦画得长卷一幅。不过,画品较你略逊一筹。

大地暮色浓,夜空现繁星。牛郎斜斜挂,天边一点红。

注曰:此亦情诗。此致
倪隆一先生侍史

我鬼

又及:在大阪堀江,一伎问我曰:"'油〇〇〇'能读否?"我曰:"不能。"伎曰:"我来教你。"我曰:"教我!"伎曰:"油又贵,夜又长,为难为难真为难①。不是吗?"我曰:"原来如此。"即此。

555　十二月六日自田端致泷井孝作
敬启者:

　　第六页最后的"纵令有所不及",请修改为"纵令有所不及之处"。此次的小说当中,繁难汉字不在少数。恳请慎重校对。

　　此致

折柴先生

云田生

　　又及:今天写完一页多,但恐文思自此竭断,故决定暂停。

556　十二月六日自田端致泷井孝作
折柴先生:

　　此次已写成六页。其中有"主人一边露出微笑,一边斜眼看着老翁"云云。此处可否将"露出微笑"改为"含着微笑"。其余可照原样不动。虽截稿日期已到,但困倦之极,不堪写作。我将向山本社长郑重致歉,故请等到明天晚上,切不可半途而废。恳请海涵。

云田生

557　十二月六日自田端致小穴隆一

题倪先生《只鸡之图》
明烛似风消惨凄,清香如水涤尘迷。

---

① 日语中"小圈、大圈"与"为难"谐音。

　　　　展将一幅澄心纸，写得中秋白羽鸡。①

　此致
云林庵主侍史

　　　　　　　　　　　　　　云田生拜
　　　　　　　　　　　　　　　腊月初六
　　又及：此诗一时即兴而成，是优是劣不得而知，但我自信较之小岛政二郎的诗作略胜一筹。

558　十二月六日自田端致小泽忠兵卫

　　合十。华翰收悉，十分感谢。我仍如前，为写稿大伤脑筋。昨日折柴先生亦同"改造社"总经理来此，要我无论如何在六号日内脱稿。因此，我今天迫不得已连续写作。此前，我通告启用了"云田"名号，却被大分县诸君子冷嘲热讽一番。"云田"果真如此差劲吗？我曾请教小穴先生，据说蚬川一带诗歌画笺亦有照此书写者，故欲求之。此外，若得不到"河郎舍"之印章则即将毁掉，虽显贪得无厌，但请赐之为盼。此亦小穴先生智慧所在。不管怎样，因催稿紧急，无暇顾及短歌俳句。写作告一段落之后，定要腾出一天从容享受"风流三昧"。说到"风流三昧"，我得到小穴先生一幅上佳的《只鸡之图》，实可谓意淡而神古之作。如此精品，非水虎之画可比。近来常常郁闷寡欢，难以自遣。

　　　　　　　　仅奉一首
　　凄风伴苦雨，铿锵叩窗棂。花雕红窗内，隐约有人声。

---

① 原文即为汉诗。

我拟于近期再次登门拜访，倾诉心声怨愫。特此肃呈
衷平先生侍史

龙之介顿首

十二月六日

559　十二月七日自田端致佐佐木茂索

敬启者：

　　本想前往你处，却未能成行。拟于九日晚拜访，可否？事到如今，已无暇等你回信。如无大碍，请尽量安排。我撰写有关王烟客、王廉州、王石谷、恽南田、董其昌的小说，且只用二十页稿纸，仿若写洞庭万顷烟波于咫尺之间。我处现存小岛短篇一部，尚未读完。前半部看来率真质朴。然而今天忍性聆听折柴的贫穷经历，令人同情，便觉催稿之急迫亦可忍耐，简直莫名其妙。今晚从现在起，必须写出八页稿纸。这对你只需半宿之劳，而我却要付出九牛二虎之力。

　　　　　　　积雪压身翠竹挺，俯望河面已黄昏。

此致
大芸先生侍史

我鬼

腊月初七

560　十二月七日自田端致小穴隆一（信封写有"云田屋我鬼兵卫"）

　　我正写作有关王烟客、王廉州、王石谷、恽南田、董其昌的小说。他们全都登场，却只写二十页，所以很不简单，好像写洞庭万

顷烟波于咫尺之间。这活一完,我就去鲛州川崎屋。你来陪陪我吧!当然,也要带上入谷老兄。

561 十二月十日自田端致佐佐木茂索
敬启者:

有一事令我大为惊诧:昨天是九号!我一直把今天当成九号。难得有机会去你那儿一趟,这下也泡汤了。下次见面,须视文稿完成情况。十二号星期天,因写作繁忙谢绝会见。我仍在为《改造》和《赤鸟》撰写续稿,为《中央公论》所写《山鸠》尚未完成。

春晖染桦林,嫩芽尽萌生。我心系山鸠,翩跹翔碧空。

以上可否算得一首短歌?现在樗阴先生来了,说三汀不知去向。十分惶惑,肃此奉函。
大芸先生

云田生
十二月十日

562 十二月十四日自田端致佐佐木茂索
敬启者:

装潢请全部按照令兄所说办理,我对此只知皮毛。最近,一首短歌"深深看雪"合格。你的短歌,大都属内行佳作。古瓦先生的短歌,总有一种门外汉的味道。听说你获赠礼品甚多。你现在独身而绝无存放之忧,礼品多多益善。若娶妻室则必定穷于打理,难免不向河中抛弃。注曰:此乃夫妻私语是也。

短歌《山鸠》(你的)所咏何物不甚明了,你自己是否清楚亦令人怀疑。我如此繁忙,倒羡慕你不写小说。我若富裕,则大可不

必鬻文糊口，便可遂隐逸之志。附带一提，听说伊藤左千夫好大年纪还蓄妾室，难怪他的短歌冶艳曼妙。此致
佐佐木先生

我鬼拜
十二月四日

563　十二月十四日自田端致小穴隆一

风靡雪竹惊涛起，彤云压顶渐黄昏。

　　此致
小穴先生

我鬼
腊月十四

又及：我仍忙得焦头烂额。因《夜来之花》多方烦扰衷平先生，诚惶诚恐，今特致信感谢。有关"暮雪"一诗，衷平先生所言极是。不过，彼亦应通诗意，但因行外人之故，不可期望过高。顿首。

564　十二月十四日自田端致小岛政二郎明信片

风靡雪竹惊涛起，彤云压顶渐黄昏。

　　此致
古瓦先生

我鬼生
腊月十四

565 十二月十四日自田端致小泽忠兵卫

敬复者：

惊悉令堂大人受伤，谨祈早日康复。家母亦于七八年前因院石伤腰，如今仍时时疼痛，想必皆因伤后未能充分疗养。贵府亦应以预防不测为重。

据说我的"云田"名号惹人不快，且待深思熟虑之后再作定夺。由小穴先生遴选"最仲"雅号，故而受之。字面感觉甚好，但人们是否知其读音？

据悉承蒙先生书写"夜来之花"多幅，此亦拜承于小穴先生，诚惶诚恐。若书名写得过于出色，则易造成唯独装潢气派的假画书，收集文稿亦会渐生不快。在此深表谢意。

一如既往的繁忙令我厌倦，真想整年辍笔专攻书画，但目前为贫困所迫，尚难成全隐逸之志，甚感绝望。昨夜以两元钱购得铁舟墨宝，真品赝品不得而知。其字并非上佳，待他日光临即敬请雅鉴。时至年末，拟携微资涉猎古玩。《山栀子》一首甚妙，令人深感沉稳清雅之美，此非后学之薄才所能企及。我曾以此为范，于百忙之中发奋苦思冥想，但却无一成就。我总为小说所迫，俳句及其他则无暇顾及。眼下正写《山鹬》，有托尔斯泰和陀思妥耶夫斯基登场的小说。进程过半，却毫无成型迹象。

即　　兴

春晖染桦林，嫩芽尽萌生。我心系山鸠，翩跹翔碧空。

衷平先生侍史

芥川龙之介
腊月十四

566 十二月二十八日自田端致香取秀真

多谢惠赠野鸭与短歌。

　　　　　地冻天寒年将至，蒙赐手贺沼野鸭。
　　　　　野鸭难得堪入画，怎奈敝舍无处挂。

　　　　　　怀念天冈先生
　　　　　老叟独居巴厘岛，南国无寒尝野鸭。

此致
香取先生

　　　　　　　　　　　　　　　　我鬼拜
　　　　　　　　　　　　　　　　腊月十八

567 十二月二十八日自上野与小穴隆一联名致小泽忠兵卫明信片两张

　　水鸟松间落，不闻振翅声。似已折双翼，悲伤更孤零。

　　　　　　　　　　　　　　　　我鬼即景

　　归隐君子不卖药，欢欢喜喜过大年。

（我鬼醉墨。有一酒瓶画）

　　　　　岁末谨致青盖翁一首

　　　　　腊月忙年手脚乱，岁末不及赠王瓜。

　　　　　　　附小穴先生骥尾一首
　　　　　仰望冬云盼瑞雪，竹林深掩城中天。

　　（此处原文有小穴隆一所绘门松及孩童模样犬兽）
　　于"清凌亭"阿稻承办酒席，与小穴先生共饮。

　　　　　　　　　　　　　　　　　　　我鬼拜

568　十二月二十九日自田端致小岛政二郎明信片

　　　　　　作得新年俳句一首
　　　　　仰望冬云盼瑞雪，竹林深掩城中天。

　　　　　　　　　　　　　　　云田子
　　　　　　　　　　　　　　　　腊月二十九

569　十二月二十九日自田端致下岛勋

　　　　　寒冬夜长昼短日，三片酱菜赠友人。

空谷先生侍史
　　　　　　　　　　　　　　　　　我鬼
　　　　　　　　　　　　　　　　　腊月二十九日

570　十二月三十日自田端致香取秀真
　　现寄去信州诹访湖蚬贝少许。

严冬过后春将至，山国蚬贝寄友人。
《万叶》发句咏蛤蛎，此处蚬贝堪匹敌。
进门且莫解围巾，端上蚬汤细细品。

此致
香取先生侍史

我鬼拜
腊月末

571 十二月自田端致小穴隆一明信片（写有"小函岭隐士云田"字样）

你知道我家附近有一条开山通道（从神社牌楼前直通崖顶）吧！一男子路过时曰："此处风景恍若箱根。"我虽贫穷，但能居于仿佛名胜箱根之地，实感荣幸。特此奉告。

572 大正九年（1920）自田端致香取秀真

敬启者：

方才颇有失礼。回家后，隐士菅先生光临。说到先生所存大雅之作，亦欲瞻仰一番。不揣冒昧，可否拜借一时？拟派家差去取，如能交其带回则不胜感激。专此奉恳。

香取先生梧右

龙之介
二十八日

573 大正九年（1920）（推定）自田端致香取秀真

敬启者：

兹奉呈吉井勇之短歌，请予过目。为家计而作献与吉井的短歌，是故仰请先生垂青，请将天冈氏之住所书序交给家差为盼。
此致
香取先生

我鬼生顿首

日久又天长，教堂已沧桑。鸦粪虽古老，颂歌且莫唱。
长崎逛祠堂，弱女缠身旁。虽已不胜烦，颂歌且莫唱。
黑船来通商，异人黑心肠。脓疮尚可舔，颂歌且莫唱。

574 大正九年（1920）（推定）自田端致香取秀真

敬启者：
方才多有失礼。此前拜借的花瓶（画有菊花纹样）正送交对方欣赏，恳请宽限一两日。屡次过分要求，不胜惶恐。现遣家差前往，转达伏维恳托之意。草草。此致
香取先生

芥川龙之介
六月二十七日午后

大正十年

（1921）

刘立善译

575 一月六日自田端致小穴隆一

敬启者：

　　先生昨晚特意光临寒舍却有失奉迓，实在不胜惶恐。其实昨日是初次外出，此前一直在家。承蒙惠赐岁旦名画，感激万分。且又得到仲丙先生所赠短歌俳句。我从某时咏过雪景俳句以来，再未作过短歌俳句。现正为大阪报纸写作怪异小说。那本南画才只看过一册，曾临摹一幅仿云林画，但以失败告终。不知是否已被天神区古董店钵君买去？昨晚前去寻觅却已不在，旁落人手实为可惜。我亦欲取含有"中"字之名号，故而思索再三。

　　欲取"宗中"（此乃小堀远州之名号）、"空中"（本阿弥光悦之子之名号）等名号，却已被别人先用。拟取"旦中"为号，尚未确定。带"中"字的名号易招男伎花名之嫌，因此难以定夺。"昌中"、"玄中"、"童中"、"呆中"、"寂中"、"景中"、"素中"、"了中"皆已落选。又思"昌中"如何？此亦未定。又思"田中"如何？但此为常姓，真是无可奈何。只待拜年告一段落，即去拜访仲丙先生。

　　肃此奉达

一游亭主人梧右

　　　　　　　　　　　　　　　　未生子旦中

一月六日

576　一月六日自田端致小泽忠兵卫

敬启者：

　　昨晚大驾光临却无人在家，实感遗憾，而且自正月始，除元旦夜之外，那天是首次外出。我已开始天天给《大阪每日》写怪异小说，故又忙得不可开交。不过只须一周即可完成，打算此后即优哉游哉。最近我想，雅号概分两种。一种为中国进口，一种为日本特制。"漱石"为前者，"最仲"为后者。于是，我也想取一个日本雅号，冥思苦想却不得佳名。虽觉光悦之子的"空中"、小堀远州的"宗中"，即"×中"字样的雅号为好，却没能想出与"最仲"抗衡者。测字显示"了中"为宜，但总感到有点像男伎花名，所以仍在犹豫。顺便做过测字，据说"最仲"非常适合于你。不过，听说此测字先生实乃行外之人，因此未必可靠。知您拟遴选日本人俳句，我却因风格陈旧而无缘投稿，略感遗憾。此外，我欲奉赠一部斋藤茂吉的《璞玉》，所以请勿自行购买。此集中似有上佳之作。我于短歌俳句用功尚浅，但此间赠与他人一部《金瓶梅》时，附短歌二首。谨供垂阅。

　　我欲忘年高，欣然读此文。驱寒鸡蛋酒，难返我青春。
　　欣然阅长卷，爱读不释手。常饮鸡蛋酒，弱体度霜秋。

　　您为我等《鬼趣帖》的题诗中，"伸脖怪"一首堪称压卷之作。我对"漆漆黑黑夜，化作倾盆雨"一首深表敬意。不过，令我担心的是，"漆漆黑黑"有无与"雨夜"关联的先例。不日将前往拜访。即此。

最仲先生钧鉴

　　　　　　　　　　　　　　我鬼拜
　　　　　　　　　　　　　　一月六日
　　又及：另页是以前写好未发信件，请顺便垂阅。

敬启者：
　　大札诵悉。此期短歌皆为上乘之作。有关雅号之事，不管"最仲"如何读音，我仍渐生爱心。"藻中"当然不及"最仲"，若欲更改名号，一定选用"最仲"。风雅凝聚江户百年风流，定非此号莫属。若对"云田"名号欲加微词，请但说无妨。坦诚而言，我的俳句短歌以及全部爱好皆可露骨批评。批评中肯，立当以礼相拜；批评有偏，我即原样奉还。古人云"求道不拘师徒"，我等之间风流即道，故坦诚相待皆为求道。我乃新参之云水僧人，虽则如此，有话要说时，无论拙见抑或怪论，皆欲一吐为快。更何况，您是我常年求教的尊师，故有悖理之处恳请严厉批评。《山鹬》已彻底失败。

577　一月九日自田端致香取秀真（信封写有"东南离芥川龙之介"）

　　日前承赐寄短歌，十分感谢。谨以粗劣之作奉和。

　　　三九隆冬夜，秉烛促膝谈。滴酒不曾饮，来日再把盏。

　　此致
香取先生侍史
　　　　　　　　　　　　　　芥川龙之介顿首
　　　　　　　　　　　　　　一月九日

578　一月十日自田端致小穴隆一明信片

前往布佐川一事,可否延期一周?日内我必须将小说脱稿。"二天"的《看布袋斗鸡图》为原先生家藏,我也曾得以一见,实乃俊逸无双。但若旁挂大雅,仍然略逊一筹。

又及:"圆中"确为名号,不妨选定"圆中"。

579　一月十三日自田端致玉林宪义

敬启者:

今早拜读来信。你的书信极好,读起来颇感愉快。有时寒舍亦有陌生人来信,或托书童转来书信,还有叫我看稿、写彩纸和诗笺的书信。此时我大都蹙眉板脸,然后写信婉拒。你的书信不属此类,只此已令我开心。而且在你的信中,洋溢着我们三十岁上下的人已然失去的纯真感情。再说一遍,我读你的信很愉快。不过我对你一无所知,真不知该怎样为你提出忠告。若是写下我对所有人都会提出的忠告,我只能说,不管将来当什么,都必须学习,必须学习。我也必须毫不示弱地学习。谨此奉达

玉林宪义先生

芥川龙之介
一月十三日

580　一月十五日自田端致小穴隆一

请于十七日上午光临。为我出书之事,欲拜见新潮社男君。十六日晚我不在家。"小窗"之"小",小生亦不赞同。

581　一月十九日自田端致中西秀男

近日得赐公鱼,多谢。那些公鱼是否令堂大人所送?

承蒙送公鱼，拢火烧烤忙。如今人未见，挚情实难忘。
旷日已长久，霞浦去垂钓。唯独此公鱼，其味更美妙。

羊羹也很有劲道，的确好吃。一并致谢。

伏案挥笔大寒夜，盘底赫然留羊羹。

上述诗作，描写夜晚品尝羊羹、写作书稿的实景。如能告知土浦住址，我即向对方致信感谢。敬请函告。小说是否写好？下次见面，要对《浅草文库》进行评论。小生现在为《大阪每日》撰写鬼故事《奇异的重逢》。
　此致
中西秀男先生钧鉴

我鬼拜
一月十九日

582　一月二十三日自田端致下岛勋

敬启者：

　刚才有客来此，谈到井月。可否俯允拜见你曾提及的扇面和尺牍。珍贵物品本来不应简慢，心中实有歉疚。但恳望惠准。肃此奉求

空谷先生侍史

芥川龙之介
一月二十三日

583　一月二十五日自田端致室生犀星

敬启者：

　蒙赐高著，不胜感激。此次装帧亦精美雅致。但闻略感风寒，

望多加珍重。我亦感冒鼻塞。又闻夫人有喜，亦应保重。是否在其中加入空谷先生，抽签决定吧！此致
鱼眠洞主人座右

我鬼山人顿首
一月二十五日

584　一月二十九日自田端致佐佐木茂索

敬启者：

今闻罹患感冒，望多加珍重。两三天前，我的一位熟人因患感冒而死。你现在绝不能死，要保重、要保重。我终于为《大阪每日》写完小说，难得小闲片刻。明天是周日，打算明后天外出短暂旅行。其后五号，必须到大学先生的山上御殿去讲"坡"的话题。那些听众实在不好对付，所以现在已开始略感不快。我确应毫不间断地写作崭新的小说或别的作品。笔走龙蛇地写出滴水不漏的佳作，与变戏法的"豆藏"从口中吐鸡蛋一样，都是极难的绝技。只要学得其一，无疑可得正果。最近想学英语，于是开始阅读亨利·詹姆斯①，也相当"乙"②。而说到"乙"，我三四天前曾收到生田蝶介的作品。若能像他那般"乙"，也已很了不起。现在猛然想到"乙"的词源，是因为"也不是'甲'"所以才说"乙"的吧！如此看来，我比古瓦更有资格担当国语先生。赶快养好病！

背阴山野春草绿，向阳菜田小葱青。

---

① 亨利·詹姆斯（1843—1916），美国小说家，后入英国籍。
② 有味儿。

此乃祈祷病愈的俳句，即便是拙词劣诗，你也得接受我的祈祷。
此致
大芸居主人侍史

我鬼
一月二十九日

585　二月二日自田端致香取秀真

敬启者：

渡边送来中国年糕，现转送些许。清洗切片，尽量切薄，再放在铁网上烧烤。要用火筷戳眼儿，以免鼓胀。然后，不蘸任何调料食之。特此传授食用方法。此致
香取先生

芥川龙之介顿首
二月二日

586　二月十二日自田端致小穴隆一明信片

敬启者：

若碧童大哥方便，十六日举行笔会如何？我尚未完成校稿，不胜厌烦，已到筋疲力尽的地步。文章皆如屎臭。且因急务非去大阪社里不可。时世艰难兮，苦无涯。

587　二月自田端致小穴隆一

有武士一人，携随从四五人出行猎鹿。归途中，武士于某寺聆听说法之后突然剃度。众随从惊而悲戚，然无计可施。武士卸去猎服，着袈裟法衣佩金鼓于胸，口呼"阿弥陀佛"西行而去。此皆因风闻阿弥陀佛对众生渴仰之声呼之必答。西方有大海，海边有分叉枯木。武士登其上，望海呼曰："阿弥陀佛——喂——喂——"

七日后饿死。有住此地某僧往寻视之，但见枯木梢头尸骸口中生出一朵莲花。知已归西，无限欣喜。

欲请先生依此情节作画两幅，二十六日前寄往国粹馆。尸骸尚未从枯木移下。专此奉恳。我即向国粹馆寄去文字稿件，二十六日前寄到。恳恕勉为其难。

588　二月十九日自田端致小林宪雄

敬启者：

大阪来电催我速去，稿约可否延至下期？二十号之前无论如何难以完成，不胜惶恐。此事亦须急告小穴，托他只作插画即可。二十三四号当然回京。本月底前，好歹应能安排时间。独断专行，罪过罪过。万望宽恕。匆此奉呈

小林宪雄先生

芥川龙之介
二月十九日午后

589　二月十九日自田端致小穴隆一（写有"夜来花洞主"）

因急赴大阪，故国粹原稿延期交付。可只将插画完成，寄往国粹。（神田区桥本町一丁目一番地社内小林宪雄收启。）当你接到此明信片时，我已到达滨名湖。

590　二月十九日自田端致小岛政二郎

召波① 抄

又逢初冬渔汛到，兵库寄来是海鲜。

---

① 召波（1727—1771），俳人。

黄昏时分阵雨落，亘古河口坚果沉。
　　纤纤寸草亦枯萎，殿前老屋石板青。
　　望眼欲穿故乡远，枯树根前夕霭生。
　　放贷稻谷一农夫，愁眉厌听捣衣声。
　　滤草秋雨潇潇下，濡毛小鹿款款行。
　　长河辗转溯流上，小鸟落网暮色中。
　　朔风凛冽穿堂过，素衣单薄刺骨寒。
　　二老双亲榻上坐，糯米甜酒杯中盛。
　　时近黄昏降骤雨，街市处处起波纹。
　　少年驱犬急急走，天边夏月高高悬。
　　路旁簇簇开蔷薇，原野习习飘暗香。
　　待客主人实好笑，倾力站定挡炉前。

"满怀欣慰尝新酿，不胜酒力叩额头"、"虽非贵人多忘事，于袖兜中觅头巾"等，召波的诗中，此类佳句不在少数。

　　风和日丽春深深，海菜除盐白茫茫。
　　岛原城内黄昏至，乡野霞空云雀飞。
　　一笔画成羽子板，两尊绢偶置堂前。
　　迎面一阵秋风过，扬起童颜痱子粉。
　　清晨日出露珠闪，小马吃草鼻唇湿。
　　农工商人有娇妻，百人百样多风情。
　　身困俗世多艰险，衣衫单薄难御寒。
　　嫩竹麦穗响婆娑，村舍百家掩映中。
　　古都大原清静地，老牛露脸树芽间。
　　春莺嬉戏铜莲水，抖擞精神再唱歌。

逐句细细品味,与几董①之辈意境相比,天壤之别不在话下。如何?特此奉呈

古瓦先生梧下

我鬼记

591　二月十九日自田端致宫本势助(抄写件)

敬启者:

日前得许拜访求教,感激不尽。当时所言贵函,回家寻找多时未见下落,想必是邮局遗失。因此,如能再赐教诲,将不胜荣幸,实感诚惶诚恐。关于《虫》一文,回家查找之后,见到博文馆书中也有。"金尾丸"也正是"金尾丸"。我读书只注重故事情节,因而极易疏漏,确实令我抱憾不已。今晚去大阪。此致

宫本先生侍史

芥川龙之介顿首
二月十九日

592　二月二十日自田端致小穴隆一

早春入夜风骤冷,莫感风寒一游亭。
今夜启程离京去,列车窗边忆圆中。

拖延一日,今晚出发。同行者宇野耕右卫门,我俩皆为戒酒者。故无🍶和🍼,只有🍘。此致

小穴隆一君

---

① 几董(1741—1789),俳人。

夜来花庵主

593　二月自田端致小穴隆一明信片

敬启者：

　　此前所托之画为平安时代作品，故此专肃奉托。截稿日期为二十六日，切望尽早完成。我昨晚回京，现已火速动笔写作。

龙顿首

594　三月二日自田端致薄田淳介

敬启者：

　　此前承蒙多方照料及盛情款待，不胜感激之至。现有以下事项谨禀咨询：

　　（一）所谓旅费，即火车、轮船、住宿一应费用。所谓日补，即上述费用以外每天所需补贴。这样解释是否准确？抑或日补之中也包含住宿费用？

　　（二）前往上海的船票（从门司港起航）是否由你方购买？或由我方购买？据某人提供信息，现有由上海至北京再至东京的全程四月通票。若确有其事，尽可利用。

　　（三）旅行准备和零用款项仅凭我的版税似乎不够，可否预支三个月的工资？

　　另有几事相托。

　　（一）可否预支旅费及日补两个月的款项？由我预算不如社里预算更为准确。

　　（二）出发日期，十六号以后哪天皆可。此事亦应由社里确定，若由我定，可能会随意变更以致拖延不决。

　　以上五项，恳请即复为盼。

即将登程

阳春三月万物醒，柳条衣箱也泛青。

　　此致
薄田先生梧右

我鬼拜

595　三月四日自田端致小穴隆一

现已无信笺可用，只好以此劣纸写信。恳请海涵。

为"国粹"多有烦扰，谨表谢意。我的小说未成，皆因时间紧迫，似乎结尾极不成功。

今天中根来让我看样书。由于封面蓝色变浅，衬页色彩更显华丽。封面颜色变浅我也无从得知，故而略感意外。此外，扉页和衬页的过渡太显唐突，故而希望加纸。有关纸质选择，我已遣其赴贵宅请教，望予安排为盼。此外，听说衬页拟用日式麻纸来印，虽费工时，成本却不高。所以，我对自己无端忧虑颇感后悔。正文印刷当中亦有若干缺陷，我深感书籍制作何等繁难。不过，新潮社已是全力以赴，因而只有宽宏大量。仅有的牵挂，即衬纸未能使用日式麻纸。你的画作十分难得，有所损伤，愧对于你，实在令我痛苦不堪。

将近月半，即将出行。出行前想与入谷大哥共飨小宴。肃此奉函。

小穴隆一先生

芥川龙之介

三月四日

596　三月四日自田端致宫本势助（抄写件）

敬启者：

　　此前参谒，多有烦扰。此番来信确已收讫，请放心。再度烦扰先生真不过意，特此郑重拜谢。因小生定于本月中旬赴中国旅行，眼下难觅拜访机会。切勿怪罪，恳望宽宥。特此急告如上。此致
宫本势助先生

芥川龙之介
三月四日

597　三月五日自田端致佐佐木茂索明信片

敬启者：

　　有关欢送会事宜，昨晚经前思后想仍觉人数少些为宜。人数太多，我精神难以承受，因此也已致信菊池相商，请尽量限制在圈内同人的范围。今天前往小田原市。即此。

598　三月七日自田端致恒藤恭

敬启者：

　　现在只有这张纸了。信纸糙劣，恳请涵察。我拟于本月中旬出发，赴中国游览。此乃报社成命，纯属穷人旅行。谷森君死了，很久以前就死了。石田仍很健壮。因我懒得出门，藤冈未曾见面。成濑留洋去了。［此处删除］通俗小说我一点都写不了，但若明确决定由报社承担责任，即无论评价可否，都尊重作家和作品，我便有意写作长篇。近来热衷于东洋书画收藏，习染了观看印谱和拓本的癖好。此事令我颇感困惑。小说于艺术中也属俗极之物，然否？请代问夫人好！此致
恭先生

龙之介

　　　　　　　　　　　　　　　　三月七日下午

599　三月十一日自田端致薄田淳介
敬启者：
　　此次仰承多方关照，不胜感激。今又收到多封介绍信。目前尚无途经大阪计划，但若有事，亦可将日程提前一天，望尽快回信。此外，游记恐怕不能天天都写，但我计划以上海为中心撰写南方印象记，以北京为中心撰写北方印象记，写完寄回。未必能有佳作，请勿期待过高。前天于"静养轩"欢送会席间，里见弴致词云："中国人在古代很是伟大。然而古代伟大的中国人现在突然不伟大了，令我百思不解。到中国去后，切莫只看过去中国人的伟大，还要找到如今中国的伟大之处。"我亦如此打算。此外，费用已于前天从日松内处领到。若不够用，则到达北京时领取；到北京之前，费用已绰绰有余。也是在欢送会席间，菊池宽致词云："芥川本是福中之人。不过此次中国之旅，我却毫不羡慕。既然没有报酬，我也就不想去了。"据说，报酬为两千元。没准他把中国之旅跟《珍珠夫人》混为一谈了。谨此奉复。
薄田淳介先生
　　　　　　　　　　　　　　　　　　芥川龙之介
　　　　　　　　　　　　　　　　　　　三月十一日
　　又及：泽村的书尚未寄到。书到立即致谢，恳请您也代为转达。另外，此前曾约定为《时事新报》撰写通俗小说，稿费为每回十元。《朝日》想必同此价位。但据说《朝日》聘请谷崎润一郎撰写通俗小说，所以申请每回二十元。即此。

600　三月十一日自田端致菅虎雄
敬启者：

兹介绍西洋画家有田四郎。有田家居镰仓,忠雄亦知。有田为了出版朋友小山东助的全集,欲求先生为其封面题字。

以上事宜,恳请安排为盼。肃此奉托

菅先生梧右

芥川龙之介
三月十一日

601　三月十一日自田端致小杉未醒

敬启者:

中国之旅承蒙多方照料,不胜感激。旅行至汉口时,定去拜访水野先生。并献拙著一册于座右。文章蹩脚之处,权当印刷谬误。令人生厌之处,即权当作者年轻所致。肃此奉达

未醒画宗侍史

夜来花庵主
三月十一日

602　三月十三日自田端致小穴隆一

敬启者:

多有烦劳,不胜惶恐。十六号前画成为宜。十五号前后,可否与入谷兄同往品尝人形町的"油炸菜"?古原草先生若能同行更佳。总之,我下午三点钟左右前往最仲庵(现即致信小泽、远藤二位先生)。虽未见田村松鱼其人,但见《新潮》所刊之随笔,即云赠我柿右卫门瓷钵一个。若于见面前拿到瓷钵,即请观赏。我看到空谷老人、入谷大哥的《夜来之花》云:"与不折等人相比,不可同日而语哉。"

谨此奉达

一游亭主人侍史

夜来花庵主
三月十三日

603　三月十三日自田端致中根驹十郎

敬启者：

令爱贵恙近来如何？有关《夜来之花》的装订，请尽快向小泽、小穴先生致谢。谈妥即付津田青枫二十五元，请尽量办到为盼。印税请付给菊池一成二，因此小生于"春阳堂"也是一成二。《夜来之花》一成即可。但请多给两位先生一些酬谢。特此奉恳。

　　此致
中根驹十郎先生

芥川龙之介
三月十三日

604　三月十六日自田端致田村松鱼

敬启者：

承蒙特意赐赠"涡福"茶碗，实乃诚惶诚恐。正如您之所讲，形状、色彩、纹样皆属精妙绝伦。蒙赐密藏精品，虽于心不安却又感激不尽。正欲速往拜谢，不期报社命我赴中国旅行。出发日期迫在两三日内，诸事繁忙。虽自知大有不敬，仍冒昧奉函禀谢。请切勿见怪，万望海涵。待他日归来之际，亲往拜晤面谢。专此肃谢。

"涡福"名器前，打坐阿弥陀。夜来花庵主，涕泗已滂沱。
名瓷手中捧，喜悦心底升。浓浓异国情，"涡福"蔓草中。
"涡福"摆面前，聊发怀古情。命脉勃勃动，风貌栩栩生。
有幸得"涡福"，尤爱青花纹。蔓草轻挥就，陶艺伴此生。

愿拙诗能博先生一笑。幸甚。拜呈

田村先生侍史

芥川龙之介
三月十六日

605　三月十六日自田端致泽村幸夫

敬启者：

　　昨日收到《角山楼类腋》。途中多蒙盛情，暂且拜借，不胜感激。又值小生即将赴中国旅行之际，惠赐多方照料，谨表衷心谢意。定于十九日早从东京出发，二十一日自门司港起航。故下次寄信约在禹城。暂先以此致谢。潦草不堪。

留　　别

　　烟波浩渺沧海水，江户迷蒙樱花天。

泽村先生侍史

芥川龙之介
三月十六日

606　三月十七日自田端致佐佐木茂索明信片

敬启者：

　　据闻先生拟于十八日下午光临寒舍。然小生偶感风寒，伏请延至十九日下午。我十九日下午五点半出发前往门司。顿首。

607　三月十七日自田端致小穴隆一明信片

　　出发时间定为十九日下午五点半。特此奉告。碧、古两位先生也已通知。

芥川龙之介顿首
十七日

608　三月十七日自田端致泷井孝作明信片

敬启者：

据闻拟于十八日下午光临寒舍。因偶感风寒，当日不宜会面。我计划十九日下午五点半前往门司港。如能拨冗，敬请驾临。顿首。

609　三月十九日自田端致中根驹十郎

敬启者：

本应于出发前踵府拜谒，但因杂务繁忙不得抽身，故拖至今日。恳请按照附页名单，向各位先生挂号邮赠拙著一册。恕我武断，该项费用等我回京再付。收取挂号信虽嫌烦琐，但仍请经由上海日本领事馆转交小生。

此致
中根驹十郎先生

芥川龙之介顿首
三月十九日

菊池宽　久米正雄　里见弴　久保田万太郎　小宫丰隆　斋藤茂吉　岛木赤彦　藤森淳三　冈荣一郎　佐佐木茂索　中村武罗夫　冈本绮堂　薄田泣堇　泷井折柴　与谢野晶子　丰岛与志雄　宇野浩二　江口涣　南部修太郎　加藤武雄　室生犀星　谷崎润一郎

610　三月二十六日自大阪致芥川道章

敬启者：

别来各位无恙是盼。我自东京出发以来，于火车中体温不断升高，痛苦不堪。因此在大阪下车，与前来车站的薄田相商，投宿于报社旁的北川旅馆，即请附近医生诊疗。该医生取出旧时兽医为牛做肛测的温度计，我即对其难以信任。只是感冒发烧，开了两天的药。我没服用。自己要些双氧水，兑成含漱剂。我另外服用下岛先生给的感冒药，并用棉棒向咽部涂抹双氧水，高烧已达三十九度。三日内好歹降至常温，但"雄野号"客轮也已误点。又想乘坐二十五日由门司港起航的"近江号"，到达大阪却发现忘带东西，如剪刀、膏药、体温计、笔记本等。如今现买，行李自然容纳不下，无奈只得买只篮子。我感冒已然基本痊愈（今早三十六度四），请别担心。下封信在门司港登船前寄送。草草。

此致
芥川道章座右

龙之介
三月二十三日

又及：请将中川康子、菅藤高德、武藤智雄、野口米次郎（动坂居人）四位的住所，并《新文学》的新年号卷末文士画家住所，抄录寄往中国上海四川路六十九号村田孜郎转芥川龙之介收。住所录从《新文学》上取下即可。

再者，我外出期间所作游记随时可能登报。请多加留意，并剪报保存。

再者，刚才薄田来见，定于二十八日乘船，二十六日或二十七日离开大阪。住所录仍请寄往上海，往这里寄来不及。

再者，逗留大阪期间，为《大阪每日新闻》写作一天（周日附录）。此文亦请剪报保留。

近日仍不识香烟味，两个鼻孔都不通，甚不愉快。

同封报纸即上海报纸，若有小生照片即随信寄回。

姑母感冒是否痊愈？切勿劳累。否则会像我这样，感冒卷土重来。请多保重。

比吕志有爷爷、奶奶和另一个奶奶照顾，丝毫不必操心。

总之，旅途生病真是麻烦。

承蒙下岛先生赠药，望尽快向先生隆重致谢。

二十五日

611　三月二十六日自大阪致泽村幸夫

敬启者：

中国有写杨贵妃×××的书，是什么书名？如能赐教，则不胜感激。另外，能否告知此类书中独具妙趣者？我所知海淫书籍有《金瓶梅》、《肉蒲团》、《杏花天》、《牡丹奇缘》、《痴婆子》、《贪官报》、《欢喜奇观》、《杀子报》、《野叟曝言》、《如意君传》、《春风得意奇缘》、《隔帘花影》等。此致

泽村幸夫先生

芥川龙之介
三月二十六日

612　三月二十九日自"筑后号"致芥川家明信片

敬启者：

昨日在玄海滩遭遇风暴。轮船摇晃，桌上碟子餐刀全部滑落于地板，小生亦因晕船险些呕吐。今日天气晴朗，风平浪静，右舷方向可见济州岛影。预计明日中午进入上海港。顿首。

（背面）

姑母感冒是否好转？小生已痊愈。但为慎重起见，烟已戒掉。即此。

613　三月二十九日自"筑后号"致下岛勋明信片

敬启者：

二十八日搭乘"筑后号"自门司港起航。出门司港经玄海时突遭风浪，小生亦险些呕吐。当然，晕船者不止我一个，乘客自不待说，有的海员竟也晕船。今日天气晴朗，因此航海愉快。

此致
下岛勋先生

芥川龙之介
二十九日于"筑后号"船中

614　三月二十九日自"筑后号"致小泽忠兵卫、小穴隆一

敬启者：

出发之际承蒙相送，不胜感激。其后于火车中发烧甚重，终于在大阪下车，在北滨宾馆卧床一周。后于二十七日离开大阪。二十八日，于门司港搭乘"筑后号"。但在玄海遭遇风暴，餐桌上碟子、餐刀全部滑落，故小生亦严重晕船，痛苦不堪。晕船实在令人厌恶，脑袋昏昏沉沉，腹中倒海翻江，真是万般无奈。当然，晕船者不止我一人，乘客自不待说，海员中亦有晕船者。乘客中未晕船者仅有一个美国人，此人偕日本姨太同行。风暴最烈时，他还用便携打字机打字，悠然自得。

今日天气晴朗。上午于右舷方向可见济州岛，较淡路岛略大，但居住者为朝鲜人。或因只有朝式窝棚，看上去人烟稀少。

预计明天下午三点或四点进入上海港。今天虽未晕船，但昨日后遗症尚未消失，仍然头重脚轻。

读完此信请转给小穴浏览。即此。

芥川龙之介于"筑后号"沙龙

615　四月二十日自中国致小岛政二郎美术明信片

南京路即相当于上海之银座大街。我所去咖啡馆、书店等，皆在此处。中国新派女学生烫着刘海，围着羊毛披肩，其昂首阔步之奇观仅在此处可见。

我鬼
二十日

616　四月二十四日自中国致芥川道章

敬启者：

到上海后，因感冒未彻底痊愈，引起干性肋膜炎，立即住进里见医院治疗。幸好处置及时，过程顺利，预定今日出院。至此已住院三周，日程完全打乱，去北京须延至五月下旬。此后需视身体状况再考虑是否仍去北京。暂定只游览江南地区后即行回国。本想于住院期间写信，又怕引起无谓的忧虑，所以延至今日。曾一时担心死在上海，幸而西村真吉、琼斯在此，万事顺遂。很多陌生人也来探望，病房满是鲜花。且上海报纸事件不多，故小生患病之事每日皆有报道。因此，井川的兄长开玩笑说："简直像××××罹患贵恙一般。"预计在此逗留一周之后，再去游览杭州、南京、苏州等地，并前往汉口方向。此致

芥川家各位

芥川龙之介于上海万岁馆内
四月二十四日

又及：住所录并父亲及文子的书信确已收到。今后寄信仍为北四川路村田孜郎转小生。请母亲及伯母也尽量写信，离开日本捧读家书，实乃欣喜快慰之事。

最后，恳望父亲大人饮酒有度。此次患病之后，小生于中国旅途发誓绝不抽烟。总之，患病即想返回日本，但肩负报社使命，身

不由己。近来，一见中国人便怒火中烧。

617　四月二十四日自中国致薄田淳介
敬启者：
　　别后久疏音讯。承蒙几番赐函慰问，不胜感激。小生此次疾患仍由前次感冒未能彻愈所致，并引发干性肋膜炎。医嘱静养一月左右。但因处置及时，除咽喉炎症之外，基本全好。本打算尽早外出游览，又怕旅途病情加重，故而缩减日程，只游长江沿岸至宜昌；之后暂回东京疗养，秋季再去北京。当然，若病情稳定即经汉口赴京。一旦回国，再出国恐大不易。此信早想动笔，但因病中病后身心倦怠，拖延至今。请勿见怪，海涵为盼。昨日出院，今日拟同村田走访中国文人。昨日出院之后，即在市内游览，乞丐与尿臊气令我惊诧万分。
　　此致
薄田淳介先生
　　　　　　　　　　　　　　　芥川龙之介于上海万岁馆
　　　　　　　　　　　　　　　　　　　　　四月二十四日

618　四月二十六日自中国致佐佐木茂索明信片
　　会见郑孝胥、章炳麟等学者先生。郑先生早以其书法知名，因而相见倍觉亲切。章先生亦同于此。此人喜污，虽妻子提出离婚，仍身着垢领脏衣于古书堆中泰然处之。实乃真正学究。
　　　　　　　　　　　　　　　　　　　　　　　龙于上海
　　又及：闻知《那次死及下次死》载于《新潮》，可喜可贺。本想给稻田君写明信片，但因住址不明只好作罢。请代为问候。

619　四月三十日自中国致泽村幸夫

敬启者：

此前拜见贵函，多谢。其后小疾终得痊愈，每日或会客或出游。近来无论走到何处必有人云："泽村来信了etc.。"你为我向众多人士写介绍信，实在感激不尽。身在国外，倍感难能可贵。时日虽短，仍欲游遍上海。村田亦向我做此保证。会见了章炳麟、郑孝胥、李经（？）迈等老名士及余谷民、李人杰等新人。李人杰堪称出类拔萃之才。徐家汇以外，他处大都走马观花，尚未得到领事馆核发徐家汇游览许可证。承蒙指教的书籍尚未找到。后天出发去杭州。此致
泽村先生侍史

芥川龙之介顿首
四月三十日

620 五月二日自中国致松冈让美术明信片

自杭州谨申一笔：西湖小巧玲珑，美不胜收。此地盛产老酒与美人。

杭州西湖暮春夜，我邀苏小掬耵聍。

芥川龙之介
五月二日

621 五月二日自中国致佐佐木茂索美术明信片

西湖纤巧之美过多，难以激发自由想象。（仅雷峰塔例外。）今天游览西湖，顺路参谒秋瑾女士墓地，墓碑上题"鉴湖秋女侠之墓"。女士绝命诗曰："秋风秋雨愁煞人。"近来，我对秋女士兴趣浓厚，远胜苏小小。

>龙之介
>五月二日

又及：我之书信请勿在《时事报》上发表，社里清规戒律甚多。专此奉达。

622　五月四日自中国致南部修太郎美术明信片

来到杭州，眼下在"新新旅馆"一室豪饮特产老酒。窗外是暗无星月的西湖，可见熠熠萤火。乡愁油然而生。即此。

又及：多谢出发之前为我拍照。

623　五月五日自中国致江口涣

又从西湖回上海。在上海已逗留近一月，当然，其间住院二十天。今日闷热下雨。隔壁房间来了两三位中国艺伎，正在拉二胡唱歌。预计两三日内经苏州前往南京方向。

>　　盘中犹剩东坡肉，春燕呢喃闹堂前。

>我鬼
>五月五日

624　五月五日自中国致下岛勋美术明信片

昨日自杭州归来。西湖美景几似明朝古画，夜晚湖面萤火闪动，令人称奇。杭州是著名老酒产地，但像我等滴酒不沾者却无从品味。

>　　盘中犹剩东坡肉，春燕呢喃闹堂前。

见东坡肉如此油腻便想到,东坡也像如今中国人这样喜爱油腻食物吗?

上海我鬼
五月五日

625　五月五日自中国致芥川道章

敬启者:

其后安然无恙,欢度旅途时光。敬请放心。昨日自杭州归来,预计两三天内经由苏州、南京前往汉口方向。今天是五月五日,于是想起比吕志是第一次过"男孩节"。想必大家健康无恙,若有事(即便无事),来信寄至中国湖北汉口英租界武林洋行宇都宫五郎转我即可。梅雨前,日本天气也不稳定,姑母大人等尤其要多多保重。父亲大人亦切不可饮酒过多。有的中国老太,鼻子也像母亲大人,有的女人比文子还胖。另信寄去上海报纸剪报。连续三天登载有关我的报道,我实在是诚惶诚恐。此外,我又从上海寄出书籍包裹。二楼若有臭虫请予清除,再将书籍妥善保管。即此。

又及:近日梦见回家,是本所区那个家。阿义来了,大家说那是幽灵,全都逃走,伯母没逃。梦醒了,我很悲伤。梦中,比吕志到处乱窜。

上海的太太们送给我两个银质玩具(一个二十元左右)。文子的老公在上海非常吃香。此致
家中各位

龙之介
五月五日

626　五月十日自中国致小穴隆一明信片

在上海一直因感冒卧床,所以久疏音讯,十分抱歉。近日得以

继续旅行，从杭州来到苏州。这座孔子庙气宇恢宏，却成了蝙蝠的巢穴。游览时只听庙内似有下雨之声，据说是蝙蝠振翅。地板上满是粪便，臭气冲天。明日即去扬州。即此。

又及，寄给碧童先生的信，大家是否都读过？

苏州 我鬼
五月十日

627　五月十日自中国致下岛勋美术明信片

别处暂且不提，但建议先生，苏州定要观赏一番。寒山寺平庸无味，但天平山却俨然南画中之山景。即此。

又及，预计明日去扬州。

我鬼
五月十日

628　五月十四日自中国致中户川吉二美术明信片

在苏州游览了留园和西园。西园到底不及留园规模宏大，但两者皆有太湖石、芭蕉、岩桂与白墙相映成趣，极为秀美。真想在此类宅院之中，玩他一天中国式赌博。

629　五月十六日自中国致小穴隆一美术明信片

预定后天搭乘发自上海的"凤阳号"，前往汉口。健康状况不太稳定，故登庐山之行暂缓，直接从汉口去北京。到中国后，已画出"水虎"二幅。

龙之介于上海
五月十六日

（背面，有南京名胜乌龙潭照片）

中国之风景与西洋文明完全不和谐，请看这位士兵斯文扫地的样子。

630　五月十七日自中国致芥川道章

其后，游览了杭州、扬州、苏州、南京等处。悠悠中国之旅到此地步，不到秋天恐难收兵，那我可消受不了。所以打算取消庐山、三峡、洞庭湖等旅程，直接从汉口前往北京。中国再好，住两个月也不会轻松。前天又请此地医生看病，一切皆无故障。照片是否寄到？扬州和苏州的照片也将寄到。在南京给比吕志买了衣服，是中国孩子过节穿的老虎衣服。不太大，所以比吕志也许穿不上。当然，才不过一元三角钱。看到可心合意的书籍拓片就买，所以眼下手头甚为拮据。打算到达北京之后请求大阪报社补充旅费（医疗费用也花去大约三百元），因此很想尽快到达北京，尽快返回日本。今晚乘船，五号到达汉口，从那儿到北京需时两昼夜，故一周之后即可到达北京的宾馆安顿下来。来信请寄北京崇文门内八宝胡同波多野乾一转我即可。想必各位近来康泰无恙。姑母仍在注射吗？皮下注射比静脉注射好些。若未做皮下注射，见到此信，请立即开始。中国有一种叫作"草决明"的代茶妙药，仅看我自己的实验即知效果显著，回去也请姑母、母亲饮用。此外告诉文子，人参精用完要早些买好，让大家都喝。一旦断档，大家便都停药；一旦停药，就是懈怠养生的开始。此致
芥川家各位

芥川龙之介
五月十六日

又及：刚刚收到来信。和服之类，因眼下经济拮据不可购买。旅途特产我只买便宜货，切勿期望过高。

631　五月二十日自中国致小穴隆一丁悚油画《高璞女士像》美术

明信片

这是现代中国的西洋绘画。近来,有位中国人也在上海日本人俱乐部举办了日本画展。这位先生颇受栖凤等"四条末"派的影响。总之,如今中国的艺术已彻底衰败。

龙于芜湖
五月二十日

632　五月二十二日自中国致石黑定一美术明信片

离开上海毫无憾悔,唯有难见君面,是为憾事。

惜　　别

初夏山间升彩虹,溘然消逝惜别离。

芥川龙之介于庐山
大正十年五月二十二日

633　五月二十三日自中国致下岛勋美术明信片

据说游遍庐山约需一周,为赶旅程,拟于山上暂住一夜。明晨即下九江,直奔汉口。如今庐山,不过是西洋人避暑之地。

又及:于芜湖拜读尊函,非常感谢。庐山同行者是竹内栖凤。

龙之介
五月二十三日

634　五月三十日自中国致与谢野宽、与谢野晶子美术明信片

俚曲凄婉三弦拨,朱唇曼声翠花歌。
耳环摇曳金光烁,不似细君奈若何。

此乃新体和歌是也。长江洞庭湖船中沉闷无聊，竟令我作此歪诗。肃此。

湖南长沙我鬼
五月三十日

635　五月三十一日自中国致石田干之助美术明信片

来到长沙，观览叶德辉藏书。叶先生现在苏州，打算卖掉三十五万卷藏书。你处是否有意购买？其中确有好书，详见观古堂藏书目四卷。我明早返回汉口，两三日后赴洛阳。即此。

芥川生

636　六月二日自中国致泷井孝作美术明信片

据闻你已紧随室生之后，我于本月中旬才到北京。上海卧病令我心有余悸。长沙毗邻湘江，所谓"清湘"者，不过一脉浊水而已。其暑热也超过华氏八十度。除江堤垂柳之外，市区几乎不见树木。此处特产为新思想和伤寒。即此。

637　六月二日自中国致薄田淳介

敬启者：

本来约好文稿在旅途寄出，但事到如今，方知此约实难践之。因此，我在陆地时游览名胜，参观古迹，观看戏剧、学校，略有余暇便出席欢迎会、讲演会，且欲观看动物园的娃娃鱼。而我又不得不在旅馆接待想见我之诸君子。在船中被船长挽留，被事务长挽留，有时还被迫郑重其事地观赏所藏赝书伪画。欲在此间凝思动笔，就只有缩减睡眠，此必导致神经衰弱，写作不能持久（尝试两日，已遭失败）。总感泽村先生介绍之药物似乎效力略过，因此不得不等回国之后再动笔写作。且唯恐忘却眼见耳闻之事，无论街头茶楼，我都勤做笔记。此乃我之近况。未能践约，万望海涵。何况我在上海即已卧病二旬，此时将近初夏。我已打算放弃上溯宜昌三峡、远游西安，只参观洛阳龙门即赴北京。想来游览宜昌三峡并非己任。西安战事未平，且道听途说龙门也不宜前往。暑天渐热，囊中渐冷，游子今夜惆怅几多。草草不宣。

　　此致
薄田先生侍史

芥川龙之介拜

638　六月六日自中国致小穴隆一美术明信片

　　读家书，得知犬子承赐尊画作，不胜感激。此明信照片乃朱子之白鹿书院，背景为庐山。我对中国已生倦意。近来常感"敷岛大和"之心怦然跃动。

龙之介于汉口
六月六日

　　清代金农擅书画，其书法与你相似，名号冬心先生，亦作诗。回国后，敬请卓览其书画复制品。

639　六月自中国致芥川道章

敬启者：
　　来信于汉口拜读。其后因诸事多忙，回信拖至今日。体质日渐强壮，敬请放心。包裹数量有疑，迄今为止寄出包裹有：
　　寄自上海　箱子六个　包裹三个（此中一个为后寄的旧西装
　　　　　　包裹）
　　寄自南京　鞋子与古瓦（不知几包，托给宝来馆老爷经办）
　　此信同封挂号回执，如总数不符可携此前往邮局交涉。不过，几箱几包我也可能记错,故请查清总数。(但回执只有自上海寄出之八个,即除旧西装包裹之外,数够八个即可。)此外,箱上所写册数不实,而且我在其中塞入旧报纸,因此只要包裹数目符合,即可打开整理书目。烦请费心。我想,包裹及其中书籍皆不会丢失。此外,又在汉口购买五六十元书籍,明天寄出。包裹数目未详。因我买书过多,缩减了其他费用。在汉口时叨挠"住友"分行长水野一家,所以省去住宿费。旅居中国各地的日本人都很照顾我,也算是当小说家的福分。

明天离开汉口。参观洛阳龙门(三四天)后进京。离开汉口,中国之旅即已过半。

小泽、小穴的热心令人感佩。我已发出明信片致谢。

想必日本国内不太了解,我白天各处游览,晚上出席欢迎会,还要做笔记,所以忙得不亦乐乎。给报纸撰写游记的计划,也只能等到回国以后完成。故写此长信也非易事。为给各位先生写明信片,缩减了许多睡眠时间。

本地已似七月般暑热。

到九江曾遇池边(本所区医生)的父亲。在日本二十年不曾相见,却在九江邂逅,实在令人匪夷所思。他现在是松竹电影厂的技师。

恳望大家保重身体。我夜里醒来就想回家。再见。此致
芥川家各位

龙之介拜

又及:我也给北京的山本写过信。姑母是否持续打针?去芝区太频繁,总会偏爱那边孩子,冷落了自家的。请尽量在家里多住!

640　六月六日自中国致小岛政二郎美术明信片

今晚离汉口赴洛阳,龙门古佛似已昭现眼前。然而逗留汉口已

有一周之久，临别多少离愁！

碧空习习南风劲，大河阵阵海豚鸣。

六月六日

641　六月十日自中国致下岛勋明信片

（此后旅行住宿中国旅店，坐中国马车，艰难困苦，可想而知。）

洛阳龙门石窟终于参观完毕。龙门石窟实乃天下奇观，洛阳却只有碑林。城外麦田绵延无尽，几似黄云滚滚。中国陕西战事接近尾声。惨遭战火殃及之前，小生决意脱身赴京。即此。

河南郑州我鬼生
六月十日

642　六月十四日自北京致芥川道章

敬启者：

到达北京，见到山本。但现今中国各地显露动乱征兆，若磨磨蹭蹭恐难回国。所以游览北京（到大同府石佛寺为止）之后即赴山东游览济南、泰山、曲阜，再由青岛经海路回东京。中国东北及朝鲜方面之旅程此次取消，因而只完成三分之二。无可奈何，只能放弃。此段旅程（自汉口至北京），福星高照。我的宜昌之行暂缓，宜昌即将发生匪祸。我才离汉口，武昌（汉口对岸）即又发生大暴动（王占元为此枪毙部下二千一百人）。所有动乱仿佛皆为追我而来，若照原计划行动，不知还会引出什么乱子。其后身体一直康健。我现在身穿中国服装外出，整套行头二十八元，既便宜又方便，且比西装凉爽得多。北京是昼热夜凉之地。我于六月末，最迟七月初即可回国。乐盼返乡。山东几乎就是日本,去济南如归日本。由汉口寄出的书籍是否收到?运费及包装费皆已付清,烦请查收。我在北京也要买书。请告知姑母,口袋终未用上。挨臭虫叮咬也终于习以为常。抵达东京日期我提前电告,望大家在家中等候。姑母届时也请勿去芝区。说起芝区,弟弟生意做得上心吗?此致芥川家各位

芥川龙之介
六月十四日

又及:据说文子为杂志写了什么文章。听各处日本人所讲,我自己尚未读过。若无不良影响,我不责怪。但我觉得,此举并非值得夸奖之事。比起山本瑶子,芥川比吕志更聪明。他是否已经站立得稳?

643 六月二十一日自中国致室生犀星美术明信片

敬启者:

来到北京三天,我已经深深着迷。即使不住东京,若能客居北京亦可心满意足。昨晚去三庆园听戏。归途经过前门,上弦月高挂,其景色令我穷于描述。与北京的壮丽相比,上海不过蛮市而已。

644 六月二十四日自中国致芥川家美术明信片

我欲前往大同,却逢罢工致火车停运。无奈,只得滞留北京。自汉口寄出的书籍是否已到?此地已是盛夏。此信不必回复。回信要走十天,届时我已离开北京。即此。

(背面)

多次收到下岛先生来信,请代为致谢。

已知自上海寄出村田君张的字幅寄到。

645　六月二十四日自中国致泷井孝作美术明信片

　　北京乃王城之地，壮观堂皇毋庸赘述。御府之画更多有神品，举世无双。本拟前往大同石佛寺，但因罢工火车不通，目前正在北京书店闲逛。即此。

龙之介
二十四日

646　六月二十四日自中国致下岛勋美术明信片

　　承蒙屡赐华翰，谨表谢意。我每日身穿中国服装东奔西走。此处御府之画精美绝伦。（文华殿陈列品相形见绌。）我亦认为应来北京留学一两年。又买进不少书籍。

我鬼于北京
二十四日

647　六月二十四日自中国致中原虎雄美术明信片

　　我现在客居北京，北京不愧王城之地。我每日身着中国服装各处看戏。即此。

芥川龙之介于北京东单牌楼
六月二十四日

648　六月二十七日（推定）自中国致小穴隆一美术明信片

合欢弄花随风舞，我着唐装四处行。

　　我与"二科"的小山邂逅，他说与你同乡。文华殿所展画作皆不足挂齿。御府之画，精彩绝伦，且精彩之处不止于绘画，中国不可不来。

              我鬼
              二十七日

649 七月二十日自中国致南部修太郎美术明信片
  昨日令妹光临。诚惶诚恐。同时拜收贵函。我建议你大话少说，将功夫用于学习。近来，我与文坛与小说全无干系，超然度日，颇感幸福。照片中，我在书斋中的那张俨如美男子，可借予你。而在窗边那张，看去像是唐犬权兵卫的手下，所以不借。即此。

650 七月十二日自中国致小穴隆一美术明信片
  我已到天津。此处与上海毫无区别，同为蛮市之地。北京令我眷恋，此情如何排遣？

  又到黄昏晚，此时必伤情？不远涉万里，异国访商城。
  我身来此处，伤悲心中生。走遍城内外，合欢哪里寻？

             我鬼于天津
             七月十二日
  又及：一周后我将返回东京。

651 七月自中国致斋藤真吉美术明信片
  贵函体现出你喜用英国谚语的特色，无此便是老气横秋。这也是令我喜爱你的特色，读你的书信令我喜欢。不喜欢你的五郎是蠢人。我将《中国指南》忘在你处，因写游记需要，请寄送东京市外田端四三五本人名下。总之，在芜湖承蒙关照颇觉荣幸愉快。我在北京因腹泻又去看过医生,今夜踏上归途,一周之后即回东京。祝你健康。在北京耳闻蝉鸣便想起你。芜湖仍然群猪横行吗?不知何故乱写一通。

再次祝你健康。别像我一样拉肚子。再见。

我鬼于天津

652　八月一日自田端致中根驹十郎明信片

因有事相商,烦劳于近日(尽量在傍晚或晚上)光临寒舍。可否?谨此奉恳。

芥川龙之介顿首

653　八月三日自田端致南部修太郎明信片

先生拟定驾临之日我都在家。来前请以明信片告知,我对外出不胜烦腻。我拟详谈令妹之事。可否再拍一张照片?每天撰写游记,累得精疲力竭。

龙之介

654　八月三日自田端致小穴隆一

中国旅行归,"我鬼"长抱病。君若赴"洗马",敝舍请驾临。
抱病长蜗居,入谷亦未访。草庐空自卧,孑然听雨狂。
凡事只为君,笔墨皆用尽。至今未曾买,妥否未分明。

此致
一游亭先生

夜来花庵主
八月三日夜

655　八月三日自田端致香取秀真

敬启者：

　　有关邀请您为《中央公论》发表谈话之事宜，若派记者，约在几点合适？恳请告知。奉赠《中央公论》七月增刊号一部（八月号未出版）。一般来讲，《说苑》比小说更为有趣，与新宫的描金柏扇同样令人耳目一新。附带一笔，六角氏的文章也令人耳目一新。

香取先生台启

芥川龙之介顿首
八月三日

656　八月二十一日自田端致下岛勋

敬启者：

　　贵府藏书之《现代小说选集》，请俯允借用。拜托。因《井月诗集》纸张事宜需要使用。

空谷先生

芥川龙之介顿首
二十一日

657　八月二十七日自田端致斋藤贞吉

　　空自卧病榻，此间更冷清。庭畔紫薇花，自今始凋零。

　　君莫言我钝，我亦解风情。白天也睡觉，榻上听蝉鸣。

　　此致

斋藤贞吉先生

>　　　　　　　　　　病我鬼
>　　　　　　　　　　八月二十七日

又及：因烦于今后再写，故撰写若干中国游记，想必你已阅过。五郎之事可尽情悲伤，伤心乃良药是也。

658　九月二日自田端致下岛勋

敬复者：

多谢惠赠寿司。昨日前往镰仓，会见虚子并请赠题诗，幸得欣然允诺，两三日内即可寄去题诗。敬请放心。另外，诗集中之假名已略作修改，待得到虚子题诗即刻付梓。以上事宜，特此敬告。

>　　秋日傍晚落急雨，寿司香鱼皆放生。
>　　香鱼寿司赛珍馐，井月高僧送酒来。

　　此致
空谷先生

>　　　　　　　　　　了中庵主
>　　　　　　　　　　九月二日

659　九月七日自田端致小穴隆一明信片

谨祝入选"二科"。此外，我欲奉赠中国餐盒，望拨冗光临。周日以外，晚间为宜。

660　九月八日自田端致薄田淳介

敬启者：

文稿每每延误，诚惶诚恐。仅电报费一项，已使社里增加负担。不过，毕竟小生肠胃病尚未痊愈且罹患痔病，只好置几于榻上写作。此间瘦躯更瘦,几似螳螂,故拟于《上海游记》和下回的《苏杭游记》之间休息一周,恳望恕许。当然,其间文稿照例寄送,延迟一周再行登载为宜。此外,因出版由报社承办,故可望畅销。甚好。但版税是否比书店低廉?书价低廉、版税率低,千册销售额之差异对作者毫无两样。虽病中不能完成文稿,但雄心犹在,恳请涵察。虚吼先生健康如前否?

　　　　盛夏炎暑炙热天,箕尘直上九霄外。

　　此乃俳贤俳仙盛赞之诗句。此致
薄田先生

　　　　　　　　　　　　　　　　我鬼顿首
　　　　　　　　　　　　　　　　九月八日
　　又及:因神话故事(小生所作)未在周日附录登出,故烦请将原稿寄回小生处。有一编者愿出百元购买。

661　九月十三日自田端致下岛勋
敬启者:
　　已向虚子发出催促,但因眼下尚未得到题诗,故将此项推后编辑,拟定先行印刷文稿。以上已作安排,请勿见怪是盼。此事本应亲往相告,但此前腹泻已知实为痔症,恰似阿修罗百臂执刃,一举劈裂便门,故悉以书信谢罪。

　　　　惨云愁雾秋风起,焦头烂尾花蜘蛛。

　　此致
空谷先生
　　　　　　　　　　　　　　　　　　　了中庵主

九月十三日

662　九月十四日寄自田端。收信人名处破损，推定为森林太郎、与谢野晶子

敬启者：

　　欣闻《明星》发刊，谨表祝贺。承蒙接纳我为同人之一，对此盛情不胜感激。不过，《明星》是否非同人者不能执笔投稿？若非如此，我愿不加盟而执笔投稿。此言虽属无理，而同人之名义带来束缚，却令我不堪忍受。即使现实中自由自在，但承受同人谴责同样不堪忍受。不，纵令可以免责，我亦总有责任心，仅此已足以令我不堪忍受。因我已肩负大阪每日新闻社职员的棘手职位，故不愿再加负担。恳请宽恕我的固执，切莫见怪。并且，既然登载同人以外的稿件，也应该接纳我的作品。我现已百病缠身，卧床呻吟，因而不知此信能否尽表心意。敬请妥帖斟酌。

　　　　　　　　　　　　　　　　　　芥川龙之介顿首
　　　　　　　　　　　　　　　　　　九月十四日

663　九月二十日自田端致佐佐木茂索

敬启者：

　　本想回信却拖延至今，万望海涵，全因《改造》约我写小说之故。不过即便如此，驱笔神速，一日仍可写十页稿纸，自己亦惊诧不已。当然，是否堪称小说不得而知。

　　想来《母亲》不妥（三）。若将女主人公对别人孩子的死幸灾乐祸写得富于动感会更好些，如此或可摒除拙劣，打造优秀短篇。

　　《上海游记》之所以诸体兼备，皆因此法轻松自如之故。写小说如走下坡，写游记如履平地。若按常套写作，笔者最感厌倦。切莫误解而盲目赞同。我欲前往温泉静养，之后续写游记，且有意撰写若干小说。

正如高论所言,读过《中央公论》增刊号,深感文坛沉滞之说并未有失偏颇,只因比我等崭露头角时缺乏自由精神。"优秀小说自然优秀",当然无可厚非,不过,言"优秀小说自然优秀"者,却对优秀各有其解。若不知优秀小说实为何物尚且罢了,而如今人们心底各自存有现实主义、浪漫主义、人情味、亲情味等所谓小说必备条件,并对此冠以优秀小说。归根结底,这是蠢人所为。但从结果来看,皆为盲目猜测,莫若往日之自然主义者,一副除却自然主义再无小说的面孔倒也罢了。菊池的攻击亦不无道理。但近来令人困惑的是,断言"真正优秀的小说自然优秀"的,正是鄙人这样的行家(自认此段具有载入报纸文艺栏之价值)。

还要披露一段名言,文坛沉滞之谴责并非由此而生。文坛也不能脱离一切事物的进步法则,即螺旋式 ⟨⟨⟨⟨⟨⟨⟨ 进步。倘若忽略了上下关系,即呈现返回原地的现象。指出自然主义的前辈返回砚友社时代,就是这一理由。这当然是谴责者的痴人妄语。(1)

此外,文坛的进步不能脱离一切事物的进步法则,即曲折式 〜〜〜〜 进步,不能没有曲折 〜。但此处亦有不断向上之趋势。置此不顾却一味责难作家,即与评论家同属谬误。(2)

注曰:曲折 〜 处即"生命之新读物"的出现处。

此外,还有一个断言沉滞的理由,即文坛之人亦属常人,独处时必感孤独(另有多种原因,但此乃主要原因,至少是除了愚蠢的雷同之外的最大原因)。因此,分歧 ⟨ 变为趋同 ⟩ 倾向。更有甚者,尚有合流 ⟩→ 倾向。因此,文坛极易变为趣味相投者的聚集之所(不只限于有交往的作家之间,整个文坛皆然)。趣味相投者聚集时，某种暧昧的见解便跋扈于文坛（因兼收并蓄）。"优秀小说者自然优秀"之类，即因此而自然拒绝"生命之新读物"，导致曲折⌒状态永远持续下去。历来如此，现代亦然。当心，当心。

　　写不出小说，真不是好事。我应设法激发冲动。关在书斋里，实在难以振作，因我往往上街后才能产生创作冲动。你是否相反？若相反则应关在书斋中，杂七杂八地读些模仿滑稽作品之类，报社也只好弃置不管。你以前的小说尚未表现你的全部，完全可将你的全部呈现出来。你因毫无冲动而辍笔，除此一点之外，你并非对当今小说家亦步亦趋之人。但本来想写却不写，实可谓先生过谦。总之要让我说，你是不知自己才高。因为不知，所以颇有拿陶艺珍品"道入"茶碗当烟灰碟用的情趣。我若是你，会比现在的你趾高气扬十倍，并且边写小说边阅读古今东西名家之作，学会他们的技巧。如此，定不会被任何恐惧之心所左右。公平而论，若真不能写，你不觉得岂有此理吗？

　　今天，连阴雨初晴。我的小说也已脱稿，真是神清气爽。我打算这就去菊池处看看。

　　　西田降骤雨，东街碧空晴。两心知无术，此乃人间情。

　　此乃三十多岁男人得以寄托断肠心绪之歌，须得一唱三叹方可。

　　　盛夏炎暑炙热天，箕尘直上九霄外。

　　此乃心境畅快、得到各位先生赞赏时的感怀，亦须纵情任凭感激泪水横流。此致

大芸先生

　　　　　　　　　　　　　　　　　　了中庵主顿首
　　　　　　　　　　　　　　　　　　　九月二十日

又及：喂！汉森可是大作家呀！

664　九月二十日自田端致南部修太郎明信片

敬启者：

你是否仍在东京？我拟于四五日内去汤河原，愿否同行？但不可再约同伴，因为我喜欢清闲安宁。即此。

665　九月二十三日自田端致南部修太郎明信片

大札奉诵。我只能在二十七、二十八日外出，此前想在二十四日相见。当天下午两点钟，敬请光临"丸善"（两点到三点）。

　　　　　　　　　　　　　　　　　　　　　　　　　龙

666　九月二十三日自田端致久米正雄

敬启者：

此前欣接大札，十分感谢。室贺文武近日出版诗集，拟请你赐赠题诗。可否尽快向小生寄送一首？题诗者只有你一人。其后小生身体不适，难以缓解，拟于二十七日、二十八日前往汤河原。

有人问，何为艺术？我鬼先生答曰：

　　　　　云蔚霞起多曼妙，巉岩叠嶂露峥嵘。

　　此致
三汀词宗侍史

　　　　　　　　　　　　　　　　　　　　　　　龙之介

             九月二十三日

又及:题诗之事,恳切拜托。我本该亲自拜访,无奈病体不便,万望涵察。请写张明信片或什么寄来。急急如律令。

667　九月二十四日自田端致下岛勋

敬启者:

蒙赐几多无花果,不胜感谢。

即　兴

贪恋无花果,"子归"乃名家。若被痔疮扰,颗颗皆喂马。井月也患痔,病来不作诗。美味无花果,摘来慢慢吃。

              顿首

此致

空谷先生

             九月二十四日

又及:我去参观"院展",并无像样画作。大观、溪仙、浩一路、古径等,尚可观赏。倒是美术协会的参考作品中,列有一幅山雪的真鹤图,相当不错。

668　九月二十五日自田端致香取秀真

敬启者:

方才下岛先生光临寒舍。可否也请先生大驾光临,惠赐聆听高见良机?特此奉恳。此致

香取先生

           芥川龙之介顿首

             九月二十五日

669　九月二十六日自田端致南部修太郎明信片

敬启者：

　　原定的出发日期二十八号，可否延至三十号？如无回信，我即以三十号为准。（火车是十一点几分？）

670　九月二十六日自田端致小穴隆一明信片

　　三十号出发。近来又变得无精打采。你的诗句"金波粼粼闪"令我折服。

　　　　　　　　云蔚霞起多曼妙，巉岩叠嶂露峥嵘。

671　九月三十日田端致恒藤恭

敬启者：

　　此前蒙赐大作，由衷感谢。前信中说，从叶山寄来明信片，可我并未收到。回国后健康状况不佳。若你来叶山，想同你游玩度日，因此，等不到回信令我担心。总觉得在中国吃坏了肚子，难以恢复。因此打算明天去相州汤河原，做几天温泉疗养。在上海承蒙令兄款待照料。今秋或许伴随老人一起前往京都。

　　此致
恒藤恭先生

　　　　　　　　　　　　　　　　　　　　　　　了中庵主
　　　　　　　　　　　　　　　　　　　　　　　九月三十日

672　九月三十日自田端致松本铨吉

敬启者：

承赐华翰,十分感谢。本应尽快回信,但自北京回来之后腹泻未愈,或卧床休息或起床活动,故每每失敬。因小生懒散任性,故请宽恕海涵。陈先生书法大作已经收到,感谢多方关照。此外,我拟奉送南宗画集一册,请转寄陈先生处。承蒙为我裱装《枯木图》,惶恐之余不胜欣喜。真想再去北京观赏那幅精品,但腹泻却令我恐惧。你在北京从未腹泻过吗?(我当时罹患腹泻而非菌痢。此处询问的,是持续两周以上的腹泻。)据闻你读过小生的游记,若觉有趣,就请向总社发电报曰"有趣、有趣"。总社似乎认为《旅行眼美国记》与我的游记一样。阿松起居清泰否?波多野君仍对"纸上建筑"乐而不疲吗?我想修建书斋,最近也时时尝试"纸上建筑"。中野先生还是那样发福吧!我与辻君通过两三次信,为了那部文稿。

    欣然近前嗅黑扇,铨吉连连呼呛鼻。
    大寺朱椽翘首望,铨吉连连呼饿了。
    凝望初夏夜朦胧,铨吉连连赞乃木。
    秋风瑟瑟起燕京,铨吉可曾脱素装?
    古典贤妻应赞美,狭山秋荻正凋零?
    铨吉戏称大丈夫,马前泼水是至爱。
    无赖亦称燕京美,住惯是家告尊妻。
    未见尊妻先道谢,心中怅惘告尊妻。

以上权当充数,胡乱诌几首短歌。事到如今,我也感到未去游览山东实为憾事。请代问波多野先生安好。此致
 松本铨吉先生
芥川龙之介顿首
九月三十日

673　十月一日自汤河原致泷井孝作

敬启者：

今天到达汤河原。《井月诗集》拜托费心。下岛先生也可校对错字漏字。印刷方面的规矩及其他，恳请由你全权负责。为慎重起见，再次叮咛如下：

一、附记采用粗细双线框⌐。框内也印格线▦。

二、跋只用单线框⌐，框内不印格线。题诗页粗略印成松散形式。

三、附记背面若做成白页，仍印粗细双线框，框内不要格线⌐。因此，跋就印在另一页特殊纸上。

四、万一附记前页即附录的最终页成为白纸，即将附记按前述样式编排。如图所示。

其他情况，请随机酌情处理。下岛先生常说白页宜采用补白画或诗歌，不过此处请别加此类内容。校正是否二校即可终了？末校与再校的手续，下岛先生也不熟悉。因此，烦劳你多多费心。专此肃函。

折柴先生

了中庵主
十月一日

674　十月八日自汤河原致室生犀星美术明信片（与南部修太郎共同署名）

与南部同来此地。神经衰弱极难根治，工作暂停，或作俳句或描瓷借以休闲。若偶得杰作，也送你一个，然后，请你放在收藏品中。昨日试做三彩瓷器。

芥川生顿首于汤河原中西内
十月八日

675　十月八日自汤河原致泷井孝作美术明信片

《井月诗集》校正稿出来之后，烦请费心安排。我的健康状况略有好转，但仍频繁做梦。近来，我已成为新倾向俳人，试作几首俳句：

> 云蒸霞蔚青山浅，霜燃柿叶秋色浓。
> 翠竹婆娑戏落日，小径蜿蜒绕青山。
> 白鸭蹒跚摇上岸，抖落水滴倚石墙。

怎么样？相当不错吧？

676　十月九日自汤河原致佐佐木茂索美术明信片

与南部同来汤河原。我与南部怎样消磨时光，敬请贤察。神经衰弱仍不见好，难以挥却写作欲望。我欲一读"鸿篇大论"，可否剪下送来或寄来？

> 云蒸霞蔚青山浅，霜燃柿叶秋色浓。
> 翠竹婆娑戏落日，小径蜿蜒绕青山。

677　十月十日自汤河原致斋藤贞吉美术明信片

别后病魔缠身，故来汤河原做温泉治疗。本已生性手懒，此时愈发不想动笔。心中歉疚不已，敬请宥鉴。

龙 顿首
十月十日

　　贞吉空候我，孤寂到天明。我亦念君切，悲从心底生。
　　明月当空照，悲从心底生。秋草萋萋路，贞吉伴我行。

　　已经读过你的文章，多谢，写得很好。既非奉承，亦非别有用心。写得相当好。你当报社记者，绝不会饿肚子。我很是佩服。

678 十月十日自汤河原致小岛政二郎美术明信片（与南部修太郎共同署名）

　　可否来此一游？每日聆听南部先生教诲，你也来接受熏陶，定会愈发伟大。我最近已成为新倾向俳人。

　　　　云蒸霞蔚青山浅，霜燃柿叶秋色浓。
　　　　翠竹婆娑戏落日，小径蜿蜒绕青山。

即此

我鬼生

（背面）
我以南部修太郎为题作了一首俳句：

　　　　南部先生帽子大，深秋时节台风狂。

679　十月十一日自汤河原致友常幸一

贵函敬悉。我已来到此地静养。尊稿因中国旅行归来后患病，尚未得空拜读。我打算身体好转，并略有小闲时再看。你用的优质黄半纸，在东京极为少见，恳望珍惜使用。顿首。

十月十一日

680　十月十二日自汤河原致冢本八州美术明信片

每天泡温泉，读书度日。身体马马虎虎，只是神经衰弱久治不愈，令我为难。此地今天终于放晴。柿子略带红色，橘子仍然青绿。刚到山边散步归来。

我鬼顿首于中西内

　袅袅阳炎短，悠悠穹宇宽。巍巍青垣岭，历历悬中天。

此乃实景。秋色的确宜人。

681　十月十二日自汤河原致香取秀真美术明信片

敬启者：

每日泡温泉，甚为安泰平和，只是神经衰弱毫无痊愈迹象。为消磨时光，每天学绘画，学制陶。小花瓶若送至琅玕洞展出，再便宜也得卖二十七元五角啊！顿首。

　　我乃俗世一愚夫，自制陶碗乐品茶。
　　我乃俗世一愚夫，沸水壶中听念佛。

682　大正十年（1921）（推定）十月十三日自汤河原致小穴隆一

美术明信片

"你看，水流得好急呀！红花、老母鸡跑过来了。还有好多的石头。"——这是母亲在走廊哄孩子的话语。其实我身处内室，根本看不到此景。但仅闻此言，脑海中便浮现奇妙的风景画。谨此聊以解闷。

我鬼顿首

683　十月十六日自汤河原致小穴隆一美术明信片

多谢赠纸。其后身体逐渐恢复，但仍无法安眠，痛苦不堪。工作完全停止，每日只能眺望秋色渐浓的山景。汤河原主人也托我代问你好。顿首。

684　十月二十日自田端致松冈让

敬启者：

蒙赐大作不胜感激。封面的巉岩海涛很有意味，与烫金也很协调。内容尚未拜读，但《二老红巾》、《贵族连理》如今读来也是上乘之作。不过，从小生的癖好来看，《地狱之门》的书名稍过严肃。与日前收到《九官鸟》一样，此次亦拖延致谢，十分抱歉。专此奉候。

松冈让先生侍史

芥川龙之介顿首
十月二十日

685　十月三十一日自田端致下岛勋

刚才蒙赐许多美味柿子，十分感谢。

　　　　　蒙赠甜柿十五个，与君横卧细端详。

蒙赠甜柿十余个，乐赏秋色不忍食。
　　美味甜柿结果处，山秀水清总宜居。
　　蒙赠甜柿摆枕边，痴情忘我赏秋色。
　　提笔欲描金秋柿，精心调配黄红黑。
　　金秋丹柿色无比，红灯照定细细看。
　　丹柿独赏已自喜，母子共赏更欢心。
　　山国金秋忆不尽，满眼丹柿色愈红。
　　建御名方喜食柿，十握神剑亦可抛。

　　心中所想尽赋短歌，以博一笑。我精神亢奋难以入睡，徒唤奈何。能否赐我安眠灵药？此外，略有低烧之虞。
空谷先生梧右

病我鬼顿首
十月三十一日

686　十一月四日自田端致下岛勋

敬启者：

　　多谢派人送书。书确已查收，可分送各位。昨日走访香取先生府上，已将详细事宜拜托。特此奉告。

井月诗集完成
月朗星稀深秋夜，落栗尽数收囊中。

　　此致
空谷先生梧右

了中庵主顿首
十一月四日晨

687　十一月十日自田端致佐佐木茂索

敬启者：

另封文稿，恳请载于《时事》文艺栏之一角。因受原文作者及本文作者之托，希望给予妥善安排为盼。

　　　　　某男跨上自行车，不踏脚镫冲下坡。
　　　　　车夫拉车向前走，且将围巾缠颈间。

此致
笹木先生敬奉

　　　　　　　　　　　　　　　　　芥川龙之介顿首
　　　　　　　　　　　　　　　　　　　　十一月十日

688　十一月十五日自田端致池崎忠孝

敬启者：

我对尊作有以下几点赞同：

一、文笔高超。某些地方过于高超。

二、从事业方面观察人，多能感受尔之犀利的目光。举例圣德太子（十七条）宪法论一章，是为平凡；《三经义疏》① 制作一章，虽短却难。

三、对时代的理解，大致无所缺憾。此点看似容易，实则很难。我们再现某个时代时，模拟其中与现代共同部分并非难事。比如再现约翰·达克降神未必艰难，然而尚不知哥白尼提出"日心说"时的中世纪民众能否做到？总之，"推古朝"民众对（第三十

---

① 《法华经》、《维摩经》、《胜鬘经》三部经书注释总称。

三代)"推古天皇"的即位惊讶、感佩不已。可谁又能出乎时代之外呢?

以上涂鸦难辨,乞谅。大阪分别之后,我仍长卧病榻。蒙赠大作,答谢拖延。恳请宽容恕罪。

读太子所行赞

金风送爽习习吹,红莲自在款款摇。

此致
池崎忠孝先生

芥川龙之介
十一月十五日

689　十一月十六日自田端致南部修太郎明信片

敬启者:

蒙赐大作,不胜感激。《接吻》一文甚好,堪称集内佳作。小生为新年号忙得不可开交,暂不能外出。特此奉复。

芥川生顿首

690　十一月二十一日自田端致下岛勋

"信浓"山国收成好,喜获两棵大甘蓝。
"信浓"山国收成好,西洋甘蓝何时栽?

此致
空谷仁兄侍史

了中庵主
十一月二十一日

691 十一月二十四日自田端致薄田淳介

敬启者：

诸事多有烦劳，十分抱歉。实因中国之旅导致累欠文债难还，又加其后体弱久病，虽各杂志编辑百般催稿，病躯实在难当重任，现已疲惫不堪。恳望待我至攻克新年号之后，如能鉴允，此次绝不半途而废。近来神经衰弱甚重，不靠安眠药即难得小睡。如此困窘之身，万望宽宏大量。特此奉恳。再者，旅费概算表今已寄送会计部。此致

薄田淳介先生

芥川龙之介顿首
十一月二十四日

692 十一月二十五日自田端致佐佐木茂索

敬启者：

井月原稿已转给读卖新闻社。烦劳多方费心，不胜感激。另外，《人间》十一月号未到我处（是否又发生邮局失窃）。因此，今天是在医院一读你的小说。但因只得候诊空暇，故未读到随笔部分。你称《衷怀》为胡乱涂鸦，但并非如此。我认为，此作较之《翅鸟》、《那次死及下次死》都好。或许因你非常谦逊，所以令我更加钦佩。既然剔透至清雅细微之处，你也即进入自己的甘露之门。不过，勉强挑剔的话，最后一节略有过头之憾。普通短篇不需那种程度的效果。《衷怀》更能从容不迫，表达得淋漓尽致。此外，前三分之一处的会话略有不自然之感。我想近日请泷田樗阴一读你的《衷怀》，如何？你已具备如此笔力，切勿毫无道理地胡写妄作。

流苏女士曾约宠顾草堂，请尽量延至十二月以后再来，十二月

十日之后尤其合适。我拟撰写小说四部,眼下除亲朋之外,不得不谢绝一切探访。恳请理解本人处境。鬻文生涯艰难困苦,惨淡竟至谢绝女学者光临,我鬼先生唯有苦笑,恳望谅解。我欲从此再造短篇《将军》。再见。

  谨此肃呈
大芸先生侍史

了中庵主
十一月二十五日

693　十一月二十六日自田端致井上康文

敬启者:

  回信拖延,十分抱歉。眼下为新年号诸事忙碌不堪,这是因果报应。承蒙特意光临,却逢我外出不在,实在过意不去。《童画选集》事宜我已知晓,由你选文章、你的熟人出版,这我已明白。但我或我们,与出版商是何关系?若为某新村或慰问某病人而出书尚可理解,但《童画选集》究竟为谁却令人费解,能释明此事最好。不过,若从我的童话中任选一篇能为你提供方便,就请随意选择。我自己认为皆非面向儿童,但你定能从中选出适宜作品。暂先——已拖延至此,也无所谓暂先。特此奉复。此致
井上康文先生

芥川龙之介顿首
十一月二十六日

694　十二月一日自田端致佐佐木茂索

大芸先生左右:

  今天又在医院读了你的随笔。其中所谓恩人云云,若与我有丝毫关联(因小生不曾于你有恩),务请今后打消此念。与其心怀此

念，莫若物色一女子相识。近来约稿甚多，但总有内容可写，则令我百思不解。写作之余也在读书，总有时间读书，亦令我百思不解。说到读书，此前渡边与茂平先生来此，怨叹仅仅阅读现今活字书籍。我也只读活字书籍，却怨叹应酬之事。与茂平虽年方二十一岁，却是相当令人钦佩的学者。且不说他精通长崎历史，就连短歌俳句也都在行。有此种人在世，古瓦楼主人等也不得掉以轻心。菊池说，你的小说结尾有点自以为是。于是，我亦感觉有此嫌疑。本来写小说时经常反思，是否又犯自以为是的毛病，即便如此，仍然时而有犯（当然也有谨小慎微的时候）。菊池等人的小说中则看不到此类现象，想必是由个性差异所致。听了菊池的评语，想到你也算是"自以为是族"之一员，故此说明。

此间偶得一首
清风朗日秋色美，朴树梢头霜叶摇。

大芸先生蒲下

了中庵主
十二月一日

又及，三汀（久米正雄）创作《殉情后日谭》。我敢为天下先，肯定这部作品。菊池、山本均不及我之慧眼。

695　十一月二日自田端致小穴隆一

一游亭先生左右：

其后亲戚纷至沓来，闹闹哄哄，又加新年号约稿，忙得小生焦头烂额。近来睡眠不足，食欲减退，处境十分可怜。不知能否找到井月诗笺？井月至少去过木曾山三次，理当遗存于该处。

辞旧迎新喜庆日，百感却上心头时。
清风朗日秋色美，朴树梢头霜叶摇。

以上恐怕皆为入谷尊老贬斥之作。今天是《中央公论》截稿日期，就此搁笔。好好学习！

此外，有何需要不必客气尽管告知，可命内人直接送去。

河童之画题诗
桥上静立抛黄瓜，水响惊起阿福头。

了中庵主顿首

腊月初二

又及：你的诗句"山鸡隐霞雾"、"朔风山中过"、"汗巾腰间夹"三首非常高明。

696　十二月三日自田端致泷井孝作

折柴先生台鉴：

拜访贵府时，曾见珍本全集中有《竺志船物语》，其作者为村田春海还是橘千阴，恳望告知，信告亦可。小生今日午后拟往他处参加婚礼，不在家中。不过，今夜之前欲知作者之名。此致

折柴先生蒲下

了中庵主顿首

腊月初三

697　十二月十七日自田端致友常幸一

敬启者：

尊稿确已收到。多谢你对我作品的盛情。只是目前我仍在为新

年号的约稿忙碌不堪,因而年内不知能否有空拜读尊稿。若能做到,我即拜读。若难觅空闲,即寄还尊稿。此信亦本该早写,但因每日伏案审校稿件,故而回信拖延至今。请勿见怪。专此奉告。此致
友常幸一先生

芥川龙之介顿首
十二月十七日晨

698　十二月二十四日自田端致佐佐木房

敬启者:

拟于十二月二十九日下午四点钟在寒舍小聚,可否参加?小说家只有你、菊池宽和我,其他与会者有山本鼎、小杉未醒等画家,邻居古董商香取秀真等,总共五六人。实属极其平淡的聚会,恳请于百忙之中拨冗前来出席。我等翘首以盼。此致
大桥房子先生妆次

芥川龙之介顿首
十二月二十四日

又及,谨请回信,告知能否出席为盼。

699　十二月二十八日自田端致香取秀真

敬启者:

鹿岛先生的住址在田端第几区?敬请赐知。此外,我记得鹿岛先生名字为"能藏",是否准确?拟日后前往拜访。

新年赋诗一首
辞旧迎新喜庆日,百感却上心头时。

此致
香取先生

　　　　　　　　　　　芥川龙之介
　　　　　　　　　　　十二月二十八日

大正十一年
（1922）

刘立善译

700　一月十三日自田端致渡边库辅

敬启者：

　　此前多有失敬。并多谢惠赠蛋糕，也多谢给我来信。其后小生身患感冒，且忙于写稿，回信致谢便拖延至今。当然我生来手懒，即便无病无灾，也总是懒散懈怠。恳请切勿动怒。今天收到惠寄《长崎新闻》，拜读你写的序文。你的第一人称使用了谦称。小生按照你的观点，小说中的第一人称选用了常用称呼。另外，此前《新小说》的编辑来探讨基督教文明之事，因此，与林若树等人一致举荐了你。恳请于空闲之时为他写些东西。不过，我对林若树个人无所了解，所以纯属煽动。你是有所了解的，所以应属介绍。你读过《明星》所载观潮楼主人的《奈良五十首》吗？五十首大都不怎么样。我想于今春去京都待些时日，然后再去长崎。之前只想从容不迫地创作小说。新年的小说皆不成功。请代为问候蒲原。此致

渡边与茂平先生

　　　　　　　　　　　　　　　　　我鬼生
　　　　　　　　　　　　　　　　　一月十三日

　　又及：你懂这首短歌吗？这是《新年伊始》中的短歌：

人生在世实可叹，一息尚存正须说。

701　一月十四日自田端致下岛勋

敬启者：

昨日多有失礼。名叫宇野浩二的男人写那种艳情小说却一脸的深沉，真有几分滑稽。另外，我有材料要查，可否借我马琴之《岁事记》？（小生的《岁事记》中没有。）若能借我一用，则不胜感激。专此奉恳。匆此。此致

空谷先生侍史

我鬼拜

十四日

又及：

夜来骤降冬时雨，文衡山君备小酌。

702　一月十九日自田端致渡边库辅

敬启者：

承蒙执笔《新小说》，且今天编辑也来，令我欣喜若狂。有关《戏作三昧》之高论已经拜读。我的"马琴论"只为表述自己心情而假借，西方小说中亦存诸多此类内容。此种尝试无可厚非，但若歪曲事实则不可取，仍有值得辩论之处。而且，我不认为现在的我，仍不足以短歌俳句作为男儿毕生事业。

因历来采用第一人称，故而珍惜。文章之道，岂有此种担忧之必要？鸥外的谦称非否？与茂平的常用第一人称是否？心怀决断于棒喝之间的热情，实属理所当然。前往长崎最早也要到四月中旬，

当然不必过分担心。我住客栈亦无不可,只需俗客少来且有闲暇调侃古玩商即可。

今日天阴,闲庭处处残雪。拥炉阅卷,胸臆茫茫萧索。你亦勿只言身体,务必善待自己。大器不可疏忽简慢,否则天亦降罪于你。此致

渡边先生蒲下

我鬼顿首
一月十九日

又及:若能解得茂吉诗句,乞赐教导。我总觉得暧昧模糊。(即"人生在世实可叹"之类)

703　一月二十日自田端致佐佐木忠一明信片

敬启者:

此前多有失礼。曾言想在田端一睹云泉、直入、铁心等作品,但能否将以上三幅火速送来小生寒舍?此外,若有合适作品,亦恳请带来为盼。即此。

(小生欲求一卷纸笺)

704　一月二十一日自田端致佐佐木茂索

敬启者:

欣闻激愤已消,甚为宽慰。只要胸怀平常之心,任做何事皆问心无愧。若冲画评,拜托费心。我鬼先生,甚为得意。今日喜迎天真堂主人光临,购得自笑轩主人《云泉》一幅。铁心先生要价一百三十元,自然暂缓购买。写作游记因烦琐而生厌烦,真想以焚香品茶、观赏若冲画作悠然度日。

邻居古董商赠秀真书法

往观若冲木兔画，久别迎客煮雪茶。

此致
大芸先生

　　　　　　　　　　　　　　　　芥川龙之介
　　　　　　　　　　　　　　　　　二十一日

705　一月（推定）自田端致佐佐木茂索
敬启者：
　　此前所谈事宜现状如何？下次拟向大桥房子氏发函，以谢赠书之礼。但住址不详，恳望告知。

　　　　　　　　　　　　　　　　芥川龙之介顿首

706　一月二十一日自田端致佐佐木房
敬启者：
　　多谢惠赠童话故事书籍。本应及时致谢，因感风寒咽喉肿痛，迟复为歉。
　　读过贝泰莱海姆的《客栈》之后，身为成年人也变得心平气和。专此奉达
大桥房子女士妆次

　　　　　　　　　　　　　　　　芥川龙之介顿首
　　　　　　　　　　　　　　　　　一月二十一日

又及：周日亦请来玩。

707　一月二十一日自田端致小穴隆一
敬启者：
　　近闻因细菌自脚伤侵入被感染，即对我的先见之明表示佩服。

但若实属雪中勉强驾临我鬼窟所致，则不胜歉疚之情。"夜半亭"的屏风入手无望，乃百般无奈之事。屏风之类无关大局，脚伤必须慎重诊疗。屏风之事承蒙多方费心，不胜感激。闻知确属若冲真品无疑，秀真、空谷二老皆向耳木兔深表敬意。秀真老人看过你惠赠于我的墨台，断定表面之龙形铸自蜡模，破损缘自铸模失败。此物并非模仿中国，而是日本人制作，时代为德川末期。真不愧行家，明察秋毫。万望精心调治脚伤，否则终成跛子。特此肃呈
一游亭先生侍史

澄江堂主人顿首
一月二十一日

708　十一年（1922）（推定）一月二十四日自田端致山本有三
敬启者：

兹介绍松山敏。松山属"金星堂"出版部人士，但作为"银皿"同人，则是诗人兼小说家，故不可视同于一般出版商。请予特别引荐，并多方提供便利为盼。特此拜托。
山本勇三先生

芥川龙之介顿首
二十四日

709　一月二十七日自田端致小穴隆一
敬启者：

受人之托为演讲助兴，拟于二三号赴名古屋。周日不在家，故不必光临。近日取两张半裁纸，一张画了水虎，另一张却无从下笔。正束手无策时，忽然想起蜻蜓。于是画上两只。翅膀（　）画法相当高超。专此。

710 二月一日自田端致香取秀真

敬启者：

如有空闲，请来寒舍一坐。现有客在此，带来挂轴两三幅。专此奉达

香取先生

芥川龙之介顿首
二月一日

711 二月十日自田端致薄田淳介

敬启者：

因菊池患病诸事而致《江南游记》尾声撰稿延迟，心中万分歉疚。此游记以二十九回告一段落，拟休息一周再进入此后的《长江游记》；或应说，请俯允我休息一周。一天写四五页绝非易事。若读者厌腻，亦可无限延期。本人想，《长江游记》、《湖北游记》、《河南游记》、《北京游记》、《大同游记》等前途辽远，故此后再不拖拖拉拉。每处游记分为五回至十回进行。此致

薄田淳介先生

芥川龙之介
二月十日

又及：收到四百元款，多谢。寒舍才遭失窃：外套两件、斗篷一件、大衣一件、帽子三顶被盗。此款即派用场。想必盗贼来自大阪。

712 二月十六日自田端致佐佐木茂索

敬启者：

其后我亦受大芸先生感召，今晚写成小说一部，拟为冈君载于《大观》杂志。你亦可无所顾虑地为《中央公论》写一篇小说，权

当激发我的创作热情,如何?此外,可否请篁芸先生下周日之后任意一天上午光临寒舍?若有书画,尽可带来观赏。

伯母有话
清贫难絮薄棉袄,陋室怎捱彻骨寒?

此致
大芸先生

澄江堂主
二月十六日

713 二月十八日自田端致薄田淳介

敬启者:

屡赐华翰,不胜感激。《周日》期刊小说一定奉上,尽可放心。中国之旅也已写到庐山,并继续写下去。只是健康状况不佳,欲待天气略暖之后动笔。近来亦未给杂志撰写小说,只是修订旧稿敷衍了事。欠债不断积累,其结果虽然暂时轻松,却也不无萧条之感。此乃事实。眼下诸病缠身,第一是胃,第二是肠,第三是头,第四是心脏。拟四五日内再去某处做温泉疗养。专此奉复。

腊尽春回斜阳照,寒竹弄影透西窗。

盼　春
翠竹新芽染红晕,不知何日是春分。

此致
薄田淳介先生

芥川龙之介
二月十八日

714　二月二十三日（推定）自田端致佐佐木茂索（信封写有"田端知晓"字样）

［配有我鬼先生散步图（参照插图）］

明日买来虎头帽外出散步，即如此画。谨呈笑览。
大芸居主人座右

澄江堂主人
二月二十三日

715　二月二十六日自田端致渡边库辅

敬启者：

想必别来无恙。今与香取先生交谈时提及你的事情，顺便请教以下问题。请不吝赐教。

一、永见氏曾于剧本中写到的铸造师（制造"踏绘"者）中，有人去了罗马。是否知晓其姓名、籍贯和年代？

二、长崎人中有名叫御花入屋闲人的铸造师（进入江户之人)。他在肥前藩长崎县东土山春德寺中收藏了写有"庆安三庚寅七月十一日"铭文的作品,或为铸钟、或为灯笼。也许现仍存留,若有可能,我想看到全部铭文。以上两件,若能报知香取先生更好。若查阅资料过分烦琐,则实属无奈。因我正读《新小说》上你的文章,故而就此搁笔。我也想在丸山面前制作仙鹤。

渡边库辅先生侍史

芥川龙之介顿首
二月二十六日

又及,日前聊作些许俳句,其中有:

伯母有话
清贫难絮薄棉袄,陋室苦捱彻骨寒。

716 二月自田端致下岛勋(信封写有"二月几日不详澄江主人"字样)

敬启者:

今闻你与北原先生一同光临。但不巧我今天要去芝区,故请延至后天。昨日因小穴来此,故承蒙北原盛情一睹"蓬平"。他感佩不已,小生亦欣喜至极。恳请一定与两位先生一试"蓬平谈"。后天下午或晚上,请光临寒舍为盼。即此。

前往名古屋途中
春风和煦拂绿野,艳阳明媚照松山。

此致
空谷先生侍史

芥川龙之介

717　三月十日自田端致小穴隆一
　　今天是八号，预定今天将你的画作搬入会场。能否入选无从知晓，全由评委之贤愚而定。当然入选更好，遥祝吉星高照。我今天必须去看无聊透顶的戏剧并作评论，甚感不快。投往《中央公论》、《改造》等的小说皆未发表，此亦甚感不快。此致
一游亭先生
　　　　　　　　　　　　　　　　　　澄江堂主人顿首
　　　　　　　　　　　　　　　　　　　　三月八日上午

　　又及：

　　　　蒙蒙春雨润大地，细细插枝发新芽。

　　此信迟发。今日春雨绵绵。
　　　　　　　　　　　　　　　　　　　　我鬼顿首
　　　　　　　　　　　　　　　　　　　　　　十日

718　三月十四日自田端致山宫允
敬启者：
　　执此信者为小生外甥，名叫中岛汀，即将参加"六高"入学考试，早晚会烦劳兄长多方照料。伏请届时费心调教。小生其后体弱多病，愈加懒散。久未问候各位，请勿见怪，宽恕为盼。不日将赴冈山（因未去故，亦欲拜晤兄长）。此致
山宫允先生
　　　　　　　　　　　　　　　　　　芥川龙之介顿首
　　　　　　　　　　　　　　　　　　　　三月十四日

719　二月十九日自田端致斋藤贞吉

你说你疏于动笔。我在东京之时，居家大部分时间皆用于为人写稿。此外，"爬格子"的辛苦你无论如何想象不出。我从汉口某人处借了二十元，从福田君处借了三元。且尚未向岛津君村田君致谢，良心深受谴责。但因诸病缠身、诸事繁忙而心愿未果，故请给予体谅为盼。书籍亦不日即可寄出。所欠各位之情，来日奉还。且问经纪人宫崎是何名讳？只知其姓不知其名如何寄书？今天开始撰写《长江游记》。第一回以西村贞吉为题，即有此意。东京春暖处处花开，梅白隐退桃红潮起，我亦心生再游中国之意，无奈阮囊羞涩。且撰写此等文章，已令我心力交瘁。我对你的书信写作能力颇感惊讶，出版有关书信写作的书籍，应该将你介绍给出版商。我已厌倦了被迫写回信，所以最近来信皆不开封，已积满一木盆。不过，你的信我会仔细拜读。你高兴吧？尽管写回信烦人，但读你的信却很开心。一月之后，再给你写信。

此致

斋藤贞吉先生

芥川龙之介顿首

又及：关于贺年卡，我的方针是不寄为好。我打算明年更加积极地宣传"我不寄贺年卡，你也别寄"。

最后要说的是（此乃西村风格），我对你的不幸深表同情。但我不愿接收这样的信件，黯淡氛围不宜传播。以下诗句为读信时所作。

悼　亡

不堪寂寞婆罗花，纷纷扬扬都落下。

夏山茶应为娑罗之异名。

720 三月十九日自田端致香取秀真（信封写有"椎本石麻吕"字样）

敬启者：

恭请赐阅《中央公论》。勿将小生俳句与平福、安田二先生等相比，请与谷崎、田山两位先生相比。因为后者亦为小说家，如此则公允平等。俳句亦可与虚子相比。另有渡边去信。此致
香取先生

芥川龙之介顿首
十九日晨

721 三月二十二日自田端致山口贞亮

敬启者：

其后谅必起居安吉。且说有位乡下青年来寒舍找活干，贵店可否雇用？年龄二十五岁，神奈川县人。学历只有小学，算不上机敏。但小生可以担保，此人正直善良。因身体健壮，故除算账以外，还可做力气活。只是夜晚需得空闲，因他已有妻儿。当然是白天上班。可否烦劳斡旋？倘荷玉成，不啻九鼎之赐。但此青年与上次拜托书童事宜无关。此致
山口贞亮先生

芥川龙之介顿首
三月二十二日

722 大正十一年（1922）（推定）三月二十三日自田端致香取秀真

敬启者：

今晨收到野上来信，同封寄去，敬请阅览。尚未收到菊池回信。眼下伯母孩子生病。企盼天气尽快转暖。

此间即景

翠竹新芽染红晕，不知何日是春分。

此致
香取先生侍史

芥川龙之介
二十三日

723 三月二十六日自田端致香取秀真（信封写有"椎本石麻吕"）

敬启者：

近日得到如下印章。"凤鸣岐"可辨，但另一个为"×哉"不得其解。如何认读？恳请指教。

此外，小印章中细长者"×日×石"，也请赐教。

作者皆为藏六。此致
香取先生侍史

芥川龙之介顿首
三月二十六日

724 三月二十六日自田端致佐佐木忠一

敬启者：

想必其后安适如恒。且说此间偶得两三石质印章，恳望鉴裁。

可否于近日光临舍下？本应亲自登门拜访，但区区砖块般石印羞于进见。斗胆冒昧求，专此奉恳。此致
篁芸先生侍史

　　　　　　　　　　　　　　　　　　　芥川龙之介
　　　　　　　　　　　　　　　　　　　三月二十六日

又及，四月一日我不在家。

725　三月三十一日自田端致冢本八洲

敬启者：

谅必阖府起居清泰。祖母病情如何？此次有事请教祖母。本应踵府求教，但因诸事缠身难以成行，故而奉函讨教。关于以下三项请祖母赐教并于两三天内回信告知。

（一）明治元年（1968）五月十四日（上野战争前夕）是否确为雨天？

（二）即使不是雨天，当时所写也是持续下雨。但上野一带的居民们逃往乡下时是什么打扮？我特别想知道脚上穿的什么，高齿木屐、草鞋、系带拖鞋、赤脚等，哪种最多？

（三）上野一带，即如今从伊藤松阪到三桥一带的商家，最迟在战争前夕曾经避难。这是否有误？为慎重起见，恳请赐教。皆属烦琐之事，恭请函复。此事不明，无法着手下个月的小说。此致
冢本八洲先生

　　　　　　　　　　　　　　　　　　芥川龙之介顿首
　　　　　　　　　　　　　　　　　　三月三十一日

726　三月三十一日自田端致渡边库辅

敬启者：

近来多有烦扰，不胜感激。此外，尊稿今日收到。若是《新

小说》则即刻接受，但此前须请《中央公论》审阅。尊稿相当有趣，只是，你的文章中时时出现书面语法，如"松の立ち並ぶ"与"霞のこもる"（已做修改）之类。此类语法，永井荷风亦有运用。我仍觉以口语化为好。你是否赞同？

曾说我能懂茂吉的诗句，其实我也就似乎懂了一些，连续读下去就不容易了。日前读过长冢节氏的《山鸟之渡》，其中对于红光的描述颇为精彩，但有时会造成误解。远方狗吠之类的诗句，只需照斋藤氏作品原样，即足以为东京人所通晓。我拟于四月下旬或五月上旬前往长崎，请帮我安排价廉舒适的旅馆。然后，请向你的"鹤前"引见。此前所寄明信片共同署名者，是《杜鹃》的岛村君。我近来对新倾向和旧倾向皆持反对意见。以前曾见过一次岛村，好像是在"虚子庵"诗会上。说实话，我已记不清他的长相，但他应该是位敦厚之人。我乃天生的废话大王，故此次长崎之行，也会对你找碴挑刺。而且肯定不会说错，故请做好精神准备。此致
渡边库辅先生

芥川龙之介
三月三十一日

又及，以下是两三天前与朋友同作的诗句。

> 庭前春花绽几朵，"日永"粗点吃几个。（一游亭）
> 和风细雨轻轻洒，峻岭崇山淡淡红。（我鬼）

小生在东京的诸位友人虽对小生所作和歌恶言恶语，却都认为胜过谷崎润一郎君。此致
破魔山人蒲下

我鬼生

727 四月（推定）自京都致恒藤恭明信片

敬启者：

此次旅行堪称急行军，明晨可达奈良。现在已过木屋町四条，来到富士亭。但本月末小生将再赴京都，届时可从容聚会。多谢惠赠春笋。

春笋皮落桃花水，群芳香飘艳阳天。

728 四月五日自京都致佐佐木茂索美术明信片两封

敬启者：

此前赖蒙多方照料，感激莫名。据筐芸先生之言，那方印材可值二十五元，我回京后即汇物款。请告知木曾君的住址及名讳。另外，我将盖印纸张数枚遗忘你处，找到即请寄来。小生目前时而赏花，时而前往瓢亭，时而观赏京都舞，日子似闲似忙。

旅馆廊外是鸭川
春笋皮落桃花水，群芳香飘艳阳天。

御室仁和寺
美轮美奂樱花雨，灰面土脸老牛头。

又及，宇野先生是否尚在你处？请代为问候。

729 四月五日自京都致小穴隆一美术明信片

我已去过瓢亭，并为母亲和伯母腌制了切丝酱菜，又给我自己做了切块酱菜。茶碗花式也与老人的不同，大家格外开心。物美价廉，令人叹服。谨此推介瓢亭。

御室仁和寺
美轮美奂樱花雨，灰面土脸老牛头。

我鬼
四月五日

730　四月六日自京都致下岛勋美术明信片

敬启者：

与母亲、伯母一起赏花、看京都舞。每天似闲似忙，日子亦梦亦真。

御室仁和寺
美轮美奂樱花雨，灰面土脸老牛头。

龙之介于京都
四月六日

731　四月八日自田端致渡边库辅

大札奉诵。

刚从京都赏花（陪伴老人）归来。承蒙早订旅馆，不胜感激。预定日程：二十五日从东京出发，到京都周围盘桓两三日，然后去长崎（住宿在哪儿皆可，任你安排）。

有关茂吉诗作的高见，我完全赞同。茂吉那样的抒情诗人，如今西洋亦难见到。即使"紫杉"诸先生中，论及岛木赤彦，亦已失却那种脉脉余韵。白秋暂且不论，牧水之流实属黄口小儿，不值一提。此外,有关本人之嗜好则全不赞同。我未曾受过吟诗作赋的训练,故无自信成为《紫杉》撰诗人之一。仅于创作俳句方面付出常人之辛苦,自认可与虚子相提并论。不日将在某刊物发表本人俳论,即可据此考察我的俳句。高傲之处相似,也有那么一两首自鸣得意。信中难以尽意,不如早赴长崎,掀起俳论大战。

《中央公论》登载的画作等,皆属泷田樗阴所藏。若本人涂鸦可用,随时皆可奉上(但不可急于求成)。有关尊稿事宜,明日即催泷田回话。虽已大力举荐,但结果如何无从推测。

近日更改本人书斋匾额,现为"澄江堂"。小岛政二郎问我是否迷上名为"澄江"的艺伎,我说不可玩笑。日本怎有堪为书斋雅名之艺伎?此乃会见"鹤前"之后,但难以启齿。故拟于下次披露。见笑。

此致
破魔先生帐前

我鬼生
四月八日

732 四月二十一日自东京芝区改造社致小穴隆一明信片

敬启者:

有关出版小生拙作事宜,恳请惠顾相商。不揣冒昧,务请二十三号(周日)上午光临寒舍。届时,改造社的横关氏亦来拜会。顿首。

733 四月二十二日自田端致渡边库辅

敬启者:

《踏绘》　　《中央公论》

《去来》　　《新小说》

《双车楼》　　《人间》

以上寄往各社，不日可望付梓。且只有《中央公论》其后错过机会，没能见到泷田，故而未知是否登载。此外，由于《人间》杂志经费紧缺，无法开销润笔。因此，今年四月以来，无论哪位大作家皆无报酬。恳请屈尊海涵。

承赐莲子糖，多谢盛情。一年一两次尚可，但过多照顾，则必令我诚惶诚恐。故从今往后五六个月内，不可寄送任何物品。此信到达你处之际，小生即已离开东京西行。经由小生舍下转寄之信件，烦请尊府保管。

于某教坊附近茶室
新绿箭竹冻红脸，岁初值遇倒春寒。

此致
破魔山人蒲下

我鬼生
四月二十二日

又及，《人间》无报酬。倘若适宜，《双车楼漫笔》随时可以接稿。如能经常写稿投送，我不胜荣幸。

又及，《去来》稿件并无欠妥之处。原稿很好，只是一两处汉字熟语有错字。"澄江堂"并非美女名讳，而"破魔"才是美女之名。"贼心看人人皆贼"如何如何。

734　四月二十三日自田端致佐藤春夫

敬启者：

《南方游记》今天收到，多谢。其中除《野伊杂志》部分外，大都读过。装帧亦精美别致，只有书脊黑字碍难苟同。我的《中

国游记》遥遥无期。报社对我的怠惰深感意外。谨具此函,申表谢忱。此致
佐藤春夫先生

芥川龙之介顿首
四月二十二日

735　四月二十三日自田端致大月降仗

敬启者:

因××君手头拮据,希望支付稿费。恳请按前信奉告兑现。此致
大月降仗先生

芥川龙之介顿首
四月二十三日

736　四月二十四日自田端致小穴隆一

敬启者:

有关安代女士事宜,若女士同意进京,请她直接前往兄长府上,尔后由兄长引来寒舍。恳请恕许。如此则小生拙荆等人全都放心。另外,我对你的梧桐诗句中两个"切字"即"や"和"かな"持有异议。偶尔阅览《旷野》,有一首为:

瓠子花开春光里,青瓢百样秋色中。(松尾芭蕉)

我发现此诗并非没有先例。

山径谁相问,开窗山色青。

山头云不见，山际一游亭。①

　　明日出发上路。此致
鹤巢轩主人侍史

我鬼生顿首
四月二十四日

737　四月二十四日自田端致真野友二
敬启者：
　　日前拜收尊函，多谢。本想尽快回信，但因体弱多病，诸事缠身，终不得如愿而拖延至今。《中国游记》的撰写亦力不从心，今后仍将继续下去。敬请垂青。我平时自满于拥有文学青年以外的读者群。难得你的书信使这种自满增强，故时时怀有感激之情。繁忙之中草拟此信。明晨离京，赴长崎旅游。此致
真野友二郎先生

芥川龙之介顿首
四月二十四日

738　四月二十八日自京都致小穴隆一美术明信片
　　火车中，我将两支烟卷接起来抽，邻座太太颇为惊讶。京都的小林雨郊谈起到雷诺阿家看画的事，其画作多达一百五十幅。一进入琳琅满目的画室，梅原龙三郎及同行者均已惊呆。画上的石竹美不胜收，令桌上石竹黯然失色。离开雷诺阿家，又于昏暗之中看到含羞草开花的景象。

---

① 原文即为汉诗。

春笋皮落桃花水,群芳香飘艳阳天。

又及,请告知折柴的地址。

我鬼生
于京都祇园下河原石塀小路抱月内

739　五月十日自京都致小穴隆一美术明信片

"一力"茶寮的阿秋曰:"花都的独宅六角堂无人居住,若想说话请君到此,是什么?"我曰:"不知。"阿秋曰:"自动电话。"阿秋肥胖,形如奈良人偶,是位女侍。近作一首:

春晚古都夕阳照,翠竹葳蕤路尽头。

如何?

女佣事宜,叨蒙多方费心不胜感激。一如既往懒于动笔,只与你和泷井通信。

740　五月十二日自长崎致真野友二郎

敬启者:

于长崎拜读大札,读后颇感诚惶诚恐。原因之一,我尚不具备自认拙作优秀到值得你喜爱(几乎有破天荒之感)的勇气。原因之二,得知因我的怠慢而使你苦恼。想象到你会不开心时,我感到今后再不可吝惜写回信。大札不仅令我诚惶诚恐,同时对我亦有启发。我常收到陌生人来信,也曾回信。但近来却很少。为何冷淡至此?因有很多人自称是喜爱我的读者,来信却写芥川龙之助先生。先赞美我是天下之大文豪,随即提出帮其出版自作长篇小说的要求(有求者必称长篇,真是妙不可言),实难相信。就在我离开东京的前夕,仍有某地豪杰突然寄来数张诗笺,叫我写作俳句短歌,并发电报曰:一定要写。就连承诺与否的回信机会都不给。且在深夜来电将我叫醒,怎不令人恼怒?但若以此为由而对你也漠然处之,当然有失公平。只因对不三不四的"爱好者"失望,就对有失公平之事难察秋毫。这不只于我,于任何人皆为常有之事。若非拜读尊函,我现在仍然无从察觉。恳请宽恕我的失礼。听说你喜爱漱石先生的作品,身为先生弟子倍感荣幸。我生来傲慢不逊,但一想到先生便羞于见人。我在长崎承蒙渡边与茂平(本名库辅)多方照料,此诗笺亦为库辅之物。库辅年方二十二岁,却是博览强记之奇才,日后在《中央公论》的《新小说》中,将要登载他研讨同人的文章。若有空闲,即请一读为盼。此致
真野友二郎先生侍史

芥川龙之介顿首
五月十二日

741　五月二十日自长崎致下岛勋美术明信片

其后久疏音信,抱歉。长崎已炎热如夏,故萌发归心。已购少许逸云梧门之物。荷兰货紧缺,故价格不菲。每日看古画、吃草莓消磨时光。

　　　　春晚古都夕阳照,翠竹葳蕤路尽头。

芥川龙之介顿首
五月二十日

742　五月二十日自长崎致小穴隆一
敬启者:

女佣事宜承蒙多方费心，十分感谢，亦请向对方父母转达问候。我又前往长崎，每天无所事事，观赏古画，游览丸山。唐画有蓝田叔、沈南蘋、王若水、瘿瓢子、苏东坡、宋紫石等，日本画则有逸云、铁翁、梧门、二天、若冲等。再无较之东坡墨竹更为令人心动的佳作，曾遣长崎中人遍寻蓬平画作，但知其名者却只有古玩商池庄一人，且书画作品皆无。虽有逸云、铁翁等人作品出售却赫然高价，小生这等囊中羞涩者只有望之兴叹，仅购得一两件小品。当地旅馆"福地屋"招牌，乃碧童先生墨宝，偶尔路过即心生感慨。后天或最迟大后天谅可踏上归途。期盼见面。此致
一游亭先生

我鬼生顿首
五月二十日

又及，顷接华翰。知你停下"将棋"，谨表祝贺。鞋子与麻纺西装乃小说境界。

743 五月二十一日自长崎致佐佐木茂索美术明信片

你可知"嗨嗨嗨"（与日语中"屁"等字谐音）为何意？一童子放屁，而其他童子对放屁童子曰"嗨嗨嗨"即知晓"是屁吧！"之意。长崎方言真是其妙无穷。另外，佐贺人曰"あんぢやいもんはをんさるかんた?"，此乃"大哥在吗?"之意，答曰"いるくさい"。如此说话岂不成了外语？顿首。

744 五月二十二日自长崎与渡边库辅共同署名致维也纳斋藤茂吉美术明信片

承蒙与茂平照料，有时也去丸山，亦识得美伎照菊、菊千代。与茂平或许进京。

芥川龙之介

在 长 崎

荷兰女郎回眸笑,白马王子捧花来。

我鬼

745 五月二十四日自长崎致芥川道章

敬启者:

今日拜读家书。前信收到即已回信,尚未到达是何原由?此外,寄来之包裹、信函等只收到真野友二郎的一封信(除以前几封之外),这又为何?不得而知。我所住旅馆与渡边库辅宅邸相隔一户人家,故与库辅宅相同。邮件不到,且原因不明,小生颇感意外。天气渐热,故打算明后日回京(今晚收到《点心》版税,得以付账)。此次逗留时间较长,因而所得颇丰。书画之类亦然。

一 铁翁小品山水

二 梧门端午双幅

三 梧门扇面(墨画花卉)

四 郑板桥《墨竹》

五 逸云《菊之画赞》

上述书画确已到手。据川村雨谷先生说,逸云这幅菊画堪为精品。前面漏录一幅,还得到仙崖的《钟鬼》。回京后即请过目,届时请勿惊诧。永见自不待说,我连杉本、松仓、松本等长崎收藏家的名画也大概看遍,沈南蘋等佳作不在少数。

蛋糕是否尚未寄到?因美味胜过东京的长崎蛋糕,请母亲、姑母及各位大快朵颐。

收到泷井、小穴等人信函。如前信所述,此地已灼热似火,人皆单衣着身，我却仍穿夹衣。于是请求永见夫人转让给我一匹斜纹呢叽，今日便可穿用。换季衣物积多，沿途又买书阅读，再加挂轴五六幅，行李大增，实在为难。想必大家会说我，非要旅行到裤子破，所以此话倒不如我自己先说为妙！虽说在旅馆（名曰"花屋"，低等旅馆）住宿，但每天必有一餐到永见家去吃，今早也是在一处吃。因此，永见家俨如小生住处，更见永见夫妇好客之心。实令小生感铭肺腑。

数次走访沟上先生，却只见面一次。报社记者及文学青年之辈来访之时，永见夫妇、渡边库辅即称"芥川尚未到达"，并将其逐出门外。想到回京后催稿猛于虎，此地恍若仙境。

此信抵家当天或翌日，我亦到家。此致
芥川家各位

龙之介顿首

又及，各处奔走无暇写信，此信亦于夜半十二点钟写成。

746　五月二十四日自长崎致中根驹十郎

敬启者：

小生仅靠"金星堂"版税旅行，在外地催款皆因主人身在旅途，经费未到，略感困窘。此信一到，即请通融金子三百两。特此奉恳。寄款地址：长崎市本五岛町渡边库辅转小生。若能电汇更好。天气渐热而无单衣，只得向古董商告借。处境窘迫，乞赐悯笑。此致
中根驹十郎先生

芥川龙之介顿首
五月二十四日

747　五月二十五日自长崎致佐佐木忠一美术明信片

谅必一向起居安泰。长崎已俨然夏季。打算两三日内回京。又购得少许古玩。

春笋皮落桃花水，群芳香飘艳阳天。

我鬼生

二十五日

748　五月二十六日自长崎致小林雨郊美术明信片

其后起居安好否？大彦近况如何？小生现在身着单衣，口中品尝氽鸡汤，与丸山当地艺伎攀谈。请代为问候乡原先生。

我鬼

又及，寄上一盒蛋糕。敬请品尝。

749　五月二十六日自长崎致泷井孝作美术明信片

尊作小说于《改造》发表，甚好。我终于错过六月号。我已厌腻长崎，故而归心急切。购得些许书画，俳句几乎没作。勉强可作一首。

荷兰女郎回眸笑，白马王子捧花来。

我鬼于长崎本五岛町

750　五月二十七日自长崎致真野友二郎

敬启者：

多谢来信。我对长崎也已厌腻，故拟两三日内回京。你也创作俳句，对吧？此次旅行总是偷懒，所以几乎无诗以对。只在京都作了两首，在长崎作了一首。抄录如下：

> 春笋皮落桃花水，群芳香飘艳阳天。
> 春晚古都夕阳照，翠竹葳蕤路尽头。
> 荷兰女郎回眸笑，白马王子捧花来。

竹笋叫作"たかんな"。"荷兰陀"是荷兰，此处即指荷兰人。据说拟将我的书信做成屏风，恳请暂缓实行。杂贴此物的屏风一旦出炉，正好被人当作笑柄。实不相瞒，此前已为某人银饰屏风写诗作画（漱石先生自谦而称诗书兼半，因我为其弟子，故忝言画三分、字三分、诗三分）。可惜画、诗、字皆属业余水平，所以对屏风甚无好感。

改造社即将出版我的选集《娑罗之花》。欲奉送一册，故请暂勿购买，稍待时日。当然，其中大抵是你所知内容。亦请向夫人转达问候。此致
真野友二郎先生

芥川龙之介
五月二十四日

又及：此前我信上未贴印花，恐怕是旅馆人等疏漏遗忘，多有失礼。若再发此信，我即叮嘱注意。

我鬼拜

栏外即景

凭栏极目望山景，初夏薄日洒微光。

751　五月二十八日自长崎致薄田淳介美术明信片

敬启者：

前往长崎途中，本应顺访大阪总社，但因《长江游记》尚未完稿，惶恐之余未敢近前。逗留长崎时聊作小品一篇，拟供杂志部门采用。请予查收为盼。回京后一定即刻着手《长江游记》。即此。

芥川龙之介
二十八日

752　五月自长崎致小穴隆一美术明信片

　　　　荷兰女郎回眸笑，白马王子捧花来。

　　　　五月熏风穿堂过，"花鸟居"中自逍遥。
　　　　日本茶刷艺道深，唐人涵九也精通。

　　　　麦秆结庐有妙室，安居夫妇小矮人。
　　　　旅途劳顿身倦懒，贪恋烟管手难伸。

三十日到达东京。即此。

753　五月自长崎致斋藤贞吉美术明信片

来到长崎，真想重游上海。四十起等人既不懂俳句，亦不解短歌。你还不来日本吗？芜湖想必已经很热。此地也热，宜穿单衣。想念你，如蝉一般的面容。

我鬼

754　五月自长崎致小岛政二郎美术明信片

　　　　为艺伎折扇题诗
黄昏骤降雷阵雨，我似仙鹤君如莺。

　　　　同　　写
薄情伊人也寂寞，送暖偷寒双更衣。

可否称前首为"其角调"，后首为"岚雪调"？见笑，见笑。
　　　　　　　　　　　　　　　　　　龙

755　五月三十日自镰仓致渡边库辅

敬启者：

　逗留期间承蒙多方照料，不胜感激，请向令尊令堂及各位转达问候。火车启动时，永见投进一张纸条。不知所言何事，同封寄去。谨请过目。

　　　　离情别怨难消解，萱草也开忘忧花。

　诚祈阿若永葆青春活泼。逗留期间，小生深感你才华横溢，正如日常所说，勿忘珍重自己。此乃可喜之处。若讲不可喜之处，即望更加善待令尊及各位家人。小生短篇中有《父亲》一文，虽属年少稚拙之作，却是实际经验之谈。每见你对令尊及各位家人的态度，必然想起那部短篇。忠言逆耳，切勿见怪，请予理解。你进京怕要等到秋季了吧？

　　　　夏夜动身回家转，甜瓜甘美月也圆。

乐待重逢。夜半仔细思量,仍觉应多住一些时日。

子规声声啼夏夜,饮水总忆与茂平。

此致
库辅先生钧鉴

我鬼

三十日

又及,请告知某某郎(弃医改做证券业之仁兄)的姓名和住址,我想去信致谢。另请告知你在新地区那位叔父的通信方式。当然,他的尊姓大名亦不知晓。

我现所在客厅前有小池塘,且试作一首无季诗。我认为无季亦可成诗,你意下如何?

顽石锈垢染池底,夏日慵懒映水中。

再致
与茂平先生

龙之介

756 六月二日自田端致小岛政二郎

敬启者:

蒙赐大作,十分感谢。今日有事,求见森鸥外先生。单独前往略有为难,欲请先生同往,不知方便与否?小生从长崎带回画作等物若干,恭请先生与令夫人同来笑览。届时如能商定拜访森先生事宜,不胜荣幸。

偶得近作如下,敬请过目斧正。

　　　　长崎之画
　　荷兰女郎回眸笑，白马王子捧花来。

　　碧水若鉴古沼静，林篁葱茏烟霞飞。

　　风萧雨晦狂涛夜，浪静波平拂晓天。
　　古都春晚夕阳照，翠竹葳蕤幽径通。

　　　　试作无季诗
　　顽石锈垢染池底，夏日慵懒映水中。

　　　　赠与艺伎阿若
　　离情别怨难消解，萱草也开忘忧花。

此致
小岛政二郎先生

　　　　　　　　　　　　　　我鬼
　　　　　　　　　　　　　　六月二日

757　六月六日自田端致泉镜太郎

敬启者：

　　承蒙特意赐函，实令小生诚惶诚恐。从滨野处拜聆动笔之事，初次领教绝妙文采。承蒙向永见惠赠墨宝，彼亦喜出望外。若能求得某短篇原稿，必将欣喜若狂。收到此信若再有意赐函，务请暂缓动笔，否则小生又得诚惶诚恐，胡乱涂鸦。

　　专此肃呈

镜花泉先生侍史

芥川龙之介顿首
六月六日夜

758　六月六日自田端致真野友二郎

敬启者：

自长崎转来尊函，今天拜读。另寄小生舍下尊函亦同时拜读。承蒙时常挂念，不胜感激。您垂询之《地狱变》屏风，纯属小生空想之物。此外，《基督徒之死》以及《圣·克利斯朵夫传》等庆长年间版《黄金传说》，亦属小生空想之物。在撰写那部文禄版伊索寓言式文体小说之际，评论家说，因该书纯属照抄原书，故不在评论之列。更滑稽的是，有位公司老板以为小生确有此书，竟出数百元求购。此外，《长崎小品》中的家（仰承惠寄《每日杂志》，虽未收到，谨呈谢意）乃长崎豪门永见德太郎宅邸。小生逗留长崎期间，常去永见家玩，那篇小品亦于永见家二楼完成。"阿克涅罗格察"已欣然拜见。"阿克涅罗格察"应如何拼写？作序时请予指教。《娑罗花》正在校对，一时难以完成。此信开头有画，当然是"三分画"者之画，切勿期待过高。画旁短歌算是白搭奉送，画题就叫"水虎晚归图"吧！印章"我鬼山人"位置太高，不得已而印之。自觉略显不知天高地厚，但纯属无奈。说到能诗善画，你也是多才多艺之士。好生下些功夫！不过据小生经验，读当今先生们的俳句倒不如读元禄人的俳句。偶有小闲，特此回信。若逢大忙时节，连这一半都写不了。恳请宽谅。

　　特此肃呈

真野友二郎先生侍史

芥川龙之介
六月六日午后

又及，尔后写有俳句的书信（寄自长崎），是否仍无印花？小生寒舍自不必说，寄给小生熟人的信件亦皆无印花。一定是旅馆女侍私吞了印花钱。真是岂有此理！若此信仍无印花，只有敬请宽恕。

759 六月十二日自田端致新原得二

敬启者：

想必京都炎热非常，东京今日也有气温高达华氏八十度之时。我已辍笔一月，须得付出同时为两种杂志写稿的代价。眼下正与稿纸勇争高下。你何时回京？你若不在，租房事宜无法进展。房主亦有合同诸事难以定夺，想必也很为难。为此，大家都在等你回京。观光结束，即请回京。特此拜恳。

新原章可先生

芥川龙之介
六月十二日

又及，今日宫崎家举行法事，姑母前往芝区看家，老爷子也去参加法事。我于二楼匆草此信，牙痛未消。

760 六月十四日自田端致真野友二郎

敬启者：

承蒙阅读《点心》，唯恐先生责难玉石混淆。伏请权当瓦砾与土块杂合之作。验讫印章之事，正如高见，全因书店伙计疏忽。仅此一点，想到有你这样细心的读者，心里即产生莫名的忧虑。恳请切勿将我估计过高。我虽非歹徒，亦非善男，也就是天女与畜类结合而孕育的、混沌不堪的混血儿。虽因胆小不会杀人，但难保哪天不会干出盗窃、欺诈、凌辱之事，总之，即与你家左邻右舍诸君子大体相同。故而恳请以邻居相待。我有妻子和一个男孩，还有双亲和姑母，全家六人相依度日。此外，你所垂询的托尔斯泰宗教小说，实属一角五分钱买来。此外，今天受到内人提醒，每次去信都写的是友二郎。我朋友中有位叫市村友三郎的豆腐店主，因此神经衰弱的我不知何时给你改了名号。甚为失礼，请勿见怪，宽恕为盼。不过，市村可是统帅多名小贩的主儿，威风八面。亦请向夫人转达问候。我现因校对书稿以及下月约稿的写作，忙得不可开交。

某者问园艺之事
金黄麦秸轻轻盖，殷红草莓快快长。

专此肃呈
真野友彦先生

芥川龙之介
六月十四日

又及，印花之事终于宽心释怀。

761　六月二十四日自田端致渡边库辅

其后久疏音信，十分抱歉。小生回京以来，牙痛咽肿，再加名副其实的忙乱不堪，终于怠慢回信，恳请多多原谅。每每拜读来信，对阿滨之事深表同情。阿滨的确是位善人，虽然其实对我缺乏热情，但你应该喜欢那样的人。何故喜欢阿滨，我也不得而知。现在以为不错，而过后却觉得不好。相反的情况亦可发生。故我等中年人对任何事都很难确定如何去做。阿滨之事亦然，小生并无既定之方针。若讲权宜之计（指进京之后），则以不为其赎身更有利于你。若为其赎身，进京后生活无法保证。关于实质性问题，小生只有此言相告，主意由你自己拿。你已是与茂平，不会做出蠢事。无论如何，你是有为之才，真心迷恋女人实为难得之幸事。依我看，人生孤独或人生落寞只有此时。两情相悦，比翼齐飞，这样更好，更近人道。不应认为是久米正雄一个人。

何时进京皆可。既然芥川龙之介承诺，大可不必担心有无工作。何时想来就来，请一定成行。工作堆积如山，故尚未拜谒鸥外老人。拟于本周内必定成行。

现偶有小闲可写此信，下次还要给蒲原和阿若写信。蒲原和阿若都寄来了枇杷，家父、内人、家母称阿若的枇杷味道鲜美。姑母喜好酸果，故称蒲原君的枇杷可口。若叫我说谁的好吃，我只能三缄己口。"顽石锈垢染池底"那首俳句舍弃，因上五过重。以下俳句如何？若得赐高论，实乃三生之大幸。

　　　　　　风萧雨晦狂涛夜，浪静波平拂晓天。
　　　　　　正午赤日似火烤，草木枝叶几灼焦。

此致
破魔公子侍史

我鬼老人
六月十八日

又及，小生撰稿期间，几乎不读来信。看在朋友分上，请予宽恕。尊稿今日收到，我愿尽力而为。是否收到春阳堂寄款？

762　六月二十四日自田端致蒲原春夫

径启者：

收到枇杷果，多谢，全家人一饱口福。关于找工作事，打听过两三个地方，均无合适的工作。如果不嫌稿费低，某家书店倒是有份工作，即把《悲惨世界》和《安娜·卡列尼娜》等译成通俗本。一页稿纸仅三角，所以我不太愿意向您推荐。一直在为您留心此

事。不可在墓地幽会。我因患牙疾等，未能给任何人写信，现在包括写给您的信在内，发往东京和其他地方的信共计十八封。此致
百犬青先生

芥川龙之介顿首
六月二十四日

763 六月二十八日自田端致香取秀真
径启者：
　　那方印章今晚能否携至寒舍，让在下鉴赏一眼？不知是否方便？专此询问。此致
香取先生

芥川龙之介顿首

764 六月二十九日自田端致室生犀星
敬启者：
　　今日本应参加贵府举行"烧七"的法事，由于大阪来人，难以按时赶到寺院，容后亲往贵府上香。专此致歉，兼做事由解释。此致
室生犀星先生

芥川龙之介顿首
六月二十九

765 七月四日自田端致真野友二郎
真野先生惠鉴：
　　日前承赠古青蚨，多谢。今天我邻居香取先生看了一下，铜能铸造得那么薄，据说非今人之力所能及也。作为回礼，我本想赠您几首和歌，可实在写不出来。选集正在校对，多谢您制出了《点

心》的勘误表。书里排错的字总是比比皆是。最近迫不得已，要给报纸写《中国游记》，很麻烦。大名真滑稽，但不叫"友彦"，我心释然。头脑模糊到这种程度，不能不感到灰心丧气。尊夫人何时分娩？拙荆也将于秋季分娩。眼下姑母患神经痛，卧床不起。尘世的辛苦，澄江堂也无法取舍。代问尊夫人安好！

即　兴
挥刀割荆棘，手莫攥蜗牛。

我鬼生

766　七月八日自田端致渡边库辅

破魔山人左右：

一、尊稿《希波尔德》与《天主教杂考》已转到《大阪每日新闻》，其他稿件转致《人间》。

二、《去来》一度与《新小说》交涉过，如果不行，当请《思想》给予关照。

三、森鸥外先生患慢性肾炎，生命垂危，不消说，晤面已不可能，这个途径不行，当另寻门路。

四、《希波尔德》续稿完成后，即请寄给我。（也可径寄大阪，地址如下：大阪市北区堂岛里大阪每日新闻社野村治辅收）

五、眼下家中有病人，撰写约稿又极为忙迫，难以摆弄消闲文字，于此搁笔，多有失礼。

我鬼顿首

再者，可以送给阿滨、阿门及阿若的东西尚未完成，故寄去书信。不知是否认为我是在说谎，希望阁下为之说明。其实并非越是煞有介事越会献上什么了不起的东西。

森先生之事令人悲伤。

你熟悉的人

阿滨来。

锦笺现收到。《希波尔德》续稿将寄给《大阪每日新闻》,第三次稿件可寄给前述野村君。无论能否找到工作,都要做好进京准备。关于孤月的事,尚未面晤出版商,具体事宜将告永见。以下俳句觉得如何?

酷暑庭石已挪位,依然盛开菖蒲花。(一游亭作)
溽暑闷热日,树枝触屋瓦。(澄江堂作)

767　七月十四日自田端致井汲清治

井汲清治先生台鉴:

您要为《点心》写点什么,还请手下留情。那篇作品虽是我的"散步",但路边没有足供观赏的寒花,这令我深感不安。倘能有幸得到您的警策,《点心》可谓略有存在的理由。

即　兴

《点心》虽寒酸,聊有新茶香。

我鬼生
七月十四日

768　七月十六日自田端致下岛勋

空谷先生台鉴:

收到味美好鱼,多谢。眼下交稿期限迫近,酷暑里叫苦不迭。

舳公载过客，渊明披衣襟。

我鬼拜复
十六日

769　七月三十日自田端致渡边库辅

破魔先生：

　　大札奉悉，《中央公论》的事大概可以如愿。与野村交涉一事，也已知悉。《国姓爷》你可寄给玄文社，我拜托玄文社给予关照。姑母每日身上挂着放射线治疗器，但病情仍不见好转，我束手无策。此间，永见德太郎打来电报，深夜被叫起来，真受不了。请代向永见先生转达，唯请勿拍电报。由于忙迫不堪，与永见等诸位先生久未通信，待腾出空闲，立刻写信。我对您常有例外，故值得庆幸。一笑。

　　《暗夜行路》成书刊行后，尚未读。我觉得《毒蕈》是专写卖笑妇的。您的俳句按澄江堂等人的批评，全部落选，还望发奋。我的"溽暑闷热日，树枝触屋瓦"和一游亭的"酷暑庭石已挪位，依然盛开菖蒲花"都因评分高而入选了。（已收到令尊华笺，迟复为歉，希望您居中转圜。）此外，您的短歌有几首入选了。进京后，论起此事，当饶有趣味。《一夕谭》属于即兴作品。我时常认为，那个小圆意气高昂，六宫公主值得怜悯。连日酷暑，伏案写作，时有汗水滴落在稿纸上。栏外石榴花开红似火，东京也闷热难熬。我常常想起您的笑容。

我鬼山人顿首

　　苏轼《汲江煎茶》
　　活水还须活火煮，自临钓石取深清。

　　　　大瓢贮月归春瓮，小杓分江入夜瓶。
　　　　雪乳已翻煎处脚，松风忽作泻时声。
　　　　枯肠未易禁三碗，坐听荒城长短更。

770　七月三十一日自田端致真野友二郎

真野友二郎先生：

　　大札已奉读。尊夫人产后康复状况如何？东京的酷热一天甚于一天，伏案读书，满头大汗。尊作俳句《焰火》，觉得较前所拜读的要好得多。之所以好，因为着眼点好。我认为，您的俳句创作还有进一步下工夫的余地。《娑罗花》总算校对完毕，过几天可以出书。您很少来东京吗？若有机会来，请光临寒舍。明年我还要去京都大阪一带，彼时若有可能，很想一晤。您当上了爸爸，心情如何？孩子越来越可爱了吧？我家附近住着一个名叫室生犀星的男子，最近他两岁的男孩夭折了，且是他唯一的孩子。昨日见到他，他说，把儿子葬在院中，上置一石，时常想坐在那儿。与他一样，您有了孩子也就有了担心。您喜得千金，我也想有个女孩。

　　　　邻居歆羡百合花，中隔竹帘频欣赏。

　　　　　　　　　　　　　　　　　　　芥川龙之介
　　　　　　　　　　　　　　　　　　　七月三十一日

771　八月四日自田端致佐佐木茂索

　　大艺先生，盛冈这个男人登载了西田天香的稿件后，洋洋得意，本属理所当然，我不必多虑。藤森淳三就此写评论，我感佩他的好意，但我不希望他写。我想远离毁誉，只管写自己的文章。

我鬼顿首

772　八月七日自田端致南部修太郎

敬启者：

　　以稿纸当信纸，很不礼貌。心怀谢意拜读了锦笺，您写此翰做了一件好事，然而再早点写就更好了。我做过的事，其动机并不纯粹，但并非全是恶作剧。因为不纯粹，我须向你道歉；因为并非全是恶作剧，我想让您迟早能明白我的真意。人生是微妙的，彼此并没互抱恶感。虽然如此，却落到这等地步，（此处原文删除五十九字）仅此一点希望你能明白。彼此是否绝交，不应由我来决定，全凭您的判断。不过为彼此计，或许以不吵架为好。

　　据小岛说，您结婚了。对您来说，这是莫大的喜事。婚后还住在那里吗？如果您不说与我绝交，我想送一样与您般配的礼物。我的朋友南部修太郎啊，您需要结婚、爱、痛苦。身为作家的您，欠缺的只是这种甜酸苦辣滋味无穷的现实生活经验。我现在很忙，每日赶稿，家里又很热，苦得非比寻常。等待你的回音。此致
南部修太郎先生

我鬼
七日

773　八月九日自田端致小穴隆一

圆中先生惠鉴：

　　华笺已拜读。上周日，一位在中国关照过我的人来，外出见他，失迎为歉。有人说，越哉是清潭老人的知己，看来大概是的。关于书的封面，蒙您费心颇多，感激不尽。不过我看校正稿，发现汉字旁注的假名错误及漏字不少，心情有点凄惨。连日大热，答应下来的稿子不能按期完成，干着急没办法。

　　　　　　院中草坪小路绕，杜鹃花丛分外娇。

让您见笑。
　　　　　　　　　　　　　　　　风中尨生顿首
　　　　　　　　　　　　　　　　　　八月九日
　《妇人公论》上拙作小品是否读过？最仲先生是否应当拘泥那一点，愿听高见。又及。

774　八月二十日自田端致岸浪静山

静山先生惠鉴：
　承赠金鱼，多谢。早该致谢，怎奈诸事缠身，失礼日久，请莫见怪，多多宽恕。

　　　　　　这般怪模样，眼珠炱炱危。
　　　　　　中国小金鱼，黛玉曾养喂。

　　　　　　鱼藏水草里，光线照其间。
　　　　　　水中金鱼肚，斑斑愁色泛。

　　　　　　　　　　　　　　　　　　我鬼
　　　　　　　　　　　　　　　　　八月二十日
　很想登门致谢，却一直失礼。最近见到了郑板桥的真品，终于明白我从长崎带回的是赝品。又及。

775　八月二十一日自田端致渡边库辅

　（原文此处有画，题为"午桥有树千章"，并写有"风中画"

字样)

破魔上人：

　　屡赐手书，甚谢。我无论如何也没有您笔勤。我这里热得实在受不了，如果作画，连画都显得发热。我将给野村去信。近日写不出短歌俳句，小说也是如此。多亏您打来传达喜讯的电报，安慰了我，不胜感谢。

　　　　　　唯有汉国黏土壶，玩之赏之独陶然。
　　　　　　我想插进紫藤花，没有紫藤好为难。

　　["汉国"两字右侧注有"高丽？（我没记清）"字样]
　　这是一灯上人作的"今样歌"，像近代人的作品吧？暑热难耐，接到令尊的盛暑问候信，请代问令尊暑安。
　　此间遇到大观，他说永见颇受艺伎喜欢，又说女人和他近在肤寸之间，大概热恋上了他。再谈。

　　　　　　　　　　　　　　　　　　我鬼老衲
　　　　　　　　　　　　　　　　　　八月二十日
　　逗留维也纳的斋藤茂吉来信了，也给你信了吧？让我代问蒲原君好，他还没忘记阿若和阿滨。阿门还在哭泣吗？我委托人代办送给各位小姐的东西，懒得还没给我办理，真够呛。不过我因为忙碌，也没去催促。老人病体如何？短歌评比不及格，打击不小啊。又及。

776　八月二十六日自田端致南部修太郎（信封正面写着"南部家执事收"，背面写着"田端奉行"，下有花押）

　　（参照插图）

致南部家全家：

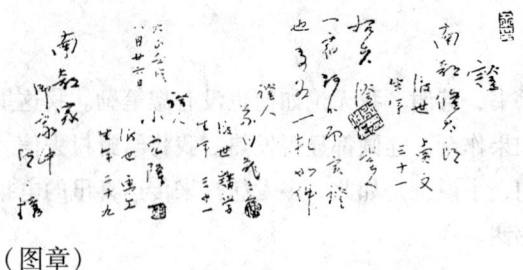

(图章)

    证　明
    南部修太郎
    职业：鬻文
    年龄：三十一岁

(图章)

  上述者在澄江堂处曾住一宿，特此证明。故提出内容如上证明一纸。

    证人
     芥川龙之介（图章）
    职业：教学
    年龄：三十一岁
    证人
     小穴隆一（图章）
    职业：画家
    年龄：二十九岁

  此致
南部修太郎阖府

          大正壬戌年八月二十六日

777　八月三十一日自田端致吉田东周

径启者：

拜读锦笺，深谢厚谊。小说《鱼河岸》里登场的露柴即碧童，如丹即古原草，风中即小穴隆一。专此粗略奉复。此致

吉田东周先生

芥川龙之介顿首
八月三十一日

778　九月八日自田端致真野友二郎

真野先生左右：

屡接华笺，多谢。因去镰仓一游，对诸位先生迟复为歉。随信奉赠一本《娑罗花》，如需原稿，也可寄上，但是太脏。您沐浴着吹抚白杨树的和风，那情境挺愉快吧？如同西洋女子帽上插着鸵鸟毛美饰一样。最近有人把小说《山鹬》译成德文，不知道译得是优是劣，总之，读德文版《山鹬》，颇觉得有西洋韵味。最后，问尊夫人好。拙荆下月也将分娩。

沉沉深夜里，鳅鱼汁尚温。

小园日长
悠悠昼已深，树丛枝披纷。

芥川龙之介顿首
九月八日

今天是二科会的招待日，这次展出了小穴君画的我的肖像（题为《白衣》）。画像比真人帅气得多。我现在马上与小穴君前往参观。

"糊涂虫"一词，是否出自贵府女仆的家乡？又及。

779　九月九日自田端致室生犀星

室生犀星先生惠鉴：

　　拙著《娑罗花》奉于座右，恳请惠存。本月在下毁誉交加，自感束手无策。尤其就我而言，受褒扬比被讨伐更感到后怕，还望理解在下的窘状。

澄江堂主人顿首
九月九日

　　躬访贵府之时，那封信还请多多关照。又及。

780　九月十二日自田端致工藤恒治

径启者：

　　关于樗牛，拙著《点心》中有一文曾谈及，该文之外，我未发表任何有关樗牛的感想。像樗牛那样的批评家，现在一个也没有。我认为樗牛乃才子也。此致
工藤先生

芥川龙之介顿首
九月十二日

781　九月二十一日自田端致后藤肃堂

后藤先生惠鉴：

　　大札已拜读。拙作中出现的皆为虚构人物，所以，所垂询的内容与事实纯属于暗合。有人问道，女仆阿富并非辻次郎之妻吗？妄语之罪，三世生哑子，令我怵惕。此外，少年时代就熟知尊名大作，故而今后有事联系时，锦笺中不必夹带邮票。特此仅就事叙事。

芥川龙之介顿首
九月二十一日

782　九月二十九日自田端致中户川吉二
中户川吉二先生赐鉴：

大札已奉悉。新婚之喜未能致贺，失礼为歉。段四郎只是脸庞相像，受《芥川龙之介论》烦扰的，唯我一人，谨请怜察。杂志上载出的大作，我大抵都拜读过，艺术的长足进步之势，非青年不能也。唯有青年的步伐才能动辄冒进。总之，能从中感受到旺盛的能量，就是一种愉快。您若能与水守氏或者式守伊之助联袂光临，则不胜荣幸，但不愿见到酩酊大醉场面。与此相比，我愿看到的倒是中户川夫人。

我鬼顿首
九月二十九日

783　九月自田端致下岛勋
径启者：

前日多有失礼。尊稿大致拜读一遍，对假名的拼写略作改动，将文中的"於て"改成"於いて"，但从习惯用法上看，"於て"亦可。总之，可根据您的嗜好来拼写此词。长崎的两个男人至今仍住在寒舍，以致笔耕停滞不前。今天把两人打发到二科会，然后急忙执笔著文。有鉴于此，您若能推迟两三天光临，幸甚。这般随己之便，还请莫见怪，尚希谅察。专此。此致
空谷先生

我鬼生

784　大正十一年（1922）九月（推定）自田端致香取秀真
敬启者：

多谢华笺。二十三日或二十四日前后，我的时间方便，二十八

日稍有不便，希望据此安排日程。另外，长崎的一个名叫渡边与茂平的男子目前住在寒舍，很想拜访先生，近日与我同往，恳望接见。与茂平是歌人兼考证家，二十二岁，是一个少有的纯朴精明之人。此致
香取先生

芥川龙之介顿首

785　十月三日自田端致小杉未醒
小杉先生：

多谢遣使前来。当尽快向大观先生申谢。得知动身日近，谅诸事百忙，但日内将登门拜访一次。

偶　　成

愿香束散开，化作一桐叶。

芥川龙之介
十月三日

786　十月十四日自田端致藤泽清造
径启者：

拖延交稿，实在抱歉。寄上《我的散文诗》，虽然偏短，却非不经心之作，请尽管放心。还望尽量多赐润笔。足疾尚未痊愈，近来吸烟过度，心脏不大好。

八幡顿首
十月十四日

神佛光临。

再者，此稿并非一气呵成，空白之处有两三页，总计请算作五

页半或六页。

　　此致

清造先生

龙

787　十月十五日自田端致北原大辅

径启者：

　　日前承蒙佳肴款待，深表感谢。听说下岛先生又拿出许多陶器，明天或后天展览结束之前，拟去欣赏。请问何时方便？

芥川龙之介顿首
十月十五日

昨天作俳句一首，供一笑。又及。

愿香束散开，化作一桐叶。

788　十一月十三日自田端致藤泽清造

藤泽清造先生：

　　日前外出，很是抱歉，因为去参观了西方名画展。《诗与音乐》也用《我的散文诗》这一篇名。今后拟用同一篇名再写几篇。不过尊意也正确，篇名改动亦无妨。正如高见，用《肉欲》作书名则不可。提出以《肉欲》作书名的家伙，可恨至极。如果硬要改为其他书名，拟用《澄江堂小品》一名。专此。

芥川龙之介

　　今后信中请勿夹带三分钱的邮票，不过此信我倒是当即用了这张邮票。又及。

789　十一月十三日自田端致香取秀真

敬启者：

　　深谢所赐各种佳品，容后面谢。近患失眠症，痛苦不堪。专此陈谢。此致

香取先生

芥川龙之介顿首
十一月十三日

790　十一月十三日自田端致小穴隆一

小穴隆一先生左右：

　　久未通函，歉甚。因拙荆生下一男孩，家中乱七八糟。再者，神经衰弱严重，懒得执笔。男孩拟取名"多加志"，以表"隆"的发音。此前将水墨画作为《春装》中的插图，创意不错，但不知那种水墨渗透风格的印刷效果将会如何？新年号采用的小说若不全部赶写出来，伊香保便去不成，神经衰弱也必定好不了。事不顺心，无可奈何。关于钱，已收到菊池的五十元，加上久米的部分，立即寄上。最近在富户松本松藏家里，见到了池大雅与与谢芜村合作的《十便十宜帖》，以及竹田草坪等人的绘画多幅，大雅之大，不言自明，芜村也是高于竹田的画家。可惜你不在东京。另外还参观了西方名画展，得知西洋人创出杰作也非易事。以前看过的雷诺阿（戴着帽子）与塞尚的自画像，毕竟不错。此外，蒙提切利有着水灵灵的韵味。据我判断，似也有个别赝品。另寄去《诗与音乐》、《纯正美术》，得闲时可一阅。（《纯正美术》中有《十便帖》的照片，实物为彩色。）下面的俳句系为送别而作，家人都说此俳句不吉，当时隐而未露。现在已无所谓，添写于信尾。

　　　　　送一游亭别情怆然

　　　霜降清寒夜，菅笠去何方。

　　　　　　　　　　　芥川龙之介
　　　　　　　　　　十一月十三日夜半

"汤之花"尚未试用，明日把它放到浴槽里。承赠"汤之花"，同时收到香取先生所赠柿子和鲤鱼。草堂秋意，既欣然亦寂寥矣。又及。

　　　　　　　　　　　　　我鬼生

791　十一月十七日自田端致下岛勋

敬启者：

已遵嘱，赏玩了池大雅的画册，甚感欣幸。欣闻俄顷将光临寒舍，不巧我正为《中央公论》写稿，只完成一两页，定于今夜通宵赶稿，恕我随心任性，光临之日还望延为明日。专此致谢并恳求如斯。此致

空谷先生

　　　　　　　　　　　　　我鬼顿首
　　　　　　　　　　　　　十七日傍晚

792　十一月十八日自田端致小穴隆一

敬启者：

脚痛病未愈，想必是每日无可奈何。我也是脑袋有病，心脏萎缩，胃肠异常，不知如何是好，实在受不了。所以谢绝了各刊新年号的约稿，决心去洗温泉疗疾，但是伊香保太冷，想去南方。您一回东京，即可联袂南下。我见到了封面和环衬，都非常好。小峰云："给小穴君的酬金不多，甚感惶愧，数额与给津田青枫先生的

相同。"书中附作者照片一事，容我再考虑一下。附上原样大的照片占篇幅太大。（附上珂罗版的照片又显得寒酸。）随信寄上的款子请收下。昨日泷田蓬平拿来一幅画，经我鉴定乃赝本。总之，只要见到实物，似乎就能鉴别其真赝。不必太在乎绘画的事，多多保养身体。此致

小穴隆一先生

芥川龙之介顿首
十一月十七日夜半

793　十一月二十二日自田端致泷井孝作

折柴词宗惠鉴：

《芭蕉俳句解释》一书，令我深得教益。确实，"月はやし"乃时光迅速之意。最近因健康状况不佳，谢绝了新年号的全部约稿，优游自适。志贺直哉先生进京时，您若能顺路莅临寒舍，则幸甚。倘能事前赐一明信片，必恭候大驾。一游亭尚未回京，库辅每日来舍下。由于他住在大芸居处，彼此闲聊了好多事。最近发现了一古丹波窑的陶壶，有食指大小，贫而未能购下，抱憾。

我鬼顿首

794　十一月二十七日自田端致小穴隆一

径启者：

您患了坏疽病，甚是惊讶。近来我则得了感冒，双手起了阿司匹林疹，缠着绷带，执笔不便，本来难看的字，写得越发难看。坏疽是田之助患过的病，如果切除晚了，后果更坏。虽然如此，截掉脚这非同小可，怎么办才好，令人犹豫不决。我发高烧，不宜外出，暂且把库辅当作家仆。有何贵干尽可吩咐他。还想写下去，怎奈手不方便，恕不赘言。一旦解去手上绷带，高烧退下之后，立即

登门探望。此致
病鹤巢轩主人

           芥川龙之介顿首
            十一月二十七日

795　十二月二日自田端致与谢野宽

敬启者：

  屡接华翰，不胜惶恐。赴中国旅行之前，已文债如山，现要为报纸写游记。近来深感鬻文糊口之难。遵命已涂完两三页随笔风格的文字，终究不是通栏可用的东西，还望排在藻风先生或耿之介先生的六号字体分为上下两栏印刷的作品之中。有幸每期拜读森先生发表在《明星》上"旧札记"栏里的作品。该专栏中也收入了相当一部分新文章吧？日后定当发奋，写出令诸位先生惊诧的作品。另外，对南部作的短歌评价不高，然而就南部而论，那是他一生一世的名作。首先，请肯定他那不惹人厌的朴素的长处。此致
与谢野宽先生

           芥川龙之介顿首
            十二月二日

796　十二月二日自田端致真野友二郎

真野友二郎先生左右：

  屡接锦笺，迟复为歉。近来心脏不好，又伤了胃肠，一直卧病在床，有三四处新年约写的专刊小说约稿均已推辞掉了。这几天患感冒，吃了医生开的药，由于内含米格兰宁，出了阿司匹林疹，双手都缠着绷带，五六天后，打算到某地去洗温泉。我的病似乎源于神经衰弱，至今不服用安眠药已不能入眠。因为双手不方便，暂写到此。画帖确已收到，明年春天送给您。倘若不失败，可画出两

册，若画失败了，可得一册。两册都失败了，将两册中画得好的剔选出来，凑为一册。

> 病怀萧条
> 　初霜蒙地面，若邻草丛居。

芥川龙之介

797　十二月十七日自田端致真野友二郎

真野友二郎先生：

多谢问候信，药也已收到了。对我这个疏懒之人，实无必要这般亲切友好，今后待我可更随便些。不过得您亲切相待，实感欣慰。朝鲜的护身符真奇特。我的朋友，一向给我设计书籍装潢的小穴隆一，因患坏疽病（？），住进了顺天堂，我权当他患了坏疽病，想给他去封信。今年末明年初，我打算去某地洗温泉疗疾。目前我时而卧床，时而起来随便活动活动。您的俳句有长进，"万年青"等句率真可取。最近我也作了一两首，这里向您吹嘘一下。

> 　　　夜　　坐
> 　夜半冬日里，筐里炭冻裂。
> 　沙沙冬木叶，稳落炭筐底。

> 　　　闲　　庭
> 　初霜蒙地面，若邻草丛居。
> 　（又写了一遍，不放进这里心里感到寂寞。）
> 　寒雨阵阵飘，犬眠炭袋上。

送　　别
霜降清寒夜，菅笠去何方。

致自长崎送我沙丁鱼串者
寒风瑟瑟吹起时，鱼串身带大海色。

信纸半途剪掉之处是因为写错了，很不礼貌，还望宽恕。刚才吃了北海道的姥贝，胃感不适，立即服了您给我的药。

即　　兴
寒风吹起时，服药调胃肠。

芥川龙之介
十二月十五日

再者，数日来，我家的健康状况如下：
户主：神经衰弱，胃痉挛，肠炎，阿司匹林疹，心悸。
妻：产后患脚气。
长子：虫牙（牙龈化脓）。
次子：婴儿，消化不良。
父：胆石症，胃痉挛。
母：因脚脖黏液等肿胀，开刀。
这种状况还谈何写小说。此致
真野先生

我鬼
十七日

798　十二月十八日自田端致中户川吉二

径启者：

多谢赠我大作。由于生病，且家中病人多，故未及拜读，迟早一定拜读。父母、妻小皆生病，甚是无奈。此致
中户川吉二先生

芥川龙之介顿首
十二月十八日

799　十二月十八日自田端致友常幸一

敬启者：

屡接锦笺，甚谢。稿件两包确已收到，承赠梅饼，多谢。尊稿未及仔细看便先受礼物，实感不安。现已回到东京，自中国归来后，病病殃殃，文债如山，新年号稿件交稿期限逼近，甚感困难。数日前，长崎的渡边与茂平来访，听到有关天主教的种种故事，您是"阿罗罗木"的成员，故略赘一言。此致
友常幸一先生

芥川龙之介顿首
十二月十八日

800　十二月二十六日自田端致水手龟之助

水手龟之助先生：

用稿纸写信，实欠礼貌。

关于无产阶级文艺，是个非常认真的问题。难道您不是无产阶级文艺家吗？您的评论我拜读过两三篇，觉得您是在为无产阶级而战，所以将您列为无产阶级文艺家中的一员。对佐佐木君披露了水守君的意见云云，这与直接举出您的事，二者互不相干。我没太读其他无产阶级文艺家的作品，纵然读了，也很少有我认为写得不错的作品。然而，我觉得您的作品写得不错，故此点出了大名。不可

将此理解为恶意,这既非冷嘲亦非热讽。如果您那样理解,那是由于我欠缺文坛常识之罪。倘若举出大名有招致其他误解之虞,就请把那一项内容删掉吧,不必客气。拜读您的明信片,确实稍感惊诧。因为我觉得无产阶级文艺家的资格不取决于作品素材,而取决于文艺家自身的左倾情绪。特此奉复。另外,这个问题若稍惹您不快,我愿再三道歉。归根结底,我打算在此基础上拜会您,并得到您真正的谅解。

芥川龙之介
十二月二十六日

801　十二月二十七日自田端致中户川吉二

径启者:

今天读完《北村十吉》,我认为这是流畅而无可挑剔的作品。以那些页数写出了那种水平,真是一件了不起的事。不过若在此之上再提出要求,那就是该作品的主人公(即便未必是您自己也无妨)一方面具有率真心理,另一方面又具有假恶人的心理。若将这两种心理进一步彻底化,或许会是更佳的作品。我这么说,并非批判主人公的生活,这不是实践伦理方面的问题,而是作品上或描写上的事。今天读罢大作,顺便暂写这些,余者留待拜访时当面奉告。此致

中户川吉二先生

芥川龙之介顿首
十二月二十七日

日前外出,失迎为歉。最近因患神经衰弱,懒得做事,尤其打憷写信。若列举自私自利的事,即前几天我外出一事没向您表示歉意,还请见谅。今天竟然写了这么长,请您一并惊叹吧。又及。

802　十二月二十九日自田端致香取秀真

香取先生惠鉴：

昨夜失礼了。"明星"来了，要拜访您，拿着昔日的金鼓请您看看。森先生的短歌并不高妙，我的短歌挺妙吧？如：

深秋好时光，白日暖洋洋。
纤纤牵牛花，开在淡竹旁。

谨请一笑。

我鬼生

腊月二十九

《今昔物语》本朝之部卷九《赞歧国多度郡五位闻发师即出家语》第十四话：

其后，僧人换下礼服，改穿布衣袈裟，以金鼓取代了箭袋。他身着布袈裟，脖上挂着金鼓，说道："我由此西行，口念阿弥陀佛，一直走到有人敲金鼓回应的地方云云。"

此段讲的是喜好杀生的武士听罢讲师的说法后，忽发皈依之心。

大正十二年
（1923）

刘立善译

803　一月六日自田端与渡边库辅共致小穴隆一

小穴隆一先生惠鉴：

想必一向均好。我牙疼，感冒发烧，凡此种种，实难招架。今夜有库辅陪伴，心情略感轻松。

群山当枕头，棉被三幅宽。

以后，库辅这一名字，让位给双车楼先生。

我鬼

昨晚大彦来，谈及您，得知您已不去大彦经常出入的染房，现在行走自由，能跳上电车，疾步下楼，其速度之快，非大彦所能及。必须这样，才可锻炼双足。由于我的怠惰，加上书店放春假，《春服》的装帧工作尚未开始。此事不必挂虑，还望专心保养身体。

芥川龙之介顿首

新春正月陆日

804　一月二十日自田端致中村武罗夫

径启者：

自大阪催促拙稿，随笔文章尚无进展，暂先寄上已完成的部

分,今夜写出其余部分,数量请估计为十五六页吧。下月起,不想再给您添这样的麻烦。专此直言急事。此致
中村武罗夫先生

芥川龙之介
二十日

805　一月二十一日自田端致野上丰一郎
敬启者:
　　昨夜多有失礼。承蒙今日邀请,深感荣幸。十二点左右,我当来约您,请多关照。此致
野上先生

芥川龙之介

　　正拟造访,写到此信日期时,一问方知今日乃星期日,是我应在家的日子,难以外出,哀哉!星期日之外,能否有能乐演出?代问小宫先生安好。在此谨致谢意并道歉。又及。

806　二月六日自田端以明信片答成城中学学友会文艺部提问
　　一、喜欢数学、博物、物理、汉文;讨厌国语、化学(根本没做过实验)。
　　二、曾想做一个中国文学或英国文学学者。
　　三、我的友人中有作家,十有八九是受了他们的坏影响。

芥川龙之介
二月六日

807　二月十八日自田端致稻垣足穗(抄写件)
　　稻垣君坐在硕大的月牙上,吸着哈瓦那雪茄烟。若非配以弹簧装置的飞蛾,纵然要向稻垣君致以衷心感谢,也无法靠近他那高高

的椅子。

芥川龙之介

808　三月五日自田端致杉浦翠子

杉浦翠子女士：

　　顺便提一事，玉稿莫延迟，寄给波多野秋子。
　　波多野秋子，《妇人公论》女记者，想必君亦识。
　　君看我歌棒，纵似青韭辣满口，亦请君稍尝。

澄江堂主人

　　今后赐翰，不必夹带三分钱的邮票。又及。

我鬼

809　三月十五日自田端致伊藤贵麿

径启者：

　　一向可好？想去洗温泉疗疾，却又磨磨蹭蹭一直未成行，终于将于明天启程。关于袁世凯的小说出来之后，能否请您立即给泷田樗阴君看一下，我把自己的意思告诉他，您只要把书寄给他就可以了。据说前几天您在某一个聚会上见到了折柴。折柴云："伊藤此人果然露出了能写出作品的神情。"不知折柴的神情如何？此致
伊藤贵麿

芥川龙之介顿首
三月十五日

　　我前往的目的地，是汤河原中西。又及。

810　三月十五日自田端致角田竹夫

径启者：

惠赠大作，甚感欣幸。恰好有幸于养病期间悠闲自在地欣赏。就在几天前，我读了《竹冷俳话》一书，我觉得因此我们才似乎有了某种缘分。专此申谢。此致

角田竹夫先生

芥川龙之介
三月十五日

811　三月二十四日自汤河原致芥川美术明信片

稿纸要是用完就糟了，赶快给我寄稿纸。我孑然一人，或者读书，或者著文，或者吸烟。与在家时相比，学习倒是更多了。只是隔壁房间里老律师的鼾声让我受不了。顿首

（背面）

先写正事。松屋出品的稿纸尽快寄来五本。我走后太田来过未？若未来，当拍封电报去。义敏来过五封信。旅馆里用的是松软的木炭，真想给孩子奶奶看看。

812　三月二十五日自汤河原致小穴隆一明信片四张（写有"于中西　了中"字样）

前几天下雨，加上给美术院打过几次电话，始终不得要领，于是看画展事作罢，便来到了此地。您去看了吗？

抵达此地的翌日，改造社来了一人，一直钉在我身边，等着我赶稿，尽管如此，最终还是没能写出来。这里的龟君死了，旅馆令人扫兴。烧窑店老爷子的小房子，现在变成了楠木工艺品店了。我还没去顿狂庵。受改造社的干扰，什么事也没做，心绪难以理顺。隔壁老律师带着孩子，一发火就呵斥女仆等人，夜里的鼾声十分可怕，这是隔壁的特色。此外，楼下住着一个弹琴的女人，

爱睡懒觉，一直睡到中午十二点。她的脸型长得有点像太田护士。她丈夫在洗澡间里冲洗经过显影之后的胶卷时，她跟去问："又照糟了？还是这次照好了？"总而言之，是个可怕的女人。不过我现住在别墅，不是旅馆的主馆，据说二十六日主馆能腾出安静的房间，我正等着搬过去。街里开了许多新店铺，一周能来演一场电影。我还没去看过。最近是狗的发情交配期，夜里巨犬横行，连外出发信件都提心吊胆。义足做好了吗？近日我还会给您寄明信片闲聊。

顿首

813　三月二十五日自汤河原致室生犀星美术明信片

庭　　前

竹枝抚水面，三月好春天。

屋　　后

深山割丛竹，余寒尚料峭。

邻　　客

忧虑膀胱疾，户外春光丽。

请代问尊夫人安好。顿首
（背面）

山径春寂寞

山麓春风吹，消失丛竹里。

　　　　　　一日洗六次温泉
　　　　　温泉池底滑，昼长频频泡。

814　三月十五日自汤河原致下岛勋美术明信片

好不容易刚到这里，改造社的记者就紧跟而来，真倒霉。好不容易得清闲，好心情被破坏了，叫人受不了。这里的气候比往年冷得多，可是八重梅已经绽开，酸橙成熟，鹡鸰蹦蹦跳跳。若说暖和确实暖和。最近能否惠临？周日和周六团队观光客颇多，不可不避之。于此搁笔。

　　　　　　　　芥川龙之介于汤河原中西

　　　　　山麓春风吹，消失丛竹里。
　　　　　温泉池底滑，昼长频频泡。

皆是拙句，连这等素描都赠您惠阅。顿首

815　四月五日自汤河原致室生犀星美术明信片

　　　　　　近日一首
　　　　　遥想午夜山，余寒阵阵来。

又催促我交五月号杂志的稿子，深感困窘，看来汤河原还不是可以遁迹潜形的地方。

　　　　　　　　　　　　芥川龙之介
　　　　　　　　　　　　　四月五日

816　四月五日自汤河原致下岛勋美术明信片

屡接锦笺，颇感欣喜。即便来到此地，也还是一味催我写稿，深感困窘。近两三天内必须写点东西。这里的景色可谓飘荡着春风诗情，梅花、桃花与樱花竞相盛开（八重樱除外）。前几天正宗白鸟、上司小剑、佐佐木茂索诸位先生在这里相逢，不过都是借工作之便惠临此地。于此搁笔。

芥川龙之介
四月五日于汤河原

817　四月六日自汤河原致下岛勋美术明信片

这次我才得知，先生的大名"勋"读作"isaoshi"而非"isao"。华笺中带有杀气，待我回东京后，很想多多乞教。我不太信任别人，所以不受别人欺骗。我信任的人不欺骗我，我觉得这是我的幸福。眼下我正着手写两篇童话，写好之后必会打动令爱。

芥川龙之介顿首
六日夜

忘了一件事，烦请代问××先生安好。又及。

818　四月十三日自汤河原致小穴隆一明信片

与您的自画像较量，我也描出了自画像，但不太有自信。（《保吉的手记》，载于《改造》。）此地已是新绿可掬，今年在这里总被催稿，哪里有雅兴去自得其乐地制作陶器？两三天内即回去。我现在与加藤友三郎首相住在同一旅馆里。

澄江堂老人

819　四月十三日自汤河原致下岛勋美术明信片

屡接手教，慰甚。府上各位均好吧？此地距东京甚近，来人过多，于我不利。总算写出一篇小说，两三天内即回去。您的俳句并非平庸之作。自今日始，与加藤首相住在同一旅馆里。

雨不污菜花，蓬勃清丽葩。

我鬼
十三日于汤河原

820　四月十三日自汤河原致佐佐木茂索美术明信片

没有您的自来水笔，是不是在半路上丢了？在我的房间里找了，没有。

关于书的事，给您添了麻烦，多谢。若同时读《原始佛教思想论》和《Life & habits》(《生命与习惯》)，会如同发现奇迹般觉得二者相似之处颇多，我感受到了诸天善神的保佑。实际上这既是偶然而怪异的，又不是怪异的。若按释迦牟尼式的观点来解释，这是自然的。关于这个解释，下次望您"谨"听。

821　四月十四日自汤河原致南部修太郎美术明信片

君可详知否，远离京城处，
四月有风习，万人傻乎乎①。

春季到来阳气升，四月一日人发疯。
我致君书所言事，字字句句皆实诚。

---

① 指四月一日的愚人节或曰"万愚节"。

佐佐木未坠山川，我亦不曾背他还。

　　　　　　　　　　　　　　　　　龙之介
　　　　　　　　　　　　　　　　　　十四日

822　四月二十七日自田端致黑须康之介
黑须康之介先生：

　　用稿纸写信，恳请原谅。

　　日前失礼为歉。其后身体可好？痔瘘不可不安心疗养。有一人曾忠告我："您患痔瘘吗？若是痔瘘必须到温泉地住上月余。"此人把您讲的话错当作我讲的话，现在我顺便把这一忠告原封不动回赠与您。我终于能够安眠了，不过还是胡乱做梦。

　　我去汤河原期间，认识的一位古锦绘商由于同情盗窃犯，被关进了拘留所。此外，有一个曾宣告自己不结婚的男子如今却履行了正式的相亲程序。这世道实在不太平。按这种腔调讲下去，要么是为了向您表示敬意才写此信，要么会被认为我是一个绝无仅有的大闲人。实际上，我想知道竹内君在德山的住址。不可过高评价我。不过，平素怀有敬意，不可怀有恶意。请在好意与恶意之间，以折中的方法，赐教我如何给竹内君写信。

　　回东京后过着雅俗混淆的日子。昨晚去帝国饭店听演艺研究会的演讲。不言而喻，我感到腻烦；与我同去的是个医生，所以毫不感到腻烦。我感到腻烦的原因，在于他或者议论通风设备，或者在没受任何人委托的情况下依次诊断看客的脸。这位医生说："医术的一半在于'姆恩特拉'，小儿科则全靠'姆恩特拉'。"所谓"姆恩特拉"据说是"mund therapie"（口头疗法）的略语。因此我不信任医生。然而那人又说："不信任医生，'姆恩特拉'则不会生效。您喜好躲避现代医术的恩惠。"我总觉得医生是歹徒，痔瘘科医生也是歹徒吧。请大家提高警惕。

实际上——我又说了一遍"实际上",实际上我现在有点空闲,因有闲空才连续写着这样的内容。前几天写了与学校有关部门的事,我把学校里的××××老师划归为恶魔。划为恶魔便宜了他,我还是大打折扣了。不过那老师也许不会接受我的观点。接着我打算介绍×××老师和××××老师。想通过介绍×××老师那顶带弹簧可折平的旧高筒礼帽与×××老师在清水寺被乌鸦啄了的故事,以获得荣誉。总之,思来想去,有关我教师时代的回忆,并非不快。(虽然如此,我在梦中当教师时,梦中的我情绪非常消沉。追忆或许是不准确的,同时,能有不准确的追忆,这也许是值得庆幸的事。)其理由之一,谁的二十五六岁都有愉快的回忆,我认为有愉快的回忆是值得感谢的。请代问玉井老师、宫泽老师、斋藤老师、上村老师安好。"而且"请代问××老师好。为了圆滑度人生,最近我时常浇"而且"这种润滑油。当然我察觉油浇过量时,立即往上面撒些沙子。现在来人了,瞎扯就此打住。现在来的人,是两三年前曾与一个理应成为他妻子的女子私奔,来我家住过的人,是一个甚为善良的乡下人。于此搁笔。

芥川龙之介
四月二十七日

823　五月六日自田端致野上丰一郎

敬复者:

收到锦笺,深谢。偏巧今日在家接待来客,欲前往而不能,请莫见怪,多多原谅。《能面大观》的款项那样处理,实感惶恐。近日即拟带款登门拜访。特此奉复。此致

野上丰一郎先生

芥川龙之介顿首
六日清晨

824　五月二十日自田端致野上丰一郎

野上丰一郎先生台鉴：

　　用稿纸写信，谨请见谅。今晨接到华翰，多谢。观"能"的演出，请买四人的池座，位置尽量靠前。我想看演员在我鼻子前面跳舞。此外，二十日至二十三日皆有约定，所以能否应鹤田先生之邀出席，尚不知晓。若从二十四日开始，我可以出席。不发表演讲亦可，我不想演讲；迫不得已必须演讲，遵命亦可，这是我的心情。随君之便，可对我做两种安排，请予关照。前已言及，我就要出门，匆此奉复。

芥川龙之介顿首
五月二十日

825　六月二十一日自田端致小穴隆一

径启者：

　　日前令堂前来看望多加志，殊深感谢。其后他的病情好转，现已出院，只是还有点消化不良，觉得没什么大碍。菅先生的女婿想得到一幅您的画，能否卖给他一幅静物画？至于他能付多少钱，下星期日之前他给我回信，届时奉告。我每日伏案笔耕，仅在昨日偕藤泽先生去了女性社与春阳堂。特制本还没印出来，大概一周左右后可得。专此奉告。此致

一游亭先生

芥川龙之介
六月二十一日

826　六月二十一日自田端致松浦翠子

径启者：

昨日外出之时惠临草堂,失迎为歉。实怪库辅不好,我只表示午前都在家,午后不敢保证,而他却到处说我午后也在家。请勿见怪,并望宽恕。总之,我想最近会有机会拜访您。另外,日前赐我好东西,多谢。特此奉复。此致
松浦翠子女士

芥川龙之介顿首
六月二十一日

827 六月二十二日自田端致藤泽清造

径启者:
  拜读锦笺,日前多有失礼,歉甚。我手头尚有一点钱,请收下,并请带上函内所附信笺去中央公论社。若泷田君不在,请让社里其他人将该信拆开。特意劳您走一趟,实感惶恐,故写此信。还望保重身体。此致
藤泽清造先生

芥川龙之介顿首
六月二十二日

828 六月二十五日自田端致小穴隆一

隆一先生赐鉴:
  深谢华翰及俳句。关于卖给菅氏的画一事,我对"兔屋"讲了,差遣他将大作《圆筒大丽花》送去,尊意如何?我多管闲事,此乃愚见。另外,据菊池宽言,做摆样子的事总觉得不得劲,他想买一幅尽量能挂在壁龛里(小幅为宜)的画。总之,今日我将登门拜访,欣赏您画的蔷薇,在此以前,不可将其卖给别处。

龙之介顿首
六月二十五日于灯下

　　　　藤花攀房檐，苔藓年岁老。

此俳句尚未定稿，请先过目。匆此。又及。

829　七月八日自田端致藤泽清造（信封上写有旁注："您讨厌细字，所以我极力把字写得很细。"）

径启者：

　　几次外出，失迎为歉。前两次因为并非晤面日，我倒是处之泰然，这次是星期天，令我甚感惶恐。诚实说来，有岛武郎先生的事件使大家忧郁过甚，我外出吃饭散心去了。现在已经十一点了，您不可能在室生氏那里，因此我立刻给您写此信，至少请您肯定我从速写信的心情。女性小说我想在十日里完成，十一日午前将带上稿子，一并拜访您。我打算去，并祈祷能如愿成行。特此奉告。此致
藤泽清造先生

　　　　　　　　　　　　　　　芥川龙之介顿首
　　　　　　　　　　　　　　　　　　七月八日

830　七月十六日自田端致小杉未醒

放庵先生左右：

　　日前外出，失迎为歉。拜领大作，深致谢意。大作如同快猛和尚等故事中的枪声一样，强烈惊骇着人们。我给您看金冬心的画，这画可能是赝品，请您当作赝品赏玩吧。今天诸事缠身，虽是个好日子却不能前往贵府，实感遗憾。总之，近日想拜访您并献上拙著。谨请代问岸田先生与木村先生安好。

　　拜读大作中的佳句，聊生吟兴。遂作拙句一首，还请一笑。

藤花攀房檐，苔藓年岁老。

近日里与我同往岸浪静山君处欣赏绘画怎么样？与我同行吧。又及。

831　八月一日自田端致小穴隆一
一游亭先生左右：

宛如被流放一般的事，想必您一定受不了。我想，您启程之时我再稍等片刻就好了。今夜我赴甲州，五日夜或六日晨回东京后，立刻去府上。之前还望耐心等待。我也是带着工作外出，所以要和我一起学习的三汀先生与菅先生的日常状况可想而知。昨夜我在北原君处待到深夜一点，好好地欣赏了空谷先生的画，他最擅长画墨竹。

（原文此处画有临摹的空谷山人的墨竹）

其风格如此。不过棕榈竹与这个复制品相异。代问诸位先生好。若和三汀居士去小町园，代问女老板阿菊、阿浅等诸位佳丽好。我不久即去府上，望少安毋躁。至昨日晨，一直在写女性小说。

芥川龙之介顿首
八月一日

832　八月二日自山梨县秋田村清光寺致小穴隆一
我在这边山中的清光寺，每日讲授文学论，清光寺的方丈名曰高桥竹迷，乃曹洞宗的文人。方丈作画，我则为其画题写俳句，请您相信，此间我多少有点怪诞风流。顿首。

八月二日

833 八月五日自山梨县秋田村清光寺与高桥竹迷共致岸浪静山

原以为他是来夏季大学讲课的老师,没想到竟是庵主竹迷上人。这样一来,我究竟是教育会的客人还是竹迷上人的客人,已无从分辨。

龙之介顿首

834 八月九日自镰仓致下岛勋美术明信片(题为《庭前小景》,由小穴隆一、渡边库辅、芥川龙之介共作)

画电线者,渡边库辅也;画藤架者,小穴隆一也;画松树者,芥川龙之介也。

松涛红灯笼,秋意日日浓。(我鬼作)

835 八月十三日自镰仓致谷口喜作

闲心亭主人台鉴:

来到镰仓后,没有可口的点心,很是苦恼。望将贵店手工制作的点心相寄是盼。所要的点心横看如 ⌒(牛皮),掰开后如 ⌒(风味あり,馅也),馅心为核头仁。这种点心请做两盒,总价为五元钱,此外,请一并寄来够我们吃的豆沙馅糯米面饼。至于钱,恕我太随便,容回东京后奉上。清单请装入发来的邮件中。专此奉恳。

芥川龙之介顿首
八月十三日

投递地址:相州镰仓停车场前平野家内芥川龙之介收

836　九月十二日自田端致小穴隆一

一游亭主人左右：

　　能否将那首莲花与菖蒲同时开放的俳句连同前言都抄给我？我想把它加入《大震灾杂记》之中。稿子已经告竣，只是为了那首俳句留下了一块空白。仅言急事。

　　送给比吕志点心作为礼物，多谢。我也"吃回扣"，相隔好久之后又吃到了甜纳豆。又及。

澄江堂顿首
九月十二日

837　九月二十八日自田端致中根驹十郎

敬启者：

　　锦笺已拜读。我觉得印花税票确实都烧掉了，我知道那上面还有八十三元的余额。由于亲戚家失火无处住，急等钱用，能否请于本月三十日前给我筹措百元？算我预支《夜来花》的缩印版稿费。这是甚为任性的请求，还望给予关照。钱，看您的方便，打发人去取也可，打发人送来也行。当然，拒绝我的要求亦可，但请尽可能接受我的要求为好。专此仅言要事。

芥川龙之介顿首
九月二十八日

838　十月十八日自田端致堀辰雄

堀辰雄先生：

　　用稿纸写信，失礼为歉。两首诗均已拜读，充分领略了您的艺术心境，或许可以说，连晤面也无法领略的东西都领略到了。望您不要放走已捕捉到的感觉，要随这种感觉飞快前进才好。（不过我不是诗人，我已公言，自己是一个不懂诗的人，我不能命令您相信我的话，相信与否，听您的便。）我认为，您的诗，尤其是《街头》，似乎显示出您所捕捉到的某种精确的感觉。因此我觉得可以放心地与您谈论艺术方面的事。也就是说，赠我诗篇一事，对彼此都非常合适有益。说实话，除您之外，还有一位来过室生君家的人日前访问了我，然而，我发现，我却未能给他做任何事。将您与他区别对待，对我是件快事，如果对您也是快事，我认为那就更好了。故而专此奉复。不过您不要以为只要给我写信，必有回复，请您毋宁认为大多情况下收不到回音为好。生来懒得动笔，这一点连我自己都感到惊诧。所以今后即使怠不作复，也请不要恼怒。

芥川龙之介
十月十八日

我的书架上若有您想读的书，请尽管利用。其他事也不必客气。同时也不可要求我客气，又及。

839　十月二十九日自田端致香取秀真

香取秀真先生台鉴：

信纸与信封皆无，以这种形式联系，还望原谅。关于道闲会的活动一事，目前尚未通知到小杉，菊池处已经传达到，今天当通知小杉。此外，向盐田先生赠送礼品时，务请知照一声。当此奉达。

芥川龙之介顿首
十月二十九日

840　十月二十九日自田端致香取秀真（为对香取秀真的回信的回复）

再拜香取秀真先生：

诸事当照办,因无可写,故作俳句一首,请过目:

牵牛花儿爬地上,弯弯曲曲蔓儿长。

芥川龙之介顿首

二十九日

香取先生:本以为无事可写,却又有诸事欲言,补述如下。道闲会的活动定于下月六日(星期二)、七日(星期三)如何?所送盐田先生礼品中,已带了在下的一份,甚谢。再者,此信所言之拙见,容今晚稍后拜访时,恭听尊意。又及。

龙之介顿首

二十九日

841 大正十二年(1923)(推定)十一月一日自田端致小穴隆一

小穴隆一先生:

昨日失礼了。陶壶一事请多关照。《歌谣类聚》我顺便带去奉上。专此奉告。另外,我收过水上君的白米,拜托远藤先生修理过匣子与陶壶,回敬二位什么礼物为好?帮我斟酌一下。仅言要事。

芥川龙之介顿首

十一月朔夜

842 十一月二日自田端致下岛勋

空谷先生:

常常拜领各种礼物,感激不尽。昨夜的椋椁果很酸,我的胃受不了,但柿子是我最爱吃的东西,立刻就吃了起来。

即　　笑

黄柿十一个，茅屋显丰足。

龙之介
十一月二日

843　大正十二年（1923）（推定）十一月七日自田端致香取秀真

香取秀真先生侍右：

关于道闲会一事，干事也给您添麻烦，实在抱歉。终于决定十日午后五点在自笑轩举行，恳请通知鹿岛和小杉两位先生。当日除了菊池宽，还邀请绸缎庄的大彦掌柜（若是老掌柜，他家住多摩川，把他请来太过意不去，决定请少掌柜）出席。专此。

芥川龙之介顿首
十一月七日

844　十一月七日自田端致胜峰晋风

胜峰先生侍右：

其后久疏问候，深致歉意。令堂仙逝之时，因患病，未能前去吊唁，请原谅。您约我在《NIHIWARI》写点什么，多谢厚意。俳句是我业余又业余的爱好，将其形诸铅字，显得厚颜无耻，虽然如此，我还是把手头现有的俳句寄上几首，敬请过目。这些俳句都附有较长的前言，实感惶恐。这些前言也是我业余又业余的爱好，还望海涵，莫加深究。专此奉恳。

芥川龙之介顿首
七日夜

845　十一月十七日自东京神乐坂与人共致久米正雄（信封上写有"十一月十七日夜，七条汉子于'四海波'唱词声中，注曰

'举孝子之日'"字样）

奥野正雄先生：

夫妻相惜别，不觉夜气寒。（龙之介）
（此处原文配以里见画的列车的绘画）

评曰：水蒸气跑漏了。（里见）

追　怀

欲隐心中恋，今却形于色。
有人开口言，谁来解心烦。（薰）

大正十二年，地异人也变。（三十三）
（此处原文附列车接近月台的画作；配文字云："新婚旅行去大阪。"）

我在大阪恭候您。（中山根本）

尽情分享斯乐者，此地共有二百人。（菊池宽）

十一月十七日于神乐坂丰裕茶寮

846　十二月一日自田端致饭田武治

饭田武治先生侍右：

　　接到《云母》，深谢。承蒙对拙句作出各种很高评价，感激不尽。我记得，拙句"肺结核患者，面美如冬帽"是受了尊句"哀哉身患不治症，指甲美似圆火盆"的启发。最近我讨厌自己以前作的所有俳句，而开拓新的俳句境界又谈何容易。我只是在散漫地消磨时光。特此致谢。

久别重逢侄女
回眸仔细观，杏色涂圆脸。

让您见笑。

芥川龙之介顿首
十二月一日

847　十二月十五日自田端致石黑定一

径启者：

锦笺及奈良咸菜已拜领，甚谢。日前您从上海回到东京时，由日本桥附近某家旅馆发出锦笺，正值我患病去了汤河原。在该地接到锦笺（内夹飞签）时，您已不在东京了。为慎重起见，专诚向您下榻的旅馆打过长途电话，回答说，您昨天已离去。本想写信说明这些情况，终因懒惰而作罢。《春装》出版之时，接到华翰，心想这次一定作复，结果又败给了疏懒的天性。这里，代替道歉，我献给您《侏儒的话》中的一章。如此这般，到写此信之前，多次想写又想写，却总是想而未写，我的失礼，请勿见怪，还望宽宥。说实话早应去信，但因新年号的交稿期限逼近，加之写得拖拖拉拉没抓紧，才延迟至今。明晨去京都旅行，大约逗留一周左右，于此搁笔。此致

石黑定一先生

芥川龙之介
十五日

848　十二月十五日自田端致中根驹十郎
敬启者：

昨日失礼了。今日外出旅行，拾掇信件等东西时，发现没收到富士印刷会社的红利，于是起了领取红利的念头，请予以妥善处理。于此搁笔。此致
中根驹十郎先生

芥川龙之介
十二月十五日

849　十二月十六日自田端与渡边库辅共致室生犀星
室生犀星先生：

青竹静静垂，窗边不见君。
眼望菊池宽，寂寞似淡云。

远峰大气派，冠雪尤皑皑。
悄言频劝君，保命莫懈怠。

深秋庭院中，竹丛挂寒霜。
君可细觉察，霜落发轻响。

答　诗
堇混露草中，瑟缩有寒容。

震灾后过芝山内
身披旧夹袄，朦胧闻松涛。

久别重逢侄女
回眸仔细观，杏色涂圆脸。

芥川龙之介
十二月十六日

850　十二月十八日自田端致室生犀星
径启者：

　　日前惠赐点心，甚谢。由于为新年号杂志赶稿等事而忙乱，终未能奉函致谢，失礼为歉。日前又赠我关于堇花的诗，再谢。这也是顺便致谢。（我这次写了四篇小说，因此甚忙。）事情好容易告一段落，今晚打算去大阪。提及大阪，我想起了一件事，在即将发表于大阪《每日周刊》上的随笔中，稍写了一点您的事，等到变成铅字后，请过目。眼下，贵宅由酒井真人一家暂住，菊池把庭院里的铺路石擦得干干净净，从厢房到书斋之间的往返，可以赤脚走了。即兴作短歌一首：

君登行旅路，香甜吃糕点。
吾儿真可怜，口中垂赤涎。

851　十二月二十二日自大阪致芥川
敬启者：

　　十七日晨抵达京都，此地严寒令我吃惊。人们在街上拢着篝火，噼噼啪啪地燃烧着，连那火苗都好似冒着寒气。我穿衬袄来，还真穿对了。到了抱月旅馆，拜访了恒藤。恒藤舍不得把从香取先生那里买来的花瓶送人，结果把四个花瓶全摆在自家壁龛上了。有人请我在桧垣茶寮吃饭。十八日小林雨郊来。（按京都的习惯，由于小林把我介绍到抱月旅馆，旅馆不等我发话便将我到来之事通知小林。）我和小林一起去古董店转悠，买下一幅天佑禅师的《一言芳谈》挂轴，装裱得挺不错，价格感觉也比东京便宜。晚上看了电影。十九日下雨，我钻进被笼里（这是泥做的三角形安全被笼，笼内放进火盆后，置于褥上，笼上再蒙两床薄被，没有两个钟头暖和劲儿是上不来的。即便暖和了，也如同春到比睿山那一边的感觉），迷迷糊糊之际，小林来电话，说傍晚去万亭茶寮（即一力茶寮）。因此白天必须把事办完。我去辻氏那里看池大雅的画，偏巧他外出；去拜访谷崎，举家去了六甲山宾馆，家中无人。我又想拜访住在山科的泷井孝作与志贺直哉，觉得麻烦也就作罢了。晚上去了一力茶寮。旧隔扇旧铺席，有十五张铺席大的房间里，尽管摆了四个黄铜圆火盆，还是冷得受不了。

有艺伎三人，其中一人腹痛总吃药，七十二岁的老太婆跳舞给我们看。二十日，医学博士乡原在丹荣餐馆请我吃饭，这是一家鳗鱼餐馆，但即便无鳗鱼也能让你吃饭，庭院中有石有水，宛似京都著名料理店瓢亭，感觉颇佳。因为吃了这里的饭菜后又喝了黏糕小豆汤，胃疼，稍觉难受。在新京极，不期邂逅泷井，他二十二日迁入新居，志贺先生于二十一日由东京返回。我和他约好，二十四日或二十五日去看他的新居、他夫人与志贺先生。今日（二十日）夜终于换到这家宾馆，明日去大阪每日新闻社，后天面晤小山内植村等人，顺便走马观花参观奈良博物馆，拜访以前三中的教务主任、现在担任奈良师范学校老师的佐藤小吉先生。翌日返回京都，面晤恒藤、泷井、志贺，打算二十五日离开京都。本想清闲自在溜溜达达度过几日，可是一来人，这个那个都拽我去，没法清闲自在下来。说到底，此地的寒冷叫我受不了，连房间里的手巾都冻了。

近日回去。

是否经常给义敏与姑母按摩肩膀？孩子的病好了没有？

恒藤的孩子（女）会笑了。起名初子。小林已有四个孩子了。又及。

852 十二月三十一日自田端致下岛勋（写在包和服裙的"奉书纸"上）

谨奉此薄礼，裙乃棉料制。
装束须得当，莫配丝绸衣。

龙之介

除夕

853 十二月三十一日自田端致久米正雄

久米正雄先生：

旅行患疾，好不容易昨夜回京。本拟今日携礼登门致贺，怎奈忙乱，不能成行，特打发愚侄送上大彦的贺礼，我的贺礼容明年奉上。

芥川龙之介顿首

除夕

大彦即京城中驹泽村住宅区内的大彦野口功造，还望回函致谢。顿首。又及。

854 大正十二年（1923）（推定）自田端致与谢野宽

敬启者：

与谢野宽先生，多谢您的推荐。我在千方百计抓紧时间，但四月实难如愿。五月完竣如何？若全力为杂志撰稿，则必须停止为报纸撰稿。这样一来，薄田的守田人又要前一封后一封地给我拍来电报。眼下我是进退维谷。请您方便时说服泣堇先生别太催我交稿。

芥川龙之介顿首
二月二十七日

855　大正十二年（1923）（推定）自田端致小穴隆一

径启者：

《春装》一册确已寄上。此外，四日（星期六）、五日（星期日）我外出。即便在家，也是来客盈门，所以您与兔君若想惠临，请尽量避开这一时段。再者，我的画（即您给我作的画庭院的那幅画）若是镶在镜框里的，烦请镶上玻璃。粗纸笔草不成字，请仔细辨认惠读。此致

一游亭主人

澄江堂顿首
三日

856　大正十一年或十二年（1922 或 1923）（推定）自田端致小杉未醒

放庵先生赐鉴：

> 路过痴凝望，巨岩伴沧桑。
> 欲遁空门者，转生再思量。

> 我这小木工，利凿手中握。
> 打卯实太难，麦漆涂太多。

吾嫌天皇邦，愿往美利坚。
去放杰西牛，做一养牛郎。

我若生在大唐国，愿做李义山家奴。

> 龙之介
> 十六日

大正十三年

（1924）

刘立善译

857　二月二十日自田端致野上丰一郎

径启者：

　　日前接到华翰，多谢。现在我家有客自京都来，难以赴宴，颇憾。很想前往聆听尾上氏的高论。匆忙（已迟，不甚"匆忙"）作复。此致

野上先生

芥川龙之介顿首

858　大正十三年（1924）（推定）二月二十二日自田端致小穴隆一

敬启者：

　　别无大事，愚侄想欣赏您的画，让我硬造出点事来，他好持函前往，顺便欣赏大作。因此我写了这封无事之函。今日我去千叶县，最迟明日归来。此致

一游亭主人

澄江堂顿首
二十二日

859　二月二十七日自田端致小穴隆一

一游亭主人：

　　《歌谣类聚》借我日久，甚谢。今令小孩登门奉还。

　　最近俳句：

　　　　　　如烟春雨中，何处山冠雪。

　　　　　　我家院中花已放，有如粗茶新沏香。

　　让您见笑。

　　　　　　　　　　　　　　　　　　　　　　澄江堂
　　　　　　　　　　　　　　　　　　　　　　二十七日

860　三月十二日自田端致泷井孝作

折柴先生：

　　最近俳句：

　　　　　　　致　蛇　笏
　　绵绵春雨中，甲斐山冠雪。

　　南京城里五分之三皆麦垄也
　　市内麦穗红，晚春当珍惜。

　　　　　　夜宿清光寺
　　古刹夜气寒，迫逼木石檐。

　　　　　　得　小　闲
　　　我家院中花开放，有如粗茶新沏香。

谨请斧正。

　　　　　　　　　　　　　　　　　　龙
　　　　　　　　　　　　　　　　　十二日

861　三月十三日自田端致小穴隆一

一游亭先生侍右：

　　大作在画展中入选，特此致贺。之所以仅有一件作品入选，因为世事荒谬绝伦，您须想得开，世间万事荒谬绝伦，因此我向您致贺。特邀来宾赏画之日，我将于两点左右到场，届时您若能出席，甚望一晤。不过我的工作尚未利索，不能从容细聊。专此奉告。

　　　　　　　　　　　　　　　　芥川龙之介顿首
　　　　　　　　　　　　　　　　　　三月十三日

862　三月二十五日自田端致斋藤贞吉

贞吉先生：

　　用稿纸写信，实欠礼貌。我没作复，再三致歉。不过接到的来信，加上最近一封也只有三封（您说是第四封）。既然到了别府，就理当来东京吧？我自负地认为，不言而喻，若来东京可联袂同游。因此我胡乱愤慨，认为您实不该这样那样，又过于着急回中国，汉口很无聊。您巧妙编个借口来趟东京如何？逗留东京的费用我来负担。（您不要生气，认为我有居高临下的意思。）说真的，您能否这样做？下月五日以后，我有闲暇，你那时来，下榻我家旁边的旅馆。泽正与左团次正在演戏，再看一眼大地震后东京的废墟，我确信这对您这样的人多少是有益的。能否下定决心？我也想看一眼您那宛似蝉形的脸庞。您的第一封信是于我开始忙迫之际收到的；这封信是于我的忙碌接近尾声时收到的。去年九月十日前后，我与西川共同度过了一天。他的出国礼品都烧毁了，好惨。据说在横滨，中原的睫毛也被烧焦了。唯我泰然自若。总之，由于当时我患感冒，害怕一外出会发高烧。三中全部被烧毁了，吉田总三郎（木匠的儿子）被烧死了。今天我遇到一个名叫滕固的中国留学生，他是上海《创造》杂志的同仁，又怀念起中国来，想再次走在有猪的街道上。下次我想去西洋看看，不过要看经费筹措情况，何时能成行不得而知。您是以发财为使命的实业家，快快发财，必须做我的经济后盾呀！

我写的书，由春阳堂和改造社出版的部分都化为灰烬了。托您的福，干净利索的《罗生门》与《傀儡师》之类作为罪孽却没有消失，依然留在书店里。

下月中旬，我与菊池二人或许去熊本，但现在还不太敢指望。若能成行，而且您还在别府，拟一晤。不过如前所述，尽可能给我来一封电报，然后来一趟东京。专此奉复。

龙之介
三月二十五日

您还是独身吗？我已有两个儿子了。又及。

863　四月四日自田端致泉镜太郎

泉先生惠鉴：

日前晚间未能应邀出席，失礼为歉。感谢今日惠赠大作"七宝柱"。四五天前已买了一根"七宝柱"，说实话，买了两根，其中一根送给一位在西洋的朋友了。若有三根"七宝柱"，似乎肯定能进入什么极乐世界，如今恰好三根入我手中。我在考虑让什么样的善男信女来拜领我以前买下的那一根。专此奉函致谢。

龙之介顿首
四月四日

864 四月十日自田端致小泽忠兵卫

小泽先生台鉴：

多谢锦笺。因为要付日前的砚台钱，我本当登门拜访，怎奈为眼前事所缠，失礼为歉，谨请海涵。总之，十五日以后可获小闲，届时拜访，并想请教各种事情。最近试作如下俳句：

阵阵黑南风儿兴，海面时平时浪惊。

薄云染夜空，星月皆朦胧。

南　京
市内麦穗红，晚春当珍惜。

龙　门
打麦场上尘土扬，落满庄严古栋梁。

绵绵春雨中，甲斐山冠雪。

依然作得不像样子，若能得到您的批评，则幸甚。半个月左右家中无一个女仆，却有两个孩子，连我都跟着忙活。

婴儿咳一声，顿感长夜寒。

龙之介顿首

四月十日夜

865　四月十四日自田端致香取秀真
径启者：

　　昨夜惠临草堂，又拜领了令尊美酒，深表谢忱。随信寄上子规居士诗笺一叶，敬请欣赏。百年左右过后，该诗笺必大为增值。虽然如此，得知我拜领的诗笺乃天下有名之物，愈觉可贺。特此奉函致谢，兼作消遣。此致
香取先生

龙之介顿首

四月十四日

866　四月十五日自田端致畑耕一
敬启者：

　　畑耕一先生，您的烟斗一直还保存在我这里，很对不起。随信寄上的稿子是我的熟人所作，名叫母吕日澄，是个宗教改革家。想在《角笛》一栏上发表，便来托我。我想，与其直接寄给《角笛》栏，不如寄给学兄，您给美言几句更为保险，因此寄上，恳请多多关照。

芥川龙之介顿首

四月十五日

867　四月二十日田端致香取秀真（信封上写有"住在邻近"字样）
香取先生台鉴：

　　昨晚多有失礼。关于那位女士，如信中所云，可与我同往，倘惠示方便之日，我可让她登门拜访。敢问二十二日、二十三日、二

十四日中的哪个午后方便？本当尽快登门，怎奈星期日有人来访，先此奉函致歉，专此。

龙之介顿首
四月二十日

868　四月二十三日自田端致小穴隆一
隆一先生：

敢问最终是否定于二十四日？下月的文债尚未还清，真伤脑筋。另外，每次去舍外甥那小子的地方，他有个习惯，总要从来客身上搜寻点什么东西，这一点请不必深虑。专此。

龙之介
四月二十三日

869　五月二日自田端致小穴隆一
敬启者：

我将玄文社的小林德三郎氏介绍给您。具体事情是玄文社拟将我写的关于平安朝的小说归拢起来，出一本短篇小说集《泥七宝》，装帧想拜托您来完成。（与报社的那本是两回事。）封面、扉页、衬页的设计费总计四十元，在这个额度内请多费心。总之，只要装帧中能酿出平安朝的氛围即可。此致

小穴隆一先生

芥川龙之介顿首
五月二日

870　五月八日自田端致香取秀真
香取先生：

昨日失礼了。《书物往来》已出，奉上一册。另外，刚刚接到盐田先生芳翰，内容太长，读到途中停下，写起这封信来。

芥川龙之介顿首

八日

871　五月九日自田端致安成三郎

大札已拜读。我在爱好上虽是个见异思迁的人，却无勇气去奢谈建筑领域的事。此事还请多谅解。另外，泷泽真弓君与我毕业于同一中学，读了载诸贵刊的他的论文，不免有些怀旧。顿首

872　五月十二日自田端致香取秀真

香取先生：

　　从菊池那里拜领了以赞歧国的盐釜烤出的鲷鱼，分给您一点。如您所知，鱼卵出自鲷鱼腹中。尽管风味不甚鲜明，但是：

　　　　盐釜烟火燎，想及春海潮。

龙之介

五月十二日

873　大正十三年（1924）（推定）五月十三日自田端致镰仓小町园

敬启者：

　　持此信者拜访之时，谨请留宿。不过他不是像我这样有名之人，请不必太费心客气。此致

小町园各位

芥川龙之介

五月十三日

874 五月十六日自金泽致小穴隆一美术明信片

径启者：

　　起程前曾想一晤，可直到出发前的两三个小时，还不得不写东西，终未能去拜访，颇憾。从水上君那里得知，《泥七宝》的装帧竣事，深感值得庆贺。此外，《黄雀风》这一书名尚未最后敲定，该书的装帧构思请再推迟几日。（若装帧构思与书名关系不大，则不必如此。）现在蒙室生犀星关照，我在兼六公园里的三芳茶屋极尽豪奢。本想画上一张草图，嫌太麻烦作罢。我写给您看，首先是十五张铺席大的客厅、十席大的套间、八席大的餐室、六席大的女仆房间、四席半大的饮茶室、四席大的门口与厨房、二席大的厕所等，全部归我使用。这就够僭位越分的了，接着还有绕屋的茂盛草木，树间有瓢池，茶室外有瀑布，这般风流享受随您想象。我想，与其再待明日一天就赴京都大阪，不如二十三日或二十四日归去为好。还有，我给您寄去了一盒名曰"长生殿"的点心，请给小孩子吃吧。犀星先生问您好。

龙之介
五月十六日

875 五月十六日自金泽致下岛勋美术明信片两张

　　昨日承蒙远送，实感惶恐。我现在在兼六公园里的三芳茶寮，十五张铺席大的客厅、十席大的的套间、八席大的餐室、四席半大的茶室、四席大的门口、六席大的门口套间、厕所、浴室，皆归我一人使用。茂盛草木绕屋，几乎令我感到自己是在钱叔莫的画中。这都是犀星老人劳心费神的结果，甚感惶恐。（他说，您若光临此地，也让您住在此处。）背倚涂着印度红的栏杆，眼前有飞瀑落在新绿间，老莺处处，事隔好久又得以浣洗俗肠。

于此搁笔。

龙之介

十六日

876　五月二十日自大阪致能泽薰（抄写件）

敬启者：

此人名叫阿伸，是大阪市区南部的名妓。对她谈起您的事，她说有事一定要告诉您，所以我把她介绍给您。

龙之介

薰先生：

久别重逢这位先生，听他谈起您的事。据说贵体欠佳，我能理解您的心境。这次不是因有病求金神保佑，而是听了关于您的事，我心怀忧虑，才拜求金神保佑的。于是今天我很高兴。无论什么病，也无论什么担忧，金神都会救助我们，您那里若有金神教会，您去拜一拜如何？如果您能尽量拜神，好好听神的话，就能开悟，还能得到神的庇荫，请您一定去拜拜。我如果有机会去您那里，会拜访您；您如果光临大阪，请顺便来我这儿。于此搁笔。

阿伸

这个阿伸是个好人，您还是相信阿伸的话为好。

龙之介顿首

五月二十日

〇　子

富田屋　三代鹤

五　郎

桂家　田实歌

　　　　　　大和家　福太郎
　　　　　　直木家　三十三

　　直木家三十三这个男人是个歹徒，他的话不可相信。
　　　　　　　　　　　　　　　　　　　　　　　龙

877　五月二十二日自京都致泷井孝作明信片

敬启者：
　　今日到了古都京都。明日二十三日午后两点左右有事，简短拜访志贺先生，但愿先生在家。我不知志贺先生的住址，故而给您寄上此信。我住在安井北门的抱月旅馆，今日白天一直不在，夜晚亦然。顿首

878　五月二十五日自京都致室生犀星

室生犀星先生：
　　来到京都，由于旅途劳顿，总爱睡觉。东山的嫩叶宛如刚刚绽开，煞是好看。您没来此地，我遗憾万千也。
　　见到了泷井折柴、志贺直哉二位先生。寄给二位先生的点心"长生殿"至今尚未送到。当时同样的点心寄了三盒，寄给薄田氏的确已送到了。寄京都市吉田中大路町三十二泷井孝作以及由泷井转交志贺直哉二位先生的"长生殿"至今尚未送到，我稍感不悦，所以二位先生若能带着夹在信中的收据到邮局确认一下，则感幸甚。不过这样做能否解决问题，还是个疑问。我今日乘特快列车回京，希望您早来东京。此外，我由大阪寄上的陶书，想必已经收到了吧？因有"长生殿"的前例，为慎重起见，特此补充一言。
　　　　　　　　　　　　　　　　　　　　芥川龙之介顿首
　　　　　　　　　　　　　　　　　　　　　　　二十五日

879　五月二十八日自田端致桂井未翁

桂井未翁先生：

　　逗留金泽时，多有叨扰，特别是您为我介绍了三芳庵别墅，深致谢意。惜别后，经由大阪、京都，于两三天前已回到东京。由于来去匆匆，最后的一天多，我宛似病人。拜领的《可观小说》，最近已开始慢慢阅读，《备后地方斩巨蟒》啦，《六万坪的土左卫门》啦，以及柳三省的文章等，妙趣横生的故事颇多。这也令我不胜感谢。回京后，每日为尘俗所烦扰，频频遥念名园的新绿。专此奉函致谢。

芥川龙之介顿首
五月二十八日

　　日后请将我说过的句空与秋之坊①的俳句集搜集整理好，我以再三嘱托的心情，专此奉劝，不尽欲言。又及。

880　五月二十八日自田端致中根驹十郎

敬启者：

　　日前多有失礼。旅行之际将钱用尽，眼下陷入困境。今日午前托蒲原春夫君前往贵店拜借一百五十元钱。如果午前未能将钱交给蒲原君，则请惠临之时携来，敬请关照。说实在话，昨日购下一个陶壶，马上就会把壶送来，我须一手交钱一手取货，请同情我的处境。当然，我午后在家。专此奉恳。此致

中根先生

龙之介顿首
五月二十八日

---

① 皆为金泽当地的俳人，松尾芭蕉的弟子。

881　五月二十八日自田端致室生犀星

室生犀星先生：

　　二十六日回到东京，整天宛如病人，卧床不起。"落雁"一事，给您平添许多麻烦，实感抱歉。泷井的住址一清二楚写在信里，这都怪落雁屋的掌柜办事粗枝大叶。

　　此外，拜领很多乡土特产，深谢。分给邻居香取先生和下岛先生一些。次子喜爱生啃那些干货，真叫我拿他没办法。何时惠临东京？至今未去过再拜堂，想与君一同前往。最后，此次受到尊夫人、小畠先生、小畠先生的弟弟、女仆等人诸多关照，请代我向他们致谢。想给小畠先生去信，可是忘了问地址，请代问桂井、太田二位老人安好。

　　对金泽作的俳句，又作了如下改动：

　　　　妻双乳下垂，形若艾草饼。

　　彼此的信札往来越是走两岔了，也就越觉得您应早来东京为好。

芥川龙之介顿首
五月二十八日

882　五月自田端致滨野英二

滨野朝臣英二先生：

　　我听说"崎"字正确，请将"﨑"字皆更正为"崎"。"日ノ本"应更正为"ニッポン"，将其读作"ニホン"也是正确的。

二幡图见辰麿

883　六月四日自田端致冈本敬二

冈本先生台鉴：

　　赠我大作，深致感谢。不但大略拜读了一遍，还看了舞台上的演出。对您的全集有说不出的愉快。顺便言及，数日前读了杂志上的评论，说大作《筑摩之汤》不如久米的《地藏教的由来》。但我觉得大作要比久米的作品高出几个档次。这一点我对久米也谈过，故此我站到了伯乐一边。我以伯乐自居，请莫见怪，宽恕我的失礼。特此奉函申谢。

芥川龙之介顿首
六月四日

884　六月六日自田端致中根驹十郎

中根驹十郎先生：

　　随笔集的名，不用《全家宝》，想用《百草》一名。我四平八稳，活得挺潇洒。近来没给《女性改造》写文章，想买的东西又欲买不能，望能从我的某一本书的稿费中预支我二百元。《黄雀风》的衬页已设计出来，甚有爽快之趣，我觉得如此装帧，可以玉成一本漂亮的书。专此。

芥川龙之介

　　请把钱交给我派去的人。又及。

885　六月十一日自田端致小穴隆一

一游亭先生：

　　用稿纸写信，实欠礼貌。装帧一事，令您百般费心劳神，感激不尽。不过您要在装帧中使用我作的汉诗，令我稍感惶恐。恳请从以下汉诗中选出适当者，用于装帧。我深深体会到装帧之不易，恳请您委屈自我，采用我的建议。

　　　　　　　首夏清和新雨晴，绿莎细软不妨行。
　　　　　　　园夫遮道白何事，栀子花开斑笋生。
　　　　　　　　　　　　　　　——司马光

　　　　　　　榴花映叶未全开，槐影沉沉雨势来。
　　　　　　　小院地偏人不到，满庭鸟迹印苍苔。
　　　　　　　　　　　　　　　——司马光

　　　　　　　无数山蝉噪夕阳，高峰影里坐阴凉。
　　　　　　　石边偶看清泉滴，风过微闻松叶香。
　　　　　　　　　　　　　　　——徐玑

　　此外，以下文字虽非汉诗，但或许对您有用。
　　《周处风土记》："仲夏长风扇暑。"注："此时东南常有风，俗名黄雀长风。"
　　《藻林》："五月海鱼变黄雀。"
　　专此奉恳。

　　　　　　　　　　　　　　　芥川龙之介顿首
　　　　　　　　　　　　　　　六月十一日
　　我认为，若采用此中之诗，注明"录××诗"为好；若注明"仿××诗"，则令人感觉似乎在作画。又及。

886　六月十二日自田端致香取秀真
香取先生台鉴：
　　大札已奉读。我想，您将我的另信附在玉稿上寄给东京日日新闻社的畑耕一,他一定会给予关照。此外,我昨日禀告的铜印,其尺寸如下,谨请方便之时,示知做印盒的规格。

(此处原文附有写着尺寸的图)

    前言云尺寸莫错
   东方鱼肚现,倏响飞杜鹃。

           龙之介
           六月十二日

887　六月二十三日自田端致小泽忠兵卫

敬启者:

  小泽忠兵卫先生,芳翰已拜读。不知俳句杂志《NIHIWARI》是否收到?胜峰君外出旅行,所以我有点担心。尊作"今朝冬气冽,钻进格子窗"令我非常佩服。(读原稿时,还没觉得有那么好。)我认为这真是紧凑而有气势的俳句。尔后我的俳句创作不振,只将完成的部分奉上,谨请过目,还请惠赐高见。

   妻双乳下垂,形若艾草饼。

   秋风声里赏吃喝,佳肴仅剩肥蟹壳。

   苔藓湿气重,秋荣百日红。

   木石布庭前,院狭觉夜寒。

于此搁笔。

芥川龙之介
六月二十三日

888 六月二十六日自田端致小穴隆一

小穴隆一先生台鉴：

　　《黄雀风》的装帧让您费尽苦心，多谢。硬封套也不错，上贴以黄宣纸，唯印"黄雀风"三字处的衬底，涂上红色，配以这样的封面如何？

　　不过此事尽可随尊意设计，衬页设计也是如此。装帧中配以花纹，甚好。请不要使用锯齿图案ⅢⅢ。用尺比着画线、雕刻，也许会有碍于奔放的图案力度感。当然，封面的字忠实地表现出凡人写的那样笔画粗顶的字的力度，才看似得体。

这样一来，订购数必多。昨夜外出，颇憾，是因为出席了冈君的婚礼，今天又有两位客人自京都来。不过明后天我可登门拜访。顿首。

近　作

苔藓湿气重，秋荣百日红。

木石布庭前，院狭觉夜寒。

澄江子顿首
六月二十六日

889 六月三十日自田端致南幸夫

南幸夫先生：

　　锦笺已拜读。多次拜领锦笺，可我总是怠于作复，真对不起。印行《歌德全集》一事，我的朋友也与聚英阁有联系，可以向其推荐，但是公允想来，大村书店似乎更好一些，至少大村书店没有粗制滥造的弊端。（聚英阁的《歌德全集》正在做广告，其申请定购的读者中写上了我的名字，这是书店的狡猾手段，不可信。眼下我正和聚英阁的松山氏吵架。）我根本不晓得有无英译本的《歌德全集》，若把伯恩丛书中的歌德卷部分买来，大致上都包罗在内，只是翻译质量不敢保证。顺便奉告，《雪莱全集》（只限于诗歌）中收入了《浮士德》里的《伯洛肯山魔女的飨宴》的译文。据本涅特讲，译文过于雪莱化，总之是著名的译文，闲暇时请读一遍。

　　您在那里还能滞留多久？虽然有点说不准今夏的具体日程安排，但我想一定于您尚在那里时去看一眼和歌山。眼下正当梅雨季节，东京不太热，专此。

　　　　　　　　　　　　　　　　　芥川龙之介顿首
　　　　　　　　　　　　　　　　　　　六月三十日

890　七月二十二日自轻井泽致下岛勋美术明信片

　　今日午后一时左右到达此旅馆。据说这里的黄昏气温在摄氏二十三度上下，雨天气温在摄氏十八度上下。现在我还没大安顿下来。街上洋人很多，相当新潮。

　　　　　　　　　　　　　　　　　芥川龙之介顿首
　　　　　　　　　　　　　　　　二十二日于轻井泽鹤屋

891　七月二十二日自轻井泽致渡边库辅

　　途中，列车内，颇无聊。这里非常凉快，洋人很多，相当新潮。因地处山区，吃的是鲤鱼。

阳光綦灿烂，峡谷皆青杉。

龙

二十二日夜于轻井泽鹤屋

892　七月二十三日自轻井泽致芥川绘有草津铁路的美术明信片

　　昨日从轻井泽车站乘汽车去旅馆，汽车为躲避对面来车，撞上了电线杆，致使车里的中学生一人重伤，我被甩到路边田地里，左腕骨折，眼下住在轻井泽医院里。院长是个美国人，待人热情。谁也不必来，一周后可出院。（这些内容纯属虚构）

　　这张明信片拿给多加志看，看他能问些什么话。

893　七月二十三日自轻井泽致室生犀星美术明信片

　　我在鹤屋。您也来这里就好了。我在这里待到下月十日左右。打算干点活儿。给小畠君带好。堀君已经去了吧？一弄起俳句来就不想写小说了，所以我强忍耐着，什么俳句也不写。

芥川龙之介顿首

二十三日于轻井泽

894　七月二十三日自轻井泽致蒲原春夫美术明信片

　　《百草》正在校对。载于《中央公论》的《地震杂记》（？）请尽快寄我。此地十分凉爽，黄昏时分气温在摄氏二十三度上下，感到有点松劲，反倒不能踏实。

芥川龙之介

于长野县轻井泽町鹤屋

895　七月二十五日自轻井泽致芥川美术明信片

　　昨夜浅间山鸣动,开门出去一看,火红的烟气升腾,就像去年震灾时的火灾一般,降下了一点火山灰。很多人怕今日火山爆发,都回东京了。前天来的市川左团次一行人也归去了。浅间山的鸣动尚未止息,真想让姑母和伊藤来,让他市川左团次去中国东北吧。

896　七月二十六日自轻井泽致蒲原春夫

蒲原春夫先生:

　　烦您将另寄上的仅写了姓名的信封上补上地址,再从舍下要十六张名片装入信中,寄到新潮社去,则幸甚。没写地址的信有镜花、白鸟、碧童、晶子四人。大概再不会因此类事叨扰学兄。您该出席预备役兵员点名仪式吧,遥致送行之意。

芥川龙之介顿首

　　碧童、小穴和水上认识,余者通过《文艺年鉴》可查知。又及。

897　七月二十六日自轻井泽致蒲原春夫

　　在新潮社让我寄去的《黄雀风》的人名录中,我想加进"下谷区樱木町××宇野浩二"字样。门牌号在文士录中可以查到。请火速追加,专此奉恳。

芥川龙之介
于轻井泽町鹤屋

898　七月二十七日自轻井泽与山本有三、高田保共致久米正雄美术明信片

手握大青杏,静脉高凸盈。(于格林饭店)——龙之介

> 长满落叶松的山间,
> 有一座洁白的宾馆,
> 平和又恬淡。

龙

快来快来!

899　七月二十七日自轻井泽致室生犀星美术明信片

今天山本有三在这里,因此去格林饭店住了一夜。

手握大青杏,静脉高凸盈。

龙之介
二十七日

900　七月二十八日自轻井泽致室生犀星美术明信片

这个山村也有香鱼,倘送上此物,饮茶时可当点心用,请送我些点心吧。

左团次今年不来了,可是住吉的松村峰子昨天来了。

龙
七月二十八日

您的那首关于"寡言"的俳句,作得实在妙,我无论如何也作不出来。又及。

901　七月致土屋文明(写在名片上)

土屋君：

今天听岛木说您来东京了，顺便来看看，我还会来。

                   拜

902 八月八日自轻井泽致小畠贞一

日前送我香鱼，多谢。室生犀星能起早，我好睡懒觉，二人过得甚不合拍。

   阳光綦灿烂，峡谷皆青杉。

     山中之夜多似秋

  犀星泡在浴桶里，寒气阵阵把人袭。

              龙之介

              八月八日

903 八月十日自轻井泽致小穴隆一美术明信片

一、十五日前后工作能告一段落，您的工作情况允许的话，能否来此一游？

二、交通路线如下：可随时从上野车站出发，在轻井泽下车，换乘汽车，二十分钟左右即可抵达鹤屋。

三、如决定来此一游，望赐知，室生犀星也在这里，望尽量安排时间光临。就此搁笔。

                十日

904 八月十三日自轻井泽致芥川富贵、芥川俦、芥川比吕志美术明信片

姑母和祖母别懒得动弹,来这儿吧。车票我可买好寄去。这儿白天气温二十九度半上下,早晚非常凉快。《中央公论》的稿子还没写出,十分狼狈。打算十六日或十七日回家,一定来。来后,我可用两三天时间陪你们游览这附近一带。

龙

(背面)
比吕志:男孩儿睡着了,所以这个女孩儿说:"安静点!"

905　八月十三日自轻井泽致芥川文美术明信片

此地与其说凉快,不如说夜里非常寒冷,我花三十分买了个怀炉。乳酸菌制剂必欧菲明被我全吃完了,不过药房里还有圣路加。我买了二十元钱左右的外文书。冈君如果来盖结婚申请的戳(保证人的戳),你给他盖上。与我住在同一旅馆里的,有原善一郎,还有片山广子女士。

龙

906　八月十三日自轻井泽致佐佐木茂索美术明信片

来信已拜读。久疏联系,真抱歉。时事新闻社的工作真的辞掉了吗?此地白天气温约摄氏二十九度,夜里与其说凉快,不如说很冷,我把肚子搞坏了,很狼狈。这里的外国人有美国人和德国人,德国女人的婉转娇喉与"呀——"的尖叫声,令我心动。

龙

907　八月十三日自轻井泽致葛卷义敏美术明信片

给你买了一张伦勃朗的腐蚀铜版画,也许是赝品,但不是摄影版,大致与原件一样。我正盼着回去。不过,你若能劝动姥姥等人来我这里，就把腐蚀铜版画给你，否则就不给。

十三日

908　八月十九日自轻井泽致室生犀星（写在浅间山风景照片的背面）

犀星君：

　　　　茶庭石制洗手盆，水藻亦带故乡暑。

令爱朝子小姐已经能爬了，再过些时日，等到能一边爬一边左右摇晃小脑袋时，就更可爱了。我决定把"野鸡车"玩具送给喜欢玩具的冈本绮堂老人。今日，我、片山君与"鹤屋"老板一道去了追分，那是一个非常宁适的山村。走到北国街道与东山道分岔的地方，天上出现了美丽的彩虹。

计划二十日或二十一日前后回去。

龙之介
十九日

909　八月十九日自轻井泽致小穴隆一美术明信片两张

君不来此，我稍感失望。因为万事处理妥当，只待惠临。二十二日往展厅搬入绘画是吉日，我准备去给您帮忙。我只写了一个短篇，胡乱读书，但有一种重返二十五岁的兴奋。这也许是气候的关系。或许还能写出点什么。来此地之前，我请石川君给我寄俳句杂志《碧》，承他帮了不少忙。但我不知他的地址，未能奉函致谢。见到他时，请代我问好。

《黄雀风》我读了一遍，对神代君的校对，我略感气愤。

成家的事，我的观点宽容，怎么都可以。此事待将来拜晤时再谈。

室生也回去了，这几天完全是孑然一身度日。内田马可来这里待了一会儿。马可的绰号叫河马，被大家戏弄得怪可怜的。就此搁笔。

910　八月二十日自轻井泽致佐佐木茂索美术明信片

欣闻书已印行，可喜可贺。两三个月前，菊池略提及此事，曾担心过。此事现顺利解决，为你而高兴。我来此地后仅写出一个短篇，净读书，有一种重返二十五岁的兴奋之感。这也许是气候的关系。我见到了格林肖。于此搁笔。

911　八月二十日自轻井泽致葛卷义敏美术明信片

姥姥她们若不来，我就不回去。日后我准备去买被炉和棉被，在此地过冬，至少整个十月我住在这里。不消说，伦勃朗的画不给你了，蒲原来了也把他撵回去。

晚秋阵阵夜气寒，捡起草席上鲷骨。

这是犀星作的俳句。

912　八月二十三日自轻井泽致盐田力藏美术明信片

屡接锦笺，实感惶恐。与香取秀真先生、胁本先生所尽之力不同，我只不过将岩波介绍给两位先生，余皆靠岩波的好意，以至诸事顺畅。也许不能完全满足您的愿望，若勉为其难予以同意，则幸甚。此外，我因异常懒得动笔，以致疏于复信，请莫见怪，还望宽宥。专此。

芥川龙之介

八月二十三日

913　八月二十六日自田端致室生犀星

犀星先生台鉴：

我于二十三日回到东京。给《中央公论》的稿子终究没完成，给《改造》的稿子也彻底失败，日子过得郁郁不乐。俳句"鲷骨"至今仍不减其精彩，乃学兄一生的佳作。追分附近有个叫假宿的地方，那里地价一元五角一坪，位于林间，如果称心如意，山栀子夫人和我都想买，尊意如何？"茶庭石制洗手盆，水藻亦带故乡暑"是我写的俳句，并非对学兄作的俳句进行增删之后的结果，譬如，有下文为证：

> 室生犀星自金泽向我泄露了这样一首俳句："石制洗手盆里藻，变青变黑暑气高。"我在回信中写了一首俳句："茶庭石制洗手盆，水藻亦带故乡暑。"

至于轻井泽的土特产，我买了男人用的麻料手帕一打，女人用的丝料手帕两打半，儿童穿的毛衣两件，浅间山葡萄糖果，矶部饼干，此外，还有莫名其妙的愁绪。不尽欲言。

澄江子
八月二十六日

据神代君讲，《高丽之花》近日刊行。神代君曾对中根说，您若去轻井泽就将此事通知室生先生。神代君去轻井泽时，和我错开了，今天他让我转告此事。又及。

914　八月于田端家中致葛卷义敏

小义，来一张贴纸。（所谓"贴纸"，就是把稿纸接上，糊到一起。）

龙大人

915　九月六日自田端致得能文

得能文先生台鉴：

久疏联系，想必诸事畅遂。却说持此信前往拜访者名菅忠雄，是一高菅教授的公子，就文艺讲座等，有事讨教。您百忙之中，前去叨扰，实感惶恐，若能接见他，实深荣幸。专此奉恳。

芥川龙之介顿首

九月六日

916　九月二十三日于田端家中致葛卷义敏（信封上写有"傻小子义敏"、"伟大的舅父"字样）

傻外甥：

信里有十元钱，你去给我买本勒纳尔①写的《葡萄园里的什么》和十本稿纸，剩下的钱你可以用来买绘画颜料，需要笔，也可买。

伟大的舅父

二十三日晨

917　九月二十五日自田端致室生犀星

鱼眠先生台鉴：

深谢赠我《高丽之花》。这本书不仅在学兄诗集中是最好的，而且在刘生的装帧中也是最好的。现在，我躺在拂晓的床上，朦胧之中得一俳句，谨请笑览。

---

① 勒纳尔（1864—1910），法国小说家。

铁线莲未败,绽入窗口来。

澄江子顿首
九月二十五日

918　九月二十五日自田端致小酒井光次

小酒井先生台鉴:

　　日前拜领大著,谨申谢意。此外,承您惠阅拙作,厚谊令我不胜感激。从伊藤女士那里得知您卧病在床,眼下气候反常,请多保重。早应奉函致谢,迟复为歉。我也患有胃肠老病,落得个床上苦度日月的结果。

即　　景

　　凌晨尤感秋气寒,灯笼仍在草中闪。

　　若能博得一笑,则幸甚。

芥川龙之介顿首
九月二十五日

919　十月三日自田端致佐藤春夫

佐藤春夫先生:

　　您归去之前,希望一晤。据水上氏的传言,可请您光临。明日星期六,若能惠然前来,我则甚为方便。专此。

芥川龙之介顿首
三日

920　十月八日自田端致泷井孝作

折柴先生台鉴：

　　有两页诗笺没写好，将完成的四页奉上。蓝色纸在夜里看不见字，所以没写。《十元钞票》的后半部分，人家催我在两三个小时内完成，我总觉得没有自信。昨日与志贺先生去赏画了。眼下在写一篇稍长一点的东西，您也须学习呀！载于九月号《改造》的小说中，那篇最佳作品，出自您手吧。

即景口占
　　凌晨尤感秋气寒，灯笼仍在草中间。

澄江子
十月八日

　　高山①若有手工织的棉布和服衣料，请给我买一套，钱自当寄上。又及。

921　十月十一日自田端致佐藤春夫

曾枝亭主人台鉴：

　　大札已奉读。说实话，近日叔父患病，我时常不在舍下，惠临之时我若外出，则不胜遗憾，故惠临前还望知照一下。我登门拜访也可，但略施小计请您惠临，对我极为有利。在田端，快信行不通，一般信件亦常迟延，可拍电报联系。前天见到谷崎润一郎，当晚他即回冈本去了。专此。

澄江子顿首
十月十一日

---

①　日本地名。

922　大正十三年（1924）（推定）十月十一日自田端致石原新之助
石原新之助君：

　　来信已读。归根到底强盗无疑非常可怕，我也甚感其可怕。特别是当我发现那个青年缺乏强盗性训练时，更加感到可怖。我给他钱，当然是因为不愿他伤害我。强盗叫我拿出五十元钱，五十元钱可把我难住了，经过力所能及的反复交涉，价码杀到二十元。总之，按我的经验，如果强盗进了家，处理事态不至于狼狈不堪，但确实心怀恐惧。若有人开口就说毫无惧色，您必须认定那是撒谎，至少我认为那人在撒谎。当然，我认为即使有人抓住了强盗，并对强盗说教，那人也必怀恐怖感。不过恐怖感的持续时间因人而异，事后思索，我的恐怖感似乎至少持续了三分钟以上。另外，至于可否给强盗钱一事，如果不愿丧失生命，它就不属于"可否"的问题。我这个人历来极少以回信形式答复来信，您来信中提出的问题过于富有青年特色，我才写了这么长的回信。请不要以此信为例。专此奉复。

芥川龙之介顿首
十月十一日

923　十月十五日自田端致大田正雄
大田正雄先生：

　　承蒙邀请，深致谢意。我的亲属中有垂危病人，能否前往尚不敢言定。本来除了万不得已的情况，我很想应邀忝列末座。怎奈如此现状，恕我任意，望不要太指望我出席。为了请您作《新思潮》的封面画，我与久米正雄曾拜访过您，还记得吗？总之，只要条件允许，甚望久别重逢。专此奉函，仅叙要事。请代问木村庄八先生安好。

芥川龙之介顿首
十月十五日

924 十月（推定）自田端致小穴隆一
一游亭先生：

我叔父生命垂危，明天星期日我不能会客。此外，另外一半的余款您若需要，随时奉上。请直言。对方说，两张五十元或是一整张百元者即可。关于我，最近既有"动静有别"之说，又有"既卖文又不卖文"之说。待拜晤之时细叙。一个叫水谷的人在今天的时事中称您的装帧为神品。不过他也夸赞无聊之徒的事，其言不可靠。数日前我去梅原家，谈及您时，我说，其他事我不知道，只知道小穴君在快乐地作画。

澄江子顿首

925 十月二十二日自田端致室生犀星
照道先生台鉴：

其后如何？今天我到木下君和下岛先生处，谈及您来东京和让酒井腾房子事，此事下岛先生和我可以承担下来。此外，在渡边町一带找房子，我俩也可承担下来，伫候命令，敬请直率下达。我尚未得到拜访片山先生的机会，我患胃病，叔父患食道癌去世了，日子过得萧条。以前作的俳句，现改定如下：

凌晨尤感秋气寒，灯笼仍垂草中间。

澄江子顿首
十月二十二日

926　十月二十二日自田端致石川太一
石川晓星先生：

今日接到麻生君的大作，实在感谢。与小穴君不同，我是个注意点宽泛的人，对社会问题什么的都感兴趣，请再来与我展开论战。方便时，把您的朋友领来也可。我是个倔强之人，论战时不轻易饶人，但在二者之间我有蒙受利益之事时，我总要感谢论敌。特此奉函致谢。

芥川龙之介顿首
十月二十二日

927　十月二十二日自田端致冈本敬二
冈本先生：

拜领大作，十分感谢。本当尽快申谢，因有个亲属故去，延至今日，迟谢为歉，谨请海涵。

近　　作
凌晨尤感秋气寒，灯笼仍垂草中间。

芥川龙之介
十月二十二日

928　十月二十二日自田端致高桥健二
高桥健二先生：

用稿纸写信，甚为失礼。两次拜领芳翰，多谢。承蒙您这样好学之士惠读拙文，甚感欣慰。关于"ich – roman"（第一人称小说）问题，作者以"ich"的身份写小说，就肯定是自传小说吗？根据莫耶出版的《百科全书》的解释，似乎并非只能将其界定为"自传小说"。（此处原文删除九字）就您与山岸的主张，我认为还有再思考的余地。我是莫耶和欧菲尔曼斯主张的信奉者，一旦发现了某种确据，立即变节亦无妨。我还在思考着，请您也再调查一下。文士接受新事物历来总好囫囵吞枣，就连"艺术长久而人生短暂"这一观点，在我发表言论之前，他们也采用了西洋人理解不了的解释方式。接着是关于"第一人称戏剧"的事，"第一人称戏剧"从其自身讲是无从成立的。我认为狄波尔德的观点正确。日前德文科的学生来了，极力为席勒辩护。我想，我对席勒的评价您是知道的。星期日我在家，说实话，把您这样好学之士当作客人，我希望能大受启发。可偏偏像您这样的客人极少惠临，我大体上是受到爱好文坛毒气的、人称文学青年与自称未来作家的人的骚扰。就此搁笔。

芥川龙之介
十月二十二日

如果读舒皮尔哈根写的关于"ich–roman"起源的小说，倒是最佳捷径。与其说是最佳捷径，不如说可以是最佳捷径。偏巧这方面连小说的名字我都不知道，因此我无可奈何。又及。

929 十月二十二日自田端致小林雨郊

小林雨郊先生：

日月如梭，久疏联系，深表歉意。敬惟先生依然康健。我对您有个不情之请，京都的丸善书店有套两卷本的《Life of Goethe》（《歌德传》）（如书名所示，是英文版），今年初夏见到时，书陈列在进门靠左边的高架上。不知如今是否还有，若有，想烦请您让丸善书店寄一套到东京市外田端四三五我收，见书付款，尊意如何？这样的请求太麻烦，实感惶恐，但是，恒藤去了国外，京都除了您我无人可求，只好麻烦您了。还请妥善处理。另外，关于著者名字，我记得大概叫托马斯什么的,已记不清楚了。数日前在梅原君处看见了菱川师宣的浮世绘,非常漂亮。心中现在还铭记着菱川师宣。

芥川龙之介顿首
十月二十二日

在小杉君处看到了新井君做的水瓶,甚富情调。又及。

930　十月三十日自田端致江口涣

江口涣君:

大札已奉读。除了作家协会,目前其他任何协会我都不参加,因为没有时间,现在我不知如何是好。请向会员诸君转达我的辞退之意。看了您的朝鲜纸,我心生一股怀念之感。我家的那种纸全用光了。那种黄信封也令我敬服。黄信封街面上还有卖的吧?如果有卖的,我也想买些。田端与筱冢之间虽然相距不近,但希望闲时来玩。若能寄来一张明信片,我可以排除万难恭候光临。不过下月四日或五日打算外出旅行两三天。

凌晨尤感秋气寒,灯笼仍在草中闪。

芥川龙之介
十月三十日

931　十一月十二日自田端致佐佐木茂索

大芸先生台鉴:

手书已奉读。稿子迟寄为歉。认为我将撰稿一事等闲视之,心中甚感难过,谨望体谅。今日去小岛处,不在家。山茶花盛开时节,我要去看一眼小岛那可亲的、可爱的、娇滴滴的、温柔的妻子那盘结的日本发型。我也受到木匠斧声的烦扰,丁丁砍木料的声音，令我简直要患神经衰弱症了。这一点还请垂怜。

澄江老人
十一月十二日

932　十一月十七日自田端致室贺文武明信片

迟复为歉。目前是一年中最忙的时期。小穴君的画到底还是不能吻合那位先生的审美心理。我认为，问题不是给不给他画，而是就此作罢为好。归根结底，让普通的日本画家画普通的日本画，西洋人对此也会感到高兴。窃以为您的《秋风》那首俳句是近期的佳句，令我钦佩。

芥川龙之介
十七日晨

933　十一月二十三日自田端致南幸夫

南幸夫先生：

日前就抹壁土一事，惠赐亲切佳言，深致谢意。当时拙荆要给您回音却至今迟迟未回，狼狈不堪，故写此信。抹壁土是您家的，我认为其质量一定不坏，便告诉泥瓦匠领班：我希望大量使用您家的抹壁土，但是墙壁中部用的抹壁土是我让泥瓦匠从别处弄来的。于是，泥瓦匠们神情不悦，泥瓦匠领班也感到犯难。迫不得已，只好决定不用您家的抹壁土了。作复甚迟，且辜负了厚意，惶恐之至。看在我平素懒散的分上，请莫见怪，还望宽恕。日前听味津三郎说，您在四谷的住宅颇有气派。我现在的扩建书斋工程，俭约从事，惨淡经营，心中没底。今天想奢华地用一根地板框，最后还是强忍着没奢华起来。以上连道歉带解释外加发牢骚，全混为一体，乱文乱笔，谨请仔细判读。大体上，惶恐之意如斯。

芥川龙之介顿首

十一月二十三日

934　十一月二十四日自田端致香取秀真
香取先生：
　　奉上一块丰后国臼杵的鱼糕。据一书法家说，这家鱼糕店老板是个天才，当没有好的鱼糕料时，他便睡大觉。不尽欲言。

龙之介
十一月二十四日

935　十一月二十四日自田端致薄田淳介
薄田淳介先生：
　　迟复为歉，但迟复的一半原因在春阳堂，尚希谅察。春阳堂说："《象牙之塔》可以。"于是我放心了。接着又说："《象牙之塔》的版权不为春阳堂所有。"我答："我知道，那也行。"春阳堂第三次说："不过《二十五弦》的版权为春阳堂所有，如何？"我回言："若为春阳堂所有，希望转让给此方。"春阳堂说："归根结底您须征求一下薄田先生的意见。"我回答："最好是即便我不征求薄田先生的意见，也能转让给此方。"于是春阳堂便嘟嘟囔囔不知说了些什么。《二十五弦》的版权究竟是否属于春阳堂，敬请示知。这次我在运作或者让别人运作一件十万火急的事。（实际上，菊池与我担当春阳堂的编辑顾问，至少我是有名无实，既不出差，也没人来咨询我。）最后，拜领大著，不胜感谢。眼下为新年号杂志的麻烦文字所驱迫，从早到晚以特快列车之势赶稿。专此奉达。

芥川龙之介顿首
十一月二十四日

936　十一月二十四日自田端致泉镜太郎

径启者：

　　泉先生，《爱府》已接到，甚谢。眼下由于赶写新年号的麻烦文字，比常人早一个月尝到了除日的苦头。甚想立即拜读大著，但一读就懒怠涂鸦。若真能不读倒也幸运，其实在写此信之前我已拜读了赵城的阿富与继子的故事，不过其中有的作品此前在杂志上拜读过，所以我心中有数，即使拜读这部大著，至迟也只比规定日期晚交稿两天至一周左右。特此奉函致谢。

芥川龙之介顿首
十一月二十四日

937　十一月二十五日自田端致西川英次郎

西川英次郎先生：

　　深谢惠赐许多红柿。最初还有点发涩，后来一吃，非常可口。我已说好奉送勃特勒写的书，但言出行未随，甚愧。方便之时我将手头现有的寄去，还望能如愿收到。鸟取多有麻风病，千万注意别被传染上。我如今拼命赶新年号的稿子。专此致谢。您还没成婚吗？新年若惠临东京，请顺便光临草堂。

芥川龙之介顿首

938　十二月十九日自田端致中根驹十郎

中根先生：

　　《罗生门》与《傀儡师》尽量多印刷，版税的余额及《烟草与魔鬼》的版税请尽快寄来。新年号的稿子没写出来，手头拮据，无可奈何。如果两笔钱能凑到二百元，则无上欣幸。谨请一两天内筹措好这笔款。

芥川龙之介
十九日

939　十二月二十五日自田端致犬养健

犬养健先生：

又用稿纸写信，谨请原谅。

日前我请您于年末光临，可是突然杂事增多，(令我感到措手不及的亲戚往来杂事。)叫我不得安宁。所以可否请您于春天光临？而且避开星期日，那时彼此优哉游哉玩上一天吧。

今天见到久保田君，他对您发表在《改造》上的小说表示佩服。就您所言及的是否偏于通俗这一问题，我问了一下久保田君，他说毫无通俗之感受。久保田君又说：虽然可以说"一夏"、"一冬"，但不能说"一春"、"一秋"。我说，新造出这种说法也没什么。他回言，这种说法不吻合"场面"这一词语。我认为并非如此。久保田君提出的标准尽可以置之不理。对"八重子"其人的描写，久保田君表示敬服。您的作品在庶民区里的考试是及格的。

日前我对您说过的有关"(一)"的草坪的一行云云，后来我一读，觉得唯"已经"二字的安定感甚差。我说的意思刚开始听来很纯粹，接着就是极端的琐细。菅忠雄对您的作品也表示佩服，这也顺便告诉您。此外，关于久保田君的事，余容面叙。

我在《中央公论》上发表的小说颇为玄妙，有暇请读一下。作者在许多方面有点缺乏魄力。我现在要出门，临行前写了此信。就此搁笔。

芥川龙之介
十二月二十五日

940　十二月二十六日自田端致室生犀星

鱼先生：

用稿纸写信，失礼了。(用稿纸写信时，我必须这样道歉。因为用带格的纸写信，颇不礼貌。）

您还不来，我都有点怒从心头起了。您若肯委托我与下岛先生，我们可以与××交涉。即使××知道了，××的父亲好像也不知道。是否委托我们，能否赐函示知？出版未翁、南圃两氏的俳句集是件至大的好事。序言何时寄？寄给谁为好？谨请告知。出版费若低廉，我也可赞助一部分。昨日我好不容易赶完了报纸新年号的文章，紧接着就得着手写2月号和3月号的文章。听说您在别处还有房子，请住在田端吧。我们在一起总觉得心里踏实。

稍旧的俳句：

灯火映泥泞，晚秋觉夜寒。

澄
二十六日晨

941　十二月二十九日自田端致泉镜太郎
泉先生台鉴：

昨夜蒙美酒佳肴盛情款待，感激不尽。不过您若那般考虑过多，我也于心不安。今后请不必过于讲究。专此奉函致谢。

芥川龙之介顿首
十二月二十九日

942　十二月二十九日自田端致增田涉
增田涉先生：

《渭塘奇遇记》收入《剪灯新话》中，《剪灯新话》是随处可见的书。迟复为歉。这是由于我的多病加忙乱，故请原谅。同时，我奉告一个秘密，我在松江时，写了一篇《松江印象记》，登在《松阳日报》上。这是我首次署名"芥川龙之介"发表的首篇文章。当时我与恒藤恭(今京都大学副教授)一起住在他在花畑的家中,给报社撰文也是由于他的介绍。当然该文未领到一文稿费。当时的文中说了永井石埭的一点坏话,仅有那一段被报社的人删掉了。以上皆属无聊之事,因得小闲为幸,补写于此。

芥川龙之介顿首
十二月二十九日

943　大正十三年(1924)自田端致小穴隆一

一游亭主人:

您与⚪君好不容易联袂光临,偏巧我外出。那天已预感大概有人会来,多次因是否出门而犹豫不决。舍外甥硬逼我去给他买画写生画用的盒子,最后还是迈出了家门。不过还因为近日发生的关于我的免职事件,我有事须去报社。日前关于砚台一事,多谢。如果月底付款亦可,我想将其买下。眼下我贫困至极,但是到月底无论如何能筹足购砚款。这方面消息还望多少赐知。另外,画框一事,做得高级为好,为此自感惶恐。不言而喻,画框高级为佳。(我在打如意算盘。)希腊陶器盒一事,若不把钱给我拿来,我则无能为力。见到阿密,请代为适当问好。

菊池把启吉内容的东西归拢一起,出一本名曰《启吉》的书,嘱我作一首俳句,于是我这样写道:

启吉数元日,世有旧衣橱。

想说的话还有好多,余容面述。

澄江堂顿首
十一日夜

944　大正十三年（1924）自田端致小穴隆一（信封上写有"听香洞主"字样）

一游亭先生：

绘画一事，多谢，山茶花最可爱。神速地把画送来了，眼下信封中装入五十元，先垫付，所欠余款三十元后付。我赶上了叔父辞世，如今妻弟冢本八洲又咯血，我已有精神准备，自己一生都要忍受尘世的痛苦与烦恼。请您极力保重脚。我为泷田的画帖作了两篇序，累得精疲力竭。不是作序累的，而是往画笺上写累的。

铁线莲未败，绽入窗口来。

澄江子
二十九日

945　大正十三年（1924）自田端致小穴隆一（信封上写有"二十八日　龙之介"字样）

隆先生：

今晚带一个想买您的画的人前往贵府打搅。此人乃今在台湾的内田嘉吉之子。不知他是否买大幅的画，素描版的画我想肯定会买。前天看到了碧童老人。

老人依旧
古杯饮过几春秋，容光不失酒颜色。

龙
二十八日

946　大正十三年（1924）自田端家中致芥川（置于桌上）

别动桌上的东西。

另外,把义敏画有芭蕉的纸牌(画在稿纸背面的)拿出来。

947　大正十三年(1924)自田端家中致葛卷义敏(与《芭蕉杂记》放在一起)

除了这个,还有随笔稿,别忘了!

龙

大正十四年

（1925）

刘立善译

948　一月三十一日自田端致室生犀星

室生犀星先生：

　　感谢您寄来的病中慰问信。现在我还因嗓子疼痛躺在床上。这个时候我净麻烦空谷先生。不能讲演了，对不住堀辰雄先生，实在无可奈何。我看一眼拜领的筐中之物，一条大鱼咬紧牙关，瞪圆大眼，可笑又可怜。请您想象一下，我卧床的形象大体上就是这个样子。

芥川龙之介顿首
一月三十一日

949　二月一日自田端致香取秀真

香取先生：

　　金泽那里拜领了乌贼酱，分送上一点。

龙之介顿首
二月一日

950　二月一日自田端致蒲原春夫

蒲原春夫先生：

　　大彦的老人溘然仙逝。本应尽快前往，怎奈如您所知，我卧病在床，身不由己，烦劳您替我按时去多摩川参加今日午后一时至二时举行的追悼会。供品由我准备。您穿上印有家徽的和服男裙去。若无和服男裙，我可借给您。总之，望您阅毕此函，光临草堂。

芥川顿首
二月一日

951　二月一日自田端致水木京太

径启者：

　　昨夜读了您的剧本，写得细致周密，有名副其实的力作之厚重感，甚觉愉快。不过我认为结尾处可再向前推进一步。凡载诸《演剧新潮》上的剧本，本想一个不漏地读下去，但是金子洋文先生令我畏缩，北尾龟男先生令我逡巡，不禁有行路难之叹，终于喜逢您的剧本，舒了一口气。围绕家的三部曲写完之后，请再鼓足干劲写其他方面的"四部曲"或"六部曲"。不知世间评价如何，（世间对我的作品的评价如何，我也不知道。）一般说来，世间对这一类作品的态度是冷淡的。但此乃世间的不光彩，并非您的不光彩，您尽可以佯装不知世间评价，继续写下去。我熟知的一个年轻人犬养健君发表了力作，不晓得读过没有？犬养健君费尽心血，写出了《一秋的场面》，这是他目前创作的一个顶点。这一点令我感到愉快，并希望您与我同感，所以顺笔补充了这些话。日前遇见小岛，他让我读您的作品，其实他不说，我也肯定会读，因此我不必向小岛致谢，只是他那份友情之深笃实在可嘉，顺笔也补写于此。我想，受到以上褒赞，您不会感到不快，遂写了此信。请您也让小岛和南部写出能鞭策人的好作品，因为小岛看到《新小说》上的作品后，说出了"恰似绘画颜料一样的青空"这样的话来。此致
水木京太先生

芥川龙之介顿首

　　　　　　　　　　　　　　　　　一月十三日

此信是老早写的，直到今日才寄出，关于书的事蒙诸多关照，甚谢。

　　　　　春雨潇潇落，霜打桧叶枯。

此俳句作于今日，稍感满意，附于信尾。又及。
　　　　　　　　　　　　　　　　　　　龙
　　　　　　　　　　　　　　　二月朔于病中

952　二月二日自田端致室生犀星

鱼眠洞主人：

日前拜领各种慰问品，多谢。今因一游亭送来一幅水墨山茶花画，拟请您赏鉴，若中尊意，就请置于您身边。病中消闲作俳句，顺请过目，愿乞一笑。

　　　　　春雨潇潇落，霜打桧叶枯。

　　　　　　与一游亭闲叙
　　　　　身边弱炭火，口嚼烤苹果。
　　　　　　　　　　　　　　　　　澄江生
　　　　　　　　　　　　　　　　　二月五日

953　二月五日自田端致香取秀真

香取先生台鉴：

承赠野鸭，深致谢意。

奉上芜菁美寿司，

放置起来油浸出，

不如趁鲜赶快吃。

龙之介
二月五日

954 二月十二日自田端致正宗白鸟

正宗白鸟先生台鉴：

　　发表在《文艺春秋》上的评论，已拜读。感谢您的厚意。自十年前受到夏目先生褒赞以来，这是我最感喜悦之事。然后，收入《泉畔》中的关于《往生画卷》的评论，也已拜读。小说的故事出自《今昔物语》，据原典文字，五品僧人在枯树梢上一喊"阿弥陀佛，噢——噢——"，就听见大海回答："佛在这里。"我想，我若是个歇斯底里的尼姑什么的，归根到底就不会有那个雄壮的五品僧人向现世之身拜佛。（我认为，只要不患歇斯底里症，谁都会在见到佛之前就在枯树梢上进入佛的世界。）这一段我略去了。不过口中开出白莲花，即使在当今，后世之人也不可能看见的。最后，您甚至连载于《国粹》等刊物上的小品都惠读了，真是不胜感激。《往生画卷》等在杂志发表后，从未有人评论过。

芥川龙之介顿首
二月十二日

955 二月十四日自田端致与谢野晶子

与谢野晶子女士：

　　多谢赠我大作，躺在病床上已慢慢拜读完。"连作"中的和歌，如果能像"若是地震则地震的……"、"若是温泉则温泉的……"那样,归纳为一张附表夹进书中,读者会省事得多,尊意如何?另外,关于假名使用的改定案,我在《改造》(三月号)上也写了不中听的话。不过我的文章总的来说,将其批驳得痛快淋漓。随信奉上旋头歌,请过目。若有采用价值,请载于《明星》;若不及格,请掷回亦无妨。拙作短歌大抵是不及格的。专此奉达。

芥川龙之介顿首
二月十四日

956　二月十四日自田端致和气律次郎

径启者:

感谢来信。见信而从不作复,这在情理上说不过去,真糟糕。您要出国,日前我与久保田君热烈祝贺您。在外国畅意游历一番再回来。到东京时望惠临寒舍。船何时出航?何时再来东京?日前承赠《孪生子的复仇》,深谢。您是在续篇未竣之前出国吗?数日来我患流感,闷在家中,但不要紧。您出国是好事,然而在这期间我与大阪每日新闻社联系的纽带没有了,甚感不便。因有所顾虑,迟迟未能发出此信,今日下定决心写了出来。此致

和气律次郎先生

芥川龙之介顿首
二月十四日

957　二月二十一日自田端致清水昌彦

昌彦先生:

见信大惊,做梦也没想到您会得那种病。首先,谁也不会想到您会患了呼吸器官疾病。您的信邮到了野口真造处。我患胃病,患肠道病,患神经衰弱,活在世上浑身没有好地方。活着并不觉得这世界多么有趣,死了也不觉得这世界多么有趣,反正是能活一天算

一天。您也要尽量活下去才是。说实话，我妻子（山本喜誉司的侄女）的弟弟也有病，最近第三次咯血。现在我或者去看望病人，或者干这忙那，正是焦头烂额的时候。恰在此时您的信来了，心中格外增加了负担。东京没什么事情要办吗？若有，随时告诉我。我想，若再早点示知您的病情，也许还能为您提供点方便。此信写于夜里，明日寄去近著《黄雀风》。感谢信与回信等，这一切不必放在心上。

春寒料峭已夜半，此刻想起大海边。

龙之介
二月二十一日夜

958 二月二十二日自田端致佐佐木茂索

径启者：

手书已奉悉。很想听您谈此事，希望星期二（二十四日）来舍下。亲戚中出了个病人，心情很糟糕。

龙之介顿首
二月二十二日

959 二月二十二日自田端致阿部章藏

径启者：

昨夜失礼。金泽方面来信，就《黑猫》谈到如下情况，令我心中不安。"即使没有前半部分，是否也应令其抄写后半部分？愿听高见。"此致
水上泷太郎先生

芥川龙之介顿首

二月二十二日

桂井翁是金泽的俳人兼报社记者,资历颇深,他要说找不到,那唯有作罢了。又及。

960　二月二十八日自田端致土屋文明
文明先生:

多谢赠我《冬草》。去夏收到明信片未作复,甚歉。当时正值多事之秋,以致来信而未回。据岛木先生说,您辞了学校的工作。我一如既往,散漫地消磨时光,方便时来玩吧。月初我写稿子等忙迫不宁,二十日左右以后,大抵有空。《冬草》的装帧看起来特别舒服,只是书脊上的字若非印刷体,那就更好了,这一点我认为《太虚集》等也是如此。在《阿罗罗木》上读到卷末杂记,觉得它是了解尊作的关键。您作的和歌,我打算今晚拜读。专此致谢。

庭　前

春雨潇潇落,霜打桧叶枯。

最近时常作俳句,这一首吟咏景物。

龙之介顿首
二月二十八日

961　二月二十八日自田端致佐藤春夫
春公:

这样称呼,带点中国情调吧?

收到尊作和歌,甚谢。您说来,却没来就回老家去了,当时我稍感不悦。(实话说来,香取先生求我弄一册画帖,我想请您在画册上画一幅画或写字。)不过读了由大阪寄来的信,便消了气。我不知道您居住的下里村在新宫之内还是之外,大概距新宫较近。新宫很好,为此我经常请教邻居先生(香取先生),想去看看。我的生活雅俗混杂,什么事也干不成,快快不乐地消磨时光,很羡慕田园宁适的生活。另外,您在那里若有新著问世,杂事我可代劳,望不必客气,直言示知。

庭　　前

春雨潇潇落,霜打桧叶枯。

龙

二月二十八日

962　三月九日自田端致小穴隆一

一游亭先生:

今天无论如何也动弹不得,派义敏前往。我想,他对您无何帮助。现在,会面日等尽皆废止,近两三天我宛如特快列车。

龙顿首

三月九日

随信寄去的钱,请作为出租车费。又及。

963　三月十二日自田端致泉镜太郎

泉先生台鉴:

大札已拜读。拙文《序言》蒙您喜爱,诚惶诚恐。我尝试多次,最后只能写四六骈俪体的评论。如今领教了那种文体的难度。尚未脱掉土气的地方,恳请海涵。您既然讲过,我便在序言中写了些不同凡响的话,写到"原野中白鹤"云云之后,稍带激昂意味,读时会产生异样效果。眼下因工作等搞得狼狈不堪,不过改日当拜访。专此复谢。

附录俳句一首,前言为《置酒》,愿乞一笑。

静夜明星稀,忽闻杜鹃啼。

龙之介顿首
十二日夜半

964 三月十三日自田端致大和资雄

径启者:

"board"乃"bird"(鸟)之误,"franktionen"乃"funktionen"(机能)之误。(后者出现于《百草》中。)我文章中的外文,由于我的无知,再加上校对者的太无知,极千古之奇观。谨请惠读之后,就文中错讹,多多赐教。就连言称有责任校对的《黄雀风》,初版时文字错排也多达三十余处。对此,著者束手无策,颇感难堪,还请谅察。此致
大和资雄先生

芥川龙之介顿首
三月十三日

965 三月十七日自田端致谷崎润一郎

径启者:

久疏问候。下月《新小说》出"镜花专号",想请学兄也赐一篇小说。泉先生自己不好开口相求,让我代言。半月前我受此委托,当时已写了信,但马马虎虎忘了寄出。如果您不赐稿,多少我也须承担责任,实在太难堪。望尽量设法写一篇,请多帮忙。最后,我用稿纸写信,还请原谅。

此外，时隔好久又作了一篇《镜花全集》广告文，说"时隔好久"，是因为自《人鱼之叹》以来，此乃第二篇。此文中用了"沉香亭之牡丹"之词句，有点可笑。写小说之事，还请帮忙。此致
谷崎润一郎先生

龙之介顿首
十七日

966　三月十九日自田端致小泽忠兵卫

小泽忠兵卫先生台鉴：

日前拜领和歌元旦帖，不胜感激。本应尽快奉函致谢，怎奈我患病在身，我当年的媒人夫妇闹离婚，妻弟咯血，我对他们也都有失礼之处，所以请莫见怪，望多原谅。今天仍因受其影响，什么事也做不了，只是焦虑不安，糟糕透顶。昨日的大火想必免遭其殃，但那里肯定骚然一片吧？将来拜晤之时，一并进行灾后慰问与道歉。今日纷杂，答应下的稿子也抛在一旁，无视编辑的难处，总之，趁得小闲之机，写了此信。

芥川龙之介顿首
三月十九日

967　三月二十日自田端致佐佐木房

大桥房子女士妆次：

我总说去，却至今未去，殊觉歉然。但并非不负责任地置之不理，而是为各种俗务所缠，请莫见怪，望多原谅。二十三日我与佐佐木君一同前往，特此奉达。实际上想于二十二日前往，恰好该日正是周日，有人约好会面，不得已改为二十三日。这一点也请原宥。据佐佐木君讲，您说我人坏，心带嘲笑看待一切，与

我协商也无济于事。此乃大错特错,我人善,不敢心带嘲笑看待一切,此事日星河岳,实所共鉴。最后请尽快改变偏见。专此奉恳。

芥川龙之介顿首
三月二十日

968　三月二十四日自田端致山宫允
山宫允先生:

经常拜领大作,深谢。这次的大作分外值得珍重,只盼着今夜拜读。方才翻阅了一下,叶芝的"害羞的人,害羞的人……"是古今的名译,学兄读上田敏翻译的波德莱尔与魏尔伦的诗歌时,对照过原文吗?若没对照过,可稍对照一下,上田敏的译文比之名译"害羞的人,害羞的人……",要低若干个档次。另外,中岛汀给您添了不少麻烦,他母亲让我转达谢意,因懒得动笔,失礼至今。临末,谨此深致谢意。您近日将赴海外旅行,不胜羡慕。我每日为文债所迫,又为"三文钱文士"们所搅扰,终日不宁,还请垂怜。特此申谢。

芥川龙之介顿首
三月二十四日

969　四月一日自田端致吉田吉五郎明信片
径启者:

有事相求,两三天内能否光临寒舍?

芥川龙之介顿首

970　四月六日自田端致小穴隆一
隆一先生:

随信寄上现金。昨晚只写罢《苹果》，今日着手写《钢琴》。大概明后天以后，拟去温泉疗疾。

龙之介顿首

971 四月十日自田端致佐佐木茂索
佐佐木茂索先生：

日前失礼了。眼下正生病，送我的纸与绢，终究未能写出来，甚憾，现将其璧还，请收下，莫见怪。

芥川龙之介顿首
四月十日

茂先生：

上面的信是公开的，拿给人看，做些说明，我实在无力写那种东西。此外，毫无道理拜领了厚礼，很为难，迟早必回礼，但不会花太多的钱。我已是茶寮会会员了。

澄
出发前半小时

972 四月十三日自修善寺致西川英次郎美术明信片

我独自一人来到了这处温泉。下月《改造》上将刊出《中国游记》，你读一下。你若进京，就来我家吧。但是夏天我不在。清水昌彦去世了，死于喉头结核与肠结核。死前传染了夫人，夫人先辞世了。孤儿四岁。

感谢送我柿子。发表于《中央公论》谈友人的文章里，已表示了谢意。如果没读过该文，则不必读。又及。

973 四月十三日自修善寺致葛卷义敏美术明信片

○火速把稿纸寄来。

○《竹里歌》（纸订的小型书）与帕皮尼的《一个没有希望的人》（这本书在杉木门书柜下数第二格上。绛紫色大书，帕皮尼即Papini)，这两本书火速寄来。

○两样东西寄来后，再无别事，你被电车轧死了也没关系。

龙
十三日

须知，此张美术明信片是写给你的，故选用了一张我最讨厌的。已经洗温泉了，头一两天兴奋得夜不成眠。大约从第三天开始，在温泉里泡得乏力，浑身瘫软无力。有时处于兴奋与瘫软无力两种状态之间，也就是说，既瘫软无力又兴奋。已读四本书。无书可读，难受得很。

把你抄写的《芭蕉行状》也寄来。我记得在二楼。又有很多事想做。又及。

974　四月十五日自修善寺致佐佐木房美术明信片

今天读报，惊悉平田公与世长辞。很失礼，我给您也发去明信片，以示哀悼。书不尽言。

龙之介
十五日

975　四月十六日自修善寺致芥川文美术明信片

文子：

比吕志每天欢欢喜喜去幼儿园，值得高兴。什么事都要让他自己去做。祈祷的事有点不好办，但这是我们没加考虑的结果，现在不能抱怨。

你的信，用日本纸写的还可以，而用卷信纸写的信，皱皱巴巴，读起来特费劲，字应写得再漂亮些。

不知你说的"大钱"是怎么回事。我动身前给了老爷子和姑姑各一百元钱。我想再给老爷子一百元，又担心到这里钱不够花，就把它带来了。不过若是需要"大钱"，我在这里也可用电汇方式从其他任何地方把钱筹措到的。眼下还无此必要。钱包里有三百元，是小钱。如果园艺师的钱也算在内的话，你可去一趟新潮社或兴文社，会拿到一千元左右。

来此地后，《改造》的旅行记，《文艺讲座》与《文艺春秋》的文章，一共完成了三篇。接下来着手为《女性》写文章。电报已攒了四五封。这里的客人似乎越来越少。久米、里见、吉井、中户川、泉等都来这里写作。女仆理解这一点，利利索索干完活，不说什么无用的话。饭菜也是在我去洗温泉时送到房间里来。铁壶上

放一碗什锦菜，上面扣着盖，桌上放着食案，人就离去

了。所以自己盛饭吃。

说是蒲原把书寄来了。蒲原这个浑小子，不知何故慢吞吞的，我什么也没收到。你从幼儿园回家途中，顺路去催他一下。有些书写文章要用，非常困窘。稿纸就剩一本了。总之，这叫我很难办。

早晨　牛奶一杯、鸡蛋一个、香蕉三根、咖啡。
中午　什锦菜或汤菜、生鱼片。
晚上　同上，外加干烧鲜香菇和款冬。

午饭与晚饭不一样的时候也是有的，但大致如此。饭后吃三四

块方糖。吃方糖已成癖。即便路过点心铺,也不想买点心。我不要黑羊羹。说实话蛋糕也不要,如果寄来了,没办法,只有吃。

我回家后,想去幼儿园接一次比吕公。

近日净下雨,漫山樱花盛开。

龙
十六日

书和稿纸,再三拜托。两天内寄不到,所有稿都不能按期交出。若是那样,我必动肝火。又及。

976 四月十六日自修善寺致葛卷义敏美术明信片(收信人名字后附一"公"字)

再给你一张美术明信片。画的铁桥挺带劲吧?"a man finished"与"a finished man"① 意思一样,你不懂英文真不方便。《竹里歌》没有,那就算了。是一本茶色封面的书,不过是我十年前的书,也许现在已经没了。《选歌》叫我为难,勉勉强强能让你用上它。过几日我从这里给北海道写信,叫他别寄钱。

龙
十六日晨

书和稿纸还没邮到,我干着急没办法。

"义敏公"的"公",是"熊公八公"的"公"。

977 四月十六日自修善寺致渡边库辅

库辅先生:

日前幸蒙诸多关照,深谢。照例因懒怠写信,久疏联系。呢绒好像是幕府末期或近二三十年的制品。印花布以花大者为佳。日前

---

① 即意大利作家帕皮尼著《一个没有希望的人》。

见到斋藤先生,一起吃便饭,谈到您。不过君须知,当然是说您的坏话。现在仔细想一想您的经历,纵然您有许多异国关系,但语言能力差,也是不行的——如果今后多学几种语言,则另当别论——充其量也只能成为比长崎的考证家古贺先生还没学问的古贺先生。若是那样,您能成为什么样的人呢,虽说顺其自然,最终什么都成不了,那也无可奈何。您如果想成为小说家,首先莫过于完成手提三篇以上杰作再度进京这一大计。(不过您要明白,自称的杰作不行。)纵观当今青年作家群,皆碌碌不足言。称霸天下者自不待言,连成一方之雄者也没有。可以说,整个文坛正在等待有为的一代年轻作家的出现。面对这种形势,您若只是待在长崎您老子家的二楼上,无所事事,不考虑未来大计,那么可以说,库辅之蠢已登峰造极。要看破前人吃紧之处。您相当有悟性,但在小说创作方面仍顽固地残留着尚未脱却土气的地方,旁观者干着急。您自己不脱却土气,土气无法脱落,别人谁也帮不上忙。这一关您已觉悟到了吧?由于没冲决这一关,即使您能写文章,能写小品,却写不了小说,更无须说名作了。总之,如果您能一个月写一篇或两个月写一篇像样的小说寄给我,我可以就此讲点坏话什么的。归根到底,您的当务之急是发现小说的关键之所在,否则您永远难免被指责为志大才疏。您离去后,我听到东京对您一致作出这样的评价:虽然生活放荡不羁,却是一个有可爱之处的男人。您应认识到,其意即您是一个无为无能的可爱之人。当然,这不是光彩事。捣毁他们这种评价,让他们认为您是面目可憎之人,为达到这一目的,您唯有推进自己的事业。而且您如果还靠类似以往写的那种档次的东西,那么,纵然进京也不足以维持生活。与"足以"或"不足以"的问题相比,更重要的是您若破坏了编辑们的情绪,则很难让他们认同您的作品。总之,只有提高自己的本领。您已二十五岁了,在最近两三年内若不提高本领,将变成文学老年,明白吗?我们这里皆壮健,日前我扮演了佐佐木与阿房的媒人角色。请小岛当我的助手,星期日接待客人时,一如既往。有一个叫明石的青年协助,他是我家的常客之一,由正宗白鸟介绍来的。日前我读了他写的三百页的长篇作品,写得相当有水平,我有点佩服。我问:"花了很长时间吧?"他答:"是的,费了两年时光。"此人是福楼拜式的客观主义者,艺术主张与堀辰雄的正相反,当然,堀是个主观主义者。两人的论争非常有趣。您难道不想成为这样的人或作家?佐佐木俨然已成大家,在八重垣町车站附近安了家。

您的评《大导寺信辅》和评假名拼写法,多谢了。不过您要知道,我是哂笑着谢你的。

近　日

冬雪打透腊梅花,枝条舒展风姿佳。

龙
四月十六日

这一段时间住在豆州修善寺町新井旅馆。

978　四月十七日自修善寺致室生犀星

鱼下老人侍右:

我起卧于山溪潺潺的流水声中。即使来到这里,还是遭到电报的攻击,难以招架。住在三楼一室中,孤影萧然。除了女侍,不和任何人交谈,在您看来,我准会意外地受夸奖,不是一个交际家。另外,又作了两三首诗一样的东西,请过目。若作得好,还望直言褒扬。草稿放在您那里,待回东京后再去取。

虽有哀愁叹无尽，意若达君该多畅。
越地山风阵阵吹，高天浮云一扫光。

六月愁叹又复返，对谁可述此愁叹？
娑罗嫩枝开花后，哀伤人儿双眸现。

切勿给人看（太难为情）。不过仅想请尊夫人看一眼。若觉得不错，就让她看吧。最后，遥祝朝子小姐健康。日前看见夫人抱着朝子小姐，头戴的大概是毛线帽，很像椿贞雄画中的帽子。

澄江生

十七日

关于《文艺读本》一事，萩原君来信了。回东京后肯定与他一晤。方便时，请代问好。然后让萩原君读我的小说，希望他能受到启发。总觉得田端热闹起来了，甚感愉快。我于月末或下月初回去，然后请带我去萩原君处。我正策划一个大项目，不过也许照例是不了了之。又及。

979 四月十七日自修善寺致阿部章藏

阿部章藏先生：

来到此地方知，日前久保田君请我与您去自笑轩吃饭，未能晤面，甚憾。此次受兴文社书店委托，编一套重要的书——《近代文艺读本》，能否转载大作《节日》中的一篇？其实早该恳求此事，也并非见面时忘记了，而是在想顺便言及此事是否合适。本打算专程拜访，结果还是采取了致函奉恳。（对泉先生也是如此。）此外，对《上班的人》中《吵架》一文，也难以割舍，这次但请同意转载《节日》中的一篇，倘示知可否，殊深荣幸。

芥川龙之介顿首

　　　　　　　　　四月十七日于静冈县修善寺町新井

此信委托一个明日回东京的人由东京寄出。又及。

980　四月十九日自修善寺致小穴隆一美术明信片（绘有修善寺虎溪桥）

知道义敏依然给您添麻烦。我纵使在这里，也是频频不断来电报，真受不了。除了女侍，不和任何人接触，闲寂度日。早晨以香蕉代饭，平均每晨餐费一角五分钱。

　　　　　　　　　　　　　　　　　　　　　龙

　　　　　　　　　　　　　十九日于新井屋旅馆

（背面的照片旁写有以下文字）

在此房后面的一栋。

此桥栏杆涂着油漆。

此只白鸟是鸭子。

此山有樱花。（但盛开季节已过）

981　四月十九日自修善寺致下岛勋美术明信片

即使在这里，仍遭到电报袭击（已接到十封），而且连催稿人也出差来此，日子过得甚为悲惨。我觉得，恐怕当年命丧此地的源范赖或源赖家，也活得比我轻松。温泉能使人兴奋，日前在温泉里我斥责了一个没礼貌的家伙。若真吵起来准输无疑，侥幸的是对方向我道歉了。

　　　　　　　　　　　　　　　　　　　　芥川

　　　　　　　　　　　　　　　十九日于修善寺

982　四月十九日自修善寺致石黑定一

流翠庄主人惠鉴：

我现在修善寺，刚住一个来星期，拟再住一段时间。树的嫩芽非常美，山溪每日潺潺。起卧于山水之间，甚是自在闲寂。

随函寄上写给太田先生的介绍信。太田先生博学，是个艺术家，对待后进热情，不妨常去拜访，受益必多。我若去名古屋那边，一定要叩一次太田先生的家门。您面晤太田先生时，请转达此意。

今后若能写点短歌俳句为好，偏偏最近什么也炮制不出来。您已是几个孩子的父亲了？无论您有几个孩子，请代我向孩子们和他们的妈妈问好。

啊，想起一件事。有一次您来东京，恰巧我去汤河原温泉疗疾，错失良机没能见面。那次恰好就是现在这个时候，比这个时候还能早点吧？由于懒散，我的书总也写不出来。我想本月里至少要完成《阿律和孩子们》一稿，但这也有点靠不住。创作挺有趣，而努力汇文成书的事，实在麻烦。

如果离得近一点，真想对您说："来玩一个晚上吧。"可我人在此地，即使劝您来，想必也白搭。万一周六周日能来，热烈欢迎。现在似乎客人较少，但是街里正上演地方戏《安来节》。前天晚上我去看了一眼，五岁的女孩唱着：

像是章鱼却无骨，说是何物非何物。
我是一个小孩童，不懂男女相恋慕。

我觉得仿佛是在观看奴隶市场。好了，就此搁笔。

芥川龙之介顿首

四月十九日

983　四月二十一日自修善寺致下田泰

下田泰女士：

锦笺已拜读。清水君的事,无以言表。因我本人体弱,尤能感同身受,深表同情。二十六日举行葬礼,我人若在东京,理所当然前往吊唁,偏巧身患疾病,眼下正在此地温泉疗疾。清水君如能再多在世几日,或者我再早来此地几日,相距很近,可以晤面,到如今纵然如是想也无济于事了。总之,葬礼那日,打发内人参加,特此奉函作复,兼道缺席之歉。大西新藏先生让我致悼词,可是由于上述原因,请勿见怪,敬希鉴谅。此外,大西先生还让我将此事通知三中同学。至于此事,平素与我有笔札往来的人皆住在远方,其他人地址,我在此地又无法知晓。三中的事暂且不提,由江东小学校毕业后升入中学的,有上泷嵬、伊藤和夫、野口真造、能势五十雄与我,一共五人。其中能势于三中毕业后,即成故人,上泷于震灾之后去了中国厦门,伊藤在名古屋的银行工作,住在东京的除了我,仅有野口真造。拜读清水君的信后,当即火速通知了野口真造。虽说是东京,住在多摩川也相当远,不过我必将葬礼时间、地点准确地通知野口。专此奉达。顺祝清水君的女儿健康成长。

芥川龙之介顿首
四月二十一日

984　四月二十二日自修善寺致芥川文、芥川富贵

给《改造》的游记和载于《文艺讲座》、《文艺春秋》、《女性》的文章,都已写完。现正为《文艺讲座》写另一篇文章。此外,还为鹤田写了《平田先生的翻译》一文。根本(女)与鹤田处的男人,始终不离我左右。泉先生夫人说:"您来温泉疗疾,图的是什么?"

二楼粉刷墙壁与庭院的整修,日趋完竣,我知道爸爸定为此费心操劳,代我问安。

若去过八洲处,把八洲的事尽量详细地写信告诉我。他送了我

甜板栗。老催我交稿，我还没给他回信致谢，与此信同时发出。不过栗子已吃光了。

现在没有客人，挺清闲的，姑姑和老娘来此一游如何？乘十二点发车开往明石的列车，四点三十九分抵达三岛。抵达三岛后，月台另一侧就是开往修善寺的轻便火车，坐轻便火车六点即达修善寺。从修善寺火车站到新井屋旅馆，公共汽车和人力车什么都有。知道了准确时间，我去接站。车票可在东京站买到修善寺的。（若买到三岛，还得再买票，太麻烦。东京站出售到修善寺的车票。）若来，便一起回镰仓。照以前情况看，现在修善寺的温泉减少了。不过眼下的风景非常美丽。光是坐在家里想，叫人犯憷，坐上列车就会觉得一点也不费事。泥瓦匠和花匠的那点事，可全交给阿文张罗。瓦匠活儿全完了吧？

泉先生明天回去。他太太对我照顾得很好，一会儿给我买点心，一会儿给我做菜，劝我别写稿子。她是一个长着兜齿的老太婆。泉先生来这里总是泻肚，他把床并起来，总躺在床上翻来滚去。你们谁也不来的话，我就月底回去。姑姑和老娘，你们来这里待上两三天吧。这里的温泉如图所示，像座水族馆。仅此就值得一

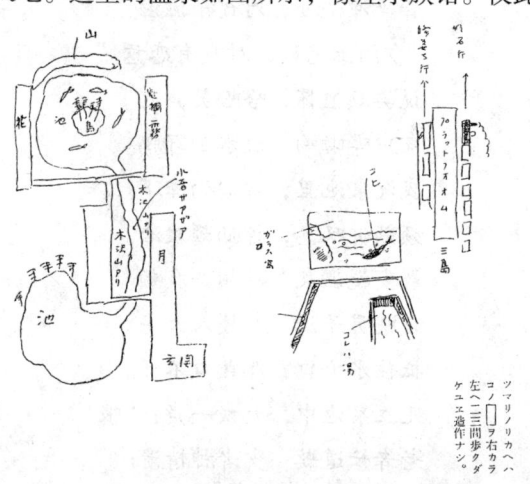

览。旅馆的布局如图所示。我住在"月"号馆三楼五号。

985　四月二十四日于修善寺致同旅馆的泉镜太郎
泉先生：

　　长崎的荞麦面点心和东京"千本"店做的点心到了，奉上少许，倘蒙品尝，实深荣幸。

龙之介顿首
二十四日

986　四月二十九日自修善寺致佐佐木茂索
大芸先生座右：

　　不可见诸报端的长歌并短歌：

　　　　　　　　温泉蒸汽浓，不见空中日。
　　　　　　　　一老又一少，二神赤裸体。
　　　　　　　　老者像商人，少者似官吏。
　　　　　　　　皆坐冲洗处，对谈乐滋滋：
　　　　　　　　"乡间土艺妓，对我有恋意。"
　　　　　　　　说罢颇惬怀，哈哈笑声起。
　　　　　　　　泉中哗啦响，戏水如野鸭。
　　　　　　　　我沉泉池里，常似雨降下。
　　　　　　　　频频仰叹息，神仙颇欢洽。
　　　　　　　　愚叟搅温泉，水频击我颊。
　　　　　　　　自视男子汉，九楼入大海。
　　　　　　　　抵住水呛口，沉默口不开。
　　　　　　　　兀立泉池中，大喊一声："喂！"
　　　　　　　　老者忙道歉，少者神情溃。

> 温泉水蒸汽，升腾聚为堆。
> 蹑手蹑脚去，逃入存衣室。
> 并非使神术，确系靠人技。
> 平常俗世间，驱逐二神离。
> 返观我美姿，泉蓝心欢喜。
> 男根青又长，垂挂我眼前。
> 驱走二天神，男根更好看。

龙

看了一个月左右的文艺栏，有趣的内容颇多。广津和郎先生是个水平 higher（较高）的文学青年。又及。

987　四月二十九日自修善寺致小穴隆一美术明信片

隆先生：

来人坐等稿件，我甚窘迫。日前以特快列车的速度写关于那个夯汉的故事。当然，能否写好心中没数。现在泉镜花先生逗留此地，夫人好管闲事，我一工作，她就问我类似这样的话："您为什么来温泉治病？"房前屋后的山岭上已非嫩芽，而是嫩叶了。某夜我去看《安来节》，五岁女孩唱道：

> 像是章鱼却无骨，说是何物非何物。
> 我是一个小孩童，不懂男女相恋慕。

赢得了异常的喝彩。我的孩子也五岁了，不唱那种歌被喝彩倒是幸福的。前几天熬夜，开水没了，我用温泉水沏茶，有一股怪味，是一股无法形容的怪味。虽然如此，我将其倒进咖啡里，就不太有怪味了。以前我一洗温泉就发胖，可这次一点也没长膘。代问远藤君好。他以前家住尾张町时，还可以寄去寸笺，如今办不到了。我又作了"今样歌"如下：

虽有哀愁叹无尽，意若达君该多畅。
越地山风阵阵吹，高天浮云一扫光。

龙

二十九日

随信寄上少许"恶币"，请充当《中国游记》的装帧费。又及。

988　四月（推定）自修善寺致《女性》校对员（冈菊次郎）

敬启者：

拙作《温泉来信》中，有主人公半之丞遗书一份。请用信中所附的一页替换其中如下一节，即开头为"假如像小说家那样，仅对这份遗书进行一番推理和想象的话"那一节，也就是说从"假如……"至"我想……"一段作了修改。旧稿中存在"ふ"房并不面朝"か"河等事实差异，用之甚为不便，故诚请千万千万予以替换。再者，虽有事后阿谀奉承之嫌，但我还是要说，拙作《春》的校对甚为准确，自从为《大阪每日新闻》撰写《地狱变》以来，尚未见过如此水平之校对，至为感谢。此致

芥川龙之介

989　四月三十日自修善寺致阿部章藏

径启者：

读本之事，速蒙认可，不胜感谢。小生广告，尽请随意使用。泉先生难得来游，但小生偏因书稿催促，不得拜见先生与夫人深情缠绵之状，如同中户川吉二一般，甚感遗憾。近日，工作终于告一

段落，得以偷闲，但马上又要返回，实有人生太匆忙之怨。泉先生夫人送来荞麦松饼等物，兼带谢意，写此短信。此致
水上泷太郎先生

龙之介
三十日

再启：我以为泉先生之文章论，非常有趣而且有益，您是否亦劝请先生撰写出来，或者求人为之代笔成书。

990　五月一日自修善寺致佐佐木茂索（附修善寺画卷）

　　　　新曲　修善寺　　　ideyumosumie 大夫作
想起九月初一大地震，毁了修善寺的墙与门。
时钟快了五分钟，该当傍晚六点整，
且到街上看光景，御幸桥上君初行。
满街有卖乌龙茶，咖啡可乐巧克力，
君不饮酒饮绿茶，其中富含维他 C。
最难忘，那一事，
君和艺妓在菊屋，直至黄昏掌灯时。
明知二二应得四，却觉二二会得五，
六次七次又八次，桥头张望有数度。
人心好比白丝练，说英语来道英语，
滔滔不绝似瀑布，奶粉成了营养物。
世事终究不如意，时尚大潮滚滚来。
新井屋，我的家，
难幸免，遭席卷。
日里见君犹堪哀，脂粉搽得雪样白，
斑斑驳驳已脱落，真是一个丑八怪。

额头扁又扁，犹如万丈高楼削壁平，
双眼凹又凹，恰似瘆人电梯大空洞。
如此这般下去，终不成，
赖家墓地斜阳外，到头还是一场空？
一眼看去似鬼魅，女人皆如高庚①绘，
彻悟之后方知晓，白昼之光最为贵。
人生百般诸烦恼，恰似桂川水长流。

991　五月一日自修善寺致小岛政二郎美术明信片

承借款项拖欠未还，抱歉之至。返京之后，即便倾家荡产也必当还清。此致

Negisiyaomasa 先生

Tabatayasumie
五月一日

问候小美笼和夫人。近来杂事繁多，亦无恋爱之暇，请明察之。但是，被动所为（passive tense）之事有之，亦请明察之。待他日返京详谈。谨上再拜。

992　五月一日自修善寺致南部修太郎

径启者：

日前未能赴邀，亦未复函致歉，大为失礼。实因陷入棘手事件（非本人自身之事件），东奔西走，终失良机。眼看事件有望解决，借机来此避难，逃脱居中调停之苦。但如今，书稿催促又急，甚至无洗温泉之暇，迟迟没有进展。不过，昨日终也完成，明日出发，

---

① 高庚（1848—1903），法国画家。

拟绕道镰仓，探视久米病情，然后返回东京。请予原谅。近来繁忙，甚至无暇接近女人。向夫人问好，吉田夫人已长成大人，非常敬佩。近来，正读拿破仑传记。拿破仑这家伙，莫非人中之龙乎？总之是个难以对付的怪物！无人像他那样轻蔑人类。原本想再披露几则趣闻，但要写得很长，就此搁笔。此致
南部修太郎先生

芥川龙之介顿首
五月一日

993　五月一日自修善寺致西川英次郎美术明信片

　　我还在这个温泉闲待。（信件以鸟取市高等农业学校内君之名义送到了吗？这次如果送到，请向田端四五三给我寄张明信片，证明已经收到。我忘记了附在柿子上的住址。所以，上次有约的书也未能寄出。）我打算明后天回去。泉镜花老偕夫人来此待到昨天。他老人家比我更有朝气，他曾说：梅里美的东西真棒！（啊，等以后有钱，你也当个《镜花全集》的会员吧？有钱也不当吗？）群山已披上新绿。眼下正在领教一个俄国人的东西，他叫皮利尼亚克。不过，这位作者不容小瞧。据说在苏维埃俄国，对他评价相当不错。评价也靠不住。

龙
五月一日

994　五月一日自修善寺致渡边库辅

　　在我忘记给你写这封信的时候，却从家中送来了你给我们的松饼。让你们过于担心，我们也心疼，所以请告你父母，今后不要惦记。长崎的消息，也时常传来。结婚之事，也已听说，总之我是不赞成。我以为，那样做只能给自己、父母和亲戚增加麻烦。你需要

的是金钱。想得到金钱,需要卖掉你的文章。想卖掉你的文章,你必须有能力。我以为,除此之外,没有别的办法。懒散之人,需要懒散地下工夫磨炼本领。而且本领也不是不可能磨炼的。一旦磨炼而不成,那就会知道自己标准过高而放弃。眼下,你在能力上还是有几分希望的。——假如你不懂这个道理,我只能说:"好,你当由兵卫儿子去吧!"只在信中虚张声势,那谁都会。如果你业已变成善恶不分的无耻之徒(举一个例子,比如像我这样),那么你写篇作品出来证明一下!这也不是开玩笑。我这话是当真的!这正是要仔细思考的关键所在!茂吉也替你担心呢!我们曾经是乱伦不逞之徒,今天仍然是乱伦不逞之徒,但是似乎比你多了一些磨炼!如果知道了,你当如何。

再者:我准备明日离此返京。此致
库先生

龙
五月一日

995　五月二日自修善寺致阿部章藏

径启者:

仅告当前要事。写了《关于〈镜花全集〉》的五页短文,并寄给三宅周太郎君。(小生一般不为《大阪每日新闻》、《东京日日新闻》之外的其他报纸写稿。)估计会赶在五日截止之前,万一赶不上用场,只好麻烦你给三宅君打个电话。三宅君在本乡的菊不二旅馆。小生书稿也已送往菊不二旅馆。谨此匆复。

阿部章藏台安

芥川龙之介
五月二日

又启:抱歉,此字实在难写。因为书写费事,故时常以"水上泷太郎先生"代之。

996　五月二日自修善寺致中根驹十郎美术明信片

谨启：

得知病弟多蒙关照，非常感谢。内人信中说，母亲感激涕零。有些失礼，特以明信片深表谢忱。计划四五日内返京。

芥川龙之介顿首
五月二日

997　五月二日自修善寺致葛卷义敏美术明信片（印有修善寺停车场前的照片）

又寄一张好美术明信片，应当感谢才是。明天出发，中途顺便去趟大矶和镰仓，悠哉舒服地返回东京。快则五月十日前后，慢则也许来年。大概因为埋头写书的缘故，右眼出了毛病。好心好意让姑母和祖母来此，她们就是不来，你把我的心思告诉她们。至于礼物，除了穿脏的衬衫和短裤之外，不带任何他物。

五月二日

（背面的照片上）

这是姑母刚露一个头，请用放大镜观看，很像的。

这是我家姑母正在逗狗，要用放大镜观看。

这里边有一具被车压死的遗骸，据说名叫葛卷义敏。

这个地面一下雨便暄软不堪。

龙之介先生寄

998　五月七日自田端致赤羽根健介

谨启者：

昨日自修善寺返京。今晨写此信，但是，忘了你的住址（你信中未写），故决定寄往学校。自古以来，像你那样时而感动涕零时而又痛苦不堪的人，成千上万，然而，其中气魄坚强者，不足百分之一。这虽为残酷之事实，但终归是事实，请面对这一事实，锻炼自身的实力。"吾虽吹笛，汝等不舞。"那些笛吹不舞之人，也决不会在没有听到笛声之时翩翩起舞。如果期望他们那样，那是期望者的过错。首先你自身要变得能够吹笛。你是唯物论者吧？那就更要勇敢地承认这个残酷的事实。你读了《卡拉马佐夫》，甚好。小生也把《卡拉马佐夫》摆在了陀思妥耶夫斯基作品的第一位。如果有时间，你也可以读读陀思妥耶夫斯基的其他作品。

另外，小生对急躁的革命家不予同情。（因为你年轻所以无奈。）资产阶级是要倒台的，取代资产阶级的无产阶级专政也要倒台，然后，马克思所梦想的无国家时代也就要出现。然而，前途漫长而辽远。世界不可能在杀掉几万人之后立即变成天国。你是共产主义信徒，那么，对过去几年苏维埃俄国所采取的资本主义政策，你应当有所了解。你应当知道有必要重新采取资本主义政策的俄国的（至少是列宁的）苦衷。我们大家都必须坚实地走下去。急躁、骚动和歇斯底里，最终只能满足个人的表演欲望。其实，小生本人也没有取得堪称从容不迫的那种很大的自如，只是取得了暂且多少起些作用的、类似装有车闸的马车那种极小的自如。不过，我还想不骄不躁地走下去。为了不中途上气不接下气，你恐怕也有必要磨炼得更有耐心。实际上，西方的革命家似乎也并非全是短兵相接。你不这样认为吗？

下面，我要着手每天的工作了，这封信到此停笔。另外，小生懒于动笔，今后对你也会多有复信之怠慢。关于这一点，请先行海涵。特此。

赤木健介先生

>　　　　　　　　芥川龙之介
>　　　　　　　　五月七日

999　五月十日自田端致阿部章藏

　　大札拜悉。闻《镜花全集》颇为景气，深感欣慰。但是，那五千如何处理呢？想起过去春阳堂转账总花一周乃至十天，故自知不必过早盘算，但此次全集得以问世，当然离不开仁兄及浜野君鞭策，总之此乃春阳堂努力之结果，唯此应当肯定。在修善寺，只拜读过一两次《贝壳驱逐》，后因来此而不得再读；哪怕剪报亦好，日后如能再次拜读，幸甚之至。谨此匆复。
水上泷太郎先生
>　　　　　　　　芥川龙之介顿首
>　　　　　　　　五月十日

1000　五月十三日自田端致铃木三重吉

径启者：

　　日前深情来信收悉，谢谢。而且，立刻允许刊登作品，幸甚。至于您的大作，当然是以全集为准，选用十吉跟万千子吵架出走归来，万千子出去迎接的那一段，那里和全集上都有"喂，阿十，你看屋檐上的燕子！"这句话。小生从前就爱读那一段，今天仍然喜欢。这次由小生做主，就选那一段吧。也许是因为那一段牵绕着小生过去的记忆，实在不想割爱。实际上，接到来信之后，除了《桑葚》之外，我又重读了其他画有记号的作品。至于小生的读本，具体动笔才知道是个大工程，实在难求完美。最近简直就是一筹莫展的状态。读您的来信，蒙您称之为大工程，实在赧然之极。不过，搭上业余时间，工作总算初步有了结果。全部完成的时候，只要比坊间同类书稿稍好一些，就请高抬贵手。在旅行地逗留一个

来月，回信太晚。敬请原谅，不吝赐免。此致
铃木三重吉先生

芥川龙之介顿首
五月十三日

1001　五月十七日自田端致佐藤春夫

径启者：

此处有一人，名叫下山霜山。此番要让十二位作家书写诗笺，以大饱私囊。于是，亦想请你作为帮其发财之一员，且命我出面邀请。虽很早以前便接受此任，但光阴荏苒，今才写信。记得此前小山内氏曾有一信过去。实言之，此举须写千张乃至两千张诗笺，故并非易事，然而，如能请你参与，不仅下山霜山兴高采烈，我和室生犀星亦将欢喜若魔，如同地狱之中与君相见。同意书写者，除你之外，还有十一位：泉、德田、永井、里见，长田（干）、久米、小山内、久保田、上司、室生和我。所写之物为俳句。请务必赏脸。下山一旦着急，也许电报催促。此种可能，也事先告知。近日，萩原朔太郎已来田端，田端极富诗意。我在门前种竹三百株，矢竹三百竿，种满十来平方。需知风流有如下图所示。（此处原文附钢笔小画）此致
佐藤春夫先生

芥川龙之介顿首再顿首
五月十七日

1002　五月二十一日自田端致斋藤茂吉

　　使用稿纸，敬请谅解。先前得君大作，实在感谢。当时已去温泉洗浴，大作于家中无人之时送达，故迟迟未能回信，请谅。我已拜读《改造》上的《童马山房漫笔》，实在有趣。愿尽可能延长，

继续撰写。("乘马"中,没有《甘蓝车》的那个"じゃらめ"。)另外,岛木也有信来,请下月初再同岛木一起来寒舍一叙。我想让旧时学生会晤岛木,至于日期,随时皆可,只要你方便。最近,拜读中村宪吉氏的《栅栏》,名歌甚多,钦佩之至,然其名歌或咏雨下,或叹河流。古人许浑诗多写水,有"许浑万首湿"之说。莫非《栅栏》亦宪吉之"万首湿"乎?一笑。

斋藤先生钧启

龙之介

五月二十一日夜

又启:一八八三年(明治十六年)版 the Rev. Lobscheid《英华字典》(井上哲次郎增订)中,"kiss"一词之注释,除"亲嘴"之外,还有"啜面"、"啜"等注。此系"吸口"之模仿,本不足怪,但因与汉译圣书同年出版,故呈上一笑。若顺便翻开《金瓶梅》,竟有"咂舌"、"呜咂舌头"之类,其他小说亦大同小异。看来,"接吻"乃近年之造语是也。

1003　五月二十二日自田端致阿部章藏

水上泷太郎先生:

谢谢大作。日前拜借剪报,亦表谢忱。大作虽已大都读过,但亦有二三未曾见过,应迅速拜读。装帧甚好,羡慕不已。假若吹毛求疵,则觉得用纸方面,双层(?)封面的颜色稍有欠缺,使用稍微凝重的色彩也许更好。再者,贴在书箱上的目次用纸上带有宋体铅字特点的文字,颇有兴味。只是应为凸版。我以为,若是木版,则更具特色。此完全是小村先生之事。我实在是借机饶舌。对此,请多加原谅。剪报文章很是有趣——我这样说,一是小生知道之事都写得甚为准确(不好意思),所以艺术上有趣;二是小生不知之事也作为事实,饶有兴趣地得以拜悉。浜野提出唯独泉先生那段要删除，想起他当时的风貌，实在甚为愉悦。先生竟有另一面，能对那种事情那样处理，小生之辈尚未直接碰到那种事情，实属幸运。废话连篇累牍，倍感惭愧。泥犁口业，泥犁口业。

芥川龙之介
五月二十二日

1004　五月二十九日自田端致佐藤春夫

曾枝亭主人座右：

　　华翰奉读。诗笺之事，小山内氏方面没有任何消息。询问水上君，得知眼下该老稀里糊涂。此乃书画商下山霜山之计划。霜山本人亦作俳句之类，人皆称之为好男儿，但毕竟是位书画商。他想把各家诗笺每十二张作为一组出卖。如果这也能赚钱，便可找人书写，但是若说每张一元钱，确实也难以找人。但是，据吉井勇之言，下山欲做一千至两千张，故值得一试。这次恐怕也要超过两千张。我受铃木三重吉之托，不得不予承诺。承蒙你的同意，我倒反感惭愧，大有假借诗笺招牌练字之感。你也可以抱着这种心情，轻松对待。另外，按你之需，抄送"今样歌"三首。"今样歌"和所写之字都不堪入目，但是使用之纸张，则是朝鲜男女相闻赠歌时所用的吉松纸，请珍视过目。至于富之泽君的问题，如果有谁将其见于文字，届时你尽可给予反击。我认为如此即可。再者，谢谢寄来的诗笺。我以为，送给下山两三张样本即可，所以我就借机贪污"水仙插残菊，红茶映眼帘"那一张。今日轻雨霏霏，似入梅雨。精心栽培的竹子已有两三枝根未扎叶已黄。南纪方面，柑橘似已含花。借问：曾枝亭主人的相思相相思，而今是否仍未消？

曼青（此乃取慢性神经衰弱自命之号）

五月二十九日

1005　六月六日自田端致佐佐木茂索美术明信片

约定之能乐,今天(六日)下午五时在细川邸举行,届时请出席。地点如上次通知,即军医学校前面。(僧装杂技、《道成寺》、狂言一出。)谨此。

1006　六月二十一日自田端致小林雨郊

小林雨郊先生：

大札拜悉。诸多关照,倍感钦佩。蓬平之画,若那价格,即请买下。总是劳驾,甚觉惭愧。大彦的绫子,实在可怜。小生亦不敢再去做媒,谨此。

芥川龙之介
六月二十一日

1007　六月二十三日自田端致吉田东周

径启者：

谢谢来信,内情拜悉。言说喜读拙作,深为感激。更有拜访草堂之意,实不胜惶恐。因天性疏懒,一向闭门谢客。故碍难邀请。请恕在下武断,并鉴谅。

　　声声泣血是杜鹃,犹怨聋人甲比丹。

请君一笑。此致
吉田东周先生

芥川龙之介顿首
六月二十三日

1008　七月四日自田端致斋藤茂吉

华翰诵读。并未混同为"上马"一事已悉。考证业似有落第之势，但不久就会呈报有名考证，请君过目并为之一惊。请心怀期望，耐心等待。《童马山房漫笔》，好评如涌，不尽同庆之至。然而，小生最最敬服者，乃《多瑙河》和《古汤帷子》。这事此前漏报，因此借机披露。另外，至于《点心》等，因我昨日多嘴，恐没有认真阅读。后来，眼睛出毛病，去看眼科医生，说是一般结膜炎症。尚未读书破万卷，眼睛就如此枯干，多少有些担心。谨此函复

斋藤词兄钧右

芥川龙之介
七月四日

1009　七月十二日自田端致渡边库辅

谨谢日前礼物。又曰：但你还未死，令我吃惊。如何？又曰：简报近况，并非特意锁门，却不见一个草贼来犯。击壤之歌亦愁煞人。又曰：犬吠，马嘶。莫以汪汪作咳咳声。此致

库辅座右

龙
十二日

1010　七月十二日自田端致土屋文明

土屋文明先生：

日前失礼。那日，前往病弟之处，直到你来之前，又因商讨转地疗养而外出。而且，与你脚前脚后而回的内人又有失机敏，将你打发回去，实在遗憾之至。我马上派女佣到前面的坡道去看，她回

说不见你的踪影。你究竟去了哪里？我是从八幡坂方向回来的。你要沿篱笆右拐我家之门，那就不会不迎面相逢，而且，你要出我家之门，直奔与乐寺坡道，女佣也不会看不见。内人说前后只有两三分钟之差，所以我认为你不是往香取前面去了，就是通过与乐寺坡道往上走了。后来，因内人生产等事，一直忙乱不堪。又是男孩一个。我讨厌热天走路，但不怕雨天行走。你现在安家，早日与妻儿团聚如何？我已有子三人，身体亦寒暑敏感，甚为怃然。匆此。

龙之介
七月十二日

再启：古泉氏宿处，拜托。夏季去睿山前，拟见一面。

1011　七月十七日自田端致犬养健

犬养健先生：

　　昨日甚为失礼。时因小穴君婚姻大事，有两三位客人来寒舍，便谢绝会客。不想仁兄亦遭遇池鱼之殃，若知是仁兄，必当一见，而今已无法再斥女佣，遗憾之至。听说北京收藏家，除陈宝琛外，还有景贤、宝熙等先生。而且，据说一位名叫热内拉尔·蒙特的豪杰亦是收藏大家。此乃自竹内栖凤之子所赠书中所知。明知你早已知晓，但仍苦口婆心呈报。我认为，如拜访陈宝琛先生，即使不提要求，对方也会展示所藏，但你应看徽宗临古、郎世宁《百骏图》、唐守元画册和李龙眠《五马图》，等等。

　　然而，假如观看大同石佛寺，就不要再看其他呀！石佛寺某村有烈犬数条，一见东方来客，便猸猸而吠，想之便觉可惧。谨此相告。此致
犬养健先生

芥川龙之介
七月十七日晨

1012　七月二十日自田端致堀辰雄

堀君：

　　使用稿纸，请谅。日前，你拿小说给我看时，曾说"时髦的东西好写"，我也就讲"那就写时髦的东西"。可是，现在一想，又觉得如果所谓时髦的东西同写生式东西截然相反，那么再苦再累，也还是应当写写生式东西，不要写时髦的东西。我认为这对你的成长更加有益。因为此事甚为重要，故决定写此信给你。你上次给我过目的小说，要说时髦确也相当时髦，我觉得你若是追求那时髦的东西，对你的学业则是危险的。你认为如何？特此取消前言。

龙
二十日夜

1013　七月二十七日自田端致小穴隆一明信片

径启者：

　　我的俳句，决定按逆编年序，新作在前头。你可随意。我全然不知何年所作，仅按模糊记忆排列。仅将所忘之事告知。

1014　七月三十一日（推定）自田端致佐佐木茂索

芸兄：

　　日前失礼。小说未完，至今未赴轻井泽，敬请悯察。再者，今收小孩帽子，甚谢。另，证人系小生一人，请谅。本想内人是否亦写一份，但因说不清楚，故小生一人为之。如需内人再写，将这张申请重新寄来即可。

龙顿首
三十一日

　　再启：请问夫人好，且《文艺春秋》的小说也已拜读，日后应表敬意,此事宜告尊夫人。专此。

1015　八月五日自田端致小穴隆一

忘记"拜启"二字,抱歉。删除随时可以加写的那一接句虽则可惜,但仔细思量,我之发句仅附你之胁句,并不一定不给他人造成对你不利之误解,故想作罢。你再写两首发句,我知道洗马一首中还有佳品。此致
一游亭主人

澄江子
八月五日

又启:已给金泽写信。另,改造社之稿费,本月末或下月初奉送。再致
隆一先生

龙之介顿首

1016　大正十四年(1925)(推定)八月十一日致渡边与四郎

今世之人虽无恙,挥汗作文苦非常。
事繁无暇向君学,未读高须朝臣论。
纷杂情中有诗韵,吾将相应吟成俳。
此处所写并非歌,三十一字代复函。

渡边与四郎先生

芥川龙之介
八月十一日

1017　八月十一日自田端致高野敬录

高野敬录先生：

今晚抱歉。本拟请明晚光临，但又觉仓促，故定于后天早上。睡梦之中亦不相忘，敬请如愿办理。

芥川龙之介顿首
十一日

1018　八月十二日自田端致小穴隆一

隆一先生：

使用稿纸，请谅。昨日还说数量够否，但一清查，你的俳句竟有五十四首，故应删除四首。于是，决定将五十四首全部转到改造社，待校正时随意删掉四首。据我推测，即使删除"大聪明"和"讨来之纸"，亦需保留"蚕先生之喜酒"和"叩头虫"。匆此。

龙之介

1019　八月十二日自田端致高野敬录

高野先生：

曾告明天早上，但实在进展不利，故请等到明晚。这期间将不介他事，续写不停。此事敬请放心。谨此。

龙之介顿首
十二日

1020　八月二十日自田端致吉田吉五郎

吉田吉五郎先生：

仅言当前急事。诗帖事钱款未付，一直压在手边，实在抱歉。另外，上述诗帖之中，如下七张即"其角"、"惟然"、"去来"、"杉风"、"言水"、"鬼贯"和"路通"，能否转让他人？时至今日提出此事，甚觉遗憾。但是，除去上述七张，其余如能索取相当价格,亦即难得。要求实在过分,好在你也并非缺钱之人,敬请莫怪。

芥川龙之介顿
八月二十日

1021　八月二十日自田端致小林雨郊

小林雨郊先生:

因为外出,回复甚晚,请谅。我以为那张画帖实似饭田一带所产赝品,疑是以蓬平之作为原型而造。恐怕只有构图是照抄蓬平的。遵嘱,马上送还。如不便面对对方,因并非高价之品,亦可买下,此事请勿客气。再者,顺便向田中君和新井君问候。春阳会上见到田中时,我差一点将其认作他人。何以如此呢?我左思右想,是因为小生过去见田中君总是身穿西装,那次却身穿大衣头戴帽子。专此奉复。

芥川龙之介
八月二十日

又及:小生今晚再去轻井泽,如有事办,小生在长野县轻井泽町鹤屋内等你来信。

1022　八月二十五日自轻井泽致小穴隆一

隆一先生:

来信拜悉。改造社广告,未登大名,知你不快。且有"删除八十二字"等语。等我返京,可一同去见××先生,此事请做好准备。轻井泽业已人烟稀少,让人萌生秋凉旅愁之事益多。室生定于今日返回,片山女士也将在两三日后离去。两三天前,与室生共上碓冰山顶,室生远望妙义山叹曰:"那座山如同生姜一般呀!"

我也计划九月初返京，届时你花七十五元来此一游如何（七十五元，真乃吝啬也。以为会给一百元呢）？但如前所述，此处已无避暑圣地之情调，请先有此思想准备。

龙之介顿首
八月二十五日

1023　八月二十六日自轻井泽致斋藤茂吉
斋藤茂吉先生：

《童马山房杂歌》一百首，诗兴似泉涌，近况令人羡慕之至。两三日前，登临碓冰山巅，大有山高云沉之感。小生改造社之小说，尽可视为过眼云烟，每每皆为应付，实乃一夜咸菜。眼下静等取稿人，写就后半数页，不胜赧然惭愧之至。这里连日阴雨，寒意日增，毛衣外罩夹衫而居，街上面向洋人之古董店、西服店、杂货店，鳞次栉比，但凡去买点心，总有土人要用"榉叶"（皮）包之。室生前天已回东京，心有几分无聊，漫笔书写此信。此致

芥川龙之介顿首
八月二十六日

1024　八月二十九日自轻井泽致冢本八洲
八洲先生：

谅其后身体日渐安好，此处来客也已大体离开，旅馆空旷。常有台风等事发生，我也酌定返回，以免在碓冰一带惨遭活埋。两三日前有文子信来，方知蒙赠卵明朊。多谢。文子信称："也许因他自身得了病，看上去对我亦甚惦记。八洲似也很令人可邻（这里的'邻'字系原文所用）。"望奋发努力，早日康复，哪怕是为文子也罢。眼下，旅馆住着一位医学博士，听说此人同样肺部有疾。当然，现在非常硬朗。日前，此人看见芭蕉句碑（此句碑立在轻

井泽旅馆尽头),上书"清晨漫天雪,惊马凝眸望",他竟言道:"所谓'惊马'莫非就是'拉马'之意吧?"心怀宽阔有余呀!但是,此人实在是个品行高尚的绅士。另外,还有一位赤坂的牙医,在这里有座别墅。此人也非恶人,但是看长相,似乎精力过剩,系近似虎头狗的豪杰。他是个大轻井泽通,极力劝我待到秋天赏月,最后则说:"怎么样?芥川先生,难道不是山的月亮阴气,海的月亮阳气吗?"我说:"嗳,阴气之山月亮阴气,阳气之山月亮阳气吧。"牙医又说:"海也如此吗?"我说:"我想是的。"总讲这些,注定长生不老。此人的魁梧体魄,也许就是此种天赐。前此日子,此人还无聊地鼓动我说:"你还戒烟,你那身体,怎么也胖不起来,哎,尽情地抽吧。"今日难得天晴。然而,一旦下雨,就得毛衣外罩夹衫。桔梗开花,寒蝉鸣叫,周围风光,已近秋色。进入九月,除我之外,滞此游客,恐怕再无他人。以上,谨此消磨时光。

芥川龙之介

1025　八月三十日自轻井泽致葛卷义敏美术明信片

　　轻井泽凉爽宜人,风流时尚,好吃东西甚多,犹如天国。小穴、佐佐木夫妇前来,又有堀君在此,更加热闹。如何?羡慕吧。此明信片之冰库,乃我喜欢之建筑,请君拜谒,感激而泣,请随便。

龙之介

1026　八月三十日自轻井泽致下岛勋美术明信片

　　近两三日,此处亦相当炎热。唯小穴、佐佐木、佐佐木夫人及堀君同在此馆,甚为热闹。谅夫人病体继续好转,是吧?小生也准备五日前后返回。

龙之介顿首

八月卅日于轻井泽

1027　八月三十一日自轻井泽致芥川比吕志美术明信片

此乃所谓爱宕山。爱宕山西洋人别墅甚多。另外，送给多加志的，系碓冰山巅隧道。现已没有蒸汽机车，电力机车牵引列车。

1028　八月三十一日自轻井泽致室生犀星

犀星词兄座右：

还给三好四毛钱！——接到这个口信，我很感高兴。因为此乃你大动肝火之后，所以感到格外高兴。当时正值高兴之际，觉得马上还尚不尽兴，故两三天之后才还。我以为，你会理解我的这种心情。三好明天回家。片山也已于二十七日还是二十八日返回。然而，眼下小穴和佐佐木夫妇已来。小穴装着假腿，每天上下午两次出去写生。

近日，轻井泽亦非常炎热。这样热下去，萩原君的会是否也该顺延？《妻之家》已读。正如我所想，我写不好的，你能轻而易举地获得成功。已和小穴去过旧货店，买了一块旧布。此外，几乎无物可买。今天，最后一次去拍卖行，应该能买些便宜货。后来，写过一首俳句。不过，如君所见，并非描写轻井泽。

曙光普照飘煤烟，晨曦深处是下关。

龙之介

八月卅一日

1029　九月七日自轻井泽致斋藤茂吉

径启者：

谢谢日前来信。但是，对《死后》之夸奖，并不特别在意，此乃实话实说。《冬草》评论拖后，甚为抱歉。实则日前偶感风寒，卧床不起，没有精力书写，旅途病倒，梦中犹想截稿日期，似比狂奔荒野更苦。今天仍然咳嗽，打算坚持回京，期望再有见面机会。另外，上次曾言及土人称竹皮为"榉叶"，系碓冰山巅米糕店小妞有误，"榉叶"实为捣木竹皮之代用品。此乃旅馆主人所授，特此订正。

斋藤茂吉先生

芥川龙之介顿首
九月七日

1030　九月七日自轻井泽致冢本铃

冢本母亲大人膝下：

寄来栗子和香烟，甚谢。栗中杂有霉变，请拿栗子商是问。其后，患上感冒，卧床数日。稍有发烧，又兼咳嗽，很是难受。小穴君和堀君在此，承蒙照料，大大得益。后来，蒲原君携比吕志自东京来此。比吕志已在此逗留三晚，今日一同返回东京。昨晚，会同此处政治家、实业家聚餐，九时未归，比吕志寂极而泣。席间听说，青山胤通、高木兼宽等医学博士，皆有一两次咯血经历。此地已一片秋意，竞赛用品店和旧货店纷纷关门而去。小生尚在咳嗽，甚为难受。不过，并无大碍。请向八洲问好。

龙之介
九月七日

1031　九月七日自轻井泽致颖原退藏美术明信片

数次来函，不胜感谢。序文拖延时日，非常抱歉。两三日内一定奉上，诚请设法再行安抚书肆。近日，在此睡觉着凉，打乱各项工作程序,故时常床上梦绕截稿日期,谨此略博一笑。

芥川龙之介
九月七日于轻井泽

1032　九月八日自轻井泽致颖原退藏

颖原先生:

　　如约呈上拙文。虽不成样子,假如尚可,请刊用。再者,小生有别鸥外,不把"わけ"定成"訳"而是写作"訣",此事转告校正拙文者。序文并无戏言,实在焦急盼望《芜村全集》面世。不过,这恐怕会遭责问:既然如此,何不速写序文?

芥川龙之介顿首
九月八日

1033　九月十二日自田端致有田四郎

有田四郎先生:

　　华翰拜悉。要我的画,那没问题,但是,现在感冒发烧,哼哼呻吟,暂时不行。一旦小恙痊愈,立即献上。再者,陈勋之画,总觉不便收受。面对陈勋而思念有田四郎固然好,但总不如面对有田四郎而思念有田四郎为好。陈勋一件归还,故请君相送一画。不过,亚麻或木板者不可。烦请画在画纸或和汉纸上。夫人康健吧?子孙兴旺吧?我也豚儿三人。老三刚刚出生,实如猪崽一般。这样下去,简真不能再碰女人。面对你的来信,忆往昔,感慨良多。

芥川龙之介顿首
九月十二日

　　再启:你是属于头发发白类型,还是秃顶类型呢?七年前我发现你额头就秃得有些令人沮丧。

1034　九月（推定）十二日自田端致下岛勋

敬启者：

原知今日应呈，不想一早来催，甚难。明晚无碍，届时定去造访。特此先行告之。

有近作一首，请过目一笑。

　　　　　　　胡枝繁茂令人惊，只因绕上野蔷薇。

即候

容谷先生台安

　　　　　　　　　　　　　　芥川龙之介顿首
　　　　　　　　　　　　　　　　十二日夜

1035　九月十七日自田端致泷井孝作

泷井孝作先生：

手书敬悉。眼下感冒发烧，痛苦呻吟。《奇物》系九月小说之珍品，室生等亦相当佩服。大有米饼之香，甚好。《海边》暂且不论，《死后》乃交稿前日写就。依作者之感，梦中回家往后一段，甚为不满。成书之时，就想自那往后要改。改造社接到志贺的《琐事》和我的《死后》，便将中条百合子的一百五十页的长篇推到十月号。独我一人知道此事，似有唯独自己愧对中条百合子之感，故请顺便将此事转告志贺。

　　　　　　　　　　　　　　芥川龙之介顿首

又及：字体歪歪扭扭，乃因卧床而写，恭请原谅。

1036　九月十八日自田端致南条胜代

径启者：

手教拜悉。即使前来寒舍，恐也无甚益处。如想一见，请于二十三日下午二时光临。此致
南条胜代女士

芥川龙之介
九月十八日

再启：如乘市内电车，在动坂下车；若乘山手线，应在田端下车。但需做好准备，无论在何处下车，均要走三四百米的路。

1037　九月二十二日自田端致得能文

得能先生：

其后久未联络，抱歉。自在轻井泽时开始感冒，前天勉强能够起床，敬请谅解。再者，关于××君之事，想在方便之时，造府拜访，不知意下如何？而且，虽感甚为失礼，但如选定星期日以外之日期，则幸甚。

龙之介顿首
九月二十二日晨

1038　九月二十三日自田端致斋藤茂吉

可用书写天皇和歌的纸张，确已拜收，甚谢。冒牌良宽之类满可随其所便，即使让你百步，他就并非良宽？莫管那个良宽，只要这位茂吉儿孙连绵，足矣。最后，小病初愈，每日能写些许文字。

此致
斋藤茂吉先生

芥川龙之介顿首
九月二十三日夜

又及：今日，收到可用书写天皇和歌用纸同时，还来了一位美人（留洋归来的少女），光彩照人。敬请分享。

1039　九月二十五日自田端致佐藤春夫

曾枝亭先生：

　　小病得少间，即写此信。浜木绵之画，甚谢。再者，通过《女性》的随笔，知道忘记通知你诗笺之事拟用十二个月，甚为抱歉。你也全都完工了吗？我还剩百余张。近日，尽量不写文章，专在吃饭上下功夫，但似乎比写文章更辛苦，心想难道非卖文至死吗？目前，《中国游记》正在校对之中。校正之余，床上草就抒情诗一篇。爱诵随意。最近，阅读诸诗家之集，细想起来，日本诗人实在皆为聋子。（和歌诗人除外。）至少是视觉锐敏，听觉迟钝。你的想法如何？长歌、催马乐和今样歌等，韵律上似乎都有重新考虑之必要。夜来秋雨，落叶处处黄。代向和木茂子问好。（夜长如年，把烛望寝颜。）

澄江子

九月二十五日

　　　　那是一个风平浪静的傍晚，
　　　　我踮脚趴在窗口上，
　　　　唯见你这个弹琴的女孩，
　　　　琴声如诉、叮叮当当。
　　　　对于我这个男孩，连同我的名字，
　　　　任凭岁月空空流逝，
　　　　你至今恐怕仍无所知，
　　　　如果今日依旧不晓底里……

1040　九月二十五日自田端致中根驹十郎

径启者：

日前，自渡边君处得知尊右意欲驾临，故书送此信，欢迎光临。其角俳句曰："闭炉呼君来，为的是要钱。"所谓古今同叹，如斯也。驾临之时，无论如何，请通融三百元。据文章俱乐部闲言所传，尊右似拟投身千叶之海毙命，此乃拒绝给小生付钱思想作祟。假如此次款再度拖延，岂非有让汽车或火车轧死之可能乎？急急如律令，此致

驹十郎先生

龙之介
九月二十五日

1041　九月二十九日自田端致神崎清

神崎清先生钧右：

突然写信，请谅唐突。且说，尊作《黄色评论》，对拙作《死后》曾有高评。正如尊右偏袒所见，拙作目前状态并无故意玩弄笔墨之处，只是急于赶上截止日期所致。假若认为本人如同本町二条丝店小姑一般，从事甜言蜜语致富之职业，那么敝人既羞愧又遗憾，谨请谅解。再者，至于小生作品带有过去派影子一事，果真有如尊意那样乎？不仅新进大家的杰作，就连战后①西洋文艺的一些东西，大都与小生趣味有相悖之处。不能昨日刚刚嗓音变粗，今日就讲额部业已渐秃。年仅三十，即已有叹老之情，敬请怜悯。

芥川龙之介
九月二十九日

1042　十月九日自田端致村上成满郎

村上成满郎先生钧启：

---

① 指第一次世界大战之后。

贵书拜悉。惠赠翡翠，甚谢。村上先生之事，自土屋君处亦有所闻，高吟（俳句）也拜读二三。听说先要让小生再读一茶。小生业已重读一茶俳集，大有不同以往之感，故知先生所言，至为感动。高作《感化》，亦在《文艺春秋》拜读。小岛君爱读拙作，许是因其为小说，借贵书得知此事，兼悉小岛君不幸夭折，怆然之感至深。小生虽薄劣之情兼多病之躯，但既知拥有如此之读者，深知无论如何都要更加努力。听说尊右亦卧病之中，虽知系小恙，但人必会老，有苦有乐，望专注疗养，长命百岁。谨致谢意。

芥川龙之介顿首
十月九日

1043 十月十一日自田端致土屋文明

土屋文明先生：

来函拜读。岛木已提出误排之事。误排无甚要紧。

○因写了那篇文章，收到了村上儿子的来信。另外，一个名叫大和的人，也有信来。两封信都让我甚感愉快。下次见面，拿给你过目。

○租房多有不便。十六七日前后来吧。

○眼下正在制造一篇论文。久不开动头脑论理中枢，实难进入良好状态，不过，见于文字之后，拜请一读。

○无论何时，来此之前，请寄明信片一张。因为不在家不好。

○《废物》是否已经读过？

芥川龙之介
十月十一日

1044 十月十八日自田端致室生犀星

犀星词兄：

信件频频，甚谢。后来，孩子依然易病，甚难。两三日前，也寸志半夜发烧，以至小生也起床，为其灌水于水枕。（此处原文删除五十二字）

　〇若泷田君有急变，迅速通知。前天高野君来此，据说又有好转。虽不可掉以轻心，但目前恐暂无大碍。

　〇今天星期日，会客甚多，现已疲惫，甚想蒙被而睡。近日，院种棕榈十株，以求聊改情趣。芭蕉已出秋芽两枝。假若愈来愈冷，鱼眠洞院芭蕉发芽，需加倍注意，以防冻伤。家中无人亦可造访芭蕉。问桂井、大田先生好。北国各位丽人皆康健吗？

龙之介
十月十八日

1045　十月二十日自田端致阿部章藏

水上泷太郎先生：

　大作拜收，甚谢。大体在《女性》上业已拜读，待得小闲即重新拜读。

芥川龙之介顿首
十月二十日

1046　十月二十四日自田端致斋藤茂吉（信封上写有"田端良宽慧〇鉴别"字样）

　谨此告知。刚刚欣赏过博物馆陈列之法国画作。日后再有机会，劝请千万千万一看，全系非同寻常之作（截止日期为下月七日）。此致

斋藤茂吉先生

芥川龙之介
十月二十四日

1047　十月二十四日自田端致室生犀星

室生犀星先生：

　　遭逢不幸，谨表哀悼。日前，造访贵宅空房，芭蕉尚未发芽，请放心。舍下，病儿尚未痊愈，但已无大碍。空谷先生亦可放心。其后，只字未写，拟从下周陆续为新年号写些东西，下月《新潮》已写论文一篇。君虽讨厌议论，倘能过目，幸甚。顺便披露近作俳句一首：

　　　　庭土五月蝇，再会更相亲。

芥川龙之介
十月二十四日

（附致室生富子）

敬启者：

　　闻府上令尊大人与世长辞，谨表哀悼。使用此纸，抱歉，请勿见怪。

芥川龙之介拜
十月二十四日

1048　十月二十七日自田端致斋藤茂吉

　　大札拜悉。知已看过博物馆法国画作，相告有效，很感高兴。《改造》之作，极为有趣，日后将拼命拜读。此类作品，切望多写。和歌之事。敬请放心。在仁兄来说，即使抛弃和歌，和歌也不会离仁兄而去。今天上午十时，泷田哲太郎君与世长辞，刚刚吊唁归来。此信能否在您前往长崎之前送达，全无把握。暂且回复，谨此。

斋藤茂吉先生

　　　　　　　　　　　　　　　　　芥川龙之介
　　　　　　　　　　　　　　　　　十月二十七日

又及：土屋文明原本今天搬家，听说又推至明天。言说要在院内广栽魔芋块茎，营造魔芋庭园。

1049　十一月一日自田端致南条胜代

学习之事，因故推迟，下周一举行。

（此乃三十一假名之信）

南条胜代女士

　　　　　　　　　　　　　　　　　芥川龙之介
　　　　　　　　　　　　　　　　　十一月朔日

1050　十一月四日自田端致吉贺残星

使用稿纸，请谅。承蒙多有来信，抱歉。不过，虽蒙好意相劝，但实在没有完整见解，谈不上"希望年轻诗人如何如何"。故此，不能做出任何回复，敬请鉴谅。此致
吉贺残星先生

　　　　　　　　　　　　　　　　　芥川龙之介顿首
　　　　　　　　　　　　　　　　　十一月四日

1051　十一月五日自田端致永见德太郎

径启者：

谢谢日前所赠鱼糕。驾临之时招待不周，抱歉。眼下，为新年号写稿，哪怕三头六臂也不够用。欢迎新年光临。此致
永见德太郎先生

　　　　　　　　　　　　　　　　　芥川龙之介顿首

十一月五日

1052　十一月十三日自田端致神崎清

径启者：

"后天小姐"之类，实在谁也弄不清楚呀。主人扮演者大概是伊藤吧，而且，也可能是井上。洛蒂的书让我感兴趣的，只是那些日本人都穿着洛可可式服装，也就是说，那个舞会就是带有日本式陶器臭气的日本呀。此致

神崎清先生

芥川龙之介顿首

十一月十三日

1053　十一月十四日自田端致南条胜代（信封上写有"十一月？日"字样）

径启者：

新年号截止日期临近，甚忙，故至下月二日前后，暂停学习。自作主张，谨请谅解。这段时间，要写三个短篇。再者，请以后也阅读一下森先生的《黄金杯》、《面孔》和《苏格拉底之死》。此致

南条胜代女士妆次

芥川龙之介

不知十一月几日

1054　十一月二十一日自田端致香取秀真

香取先生：

昨晚打扰过迟，请谅。今到浅野家去，拜见许多好画，实在感谢。再者，顺赠《中国游记》一卷。

芥川龙之介顿首

十一月二十一日

1055　十一月二十五日自田端致颖原退藏
颖原退藏先生钧右：
　　深谢日前所赠蛋糕。再者，芜村俳集亦拜收，甚谢。唯我处于撰写新年号小说之中，但每有空闲即会拜读。我佩服芜村，俳句写得好，文章也棒，实为人才。妙法寺的画，似也相当不错，甚想一见实物。其他姑且不论，眼下得以参与《芜村全集》，甚感难得，但若时时怠慢撰稿则不可。谨此礼谢，请谅懒于动笔。

　　　　　　　　　　　　　　　　　芥川龙之介顿首
　　　　　　　　　　　　　　　　　十一月二十五日

　　再及：正写此信，又收来信，故再添一笔。所说日后来京加注一事颇麻烦，的确，添加如此之多相当麻烦，但却大大方便读者，尤其是连句①，恐怕也有加注之烦。东京甚冷，今晚此信便是烤火而书。匆此奉复。
颖原先生

　　　　　　　　　　　　　　　　　芥川龙之介
　　　　　　　　　　　　　　　　　二十五日

1056　十一月二十五日自田端致小手川金次郎
小手川金次郎先生：
　　拜收甚多蛋糕，极为感谢。河童图是野上请客时所画，当时甚至不知何人画帖。顺便披露河童和歌一首。

　　　　　　河中太郎吾所爱，画就无惧却有骇。

---

① 日本连歌、俳谐中，两人以上作者承接上句写出下句，称为"连句"。

芥川龙之介顿首
十一月二十五日

1057　十一月二十六日自田端致堀口大学
堀口大学先生：
　　其后久疏问候，实在抱歉。有一次接到想翻译拙作之来信，不巧当时正在中国旅游，故未作回复，迁延至今，请高免不怪。今日，偶读《改造》大作有关托尔斯泰一章，想起往日的失礼，故写此信。目前正为新年号撰稿，奔命于卖文生活。日后定将拜晤请教。

芥川龙之介顿首
十一月二十六日

1058　十二月一日自田端致佐佐木茂索
大艺先生钧右：
　　屡有信来，实在感谢。君之明信片，马上转给了校对神仙。校对过程，收到读者两份长篇勘误。神仙叫苦不迭，吾则慢条斯理在执笔。

澄

1059　十二月一日自田端致高野敬录
高野先生：
　　呈上一回稿件。卷头语一事，请免。另请一位前辈吧。匆此。

芥川龙之介
十二月朔日

1060　十二月一日自田端致宇野浩二

大札拜悉。新年号出刊后,请阅读《上海游记》中有关你的一段。藤森说:因为你提出小说和小品的区别,我便写了《我》这个小说谈论私见。你很吃惊吧?事情如此,实在受不了,我举手投降。此致
宇野浩二先生

芥川龙之介
十二月一日

1061　十二月六日自田端致浜野英二

径启者:

手书拜悉。《镜花全集》还是一般装帧,我甚觉不解。如能要求更换,幸甚。《中国游记》平淡无奇,甚至不敢奢请一读。同泉先生也久未通信,请顺致问候。希望有朝一日再度相会。
浜野英二先生

芥川龙之介顿首
十二月六日

又及:前些时候收到柳田等人图书目录,甚谢。

1062　十二月十日自田端致佐佐木千之

径启者:

因有罢工浪潮,故偷闲情绪甚大。《中央公论》书稿至今未完,明日之内一定完成,故请再等数日。
佐佐木千之君

芥川龙之介顿首
十二月十日

再启:拒绝《改造》之后,一旦《中央公论》事毕,随即着

手《新潮》。

1063　十二月十一日自田端致佐佐木茂索（信封写有"倒立失礼"字样）

华翰拜悉。书稿尚未完毕，烦请再等一周。高野曰："佐佐木写的东西甚好。"我写的甚为古怪。此致
艺先生

澄
十二月十一日

1064　十二月十五日自田端致高野敬录

高野敬录先生：

昨夜暖笼火尽，后半写得草率，甚为不满，请以所附书稿取而代之，谨此。

芥川龙之介
十二月十五日

1065　十二月十六日自田端致中根驹十郎

中根驹十郎先生：

（一）就用那种纸张。我意用稍黑朱红去白加写标题，如何？

（二）藤泽清保存剧作家协会资金（一百八十元），听说汇寄途中失落，将此事告你。他意欲请新潮社出版《根津权限里》，如何？该书已有田山花袋、生田长江和岛崎藤村诸位先生称赞，可供广告之便。据说出版商系小西书店，版权即可取消。他本人甚至扬言要上吊。敬请关照成书。

（三）小生之书，定为《芥川龙之介选集》。拟加写序文之后，下月初呈上，请谅察。

芥川龙之介顿首

十六日

1066　十二月二十四日自田端致佐藤春夫明信片

日前失礼。明日即二十五日,下午三时至四时造访。如能在家,幸甚之至。

顿首

1067　十二月二十九日自田端致小手川金次郎

小手川金次郎先生:

日前承赠蛋糕,甚谢,即同邻居出云路秀真先生分享。本拟早日回函致谢,但新年号书稿缠身,一直拖至今日,甚感抱歉。顺便披露河童和歌,以博一笑。

桥上摔瓜河中响,但见秃头在张望。
河中太郎吾所爱,画就无惧却有骇。

芥川龙之介

十二月二十九日

1068　十二月三十日自田端致香取秀真

香取先生钧启:

能有这样的人前来并得以引见,幸甚。小生虽亦不甚清楚,但古砚古墨品种繁多。今年腊月不甚景气,小生也已囊中空空如也。

龙之介

十二月三十日

1069　十二月三十一日自田端致斋藤茂吉

斋藤茂吉先生：

　　日前来信拜悉。小生年终亦是不快之事接连不断，大伤脑筋。发表在《改造》的和歌《即兴》，对大伤脑筋的小生，实在感铭至深，难以名状。《婆婆苦》、《祈祷》、《今世》和《圆月》，则不知巧拙，只让小生伤感。今天乃大年三十，耳听青年团员之喇叭声声，坐在覆被暖笼中书写此信，尊容就在眼前，深感小生之辈实在似曾"深居大山之中"。

芥川龙之介顿首

　　再启：小生在不快之事接连不断之中，撰写短篇小说两篇，但《中央公论》没有刊登，如想一读，请见《新潮》的《年终一日》。

1070　十二月三十一日自田端致岸浪静山

径启者：

　　来函拜读。上次曾蒙询问《中国游记》一事，工作之中终忘回复，抱歉。写给岛木先生的推荐信，可通过邮局寄去。再者，小生再向平福先生索求一份推荐信也许更好，谨此回复。

芥川龙之介顿首
除夕

1071　大正十四年（1925）于田端家中致葛卷义敏

阿义大王阁下：

　　请将《战争与和平》上卷取出，谨此奉托。

1072　大正十四年于田端家中致葛卷义敏

　　　　　庭土五月蝇，再见更相亲。

　　　　——名俳一首，今日制造。

　此致
义公
　　　　　　　　　　　　　　　　龙

1073　大正十四年（推定）自田端致下岛勋
空谷先生：
　今日中午仍然在家，先生能否驾临？长崎方面有一莫明其妙的屏风过来，想请过目。
　　　　　　　　　　　　芥川龙之介顿首
　　　　　　　　　　　　　　十六日

大正十五年　昭和元年
（1926）

张云多译

1074　一月一日自田端致石黑定一贺年片

每当想起你也成了两个孩子的父亲，我就能真切地体会到岁月的流逝。

1075　一月八日自田端致谷口喜作

谷口喜作先生：

本人懒惰，不曾拜年，抱歉。昨日又收贵礼，甚谢。不过，小生目前胃肠有疾，就连那豆馅小饼，每次也只能吃三个，甚为遗憾，但也并无大碍。谨此致谢。

芥川龙之介顿首

正月八日夜

1076　一月九日自田端致南部修太郎明信片

谨贺新年。

十二三日前后赴汤河原温泉疗养，需两三周时间，来否？代向夫人问好。

芥川龙之介

1077　一月十二日自田端致佐藤丰太郎

径启者：

大札拜诵。时常得令郎关照，对其父亦应致谢。小生自小学时期就写字甚差，不是得乙就是得丙，即使今日亦不曾受到谁人表扬，小生本人也自认差得古今无与伦比，不想竟受您的夸奖，实在甚为欢喜，又甚为惭愧。因之，在令郎的煽动之下，大胆献上写有歪俳的小帖一册，如蒙一笑，实幸甚。最后，正值寒气日甚之时，恭祝贵体康健。此致
佐藤先生

龙之介顿首
一月十二日

1078　一月十三日自田端致东宫丰达

大札拜悉。请随意翻译，不要拘束。名字是"Akutagawa Ryunosuke"。再者，其他有把握、可译之作品付之阙如。此复
东宫丰达先生

芥川龙之介顿首
一月十三日

1079　一月十四日自田端致佐藤春夫

佐藤春夫先生：

日前承蒙款待，谢谢。已送令尊一册小画帖，还要送《中国游记》给堀口君，但等送您《冥府》时，一并寄到贵处，并请转送该君。吾胃不好，肠亦有病，更患神经性心绞痛，今晚或明日去温泉疗养。此行已因杂事缠身，推迟了三四天。新年之俳句为何不取"海浪峰高欲齐天，风筝悠然怕不长"？"爱恋之欧洲"自由奔放过度，反而让人忧伤，我的心绞痛似也多少在那本书中作祟。

芥川龙之介顿首

再及：有关生田会事宜，我之权利全部托付于君，望适当处置。

1080　一月十五日自田端致斋藤茂吉
径启者：

日前多加打扰，甚谢。友人蒲原君所持之物虽非好东西，亦请过目。再者，如将伊藤左千夫先生遗族住所告知蒲原君，则幸甚。此致

斋藤茂吉先生

芥川龙之介顿首
一月十五日

又及：今天马上前往汤河原。顿首。

1081　一月十五日自田端致菅虎雄
径启者：

深知先生康健如常。日前，又麻烦忠雄恳请题字，失礼之事，敬请谅宥。上述夏目先生俳笺书箱，日后小生可亲自来取，现请暂存贵处。上面所讲，实在过分，但求适当处理。小生眼下胃肠不好，马上要去汤河原避难。此致

菅先生

龙之介顿首
一月十五日

再及：所写之字，依然无比难看，请谅。

1082　一月十五日自汤河原致山本有三
径启者：

其后，胃肠不好，神经衰弱严重，痔疮又起，实在招架不住，

正在此处过着半病生活。

关于著作权法一事：

（一）不论有无报酬，应请求作家之许可。经过请求，作教材使用也方便。

（二）其次，时间一长，遗族住所便难以查询，制作一个住所目录，似也应是作家协会之工作。

（三）还有，何谓"在正当范围内摘录收辑"？听起来似乎十七个字的俳句和三十一个字的和歌都要分别去掉五六个字。这里的"摘录"应改为"选择"之类。

（四）所谓"在正当范围内"也模棱两可。我的读本也可能不知不觉增加页数，超出正当范围。即使超出正当范围，惩罚一下也就算了（当然受到惩罚是难受的）。是否应当具体限制几册几页以下？不过，由于字号和行数关系，这也很难准确进行。

制作住所目录所需费用，可用我的读本税支付。

今日晚刊上得知大桥先生死于非命，心想为什么我所参与的婚事总是如此不幸，神经衰弱不由得更加严重。听说菊池正在旅行之中，可向保险公司的人询问，专此函告。

另外，上述四件提交委员会之前，请先向菊池说明一下。

此致

山本有三先生

芥川龙之介
一月十五日

1083　一月十六日自汤河原致下岛勋美术明信片

昨晚来到此处。因遇地震，山体崩塌，旅馆（中西）移位，甚感此乃人灾。请过些日子来此一游。

龙之介顿首

十六日于相州汤河原中西

1084　一月十六日自汤河原致室生犀星美术明信片

　　我现在住在汤河原中西之二楼,来玩玩如何?梅花已开,但寒冷程度同东京并无大异。(不过听女佣所言,其实唯独今日如此。)

　　　　　　梅台花蕾亮,冬空寒气凉。

　　　　　　　　　　　　　　　　　　龙之介
　　　　　　　　　　　　　　　　　　十六日

1085　一月十六日自汤河原致大桥繁

敬启者:

　　得知令尊与世长辞,不胜哀悼。小生本身亦因神经衰弱来此地修养,得此消息更加心灰意冷。

大桥女士

　　　　　　　　　　　　　　　芥川龙之介顿首
　　　　　　　　　　　　　　　　　　一月十六日

1086　一月十八日自汤河源致小穴隆一美术明信片

　　每天无聊度日。大桥女士父亲死于非命,更增几多郁闷。小生做媒之婚姻,似乎皆遭恶事。君亦应尽量小心注意。内外多事,实在令人难以应付。春阳会之画业已完成?

　　　　　　　　　　　　　　　　　　　龙
　　　　　　　　　　　　　　　　　　十八日

1087　一月二十日自汤河原致下岛勋美术明信片

此地确实暖和,梅花也已盛开。然而,胃之状况依旧,散药仅可用两天半,尚需两周剂量,下次如有机会,不劳烦特意邮寄,舍下派人去取,交他即可。

龙之介
一月二十日于汤河原

1088　一月二十日自汤河原致佐佐木茂索
佐佐木茂索先生:

手书自东京转来,拜悉。本来,日前已向大桥女士发出吊唁信(虽忘记具体门牌,但写有三溪园旁边),同时吩咐贱内前往府上吊唁。原本应由小生亲自前往,但因胃不好,肠有病,神经衰弱甚重,大伤元气,待返京时节,再去拜访。对此,请谅宥不怪。小生近两月之失眠症,至今尚未痊愈,连续两晚上睡不着,到第三晚上累极而睡,但第四晚上又开始清醒不睡。在此情况下接到大桥先生讣闻,彻底神经质起来。似乎我所干预的婚事,诸如冈君和你,皆带不幸。实际上,在此忧郁度日之中(而且吃着下岛先生处方之胃药和斋藤茂吉处方之神经衰弱之药),大有遁世之志。夫人定也很受刺激。代我问候她。总而言之,活着并非易事。据说正宗白鸟躲在老家,不胜羡慕。谨此回复并表哀悼。

芥川龙之介顿首
一月二十日

又启:高作《踏青》应数第一。《故乡人》也不错,但写作上稍欠认真。开头使用我之梦,以前唯有《孩儿的病》一次。对"屡屡使用之技巧",我要表示抗议。最近,曾一读叙述S·贝纳尔故事的笔记,它同样只能让我产生遁世之念。如有机会到横滨,能否来此一见?甚想略叙世事忧伤之事。

1089　一月二十一日自汤河原致山本有三明信片

径启者：

日前送钱与杂志给阿秦，谢谢。秦父发来谢札，甚为惊恐。此处亦寒，需穿毛袜。但是，梅花盛开。

芥川龙之介
一月二十一日

再者，有一事上次忘写，著作权法的"修身书及读本"亦令人费解，改为"教科书及副读本"如何？

1090　一月二十一日自汤河原致小穴隆一

径启者：

见君之信，又稍有无奈，并无任何生气之事，只因最近忧郁度日，对大桥先生横死神经过敏。再者，书名请不要用"某一天"，而用"某日"。内藏之助也改为内藏助（都是一直想改而忘改的）。另外（此处原文删掉六十五字）恐怕说了什么。

失眠依旧，胃还疼痛，好转者唯痔疮。甚为不快。春阳会搬入之时，请叫阿义帮忙，不要客气。但愿君画展出之时，我心情会好些。
一游亭先生

澄
一月二十一日

1091　一月二十一日自汤河原致芥川道章

一、两封来信均已拜悉，比吕志前去抽签可贺，文子去佐佐木家亦系好主意。小生已经给大桥先生发去唁信，待返京时再顺便过去一下，或者待回家后再前往吊唁。文子辛苦。

二、让女佣恳求力石，那里也尽可能寻找一下。

三、请姑母尽早前来。我一个人孤孤单单，实在难受。倘若本月内姑母不来，我只好返京。不服安眠药，半夜睡不着时，真是痛苦不堪。

四、除书之外，我心无所寄托。接到此信后，速将苏峰的《近世日本国民史》丰臣时代三册（合计九元）寄来。上次寄来的已经读完一册。再者，邮寄时把《梁尘秘抄》（在书房壁龛一侧的芭蕉布橱柜里）也一并寄来。书之事亦拜托阿义办理。

五、已收两个小包裹。一个是明石的书稿和《近世日本国民史》，另一个是猪狞史山的《女祸传》（大阪屋出版）。阿义说大雅堂之书业已寄出，尚未收到。

六、胃的状况仍不好，散剂欠缺，已向下岛提出再要两周剂量，因不便烦他邮寄，请邮书时夹在其中一并寄来。

七、据说天冷时脑溢血患者增多，切忌喝酒超过平素。祖母亦应用暖笼取暖，不要感冒。

八、小生不在期间，阿义怕也多有不便。请多加关照。

九、也寸志的便秘好了吗？汤河原这个地方也许对治愈便秘有特效，小生也受便秘之苦（姑母来时，请顺便带一罐表飞鸣整肠剂，不必邮寄）。但愿比吕志会通过考试，此乃父母之偏爱也。

十、因不知土屋住址，即用小生家宅转交方式写信，故请传递过去。土屋家宅位置如下。（原文此处附铅笔所绘地图）

十一、此地梅花已开，似比东京还多几分暖意。目前旅馆满员，早晚洗浴困难。

　　此致
父亲大人

　　　　　　　　　　　　　　　　　　　　龙之介
　　　　　　　　　　　　　　　　　　　一月二十一日

1092　一月二十二日自汤河原致蒲原春夫明信片

径启者：

　　每日无聊消磨时光，胃却依然不好。失眠也不见好转。读本一书如何？心中惦记。请函告。假如尚未全完，若能蒙薰君鼎力相助，甚幸。神经衰弱好否？应尽量注意血液流通，或洗浴，或散步，不要像我这样，吃尽苦头。

芥川龙之介
于相州汤河原中西之内

1093　一月二十二日自汤河原致佐藤丰太郎
径启者：

　　用此种纸，甚是失礼，然而，当地别无其他信笺，敬请鉴谅。现贵体欠安，时值天寒，务请格外珍重。所写俳句，颇多拙句，倘能慰情于病中，则幸甚。小生虽年少，亦感风寒，肠胃不适，加之神经性心绞痛，本月中即在当地温泉治疗。此致

佐藤先生

龙之介顿首
一月二十二日

1094　一月二十六日自汤河原致南条胜代美术明信片
　　近日因病不甚愉快，想必累及你也颇不愉快，抱歉。想在此地滞留至下月中。连用"想"字，怪哉。专此。

龙之介
二十六日于中西

1095　一月二十六日自汤河原致土屋文明美术明信片
　　手书敬悉。计划滞留至下月十五日。月初，姑母或来此。务请前来一游。俟体力恢复，即着手工作。

龙之介
二十六日于汤河原中西

专候驾临。又及。

1096　一月二十七日自汤河原致佐佐木茂索

径启者：

承赐羊羹，甚谢。谅系尊夫人之厚意。许是贪吃过量，昨今两日，腹中异常，肚胀肠鸣，却放不出屁来。向旅馆老板娘述及症状，方晓得，患这种莫名其妙的肠胃病，不止在下一人，不禁顿生普天之下皆为病人之感。当地梅花虽开，却寒气凛冽（梅花想必是习惯性开花），亦颇恼人。既如此，下月是否仍在此地逗留？回想起来，当初拜读关于光阴之明信片，尚在健康之时，令人不胜感慨。自忖：当号称"维洮曼青居士"①。顺便向尊夫人致意。

此致
芸先生

澄顿首
二十七日

再者，前函谅错过。有意来此一游否？

1097　一月二十七日自汤河原致佐藤春夫美术明信片

令尊手教拜悉。适在病中，谅系仰卧所书。因放心不下，以此明信片确认。请君代为致意。

芥川龙之介
二十七日于相州汤河原中西

---

① 此系"慢性胃肠居士"的日文谐音。

1098　一月二十八日自汤河原致菅虎雄
径启者：

谅一切安好。关于书箱题字一事，拟于三十一日星期天下午（四时许）登门求取，届时倘屈尊相候，则幸甚。专此奉恳。谨致菅先生

龙之介顿首
一月二十八日夜

1099　二月五日自汤河原致斋藤茂吉
径启者：

大札拜悉。多承厚爱，感谢之至。自当尽快戒烟，然而，神保先生不肯收取诊费和药费，颇为难。方便时，如告知其住址则幸甚（务请多关照）。另外，亦望告知神保先生的大名。闻知与土屋文明君拟来敝地，不知后来如何？在下拟于十五日至二十日间回京。想写作，因病弱而不能；痛苦，亦因病弱而益甚。可怜复可笑。即候

斋藤茂吉先生台安

龙之介顿首
二月五日

1100　二月八日自汤河原致片山广子
径启者：

此函于寒舍草拟。收到馈赠之点心，甚谢。此前一明信片，谅未写此间住所，否则收到后，写此函时正可欣赏。我患神经衰弱，又加胃酸过多和蠕动迟缓，据说四十岁后，将成不治之症，颇令人棘手。什么都不想写，什么都无心思读，只是看看德富苏峰的织田

时代和丰臣时代的历史，勉强打起精神。实在滑稽，尽管笑我吧（我可是极认真的）。汤河原的风物，在病人眼中，显得十分忧郁。最近前往山中一名曰隐居梅园的地方，坐在茅屋里品茶，望着四周的修竹冬梅，心想，能到这种地方隐居才好。同梅园里的老婆婆一聊（叫奈茂，一口岐阜土话），方知收购这座梅园，地皮要价一万二三千元，盖房需一万元，开凿温泉需一万元。始发现，想隐居，需花三万两三千元。此外，无所事事，为衣食计，另需七八万元的信托财产，总共非十万元不可。古时西行和芭蕉的情况不得而知，如今要想隐居，却非易事。想至此，隐居梅园也变得令人忧虑了。待日后当面再详谈身心的病情。

　　　　路边草漫漫，一抔荒冢应自怜，冬梅不知寒。

此致
片山广子妆次

　　　　　　　　　　　　　　　　芥川龙之介
　　　　　　　　　　　　　　　　二月八日

1101　二月九日自汤河原致小穴隆一

径启者：

　　别后谅诸事顺遂。日前远藤光子小姐来访，偏不走运，竟无缘一睹芳颜，至为遗憾。今得兔屋居士馈赠甚多点心，不胜惶恐。下次务请代为致谢。接小峰八郎函，装帧颇佳，甚谢。已致函小峰，倘需零用钱，请勿客气，尽管前去支取。姑母十二三日来，二十日前能否返回，尚不得而知。拟尽量于二十日前赶回。这一向依旧失眠，神经衰弱，唯有服用镇静剂阿达林时，方略好。数日前，佐佐木茂索来此一游，两日后回。逗留期间，对在下之不注意健康，一番苦谏,以致澄江堂主人①无言以对。虽然废话连篇,心中实放不下××先生之事,或许此亦神经衰弱之故。读远藤君函,得知每日精神抖擞地工作,心念及此,略感欣慰。匆此。此致

隆一先生

龙之介
二月九日

1102　二月九日自汤河原致佐佐木茂索美术明信片

承赠固体汤料,甚谢。掸子方寄出即收到。屡屡赐赠,无以回报,汗颜之至。据悉,久米为首屈一指;评议会结束后,还要玩花纸牌(这种精神分析学的手腕,令人惊讶)。大桥先生处,当于月底前往。神经仍旧衰弱。夜不成寐,思前想后,实要不得。

龙之介顿首
九日

顺候尊夫人。

1103　二月九日自汤河原致蒲原春夫美术明信片

手书已悉。诸事多有辛苦。如只有三人,即只留下三人,颇有些遗憾。关于乙字,由我来询问碧童先生吧。至于山田美妙、飨庭篁村,就无法可想了。再者,从加能君处借的书,修订完毕,即请奉还加能君。大阪方面尚无回音。匆此。

龙
九日

1104　二月九日自汤河原致谷口喜作

---

①　芥川号。

径启者：

承赠点心如此之多，不胜感谢。在下目前除神经衰弱外，又并发胃酸过多与蠕动迟缓，故仅能于饭后吃少许。此地风物，虽值竹黄梅白、春意萌发之时，然在病人眼中，仍显忧郁耳。逐日怏怏，谨致谢忱。敬叩

谷口喜作台安

芥川龙之介顿首
二月九日

1105　二月九日自汤河原致土屋文明美术明信片

山间皴襞雪已泮，昨日今朝望君来。

原拟速成一二首，麻烦故，作罢。近日沈丁花含苞待放。如来，正当其时。仍失眠。

龙之介
九日于中西屋

1106　二月十二日自汤河原致里见弴

敬启者：

大作《缘谈婆》已收到，谢谢。由东京转来，于二三日前收到。拟尽快拜读。《满潮》近日已读，作者之不满意此篇，想是对作品之优劣过于夸大之故？在下这个"坏读者"，却是大为感佩呢。此致谢忱。敬叩

里见弴先生台安

芥川龙之介顿首
二月十二日

1107　二月十四日自汤河原致芥川比吕志美术明信片

　　这个瀑布叫达磨瀑布，爸爸现在就住在这附近。奶奶和爸爸二十三号前后回家。别和多加志打架，一起好好玩。

龙
二月十四日

1108　二月十五日自汤河原致蒲原春夫明信片

　　手书奉悉，多有麻烦之处，甚谢。《水浒传》仅读些片断，较想象的为好。装帧亦不甚差嘛！《近世日本史》已全部读完。头部不适，看来近期难以工作。

芥川龙之介
于汤河原中西

1109　二月十五日自汤河原致下岛勋美术明信片

　　近日姑母自东京来此小住。肠胃情况与神经衰弱依然如故，令人困窘。

龙之介
二月十五日于汤河原

1110　二月（推定）十六日自汤河原致小穴隆一美术明信片

　　前日小峰八郎携拙著二种前来，装帧颇雅，且上乘。首先，朱字之美，令人惊叹不已。酬金拟从该书版税里出，今后当付百分之二十。所询之事，我意可用肖像。在下病情依旧。

龙
二月十六日

1111　二月十六日自汤河原致室生犀星美术明信片

别来谅一切安康。来此途中，曾顺道探望萩原君。日前发烧。近日姑母亦由东京来，一起温泉疗养。胃仍钝痛。春光迟迟。

龙之介顿首
二月十六日

1112　二月十六日自汤河原致真野友二郎

径启者：

屡接手书，至感。小生自上月来温泉静养，本月底回东京。画册之事，届时必为之涂鸦。（此前承寄画册，尚未动，厚颜至此，惶恐之至。）在下之病，系蠕动迟缓、胃酸过多与神经衰弱，日日服用三种药，愁眉苦脸度日。（手书由东京转来，滞延时日。）匆此奉复。

　　即候

真野友二郎先生

芥川龙之介顿首
二月十六日

1113　二月十九日自汤河原致盐田力藏美术明信片

手书奉悉。所言之事，待知会菊池后，俟有答复，当聆教诲，届时尚望不吝指教。谨此致谢。

芥川龙之介
十九日于相州汤河原

1114　二月二十日自田端致佐藤春夫

径启者：

据改造社人言，令尊卧病，足下归省，不知病情如何？特驰书问候。在下之病，倘由尊夫人所做之美味引起，则幸甚，实乃胃酸过多，蠕动迟缓，加之并发神经衰弱，如此下去，四十岁上，非成溃疡，即变癌症。眼下正日坐愁城，何来勇气作诗写小说！致函问候令尊病情，反写些无聊之事，抱歉之至！前函未回，在此一并奉复，敬请原谅。匆叩

春夫兄侍右

龙之介
二月二十日

家叔因脑溢血半身不遂，昨日由汤河原赶回。又及。

1115 大正十五年（1926）（推定）二月二十一日自田端致与谢野宽

径启者：

手教拜悉。在下自旧腊以来，身体欠佳，无法工作，甚感不适。故演讲一事，不胜惶恐，实碍难从命。日前承尊夫人于广播中谬奖拙作，恭致谢意。专此奉复，敬叩

与谢野先生著安

龙之介顿首
二月二十一日

1116 二月二十三日自田端致竹中郁

径启者：

《黄蜂与花粉》已收悉，谢甚。日前所应《树》一事，请稍假时日。先此致谢。

匆叩

竹中郁先生撰安

芥川龙之介顿首
二月二十三日

1117　二月二十六日自田端致室生犀星

昨日甚是失礼。乞将煤油炉交持信人；又，《女性》六月号如肯惠借，则幸甚。琐屑渎扰，惶悚惶悚。专此奉恳。匆叩

鱼先生道安

澄顿首
二月二十六日

1118　二月二十八日自田端致南条胜代

径启者：

大札收悉。下月四日午后二时，倘屈尊前来，不胜荣幸。唯健康尚未恢复，精力不佳，恐言不及义，乞谅。此致

南条胜代女士妆次

芥川龙之介顿首
二月二十八日

"胆心"不通，应是"担心"。又及。

1119　三月五日自田端致室贺文武

径启者：

《圣经》今日收悉。感谢。现读山上垂训一节。此节曾多次阅读，感悟出至今未曾发现之意义。专此谢过。即候

室贺文武先生道安

芥川龙之介
三月五日

1120　三月十一日自田端致山本若

敬启者：

　　承赠慰问品，感谢之至。所患慢性神经衰弱，只能静待其慢慢恢复。另附一包，作为还赠。也许不中意，务请收下。此致
山本若女士妆次

芥川龙之介顿首
三月十一日

　　今日下午永见君来。见面又当愧疚，想至此，不禁心中不快。又及。

1121　四月五日自田端致渡边库辅

径启者：

　　久未通候，抱歉。别后神经衰弱依旧颇剧，肠胃不好，痔疮亦甚恼人，终日郁郁。君在之日，令人时时怀念。感谢每次寄来报纸。此事请斋藤先生同古今书院商洽一下何如？贱体如此，如今一事无成。向令尊令堂问安。此致
库辅君

龙草于病榻
四月五日

1122　四月九日自田端致佐佐木茂索

径启者：

　　收到慰问品多种，不胜感谢。一向只是得到馈赠，无以为报，甚不过意。阁下说，服一粒罗休制药的阿洛纳尔即可入睡，遂服了一粒，无用，再服一粒，仍不入睡，最后服了一克阿达灵方入睡。看来阿洛纳尔作用缓慢而持久，次日整日昏昏然。专此致谢，顺告近况。

即候

佐佐木茂索先生撰安

芥川龙之介顿首
四月九日夜

另，尊夫人处请代致意。近应下岛先生所求，作悼亡俳句一首：

夜阑灯影淡，中宵辗转未成眠，犹观偶人面。

1123　四月二十二日自田端致南条胜代明信片

径启者：

手书已悉。今起去鹄沼小住养生，故请下月二十二日后再来。

芥川龙之介顿首
四月二十二日

1124　四月二十三日自鹄沼致葛卷义敏美术明信片

蒲原来时，烦请带两册刊登《马脚》的《新潮》来。如来得及，寄来亦可。专此。

龙之介
二十三日

请关心姑母的健康。隔扇里书架最上层有山路爱山的《论孔子》以及别人写的《孔子及其弟子》，望一并带来。又及。

1125　四月二十五日自鹄沼致渡边库辅（信封上写明请渡边一人阅）

径启者：

武川君近日为你事来。信已阅。较之永见，我更看重你，这你应当清楚。逐出师门云云，居然说出这种混账话来，看看我的信吧！我身体不好，还很弱，写不了长信。时时想：要有你在就好了。此复

渡边库辅君

芥川龙之介顿首
四月二十五日

我与家小来鹄沼下榻东屋旅馆。既无向学之心，也无性欲之念。终日郁郁。又及。

1126　四月二十六日自鹄沼致葛卷义敏明信片

径启者：

伊藤常来否？形似桌状的小猴山，可交他。昨晨胃酸作呕甚剧。又，昨日蒲山来，傍晚回。感冒好否？文子说多加志生病，情况如何？

芥川龙之介
四月二十六日

1127　五月一日自鹄沼致佐佐木茂索明信片

敬启者：

阁下抑或尊夫人所赠栗子味甚甘。只为贪食过多，胃酸增加，翌晨极难受。健康如君，不妨尝尝看，实在好吃。来此地倒还好。据斋藤博士诊断，血压一百一十，住海边不妨事。但人易疲倦，实无可奈何。眼下，丸药、水剂、注射，三种并用。定时散步。不大放屁。

1128　五月九日自鹄沼致山本有三

径启者：

手教并大著均奉到，谢谢。关于酬谢一事，议论颇多，甚为难。向兴文社通融少量借款，编选并非创作。现内弟正在此地，故内子也逗留于此。唯安眠药量日增。即叩

山本有三先生台安

芥川龙之介顿首
五月九日于鹄沼

1129　五月二十一日自鹄沼致平木二六美术明信片

尊作已拜读。近来，阁下俳句愈发有佳趣。小生亦诌得两句：

黄梅时节无晴日，总把青柴檐下积。
艳阳高照松树桠，毛虫悠然枝头爬。

龙之介
二十一日

1130　五月二十二日自鹄沼致佐佐木房美术明信片

一再获赠栗子，多谢。与佐佐木君二人和睦共食，故请明察。此次当注意，不再贪食。顿首

房子女士十岁玉照（系指明信片上画中坐在草原上的少女）。

1131　五月二十四日自鹄沼致山本有三

敬启者：

手书奉悉。令阁下如此担心，不胜惶恐。我甚至想说：往返于吉祥寺与市谷之间，达五月之久，有此等勇气，已不是病，什么都不是。无论如何本人无此等勇气。在服药和温灸。再者，不记得是

第几期的约稿已写完。现正思考写一剧本。专此致谢,并复
山本有三先生

芥川龙之介
五月二十四日

1132　五月二十五日自鹄沼致渡边库辅
径启者:

手书已悉。如进京,望于五月二十五日至六月中来。此后可能不在京。你的字颇怪,棱角突兀,看起来不大顺眼。对神经衰弱,可是有害呀。下次字要写得柔和些。此致
渡边库辅君

芥川龙之介顿首
二十五日

1133　五月三十日自田端致室生犀星
径启者:

现下榻于平木二六公寓的萩原朔太郎君,在《日本诗人》上撰文介绍"野口米次郎之会",看过此文大为感动的、我敬爱的室生犀星呀!挥动椅子吧!挥动椅子吧!

破　　调

兔儿垂下一只耳,哪堪大暑日炎炎。
黄梅时节无晴日,总把青柴檐下积。

　　此致
室生犀星先生

龙之介
五月二十九日

1134　六月一日自田端致佐佐木茂索

佐佐木茂索先生：

　　同忧同叹。二三日内拜访。鹄沼逗留一月，来客敌得上东京三月之人数。如今痔疮又发，臀部敷着泉先生所赠百草药。日前诌的俳句已做修改。（问候"画粉"①）

破　　调
兔儿垂下一只耳，哪堪大暑日炎炎。

　　经推敲，用"使其垂下"或"使其垂下来"，日文中均含"S"音，感觉上不宜与大暑相重，故用"垂下"一词。

芥川龙之介
六月一日

　　再者，关于《春天的外套》一题，因痔疮发，顾不上思考。不过，有现成题目《南京的碟子》、《昨日的风景》等等。用不上，俟下次再谈。

1135　六月七日自田端致蒲原春夫

蒲原春夫先生：

　　手书已悉。将尊恙情况告诉下岛先生，回说可能是 Syphilis（梅毒）吧！即将开始工作。明天再去鹄沼。月末回，进京不妨从容行事。

芥川龙之介
六月七日夜

---

① 指佐佐木房子。

承赠蛋糕，方才收到。谢甚。顺候渡边先生。又及。

1136　六月十一日自鹄沼致斋藤茂吉
径启者：

感谢教示。关于安眠药，近因开始写作，复又服用成瘾，难办。星期天能否同土屋君来此一游？近来，将醒之际，两眼前只见诸友人，面孔巨大，身小如豆，穿着铠甲，笑着从四面八方奔凑而来，不免有些惊悸。此请

斋藤茂吉先生台安

龙之介顿首
六月十一日

1137　六月十四日自鹄沼致佐佐木茂索明信片

君不来之故（君不来，故罗休制药的阿洛纳尔亦不来），今日两次腹泻，甚剧。筋疲力尽，遂卧床。舍外甥亦要死，不能动。吾恨茂索与"画粉"。要变鬼咧！

1138　六月二十日自鹄沼致小穴隆一
敬启者：

屡奉手书，谢谢。一到此地即腹泻，隔三两日复又泻，只得在此地就医。医生姓富士，名山，山可读作"takashi"。现由护理内弟的护士看护，终于能吃些面包和半熟卵，一俟停泻，即拟回京。卧床独自观看广漠之海景，颇寂寞。专此，即候

小穴隆一先生时绥

芥川龙之介
六月二十日

1139　六月二十日自鹄沼致神崎清

神崎清先生左右：

当先感谢阁下的深情厚谊。

你来那天，适其时也。翌日即腹泻，并犯痔疮，痛苦异常，不得不于鹄沼就医。一俟止泻，即盼返京。说来令人作呕，每次便如蛋汤，从心底感到厌恶。菅忠雄君言：不知痔痛为何滋味。仆曰：好一似钢堡上插红旗般痛苦。明白否？不悟，则不可度也。

芥川龙之介
六月二十日

1140　六月二十九日自田端致佐佐木茂索

径启者：

阁下回去的次日，又腹泻，很不舒服。而况只有我一人在（舍外甥来过），似要死掉一般。把冰凉的粗茶装在茶碗里，一路上靠喝茶回到东京。后来请下岛大夫看过，略得小康，昨天走访室生，忽又着凉，今日又转成稀便与软便之间。五月三日，哪怕旁听，亦欲前往，但能行否，不得而知。（提起五月三日，频添麻烦，请多原谅。）俟腹疾情况稳定，拟去鹄沼，多少做点什么。没有比腹泻更让身心乏力的了，连字都歪歪扭扭不成形，请勿嫌弃。

即请

佐佐木仁兄撰安（此为德田一流）

芥川龙之介
六月二十九日

顺问尊夫人好。所赠栗子，请代致谢，虽说那是造成腹泻的原因。又及。

1141　六月三十日自田端致小岛政二郎

径启者：

手书拜悉。在下不仅胃不适，又患肠炎。经同医生商量，倘做手术，营养不良则不可。做时，还望阁下介绍岩崎医院。总之，人现在弱得晃晃悠悠。信如此之长，拜读时，既感谢，又佩服阁下的精力，写来竟全然不算一回事。时已七月，布袜底上仍敷着辣子，还要热水烫脚。到此打住。代问尊夫人好。许久未见小美笼，想必长大了吧？此致
小岛政二郎先生

芥川龙之介
六月三十日

1142　七月十四日自鹄沼致南条胜代

径启者：

承赠柑橘，谢甚。其后腹又痛，现正卧床。拟于十月末返京。请勿见怪，不必担心。切莫再寄慰问品之类。即候
南条胜代妆次

芥川龙之介
七月十四日

1143　七月十四日自鹄沼致室生犀星

径启者：

手书已悉。谅君仍然在京。腹疾已略见好，相反，开始便秘。许是不景气，此地颇萧条。二十日后，孩子们来，可下海，以沙暖腹。倘去轻井泽，代向片山某先生致意。

请尊夫人多保重。此候
室生犀星先生撰祉

芥川龙之介

七月十四日

1144　七月二十四日自鹄沼致佐佐木茂索
佐佐木茂索先生：

因不知府上在镰仓地址，想必会转送，故此信寄往中目黑。本地也甚热。时时有软便，所以不能下海。近处有一青年乱拉小提琴，实难以忍受。什么都无法写，不快之极，甚至想索性回东京吧。谢谢告知药名，当即买回一瓶，也许含铁之故，胃却吃不消。最近终于开始注射含砒霜的奥普达松。仍只能喝粥。

芥川龙之介顿首
七月二十四日

1145　七月二十七日自鹄沼致高野敬录明信片
敬启者：

手书拜悉。大暑之时，屈尊前来，甚为惶恐。编排等事，可否同碧童先生本人商洽？碧童先生住址为下谷区上根岸町百十七号，中村不折氏府邸之侧。匆此。

芥川龙之介

1146　七月二十九日自鹄沼致佐佐木茂索
佐佐木茂索先生左右：

大札奉悉。自改造社山本社长处回来，因食黑面包过量，又一日三四次腹泻，再次麻烦富士大夫。大夫说，在下如此肠胃，已不宜用药物疗法，令人悲观之事颇不少。尽管如此，好歹先把药买回，腹泻总算止住。虽然身在海水浴场，却不能下海，实乃无上之可悲也！更何况屋前有小提琴，屋后是收音机与留声机，左吹喇叭，右奏口琴，后面之后面，则是谣曲加鼓声。情况既如此，倘有合适之处，拟搬往西海岸。总之，养好身体，乃头等大事。有意去镰仓走走，无奈脚已睡软，走上二三百米，便会累得筋疲力尽。尾椎骨已凸出来矣。

芥川龙之介

写完此函，始知西海岸人满为患。不禁怃然。此时，大著已抵。书函不甚满意，环衬很好。大体上，装帧似不及内容。画像等蛮漂亮嘛。（此为室生调）

1147　七月二十九日自鹄沼致室生犀星

犀星兄：

此地只有这种纸。天气热，与东京无大差别。虽觉热，却不能下海，尤令人难过。只有几个孩子最高兴。但愿牙医或博士健在。

木槿花烂漫，噪雀坠枝翘。
松涛一点白，饿犬风中来？（瘦犬风中来？）（未定稿）

龙之介
二十九日

1148　七月自鹄沼寄家书

想必全家平安无事。多加志来的当晚即发烧，请当地医生看过，肠胃不好，一直卧床。昨晚因喂他蓖麻子油，今早便在床上天下大乱；喂的粥，也全部吐出，方才又请大夫看过。现烧已退，想来无甚要紧。明日村里有庙会，阿松要回，人手不够，拟把比吕志托付家里。专此。匆叩

全家安好

龙之介

1149　八月三日自鹄沼致室生犀星

径启者：

此地热极，复又腹泻。什么都写不成，心急如焚。前次的俳句，修改如后。尊夫人的健康，请加意珍重。

木槿花烂漫，噪雀坠枝弯。
飒飒松风吟，白犬恁地瘦？

即叩

室生犀星先生

芥川龙之介顿首
八月三日

又及，有不少是从夏目先生的俳句中引发出来的，惶恐之至。
再及，拜读手书，此地地震无事，似较东京轻得多。

1150　八月九日自鹄沼致佐佐木茂索

佐佐木茂索先生大鉴：

阿猫阿狗，来人不断，迟复为歉。当即去看国木田君的房子。月中搬迁，虽说暂时寓居，稍嫌奢侈，但仍拟租住。现住所，红墙洋房，一似烟囱，据说画家岸田刘生先前住过。小提琴、收音机、留声机、笛子、喇叭、谣曲、鼓声，更兼两日后庙会的鼓乐，实在吃不消。病体依然，昨小穴君来，一面玩纸牌，一面摸屁股，他竟说："牌都摸臭了。"这种事本不拟告诉阁下（原文下删二十六字），神经衰弱已无治愈之望。不过告诉房子的消息，稍觉人世尚有一线光明。多谢。

芥川龙之介

八月九日

1151　八月九日自鹄沼致渡边库辅

此处地震没什么。

拙文《撒旦》最后一句话:"斩断蔓头蔓草而去","蔓头"应是"岩头"之误。舍间有《碧岩录》,书中应当有,请一查。

你的手杖头已断。此乃女佣之过也。

十日之内,将迁至较为安静之处。

龙

八月九日

1152　八月十二日自鹄沼致佐佐木茂索函

茂索和"画粉"来吧。不需带礼物,买两瓶罗休制药的阿洛纳尔即可。

总之,闲居寂寞。

1153　八月十二日自鹄沼致下岛勋

径启者:

久未通候,谅一切安好。此前承尊夫人借钵,不胜感谢。两三日前,堀辰雄来,据说令侄去东京,是否来舍下?虽说无甚款待,终究中午可吃顿便饭、歇歇脚。现在的住所,处在小提琴、收音机、留声机、乱哄哄的鼓乐、谣曲的包围之中,简直无法忍受。近日拟搬往稍清静些的地方。但欲观海景,则此地最佳。专此。敬请下岛先生台安

龙之介顿首

八月十二日于鹄沼伊馆四号

1154　八月二十三日自鹄沼致蒲原春夫

径启者：

日前多有失礼。昨晚花纸牌高手来授课，与阁下的游戏规则大不相同。近日来否？想同阁下大战一场。鹄沼也大体清静下来。问候渡边。此致

蒲原君

芥川
二十三日

1155　八月二十四日自鹄沼致下岛勋

径启者：

天气已渐凉爽，避暑客也大多离去，但依旧保留几分避暑胜地的气氛。三两日内，能否来此一游？诚邀先生来舍下这个"二次新婚家庭"① 做客。便饭时，可敬先生一杯水酒。望拨冗赏光。专此奉恳。

　　敬叩

下岛勋先生台安

芥川龙之介顿首
八月二十四日于鹄沼伊馆四号

几乎没有与令爱同龄的少女，尽请放心。又及。

1156　八月二十四日自鹄沼致中根驹十郎明信片

敬启者：

数日前收到《罗生门》印花五百枚，今日又收到《将军》印花一千枚，均已转至田端，请径往舍下去取是盼。再者，版税款以

---

① 脱离老人束缚的小家庭生活，芥川称之为"二次新婚家庭"。

寄至此处为宜。

芥川龙之介顿首
八月二十四日于鹄沼伊馆四号

1157　八月二十四日自鹄沼致远田信太郎明信片

径启者：

承屡赐手书,甚谢。无需寄樱桃,盛情可感,衷心拜领。

芥川龙之介
八月二十四日于鹄沼

即　　景

木槿花烂漫,噪雀坠枝弯。

1158　九月二日自田端致室生犀星

径启者：

暂回东京,天仍热。今明两日内,拟回鹄沼。终于写出一篇像样的小说。今日花匠进园修枝。体力略有恢复。尊夫人肾亏,请多保重。

青空万里秋日丽,小巷深处晾草席。

　此致

犀君

龙
九月二日

也寸志现在鹄沼,晚间睡觉着凉,正发烧;田端这里,多加志闹肚子,现卧床;唯比吕志身体健康。我最近服安眠药过量,据说连续梦呓五十分钟。又及。

1159　九月二日自田端致中根驹十郎
径启者：

倘尚未去佐藤君处，装帧一事，请作罢。一来在下擅自主张，二来也因虑及小穴君需钱用之故。请将西式信封一函转呈佐藤君，并请代为致意。即候

中根驹十郎先生台安

芥川龙之介
九月二日

随笔集书名定为《梅·马·莺》。又及。

1160　九月十日自鹄沼致土屋文明
土屋文明先生道鉴：

大札拜悉。据说那位房东老太来舍下，聒噪半小时之久。想必阁下也深受其扰，极表同情。近日可否屈尊来舍下一趟？随笔集即将出版，其中的和歌，想请阁下做一鉴别。依旧打不起精神，颇郁闷。

芥川龙之介顿首
九月十日

1161　九月十日自鹄沼致室生犀星
径启者：

回一趟东京，未及即复，歉甚。向桂井先生借的，并非《七株樱》，而是《黑猫》。此地仍相当热。最近舍弟一家来，小穴君亦来。游客大多已回。上次的两首俳句（《松风》和《木槿花》）已毁弃。即候

室生照道先生撰安

　　　　　　　　　　芥川龙之介顿首
　　　　　　　　　　　　九月十日

1162　九月十六日自鹄沼致佐佐木茂索

芸先生左右：

　屡接手书，甚谢。这一向非伤风即腹泻。《点鬼簿》又增写几页，由《改造》刊出。区区几页，竟耗费数日，小生亦前途暗淡矣。眼下，因为那件事，小穴君现住进小提琴那间屋。能来鹄沼，倒是谢天谢地（原信下删十三字）。为此，原拟搬至镰仓或逗子，内人不愿离开此地，倘若搬走，又恐小穴君会为难，正委决不下。多事、多难、多忧，甚想如蛇一般冬眠。闲暇时，盼大驾光临。否则，在下亦对不住东屋旅馆。

　　　　　　　　　　　　　　　　　澄
　　　　　　　　　　　　　　九月十六日

　　　近得一句
　　浴桶浸身暖，夜气袭颈寒。

1163　九月二十二日自鹄沼致佐佐木茂索

径启者：

　两三日前，堀家阿辰①来，住一宿回。其时，据说阁下亦将大驾光临，而在下二十六或二十七日拟回京一次。为避免错过，特奉寄此函。今日因放屁而泄出大便，十分沮丧。说完屁话，甚

---

① 即作家堀辰雄。

是失礼，《读唇难》较《灭亡》更令人感佩，或许是《女性》一刊中之杰作。此致
佐佐木茂索先生

> 芥川龙之介顿首
> 九月二十二日

1164　九月二十二日自鹄沼致东宫丰达明信片

径启者：

　　所陈之事俱悉。唯《圣·克利斯朵夫传》等篇，窃以为，未必值得译成世界语。

> 芥川龙之介顿首
> 九月二十二日于鹄沼

1165　九月二十二日自鹄沼致土屋文明明信片

　　是日专候尊驾，务请来此一游。近读大正十年（1921）的刊物《紫杉》，发现《山麓倾斜平野阔》原诗，想必已到手。匆复。

> 芥川龙之介
> 九月二十二日夜

1166　九月二十三日自鹄沼致麻生恒太郎明信片

径启者：

　　据闻大著已递达，然尚未由东京转来。一俟到手，当即拜读。专此复谢。

> 芥川龙之介顿首
> 于鹄沼伊馆四号

1167　十月三日自鹄沼致东宫丰达明信片

径启者：

所提之事，可用《文明的杀人》；照片请用《现代小说全集》中的。集末年谱，"处女作《山药粥》"，系《鼻子》之误。

芥川龙之介顿首
十月三日

1168　十月六日自田端致大木雄三

径启者：

听蒲原君说，派藤泽卫彦氏前来，系阁下之意，惶恐之至。多有得罪，万不可如此。即候

大木雄三先生台安

芥川龙之介顿首

1169　十月十七日自田端致广津和郎

径启者：

今有人送来《报知新闻》，拜读阁下月评。时值近日精神不振之际，故十分感谢。在下也自认该篇小说①并非那样拙劣。明再去鹄沼。此函虽简（想是初次致函阁下），终忍不住提笔草就。匆叩

广津和郎先生道安

芥川龙之介顿首
十月十七日

1170　十月二十二日自鹄沼致中根驹十郎

---

① 指《点鬼簿》。

径启者：

校样有所拖延，抱歉。二校，看不看均可。小说已写完，如看，下次当尽快看。请阁下视情况安排。日记事，当然同意，拜托。此致

中根驹十郎先生

芥川龙之介
十月二十二日

1171　十月二十九日自鹄沼致佐佐木茂索

径启者：

发表于《中央公论》的《散步》，昨日方阅。深感君之心意，甚谢。头脑似乎有些怪。晨起十分钟或一刻钟尚无事，而后，碰到些许小事（如女佣不机灵等），顿时会陷入忧郁之中。一想到要给几份杂志的新年号写稿，便事事都觉不顺心。也曾想，要不要回趟东京，顺便去精神科查查？有些发憷，始终迟疑不定。或许因节烟节茶之故？近三四天，碧童老人来小住。小穴君依旧。写了篇《O君的新秋》，意在给小穴君的未婚妻（能成否，毫无头绪）看。不过，也需要些稿费，加上小穴君的俳句，六页得三十元。暂时仍拟留在此地。有机会望顺路来舍下小住。……事[①]，殃及到我，令人吃不消。此致

佐佐木茂索先生

芥川龙之介
十月二十九日

1172　十一月一日与小穴隆一自鹄沼致小泽忠兵卫（此函落款为

[①] 指广津和郎与德田秋声就《点鬼簿》争论一事。

"隆、龙 十一月一日于鹄沼")

上次甚是失礼,错穿阁下木屐回家,当即邮寄奉还。请多原谅。此致

忠兵卫先生（小穴隆一题字）

龙之介

戏　　言

两两相分离,半在君处半在彼,微醺小春意。

（附小穴隆一画）

1173　十一月十日自鹄沼致佐佐木茂索

佐茂先生左右:

稿纸代信笺,颇失礼。手书拜悉。在下亦在为新年号稿伤脑筋,实为海滨之忧愁也。因××系×君之叔父故,×君甚不幸矣。近因寒冷,痔疮复发。安眠药量日增。来东家旅馆小住否? 舍间亦可住。总之,甚想一晤。近来,每逢想到阁下,必获手书。此前一函,两相错过。甚不快。

龙之介
十一月十日

1174　十一月二十一日自鹄沼致斋藤茂吉

敬启者:

稿纸代信纸,请见谅。现忙于新年号写作,头脑依然有些怪,十分沮丧。能否开些鸦片精? 百忙中,屡添麻烦,抱歉之至。专此奉恳。药费几何,届时尚请相告。此致

斋藤茂吉先生

芥川龙之介顿首
十一月二十一日

1175　十一月二十八日自鹄沼致佐佐木茂索

佐佐木茂索先生大鉴：

承寄羊羹，并获手教，多谢。（写到羊羹二字，不知怎的，总觉羊羹上长了毛似的。）你关爱太多，有时反令我痛苦。（倘若仅仅是信，倒也罢了……）且说，常会在偶然遇到的老太婆脸上，看到死去娘亲的面容，为之困扰不已。现在的心情是，天下的苦痛，没有哪一种能比神经的苦痛更折磨人的了。几日前姑母来，忽发歇斯底里，想起阁下所教，正可一试，便也大发神经，毫不逊色；结末陷入忧郁之中。人生困厄，非只一端，往日的种种，一旦同时压上心头（暂且说成是神经衰弱），实在是令人无法忍受的呀。于是，便去写小说。自己都觉得怪哉。昨日宇野浩二来，说些莫名其妙之事，然后起身离去。专此。

芥川龙之介
十一月二十八日

小穴在此问安。又及。

1176　十一月二十八日自鹄沼致斋藤茂吉

斋藤茂吉先生台鉴：

手教并 opium（鸦片精）已拜领，不胜感谢。肠胃终于复原，神经却始终不愈。昨于路上忽遇亡母（实为他人），大吃一惊，不觉抓住同伴的手臂。每见"闲人不得入内"等告示牌，时有无路可行之感。亦常想：人生于世，竟有此等样痛苦！好歹写出小说一篇，正着手另一篇，写毕，拟再作一篇。然而，不知为何，此种不安，仍未见稍减。药费几何，万望见告。数日前，小泽碧堂、远藤古原草等

人来,碧童老人作俳句如下:

　　　　　谁道秋已尽,满园暮色沉。

　　　　　　　　　　　　　　芥川龙之介顿首
　　　　　　　　　　　　　　　十一月二十八日

1177　十二月二日自鹄沼致佐佐木茂索明信片
径启者:
　　彼此两函,又鱼雁互左。真乃怪事。小穴君言:"为使人呼吸困难,方如此。"鸦片精、霍迷卡、泻药、维洛纳尔……似乎全靠服用这些药物,才得以苟活。

　　　　　　　　　　　　　　芥川龙之介顿首
　　　　　　　　　　　　　　　　十二月二日

1178　十二月二日自鹄沼致柳田国男明信片

　　《铁帚》专栏读大作,想来又成"吝啬人"。
　　得君《山上之人生》,犹在灯下伏案读。
　　叹君爱山山上留,只缘人世多忧愁。

　　　　　　　　　　　　　　　　　　龙之介
　　　　　　　　　　　　　　　十二月二日夜半
望勿将上文看作和歌。

1179　十二月三日自鹄沼致佐佐木茂索明信片

三次鱼雁互左！真乃心灵感应也！正在写一篇暗淡的小说①，始终写不完。写上十二三页，便筋疲力尽。什么都不想，只想冬眠！冬眠！玩花纸牌也已厌倦。

芥川龙之介
十二月三日

1180　十二月三日自鹄沼致真野友二郎明信片

径启者：

鸣门咸菜已拜领，谢谢。现为新年号写作，忙极，匆此，请谅。专此函谢。

芥川龙之介于鹄沼海滨
十二月三日

1181　十二月四日自鹄沼致斋藤茂吉

径启者：

请原谅，用稿纸写信。一向承阁下关照，不胜感激。现每日服用opium，便秘时，即服泻药，倘因此引起痔疮发，则再用坐药。极不舒服。不过，每日均写点东西。小穴君说："近来传染上神经衰弱，无法工作。"我说："我在工作。"小穴君又说："谁像你，不要命！"在下也写不出什么像样的东西。事实上，只能写点阴郁的东西而已。阁下的和歌，每次均倍加珍重。有时想，即便在下的创作不能传世，但愿一点和歌能够留存。对阁下的诗作也作如是想，可奉承的话却说不出口。每念及天性如我，不禁自叹内心的软弱。怯懦至此，请尽管嘲笑吧。

---

① 指《玄鹤山房》。

一笺苦情独伤神，拨灰弄炭望木纹。
　　樟脑淋漓叠手纸，独坐茅厕夜深时。
　　万籁俱寂已夜半，水温服药我欲眠。
　　香烟袅袅转瞬逝，犹把 vita brevis（人生无常）思。
　　枕畔一片朦胧中，但恐搪瓷锅欲倾。

　以上报告在下的近况。当然是临纸即兴写来。千万勿当和歌读。另，收到冈先生的《庭苔》，大致翻阅一过。深感该诗集系出自东京人之手笔。便中请代致意，并请问候土屋君。
　此致
斋藤茂吉先生

芥川龙之介顿首
十二月四日

　又，虽一再失礼，唯药费一项，能否请收下？心实不安，甚为难矣。
　再者，有关《点鬼簿》之评论，实风马牛不相及。较之别人评论，当事人之评论为大忌。或者，当事人之评为怪论，那么，第二当事人之评论便是大忌。

1182　十二月五日自鹄沼致下岛勋明信片

　手书拜悉。在下亦正苦于新年号的写作。小穴君问候阁下。

龙之介
五日于鹄沼

　　　　明知服药亦枉然，寒冬夜半未成眠。

　每次承赠药品，感谢不尽。又及。

1183　十二月五日自鹄沼致室生犀星

室生犀星先生左右：

请勿责怪用此信笺。《梅·马·莺》尚未出。一俟出版，即行奉上。尊作《山茶花》前一首，更感佩。亦为新年号伤脑筋。因《近代风景》并阁下所求，已草就《论萩原朔太郎》一文，约五六页。每日怏怏。

一笺苦情独伤神，拨灰弄炭望木纹。
樟脑淋漓叠手纸，独坐茅厕夜深时。
门边一片朦胧中，有人欠伸也心惊。

正在写一篇极其阴郁的力作，不知能否完成。阁下的《美小童》已阅，写得甚清新明丽。中野重治君的诗，大抵读过，亦十分生动活泼。慢慢劝其写小说，在今日之无产阶级作家中，必成为出类拔萃者。

芥川龙之介
十二月五日

前函俳句"谁道秋已尽，满园暮色沉"，为碧童所作；鱼为小穴所画；梅系在下涂鸦。又及。

1184　十二月九日自鹄沼致下岛勋

下岛先生大鉴：

用稿纸写信，敬请原谅。

手书奉悉。一直忙于新年号写作。年下，当然也因新年号写稿故，或许回家。这里的事情倒毋庸担心，不如请设法抚平几位老人的歇斯底里。此次拟写一篇力作。专此。

>   龙之介
>   十二月九日于鹄沼

此函系请小穴君于东京投寄。小穴君因妹病重回家。又及。

1185　十二月十三日自鹄沼致佐佐木茂索明信片

一直在写小说,两篇已完稿,现写第三篇。进展不快。痔疮发,甚剧。昨夜痛得呻吟不绝,未眠。小穴妹病笃。多事!多事!多事!

1186　十二月十三日自鹄沼致斋藤茂吉

径启者:

实是惶恐,鸦片丸匮乏,心内不安,可否再寄两周的剂量至田端四三五舍下?专此奉恳。《中央公论》稿已大体完成,只有些许扫尾之事。前日灌肠通便,痔痛无法忍受。服三包安眠药,仍未能入睡,呻吟直至天明。专此。顺候

斋藤茂吉先生道安

>   芥川龙之介
>   十二月十三日

1187　十二月十三日自鹄沼致佐佐木茂索明信片

方写好前函,便收到手书。一向如此。

宜一五〇四光六〇〇一岛五〇大三光一〇〇犬鹿蝶三〇〇二杯三〇〇一杯一〇〇二同点二〇〇七短六〇〇松桐坊子一〇〇草(秋藤菖蒲之短)乃为一〇〇①。此为我学之法,尚有别种计算方法。

---

① 以上为日本花纸牌之计分法。

1188　十二月十六日自田端致高野敬录

敬启者：

昨夜虽写至二时半过，几如半痴，仍未写成。自感惶愧，抱歉之至，可否延至二月号？照此则绝无可能交稿。倘二月号用，即可奋力续写。斋藤处亦甚抱歉，极感不快。

此致

高野敬录先生

芥川龙之介顿首
十六日

1189　十二月十九日自田端致佐佐木茂索明信片

是否已搬至逗子？为稿子事，已回田端，写了不少。但给《中央公论》的一篇尚未得。二十日即明日也。赤仓之行如何？我可能不成。

芥川龙之介
十二月十九日

1190　十二月十九日自田端致斋藤茂吉明信片

承寄药品，已奉抵。《中央公论》一文只完成前后两部分，中间尚不成，终于延至二月号。阁下处甚为抱歉。终日快快。

芥川龙之介
十二月十九日

1191　昭和元年（1926）十二月二十五日自鹄沼致泷井孝作明信片

手书奉悉。在下苦于多事、多病、多忧。值得一写的写不出，写得出的则不值一写。有时想：见鬼去吧！翘首以待新年号上的大作。

芥川龙之介
十二月二十五日于鹄沼伊馆四号

1192　大正十五年（1926）自鹄沼致葛卷义敏

　　网篮中的原稿。

　　包袱中的原稿。

　　灰皮旧小说、金元明部（这些希望阿义阅读）。

1193　大正十五年自田端家中致葛卷义敏

阿义奴才：

　　买一沓（注）信封回来。

　　注：五十沓也可。

龙老爷

昭和二年
（1927）

艾　莲译

1194　一月八日自田端致野间义雄

径启者：

　　承蒙赐读拙作，不胜感谢。并承指出中文发音，尤为感激。出书时，必将订正。专此复谢。

　　又，为亲戚事忙碌不堪，故用明信片，祈谅。

一月八日

1195　一月九日自田端致宇野浩二明信片

径启者：

　　昨夜多谢。后来又生是非，每日忙煞。写明信片，甚失礼。

芥川龙之介顿首
一月九日

1196　一月十日自田端致藤泽清造明信片

径启者：

　　承阁下慰问，甚谢。现疲于东奔西走。家姐因屋焚，丧夫，前来投奔，颇难办。专此复谢。

芥川龙之介
一月十日

1197　一月十二日自田端致佐藤春夫明信片

径启者：

　　为装帧事，尝一再拟谒尊府致谢，奈何亲戚遭遇不幸，毫无办法。现疲于东奔西走。请勿见怪。近作一首，录于后：

　　　　　门边一片朦胧中，有人欠伸也心惊。

1198　一月十二日自田端致南部修太郎明信片

　　写明信片，祈谅。感谢慰问。又增加一大负担，神经衰弱无痊愈之时。每日为种种俗事忙杀。

　　　　　　　　　　　　　　　芥川龙之介顿首
　　　　　　　　　　　　　　　　　一月十二日

1199　一月十五日自田端致伊藤贵麻吕

径启者：

　　手书奉悉，谢谢。出了大事，正疲于东奔西走。神经衰弱无痊愈之时。专此复谢。

　　此致
伊藤贵麻吕先生

　　　　　　　　　　　　　　　　芥川龙之介
　　　　　　　　　　　　　　　　　一月十五日

1200　一月十五日自田端致横尾捷三

径启者：

　　《创作月刊》一事，请直接同菊池商谈。原稿随函奉还。近因

亲戚遭遇不幸，杂事繁多，抱歉之至。此致
横尾捷三先生

芥川龙之介顿首

一月十五日

1201　一月十五日自田端致福岛金次

敬复者：

屡接手书，谢甚。赐读拙作，不胜惶恐。《鸦片》等文系《梅·马·莺》成书之后所作。文内涉及茂吉先生，不关痛痒，故已删除。去冬以来，多病又多忙，信亦无暇写，对阁下今夜终于能了却一件心事。此刻，与犬养、泷井二君同进晚餐后方回。此致
福岛金次先生

芥川龙之介顿首

一月十五日

所寄汇款及支票，随函奉还，请查收。又及。

1202　一月十五日自田端致海老原义三郎

海老原义三郎先生台鉴：

大札拜悉。关于鉴定夏目先生书法一事，在下实无暇旁骛，请同小宫丰隆与野上丰一郎二先生情商是盼。专此奉复。

芥川龙之介

一月十五日

1203　一月十六日自田端致斋藤茂吉

斋藤茂吉先生大鉴：

手书奉悉，谢谢。《文艺春秋》上尊作和歌，也已拜领。原拟诣尊府，因亲戚遭逢不幸，为之东奔西走，以致久疏问候，敬希鉴

谅。现正续写新年号之小说，然心绪不宁，甚感为难。来世小生但愿托生为一粒沙尘，否则：

　　来世但为水，或作檐头冰。此愿若成就，喜乐满心中。

　　　　　　　　　　　　　　　　　　　　　　龙之介
　　　　　　　　　　　　　　　　　　　　　一月十六日夜

1204　一月（推定）自田端致高野敬录
高野敬录先生左右：
　　脑子疲倦之极，无论如何也作不出。上次最后的半页中，"丈夫去银行，阿铃……"一段删去，请用这一稿。

　　　　　　　　　　　　　　　　　　　　　芥川龙之介

1205　一月（推定）十九日自田端致高野敬录
敬录先生左右：
　　此为最后一部分。第五部分，可能写得不甚好。然而，已无时间，算了。因缺乏实感，即便再推敲，恐也无济于事。

　　　　　　　　　　　　　　　　　　　　　　龙之
　　　　　　　　　　　　　　　　　　　　十九日上午五时

1206　一月二十一日自田端致野村治辅
野村治辅先生著席：
　　用稿纸写信，敬请原谅。翻译一事，当然可以。序言随函奉上。拜托。《朱利亚的吉助》一篇，并不值一读。在下亦甚想到莫斯科大学日文系教教书，总比逐日迫于写稿要强得多。专此奉复。

　　　　　　　　　　　　　　　　　　　　芥川龙之介顿首

一月二十一日

1207　一月二十一日自田端致岩野英枝

岩野英枝女士：

　　用稿纸写信，希谅。云林与蓝瑛两画家画作，没有收藏。不仅如此，见过画册，未必就能鉴定。因亲戚遭逢不幸，且衣食无着，在下为之东奔西走。敬请见谅。但愿有机会去越后一游，得您向导，并观赏藏画，一饱眼福。专此。

芥川龙之介
一月二十一日夜

1208　一月二十八日自田端致斋藤茂吉

敬启者：

　　今晚甚失礼，忘记请阁下书赠"月光照八谷"一首。两三日后，当遣使送上短册，请暇时书赠，是幸。再者，可否开些Veronal与Neuronal？因没提过开鸦片丸事，倘求此地医生，恐有不便，如能酌情处理则幸甚。顺候

斋藤先生台安

龙之介顿首
昭和改元一月二十八日

　　药品乞交所遣使者。因无与此信笺相称之信封，请谅。又及。

即　　兴
溲瓶原是茶叶罐，置于枕畔渐自寒。

1209　一月二十八日自田端致西川英次郎

径启者：

收到来书，甚快意。因短册包装不便，故用诗笺，乞谅。令兄擅长书法，本无必要向在下求字。须知：俳句，书法，纸张，各占三分之一是也。近来多事、多难、多忧，伤透脑筋。此致
英次郎先生

龙之介
昭和改元一月二十八日

1210　一月三十日自田端致佐佐木茂索（信封上写有"武州田端芥川龙之介"字样）

大札奉悉。因处理家姐房屋善后事，事情冗杂，颇伤脑筋。但仍须写些东西。头脑一片混沌。火灾保险、生命保险、高利贷等问题纠缠不已，令人吃不消。神经衰弱无痊愈之时。六七日前，不会离开东京。见面详谈。家姐夫之死，宛如斯特林堡般神秘。匆此。即候
佐佐木茂索先生台安

芥川龙之介
一月三十日

1211　一月三十日自田端致宇野浩二

敬复者：

天气大寒，难以忍受。承阁下谬奖，甚谢。该故事系与《春宵》同时听一护士所讲。仍为家姐处理善后，头绪繁多，忙极，筋疲力尽。抽空写点东西。高野不做了，令人同情。余容面谈。多忙兼多病，不免要想，究竟是何因果？此请
宇野浩二先生撰安

芥川龙之介

一月三十日

1212　二月二日自田端致斋藤茂吉

径启者：

　　药品并短册奉抵，至为感谢。现夜间亦工作，故睡早觉。无缘面晤山口先生，憾甚，歉甚。日后有机会，再当面聆教。几日来，夜里拜读一二月的尊作和歌，丰富多彩，十分敬佩。窃以为，当今之和歌作者，诚可谓缺少想象耳。（亦足以使小生为之忧心忡忡矣。）小生之短册，愧不敢示人，请见谅。但可奉上一二枚。（赐览时，望俳句、书法、短册各占三分之一是盼。）现在写小品《海之秋》①，同时还在写《河童》，类似《格利弗游记》的小说，这期间还须考虑年息百分之三十的债务（家姐房屋的）之事，疲于奔命。余容面谈。专此函谢。敬候

斋藤茂吉先生道安

芥川龙之介顿首
二月二日

　　现时时有错觉。今夜当服诺马尔。又及。

1213　二月三日自田端致河西信三

　　用稿纸写信，请谅。该诗系唐朝蒲州永乐县人吕岩字洞宾之仙人所作。字义上要否对少年学子做些说明？拙作《杜子春》，虽借用唐代小说《杜子春传》中的传主为主人公，然而，三分之二以上情节为创作。再者，其中铁冠子，为三国时仙人左慈之道号。虽生在三国时代，因仙人长生不老，故令其出没于唐朝年间也无妨。有关吕洞宾、左兹事迹，各类书中均有。现代作品中，可参阅东海

---

① 即《海市蜃楼》。

林辰三郎著《中国仙人列传》一书。专此奉复。

芥川龙之介顿首
二月三日

1214　二月四日自田端致山口茂吉

稿纸写信，请谅。虽特遣使前来，因睡早觉，未能晤面，甚歉。专此函谢并致歉。顺候

山口茂吉先生时绥

芥川龙之介顿首
二月四日

1215　二月五日自田端致小松芳乔

径启者：

手书并六神丸已奉抵，谢甚。诸事承费心，惶恐之至。因亲戚遭遇不幸，忙极，故复谢迟迟，至歉。北京一切可好？除东京外，最愿寓居者，北京也。即候

小松芳乔先生台安

芥川龙之介顿首
二月五日

1216　二月五日自田端致渡边库辅

令尊仙逝，特致哀悼之意。今春早早，亲戚中即多有不幸之事。多病复多忧，迟复为歉。问候蒲原君。忙极，伤透脑筋。此致
渡边库辅先生

芥川龙之介顿首
二月五日

今日写信七封。此为第八封矣。又及。

1217　二月七日自田端致蒲原春夫

蒲原君：

　　承赠中国点心，谢谢。比吕志亦另具函谢。小说无进展。虽忙极，仍在拼命。为《妇人公论》写十二页，《改造》六十页，《文艺春秋》三页，《演剧新潮》五页。正思索穷通之理。问候库公。

即　　兴
　　春日归来喜相逢，孩童得食中国饼。

芥川龙之介
于（大正天皇）大丧之夜

1218　二月十一日自田端致佐佐木茂索

佐佐木茂索先生大鉴：

　　不是开玩笑，六十页的稿子，仅写出三十页。《河童》将是在下的 Reineke Fuchs（列那狐的故事）。不过，为《妇人公论》写的十页小品，或堪一读。内田百闲说："芥川是病态的疯，我则是非病态的疯，拜访芥川时，行事便故作狂态。芥川把我看作疯子。我还颇得意，回到家，不知不觉竟疯疯癫癫起来。与此同时，芥川也变得疯疯癫癫起来了。——为写这段话，打算最近不时去看望芥川。不过，我终究有些担心。"其实，担心的，毋宁说是在下。写小说时，还要商谈家姐夫欠债的事。年息百分之三十的巨款，谁还得出！十五日约可回到那边。问候尊夫人。

芥川龙之介
二月十一日

1219　二月十二日自田端致小穴隆一

小穴隆一先生：

离开日久，抱歉。因家姐的生活及写稿等事，简直一团糟。欠了年利百分之三十的巨款，房子烧掉了，又失去丈夫，善后之事，实在无法处理。(哪怕我的情况再好些也好。)《河童》越写越长，拟明日脱稿。看完校样，即离东京。你如来东京，三月后再动身也无妨。今天给《每日周刊》、《妇人公论》、《改造》写稿。《妇人公论》的一篇写得颇认真。贤兄、拙荆全部登场。

芥川龙之介
二月十二日

连兔屋先生处也无暇看望，佐藤（春夫）只见了一面，还有斋藤先生。服用维洛纳尔 0.4，斋藤先生说可服 0.7 以至 0.8，远高于我的服用量。又及。

1220　二月十五日自田端致小穴隆一

小穴隆一先生：

用稿纸写信，失敬。今日终于校完。回头还要了结亲属会议事。实在对不住，没办法，但二十七日准回。只有我一人。《河童》写了一百〇六页。另写了"三十六岁的小说论"，回答谷崎润一郎君的反驳。每日忙极。麻须子女士仍健在。

芥川龙之介顿首
二月十五日

1221　二月十六日自田端致佐佐木茂索

佐佐木茂索先生左右：

用稿纸写信，抱歉。《河童》一百〇六页，已脱稿，聊解郁闷之心怀。改造社招待看戏，来否？想见一面。火灾保险、生命保险、亲属会议……乱成一团，实在吃不消。尽管如此，写写东西，总是愉快的。维洛纳尔常用量为 0.7，诺马尔较阿洛纳尔对睡眠更好，也是罗休公司生产。

芥川龙之介

东京方面有事否？这次当由在下送些上回那样的栗子。堀的小说给在下和室生朗读过一次，第二次是最后部分。请格外关照。又及。

1222　二月十六日自田端致秦丰吉

秦丰吉先生台启：

用稿纸写信，甚失礼。《Regenda Aurea》（《圣徒金传》），是黄金传说之意，Jocobus de Voragine（瓦拉策的雅各），十三世纪初人。（查起来甚麻烦，权且如此。）书之内容，同拙著《圣·克利斯朵夫传》大体相似，但更为简单古朴。英国 William Caxton（威廉·卡克斯顿）译本最为有名。此次德国出版的，不知是否译成现代口语？Caxton 为十五世纪人，英文较古。不仅如此，原书中没有的故事——譬如，约伯的故事，便是后加的。《圣徒金传》我并未全读（首先，全书浩瀚），而且仅有一册 Caxton 的选本。如用，须再找。总之《圣徒金传》相当有名，同《Gesta Romanorumu》一起买回来放在那里，是本好书。专此奉复。

芥川龙之介
二月十六日

日文版《圣徒金传》于七八年前出版，不过是在我脑海里。一笑。

1223　二月十七日自田端致大熊信行

用稿纸写信，敬请原谅。手书与大作寄至田端，故在下收到较迟。大作刚拜读完。在下对拉斯金①虽然从无涉猎，但有关莫里斯②的著作，则读过若干。读后，不禁心生感喟。（有关莫里斯的日人著作，历来颇多谬论，稍读即令人不胜感慨。）就思想体系而言，由拉斯金传至莫里斯，进而再传萧伯纳。小生以为，其中，以诗人、小说家、画家、工艺美术家兼社会主义者而卓立于世的莫里斯，实为上世纪③后半叶之一大桥梁。但莫里斯晚年，在社会主义运动中遇到种种不快，确有人生落寞之感。（此问题当然不在大作探讨范围之内。）念及诗人莫里斯——尤其是《Love Is Enough》（《有爱足矣》）一诗的诗人莫里斯的心境，对他多有同情。小生时时认为，莫里斯并非简单的国家社会主义者，或可说是个共产主义者。此复

大熊信行先生

芥川龙之介
二月十七日

1224　二月二十三日自田端致赤井三郎

用稿纸写信，请原谅。尊稿已拜读。不可用现成的套语写作，哪怕再率直些都好，下笔应直截了当。我意，尊稿可请佐佐木君一阅。此复

赤井三郎先生

芥川龙之介
二月二十三日

1225　二月二十六日自田端致赤井三郎明信片

---

① 拉斯金（1819—1900），英国美术评论家、社会思想家。
② 莫里斯（1834—1896），英国诗人。
③ 指十九世纪。

《南京新唱》已收悉。专此致谢。

芥川龙之介顿首
二月二十六日

1226　二月二十七日自田端致泷井孝作明信片

手书拜悉。《玄鹤山房》虽为力作，但有种脚力尽处看庐山之感。《河童》以近年来所未有的速度写成。对《海市蜃楼》最为自信。下月将在《改造》上回答谷崎润一郎君，兼论志贺直哉先生，约四五页。即刻动身去大阪。顿首。

1227　三月一日自大阪致芥川文

敬启者：

还须在此地逗留三四日。今日将同谷崎、佐藤（春夫）前往文乐座①。此致

文子夫人安好

龙之介顿首
三月初一

给比吕志买了西洋象棋。又及。

1228　三月一日自大阪致葛卷义敏

径启者：

赠送复又索回，实在抱歉。可否将森（鸥外）先生译的《即兴诗人》两册包好，送给谷崎先生？《文艺日记》书末当有住址。专此奉恳。问候小穴君。此致

义敏先生

---

① 演出日本传统木偶戏的剧场

芥川顿首
三月初一

1229　三月二日自大阪致斋藤茂吉

径启者：

冈先生代寄手教已拜悉。遵命就《庭苔》写出三两页文字，当即奉上。另，南下大阪前，曾送上短册两三枚，谅已达悉。即候斋藤茂吉先生台安

龙之介顿首
三月二日

1230　三月六日自田端致青野季吉

青野季吉先生大鉴：

用稿纸写信，敬请原谅。因读《新潮》专题评论会记录，不禁提笔写此信。事关小说中李卜克内西这一人物。有人说：那个李卜克内西，可在《苦乐》上发表。但是，对我而言，绝不能在《苦乐》上发表。我的意图是，主人公玄鹤山房的悲剧，最后要接触山房以外的世界。（除最后一章，全部场景在山房之内，原因便在于此。）我还想暗示：外面的世界，孕育着一个新时代。众所周知，契诃夫的《樱桃园》中，便点出一新时代的大学生，让他从二楼摔下。我无法像契诃夫那样，面对新时代，发出彻底绝望的笑声，但也缺乏拥抱新时代的热情。诚如您所知，李卜克内西在《回忆录》中，叙述会见马克思和恩格斯时，流露出些许叹息。我希望，我写的这个大学生身上，能有李卜克内西的影子。这一创作意图也许是失败的，至少对评论会的各家——阁下除外——并未能给予任何暗示。当然，这也是无可奈何的事。但是，唯有对阁下，想做些说明，于是寄上此信。

不论是否为资产阶级,人生皆苦多乐少。近读 Nicolas Ségur①著《同阿那托尔·法朗士的对话》一书,此种感想愈加深切。连社会主义者法朗士也说,驱使他走上社会主义的,是种"近乎轻蔑的怜悯"。冒昧致函,乞谅。顺叩
撰安

芥川龙之介顿首
一九二七年三月六日

1231　三月十一日自田端致谷崎润一郎

谷崎润一郎先生左右:

日前多有叨扰,不胜感谢。给阁下增添许多麻烦,惶恐之至。奉赠之书,倘中意,则幸甚。其实,看到戈雅的画,极好,可惜无钱,只好作罢。是《Los Caprichos》(《狂想曲》)的复制品。现正在写几篇富有情节的作品。即叩
撰安

芥川龙之介顿首
三月十一日

1232　三月二十八日自鹄沼致斋藤茂吉

斋藤先生大鉴:

用稿纸写信,敬请原谅。屡接手书,深为惶恐。《河童》等,倘有时间,尚可再写数十页。对《妇人公论》上的《海市蜃楼》一篇,略有自信,但也单薄,诚无可奈何。虽动笔涂鸦,有朝一日终会像楠正成②战死凑川一样,累得筋疲力尽。(今日下午将去鹄

---

① 尼古拉·塞古,法国文学家。
② 楠正成(1294—1336),日本南北朝时期武将,凑川一战,兵败身亡。

沼。）阁下之事，本毋庸小生置喙，但作为旁观者，颇为心痒难熬，故而提笔言及，唯请见谅是幸。一休禅师有言"蒙蒙眬眬三十载"，小生则碌碌无为三十年，能否留下一爪之痕，确是疑问，常常自谓："索性见鬼去吧！"望能见怜。近来右眼复又出现齿轮旋转现象。难道要在贵医院里了此后半生不成？近读袭击福田大将的和田久太郎所写《狱中记》，见如下俳句："夜深人寂静，唯闻蚤跳声。""喉中涂药液，却看峰上云。""麦饭虫渐多，天高夏云薄。"无政府主义者也大有人才。（对不喜小林一茶的阁下而言，不及格乎？）尤其那首"疑是冰霜刺股寒，哪堪痔痛不稍安"，不禁同病相怜。狱中痔发，当十分痛苦。下月初一回京，又将召开亲属会议，此事令人倍感不快。一旦回去，菊池等人亦将大张旗鼓，编读本之类（小生仅挂名而已）。当前小生所求者，第一，动物之精力，第二，动物之精力，第三，仍为动物之精力！

顽猴下林间，寒枝犹自颤。

龙之介
三月二十八日

1233　四月三日自田端致吉田泰司

径启者：

对《河童》的诸评论中，唯有阁下的评论令在下动心。因彼此素昧平生，原是在下的本来愿望。《河童》是缘对一切事物——其中也包括对自我的厌恶而创作的。所有评论，都认为《河童》是"明朗机智的"，恰恰让在下更为不快。不揣冒昧，如说致谢，不如说为解闷耳。此致

吉田泰司先生

芥川龙之介顿首
四月三日

1234 四月三日自田端致稻垣足穗

稻垣足穗先生台鉴：

大作拜领，谢甚。文坛对阁下这样具有fancy（想象力）的人，实在过于冷淡。当然，fancy本身是有价值的。只要能写，就请多写吧。像我这等人，fancy早弃我而去。不过，今日中午喝牛奶时，眼前影影绰绰浮现出第三半球①。

芥川龙之介顿首
四月三日

直到昨夜尚在鹄沼，迟复为歉。又及。

1235 四月四日自田端致芥川文

多加志发烧，已听石川说。这里义敏也发烧（流感），现卧床。或许多加志留在那边，一直到痊愈为好。六、七两日，打发阿种过去。问候岳母。

1236 四月十日自田端致饭田武治

径启者：

谬奖《云母》所载拙句，不胜感谢。得行家赞赏，外行如我不禁大为得意。但《蝶舌》一句并非改作。自己记得有"似发条"一句。因小生从不保存只言半句，故阁下所说"似铁条"，想必不会有错，容小生再考虑。但"似"为下滑音——niru，如系"发条"，变成zenmai，不免有点可惜。欲用"ら"行音，终究是外行的想法。再者，"怎禁蜻

---

① 指稻垣的《第三半球的故事》。

蜓落,茅屋梁欲坠"一句,改为"梁欲沉"。几首排列下来一看,音调缺少变化,深感俳谐也甚难矣。久保田君近出俳句集,听命作序,有句:

  邻家檐上潇潇雨,夜半时分丝丝寒。

一哂。二月号《山庐近咏》中尊作:

  儿童齐射降魔箭,忽闻山间回声传。

此句颇打动人。在东京毕竟作不出这样的好句,不胜钦羡。敬叩
饭田蛇笏先生撰祉

芥川龙之介顿首
四月十日

1237　四月二十五日自田端致室生犀星

径启者:
  藏六治印二方,令小生呈上,拟暂借一用。倘印台亦一并借用,则幸甚。此致
犀星先生

龙之介顿首
二十五日

1238　五月二日自田端致恒藤恭

恒藤恭先生:
  来书已悉。头脑尚无条理,故依然在病中。唯有不得不写时,

方提笔。乞谅。下月仍要回答谷崎君。对你们而言,我们的论争是非逻辑的,故现在必须理清思路。不日可能前往京都一行。专此函复。问候尊夫人。有人说,在京都下立卖看见阁下烂醉如泥,步履蹒跚。真乃大快我心。不时地大醉一次吧。

  烟笼银杏枝头枯,粒粒白果似丰乳。

芥川龙之介
五月二日

  想必无空,倘得闲,请写信评评我的论点。想听听不是傻瓜的说法,尽管夫子本人即是傻瓜。又及。

1239　五月二日自田端致真野友二郎

径启者:

  承赠加吉鱼,多谢多谢。谅阁下悠然度日,真羡煞我也。专此致谢。

  烟笼银杏枝头枯,粒粒白果似丰乳。

谨致
真野友二郎先生

芥川龙之介
五月二日

1240　五月六日自田端致里见弴

  承赠《大道无门》,谢甚。下月拟于《改造》撰文致谢并妄加评论。因过于重视,终于未能赶上发稿。只好断念,故寄上此函。

复谢迟迟，敬请鉴谅。此致
山内英夫先生

芥川龙之介顿首
五月六日

1241　五月六日自田端致宇野浩二

径启者：

　　能否告知大作书名？承阁下好意，当遵命作序。但想先于《文艺春秋》上发表，对在下大有补益。余容面谈。此致
宇野浩二先生

芥川龙之介顿首
五月六日夜

1242　五月十七日自北海道与里见弴致志贺直哉明信片

双枭眠园　孤雁梦寒

请揣想一路旅情。

龙之介
五月十七日

1243　五月十七日自北海道与里见弴致佐佐木茂索

　　乘火车，聊天，睡觉，再乘火车。连续不断的活动颇不少，吃不消。然而，鸳鸯眠暖，孤鹤梦冷。

1244　五月十七日自北海道致小穴隆一

敬启者：

巡回经岩手，终于渡过津轻海峡，抵达函馆。函馆极杀风景，匆匆避难至汤川温泉。此地樱花、蒲公英、黄水仙均已盛开，一种名樱雀的鸟也已婉转鸣啼。依旧忧郁。夜夜做好随时死去的准备，然后才休息。下一站将巡行札幌、旭川、小樽，经新潟，约于二十四五日回京。函中无关紧要处，望透露给家里人。

盛　冈
啄木已去白日暖，岩手山上鸟空啼。

日日画插图，想必甚辛苦。自女童拍球一幅后，未再看，实不得已也。此致
一游先生

澄顿首
五月十七日

1245　五月二十四日自新潟致佐佐木茂索美术明信片

终于抵达新潟。因是单间，很舒适。尤其独自一人坐在大屋里，不免空落落。

忆北海道
姥贝藏冰海，凉泥浸身寒。

所谓姥贝者，甚是可怕。下榻任何一家旅馆，饭桌上，大抵少不了此物。

龙之介
五月二十四日

1246　五月二十四日自新潟致小穴隆一美术明信片

北海道二首
却看田间稻谷中，杨柳低垂正依依。

有种贝，名姥贝，处处饭桌均有此物。

姥贝藏冰海，凉泥浸身寒。

五月二十四日
《繁昌记》仅读十三、十五回。署名长明先生者，莫非下岛先生乎？又及。

1247　五月二十四日自新潟致芥川文美术明信片
前夜抵新潟，得八田先生照顾。拟于二十五六日回。倦极。东北、北海道周游下来，唯感饮食之味美而已。

龙

（背面）
所到之处，纷纷宴请，实吃不消。其中北海道之姥贝，尤令人消受不起。

五月二十四日于志乃田

1248　五月二十四日自新潟致芥川比吕志、多加志美术明信片
这里是新潟，如同以前的东京，不过街上跑汽车。致
比吕志少爷
多加志少爷

大废物

五月二十四日

1249　五月二十四日自新潟致室生犀星美术明信片

　　火锅茶馆终不及金泽的锷甚酒楼。往日逗留金泽，何等快活！思之怆然。

北　海　道
　　却看田间稻谷中，杨柳低垂正依依。

龙之介于新潟

1250　五月二十四日自新潟致里见弴美术明信片

　　在青森，尊意"何不逃之夭夭！"随即照办。况且，那个叫茶话会的家伙，尤其难缠。直到新潟，方有普通人的饮食，终于松了口气。不过，火锅茶馆不及锷甚酒楼。亦无艳遇。问候远藤先生。鱼较东京新鲜，此若能大肆吹嘘，则幸甚。

忆北海道
　　姥贝藏冰海，凉泥浸身寒。

1251　五月二十八日自田端致福岛金次

福岛金次先生左右：

　　手书拜悉。一直埋头写东西。承谬奖《海市蜃楼》，不胜惶恐。有朋友认为，该作可算作小生作品中最不动人的一篇，虽然小生本人并不以为然。

芥川龙之介

五月二十八日

1252　六月十日自田端致柳田国男
径启者：

昨夜甚失礼。承赠《蜗牛》抽印本，甚谢。近从泉先生处听到许多有关河童的故事。

　　　　　　旧句：在金泽
　　　蜗牛且在笼中卧，浑然不怕风和雨。

聊博一哂。此致
柳田国男先生

龙之介顿首
六月十日

1253　六月十四日自田端致斋藤贞吉
斋藤贞吉先生左右：

用稿纸写信，请谅。承赠日本罕有的香烟，谢谢。想必身体轻健。近出《大东京繁荣记》中，略谈到阁下。之后去了一趟北海道。

　　　冰雪融化时，袅袅杨柳姿。

系在旭川所吟。

龙之介
六月十四日

1254　六月二十一日自田端致小手川金次郎
径启者：
　　屡蒙馈赠，不胜感谢。专此复谢。顺叩
小手川金次郎先生大安

　　　　　　　　　　　　　　　　龙之介顿首
　　　　　　　　　　　　　　　　六月二十一日

　　　　　　　　旭　　川
　　冰雪融化时，袅袅杨柳姿。

　　聊博一哂。

1255　六月二十四日自田端致大冈龙男
径启者：
　　承赠大作，甚谢。现正拜读序言。高滨先生之序言，对在下等，不啻一剂良药。俟暇时从容展读。专此函谢，匆叩
大冈龙男先生撰祉

　　　　　　　　　　　　　　　　芥川龙之介顿首
　　　　　　　　　　　　　　　　六月二十四日

1256　六月二十九日自田端致远田信太郎（信封上为"远田一路风先生"）
径启者：
　　所赠樱桃已拜领。一向多承眷顾，不胜感谢。专此函谢。顺候
远田信太郎先生大安

　　　　　　　　　　　　　　　　芥川龙之介顿首
　　　　　　　　　　　　　　　　六月二十九日

1257　六月二十九日自田端致东宫艾尔莎

敬启者：

　　惊闻东宫殿下与世长辞，谨表哀悼之意。敬致
艾尔莎太子妃殿下

芥川龙之介顿首
六月二十九日

1258　七月八日自田端致金九经

径启者：

　　用稿纸写信，敬请原谅。《书物礼赞》已拜领。"诀"与"译"均为借用汉字①，生于这样的国家，自己亦觉万分可笑。终究不如直接写假名"わけ"为好。唯望了解使用"诀"字并非校对者之错，则幸甚。（"慢性荒唐"，按照《言海》，为"慢性"二字，尽管新闻报刊上，均写成"蔓性"，甚至以为要俏皮，才用"慢性"二字，可世人却听不出有多俏皮。）高须氏著作尚未读，但从尊评中可窥一斑。专此复谢。顺叩
金九经先生撰安

曼青顿首
七月八日

1259　七月于田端家中，连同《西方之人》一起，付葛卷义敏

　　请将此稿重新编号，交予改造社取稿人。此致
义敏

龙之介

---

① 用以表达音同意不同的日文词。

遗书

给一个老友的信

陈生保译

　　至今还没有一个自杀者，如实地记录过自己的心理活动。这大概是由于自杀者的自尊心所使然，或者是他对自己的心理活动缺乏兴趣的缘故。我想在寄给你的这最后一封信中明白无误地告诉你这种心理。只是，我之所以要自杀的动机，可以不必特地告诉你，法国诗人、小说家亨利·德雷尼尔在他的小说中描写了一个自杀的人。这个短篇的主人公自己也不知道为何要自杀。你在报纸的第三版，即社会版上可以发现各种各样的自杀动机，如因为生活艰难，因为生病痛苦，或者因为精神上的痛苦等等。可是，根据我的经验，那不是动机的全部。不仅如此，大抵只是显示了造成这一动机的过程而已。自杀者，大抵如德雷尼尔所描写的那样，不知道为何要自杀。这里面包含着复杂的动机，正如我们的行为所表明的那样。但是至少，我之所以要自杀，仅因有种隐约的不安，对我的未来隐约有某种不安。你也许不相信我的话。但是，最近十年来，我的经验告诉我，除非在我亲近的人中有人处于类似我的境遇之中，否则，我上述这些话，便如风中的歌声一样，随风而逝。因此，我并不怪你……

　　近两年来，我一直考虑的净是死的事。这期间，我深有感触地阅读了曼因莱德尔。曼因莱德尔确是用抽象的语言巧妙地描述了走向死亡的路程。可是我想更加具体地来描述这同一问题。至于对留下来的家属的同情等等，在一心想自杀的欲念面前是无能为力的。这一点，又不得不给你一句 inhuman（无情的）的话。如果认为这些话是无情的，那么我的确存在着无情的一面。

我有义务，把一切的一切都如实地写下来。（我也解剖了我对未来的隐约不安。这些，我以为在我的那篇《一个傻瓜的一生》中已大体上写尽了。只是在那篇作品之中，我故意没有写社会环境，即封建时代在我身上的投影。为什么故意不写呢？因为我们直到今天都还处在封建时代的阴影之中。除了作品的舞台之外，它的背景、照明和出场人物，我想写的，大多是我自己的举止动作。不仅如此，诸如社会环境这种东西，对于生存于这样社会环境中的我们自己来说，是否能看得一清二楚，这也是值得怀疑的。）我首先考虑的是如何才能没有痛苦地死去。吊死，不用说是最最符合这一目的的手段。可我一想到吊死时自己的形象，便感到一种嫌恶。因为太过丑陋了，尽管这样的要求有点过分。（我记得，我曾爱上过一个女人，就因为她的字太差劲而很快又失去了对她的爱慕。）那么跳到河里去淹死怎么样呢？这也不行，因为我是会游泳的，很难达到目的。不仅如此，万一能够淹死，那也会比上吊而死痛苦得多。让车子碾死？也因我首先要求死得美，而不能不加以厌弃。另外，用手枪和刀子来死呢？我会因手的颤抖而失败。从大楼顶上往下跳，一准也是很难看的。鉴于上述种种原因，我决定服药而死，估计会比上吊而死痛苦一些。可是，它也有优点：一是比起吊死来，不至于因形象丑恶而让人感到厌恶，二是没有死而复生的危险。只是要找到这药品，不用说对我来说是颇不容易的。我自己在内心深处下了自杀的决心之后，便利用一切机会，设法弄到自杀的药品。与此同时，还想获得有关毒物学方面的知识。

其次，我考虑的是我该在什么地方自杀。我的家人在我死后，得靠我留下的遗产过活。我的遗产只有：土地一百坪①，我家的房子，我的著作的版税以及我的存款两千元。如果因为我自杀了，而使我的住家无法出售，这在我是为难的。为此，我对那些另有一幢别墅的布尔乔亚们颇感钦羡。你也许会对我上面的这些话，感到有点可笑吧，连我自己也对自己的这些话感到好笑。但是，在考察自杀地点的时候，事实上我深深地感觉不便。这种不方便，最终亦无法避开。我只是想，除了我的家人之外，尽量不让别人看见我的遗体。

可是，我在决定自杀的方法之后，对于生仍有一半的留恋，因此，我需要一个通向死亡的跳板。（我倒并不像红毛绿眼的西洋人所信奉的那样，把自杀看成是罪恶。佛祖在《阿含经》里，曾对他的弟子的自杀做过肯定。而曲学阿世之徒，恐怕会把佛祖对自杀的这一肯定也解说成"除了万不得已的场合之外"吧。但是，从第三者的眼光来看，所谓"万不得已的场合"，并非一定要目睹更加悲惨地死去这一非常事变之时。任何人的自杀，都是在他自己认为"万不得已的场合"才进行的。在不到"万不得已的场合"之前而断然自杀，毋宁说是需要勇气的。）而起到通往死亡之路跳板作用的，总是女人。德国浪漫派作家冯·克莱斯特在他自杀之前，曾多次劝他朋友（男的）与他同归于尽。另外，拉辛也曾想与莫里哀以及布瓦格一起跳到塞纳河里自杀。可十分不幸的是，我却没有这样的朋友，只有一个我所认识的女人愿意和我一起去死。但是，此事因为我们的原因已经不可能了。这期间，我获得了一种没有跳板即可死去的自信。这种自信与其说是因为找不到同归于尽的伙伴而绝望的结果，毋宁说是因为逐渐感伤起来的我，对于我妻子

---

① 一坪相当于3.3平方米。

的一点体谅，尽管我们将要死别。与此同时，也是因为我知道我一个人自杀比起两个人一起自杀要容易做到的缘故。因为我一个人自杀，有可以自由选择时间的方便之处。

最后，我考虑的是如何才能死得巧妙而不被家人发现。经过几个月的准备之后，我总算有了一定的信心。为对我抱有善意的人们着想，有关这方面的具体细节，我不能一一写出。不过，即便把它们都写在这里，确确实实在法律上也是不会构成协助自杀罪的。（没有比"协助自杀罪"这样的罪名更加滑稽可笑的了。如果硬要执行这条法律，那又将会增加多少犯人啊！即便药房和出售枪支的商店或出售剃刀的商店，并不知道他要自杀，也会留下些许的嫌疑，只要我们人类的语言和表情上，会反映我们的某种想法。不仅如此，社会和法律自身也会构成协助自杀罪。最后，这些犯人们又大多具有非常善良的心灵。）我冷静地做完自杀的各种准备工作，如今每天都沉浸在与死神的游戏之中。在这之后，我的心境，恐怕基本上与曼因莱德尔所述相近。

我们人类，因为都是作为人的动物，因此都具有动物性的本能而害怕死亡。所谓"生命力"，实际不过是动物本能的别称。我自己也是一只人面兽。但是，从倦于食色这一点来看，我恐怕已逐渐丧失动物的本能。我如今所赖以生存的，是一个具有病态神经的世界，宛如冰窟窿那样，寒冰透骨。昨天晚上，我与一个妓女谈起她的工资（！），深感我们人类"为了生存而生存"的悲哀。如果我能心甘情愿进入长眠世界，那么对我而言，即便算不上是幸福，也准是一种和平。但我何时才能毅然自杀，还是个疑问。只是，大自然在我的眼里，比平素显得更美。你也许会嘲笑我：既然热爱大自然的美，却又要自杀，岂不自相矛盾？可那是因为，大自然的美，映入了我这双临终之眼的缘故。较之别人，我看得更多，更加热爱也更能理解这种美。即便在苦难深重的处境之中，唯有这一点还是差强人意的。

请你收好这封遗嘱,在我死后几年之内,不要公开发表。因为,我是否采取那种像病死一般的自杀方式,目前还很难说。

附记:我读了公元前五世纪希腊哲学家恩培多克勒的传记,深感自己想当神的欲望是何等陈腐。这篇手记,在我意识到的范围之内,并未把自己当作神。恰恰相反,我是把自己看作大千世界里芸芸众生的一员。你大概还记得,二十年前,我们曾在那棵巨大的菩提树下,谈论意大利的"埃特纳火山"和古希腊哲学家恩培多克勒时的情景吧。那时候,我倒是想把自己当作神的。

昭和二年(1927)七月

致小穴隆一

陈生保译

我们人类是不会因为一件事情而轻易自杀的。我是为了对以往的生活来个总清算才自杀的。但在以往的生活中,有件特别重要的事情。我二十九岁那年,曾与某夫人犯下了罪。我对此犯罪行为,并无良心受责之感,只是有不少后悔之意。因没有选准对象而给我的生存带来了消极因素(某夫人的利己主义及动物性本能实在过于强烈)。另外,与我发生恋爱关系的女性并非仅有某夫人。不过三十岁以后,我不曾找过新的情人。这倒也并非出自道德方面的考虑,而仅仅因为找情人的患得患失。(但也并不是说,自己不曾感受过爱情。那时,我也曾写作过《过来人》、《相闻歌》等抒情诗。只是在深入发展前主动退了出来。)我当然不想死,然而活着也很痛苦。别人也许会笑我:"有父母、妻子还有子女,竟要自杀,真是个傻瓜。"而如果我只是一个人,也许我不会自杀。我是个养子。在养父母家里,从未说过任性的话,做过任性的事。(与其说是没说过、没做过,倒不如说是没法说、没法做更合适。)我甚至有点后悔,我自己对养父母怀着一种近似于孝顺的感情。但是,我之所以这样,从我自己来说,也是无可奈何的事。如今,我将自杀。这也许是我这一辈子里唯一的一次任性吧。我也与所有的青年一样,有过种种梦想。可时至今日看来,也许我毕竟是疯子所生的儿子。我现在对自己不必说,对一切的一切都感到嫌恶。

追记:我利用去中国旅行的机会,好不容易摆脱了某夫人之手。（记得我在洛阳的客栈里读瑞典小说家斯特林堡的《痴人的忏悔》，知道他与我一样对情人写了假信，因而苦笑。）从那以后，我对于某夫人，连碰都没有碰过。但是，我对于她的执拗的追求，常常感到为难。我对那些爱我而不让我痛苦的女神们（这里的"们"字是两个人以上的意思，我可并非如西班牙的唐·璜），表示由衷的感谢。

昭和二年（1927）春

一、借给别人的书有：鹤田君，《一千零一夜》十二卷。
二、从别人处借的书有：
　　东洋文库《福摩萨》一册；
　　胜峰晋风氏《潮音》数册；
　　下岛先生处借印章数颗，从室生君处借印章二颗。（印章须让所有者亲自过目）
三、应该请冲本君为我做一印谱。可在为我做佛事的时候，加上我作的俳句诗集，一起分发。
四、墓碑上的字，应烦请小穴君撰写。
五、我请求所有的人宽恕我，同时也勿忘我的内心亦愿原宥所有的人。

给我的儿子们

陈生保译

一、不应忘记：人生始终是战斗，直至死亡。

二、因此，勿忘要靠你们自己的力量。应以培养你们自己的力量作为宗旨。

三、要把小穴隆一当作父亲。因此，应遵循小穴的教导。

四、当你们在自己的人生战斗中失败的时候，那就学习你们的父亲自杀吧。但要像你们的父亲那样，避免祸及他人。

五、茫茫天命虽难知，然应努力自立，不依靠家人，要抛弃你们的欲望。这反倒能使你们日后步入坦途。

六、请怜悯你们的母亲。然不要因这怜悯而改变你们的志向，这反倒是可让你们母亲日后享福之途径。

七、你们恐难免会神经质，如你们父亲那样。你们要特别当心这件事。

八、你们的父亲是爱你们的。（要是不爱你们，或者会抛开你们而置之不顾。如能抛开你们而置之不顾，则或许我还有活路也未可知。）

芥川龙之介

一、千万不要想方设法救活我。

二、应在我断气之后通知小穴君。断气之前告诉他，会让小穴君痛苦，同时也会有骚扰社会之虑。

三、在我断气之前如有来客,可告诉他我是"中暑了"。

四、与下岛医生商量之后,对外可称是自杀或病死。如决定以自杀对外发表,则遗嘱(给菊池宽的那份)应给菊池宽,否则就烧掉吧。其他遗嘱(给文子的),无论如何也要打开看看,请尽量按我的遗志去办。

五、我的遗物中,请将那盆蓬平的兰花赠给小穴君。另外,把那方松花砚(小砚)送给义敏。

六、这份遗嘱,读后请立即烧掉。

年谱

艾　莲编译

1892 年

3 月 1 日　生于东京，时值辰年辰月辰时，故取名龙之介。父新原敏三经营牛奶店并有牧场。母芥川富久旧士族出身，于龙之介出生八个月后，精神失常。其兄芥川道章无子，龙之介遂由舅父收养。姨母富纪，一生独身，犹如生母一般养育龙之介。芥川一家爱好文学艺术，颇富江户文人趣味，故龙之介自幼便受传统文化的熏陶。

1898 年　六岁

4 月　入小学。

课后，学英语、汉文，习字。身体孱弱，成绩优秀，有些神经质。据说，"但将落叶焚，夜见守护神"是小学四年级时所作俳句，显示出早熟的文学才能。

1902 年　十岁

4 月　与同学编辑传阅杂志《日出之界》；阅读德富芦花的《自然与人生》、《回忆录》以及马琴的《八犬传》等江户文学，亦爱读中国经典作品《西游记》与《水浒传》。

11 月 28 日　生母去世。

1904 年　十二岁

7 月 27 日　生父新原敏三废去龙之介之长子继承权，并于一个月后，取消其在新原家的户籍。从此，龙之介正式成为芥川家养子。

1905 年　十三岁

3 月　小学毕业。

4 月　入东京府立三中。中学时代，学业成绩优秀，汉文修养出类拔萃。酷嗜读书，除日本文学外，开始接触易卜生、法朗士、梅里美等人的作品。

1910 年　十八岁

3 月　中学毕业。成绩优秀，受到表彰。

9 月　免试入第一高等学校（现东京大学教养学部）。同学中，有日后成为作家或诗人的久米正雄、菊池宽、山本有三、土屋文明、藤森成吉、丰岛与志雄等。

1912 年　二十岁

1 月　开始撰写散文《大川之水》（1914 年 4 月发表于《心之花》）。

1913 年　二十一岁

7 月　以第二名的成绩毕业于一高。

9 月　入东京帝国大学英文专业。

1914 年　二十二岁

2 月　同丰岛与志雄、久米正雄、菊池宽、山本有三等第三次复刊《新思潮》，日后芥川等人遂被称为"新思潮派"作家。

5 月　于《新思潮》上发表处女作《老年》。

9 月　于《新思潮》上发表剧本《青年与死》；《新思潮》当月停刊。

这一年夏天，同吉田弥生交往；吉田弥生系芥川的初恋，由于养父家反对，翌年一月分手。

1915 年　二十三岁

先后于《帝国文学》发表《假面丑八怪》（4 月）、《罗生门》

(11月),但并未引起文坛重视。

12月 经同学林原耕三介绍,出席夏目漱石的"木曜会",由此师事之。

1916年 二十四岁

2月 同久米正雄、菊池宽等人第四次出版《新思潮》,在创刊号上发表《鼻子》,极得夏目漱石赞赏。

经夏目门生铃木三重吉推荐,开始为《新小说》写稿,刊载《山药粥》及随后于《中央公论》发表的《手绢》,均受好评,从而获得新进作家的地位。

7月 以第二名成绩,由东大英文专业毕业,论文题目为《威廉·莫里斯研究》。

12月1日 就职于横须贺海军机关学校,任嘱托教官,教授英语。

本年度发表的主要作品:

《鼻子》(《新思潮》3月)

《孤独地狱》(《新思潮》4月)

《父亲》(《新思潮》5月)

《虱子》(《希望》5月)

《酒虫》(《新思潮》6月)

《野吕松木偶》(《人文》8月)

《山药粥》(《新小说》9月)

《猴子》(《新思潮》9月)

《手绢》(《中央公论》10月)

《扬帆起航》(《新思潮》10月)

《烟管》(《新小说》11月)

《烟草与魔鬼》(《新思潮》11月)

1917年 二十五岁

3月　《新思潮》第四次停刊。

5月　于阿兰陀书房出版第一部短篇集《罗生门》。

6月20—24日　于横须贺乘金刚号军舰航海至山口县由宇。

11月　新潮社出版其第二部短篇集《烟草与魔鬼》。

本年度发表的主要作品：

　　《MENSURA ZoILI》（《新思潮》1月）

　　《运气》（《文章世界》1月）

　　《尾形了斋备忘录》（《新潮》1月）

　　《道祖问答》（《大阪朝日新闻》1月）

　　《忠义》（《黑潮》3月）

　　《偷盗》（《中央公论》4、7月）

　　《浪迹天涯的犹太人》（《新潮》6月）

　　《大石内藏助的一天》（《中央公论》9月）

　　《两封信件》（《黑潮》9月）

　　《戏作三昧》（《大阪每日新闻》10月20日—11月4日连载）

1918年　二十六岁

2月2日　同中学同学山本喜誉司侄女塚本文子结婚，寓居于镰仓。

3月　成为大阪每日新闻社社友，签订合同：除《东京日日新闻》外，不得为其他报纸写作，每月报酬五十元，稿费一如既往。

从这一年起，对俳句发生兴趣。

本年度发表的主要作品：

　　《西乡隆盛》（《新小说》1月）

　　《袈裟与盛远》（《中央公论》4月）

　　《世之助的故事》（《新小说》4月）

　　《蜘蛛之丝》（《赤鸟》5月）

《地狱变》(《大阪每日新闻》5月1日—5月22日连载)

《文明的杀人》(《中央公论》7月)

《基督徒之死》(《三田文学》9月)

《枯野抄》(《新小说》10月)

《鲁西埃尔》(《雄辩》11月)

《邪宗门》(《东京日日新闻》10—12月连载,未完)

1919年　二十七岁

1月　第三部短篇集《木偶师》由新潮社出版。

3月16日　生父新原敏三患流感去世。

当月辞去海军机关学校英语教师一职,入大阪每日新闻社,成为专职作家,除稿费外,月薪一百三十日元。

4月　由镰仓迁回东京田端,书房命名为"我鬼窟",星期天为会客日。

5月8日　同菊池宽前往长崎旅行,结识斋藤茂吉。

本年度发表的主要作品:

《毛利先生》(《新潮》1月)

《文友旧事》(《中央公论》1月)

《圣·克利斯朵夫传》(《新小说》3、5月)

《橘子》、《沼泽地》(《新潮》5月)

《龙》(《中央公论》5月)

《路上》(《大阪每日新闻》6—8月)

《疑惑》(《中央公论》7月)

《于连·吉助》(《新小说》9月)

《妖婆》(《中央公论》9、10月)

1920年　二十八岁

1月　由春阳堂出版第四部短篇小说集《影灯笼》。

3月　长子比吕志出生。

11月　会同久米正雄、菊池宽、宇野浩二等前往京都大阪一带巡回演讲。

本年度发表的主要作品：

《魔术》（《赤鸟》1月）

《舞会》（《新潮》1月）

《灵鼠神偷次郎吉》（《中央公论》1月）

《尾生之信》（《中央文学》3月）

《秋》（《中央公论》4月）

《大葱》（《新小说》4月）

《复仇之旅》（《雄辩》5月）

《黑衣圣母》（《文章俱乐部》5月）

《南京的基督》（《中央公论》7月）

《杜子春》（《赤鸟》7月）

《弃儿》（《新潮》8月）

《影子》（《改造》9月）

《阿律和孩子们》（《中央公论》10、11月）

1921年　二十九岁

3月　第五部短篇集《夜来花》由新潮社出版，小穴隆一负责装帧设计，此后芥川作品的装帧，大抵由小穴承担。

9月　春阳堂出版《袖珍短篇丛书》之3：短篇小说集《戏作三昧》。

3月19日　作为大阪每日新闻社特派员，前往中国考察，由东京启程。因感冒滞留大阪，二十九日方离开，翌日，由门司启航。甫抵上海，即患干性肋膜炎，住院三周。在上海期间，拜会章炳麟等人，随后下江南，溯长江，登庐山，经武汉，游洞庭湖，从长沙北上，直抵北京，参观游览，并拜见辜鸿铭等人，而后取道朝鲜，于七月底回到日本，历时四个月。

因体质素弱,自旅行后,时时生病,为痔与神经衰弱所苦恼。

10月1日　因劳累、病弱、神经衰弱,前往汤河原温泉疗养三周。

本年度发表的主要作品:

《秋山图》(《改造》1月)

《山鹬》(《中央公论》1月)

《奇异的重逢》(《大阪每日新闻》1月)

《火神阿耆尼》(《赤鸟》1、2月)

《奇妙的故事》(《现代》1月)

《奇遇》(《中央公论》4月)

《往生画卷》(《国粹》4月)

《上海游记》(《大阪每日新闻》8—9月连载)

《母亲》(《中央公论》9月)

《好色》(《改造》10月)

1922年　三十岁

2月　春阳堂出版《袖珍丛书》之10:短篇集《山药粥》。

3月　新潮社出版《代表名作选》之37:短篇集《将军》。

4月　陪养母与姑母(即大姨母)去京都、奈良旅游。

4月25日　重游长崎,淘古董书画,逗留至五月底。

5月　金星堂出版随笔集《点心》。

7月27日　初次拜访白桦派代表作家、另一短篇高手志贺直哉。

8月　改造社出版短篇小说集《娑罗花》。

10月　《金星堂名作丛书》之8:短篇小说集《奇异的重逢》。

11月　春阳堂出版《邪宗门》。

11月8日　二子多加志出生。

健康不佳，因"神经衰弱、药疹、胃痉挛、肠炎、心悸"等，身体每况愈下。

这一年，将书房改名为"澄江堂"。

本年度发表的主要作品：

《俊宽》（《中央公论》1月）

《竹林中》（《新潮》1月）

《将军》（《改造》1月）

《诸神的微笑》（《新小说》1月）

《江南游记》（《大阪每日新闻》1—2月连载）

《斗车》（《大观》3月）

《报恩记》（《中央公论》4月）

《阿富的贞操》（《改造》5、9月）

《六宫公主》（《表现》8月）

《鱼市的河岸》（《妇人公论》8月）

《阿吟》（《中央公论》9月）

《百合》（《新潮》10月）

1923年　三十一岁

3月16日—4月中旬　于汤河原中西旅馆休养。

5月　春阳堂出版第六部短篇小说集《春服》。

8月　同小穴隆一等人去镰仓避暑，结识女作家冈本香乃子夫妇。

9月1日　关东大地震，芥川家平安无事，四处巡视东京受灾情况。

12月　前往京都旅行，会见志贺直哉、泷井孝作。

本年度发表的主要作品：

《侏儒警语》（《文艺春秋》1月创刊号—1925年11月号连载）

《三件珍宝》(《良妇之友》1月)

《无产阶级文艺之可否》(《改造》2月)

《偶人》(《中央公论》3月)

《猿蟹大战》(《妇人公论》3月)

《两个小町》(《Sunday每日》3月)

《志野》(《中央公论》4月)

《保吉的手记》(《改造》5月)

《孩儿的病》(《局外》8月)

《鞠躬》(《女性》10月)

《芭蕉杂记》(《新潮》11月—翌年7月连载)

《"小儿乖乖——"》(《中央公论》12月)

1924年 三十二岁

4月 为调查"八街纠纷",前往千叶县八街旅行。

7月 新潮社出版第七部短篇小说集《黄雀风》。

7月 开始编辑《The Modern Series of English Literature》,直至翌年3月。

7月22日—8月23日 于轻井泽避暑,同堀辰雄、室生犀星、山本有三等交游。阅读颇多有关社会主义著作。

9月 新潮社出版《感想小品丛书》之8:《百草》,系芥川的第二部随笔集。

而立社出版《历史杰作选集》之2:《报恩记》。

这一时期,因感冒、肠胃病、神经衰弱等多种疾病,身体愈见衰弱。

本年度发表的主要作品:

《一块地》(《新潮》1月)

《丝女纪事》(《中央公论》1月)

《神秘的岛屿》(《随笔》1月)

《三右卫门的罪过》(《改造》1月)

《传吉报仇》(《Sunday每日》1月)

《金将军》(《新小说》2月)

《来自第四丈夫的信》(《Sunday每日》4月)

《一篇恋爱小说》(《妇女俱乐部》4月)

《文章》(《女性》4月)

《寒意》(《改造》4月)

《少年》(《中央公论》4、5月)

《一封旧信》(《妇人公论》5月)

《桃太郎》(《Sunday每日》7月)

《十元纸币》(《改造》9月)

1925年 三十三岁

2月 著名诗人萩原朔太郎搬至田端,芥川与之交往日深。

3月 与谷崎润一郎、里见弴、水上泷太郎、久保田万太郎、小山内薰等人编辑、校订《镜花全集》全十五卷。

4月10日—5月6日 去伊豆修善寺休养。

4月 新潮社出版《现代小说全集》第一卷:《芥川龙之介集》。

7月12日 三男也寸志出生。

8月下旬至9月中 于轻井泽避暑。

10月 应兴文社之邀,编辑《近代日本文艺读本》全五卷告竣。出书后,因德田秋声抗议、稿费分配等问题,引起纠葛,精神上颇受刺激。身心疲惫,创作亦处于低潮。

11月 改造社出版《中国游记》。

本年度发表的主要作品:

《大导寺信辅的半生》(《中央公论》1月)

《早春》(《东京日日新闻》1月)

《马腿》(《新潮》1、2月)

《春天》(《女性》4月)

《温泉来信》(《女性》6月)

《海边》(《中央公论》9月)

《尼提》(《文艺春秋》9月)

《死后》(《改造》9月)

1926年 三十四岁

1月15日—2月19日 于汤河原温泉疗养。

2月 文艺春秋社出版短篇小说集《大石内藏助的一天》与《地狱变》。

2月22日—5月25日 为养病,偕妻子与三男也寸志赴神奈川县鹄沼,寓居东屋旅馆。来客过多。为肠炎、痔疮、失眠等症所苦。

7月中 租住东屋旅馆伊馆四号厢房。

10月 随笔集《梅·马·莺》由新潮社出版。

这一年,还写有遗稿《凶兆》与《鹄沼杂记》。

本年度发表的主要作品:

《年末一日》(《新潮》1月)

《湖南的扇子》(《中央公论》1、2月)

《追忆》(《文艺春秋》4月—1927年2月)

《卡门》(《文艺春秋》7月)

《春天的夜晚》(《文艺春秋》9月)

《点鬼簿》(《改造》10月)

1927年 三十五岁

1月 由鹄沼回东京田端。

1月4日 二姐家房子被烧,此前不久,姐夫西川丰曾加入巨额保险,故怀疑是其故意纵火;两日后,姐夫卧轨自杀。芥川为姐夫家高利贷欠款及善后事宜，四处奔波。神经衰弱等症，愈发恶化。

这期间，寓居帝国饭店，创作《河童》与《齿轮》。

3月　莫斯科出版俄文版《芥川龙之介》（收录八个短篇）。

5月　赴东北与北海道地方巡回演讲。

6月　作家宇野浩二精神失常，十分震惊，前去探望。

短篇小说集《湖南的扇子》由文艺春秋社出版。

6月20日　遗作《一个傻瓜的一生》脱稿。

7月10日　《西方之人》脱稿。

7月23日　《续西方之人》完稿。

7月24日拂晓前　于田端自宅，服安眠药自杀。枕边有《圣经》一册。给妻子、小穴隆一、菊池宽、姨母等亲友留下遗书。《给一个老友的信》及颇多遗稿，均托付给久米正雄。

7月24日晚9时　久米正雄宣读《给一个老友的信》，之后家属与亲友守灵。

7月27日下午3—4时　举行葬礼。泉镜花代表前辈，菊池宽代表友人，小岛政二郎代表后辈，里见弴代表文艺家协会，分别致祷辞。

7月28日　葬于东京染井慈眼寺。

本年度发表的主要作品：

《玄鹤山房》（《中央公论》1、2月）

《海市蜃楼》（《妇人公论》1月）

《他》（《女性》1月）

《他　之二》（《新潮》1月）

《悠悠庄》（《Sunday每日》1月）

《河童》（《改造》3月）

《诱惑》（《改造》4月）

《文艺的,过于文艺的》(《改造》4—8月连载)

《浅草公园》(《文艺春秋》4月)

《三个疑问》(《Sunday每日》4月)

《胤子的烦心事》(《新潮》5月)

《本所和两国》(《东京日日新闻》5月)

《齿轮》(第一章)(《大调和》6月)

《古千屋》(《Sunday每日》6月)

《冬天》、《信》(《中央公论》7月)

《三扇窗子》(《改造》7月)

《续文艺的,过于文艺的》(《文艺春秋》7月)

《西方之人》(《改造》8月)

《续芭蕉杂记》(《文艺春秋》8月)

《暗中问答》、《十根针》、《侏儒警语》(遗稿部分)(《文艺春秋》9月)

《续西方之人》(《改造》9月)

《齿轮》(第二章以后部分)(《文艺春秋》10月)

《一个傻瓜的一生》(《改造》10月)

《芥川龙之介全集》全八卷由岩波书店出版,至1929年2月出完。

根据平冈敏夫、三好行雄、
岩波书店诸家年谱编译

图书在版编目（CIP）数据

芥川龙之介全集. 第5卷/〔日〕芥川龙之介著；林少华，张云多，侯为译. —济南：山东文艺出版社，2005.3
ISBN 978 – 7 – 5329 – 2367 – 0

Ⅰ.①芥… Ⅱ.①芥…②林…③张…④侯… Ⅲ.①芥川龙之介—全集②书信集—日本—现代 Ⅳ.①I313.15

中国版本图书馆 CIP 数据核字（2004）第 100743 号